우화의 뒷풍경

─假傳讀法

김 창 룡

魚夢龍의 月梅圖

박문사

☆ : 책 앞에 : 우화의 뒷풍경

작품이 저자의 분신이라고는 하나 그렇다고 저자 자신은 아닙니다. 문학작품이나 인문학 분야의 저술이 다른 분야의 저술에 비해서 저자의 체취가 가장 잘 묻어난다는 점을 부정하기 어려울 듯합니다. 저자의 인품이나 성격이 저술에 온전히 드러나기를 기대할 수는 없습니다만, 인문학 저술에서 저자의 체취를 강하게 느낄 수 있는 것도 그만의 독특한 가치의 하나가 아닐까 생각해봅니다.

저는 김창룡 교수님의 저술이 저자 자신의 체취를 듬뿍 담아낸 것이라는 생각을 늘 해왔습니다. 오래 전부터 교수님이 진행해온 연구의 역정과 저작을 보면서 이 시대 학자에게서 찾기 쉽지 않은 남다른 개성을 지니고 있고, 그것이 많은 논문과 저술에 담겨 있다고 생각했습니다. 저만 아니라 다른 많은 분들도 그리 여기리라 생각합니다. 그런 생각은 가슴속에 간직하고 있는 것이 좋으나 굳이 표현해야 한다면 그 가운데서도 특히 두 가지 점을 말씀드리지 않을 수 없습니다.

하나는 고풍古風스러움입니다. 교수님이 그 동안 써낸 많은 논문이나 저술을 보신 분이라면 바로 느끼셨을 줄 압니다. 옛글을 대상으로 쉽게 쓰려고 노력한 글임에도 불구하고 곳곳에서 고풍스런 문체와 표현을 접할 수 있습니다. 제가 20여년 전에 처음 교수님의 글을 읽었을 때에는 낯선 느낌을 받았습니다만 이제는 익숙해지기까지 하여 교수님의 독특한 문체로 아예 이름을 하나 지어 드리고 싶을 지경입니다. 그 이후 지금까지 줄곧 그 문체를 고수해왔다고 할 수 있습니다. 이후 글은 한결 매끄러워지고 시각은 변화를 겪었습니다만, 고풍스러운 문체의 맛은 여전합니다. 현대를 살아가는 학자에게 무슨 문체와 표현을 말하느냐 하겠으나 이것은 그렇지 않습니다. 지금은 학자의 논문과 저술도 마치 공장에서 나오는 물건처럼 형식도 문체도 시각도, 심지어는 주제도 비슷한 것이 지천으로 널려 있습니다. 게다가 대량생산에 속도를 내어 써야 하기 때문에 학자들은 논문을 쓰는 것이 아니라 논문을 제작한다고 말해야 할 정도입니다. 논문 제작에 내몰린 이 시대 학자들이 쓰는 논문의 몰개성한 문체와 비교하면 교수님의 고풍스런 문체는 시대의 흐름을 거스르는 것으로 보입니다. 그러나 인문학자의 글쓰기 태도를 문체로서 보여주는 일이 아닌가 생각합니다.

　다른 하나는 고집固執스러움입니다. 교수님은 그야말로 고집스럽게 가전假傳이란 연구대상에 학자로서 인생을 쏟았다고 해도 지나친 말이 아닐 것입니다. 다른 대상에도 글을 쓰지 않은 것은 아니지만 가전이란 중심을 벗어난 적은 거의 없다고 할 것입니다. 우리 옛 문학 전통에서 가전이 면면하게 창작되었고, 제법 작지 않은 위상을 차지하고 있습니다만, 그렇다고 연구자의 시선을 많이 잡아끄는 대상은 아니었습니다. 그러나 교수님은 학문의 세계에 입문한 이래로 줄곧 가전에 집중하여 기왕에 알려진 작품을 집요하게 해석하는 일뿐 아니라 새로운 작품을 지속적으로 찾아서 소개하고, 이를 다양하게 알리는 일까지 마다하지 않았습니다. 가전을 논하려면 교수님을 빼놓고는 말할 수 없을 것입니다. 학자마다 관심을 집중하는 것이 있습니다만 이처럼 고집스럽고 일관되게 천착하기란 쉬운 일이 아닐 것입니다.

　제가 교수님의 저술과 학문의 여정을 보고 느낀 것입니다만, 과연 이렇게 본 것이 교수님의 인간내면과 얼마나 같을까요? 이번에 간행하는 《우화의 뒷풍경–假傳讀法》을 보고서 저는 다시 한 번 위에서 말씀드린 개성이 살아있음을 확인했습니다. 그러니 교수님의 글 또는 저술이 저자의 인품이나 성격과 일치한다고 말하지 않을 수가 있겠습니까?

그러면서 내용을 일별하면, 일관된 태도 속에서도 변화가 있는 듯합니다. 가전을 어떻게 읽어야 하는지를 다양한 소재와 작가, 작품을 동원하여 찬찬히 설명해주고 있고, 다른 문학 갈래와 가전이 맺는 관계망까지 소상하게 밝혀줍니다. 저자의 오랜 공력을 보여주는 저술로서 가전의 멋을 느끼도록 친절하게 안내하고 있습니다.

저는 교수님과 저술에 감히 이렇다 저렇다 입을 뗄 처지가 아닙니다. 같은 대학에서 오랜 동안 뒤따라 공부한 후배이기 때문입니다. 그나마 과거에는 가까이에서 자주 뵈었습니다만, 나이 들고 각자의 길을 가다 보니 만나는 일도 뜸해졌습니다. 오히려 책을 통해 뵙는 일이 더 많아졌다고 해야 할 것입니다. 아쉬운 일이기는 하나 책을 통해 뵙는 것이 직접 만나는 것과는 다른 반가움이 있습니다. 고풍스런 문체와 고집스런 연구의 결과물에서 그 속에 깊이 스민 교수님의 체취가 느껴지기 때문입니다. 제가 외람되게도 고사하지 못하고 첫머리에 무딘 글을 쓰는 이유입니다.

2010년 정월 초하루에
후학 안대회 삼가 쓰니다.

🐦 : 목 차 : 우화의 뒷풍경

제 1 부
가전과 그 주변

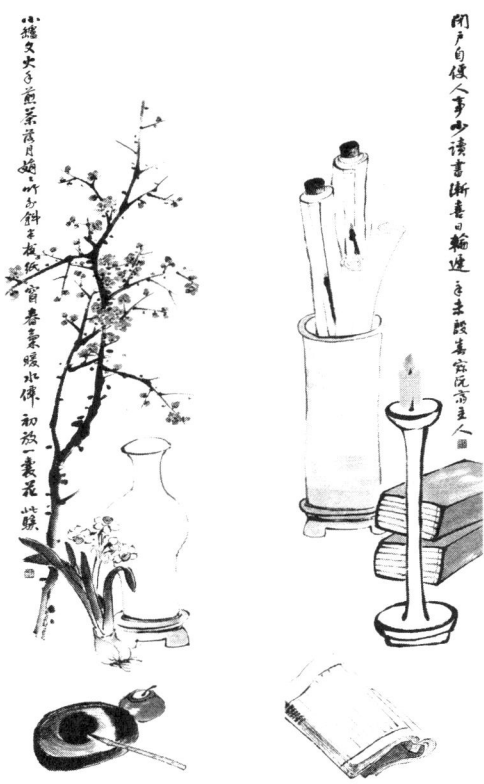

一史 具滋武의 清供圖

프롤로그

　　한국과 중국의 가전假傳 문학들과 함께한 세월이 깊었더니, 어느 날은 문득, '여기 이 가전이야말로 바로 우화가 아닐까 보랴!' 이런 깨달음이 크게 뇌리를 스치는 것이었다.

　　우화가 대관절 무엇인가? 무릇 우화하면 무엇보다 이솝우화를 가장 우선 떠올리게 되고, 그 다음 연상은 동물우화 쪽으로 집중됨이 일반적이고 보편적인 상정常情이 아닐까 싶다. 대관절 사전들은 우화에 대해 어떻게 설명하는지 펴 보고 싶은 마음이 간절해졌다.

　　『중문대사전中文大辭典』에서의 '우화寓話'의 정의를 알고자 펴 보았더니, 뜻밖에도 이 단어가 들어 있지 아니하였다. 대신 '우언寓言' 내지 '우의寓意'에 대한 설명이 그를 대신하였으되, 이러하였다.

　　　寓意 : 假託他事他物 以明其本意也.
　　　寓言 : 文有寄託之意者.

　우의란 '다른 사물에 가탁하여 본래 뜻을 밝히는 것'이요, 우언은 '글 안에 기탁의 의미가 들어있는 것'이라고 풀이했다. 그러면서 『사기史記』 에 나오는 장주莊周 열전을 예로 들었다. 곧, 장자의 저서 10여만 언들 은 대체로 우언으로 끌고 갔다고 하였다. 그리하여 저 서양의 그리스에 이솝의 우화가 있다면 동양에는 장자의 우화가 있으니, 그 평형과 균제 가 가히 관감觀感할 만하다.

　한편, 『동아세계대백과사전』에서는

　　　인간 이외의 동물 또는 식물에 인간의 생활능력이나 생활 감정을 부 여하여 사람과 꼭 같이 행동하게 함으로써 그들이 빚는 유머 속에 교훈 을 나타내려고 하는 설화.

로 설명하였거니, '교훈'의 기능 외에 '유머' 즉 골계滑稽의 기능이 덧입 혀진 셈이다.

　『민족문화대백과사전』에서의 설명은 조금 더 구체적이다. 그 대요 만을 뽑는다면 이러하다.

　　　도덕적인 명제나 인간 행동의 원칙을 예시하는 짧은 이야기 형식. 대개의 경우 보편적인 지혜를 담고 있는 경구警句를 설명하는 이야기. 장르적으로 보면 서사적인 것과 교훈적인 것이 절충된 단순 형식.

핵심어라고 할 수 있는 지혜, 경구, 교훈은 역시 다른 책의 설명들과 같은 눈높이에서, 그 대표 개념을 '교훈'이라고 해도 무방해 보인다.

　영영사전에서는 어떤지 보았는데, 크게 다르지 않음이 확인된다. 『Oxford Advanced Learner's Dictionary』의 설명이다.

fable : a traditional short story that teaches a moral lesson, especially one with animals as characters

도덕적 교훈을 일러주는 전통적 짧은 이야기이니, 특히 동물들이 그 캐릭터가 된다.

그런 반면 국어사전 안에서의 우화의 뜻을 보면,

인격화한 동식물이나 기타 사물을 주인공으로 하여 그들의 행동 속에 풍자와 교훈의 뜻을 나타내는 이야기. 『이솝 이야기』 따위가 여기에 속한다.

그 범위가 한 단계 더 넓은 곳에 미쳐 있다. 곧 '교훈'의 의미 외에 '풍자'의 의미가 하나 더 추가된 것이다.

이 모든 설명들을 종합해 놓고 보았을 때 한국과 중국의 문학 안에서 우화로 인정할 만한 대상은 생각보다 광범위하다는 사실을 새삼 실감하게 된다.

특히 가전 문학이야말로 위에서 제시된 모든 사전적 조건들에 부합하여 어느 한 가지도 손색가는 것이 없다. 즉 동물은 물론이고, 식물, 사물, 심성까지도 그 의인 대상으로 아우르고 있으매 그 범주는 크고 넓기만 하다.

그 뿐이 아니다. 그 제시하는 의미가 교훈 뿐 아니라 풍자 주제까지도 두루 포용하고 있으매, 넉넉히 훌륭한 하나의 우화문학이랄 수 있다. 또한 '우화소설寓話小說'이란 말도 근자에 점차 보편화되어 쓰고 있는 마당에, 가전은 넓은 의미에서 또 한 개의 우화소설이기도 한 것이다. 다음의 해설은 이의 좋은 예증이 된다.

> 우리나라의 우화적 작품(설화)으로 현전한 것은 많지는 않으나, 『삼
> 국사기』에 보이는 〈구토지설龜兎之說〉·〈화왕계花王戒〉 등은 그 오랜
> 예라 할 것이며, 이후 고려·조선조의 많은 가전 및 의인소설들은 우화
> 형식이 발전한 것으로 볼 수 있다.[1]

> 우화 개념을 넓게 잡아 우언寓言 또는 우의寓意로 이루어진 이야기
> 일체를 우화라고 볼 때 우화소설의 개념은 좀 더 확대될 수 있다. 이
> 경우 가전假傳이나 가전체 작품인, 〈수성지愁城誌〉, 〈화사花史〉, 나아
> 가서는 환상적 구도 속에 상징적 의미를 부여하고 있는 몽유록계夢遊錄
> 系 소설 등속으로까지 우화소설의 발달사는 넓게 추적해 갈 수 있으
> 며….[2]

금세기에 이르러 한국 고전문학사 가운데의 엄연한 한 가지 장르로
부각되어진 가전假傳은 저 고려 후기 서하西河 임춘林椿 (1150경~?)의
〈국순전麴醇傳〉으로부터 그 다음 조선조 한 시대를 거쳐 만근에 연민淵
民 이가원李家源(1917~2000)의 〈화왕전花王傳〉에 이르기까지 연장 약
800년 간을 연면히 존속해 온 전傳의 독특한 한 가지 양식이다.
하지만 이 양식이 그 진행 과정 안에서 공식적인 이름을 띠고 진행된
것은 아니었고, 현하 20세기 한국문학사를 정립하는 과정상 새로이 확
립을 본 것이다. 그런 면에서, 이는 마치 저 소설이라 부르는 것이 아직
고전시대의 장르 명칭은 못되었고 20세기 벽두에 들어서야 어엿한 장

---

1) "우화", 조희웅, 『한국민족문화대백과사전』, 한국정신문화연구원, 1991.
2) "우화소설", 정학성, 『한국민족문화대백과사전』, 한국정신문화연구원, 1991.

르의 명칭으로 새로이 고정·정착된 사실과 내력을 같이한다.

우리나라 뿐 아니고 이 장르의 본산이 되는 중국에서도 문학 상에 따로 가전이라고 명명한 자취는 없었던 것 같다. 모름지기 한·중 통틀어서 가전의 남상濫觴으로 볼 수 있는 당나라 한유韓愈(768~824)의 〈모영전毛穎傳〉을 중국의 모든 문학사 및 소설사가 당의 전기傳奇 가운데 포함시켜 다루지는 않았다. 그럴 뿐 아니라 따로이 이렇다 할 장르 이름도 부여하지 않은 사실 등에서 그러하였다.

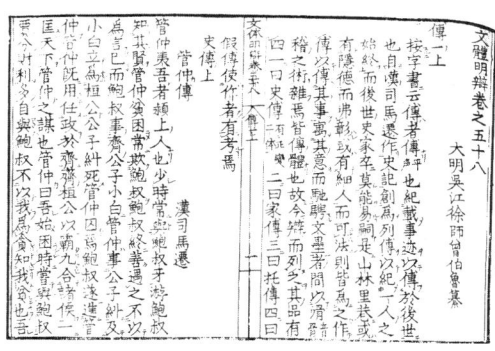

『문체명변』이 傳을 분류한 내용

이 장르를 일컫는 명칭으로 '가전', '가전 문학', '가전체', '가전체 문학', '가전체 소설', '의인체 소설' 등 여러 가지로 혼동해서 부르고 있으나, 의당 '가전'이라 함이 옳을 것이다. 가전이란 것이 원래 명나라의 서사증徐師曾이 『문체명변文體明辯』에서 하위 분류한 사전史傳·가전家傳·탁전托傳·가전假傳 가운데 처음 나타난 말이므로, 고의古意를 존중한대도 그렇게 부름이 온당하다.

우선 '~체體' 자 첨부에 대한 문제이다. 이는 꼭 가전 뿐 아니라 다른 장르에서도 그 경우가 같다. 이를테면 '전기傳記'라 하지, '전기체傳記體' 등으로 사족을 붙이지는 않는다. 만일 전기체라 한다면 전기 본래의 뜻과 유리되어 나갈 사단이 일어날 수 있다. 하물며 우리 문학사 가운데 역시 엄연한 장르의 명칭인 소설이나 향가, 시조 등을 놓고서 소설체, 향가체, 시조체 등으로 일컫지 않는 이유와 맥락을 함께 한다. 만일 그랬다가는 이미 그 장르 본래적 의미에서 벗어나 전혀 변질된 뜻으로 돌변하고 말 것이기 때문이다. 이는 하나의 시 작품을 '시적 작품'이라 한다거나, 한 편의 연극 공연을 '연극적 공연'이란 말로 오용하는 것과 같은 넌센스가 된다. 추사 김정희의 친필 글씨를 앞에 놓고 '추사 진필眞筆', 혹은 '추사 진적眞迹' 등으로 일컫는 대신 '추사체秋史體'라는 말로 아는 체하기와 같은 방심의 표현이다. 그리하여 원래의 〈정과정鄭瓜亭〉을 '정과정곡鄭瓜亭曲'으로 이름 붙인 경우보다 더 심각한 사족을 면할 길이 없게 된다.

또, '가전체 소설'이라 하여 가전을 마치 소설의 한 형태로 보고자 하는 견해 역시 난감하기만 하다. 이는 궁극적으로 소설 본질에 관한 문제로까지 소구되는 바, 원래 소설이란 것이 왜 인간의 삶 속에서 만들어지게 되었는가 하는 소설의 존재 의의와 관련이 깊다. 자주 논급되는 대로, 인문 사회 안에서 소설이 생겨날 수 있었던 필연적인 바탕은 갈등(confliction)과 대립(confrontation)의 논리 위에 기초하여 있다는 사실에 유의할 필요가 있다. 그리하여 소설이 묘사하는 세계는 존재와 존재 사이의 대립 및 갈등이거나, 아니면 자기 자신 내부에서 일어나는 양자택일과 같은 갈등의 세계이다.

대체로 시가 합일과 융화의 질서 위에 있는 미학인데 반해서, 소설은 철두철미 대립 및 갈등의 역학적 질서 위에 기초한 문예라고 특징 지을 수 있다. 바꿔 말해서, 만일 인간들 삶 속에서 존재들 상호 간의 대립과 갈등, 즉 불화는 없고 영원한 화합만이 지속되었다면 소설이란 것도 처음부터 그 존재 의의가 사라지고 말았을 것이다.

그런데 일단 소설에서 제시된 갈등은 그 처음 등장한 상태로 머물러 있기를 허용 받지 않는다. 왜냐하면 소설은 그 내용의 구조상 한 가지 사건 및 사실(A)이 인因이 되어 계속해서 그 다음의 비상한 사건 및 사실(A', A")의 과果로 이어져 나가기를 끊임없이 기대 받고 있는 양식인 까닭이다. 그리하여 존재와 존재 사이에 처음에는 미소微小하였던 갈등·대립이 차츰 심화·확대하는 단계까지 올라가는 국면이 있게 된다. 이 지점을 정점(climax)이라고 할 수 있다. 그러면 바로 이 갈등∼정점으로의 흐름을 가능케 하는 추진 인자因子야말로 고금을 초월한 소설 특유의 큰 핵심적 요소가 된다.

갈등과 그 심화의 양상은 인류의 삶과 때를 같이 하는 것이다. 또 그 구체적인 표현이 존재 대립의 문학적 형상화인 소설을 빌어 나타난 것이므로, 이러한 이치는 고금의 어떤 소설이든 막론하고 구비해야 할 최소한의 요건이 된다.

이때 〈모영전〉을 비롯한 가전의 경우 어떠한가? 물론 가전의 경우에도 때로는 주인공이 그와 대립적인 관계에 놓이는 그 누구와 갈등이 있었다는 사실을 단편적으로 묘사하기도 한다. 그러나 어디까지나 단편적일 뿐이다. 문제로서 제기된 그 갈등이 더 이상 인과적으로 연결 확대되지는 않는다. 요컨대 전기傳奇 또는 소설 등에서 볼 수 있는 인과적 구조가 부재한 것이다. 곽잠일郭箴一의 경우는 이를 '聯絡연락'이라는 표현으로 대신했거니와, 그가 『중국소설사』안에서 언급한 다음 같은 취지는 소설의 인과구조를 이해하는 데 큰 이바지가 된다.

唐代的小說 雖是短篇 然是關於一人一事的聯絡.
당나라 시대의 소설은 그것이 비록 단편일지라도 한 사람이 한 사건에 관계된 연결과 맥락이 있다.

이에 반해 가전이 알리고 있는 내용은 단편적 독립된 사실의 모자이크에 불과할 뿐– 조수학曺壽鶴은 이를 가전의 편철성이라 일컬었다– 일정한 사건을 중심으로 전후간의 사실이 긴밀한 맥락을 갖고 인과적·연쇄적으로 작용하지 못한다. 따라서 가전에는 소설에서 맛볼 수 있는 상황적 변화에 따른 긴장(tension)도 있을 수 없고, 소설이 경우에 따라 곧잘 제시하기도 하는 복선(underplot) 같은 것도 거의 기대하기 어렵게 된다. 동시에 하나하나의 사건이나 사실이 그 자체로서 의미상의 내적 필연성을 갖지 못하고 만다. 이것이 바로 가전이 소설에 이르지 못하는 결정적인 한계라 할 수 있다.

나아가 가전의 개념 자체가 허구적 의인화 형태를 띤, 이를테면 전기傳記(biography)의 한 가지 형태라는 점에 유의하면 장르 구분의 문제 해결에 보다 접근할 수 있다. 말하자면 오늘날 '소설 : 가전'의 차이는 '전기傳奇 : 전기傳記' 개념의 차별화 속에서 찾을 수 있을 것으로 최종 귀착된다는 뜻이다. 따라서 전기傳奇와 전기傳記가 그 형식에서 같을 수가 없듯이, 가전과 소설 또한 그 형식의 면에서조차 하나일 수 없게 된다.

중국과 한국의 최초 가전인 〈모영전〉·〈국순전〉 등을 중심한 본격적 형태의 가전은 마치 한시에서 볼 수 있는 기·승·전·결의 구성 방식을 방불케 한다. 그리하여 한시가 운문 가운데도 엄격한 정형시에 해당한다 할 것 같으면, 가전은 산문 중에서도 엄격한

최초의 가전 모영전

정형적 산문이 된다고 볼 수 있다.

그 정형성은 음위율音位律다운 현상으로 나타나는 바, 전체적인 통계의 양상에서 대개 기起는 '□□, □□人' 및 '其先□□'의 문자로 표현되고, 승承은 이것이 끝난 바로 뒤에 주인공의 이름과 함께 시작되는 경우가 많다. 전轉은 '其子□□'·'子孫□□' 등의 문자로 유도되고, 결結은 '太史公曰'·'史臣曰'·'贊曰' 등의 언어로 명시된다.

이러한 특징은 바로 같은 산문 문학일지라도 위와 같은 제약에서 자유로운 소설과는 엄연 구별될 수밖에 없는 소이가 된다. 산문을 그대로 운문에다 비유해 볼진대, 가전이 정형시라면 소설은 자유시로 표현해 볼 길 있다. 그러나 소설은 자유시에의 견줌만으로 만족될 수 없는, 자유시보다 훨씬 크고 무한정한 자유를 가지고 있다. 이렇게 분방한 자유적 산문인 소설이 처음부터 고정된 형식의 틀 안에서 만들어지는 정형적 산문인 가전과 같을 수는 없는 것이다.

그리고 결정적으로 가전은 말미에 자기적 의사를 명백화하는 틀을 기본으로 삼는 장르이다. 이는 작자가 자신의 의도를 노정露呈시키는 일 만은 없이 은밀하게 숨고 마는 — 그래서 소설의 '주제잡기'가 오늘날 논란의 하나로 되어버린 — 일반적 소설과는 애당초 같은 궤도 안에 있지 않음을 명징하게 나타내 준다. 궁극에 가전은 어디까지나 가전으로 남을 뿐, 소설과 동일한 장르로서 다루기는 마침내 어려울 뿐이었다.

그 다음, 가전 대신 의인 문학이라 지칭하기도 했으니 대체 가전과 의인 문학과의 관계는 어떠한가?

물론 내용의 성격상 가전은 필경 의인 문학의 드넓은 범주 안에 포함됨이 엄연한 사실이다. 다시 말해 가전은 의인 문학에 속하는 한 가지 범위의 장르이다. 그러나 의인화된 것이라고 하여 무조건 다 가전이라 부르지는 않는다. 예컨대 신라 신문왕神文王 때 설총이 지었다는 세칭 〈화왕계花王戒〉, 작자 및 연대 미상의 〈규중칠우쟁론기閨中七友爭論記〉, 또 통상 판소리계 소설로 불리는 〈토끼전〉 같은 것을 가전으로 일컫지는 않는다. 그 대신 그러한 형상들을 일컫는 장르 상의 말로 각각 '의인 설화'와 '의인 수필', '의인 소설' 등의 고유하고도 엄연한 호칭이 있다. 따라서 의인 문학이란 의인 형태의 설화·가전·수필·소설 등을 두루 포괄하는 상위 개념으로서의 총칭인 것이다. 결과적으로 의인 가전, 의인 설화, 의인 수필, 의인 소설 등은 다같이 의인 문학의 하위 개념에 속하지만, 같은 의인 문학이라 해도 이렇게 제각각 붙여지는 명칭이 다른 까닭은 바로 형태상의 같지 않은 특징에 있음이다. 문학은 그 내용성 못지않게 형식성이 중대한 몫을 차지한다 함은 이 자리에서 새삼 되풀이 강조할 나위조차 없는 말이다.

그렇다면 이제 가전이 가지는 바, 독특하고 고유한 형식이란 무엇인가? 그것은 전언했듯 전기傳記의 형식이다. 전기란 주인공의 일대기에 관한 기록이니, 서사증이 말한 바 '기일인지시종紀一人之始終', 곧 '한 인물의 시작과 끝을 기록함'이 바로 그 요체가 된다. 따라서 같은 의인 문학이라고 하지만 주인공의 일대기적 기록 대신에 편시적片時的 상황을 다룬 〈정시자전丁侍者傳〉·〈용부전慵夫傳〉 등은 이 기준에 부합되지 않으므로 대상에서 제외된다.

동시에, 초창기 가전 창작의 주역들인 한유·진관·소식·임춘·이규보 이래 전통적으로 이후의 모든 가전 작가들이 주인공 당사자의 이야기만으로 한정시켜 서술하지는 아니하였다. 대신, 가전의 발생적 남상으로 간주되는 한유의 〈모영전〉과 한국 가전의 최초로 보는 임춘의 〈국순전〉 등은 이미 그 안에 형태 상의 기본적인 체계가 내유內有하여

있었다. 곧 대부분 가전들은 주인공의 본전本傳을 중심한 그 앞 마당에
는 선계先系, 뒷마당에 후계後系를 각각 설정하고자 하는 기본적 노선을
가지고 있었다. 실제로 우리 가전의 모든 경우에 선계가 공시되어 있
고, 전체 가전의 약 반수 가까이에 걸쳐 후계가 드러나 있다.

또 가전 형태의 특징 가운데 가장 두드러져 빼놓을 수 없는 것이
작품 말미의 평결부이다. 필자의 편역서인『한국의 가전문학』(上・下)
에 수록된 우리 가전 50편 중 백곡 김득신의 가전 2편을 제외한 나머지
작품 모두에서 '태사공왈太史公曰'・'사신왈史臣曰'・'찬왈贊曰' 등으로
시작되는 평결부가 원칙적인 체계로서 지켜져 있다.

그리하여 '선계・본전・후계・평결'이라는 원칙적인 체계를 형성하
게 되었던 바, 가전의 창작은 이러한 정형적 형식 및, 앞서 내세운 바
비인과적 내용 구성의 틀 위에서 연면히 전개되어 왔던 불문률적인 진
실이 있다.

그러면 이제 가전 문학의 전반적 이해를 돕기 위해 동방 가전의 효시
내지 원형原型으로서 중대한 의의를 차지하고 있는 한유의〈모영전〉
원문 및 주석을 여기 수록해 둔다.

毛穎者 中山人也 其先明眎 佐禹治東方土 養萬物有功 因封於卯
地 死爲十二神 嘗曰 吾子孫神明之後 不可與物同 當吐而生 已而果
然 明眎八世孫䶉 世傳當殷時 居中山 得神仙之術 能匿光使物 竊姮
娥 騎蟾蜍入月 其後代遂隱不仕云 居東郭者曰魏 狡而善走 與韓盧
爭能 盧不及 盧怒 與宋鵲謀而殺之 醢其家 秦始皇時 蒙將軍恬南伐
楚 次中山 將大獵以懼楚 召左右庶長與軍尉 以連山筮之 得天與人
文之兆 筮者賀曰 今日之獲 不角不牙 衣褐之徒 缺口而長鬚 八竅而

跌居 獨取其髦 簡牘是資 天下其同書 秦其遂兼諸侯乎 遂獵 圍毛氏
之族 拔其毫載穎而歸 獻俘於章臺宮 聚其族而加束縛焉 秦皇帝使
恬賜之湯沐 而封諸管城 號曰管城子 日見親寵任事 穎爲人强記而
便敏 自結繩之代 以及秦事 無不纂錄 陰陽卜筮占相醫方族氏山經
地志字書圖畫九流百家天人之書 及至浮屠老子外國之說 皆所詳悉
又通於當代之務 官府簿書 市井貨錢注記 惟上所使 自秦皇帝及太
子扶蘇胡亥丞相斯中車府令高 下及國人 無不愛重 又善隨人意 正
直邪曲巧拙 一隨其人 雖見廢棄 終嘿不洩 惟不喜武士 然見請亦時
往 累拜中書令 與上益狎 上嘗呼爲中書君 上親決事 以衡石自程 雖
宮人不得立左右 獨穎與執燭者常侍 上休方罷 穎與絳人陳玄宏農陶
泓及會稽楮先生友善 相推致 其出處必偕 上召穎 三人者不待詔 輒
俱往 上未嘗怪焉 後因進見 上將有任使 拂拭之 因免冠謝 上見其髮
禿 又所摹畫不能稱上意 上嘻笑曰 中書君老而禿 不任吾用 吾嘗謂
君中書 今不中書耶 對曰 臣所謂盡心者焉 因不復召 歸封邑 終於管
城 其子孫甚多 散處中國夷狄 皆冒管城 惟居中山者 能繼父祖業

　太史公曰 毛氏有兩族 其一姬姓 文王之子封於毛 所謂魯衛毛聃
者也 戰國時有毛公毛遂 獨中山之族 不知其本所出 子孫最爲蕃昌
春秋之成 見絶於孔子 而非其罪 乃蒙將軍拔中山之豪 始皇封諸管
城 世遂有名 而姬姓之毛無聞 穎始以俘見 卒見任使 秦之滅諸侯 穎
與有功 賞不酬勞 以老見疏 秦眞少恩哉.

　　모영毛穎[3]은 중산中山[4] 사람이다.

---

3) 붓의 의인화 별명. 여기서 '穎'은 뾰족한 것[尖] 또는 붓끝[筆頭]의 뜻.
4) 오늘날 안휘성(安徽省) 선성현(宣城縣) 북쪽과 강소성(江蘇省) 표수현(漂水縣) 남

그 선조인 명시明眎5)는 우禹 임금을 도와 동쪽 지경을 다스려서 만물을 양육시킨 공로가 있었기에 묘卯 땅에 봉해졌고,6) 죽어서는 십이신十二神7)의 하나가 되었다.

항아

그는 일찍이 이렇게 말하였다.

"나의 자손들은 신명神明의 후예인지라 여느 다른 종족들과 같아서는 아니 될 일, 마땅히 입으로 토해서 낳도록 할 것이리."

이윽고 그것은 사실로 나타났다.

명시의 8대손은 누嬬8)였다. 세상에 전하는 말로는 그가 은나라 당시 중산에 거처하면서 신선의 술법을 터득하였더란다. 능히 모습을 감추고 물物을 부릴 수 있었더니, 항아姮娥9)가 넌지시 변화된 두꺼비를 타고 달로 들어가 버리매, 그 다음 대代부터는 결국 숨어 벼슬하지 않게 되었다고 한다.

동곽東郭10)에 살던 자는 준竣11)이라 했다. 민첩하고 뜀박질을 잘 하였거니, 한로韓盧12)

쪽의 산 이름으로, 정교한 토끼털 붓의 명산지.
5) 토끼의 별명. 눈이 밝다는 뜻이니, '明視'로도 쓴다.
6) 십이지(十二支) 가운데 넷째 지지(地支)인 묘(卯)는 토끼를 상징하고, 방위상으로는 이십사방위(二十四方位) 중 동쪽에 해당한다.
7) 재액을 쫓는 십이지(十二支)의 열두 주신(主神).
8) 어린 토끼.
9) 『회남자(淮南子)』 등에 나오는 전설상의 여인. 남편 예(羿)가 서왕모(西王母)에게서 얻은 두 개의 불사약을 훔쳐 달로 달아났다가 두꺼비가 되었다고 한다.
10) 동쪽의 외성(外城). 외성은 성 밖에 겹으로 둘러 쌓은 성.
11) 약빠른 토끼. 즉, 교토(狡兔). '東郭竣 天下之狡兔也.' [戰國策].

와 솜씨를 겨루었는데 한로가 따르지 못하였다. 그러자 한로는 노한 나머지 송작宋鵲13)과 짜고 그를 죽인 다음 그의 집안을 절여 없애고 말았다.

진시황 시절 몽념蒙恬14) 장군이 남으로 초楚나라를 쳤는데, 중산에 주둔하던 차에 바야흐로 크게 사냥하여 초를 두렵게 한 바 있었다. 좌우의 서장庶長15)들과 군위軍尉16)들을 불러다가 연산連山17)으로 점쳤더니 천문天文과 인문人文의 조후兆候를 얻었다. 이에 점치는 이가 축하를 드렸다.

몽념 장군.
붓의 처음 발명자로 전설되었다

"오늘 노획하실 것은 뿔도 아니 나고 어금니도 없는, 털옷 두른 무리이나이다. 입은 비뚜름한 언청이에 기다란 수염, 여덟 개 구멍이 나 있고 오그려 앉지요. 각별히 그 터럭을 취하면 간독簡牘18)에 쓰임새가 있어 온 천하가 다 함께 글을 쓸 수 있사온즉, 우리 진나라가 결국은 제후들을 아우를 수 있겠나이다."

드디어 모씨毛氏의 겨레를 찾아 에워싼 다음, 그 중에 잘난 자들을 가려냈다. 이때 모영도 함께 수레에 태우고 돌아와 장대궁章臺宮19)에

---

12) 중국 한(韓)나라 산(産)의 명견(名犬).
13) 중국 송나라 산의 양견(良犬). 한로(韓盧)와 더불어 준견(駿犬)의 대명사.
14) 진시황 때 흉노를 정벌한 명장으로, 그가 붓을 처음 만들었다는 설이 있다.
15) 진(秦)·한(漢) 시대 무관의 작위로서, 좌서장(左庶長)·우서장(右庶長)·사거서장(駟車庶長)·대서장(大庶長) 등 20급이 있었다.
16) 서장(庶長) 휘하의 장교.
17) 역(易)에는 연산(連山), 귀장(歸藏), 주역(周易)의 세 가지가 있었으니, 그 가운데 하나, '掌三易之法 一曰連山 二曰歸藏 三曰周易.'[周禮, 春冠, 大卜].
18) 대쪽과 나뭇조각. 종이 발명 이전에 글씨를 적어 넣는 수단이었다.

서 포로로 바쳤고, 그의 일족들 역시 한군데 모아 결박을 지었다.

진나라의 황제는 몽념으로 하여금 모영을 탕湯에다 목욕시키도록 허락하였다. 그리고는 모영을 관성管城[20]에 봉해 주고 관성자管城子[21]라 부르면서 매일같이 데려다 보며 친히 총애하는 가운데 일을 맡기었다.

모영은 타고난 됨됨이가 기억력이 강하고 기민해서, 저 결승結繩 시절[22]부터 진나라에 이르기까지의 사적들을 묶어 기록하지 않음이 없었으니, 음양陰陽, 복서卜筮, 점상占相, 의방醫方, 족씨族氏, 산림山林, 지리地理, 문자 관련의 책, 도화圖畵 및 구류九流,[23] 백가百家[24]와 특출한 인물에 관한 글, 나아가 불교 승려와 노자老子, 외국의 변설을 상세

왼쪽부터 몽념, 부소, 조고, 호해

히 다 망라하였다. 또한 시사時事의 정무政務에도 통하여서, 관청의 문서거나 시정市井 화폐에 관한 기록을 오로지 명하는 대로 바쳐 올리니, 진시황제 및 태자인 부소扶蘇[25]와 호해胡亥,[26] 승상 이사李斯,[27]

---

19) 진나라 때 함양(咸陽)에 세웠던 궁전. 위수(渭水)의 남쪽 언덕에 자리했다.
20) 붓대〔管〕를 성(城)에 비의(比擬)하였다.
21) 붓〔筆〕의 의인화 명칭. 붓대 성(城)의 관할자란 뜻.
22) 새끼끈을 매듭지어 메시지를 주고받던 태고(太古) 시대.
23) 중국 한나라 때에 구분해 이르던 아홉 종류의 학파. 유가류(儒家流)·도가류(道家流)·음양가류(陰陽家流)·법가류(法家流)·명가류(名家流)·묵가류(墨家流)·종횡가류(縱橫家流)·잡가류(雜家流)·농가류(農家流).
24) 제자백가(諸子百家). 또는 유가(儒家) 이외 제가(諸家)의 총칭.
25) 진시황의 장자(長子). 진시황 사후에 조고(趙高)와 이사(李斯)가 조작해 낸 가짜 조서에 의해 죽임을 당하였다.

중거부령中車府令28) 조고趙高29)로부터, 아래로는 나라의 일반 백성에 이르기까지 사랑하며 소중히 여기지 않는 이가 없게 되었다.

　게다가 다른 이의 뜻을 잘 따랐다. 정직正直과 사곡邪曲, 교교巧와 졸졸拙을 막론하고 한결같이 그 당사자만을 좇으니, 비록 밀려나 버림을 받더라도 끝끝내 침묵하면서 누설하는 법이 없었다.

　다만 그가 무인을 좋아하지는 않았지만, 부름을 받으면 다름 없이 때맞춰서 가곤 하였다.

　여러 차례 승진으로 중서령中書令30) 벼슬을 제수 받은 덕분에 임금과 더욱 허물없이 되었으며, 임금도 진작부터 그를 중서군中書君31)으로 불러 왔다. 임금이 몸소 어떤 사항을 결정지을 때에는 저울을 재듯이 혼자서 헤아려 상량하였다. 따라서 아무리 궁인宮人이라도 곁에 모실 수가 없었으되, 오직 모영하고 촛불 밝히는 자만은 늘 시종하였으니, 임금이 쉴 때가 되어서야 일을 놓았던 것이다.

　모영은 강주絳州32) 출신인 진현陳玄,33) 굉농宏農34) 땅의 도홍陶泓35) 및 회계會稽36)의 저선생楮先生37)들과 가까운 벗을 삼았다. 서로가 밀어

---

26) 진시황의 둘째 아들. 조고(趙高) 등의 추대로 진나라의 2세 황제가 되었다.
27) 진시황 천하 통일의 최고 공신(功臣). 법가 사상의 승계자이다.
28) 진의 벼슬 이름으로, 승여(乘輿)와 노거(路車) 등 탈것에 관한 일을 맡았다.
29) 진시황의 환관. 진시황 사후에 대권을 농락하여 승상까지 하였다가 피살되었다.
30) 임금의 조명(詔命)·기무(機務) 등을 맡은 중서성(中書省)의 우두머리.
31) 붓의 의인화 미칭(美稱).
32) 산서성(山西省) 소재로, 춘추시대에는 진(晉)나라 땅이었는데, 북주(北周) 때 이 이름으로 설치되었고, 그 전후간 시대에 따라 많은 명칭 변화를 겪었다.
33) 먹의 별명.
34) 지금 하남성 소재의, 한(漢)나라가 세웠던 군(郡) 이름. 벼룻돌의 명산지.
35) 벼루의 별명. 흙을 구워서 만든 도제(陶製)에, 오목 패인 곳[泓]을 살려 쓴 말.
36) 지금 강소성 소재의, 진(秦)나라가 세웠던 고을 이름.
37) 종이의 별칭. 닥나무 껍질로 만드는 종이에 대한 존칭 활유어(活喩語)임.

주고 끌어주고 하는 가운데 그 나아가고 물러남을 반드시 함께 하였다. 그리하여 임금이 모영을 부르면 세 사람이 따로 임금의 하명을 기다리지 않고도 어느새 함께 갔던 것이지만, 임금은 이를 한 번도 이상하게 여긴 적이 없었다.

뒤에 임금께 알현하러 갔을 때, 임금이 장차 어떤 맡기고자 할 일이 있어 각별히 그에게 선택의 특혜를 베풀었다. 이에 그가 관冠을 벗고 사례하였는데 임금이 그의 머리가 다 벗겨진 모양을 보게 되었다. 게다가 글자의 획을 베껴 옮기는 바가 임금 뜻에 맞지 못하였다.

그러자 임금은 억지 웃음을 띠면서,

"중서군이 늙어서 민머리가 되었으니, 나의 소용所用에 맞춰 일을 맡기지 못하겠구려. 내 일찍이 그대가 글 쓰는 일에 적합하다 여겼거니와, 지금에 와선 거기 맞지 않은 건가?"

그러자 모영이 대답을 드렸다.

"신은 이른바 마음을 다 바친 자이옵니다!"

이 일로 말미암아 다시는 불리지 않은 채 봉읍封邑으로 돌아가 관성管城에서 생을 마치었다.

그의 자손이 대단히 많아서 중국 및 동이東夷·북적北狄 등지에 흩어져 살았다. 하나같이 관성 출신임을 자처했지만 중산에 사는 이들만이 부조父祖의 업을 잘 계승하였다.

태사공太史公은 이르노라.

「모씨毛氏에는 두 겨레가 있다. 하나는 원래 희씨姬氏 성이던 문왕文王38)의 아들이 모毛39) 땅에 봉해졌거니, 이른바 노魯40)·위衛41)·모

---

38) 은(殷)의 폭군 주(紂)에 항거하여 주(周) 왕조의 초석을 다진 인물. 성(姓)은 희(姬), 이름은 창(昌)이다.

모수

毛·담聃42)이라 하는 그것이요, 전국 시절에는 모공毛公으로 불리었던 모수毛遂43)가 있었다.

다만, 중산의 족속만큼은 그 본래의 근원은 알 수 없어도 자손이 가장 번창하였다. 『춘추春秋』44)를 이룩함에 비록 공자의 손길을 입지는 못하였지만, 이것이 그들 잘못은 아니었다.

몽념 장군이 중산의 빼어난 자들을 발탁하고, 진시황이 그들을 관성에 봉해준 데 이르러 그 집안이 여러 대에 걸쳐 이름을 얻을 수 있었으나, 희씨 성으로서의 모씨는 이름이 들리지 않았던 것이다.

모영이 처음에는 포로의 몸으로 황제를 알현하였지만, 드디어는 벼슬의 임명을 받게 되었고, 진나라가 제후들을 멸함에 있어서 모영도 더불어 공로가 있었다. 그랬거늘, 그 수고로움에 값하는 상賞은 커녕, 늙었다고 하여 물리침을 당하고 말았으니, 진나라는 참으로 은정恩情을 가볍게 여기었구나!」

---

39) 주(周) 문왕(文王)의 여덟째 아들이 봉해 받은 나라. 지금 하남성 의양현(宜陽縣).
40) 주(周) 문왕의 세자 무왕(武王)이 아우인 주공(周公) 단(旦)에게 봉해 준 나라. 지금 산동성 곡부현(曲阜縣) 소재.
41) 주 무왕이 아우인 강숙(康叔)에게 봉해 준 나라. 지금 하남성 기현(淇縣) 소재.
42) 문왕의 아들 중 한 사람이 봉해 받은 열여섯 나라 중 하나. '管·蔡·郕·霍·魯·衛·毛·聃·郕·雍·曹·藤·曄·原·酆·郇 文之昭也.'[左氏, 僖, 二十四]. '十六國皆文王之子也.'[注]. 지금 호북성 형문현(荊門縣) 소재이다.
43) 전국시대 신릉군(信陵君)의 식객(食客)을 하던 조(趙)나라 현사(賢士).[史記, 信陵君傳]에, '公子聞 趙有處士毛公 藏於博徒.'
44) 공자가 찬술한 노나라 12공(公) 242년 간의 편년체 역사서.

가전과 유서

한중 술 가전의
소재 찾기

글쓴이는 일찍이 중국과 한국의 전체 가전假傳을 총체적인 대상으로 놓고, 이를 이론화하던 과정에서 한중 가전과 유서類書와의 관계에 대해 상세하게 다룬 바 있다.[1] 이는 다름 아니라 가전 문예의 내용을 구성하는 바탕적 재료를 어디서 구해 왔는가 하는 이른바 소재론적 연구가 되겠거니와, 여기서 술·돈·거북·죽류竹類·종이·먹·꽃 등의 경우를 예로 들어 기왕에 밝혀지지 못했던 새로운 국면을 제시하고자 한 것이다.

궁극에 가전의 소재들은 이같이 지도도 없는 보물찾기와 같은 무모한 시도, 편철성의 논리[2] 등에 따라 수집된 것이 아니라, 일목요연한 정보 분류의 사전적 시스템 위에서 일사분란하게 수행된 바이니, 그러한 정보 취합의 구실을 『사문유취事文類聚』·『태평어람太平御覽』 같은

---

1) 김창룡, 『한중가전문학의 연구』, 개문사, 1985.8, pp.83~130.
2) 조수학, 「가전의 편철성」, 『영남어문학』1, 영남어문학회, 1974.11.

유서가 담당했음을 규명하였다.

한편, 비록 그 시야가 유서 등에까지 미치지 못하였지만 가전 창작의 바탕에는 선행 가전이 뒤의 것에 끼친 영향 관계를 무시할 수 없다. 실제로 안병설이 송대 진관秦觀의 〈청화선생전淸和先生傳〉을 기준으로 하여 더 나중의 고려시대 임춘林椿의 〈국순전麴醇傳〉, 이규보李奎報의 〈국선생전麴先生傳〉 등과 동일성 및 유사성을 비교한 글3) 등이 좋은 예가 된다.

이렇듯 특별히 술 한 가지만 놓고 보더라도, 한 편의 가전을 창작하는 마당에는 유서 또는 동일 소재 가전과의 긴밀한 유대가 따르고 있음을 확인할 수 있겠다. 그러나 시대를 거듭하면서 가전 작품이 영향 받는 양상 또한 동일 소재나 동일 장르의 범주를 초월해서 보다 다기화多岐化되어 감을 알 수 있다. 그리하여, 이제 술의 가전을 중심으로 이것이 유서[事文類聚・太平御覽 등]로부터, 동일 소재 가전[淸和先生傳・麴先生傳 등]으로부터, 다른 소재 가전[壺子傳・商君傳・天君傳 등]으로부터, 또는 동일 소재 다른 장르 작품[醉鄕記・醉鄕志 등]으로부터, 나아가 다른 소재 다른 장르 작품[義勝記・愁城誌 등]으로부터 수신 여부 및 그 과정을 탐구함과 동시에, 그것이 제시하는 의미를 함께 모색해 보기로 한다.

---

3) 안병설, 「가전에 대한 이견산고」, 『명지어문학』7, 1975.3.

1: 진관秦觀의 〈청화선생전淸和先生傳〉

진관

송대 진관秦觀(1049~1100)의 호는 회해거사淮海居士, 자는 소유少游·태허太虛이다. 어려서부터 호준豪儁·강개慷慨한데다 문사文詞가 넘쳤다 한다. 동파東坡 소식蘇軾 계열의 문장가로서, 동파에 의해 굴원屈原이나 송옥宋玉 정도의 재주를 인정받는 등, 당시에도 벌써 동파의 버금가는 문명을 떨친, 이른바 소문사학사蘇門四學士의 한 사람이었다. 과거에 급제하여 정해주부定海主簿가 되었고, 원우元祐 초에는 동파의 천거를 입어 태학박사太學博士를 제수 받았다. 이어 국사원편수관國史院編修官으로 옮겼으나, 얼마 안 있어 당적黨籍에 연루되어 좌천 당하였다. 세상에서 '진회해秦淮海'라 칭했다고 하며, 저서에 『회해집淮海集』이 있다.

이제 그가 지은 〈청화선생전〉을 경개로서 적으면 이러하다.

청화선생淸和先生의 성명은 감액甘液이며, 자는 자미子美로, 기량과 풍도가 맑았다. 신분의 높고 낮음을 막론하고 누구든 선망하매, 천자에게까지 불려 총애와 신임을 받았다. 다양한 계층과의 번잡한 교유 때문에 임금이 의심한 적도 있었으나, 곧 이해하게 되었다. 선생은 사람의 성정性情을 자유자재로 변화시킬 수 있었다. 그 때문에 사람들이 위로를 받기도 하고, 손해를 당하기도 한 바, 그에 대한 인식이 양단으로 갈리었다. 하지만 그를 헐뜯는 여론이 더 거셌기에 임금도 점차 소원해 하던 차에, 서막徐邈이 선생을 성인이라 칭송하자 선생과 그의 붕당을 배척시켰다. 실세失勢한 후에는 정나라에서 일생을 마치었다. 이렇듯 총애를 잃었던 당시에 많은 오해를 받았지만 필탁畢卓, 공융孔融, 유백륜劉伯倫 등은 유독 선생을 옹호하였다. 결론하되, 선생에 대한 공론公論은 너무도 선과 악의 한 극단에 치우쳐 있다. 그가 비록 시작과 끝이 성인의 경지에는 미치지 못했으나, 사람의 성정을 북돋아 달래고 불우한 선비를 위로하였으니, 자애로운 군자의 풍도를 갖추었다 하겠다.

아울러 본편의 소재적 원천을 탐색코자 하는 마당에, 술을 제재로 한 가전으로 이 작품보다 선행된 것이 아직까지 나타나지 않은 점으로 일단은 이것을 술 가전 조품藻品의 최초로 보아도 무방하다. 따라서 당연히 뒷시대의 다른 술 가전에 대한 발신자로서의 역할만이 가능했는데, 그 역할 가운데 가장 두드러져 나타난 것은 다음의 구절이다.

청화선생전-『고금골계문선』에서

    及長 器度汪汪 澄之不清 淆之不濁.
    장성하자 기국器局이며 풍도風度가 넘쳐서, 맑게 한다 해도 더 맑아질 게 없고, 뒤흔들어도 흐려짐이 없었다.

이 구절이 동전東傳하여 이후 고려의 〈국순전〉·〈국선생전〉, 조선의 〈국수재전〉 등에 약여躍如히 투사되었던 것이다.

醇器度弘深 汪汪若萬頃波水 澄之不淸 撓之不濁. 〈국순전〉
此兒心器 當汪汪若萬頃之波 澄之不淸 撓之不濁. 〈국선생전〉
秀才之量 汪汪若千頃波 澄之不淸 搖之不濁. 〈국수재전〉

그 다음, 발신자인 〈청화선생전〉 중에 계층과 인종의 구분 없이 모두 선생을 선망하였다는 대목이 있다.

士大夫喜與之遊 詩歌曲引往往稱道之 至於牛童馬卒閭巷倡優之口 莫不羨之.
사대부들이 함께 교유하기를 좋아하니, 시詩·가歌·곡曲·인引 중에 왕왕 그를 칭도하였음이요, 나아가 목동과 역졸 또는 여염가와 창우倡優의 입언저리에까지 그를 선망하지 않음이 없었다.

이 또한 비록 똑같은 자구字句는 아니었으되 거의 유사한 투어로 12세기 고려의 〈국순전〉 및 18세기 조선의 〈국청전〉에 반영되었다.

自公卿大夫神仙方士 至於廝兒牧竪夷狄外國之人 飮其香名者 皆羨慕之. 〈국순전〉
위로는 공경대부 및 신선·방사로부터 아래로는 머슴, 목동, 오랑캐와 다른 나라 사람에 이르기까지 그 향기로운 이름을 접하는 이마다 모두 선망하고 사모하였다.

雖蠻夷戎狄 咸與交歡 上自帝王 下至隷胥 率皆愛慕欣欣焉.
〈국청전〉
비록 만이蠻夷와 융적戎狄 같은 오랑캐일지라도 함께 기쁨을 나누었다. 위로는 제왕으로부터 아래로는 노예나 서리에 이르기까지 하나같이 기꺼이 사랑하고 흠모하였다.

이 구문은 문방가전인 박윤묵朴允默(1771~1849)의 〈모원봉전毛元鋒傳〉 등에도 고스란히 재현되고 있다.

이밖에도 조조曹操가 권병을 쥐었을 당시에 그 막하의 호음가였던 서막徐邈이라는 인물이 주류酒類 가전에 곧잘 등장한다. 그 처음은 〈청화선생전〉인 바, 이 역시 고려의 〈국순전〉・〈국선생전〉에 각각 용사用事되었다.

그러면 본편이 술의 가전으로서는 최초인지라 다른 아무런 전거 없이 전혀 독창으로만 이루어졌는가 하면 그렇지는 아니하였다. 이 마당에 오늘날의 백과사전에 해당하는 유서類書의 존재가 부각되어진다.

그러나 유서의 대표격인 『태평어람』・『사문유취』와는 별 관련성이 엿보이지 않는다. 우선, 진관의 생애와 관련하여 그의 별세 이후인 1200년 무렵에 편찬된 『사문유취』야 일단 예외가 될 수밖에 없다. 다만, 983년에 빛을 본 『태평어람』은 그 참조의 가능성을 일단 생각해 볼 수 있겠으나, 실제에 있어 그 구체적인 관계를 거의 찾아보기 어렵다. 본편 가운데 후직씨后稷氏를 비롯해서 실제 역사 속의 인물이 술과 관계된 언사의 표명이라든가 일정한 행위의 사적을 남기고 있는 약 10건 가운데 『태평어람』이 제공할 수 있는 정보는 서막徐邈・관부灌夫・계포季布의 3건 정도에 지나지 않는 실정이다. 그러므로 그밖의 다른 유서와의 관련성이 있는지는 모르되, 일단 이 두 종의 유서와는 무관하다고 봄이 옳겠다.

반면, 〈청화선생전〉의 이전에 기존했던 술 이외 다른 소재 가전과의 상관성엔 긍적적인 국면이 있다. 예컨대 다음 구절의 경우,

無甘公不樂.

감공甘公이 없으면 즐겁지가 않아.

동파東坡 소식蘇軾이 지은 조개관자의 가
전 〈강요주전江瑤柱傳〉

소동파

無江生不樂.
강생江生이 없으면 즐겁지가 않아.

의 표절임은 두말할 나위 없는 것이다. 바
로 이 '無□□不樂'의 관용구가 고려 임춘의 〈국순전〉에도 "無麴處士
不樂"〔국처사가 없으면 즐겁지가 않아〕등으로 거듭 반영이 나타났기에 일
찍이 안병설도 "소식에 의해 확립된 문학성은 후세 가전에도 지대한
영향을 끼칠 수밖에 없었다"4)고 언급한 바 있었다. 다른 한편 이 관용
구는 아니지만 이규보의 〈국선생전〉, 이곡의 〈죽부인전〉, 그리고 조선
조 권필의 〈곽삭전〉 등 후대의 가전에 의미상의 유사를 보이기도 했
다.5)

그런데 진관은 소동파 뿐만 아니라 한유에게서도 정보를 수신하였
다. 곧 〈청화선생전〉에서 선생이 가씨賈氏 및 옥치자玉巵子와 친했던
나머지,

4) 안병설, 「소동파의 가전고」, 『중국문학보』 2호, 단국대, 1975, p.42.
5) 〈국선생전〉에, "一日不見此子 鄙吝萌矣"〔하루도 이 이를 못보면 속되고 째째한 마
음이 슬몃 고개를 든단 말이거든〕. 〈죽부인전〉에, "一日不可無此君"〔하루도 이 사람
없으면 안되네〕. 그리고 〈곽삭전〉에, "雖有悲愁鬱悒者 索與醇 在其左右 則必欣
然樂也"〔아무리 슬픔과 근심, 울적함과 답답함에 젖었던 사람일지라도 곽삭과 조순이 그
에 곁에 있기만 하면 필경엔 혼연히 즐거워졌다〕.

上…每召見先生 有司不請 而以二子俱見 上不以爲疑.

임금이 … 선생을 불러 보려는 때면 비록 유사가 따로 청하는 일이
없다 하더라도 그 두 사람이 함께 알현하였던 것이지만, 임금은 의아하게
여기지 않았다.

고 한 부분은 동방 최초의 가전인 〈모영전〉에서 주인공 모영이 도홍陶
泓 및 저선생楮先生과 친했던 나머지,

上召穎 三人者不待詔 輒俱往 上未嘗怪焉.

임금이 모영을 부르면 세 사람이 따로 임금의 하명을 기다리지 않고도
어느새 함께 갔던 것이지만, 임금은 한 번도 이상하게 여기지 않았다.

고 한, 이 문맥을 제대로 활용한 소치로 보인다. 이 표현 방식은 훗날
조선시대 16세기 최연의 〈국수재전〉에도 연결되고, 19세기 초 박윤묵
의 종이 가전인 〈저백전楮白傳〉 등에조차 효력을 나타내고 있다.

2: 당경唐庚의 〈육서전陸諝傳〉

이는 역시 송대에 이루어진 술의 가전이다.

당경唐庚(1070~1120)의 자는 자서子西이니,
진관과 마찬가지로 비슷한 무렵 글 잘 짓는
문인의 한 사람으로 꼽혀 『송사宋史』 문원열
전文苑列傳6)에 그 이름이 나타난다. 그는 당
시의 재상이었던 장상영張商英의 천거를 입어

당경

경기상평京畿常平의 벼슬을 받았으나, 장상영이 벼슬에서 밀려나게 되매 연루되어 혜주惠州에 안치되었다. 다시 풀려나 상청태평관上淸太平官에 올려졌지만 촉蜀에 돌아가는 중에 51세로 병사病死하였다. 문장이 정밀하고 세무世務에 통하였다 하며,『당자서집唐子西集』24권이 남아 있다.

그가 지은〈육서전〉은 작품의 반을 훨씬 넘어가는 분량이 임금께 올리는 상소문의 형식으로 안배되어 있는 것이 특징이다.

이제 그 경개를 보이면 다음과 같다.

육서는 국성麴城 사람이다. 소싯적에 호자壺子・상군商君과 친한 벗이 되어 누구든 먼저 현달하면 서로 잊지 않기로 약속하였다. 그 후 호자와 상군이 내직에 높이 현달한 반면, 육서는 청주종사青州從事에 그

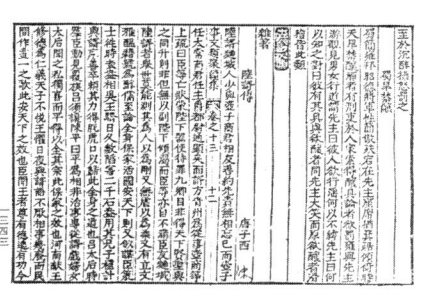

사문유취 '酒' 門에 실린 육서전

치자 두 벗이 그를 위해 임금께 상소하였다. 그의 성현다운 고상한 성품, 그리고 뛰어난 논변과 외교적 처세, 모든 모임에서의 다양한 능력을 들어 극력 천거하니 임금이 기꺼이 불러다가 광록훈光祿勳 및 예천후醴泉侯의 높은 벼슬을 봉했다. 이에 육서는 그 우정에 감복해서 늘 몸을 낮추었으며, 임금 또한 육서가 생각날 때면 그 두 사람도 함께 불렀던 것이다. 육서가 죽자 아들 순醇이 계승했다. 증손인 리醨는 불초했다. 육서의 지기인 두 사람도 그의 죽음 뒤에 낙탁落魄하여졌다. 육서는 한나라 때의 변설가인 육가陸賈의 후

---

6)『宋史』권443 열전 202, 문원(文苑) 5 참조.

예로서, 다시금 덕업으로써 높이 현달하였으니 뛰어나다 이를 것이다.

그런데 이 작품은 축목 찬의 유서인 『사문유취』 속집 13권 연음부燕飲部 '주酒' 門에도 그 면모가 확인됨으로 해서 주목을 끈다. 특이한 현상은 당경과 거의 비슷한 시기에 진관이 같은 술 가전인 〈청화선생전〉을 쓴 것이 있건만 여기에 자취가 없고 〈육서전〉만이 실려져 있다는 사실이니, 이를 어떻게 해석하면 좋을는지 알 수 없다.

본편 역시 그 소종래의 근거가 되는 문헌 또는 작품의 발견이 어렵다. 본편의 상소문 가운데 나오는 원앙袁盎과 오왕吳王의 고사라든가, 진평陳平이 여태후呂太后로부터 살아남아 명철보신明哲保身 할 수 있던 이야기, 하남河南의 헌왕獻王이 당시의 천자로부터 신변을 지킨 이야기 등이 술과 관련한 중요한 화소話素가 되겠는데, 이 역시 『태평어람』 가운데에 나타남이 없다. 따라서 이제 〈청화선생전〉・〈육서전〉 두 작품 모두 『태평어람』과는 별 무관한 것임이 확인된다.

이는 짐작건대 이 유서가 워낙 글자 그대로 황제의 친람親覽, 곧 어람御覽을 위해 만들어진 것인지라, 만들어진 후에도 얼마 동안은 일반 사림간에 유포되지 않았던 때문은 아니었나 어림해 보는 것이다. 이 추측을 힘있게 하는 단서로는 당시 고려의 조정에서 이 책 구하기를 극력 추진하였음에도 불구하고, 이 책이 발간된 지 118년 만인 1101년에나 어렵사리 입수할 수 있었다는 사실이 있다.7) 만일 중국에 사신 간 사람들이 여항간에서 이 책을 얼마든지 구해볼 수 있는 상황이었다면 중국의 황실에다 그토록 어렵게 간구했을 리가 없었던 까닭이다. 그러므로

---

7) 『증보문헌비고』 권242, 예문고(藝文考) 1.
   『고려사』(권96 열전 권9, 吳延寵 조)에는 숙종 5년(1100)으로 되어있다.

이 유서가 발간된 후에도 오랜 기간 황실의 전용 서적으로서만 그 구실을 했을 뿐 민간에 전파되지 않았던 것임을 알 수 있다. 그리하여 결국 이 작품이 그 밖의 다른 유서에서 힘입었을지는 모르겠지만, 그것의 발견이 안되는 현재로서는 일단 그 관련성이 고려되기 어렵다.

다른 가전과의 관계 또한 마찬가지이다. 그 이전에 존재했던 명편들, 이를테면 한유·사공도·소식·진관의 가전 모든 작품들과의 검토 결과, 이렇다 할 맥락이 찾아지지 않는다. 고작,

然上每念諝 輒幷召二人.
그러나 임금이 육서가 생각날 때면 언제든 그 두 사람도 어느 결에 같이 불렀던 것이다.

의 대목만이 앞의 〈모영전〉을 필두로 해서 〈청화선생전〉에 재현되었던 수사 방식, 곧 '임금이 주인공을 부르면 다른 두 벗이 함께 알현했던 것이지만 임금이 이상하게 여기지 않았다'고 한 표현과 맥락이 닿는 정도라 하겠다.

다만 이 가전과 관련하여 한 가지 그냥 넘어가기 어려운 사실 하나가 있다. 대만 광문서국廣文書局 간행의 『고금골계문선古今滑稽文選』에 수록된 가전 중에 〈상군전商君傳〉과 〈호자전壺子傳〉이 보인다. 이 둘은 중국의 인명사전에도 나와 있지 않아 시대를 알기 어려운 작가 유계원劉啓元이 술잔과 술병을 각각 의인화한 작품이다. 이렇듯 시대 불명이기는 하지만, 작품의 문맥으로 보아 아무래도 〈육서전〉의 뒤에 이루어진 양싶다. 그것의 방증으로, 술 관련의 〈육서전〉이 『사문유취』 '酒'門에 실려 있음에 반해, 주기酒器를 다룬 이 문조文藻의 경우 『사문유취』

'주기酒器' 門이 엄연히 설정되어 있음에도 불구하고 이 안에 단 한 편
도 실려 있지 않은 점을 생각할 수 있다.

하나의 추정이겠으나, 〈육서전〉과 〈상군전〉·〈호자전〉의 셋을 한
자리에 놓고 볼 때 이들 사이에는 서로 떼어놓기 어려운 유대의 긴밀함
이 보인다. 〈육서전〉맨 벽두에 '육서는 국성麴城 사람이다(陸謂麴城人)'
했는데, 〈상군전〉과 〈호자전〉에 똑같이 '국성麴城의 육서'를 주인공과
는 막역한 벗으로 등장시키고 있다. 또 〈육서전〉에서 가장 중요한 기
제라 할 수 있는 것은 상군과 호자가 육서를 임금 앞에 천거한 일이다.
이는 동시에 〈호자전〉에서 호자와 상군이 서로 상의한 나머지 상군이
육서를 임금 앞에 천거했다는 사실과 대조하여 그 맥을 끊기가 쉽지
않은 것이다.

이상, 〈청화선생전〉이나 〈육서전〉등 초창기 술 가전의 경우를 돌아
볼 때 유서로부터의 차용 자취는 현재까지 그 고증이 막연했고, 다만
이 두 편의 가전 이전에 존재하였던 다른 소재 가전 몇 편 가운데 몇
소절의 차용이 파악되는 정도였다. 그러므로 이 양편이 이전의 시대에
서 이어받은 기능보다는 오히려 장차는 뒷시대 한국의 풍토 위에서 동
일 소재 가전, 혹은 다른 소재의 가전 등에 끼칠 작용 쪽에서 훨씬 주목
을 받게 된다.

3: 임춘林椿의 〈국순전麴醇傳〉

고려 시대 서하西河 임춘林椿(1150경~ ?)이 지은 술 인격화의 이 가전
은 동시에 우리나라 가전 장르의 최초로 자리매김되기도 하였다.

임춘은 고려 중기 인종조 무렵의 문인으로, 자신의 시대에 벌써 그 문명이 높았음에도, 과거에 누차 낙방하니 평생을 불우하게 보내면서 그 울분을 시와 술로써 자위하였다. 1170년 무신 정중부의 난리 때에는 강남江南에 피신하여 겨우 성명性命을 보전하였으나, 결국은 3,40대 사이에 요절한 것으

임춘의 국순전─『西河集』 권5

로 보인다. 유고遺稿인 『서하집西河集』은 죽림고회竹林高會의 동지이자 지기이기도 했던 이인로에 의해 전체 6권으로 편찬된 이래, 조선조 안에서 재간再刊과 3간을 거쳐 오늘에 전해진 것이다. 임춘이 원래는 당시唐詩에 뛰어났다고 했으되, 지금 시대에는 오히려 〈국순전〉의 작가로서 이름이 더욱 두드러졌다.

이 작품은 익히 알려져 있는 터이지만 거듭하여 그 대요를 적으면 다음과 같다.

순醇의 90대조인 모牟는 후직씨 당시 국가에 공로가 있어 국씨麴氏 성을 하사 받았다. 그 후 부침浮沈을 거듭하다가, 위魏나라 초에 순의 아버지 주酎는 서막徐邈으로부터 옹호를 받았고, 진晉 시대에는 유령劉伶·완적阮籍들과 죽림에 노닐면서 생을 마쳤다. 순은 기량과 풍도가 맑아서 계층이나 인종을 막론하고 모두에게 애중愛重 받는 인물이 되었다.

인물에 대한 감식안이 있는 산도山濤는 그가 기린아로되 창생들을 그르칠 당사자라 했다. 청주종사·평원독우 등의 외직에만 있다가, 진후주陳後主 때에 임금에게 크게 발탁되어 온갖 총영을 독차지하였다. 그러나 임금의 그릇된 정사에도 모르는 척할 뿐 나서서 간하지 않았다. 이윽고 입에서 구취가 나는 등 늙어지매 임금의 마음에 거슬려서 낙향을 종용당하였고, 귀가 이후 곧 병이 들어 갑자기 죽고 말았다. 결국 자신의 맑은 덕으로 존귀함을 얻기는 하였지만 왕실을 바로잡지 못해 천하의 비웃음을 샀으니, 앞서 산도의 예언은 믿을만한 것이었다.

이제 이 땅에서 최초의 가전으로 인정되는 본편의 구성에 주요한 후원자, 곧 가전 산출의 창고로서의 유서類書를 강조하기 이전에, 우선 그 영향을 무시할 수 없는 동일 장르의 원천적 한 갈래로서 앞서 나온 송대 진관의 〈청화선생전〉을 언거하는 편이 좋겠다.

종전에 고려의 가전에 관심했던 논자 중에는 〈국순전〉·〈국선생전〉이 〈청화선생전〉과의 표현의 유사성을 도표로서 밝힌 것이 있거니와,8) 실로 이 〈청화선생전〉은 한유의 〈모영전〉과 함께 한국의 가전사에 끼친 영향이 막강함을 알 수 있겠다. 그리하여 지금 우리의 초창기 술의 가전부터도 중국의 초창기 술의 가전이 구사했던 언어와 꽤 상통하고 있음을 부인할 길 없으니, 우선 〈청화선생전〉 가운데 발신자의 역할을 했던 부분을 추려 본다.

(1) 그 선조는 후직씨에서 나왔는데 곡식을 먹여준 공로가 있었다.
(2) 주인공은 더 맑게 할래야 맑아질 게 없고, 흔든대도 흐려지지 않는다.
(3) 소치는 목동과 역졸, 또는 여염가 및 창우倡優들까지도 입언저리에 그를

---

8) 안병설, 「가전에 대한 이견산고」, 『명지어문학』 7호, 1975.3, pp.94~95.

올려 선망해 마지않았다.

(4) 향당과 빈객의 모임에 있어 이구동성으로 하는 말이, "선생이 없으면 즐겁지 않거든…"이었다.

(5) 예법을 숭상하는 선비들이 원수인 양 그를 미워하였다.

(6) 서막이 선생을 성인이라며 칭송했다.

이와 같은 표현적 모티브를 〈국순전〉에서 찾아보면 다음과 같다.

(1) 90대 선조 모牟가 후직씨를 도와 백성을 먹여 살린 공로가 있었다.

(2) 더 맑게 할래야 맑아질 게 없고, 흔든대도 흐려지지 않는다.

(3) 공경대부, 신선 방사方士에서 머슴, 목동, 오랑캐에 이르기까지 모두가 선망했다.

(4) 성대한 모임 때마다 국순이 오지 않으면 모두가 쓸쓸하여 하는 말이, "국처사가 없으면 즐겁지가 않거든…"이었다.

(5) 예법을 숭상하는 선비들이 원수인 양 그를 미워하였다.

(6) 서막이 아뢰기를, "신이 그를 좋음은 그가 성인의 덕과 잘 들어맞기 때문입니다" 하였다.

이와 같이 긴밀히 연결됨을 파악할 수 있는 것이다. 물론 (4)와 같은 투어는 기존 소동파의 〈강요주전〉에도 보였던 것이고, (5), (6) 또한 사대부 지식인들 상식의 한도에서 어쩌다 우연히 공교로운 일치를 보았다고도 말할 수 있겠으나, 같은 것이 한두 가지도 아니고 여섯 개 항목에 걸쳐서 온전하게 닮아 있다 할 때는 그 관계가 필연적이라 할 수밖에 없다. 진관(1049~1100)과 임춘(1150경~?)의 사이엔 대략 100년 정도의 거리가 있고, 아울러 임춘은 진관의 사후에도 최소한 반세기 뒤에나 탄생한 셈이 되므로, 그 사이에 영향을 주고받았을 시간적인 여유는 충분하다고 보겠다.

　그러나 이상에서 추린 것 이외의 나머지 부분에 한해서는 더 이상 〈청화선생전〉과의 맥락에 의존하기 어려운 한계성을 느끼게 된다. 필경 그 나머지 부분에 해당하는 내용들, 즉 그 표현이며 어휘 등을 그밖의 다른 전거 등에서 십분 취해 왔음이 틀림없겠지만, 이제 과연 그 전거 등을 어디서 찾아 취용했을 것인가 하는 문제가 또 하나의 새롭고도 중요한 관심사로 떠오르게 된다는 뜻이다.

　김현룡은 〈국순전〉을 비롯하여 〈국선생전〉과 〈공방전〉, 〈청강사자현부전〉 등이 한결같이 『태평광기』에서 그 소재를 대거 취해온 것으로 간주하고, 그 증좌를 여러모로 수집하였던 바 있다.9) 이를테면, 〈국순전〉에서는 그 내용의 출처를 『태평광기』 소재 다섯 편의 설화와 연관지으려 한 시도가 있다. 곧, 〈국순전〉이 인용했을 것으로 예측하는 『태평광기』의 권수를 망

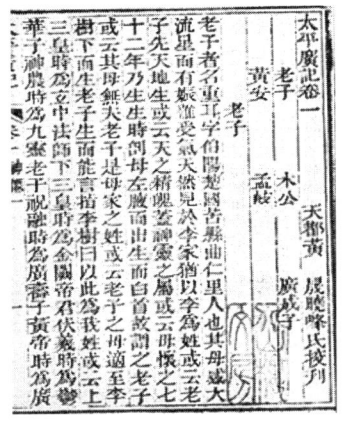

태평광기

라하면 권72, 권30, 권370, 권368, 권26 등이다. 그의 설명에 따르면 권72, 권30, 권370의 "세 설화는 공히 도사에 의하여 대주가大酒家가 소개되고, 이 사람에게 술을 먹이니, 양이 지나치면 넘어져 주합酒榼이나 주옹酒甕으로 변해 술이 쏟아져서 주위를 놀라게 했다는 이야기이다. 이러한 술독의 의인화된 설화는 〈국순전〉의 구상 단계에 영향을

_____

　9) 김현룡, 『한중소설설화비교연구』, 일지사, 1976, pp.184~202.

미쳤다고 본다"10)고 하였다.

그러나 이는 그 주제가 변신 설화의 일종일망정 처음부터 술독을 의인화한 것이 아니다. 하물며 술 자체의 의인화 설화는 더더욱 아니다.

거듭하여, 72권 〈섭정능葉靜能〉 설화 속에 들어있는 "술에 관련된 글자가 … 〈국순전〉의 순醇·주酎 같은 이름을 사용하는데 도움을 주었으리라 생각"11)된다 하였다.

하지만 이같은 명칭들이 다른 문헌에는 없고 반드시 『태평광기』에서만 확인할 수 있는 것인가 하면, 그것도 아니었다. 이를테면, 『사문유취』의 속집 권13 연음부燕飮部의 '酒' 門에서 보자 하면 그 첫 부분에도 벌써,

麴酒母也 醱生衣也 二熟麴也 糵牙米也 醴酒一宿熟也 醪汁滓酒也 酎三重之酒也 醨薄酒也 醑旨酒也.

라 한 것이 있어 '국麴'이니 '주酎'니 하는 명칭은 물론, 그 이상의 이름들을 열거하여 있고, '순醇' 같은 어휘도 동일 『사문유취』 '酒' 門의 내용 중 〈육서전〉 가운데 보이는 바 된다. 곧, 순醇은 이 〈육서전〉의 주인공인 육서의 아들로 나타나 있었다.

또, 권370 〈강수姜修〉에서 옹甕의 선조 등에 관한 내력을 설명하고 있다는 이유를 들어 〈국순전〉과 관계 운운했지만, 이 역시 『사문유취』 연음부 '주기酒器' 門에 훨씬 자상하게 설명되어 있음이다.

역시 논자는 권368의 〈국수재전〉에서 국수재가 담론에 특장特長이

---

10) 김현룡, 위에 든 책, p.186.
11) 김현룡, 위와 같음.

있다는 사실, 그리고 "麴生風味不可忘也"의 대목 가운데 '국생麴生'이
란 명칭, 권26의 〈섭법선葉法善〉 설화에서는 '섭법사葉法師'란 호칭이
각각 임춘의 〈국순전〉에 작용한 것이 확실하다고 보고 있다.

물론 이러한 꾸림 정보들이 가전에 쓰인 모티브의 원천이 되었음에
틀림없었으리라 본다. 다만 문제는 이와 같은 화소를 과연 어디에서
물색했겠는가 하는 것이다. 그리하여 이러한 설화 바탕이 암만해도 『태
평광기』의 전유물이 될 수는 없었다는 사실은 물론이고, 기실은 오히
려 『사문유취』 가운데
서 한 곳에 온통 집
약·망라되어 있는 현
상이 포착된다. 다름
아닌, 속집 연음부燕飮
部 '酒' 門의 〈국생풍
미麴生風味〉에 있는 내
용이 그것이다.

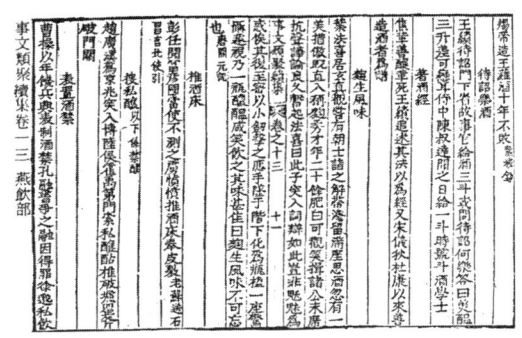

『사문유취』 '酒' 門의 麴生風味

　　　葉法喜居玄眞觀 嘗有朝士詣之 解帶淹留 滿座思酒 忽有一美措 傲
睨晛直入 稱麴秀才 年二十餘 肥白可觀 笑揖諸公 末席抗聲譁論 良久
暫起 法喜曰 此子突入 詞辯如此 豈非魅魅爲惑 俟其復至 密以小劍
擊之 應手墜于階下 化爲瓶榼 一座驚愕遽視 乃一瓶醴醴 咸笑飮之 其
味甚佳 曰 麴生風味不可忘也.

"麴生風味不可忘"은 물론이고, "麴秀才"·"葉法喜"의 이름이 고스
란히 등장한다. 그럴 뿐 아니라, 앞의 『태평광기』 내에 산재해 있는
여러 설화들을 한곳에 집약·정리해 놓은 것 같은 편의로움을 느끼게

한다.

한편, 〈국순전〉·〈국선생전〉에 있는 서막의 설화가 『태평광기』의 서막설화에서 영향을 입었던 것이라 했으나,12) 이 이야기는 하필 『태평광기』 뿐 아니라, 본래 서진西晉 시대 진수陳壽(233~297)의 『삼국지』에 실렸던 이래 선비들 간에는 일종 상식처럼 전승되다시피 된, 조조와 서막의 술에 얽힌 유명한 설화였던 것이다. 그리하여 이 설화의 수록은 역시 『사문유취』라고 해서 예외가 되지는 않았으니, 속집 연음부 '감음醋飮' 門 '고금사실古今事實' 〈시중성인時中聖人〉의 안에 이 기사를 그대로 싣고 있다.13) 그런가 하면, 같은 송대 『사문유취』보다 앞서 이룩된 『태평어람』의 '기주嗜酒' 門 안에도 이 설화를 고스란히 전재轉載해 놓고 있다.14)

이제, 〈국순전〉을 『사문유취』와 함께 맥락 짓기로 하자면 앞에 든 『태평광기』와는 비교도 되지 않을 만큼의 검출이 가능함에 괄목하지 않을 수 없게 된다.

〈국순전〉에서 벼슬이 청주종사靑州從事·평원독우平原督郵 운운한 것은 역시 『사문유취』 소재 '酒' 門 '고금사실' 〈종사독우從事督郵〉에 들어 있는 말이다.15) 또한 〈육서전〉 가전 안에도 주인공 육서의 벼슬 이름으로 청주종사가 나타난다.16) 그런데 앞서도 말했듯이, 이 〈육서

---

12) 김현룡, 앞에 든 책, p.199.
13) 徐邈字景山 仕魏爲尙書郞 時禁酒而邈私飮沈醉 趙達問以曹事 邈曰 中聖人 達白之 太祖怒 鮮于輔進曰 醉客謂酒淸者爲聖人 濁者爲賢人 邈偶醉言耳.
14) 『태평어람』 권846, '嗜酒' 門에, "魏志曰 徐邈字景山 魏國初 爲尙書郞 時科禁酒 而邈私飮 至於沈醉 校尉趙達 問以曹事 邈曰 中聖人 達白太祖 太祖甚怒 度遼將軍鮮于輔進曰 平日醉客謂酒淸者爲聖人 濁者爲賢人 邈性愼 偶醉言耳."
15) 『사문유취』 속집 권13, 연음부 '酒' 門에, "桓溫有主簿 善別酒 好者謂靑州從事 惡者爲平原督郵 蓋靑州有齊部 平原有鬲縣 從事謂到臍下 督郵言鬲上."

전)은 『사문유취』 안에 수록되어 있던 작품이다. 청주종사와 평원독우는 선행 유서인 『태평어람』 '酒' 門에서도 찾아볼 수 있는 표현이기도 했다.[17]

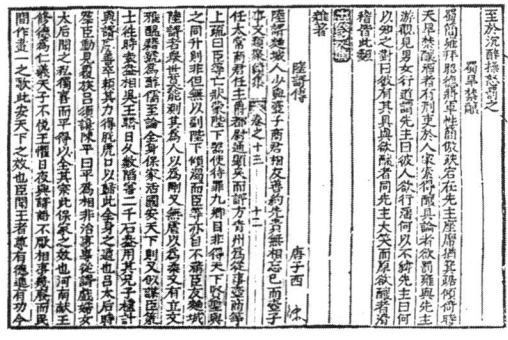

『사문유취』 '酒' 門에 실린 〈육서전〉

4: 이규보李奎報의 〈국선생전麴先生傳〉

역시 고려조에 백운白雲 이규보李奎報(1168~1241)가 술을 의인화하여 지은 이 가전은 앞의 〈국순전〉과 함께 우리나라 초기 가전으로서 쌍벽을 이루는 작품이다.

이규보는 고려 고종 때의 문장가·정치가로, 자는 춘경春卿, 호는 백운거사白雲居士·지헌止軒·삼혹호선생三酷好先生이다. 시호는 문순文順이다. 처음에는 관운을 떨치지 못하였으나, 32세(1199) 이후 현관顯官한 이래, 52세(1219) 좌천, 63세(1230) 유배를 제외하고는 계속적인 영천榮遷을 거듭하여 태자대보太子大保, 문하시중평장사門下侍中平章事 등의 벼슬을 역임하기에 이르렀다. 활달한 시풍詩風에다 보기 드문 다작의

---

16) 壺子任太常 商君任主爵都尉 通顯矣 而謂方青州爲從事.

17) 『태평어람』 권845 '酒' 門·下에, "世說又曰 桓公有主簿 善別酒 輒令先嘗 好者謂青州從事 惡者謂平原督郵 青州有齊郡 平原有鬲縣 從事言至齊 督郵言至鬲上住."

시인으로도 유명하다. 저서에 『동국이상
국집東國李相國集』과 『백운소설白雲小說』
이 있다. 문집 안에 들어 있는 이 〈국선
생전〉은 길지 않은 형태의 소품 일작이
었으나, 오히려 부피 있는 다른 장르 어
떤 작품에 못지않은 성가聲價가 이규보의
이름 뒤에 따라붙었다. 그만큼 이 작품은
앞의 〈국순전〉과 함께 가장 잘 나타난
것이지만, 여기서 다시금 경개를 옮겨 보
이면 이러하다.

白雲小說

李奎報撰

白雲小說

국성麴聖의 자는 중지中之로, 주천군酒泉郡 사람이다. 먼 조상은 온溫
사람이고, 조부는 모牟, 아버지는 차醝이다. 어려서 서막徐邈의 사랑을
받았으며, 소싯적부터 헤아림이 깊고 맑았다. 장성해서는 유령劉伶, 도잠
陶潛과 벗하였다. 처음 벼슬은 한미하였으나, 공경대부들의 천거로 일약
임금에게 천탁薦擢되고 총애를 입었다. 그의 아들들이 아버지의 권력을
빙자하여 횡포함에 모영이 탄핵의 상소를 올리자, 그의 아들들은 자살하
고, 성은 폐서인이 되는 등 불행을 당했다. 친우였던 치이자鴟夷子도 수
레에서 떨어져 죽고 말았다. 그러나 수성愁城의 도적들이 침입하자 그는
다시 원수로 뽑혀 공을 세우게 되었다. 일년 뒤에는 스스로 걸퇴乞退의
상소를 올렸다. 임금이 극구 만류했으나, 결국 귀향하여 천수를 마쳤다.
아우 현賢은 2천석의 벼슬에 이르렀고, 아들 넷은 신선을 추구하였다.
요컨대 국성의 덕과 재주는 조화가 넘치는 공로를 이룩했다. 다만 임금의
총임이 지나쳐서 한 때 도를 벗어난 적은 있으나, 만년의 처세는 주역의
이치를 좇아 천수를 마칠 줄 알았다.

 이상이 대강의 줄거리가 된다. 이규보는 임춘보다 약 15~20년 정도 연하로 같은 시대를 산 인물이다. 지독하게 술·거문고·시를 사랑했다 해서 '삼혹호선생三酷好先生'이라 했을 정도로 술을 기애嗜愛하였다. 어느 만큼은 술 의인화를 시도한 임춘의 존재를 의식도 했겠지만, 신의新意의 문학론을 강조하는 그의 개성이, 가전이라는 또 하나의 장르를 상대하면서 새로운 욕구에 따라 작품을 쓴 것으로 보인다.[18)

이규보

 그리고 두 사람이 작품을 쓰면서 의중에 품었던 생각의 방향 또한 각기 다르게 나타났지만, 작품을 쓰기 위해 다루었던 재료의 측면에서 볼 때는 두 사람이 거의 다르지 않았음이 확인된다.

 그런 중에도, 〈국순전〉이 〈청화선생전〉과 꽤 긴밀한 맥락을 띠었음에 반하여, 〈국선생전〉은 그것과의 별다른 상관성을 찾아보기 어렵다는 사실이 나타났다. 고작하여, 〈청화선생전〉이 주인공의 인품 묘사 과정에서 택한 바, '더 맑게 할래야 맑아질 게 없고, 흔들어도 흐려지지 않는다[澄之不淸 撓之不濁]'의 한 구절이 〈국순전〉과 마찬가지의 상투적인 답습을 보일 뿐이다. 굳이 덧붙인다면, 〈청화선생전〉에서 '주인공이 평상시 금성金城의 가씨賈氏 및 옥치자玉巵子와 친하였다'는 표현을 애써 본편의 안에서 맞추기로 한다면, '치이자鴟夷子가 국선생과 벗을 하여 출입 때마다 수레에 붙어 다녔다'는 정도에서 더 나아가지 못하였다.

---

18) 이에 관해서는 2부의 「술·거북 가전을 지은 동기와 시기」에서 상세히 다루었다.

그리하여 〈국선생전〉의 경우, 같은 장르로부터의 취용은 거의 나타나지 않은 대신, 그 재료가 거의 유서로부터의 전적인 수용 위에서 이루어졌음을 확인할 수 있게 된다. 그러나 같은 유서 가운데도 앞서 〈국순전〉의 대본臺本이 『사문유취』로 유추되었음에 비하여, 〈국선생전〉의 그것은 모름지기 『태평어람』이 틀림없다고 추단된다. 이러한 차이는 이 두 종류의 유서가 제가끔 수용하고 있는 바의 정보가 다른 한 쪽엔 없는 것이거나, 혹은 같은 정보 내용일지라도 그 표현상의 미묘한 불일치로부터 기인한 것이다.

〈국선생전〉에서 국선생의 작위가 3품에 들었다[位列三品]는 사실과 함께 그 아래 주기注記에다 "酒有三品"이라 했음은 원래 『주례周禮』 천관天官에,

辨三酒之物 一曰事酒 二曰昔酒 三曰淸酒.

『태평어람』의 '酒' 門에 酒三品이 보인다.

라고 한 대목에 조원肇源이 있다고 한 바이지만, 이는 동시에 『태평어
람』과 『사문유취』 '酒' 門에조차 똑같이 전재되어 있음을 본다.

　또 국선생이 주천군酒泉郡 사람임과, 임금이 공거公車에 명하여 선생
을 불러오기 전에 태사太史가 아뢰는 장면에서,

　　　先是太史奏…酒旗星大有光.

'주기성酒旗星이 크게 빛을 발한다'고 한 말은 본래 『구주춘추九州春秋』
란 문헌 속의 다음과 같은 내용에서 따온 희귀한 인용문이 된다.

　　　曹公制酒禁 而孔融書嘲之曰 夫天有酒旗之星 地列酒泉之郡 人有
　　　旨酒之德….

　그렇거니와 이 또한 『태평어람』(권844, 飲食部2 '酒' 門 · 中)이 아니고선
따로 목격하기 어려운 형편이다. 이 부분 『사문유취』(續集 권13 燕飲部
'酒' 門)에도 있으나, 『터평어람』과는 가능한 달리 해보겠다는 생각 때
문이었던지 이렇게 정성定性 기술記述하였다.

　　　曹公欲製酒禁 孔融與操書云 天垂酒星之曜 地列酒泉之郡 堯不千
　　　種 無以建太平….

　"酒旗之星"의 말 대신 "酒星"으로 함으로써 표현의 긴밀성에서 한
걸음 떨어져 있다. 이밖에 〈국선생전〉의 "糟丘橡" 같은 표현이 『태평
어람』(권844, 음식부2 '酒' 門 · 中)이 실은 『오지吳志』란 문헌의 "昔紂爲糟

丘酒池 長夜之飮"에서, 배꼽 제臍의 응용 어희語戲로 볼 수 있는 "齊郡" 등의 표현은 『태평어람』 안의 "靑州有齊郡"[19]에서 각각 유치된 것임을 알 수 있다.

이쯤 〈국선생전〉의 희귀한 부분 출전의 막강한 열쇠를 『태평어람』이 쥐고 있다 했을 때, 이규보가 이 책을 보았을 가능성이 새삼 부각된다. 『태평어람』이 중국 황실로부터 고려에 수입된 해가 고려 숙종 6년(1101)이고,[20] 이규보의 출세(1199)는 그보다 약 100년이나 뒤의 일이니 선후 간에 무리가 없다. 아울러 〈국선생전〉의 착수는 이규보 현달 이후일 가능성이 더 높다고 보니, 그 이유는 다른 게 아니라 이 책이 고려는 물론이고 이후 조선조에 들어서조차 거의 왕실 단위의 전용 서적 구실에서 크게 벗어나지 못했다[21]는 사실에 있다. 따라서 이 책이 각별히 고려 당시에는 왕실 서고에서나 열람이 가능하였다고 하는 특수한 여건 속에서, 그가 출사出仕하여 왕실에 자유로 드나들기 이전의 때인 약관시의 소작일 것으로 보는 견해[22]는 일단 재고의 소지가 없지 않다.

한편, 이 〈국순전〉이라든가 〈국선생전〉 쓰기에 작용할 수 있었던 문헌은 『진서晉書』, 『송

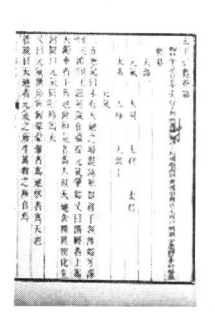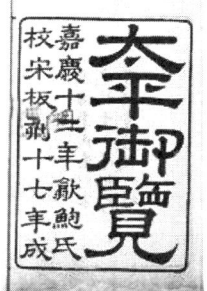

『태평어람』-淸代 1807년 판본

---

19) 앞의 주 17) 참조.
20) 『증보문헌비고』권242, 예문고(藝文考) 1 참조. 『고려사』권96, 열전9 오연총(吳延寵)에는 숙종 5년(1100)으로 되어 있다.
21) 김창룡, 『한중가전문학의 연구』, 개문사, 1985.8, p.88.
22) 안병설, 앞에 든 논문, p.93.

서宋書』, 『세설신어世說新語』, 『삼국지三國志』, 『시경詩經』, 『주역周易』 등등 이루 전거를 매거하기 어려울 정도로 많다. 논자 중에 『태평광기』를 든 것은 가장 영향을 끼친 압권을 지적한 뜻이라고 보지만, 오히려 유취서의 대명사 격인 『태평어람』 및 『사문유취』가 술에 관해 취합해 놓은 항목을 본 결과, 정보 제공의 역할에 있어 위에 든 여러 종의 전적典籍을 최대한으로 포괄하는 가운데 가장 월등한 정도로 나타나 있었다.

더욱이 우선은 상식적으로 생각할 때, 임춘이나 이규보가 〈국순전〉, 〈국선생전〉의 창작을 앞에 놓고 거기 필요한 약간의 정보를 찾기 위해 『태평광기』 500권 방대한 분량을 일일이 독파해 나가는 과정에 권30, 권72, 권233, 권370 등에 있는 사항을 채록하고, 그 채록된 정보를 다시 정비해 놓은 상태에서 허구화시킨 것으로 볼 것인가? 아니면, 아예 『태평광기』 500권을 흉중·뇌리에 완벽히 저장해 두었던 인간의 두뇌가 가전 창작의 마당에 척척 알아서 컴퓨터 검색 기능처럼 필요한 정보를 산출하였다 하겠는가?

그런 일은 용이한 것도 아니려니와, 엄연히 있는 줄을 아는 다음에야 굳이 이를 버리고 『태평광기』의 복잡다단함을 택할 이유가 나변에 있는지 마침내 의심스럽다. 결국, 임춘·이규보들은 그 어떤 문형보다 전고에의 의존성이 강한 가전 창작의 마당에 유취서와 같은 정보 집산적인 문헌을 펼치고 이를 전적으로 참고했을시 분명하다. 이는 바로 편의로움을 생명으로 하는 유서의 절대적 이기利器임과 동시에 그것의 존재 의의가 되기도 하는 것이다.

5: 최연崔演의 〈국수재전麴秀才傳〉

고려의 술의 가전은 조선시대 간재艮齋 최연崔演(1503~1549)으로 이어진다. 지금까지 우리나라 술의 가전 하면 으레 〈국순전〉·〈국선생전〉의 두 가지에만 고정되다시피한 인식이 있었으나, 그 실에 있어서는 조선에 들어와서도 의연히 동일한 창작 행위가 지속되었던 진실이 있다. 그리하여 현 단계에서 널리 인지되어진 것으로 16세기 최연의 〈국수재전〉, 17세기 김득신의 〈환백장군전〉, 18세기 박윤묵의 〈국청전〉 등이 있으니, 가전 문학의 판도가 얼마만큼 넓게 걸쳐 있었는지 자각하기 충분하다.

그 가운데도 〈국수재전〉이 가장 이른 시기의 것인 바, 〈국순전〉과 〈국선생전〉 이후 약 300년 뒤의 일이다. 이 작품의 처음 소개는 1986년에 김균태의 『문집소재전자료집文集所在傳資料集』(계명문화사)을 통해 이루어졌다.

최연은 중종 당시 수찬修撰을 지낼 적에 홍문관의 대신들과 함께 김안로 탄핵의 상주上奏를 했다가 오히려 모함을 당하였다. 인종 조에는 부제학을 지내

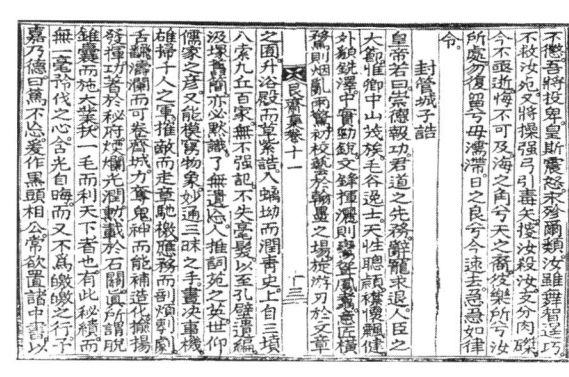

최연은 『간재집』(권11, 雜著)에서
붓을 관성자管城子로 형상하기도 했다.

었더니, 이때도 을사사화의 주모자들에 의해 논공論功의 교서教書를

강잉强仍 당하였다. 명종 대에는 지중추부사知中樞府事로서 중국에 동지사冬至使로 갔다가 돌아오는 도중에, 일의 결과를 보고하지 못한 채 평양에서 졸하였다. 『명종실록』에는 그가 총명하고 재주 있어 문형文衡을 맡을만한 감이긴 했지만, 경조부박輕兆浮薄하고 욕심 사납다는 비난을 면치 못했다고 적혀 있다. 다름 아닌, 그가 한미한 속에서 출세하였음에도 겨레붙이들을 돌보지 않아 사람들이 모두 야비하게 여겼다는 것이다.[23] 권응인이 지은 『송계만록松溪漫錄』에선 그의 문장이 호건豪健하고 붓놀림은 흐르는 물과 같다고 기록되어 있다.[24] 『간재집艮齋集』의 저서를 남기고 있다.

이제, 〈국수재전〉의 줄거리를 요약 소개하면 다음과 같다.

주인공 국수재의 본명은 미록美祿으로, 주천군酒泉郡 사람이다. 먼 조상인 감甘을 위시하여 이름이 나타난 사람은 아들 면沔, 은나라 고종 때의 얼糱, 주紂 임금 때의 후麷이고, 조부인 부麩와 아버지 매酶의 뒤에 그가 태어났다. 주성酒星의 정기를 타고나 기풍이 탁월하였고, 천성은 원만하여 노소·귀천과 어질거나 어리석음을 가리지 않고 두루 포용하면서 심성을 이롭게 끌어 주매, 모두가 다 그 덕량德量에 반하였다. 이에 임금이 호공壺公을 파견하여 초빙하고 광록훈光祿勳 이천 석의 벼슬을 내리니, 조야朝野의 모든 절차에 공업功業이 두루 미치었다. 그러나 임금의 총영을 믿고 지나치게 방종한 나머지, 황감黃甘·육길陸吉 등이 비난의 상주上奏를 올리는 바람에 주천후酒泉侯라는 외직을 자청하였고, 그 뒤엔 은둔하였다. 하지만 세인들은 여전히 그를 흠모한 바, 특히 도잠陶潛·유령劉伶·완적阮籍·필탁畢卓 등이 허교許交를 하였고, 유백륜

---

23) 『명종실록(明宗實錄)』권9, 4년 己酉 2월 甲辰日 조에, "性聰明 有才華 人以文衡之 任期之 然輕淺無操行 不免貪鄙之誚 起自寒微 不卹族屬 人多薄之."
24) 권응인, 『송계만록(松溪漫錄)』·上에, "崔宰相演甫 文章豪健 筆翰如流."

劉伯倫·백거이白居易·왕적王績 등이 그의 덕을 칭송하여 적었다. 사후
에는 아들 넷이 벼슬을 지냈거니와, 특히 장자인 서謂는 환백장군歡伯將
軍이 되어 때마침 침략해 온 수성태수愁城太守를 함락시켜 백성의 근심
을 사라지게 했다. 상당수의 후예가 혁혁한 이름을 남겼거니와, 평원독우
平原督郵 리醨와 격현령鬲縣令 박醿 등 중간에 빛을 못 본 겨레도 있다.
요컨대, 그에게는 성현다운 덕과 중망衆望이 있었지만 비방의 말로 인해
더 나아가지 못했던 바, 처세의 어려움을 알만하다. 그럼에도, 그가 덕을
펴고 인을 베푼 결과로 그 후예가 유업을 이어 번영할 수 있었다.

이 글에서 대상으로 삼은 전체 7편의 가전 중 본편은 다른 여섯 작품
에 비해 그 분량에서 훨씬 능가하고 있지만, 대략하면 위와 같았다.
　아울러 본편은 유서『사문유취』및 기존의 다른 가전들로부터의 염
출拈出이 가장 공고하게 이루어진 전형
적 작품이라 해도 과언은 아닐 것이다.
우선 국수재의 이름을 "美祿"이라 한
것도 작자의 순연한 의장意匠으로만 여
겼더니, 이미 그게 아니었다. 역시『사
문유취』속집 권13 연음부 '주酒' 문門
을 펴서 〈국수재전〉과 맞춰 대조하면
이 취용이 필연적인 것임을 십분 수긍
하게 된다. 곧 선두의 '군서요어群書要
語' 가운데 한나라〈식화지食貨志〉출전
으로 소개되어진 다음의 문장,

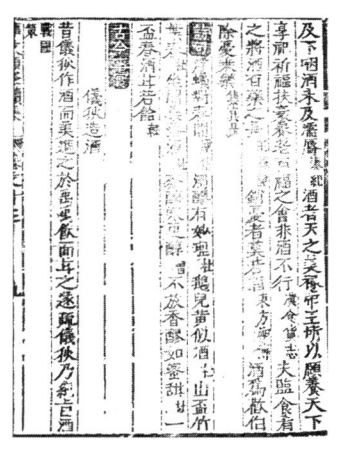

『사문유취』'酒'門의 食貨志

酒者天之美祿 帝王所以頤養天下 享祀祈福 扶衰養老 百福之會 非

酒不行.

에서 따온 것임을 의심치 않는다. 자를 "旨卿"이라 함도 역시 '군서요어' 안의 "酺旨酒", 혹은 "酒旣和旨", "君子有酒多且旨"와 무관한 듯싶지 않고, 출신의 "酒泉郡" 역시 이 안의 『명본기名本記』 출전으로 "漢武帝立酒泉郡 有井水 色白 有酒氣故"에 마련된 표현이다. 상商 나라 고종을 보필한 공로로 국씨 성을 처음으로 받았다는 국얼麴蘖의 사연은 본래 『서경』 「열명說命」 편의 "若作酒醴爾爲麴蘖"에서 받아온 것이다. 그러나 『서경』이란 또 한 권의 책을 따로 꺼내어 볼 것도 없이, 역시 『사문유취』 '酒' 門의 '군서요어' 란을 잠깐 훑는 것으로 확인이 끝난다.

유령취와도

도잠·유령·완적·필탁의 무리가 그와 교분하였다는 본문 가운데의 내용도, 『사문유취』의 대조를 통해 그 자세한 영문을 알 수가 있다. 이 책 권14 연음부 '연음燕飮' 門 '고금사실古今事實' 란에 〈갈건녹주葛巾漉酒〉라 하여 도잠(字 : 淵明)이 술을 좋아하여 갈건葛巾에다 술을 걸렀다는 고사가 있고, 같은 '연음' 문門의 '고금문집' 란에는 그의 〈음주飮酒〉 시가 소개되어 있다. 그리고 권15 연음부 '감음酣飮' 門의 '고금사실' 란에는 유령이 취하면 옷을 벗어젖혔다는 〈유령감취劉伶酣醉〉, 필탁이 술항아리 사이에서 남의 술을 훔쳐 마셨다는 〈필탁옹간畢卓甕間〉, 완적이 상중에도 술을 마셨다는 〈거상음주居喪飮酒〉의 고사가 거의 나란히 붙

어 등장한다. 더 나아가, 본문 중의 다음과 같은 내용은 『사문유취』와
의 관계를 거의 결정짓는 증좌가 되리라 한다.

至如伯倫頌其德 居易讚其功 秀才之名益顯 文多不載 唐斗酒學士
王績 常待詔門下省 每與秀才 款話從容 同遊醉鄕 語在醉鄕記.

　　백륜伯倫이 그 덕을 칭송하고 백거이白居易가 그 공을 찬양하기에 이
르러서 수재의 이름은 더욱 드러나게 되었으니, 그 많은 글을 다 싣지
못하겠다. 당의 두주학사斗酒學士 왕적王績은 대조문하성待詔門下省으로
서 매양 수재와 더불어 정다운 얘기 나누면서 차분히 함께 교유했다는
말이 〈취향기醉鄕記〉에 있다.

　　백륜伯倫은 진대晉代 죽림칠현의 한 사람인 유령劉伶의 자이다. 그가
국수재의 덕을 칭송했다 함은, 〈주덕송酒德頌〉 지은 일을 일컫는 말이
다. 다음, 백거이가 그 공을 찬양했다 함은 다름 아닌 백거이가 지은
〈주공찬酒功讚〉을 지칭함이다. 왕적의 〈취향기醉鄕記〉는 내용이 스스
로 밝힌 바이다. 이처
럼 술과 관련하여 ~

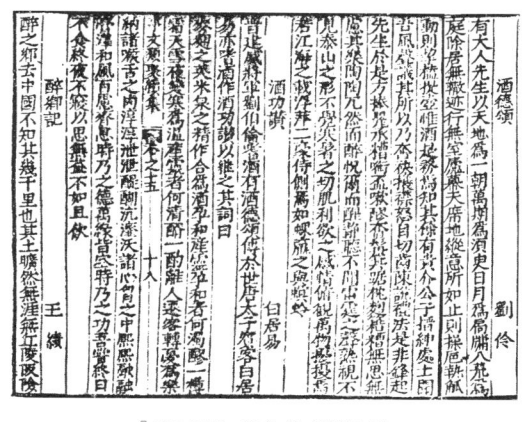

송頌, ~찬讚, ~기記
와 같은 다양한 형태
의 문예 장르를 각각
따로 연상해 올 것도
없이, 『사문유취』 연
음부 '감음酣飮' 門의
'고금문집' 란을 펼 것
같으면 술에 관계된

『사문유취』 燕飮部 '酣飮' 門

고금의 명 문장 및 명 시가들이 한꺼번에 일람된다. 위에서 든 〈주덕송〉·〈주공찬〉·〈취향기〉의 원문이 모두 여기 포함되어 있음이 또한 물론이다.

그렇다고 해서 이 가전의 내용들이 전적으로 『사문유취』에만 의지하여 결성되었다는 말은 아니다. 나머지는 무언가 다른 전거를 이용하였을 터인데, 이 역시 서문에서 밝힌 것처럼 같은 소재, 또는 다른 소재 가전 작품에서 가져왔던 것이다. 그리하여 본편에서도 앞 시대 술 가전이 곧잘 사용하던 상투적인 문장 패턴이 몇 군데 보인다.

　　　　秀才之量 汪汪若千頃波 澄之不淸 搖之不濁.
　　　수재의 국량은 넘실넘실 마치 일천 굽이 파도와 같아, 맑게 할래야 맑
　　아질 게 없고 흔든대도 흐려짐이 없다.

이것은 〈청화선생전〉이 그 첫 성조聲調를 발했던 이래, 우리의 〈국순전〉·〈국선생전〉들이 약속이나 한 것처럼 향응하여 따른 유명한 관용구이려니와, 이에서 다시 한 번 메아리쳐 울린 바 되었다.

동시에, 다음의 문장 역시 그냥 지나쳐 볼 수 없는 대목이다.

　　　　上召秀才 則此五子亦不待詔 輒俱往 上未嘗怪焉.
　　　임금이 수재를 부르면 이 다섯 사람은 따로 명을 기다리지 않고도 어
　　느새 어울려 갔거니와, 임금은 한번도 이상하게 보지 않았던 것이다.

이는 한유가 쓴 붓의 가전 〈모영전〉 가운데 보이는 다음과 같은 구절,

上召潁 三人者不待詔 輒俱往 上未嘗怪焉.

　임금이 모영을 부르면 세 사람은 따로 명을 기다리지 않고도 어느새 어울려 갔거니와, 임금은 한번도 이상하게 보지 않았던 것이다.

의 영락없는 표절임을 한눈에 파악할 수 있다. 〈청화선생전〉도 내용적으로 〈모영전〉의 모티브를 계승하기는 했지만, 표현만은 달리했던 것인데, 여기선 그 수사마저도 완전한 일치를 보였다.

　한편, 〈국수재전〉이 이규보의 〈국선생전〉을 의식했던 편린도 몇 가지 보인다. '수성愁城'의 등장은 그 대표적인 경우이다. 의인문학사상 '수성'이란 말의 표현적 조어는 이규보에 의해 가장 처음 용사되어진 것이다. 물론 범성대范成大(1126~1193) 및 장양호張養浩(1269~1329)의 시 등에서도 이 표현이 구사되었다고 하지만 스토리를 갖춘 의인 산문은 아니었다. 그리고 이규보의 이 신의新意는 〈국수재전〉을 비롯한 〈환백장군전〉·〈국청전〉 등 뒷시대 술의 가전을 포함하여, 다른 소재의 의인문학에도 상당한 효력을 발휘하는 계기가 되었다.

　더하여 그 이전의 가전에는 구사되지 않은 채 오로지 〈국선생전〉에 한해 나타난 표현적 모티브로 "上器之…呼麴先生 而不名"〔임금이 그릇감이라 여겨 … 국선생이라 하되 이름을 부르지 않았다〕이라고 한 것이 있는 바, 아래 문장의 머리점 표시한 부분이 그러하다.

南宋의 시인 范成大의 필적

上器之 擢置喉舌 待以優禮 每入謁 命昇而升殿 呼麴先生 而不名.

　임금이 그릇감이라 여기며 일약 발탁하여 요직에다 두고 높은 예의로

雲莊小像

장양호

대접하였던 것이니, 국성이 입궐하여 뵈올 때마다 가마를 부린 채로 전殿에 오르게 하는가 하면, 국선생이라 하되 이름을 부르지 않았다.

이것이 약 350년 후에 〈국수재전〉의 문장 구성 안에서 그 효험이 발생하였다.

上益器之 眷洽日隆 稱秀才 而不名焉.
임금이 더욱 그릇감이라 여기며 돌보아 사랑하기를 날로 융성히 했고, 수재라 일컬었지 이름을 부르지 않았다.

또, 앞의 〈국선생전〉 언급의 부분에서 국선생이 임금을 찾아오기 직전에 주기성酒旗星이 빛을 발했다는 대목 역시 본래는 『사문유취』의 시사에 힘입은 것이긴 하지만, 수재가 태어날 적에 주성酒星의 정기를 품었다는 〈국수재전〉의 모티브도 〈국선생전〉에게서 자유롭지 않아 보인다.

그밖에 수재가 친하였다는 치이자鴟夷子의 명칭도 한갓 소홀히 넘어가기 어려운 국면이 있다. 주인공들의 벗 이름으로 〈청화선생전〉과 〈상군전〉에서는 옥치자玉巵子·가씨賈氏, 〈육서전〉에서는 호자壺子·상군商君 등이 있었고, 그나마 〈국순전〉에는 벗의 등장이 없다. 치이자鴟夷子의 등장은 정작 〈국선생전〉의 갈피에서 처음 가능할 수 있었으니, 이 마당에 이규보의 여향餘響으로 감안하지 않을 도리가 없게 된다.

한편, 수재의 반대 세력으로 등장하는 양후穰侯 황감黃甘과 하비후下

邵侯 육길陸吉 등의 존재는 소동파가 귤을 의인화한 가전인 〈황감육길전黃甘陸吉傳〉에서 고스란히 표현의 원류를 찾는 일이 어렵지 않다.

거의 모든 가전에서 등장하는 '상上'은 임금을 말한다. 이는 인간, 또는 인간의 마음을 의인화시킨 상징적 표현이다. '천군天君'의 존재 역시 '상上'의 또 다른 표현이다. 그런데, 〈국수재전〉까지도 아직은 '천군'의 칭호가 나타나지 않고, 앞 시대 가전마다 변함없이 구사해 오던 '상'의 단계에 아직 머물러 있었다.

대신, 주목을 끌만한 특징적인 사항은 '환백장군'의 첫 번째 출현이 여기 〈국수재전〉에 이르러 비로소 이루어졌다는 것이다.

6: 김득신金得臣의 〈환백장군전歡伯將軍傳〉

조선 중기의 시인인 백곡柏谷 김득신(1604~1684)에게도 의인 산문의 장 안에서 술 의인화에 대한 각별한 시도가 있었다.

김득신의 자는 자공子公, 호는 백곡柏谷이다. 안동 본관으로 부제학副提學을 지낸 치致의 아들이자, 진주목사를 지낸 시민時敏의 손자이다. 1662년 59세 노년에 증광문과增廣文科 병과丙科에 급제하였고, 말년에는 안풍군安豐君을 습봉襲封 받았다. 노둔魯鈍의 시인으로 유명하지만, 이른바 한문학 4대가의 한 사람인 택당澤堂 이식李植으로부터 '당금當今의 제일'이라는 추서를 받았고, 정두경鄭斗卿·홍만종洪萬宗 등과 가깝게 교유하였다.

평생의 시문을 담은 『백곡집柏谷集』이 있다. 다른 일면, 그는 시인으

로서 뿐만 아니라 시론에조차 나름의 조감藻鑑을 갖추었으니, 『종남총지
終南叢志』 같은 시화詩話 관련의 저서도 있다. 시에 능능이 있고 산문
쪽은 약하다는 것이 그에 대한 지배적인 견해이지만, 오히려 그의 허구
적 산문에의 관심 및 능력은 술의 의인화인 이 작품과 더불어 부채의
의인 가전 〈청풍선생전淸風先生傳〉을 낳기도 하였다.

이제 〈환백장군전〉의 줄거리를 요약하면 이러하였다.

> 장군의 성명은 조강曹糠이다. 하우夏禹 때 의적儀狄의 후예로 상나라
> 주(紂)를 섬기다가 무왕武王의 정벌 때 주천酒泉으로 망명하였다. 강충
> 降衷 원년에 수성愁城의 도적떼가 영대靈臺의 지경에서 침범했는데, 이
> 를 격퇴할 인물을 구하지 못하였다. 이에 천군은 옹백瓮伯·국생麴生·
> 순우현淳于賢들로 자문하였으나, 저마다 자신의 역부족임을 아뢰면서
> 대신 주천 땅의 조강을 천거하였다. 천
> 군은 조강에게 대장군의 직함과 함께
> 군사를 내주고, 공을 이룩하면 환백歡
> 伯 땅에 봉할 것을 약속하였다. 아울러
> 낭관郎官 청淸과 역사力士 당鐺을 보좌
> 관으로 주니, 장군은 수성을 탐지하며
> 이들 보좌관과 전술을 정한 뒤에 일시
> 에 공격, 드디어 수성을 평정하였다.
> 이에 천군은 약속대로 환백 땅을 봉하
> 고 수성을 나눠 주었으며, 청과 당으로
> 하여금 지키게 하였다.

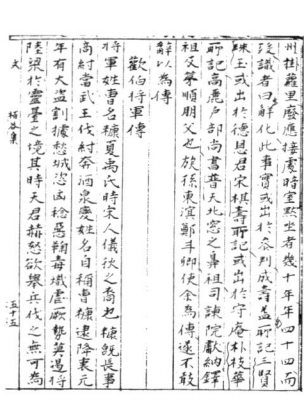

『백곡집』의 환백장군전

본 가전은 형식의 파격이 특징이다. 서두 및 선계, 나아가 본전의
행적부까지는 나와 있으나, 후계는 물론이고 가전의 기본적 중요한 틀

이라고 할 수 있는 종말과, 심지어는 한국 가전이 저마다 수용하고 있
는 평결부가 완전히 없어져 버렸다. 이런 현상은 1985년 필자가 편역한
『한국가전문학선韓國假傳文學選』의 단계에까지 확인한 30편,[25] 그리고
1997년·1999년에 20편을 더 추가하여 편역한 총 50편의 가전[26] 가운
데 어느 작품에서도 찾아볼 수 없었던 일이다.

이 가전의 또 하나 특색은 서두의 몇 줄 만을 제외하고는 본전에
들어가면서 완연히 〈수성지愁城誌〉와 같은 소설적 양상을 띠고 있다는
사실에 있다. 다시 말해, 한국의 가전 문학 일반이 사실 중심으로 구성
되어 있는데 반해, 이 경우 수성의 타파라는 목적 하에 단일 사건 중심
으로 스토리가 전개된다는 뜻이다.

따라서 당연히 전고典故 차용의 필요성이 요구되지 않는 마당인지라
『사문유취』와 인연 맺을 이유가 없다. 아닌게 아니라, 실제로도 양자
간에 이렇다 할 수수授受의 흔적은 보이지 않는다. "平原督郵"·"麴生"
등 조어調語가 있으나 이는 더 이상 『사문유취』를 기다리지 않고서도
상식화된 표현이고, '의적義狄의 후예'라 함도 하필 유서 종류를 기다려
서 나올 말은 아니었다. 『태평어람』에도 있고, 〈국수재전〉에도 나와
있어 특별한 어휘 또는 모티브가 못되는 것이다.

그렇다고 하여 본편이 앞 시대의 다른 가전에서 신세 입은 자취도
별반 눈에 띄는 것이 없다. 이와 같은 실정이지만 단 한 가지, 본편이
아무래도 〈수성지〉의 후반부를 연상케 하는 정도가 참으로 강렬하였
다. 〈수성지〉의 전반부는 천군 나라의 지배 체제 및 그 아래 도열한
인물들을 소개한 것이다. 그러나 거의 후반에 들면서부터는 전반부의

---

25) 김창룡, 『한국가전문학선』, 정음사, 1985.
26) 김창룡, 『한국의 가전문학』(上·下), 태학사, 1997·1999.

임제의 수성지-『백호집』에서

나열 형태를 벗어나 하나의 위기가 설정되니, 수성 무리의 침월侵越이 그것이다. 곧 일대 획기적인 사건의 발생이 제시되는 바, 이때부터는 내용도 사건 중심으로 돌입한다.

동시에 이때부터 술의 형상화인 국양장군麴襄將軍이 실질적으로는 주인공이나 다를 바 없는 면모를 띠게 된다. 여기, 침입해 온 수성의 무리와 이에 맞서서 퇴치에 전력을 기울이는 국양장군의 대립적인 양상은, 〈환백장군전〉의 주인공 조강장군曹糠將軍이 수성의 도적들과 맞서 퇴치하는 형상과 다를 바가 전혀 없다.

또한 술 가전으로 천군이 등장한 경우도 이 작품이 처음이다. 물론 '天君'이란 어휘는 이보다 거의 2천 년이나 전에 『순자荀子』의 저서 가운데 사용이 있던 것27)이긴 하지만, 인간의 마음을 상징하는 의인화 형상으로 허구적 산문에 활용되기까지에는 오랜 광음이 요구되었다. 동시에, 여기서 술 가전으로 처음이라는 말은 다름 아니라, 그보다 약 반세기 앞에 인간 심성을 의인화한 김우옹金宇顒(1540~1603)의 〈천군전天君傳〉, 심성 및 사물을 한꺼번에 의인화한 임제林悌(1541~1587)의 〈수성지〉에 벌써 천군의 출현이 있었다는 뜻이다. 그런데 김우옹과 임제

---

27) 『순자』 「天論」 편에, "心居中 虛以治五官 夫是之謂天君."

는 같은 시대 사람인지라 둘 사이에 누가 이 표현을 먼저 다루었는지는 종당 알 수 없다. 그럼에도 불구하고 〈환백장군전〉의 '천군' 도입은 틀림없이 이 양편 사이에서 가능했을 것으로 사료된다.

그밖에, 제목의 '환백歡伯'은 『사문유취』에도 나와 있고, 바로 앞의 가전 〈국수재전〉에도 나타나 있다. 게다가 어느 면에선 술의 별칭을 환백이라고 함이 옛 시대 글하는 사람들에게 있어 특수한 지식만은 아니므로, 꼭 무엇을 따른 것이라 단정짓기 곤란한 점이 있다. 다만 〈국수재전〉에서는 비록 간략하기는 했어도 국수재의 아들 서譖의 벼슬이 환백장군이고, 그 또한 수성을 대파하여 공을 이룬다는 내용이 있는 바, 그 관계는 긍정도 부정도 할 수 없는 것이 되겠다. 흥미롭게도 같은 17세기에 지광한池光翰(1695~1756)이 지은 술의 의인 산문인 〈취향지醉鄉志〉에서는 국수재와 대립하는 인물로서의 환백이 등장하고 있어 주목을 끈다.

또 국생麴生·옹백翁伯·순우현醇于賢들이 번갈아 조강을 천거한다는 말미가 있고 그 상소한 내용도 꽤 상세한데, 이러한 모습은 멀리 〈육서전〉을 연상시키는 국면이 없지 않다. 이같은 비교문학적인 관계 외에도, 대내적으로는 그 무렵 서서히 진작振作하기 시작하던 군담류軍談類 소설 등에 끼쳤을지 모를 파급의 효과에 대해서도 한 번 쯤 고려해 볼 이유가 있는 것으로 보여진다.

7: 박윤묵朴允默의 〈국청전麴淸傳〉

존재存齋 박윤묵朴允默(1771~1849)은 여항인閭巷人 출신 문인이나 정

조 임금의 특
은特恩으로 여
러 벼슬을 역임
했고, 시문을
잘하여 송석원
시사松石園詩社
및 서원시사西
園詩社에서의
활약이 컸으며,
글씨로도 이름
을 얻었다.

단원 김홍도의 松石園詩社圖

  가전 문학에도 깊이 관심한 바, 종이의 〈저백전楮白傳〉, 붓의 〈모원
봉전毛元鋒傳〉, 먹의 〈진현전陳玄傳〉, 벼루의 〈석탄중전石坦中傳〉 등 문
방사우 소재를 일일이 가전 양식으로 다루었던 일면, 우리나라 가전
최초의 소재인 술에조차 의인법을 구사하여 〈국청전〉을 남기니 술 가
전의 계보에 한 자리를 차지하게 되었다. 지금 그 경개를 옮기면 다음과
같다.

  국청麴淸은 청주靑州 사람이다. 우임금 때 의적儀狄이 그를 천거했으
나 수용되지 못하였고, 그 뒤 하나라의 걸왕桀王 때 용납 받았다. 우·
탕·무왕·성왕과 같은 시대에는 물리침을 받았고, 걸桀·주紂 때엔 총
임을 받았다. 그러나 성품 만은 유화롭고 담박하였으며, 한무제 때엔 세
수歲數를 늘려 번영을 이루었다. 보합保合 원년에 천군이 즉위하였으나
폐단이 일어났다. 이에 궁기窮奇가 들고 일어나 수성愁城의 진陣을 결성
하매 수습이 어려워졌다. 결국은 국청이 장군으로 뽑혀 수성의 적을 쳐

없애니, 이에 천군은 국청에게 칭송의 조서와 함께 화서백華胥伯을 봉하고 우현盂縣을 식읍으로 내렸다. 그는 인종과 계층을 초월하여 유화로웠으나, 지나치게 흐드러진 흠이 있어 벼슬을 오래 지키지 못하였다. 가장 친한 유령劉伶이 그를 위한 칭송의 글을 지었고, 당의 왕적王績도 〈취향기醉鄕記〉를 쓴 것이 있다. 그의 태화로운 성품은 제사 및 연향 등

漢代의 胡傳溫 酒桶樽

인간사를 위해 공헌해 온 바, 그 명성이 오랜 것이다.

여기서 등장하는 역사적 인물인 의적·걸·주·유령·왕적과 그 밖의 평원독우·청주종사·천군·수성 등의 표현은 술 의인화의 오랜 연륜을 통해서 이미 진부해진 어휘가 되었다. 따라서 특정한 문헌과의 관계 여부를 따지는 일조차 이제는 별 의의가 없게끔 되었다.

다만, 모처럼 〈청화선생전〉과 〈국순전〉 이외에는 잘 구사되지 않았던 유형이 하나 발견되어 반가운 느낌이다. 다름 아닌

　　雖蠻夷戎狄 咸與交歡 上自帝王 下至隸胥 率皆愛慕欣欣焉.
　　비록 만이蠻夷·융적戎狄이라 할지라도 다 함께 즐거운 사이가 되었다. 위로는 제왕으로부터 아래로는 노예, 서리胥吏에 이르기까지 모두 그를 사랑하고 흠모하며 기꺼워했던 것이다.

이러한 방식의 투어는 〈국선생전〉·〈국수재전〉·〈환백장군전〉 등 3편 가전을 거치는 동안 사라지는가 싶었는데 이 작품에 재현되니, 〈국순

전〉 이래 약 600년
만인 셈이다. 그렇
다면 본편의 주인
공인 국청의 이름
도 〈국순전〉과 관
련하여 반드시 예
사롭게 넘길 성질
의 것만은 아닐 것
이다. 다름 아니라,
〈국순전〉에서 주인

상홍양이 유생들과 설전하는 모습

공 국순의 먼 친척 아우로 국청이 소개되었던 바 있고, 이 국청의 명칭
은 〈국청전〉 이전의 여섯 편 가전 전체를 통해 오직 〈국순전〉 한 작품
에만 국한하여 언급되었음은 특필할 만하다.

　그 밖의 사항, 이를테면 한무제 때 상홍양桑弘洋 등이 염철鹽鐵을 맡
아 다스릴 때 국씨를 세워 아뢰었다는 내용, 국청이 임금 앞에서 불렀
다는 〈담로湛露〉 시처럼, 유서라든지 다른 가전과 특별히 맥락을 갖기
어려운 부분은 역시나 평생 함양해 오던 문헌에 대한 기본적 지식 소양
및 상식의 바탕에 힘입어서 삽입했다고 보면 무난하다.

　참고로, 본편의 다음과 같은 부분은 이보다 약 4,50년 뒤에 이루어진
이옥李鈺(1760~1812)의 〈남령전南靈傳〉과 특별히 서로 연상을 불러일으
키는 바 있기에 이에 덧붙인다.

도적들을 무하지향無何之鄕까지 추격하여 모조리 베어 없앴다. … 수성을 무너뜨려 본래대로 돌아가게 하였다. 그 때 비가 내리니 칼날에 피를 적시지 않고 크게 물리쳐 평정하였다. 천군은 그를 가상히 여겨 조서를 내리고 칭송하여 말하였다. "보잘 것 없는 나 한 사람이 욕되이 만물을 다스리다가 이같은 피폐를 끼치게 되었다. …."28) 〈국청전〉

추심秋心은 불에 뛰어들어 스스로 타죽고, 남아 있는 무리들도 모두 항복하였다. 천군은 대단히 기뻐서 사신을 보내 남령으로 서초패왕西楚霸王을 책봉하고 구석九錫을 더해 주었다. 그 책문에, "지난번에 짐이 덕이 없어 스스로 뱃속의 우환을 끼쳐 놓았더니, … 이제 병사들은 칼날에 피를 적시지 않은 채 도적들을 몰아버렸고 …."29) 〈남령전〉

의인 문학의 여러 장르 류 가운데 한 장르 종이라 할 수 있는 가전은 그 소재 또한 다양하고 풍부한 양상을 띠고 전개되어 왔다.

그 가운데 술을 의인화한 시도는 이 장르의 선구자라 할 수 있는 한유와 소식의 다음 단계에 와서야 비로소 가능했지만, 여타의 소재들에 비하면 훨씬 두드러진 관심의 대상이 되어 끊임없이 전승되었던 것이다. 그리하여 초기의 가전인 〈청화선생전〉·〈육서전〉 등은 아무래도 기왕의 동일 장르 다른 소재인 한유·소식의 가전 등에서 크고 작은 시사를 입었던 것이니, 이는 오히려 필연적인 귀결이라고 하겠다.

한편, 〈육서전〉과 함께 축목의 『사문유취』에 실린 '술병' 의인화의 〈호자전〉·'술잔' 의인화의 〈상군전〉 등은 동일 장르 유사 소재로서, 위에 든 두 편 술 가전과의 선후 관계를 가리기는 비록 막연하긴 했지

---

28) 追擊於無何之鄕 盡殫之…壞其城 使歸于本 若時雨降 不血刃而大難平 天君嘉之 賜詔褒美曰 眇余一人 忝主百體….

29) 秋心赴火自焚死 餘黨悉降 天君大悅 使使冊靈爲西楚霸王 加九錫 其冊曰 向者朕否德 自貽心腹之憂…兵不血刃 惟賊是驅….

만 그 수수 관계만큼은 비상히 지밀한 것으로 확인되기도 했다.

술 소재의 취용은 수신자인 우리나라 여·한의 시간대에 들어와 한층 빈도 높은 모습의 성세를 나타냈다. 아울러 그 소재 취용의 양상도 중국에서보다 훨씬 큰 폭으로 확대되기에 이른다. 앞서 중국의 두 편술 가전이 다른 소재 혹은 동일 소재 가전 장르에서 취해온 점을 무시할 수는 없었으나, 전체 모티브의 비중에서 놓고 볼 때 실로 근소한 데 그치고 말았던 것이다. 그러나 우리 고려에 이 장르가 수입되면서부터 그 양상은 일변하게 된다. 이 시기에 술의 가전을 포함하여 이 장르 분야의 상당폭에 걸쳐 결정적인 스폰서 역할을 했던 것은『태평어람』·『사문유취』와 같은 유취서였다.

『태평어람』만 하더라도 고려는 물론이고 조선조에 이르기까지 거의 왕실의 주변에서 전점專占되다시피 한 서적인지라 그 참계參稽의 바탕이 성글었다. 이에 반하여,『사문유취』의 경우 조선시대 진신縉紳들 사이에 백과전서처럼 사용하였던 것인데,30) 그것이 가전 창작의 마당에 또 한번 결정적인 마당을 제공하였음을 소홀히 볼 수 없다. 아울러, 종전에 가전의 소재론을 다루는 과정에서 오히려 이를 차치해 두고『태평광기』같은 설화 문헌집이나 기타 허다하게 산재해 있는 온갖 종류 잡동산이 문헌 속에서 자원資源을 찾으려는 시도보다, 유서의 존재가 전통시대 생활권 안에 뿌리내려 끼친 효용적 가치면에 훨씬 유의해야 할 것으로 보인다. 실제로 이 땅에서 유서를 바탕으로 한 이같은 전고 의존의 성향은 중국과는 비교할 수 없을 만큼 압도적으로 나타난 현상 또한 간과할 수 없는 사실이 된다.

---

30) 김창룡,『한중가전문학의 연구』, 개문사, 1985.8, pp.87~92.

　한편, 의외로 〈취향기〉·〈취향지〉 같은 동일 소재, 다른 장르와의 관계는 거의 소루疏漏한 양상을 면치 못하였다. 반면, 오히려 〈수성지〉·〈의승기義勝記〉 등 다른 소재, 다른 장르와는 일정한 만큼의 교감이 이루어졌던 점이 주목된다.

　또한, '수성愁城'의 표현이 13세기 초 이규보의 〈국선생전〉 속에서의 첫 발안發案이고, '천군天君'이란 표현이 16세기 김우옹의 〈천군전〉 및 임제 〈수성지〉 사이에서 처음 구사되었다고 했을 때, 이것 역시 한·중 산문의 흐름에 있어서 의미 있는 일이라 하겠다.

꽃의
가전과 유서

〈화왕전花王傳〉은 17세기 조선시대 문곡文谷 김수항金壽恒(1629~1689)
이 모란을 중심으로 하여 지은 꽃 왕국의 가전이다.

작자 김수항은 안동 본관, 상헌尚憲의 손자로서, 조선 인조 24년(1646)
사마시司馬試의 통과 이래 알성문과謁聖文科에 장원(1651)하고 문과 중시
重試에 을과 급
제(1656)하였다.
이를 계기로 현
종 연간에 계속
적으로 승진하
니, 이후 이조참
판, 대제학, 예
조판서, 대사헌,
이조판서, 우의

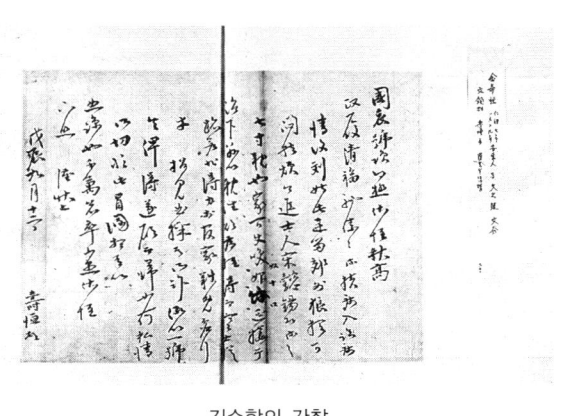

김수항의 간찰

정, 좌의정, 영의정에 이르기까지 조선조 명인 가운데도 그 유례가 드물게 관운이 넉넉한 인물이기도 하였다.

그는 서인西人인 송시열宋時烈·김수흥金壽興 등과 함께 현종 당시 두 차례에 걸친 복상服喪 문제가 일었을 때 줄곧 예제禮制의 간소화를 주장하였다. 다음 숙종 때까지도 남인南人과 대립하는 과정에서 위와 같은 정치적 영달을 누리기도 하였거니와, 또 그 과정에서 결국은 유배, 사사賜死되는 운명을 맞기도 하였다.

원래 김수항의 전체 문집인 『문곡집文谷集』에 실려 있던 〈화왕전〉은 김균태가 묶은 『문집소재전자료집文集所在傳資料集』 제3권1)의 안에 처음 옮겨 수록되면서 비로소 면모가 세상에 알려진 것이다.

그리고 작품 표제의 바로 아래에는 "十六歲作", 열여섯 때의 작품이라 하였는 바, 이때는 인조 22년 갑신년 곧 1644년이 된다. 김수항이 시험의 첫 관문인 사마시에 합격하기 바로 2년 앞의 일이었거니와, 각별히 16세 작임을 표제 아래 쪽에다 특서特書한 것은 그의 재기가 일반

과 달리 출중 비상하다는 사실, 바꿔 말하면 그 나이에 이만한 정도로 작문하는 일의 어려움을 시사한 뜻으로 인지된다. 물론, 가전 작품마다 작가가 몇 살 때 그 글을 지었는지 해당 연령을 일일이 상고할 수

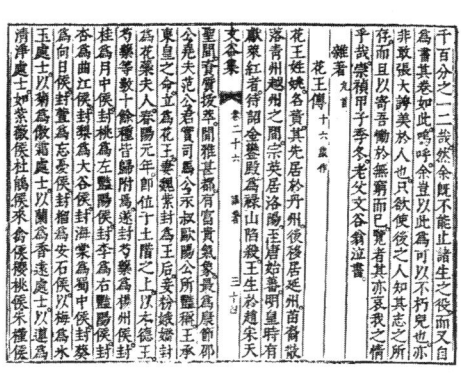

『문곡집』 소재의 화왕전

1) 김균태, 『문집소재전자료집(文集所在傳資料集)』 3, 계명문화사, 1986.5.

있는 것은 아니다. 그렇기는 하나, 전반적으로 그 대략을 일람하여 본대도 10대에 이같은 문장 구사가 과연 흔치 않은 일이었음을 새삼 감지할 수 있다.

하지만 그것을 완충시키는 국면도 있다. 곧, 이와 같은 가전 장르의 글짓기는 여타 장르의 창작에 비해서는 대체로 허구적 상상에 입각한 창의력이 덜 요구되고, 따라서 그 심비心脾 노력의 부담 또한 사뭇 경감될 수 있었음도 사실로서 지적하지 않을 수 없다.

필자는 일찍이 한국 가전 문학의 집필 과정에는 송나라 학자 축목祝穆이 엮은 부문별 백과 유서類書인 『사문유취事文類聚』로부터의 대대적인 참고와 활용이 따랐다는 입론을 거듭하여 펴온 바 있다.[2] 그리하여 지금 이 〈화왕전〉의 글쓰기 역시 그 서술이 순연한 창의적 소산이었다기보다는 거의 대부분 이 책 활용의 바탕 위에서 조성되었다는 점을 강조하는 뜻이다.

그러면 실제로 화왕의 성명인 '요황姚黃'은 진즉 『사문유취』 후집 권30 화훼부花卉部 '모란牧丹' 門이 실은 바, 구양영숙歐陽永叔 〈낙양풍토기洛陽風土記〉 안에 일찌감치 보이던 이름이었다.

一日一夕 至京所進 不過姚黃魏花三數朵.

나아가, 본문 첫머리의 앞시대 조상 및 그 후예들이 '단주丹州'·'연주延州'·'청주靑州'·'월주越州' 등에 거처했으며, 특출난 자는 '낙양洛陽'에 살았다 운운 역시 유취 '모란牧丹' 門에 들어있는 구양영숙 〈화품서

2) 김창룡, 『한중가전문학의 연구』, 개문사, 1985, pp.83~130.
　　김창룡, 『가전문학의 이론』, 박이정, 2001, pp.115~172.

花品敍〉 벽두에 그 소원遡源이 있다.

> 牧丹出丹州延州 東出靑州 南亦出越州 而出洛陽者 今爲天下第一.
> 모란은 단주丹州와 연주延州에서 난다. 동으로는 청주靑州에서 나고,
> 남으로는 월주越州에서 난다. 하지만 낙양洛陽에서 나는 것이 오늘날
> 세상에서 으뜸으로 친다.

여기서 가져온 것이며, 왕이 송나라 '천성天聖' 연간에 태어났다는 식
의 시간적 설정 또한 송나라 때의 문인 구양영숙의 〈화품서〉 중에,

> 余在洛陽 四見春 天聖九年三月 始至洛….
> 나는 낙양에 머물면서 네 번의 봄을 보았다. 천성天聖 9년 3월에 처
> 음 낙양에 왔거니와 ….

에서 추출한 것이었음을 금세 알 수 있다.

한편, 『사문유취』와 더불어 이 땅에서 양대 유취서類聚書의 구실을
했던 『태평어람太平御覽』3)에도 또한 권99에 '모란牧丹' 門이 없음은 아
니로되, 오히려 화훼부로서가 아닌 약부藥部 9의 분류 안에 들어있다.
게다가 그 수록도 불과 여덟 줄에 불과, 그 빈약한 내용이 〈화왕전〉을
위해서는 전혀 무용할 따름이었다.

다시 〈화왕전〉에서 화왕 모란이 소강절邵康節, 범요부范堯夫, 사마군
실司馬君實, 구양영숙歐陽永叔들로부터 아름답다는 칭송을 얻었다고 하
였던 대목 역시 그 출처가 명료하다. 곧 소강절이 조낭중趙郎中과 장자
후張子厚 앞에서 낙양 사람들의 모란 감평鑑評에 대해 얘기했다는 〈평

---

3) 김창룡, 『한중가전문학의 연구』(개문사, 1985), pp.83~130 참조.

화우풍評花寓諷〉을 비롯하여, 범요부의 〈차운次韻〉·〈모란牧丹〉, 사마군실의 〈차운次韻〉·〈모란牧丹〉, 또 위에 든 구양영숙의 〈화품서〉·

梅萱 鄭星姬의 모란도

〈낙양풍토기〉 등이 그것이니, 이들 시문에 대한 참조의 바탕 위에서 전적으로 가능한 구상이었던 것이다.

　'왕이 봄을 주재하는 동황東皇의 명을 받아 화왕에 즉위하였다(王承東皇之命 立爲花王)' 역시 『사문유취』 '모란牧丹' 門 안에 양정수楊廷秀의 칠언율 〈부익공평원모란백화청연賦益公平園牧丹白花靑綠〉 허두인

東陽封作萬花王
更賜珍華出尙方

봄의 신께서 온세상 꽃들을 위한 임금 봉해 주시면서
상방尙方에서 내온 화려한 보물조차 내리셨나 보다.

라든가, 같은 곳에 있는 나은羅隱의 7율 〈모란牧丹〉 시 허두부,

似共東君別有因
絳羅高捲不勝春

아마도 봄의 신 동군東君과는 각별한 인연 있나봐

　　　진홍의 고운 비단 높게 말아들고 봄을 겨워하는 품이.

에서 암시를 받았을 것이다.

　　화왕의 처 이름인 '위자魏紫'의 경우 구양영숙 〈화품서〉에 모란의 별
칭으로 나열되었던 '위화魏花' 및 '좌자左紫'의 합철자만 같다. 또는 백거
이白居易가 지은 〈제낙양모란도題洛陽牧丹圖〉에서 빼어난 품종을 열거
한 것 가운데,

　　　　　一時絶品可數者　　魏紅窈窕姚黃肥
　　　　　壽安細葉開尙少　　朱砂玉版人未知
　　　　　傳聞千葉昔未有　　只從左紫名初馳

　　　　　한 시대의 뛰어난 품수로 꼽을 만한 건
　　　　　아리따운 위홍魏紅과 살진 요황姚黃이라네.
　　　　　수안세엽壽安細葉은 꽃 피우는 숫자가 드물고
　　　　　주사홍朱砂紅 옥판백玉版白을 남들은 알지 못해.
　　　　　별의별 꽃 다 있다지만 들어본 적 없건마난
　　　　　오직 좌자左紫란 것이 애초에 그 이름 드날렸다네.

에서 끊어 썼을 가능성도
없지 않다.

　　첩 이름의 '분아교粉娥
嬌' 운위는 다른 곳에서는
아무리 하여도 맥락처가
없고, 다만 왕건王建이란
이의 〈제임택모란題賃宅牡

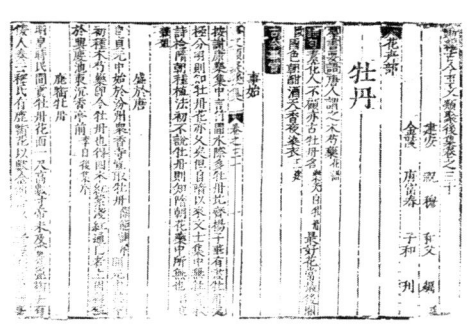

사문유취 '牡丹' 門

丹〉 오언율시의 전반부인,

> 賃宅得花饒　初開恐是妖
> 粉光深紫膩　肉色退紅嬌

> 빌려 사는 집안의 꽃들 요란도 하이
> 처음 피었을 당시엔 요사롭다 하였거늘.
> 분같은 자태는 자색 화려함보다 그윽하고
> 꾸밈없는 빛깔은 연짓빛 고움조차 무색케 하네.

외에는 달리 연상될 만한 구석이 보이지 않는다.

　꽃 이름 열거에 들어가서, ‘양주후楊州侯 작약芍藥’은 후집 권30 화훼부 ‘작약芍藥’ 門 ‘고금사실古今事實’ 란 〈만화회萬花會〉 내용 안의

> 東坡云　楊州芍藥　爲天下冠.

에서, 계桂의 ‘월중후月中侯’는 권28 화훼부 ‘계화桂花’ 門의 ‘시구詩句’ 란에

> 桂子月中落　天香雲外飄

및 ‘고금문집古今文集’ 란에 소개된 〈월중계月中桂〉의 제목 등에서 각각 그 맥락이 보인다. 좌우염향후左右艶香侯의 ‘도桃’·‘이李’는 권31 화훼부 ‘도화桃花’ 門 ‘시구詩句’ 란에 두시杜詩의 일절로 소개된

　　艶陽桃李節

에서, 행杏의 '곡강후曲江侯'는 역시 권31 화훼부 '행화杏花' 門 '고금문집' 란 중 유우석劉禹錫의 〈수낙천행원화酬樂天杏園花〉 7절 전반부인

　　二十餘年作逐臣 歸來還見曲江春

에서 맥락을 찾는다. 이梨의 '대곡후大谷侯'는 권26 과실부菓實部 '이梨' 門 '고금사실' 란 〈장공리張公梨〉 표제 하의 설명

　　落陽北郊張公夏梨 海內唯一樹 潘岳賦云 張公太谷之梨

에서, 해당海棠의 '촉중후蜀中侯'는 권31 화훼부 '해당海棠' 門 '고금문집' 란 중의 이를테면,

　　濃淡芳春滿蜀鄕 半隨風雨斷鶯腸 (鄭谷, 海棠)
　　垂絲別得一風光 誰道全輸蜀海棠 (楊廷秀, 垂絲海棠盛開)

을 생각하지 않을 수 없다. 원추리꽃인 훤萱의 '망우후忘憂侯'는 권31 화훼부 '훤초화萱草花' 門 '군서요어群書要語' 란의 맨 서두에

　　萱 忘憂草也. (『說文』)

에서 이내 확인 가능하고, 유자나무 유榴의 '안석후安石侯' 또한 권32 화훼부 '유화榴花' 門 '고금문집' 맨 앞자리에

何年安石國 萬里貢榴花 (元稹, 石榴花)

에서 취용한 것임을 의심치 않는다. '빙옥처사氷玉處士' 매梅는 권28 화
훼부 '매화梅花' 門 '고금문집' 중의

崢嶸突兀 茹鐵爲骨 凜然氷姿 氣壓群木…. (洪景盧, 〈老梅屛贊〉)

과 유관해 보이고, '향원처사香遠處士' 난蘭은 권29 화훼부 '난화蘭花' 門
'군서요어' 첫 마당에

蘭 香草也. (『說文』)
楚人曰 蕙者 今零陵香是也. (聞見錄)

와 관련 있어 보인다. '청정처사淸淨處士' 연蓮은 권32 화훼부 '하화荷花'
門 '고금문집' 란에

香遠益淸 亭亭淨植. (周茂叔, 愛蓮說)

과 무관하지 않은 양 싶다.
　아울러 매梅의 '나부후羅浮侯'는 권28 화훼부 '매화梅花' 門 '고금사실'
및 '고금문집' 중에

隋開皇中 趙師雄遷羅浮. (〈飮梅花下〉)
羅浮山下梅花村 玉雪爲骨氷爲魂 (蘇子瞻, 再用前韻)

羅浮山下黃茅村 蘇仙仙去餘詩魂 (朱元晦, 與諸人用東坡韻…)

출전이요, 국菊의 '동리후東籬侯'는 권29 화훼부 '국화菊花' 門 '시구' 란의

采菊東籬下 悠然見南山 (陶淵明詩)

출전이며, 난蘭의 '구원후九畹侯'는 권29 화훼부 '난화蘭花' 門 '군서요어' 란 중의,

予旣藝蘭之九畹 又樹蕙之百畝 (離騷)

출전이다. 연蓮의 '약야후若邪侯'는 권32 화훼부 '하화荷花' 門이나 '부용화芙蓉花' 門에서도 출처가 보이지 않는다. 대신, 조선조 임제林悌(1549~1587) 혹은 노긍盧兢(1738~1790)의 작이라 하는 〈화사花史〉 중 연꽃 임금이 중심으로 되어 있는 '당唐' 부문에 "父名菡萏 始居若耶溪"의 구절이 있어 상호간에 무시하기 어려운 관계성이 주목된다.

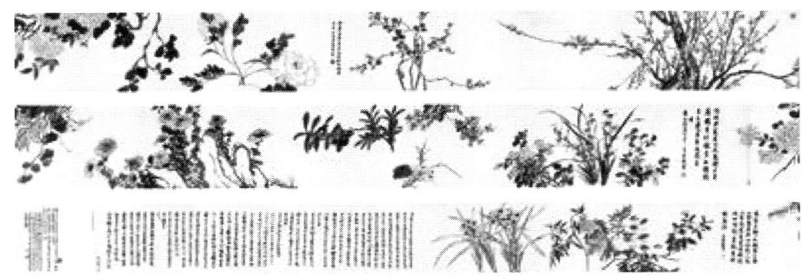

백화도

뒤를 이어 나열 소개되는 이름으로서의 '자미후紫薇侯'는 권31 화훼부 '자미화紫薇花' 門 표제에서, '내금후來禽侯'는 권31 화훼부 '도화桃花' 門 의 '내금화來禽花' 目 표제에서, '앵도후櫻桃侯'는 권32 화훼부 '중화衆花' 門의 '앵도화櫻桃花' 目에서, '주근후朱槿侯' 역시 '중화衆花' 門의 '주근화 朱槿花' 目에서, '수선후水仙侯'는 권32 화훼부의 '수선화水仙花' 門에서, '견우후牽牛侯' 역시 권32 화훼부 '중화衆花' 門의 '견우화牽牛花' 目에서, "금봉후金鳳侯"는 역시 '중화衆花' 門 '금봉화金鳳花' 目에서, '계관후鷄冠 侯'는 역시 '중화衆花' 門 '화계관후和鷄冠侯' 目에서, '서향후瑞香侯'는 역 시 '중화衆花' 門 '서향화瑞香花' 目에서, '함소후含笑侯'는 역시 '중화衆花' 門 '함소화含笑花' 目에서, '산다후山茶侯'는 역시 '중화衆花' 門 '산다화山 茶花' 目에서, '치자후梔子侯'는 역시 '중화衆花' 門 '치자화梔子花' 目에서, '도미후酴醾侯'는 권31 화훼부 '도미화酴醾花' 門에서, '말리후茉莉侯'는 역 시 '중화衆花' 門 '말리화茉莉花' 目에서 각각 도출해 냈던 것이다.

다만 '향일후向日侯' 규(葵 : 해바라기)와 '두견후杜鵑侯'의 두 가지 정도가 잘 인견되지 않으나, 그렇다고 『태평어람』 등 여타의 유서 등에서 구득 할 수 있는 성질의 것도 못되었다.[4] 이는 일반 지식인의 상식적 사유로 서 굳이 유취서들의 힘을 빌리지 않고서도 임의 처리하여 넣을 수 있는 국면으로 간주해서 별 문제될 것은 없다.

다음, 황봉黃蜂의 '양아후兩衙侯'는 『사문유취』 후집 권48 충치부蟲豸 部 '밀봉蜜蜂' 門 '군서요어' 란에

---

4) 『태평어람』 권979 채부(菜部) 4에 '규(葵)' 門이 들어있기는 하되, 역시 '向日'의 표현을 제공하고 있지는 못하다. '두견(杜鵑)' 門에서 역시 보이지 않는다. 『태평 어람』 안에서는 이상 열거된 정보들에 대한 대응력을 거의 기대하기 어렵다.

　　　蜂有兩衙應潮.

내지는, '시구詩句'의 란에

　　　黃蜂衙退海潮上

안에서 그 정확한 영문을 파악할 수 있다.

　'칠원리漆園吏 백접白蝶' 만큼 『사문유취』 안의 것을 응용화시켜 놓은 어휘인가 한다. 곧 백접白蝶이란 말이 직접 유취 안에 보이는 것은 아니지만 권48 충치부 '호접蝴蝶' 門 '군서요어' 란에,

　　　蛺蝶一名野鵝 一名風蝶 江東謂之撻末 色白背靑者是也.

운운에서 임의로 백접의 말을 가져왔을 터이다. 그것을 칠원리라 했던 것은 역시 같은 '호접蝴蝶' 門의 '고금사실' 란에 〈몽위호접夢爲蝴蝶〉에서 야기된 발상이었다. 이는 다름 아닌 『장자莊子』 소재의 저 유명한 〈호접지몽蝴蝶之夢〉 그 이야기에서 가져온 것이다. 곧 나비를 칠원후漆園侯로 한 것은, 일찍이 칠원리를 지냈다던 장자의 유명한 나비의 꿈, 즉 '호접지몽'을 연상하여 이용한 표현이다. 장자(名 : 周)가 꿈속에선 호접이었고(周之夢爲蝴蝶) 호접은 장주(蝴蝶之爲周)였기에, 두 소재 사이의 분간이 잠깐 사라진 경계에서 칠원리 장자는 칠원리 호접에 다름 아닌 함수적 개념을 이용한 표현이었다.

　꾀꼬리 의인화인 '구우후丘隅侯' 황율류黃栗留 역시 마찬가지. 꾀꼬리를 두고 별도로 '구우후'라 한 것이 앞 시대의 전고라든가 문헌에 나타

나 있음은 아니매, 작가의 임기적 응변으로 본다. 곧 유추컨대 권45 우충부羽虫部 '앵鸎' 門 '고금문집' 란 안에 황노직黃魯直이 지은 5언시 〈차운숙부성모영앵천곡次韻叔父聖謨詠鸎遷谷〉의 중간에,

> 黃鳥在幽谷　韜光養羽儀
> 晴風耀桃李　言語自知時
> 先生丘中隱　喬木見雄雌

라고 한 소재 외에는 달리 모색의 길이 없다.

'황율류黃栗留'는 유취 '앵鸎' 門의 '군서요어' 란에

> 黃鳥鸝鶹也　或謂黃栗留　幽州謂之黃鸎　一名倉庚　一名商庚….

이라든가, '고금문집' 란 최종부에 구양영숙의 칠언절구 3·4구 중,

> 風城緣樹知多少　何處飛來黃栗留

등에 드러난 모습이 명료하였다.

이제 『사문유취』 후집의 후반부 야말로 자료 집산지로서의 역할을 철저히 수행한 바, 가장 결정적인 복안腹案이 되었던 것임을 명백히, 그리고 충분히 예증하였다.

필자는 일찍이 연민 이가원이 지은 〈화왕전花王傳〉의 소재적 원천을

연민 이가원의 화왕전

세밀히 검토한 결과 역시 이『사문유취』에 크게 근거한 조품일 것으로
추론하고, 직후 연민 선생께 직접 〈화왕전〉 지었을 당시의 저본底本
소재를 삼가 절문切問한 적이 있다. 그런데 역시도 그 지남指南하신 바
가 바로 여기『사문유취』에 있었던지라 남몰래 회심의 쾌재를 외쳤던
지난날의 체험이 지금에 다시금 새롭다.

　무릇 〈화사花史〉는 애당초 임제와 노긍 사이에 그 정확한 작자를 극
명히 할 수 없는 마당인지라 타 작품과의 명백한 대조에 아쉬움이 있는
일작이었다. 화왕의 의인화 조품藻品은 멀리 신라시대 설총의 세칭 〈화
왕계花王戒〉를 남상으로 한 이래, 가전 문학의 범주 안에서 화왕 4대의
전기인 〈화사〉, 〈화왕전〉 제목 하에서는 채소권蔡小權(1480~1547)의
〈화왕전〉, 그리고 지금 언거되는 김수항金壽恒(1629~1689)의 〈화왕전〉,
뒤로는 이이순李頤淳(1754~1832)의 〈화왕전〉, 더 나중에 이가원李家源
(1917~2000)의 〈화왕전〉에 이어졌다.

　다만 〈화왕계〉·〈화사〉
를 위시하여 이이순의 〈화
왕전〉·이가원의 〈화왕전〉
등에는 마치 약정이나 한
듯한 공통점이 있었다. 다
름 아닌, 왕이 미색 또는 간
사한 자의 말에 현혹되고
충성스런 이의 간언을 듣지
않은 폐단으로 결국 비운을
맞이하게 된다는 구도인 것
이다. 이를테면 군신 관계

舒傳曦의 花王圖

에 따른 정치적 득실의 문제를 요긴한 토픽으로 삼고 있었다는 말과도
통한다.

그에 비하여, 지금 16세 김수항의 이 작품 만큼은 그같은 풍유적 주
제의 개입이 마침내 부재하였다. 오히려 왕은 요사스러운 도桃·리李
를 물리치고 절조의 표상인 매梅·난蘭·국菊·연蓮을 우대할 줄 아는
명군으로서, 다만 천시天時의 절변節變에 따라 최후를 맞을 수밖에 없는
임금일 뿐이었다. 환언하여, 여타의 〈화왕전〉들이 꽃 왕국의 알레고리
를 통한 정치적 득실의 면, 이를테면 '권불십년權不十年'의 측면에 초점
이 꽤 맞추어졌던 것임에 반하여, 본편은 꽃 왕국의 알레고리를 통한
자연적 생태의 면, 이를테면 순연히 '화무십일홍花無十日紅'의 쪽에 집중
되었던 점을 가장 뚜렷한 특징으로 삼을 만하였다. 이 두 가지 논점
사이에서 문학적 가치를 정하는 일은 차치해 두고라도, 열여섯의 나이
에 '권불십년'의 정치적 득실을 논하기에는 아무래도 시기상조가 아니
었던가 보여진다.

박윤묵朴允默 / 〈저백전楮白傳〉·〈모원봉전毛元鋒傳〉
〈진현전陳玄傳〉·〈석탄중전石坦中傳〉

문방사우
가전과 유서

1: 머리말

　문방사우를 주인공으로 삼은 박윤묵朴允默(1771~1849)의 문방 관계 열전들은 앞에서 소개했던 〈국청전〉과 함께 『존재집存齋集』이라고 하는 그의 문집 안에 수록되어 있다. 그리하여 박윤묵이 가전을 무려 다섯 작품이나 쓴 작가라는 점도 특필할 만한 사실이다.

　그러면 우선 가전 장르 다작의 문인인 박윤묵의 프로필을 다소 살펴둘 필요에 당한다. 하지만 그의 인간과 문학에 관해 상고할 만한 자료는 역시 드물 따름이다. 다만 박윤묵의 유저遺著인 『존재집』맨 권두에는 그의 만년 지기知己로 자허하던 남주南洲 최면崔沔의 〈존재집서存齋集序〉가 실려 있고, 책말의 권25에는 서로 알아온 세월 40년을 얘기하는 반남潘南 박기수朴綺壽의 〈발跋〉이 있다. 특히 권26에는 그의 79세 생애 전반을 보다 찬찬히 다룬 청풍淸風 김주교金周敎의 〈행장行狀〉이 갖추어져 있으며, 더하여 윤정현尹定鉉의 〈묘갈墓碣〉과 서준보徐俊輔의 〈묘지명墓誌銘〉 등이 있으니, 이 자료들 안에서 그에 관련한 정보 대강을 요량해 볼 나위는 있을 것이다.

　박윤묵은 밀양 본관에 자는 사집士執, 호가 존재存齋이다. 그의 집안은 7대조 박충건朴忠健이 선조조에 호성훈扈聖勳에 들었고, 6대조 박양신朴良臣은 효종조에 심양瀋陽까지 호종扈從한 공훈이 있다. 증조부 박태성朴泰星은 세 살에 아버지를 잃고 어머니를 섬긴 효도로서 이름 있다. 또한 부친이 돌아간 해와 같은 간지干支가 다시 돌아온 해에 여묘廬墓에서 끊임없이 애읍哀泣하였더니 숲의 새마저도 조석으로 함께 울었다던 일화가 전한다. 이로써 임금이 정려문旌閭門을 세워 주었고, 당시 공경대부들도 시를 지으면서 효성의 감화라며 칭송했다 한다. 조부인 박수천朴受天 역시 부친상을 당해 애통한 나머지 득병하여 돌아가니, 조정에서 그 효에 대한 표창의 의미로 조세를 면제해 주었다는 등, 내력 있는 충효의 가문이었다고 한다. 아버지인 홍재弘梓 역시 선조의 훈교를 따라 몸가짐이 반듯했으니, 집안에 음악을 베풀지 않고 명주·모시를 입지 않는 등 가범家範을 준수하였다고 한다.

　박윤묵은 4남 중의 셋째로 났는데, 밝고 영민하여 일곱 살 때 벌써 시를 지었으되,

　　　三角何矗矗
　　　白雲生其上

　　　삼각산은 어쩜 저리 우뚝할까
　　　흰 구름 그 너머에서 피어나네.

이 싯구에 모두 기이하게 여겼다고 한다.

어려서 숙사塾舍에서 공부할 때 다른 아이들이 이웃집에서 들리는 음악소리를 따라갔지만, 그만은 홀로 의연히 독서했다고 한다. 또 일찍 어산漁山 정이조丁彝祚 선생에게 수학하였는데, 선생이 전염병에 걸리자 그 곁을 지키며 지성으로 간호하였다 한다. 홀로 있는 어머니에 대한 도리는 물론이고, 두 형에 대한 공경심과 아우를 위하는 우애심 등 효제孝悌가 비상했다고 하며, '성誠'을 제일로 여겨 늘 반듯하게 처신했다고 했다.

또한 그는 감개感慨의 정서가 남달랐던가 보았다. 중형仲兄과 계제季弟의 죽음 앞에서의 애통과, 선영에 대한 추도와, 병자호란을 당한 강개와, 정조正祖의 기일을 맞았을 때의 비회悲懷 등, 그때마다 남긴 통곡과 눈물의 기록들이 그러한 사실을 입증하고 있다.

순조 을묘년(1819) 그의 나이 49세 때엔 왕을 배종하여 곡산谷山 치마대馳馬台에서 어제御製를 비문으로 만드는 감독을 했던 공로가 인정되어 통정대부通政大夫로 승진하였다. 순조 정해년(1827), 그의 나이 57세 때에는 어제御製를 글씨로 헌정하여 가선대부嘉善大夫에 올랐다. 특히 〈행장〉에는 헌종 을미년(1835) 그의 나이 65세, 평신진첨平薪鎭僉에 부임했을 당시, 마침 닥쳐 온 흉년에 미곡 수백 여 가마의 사재를 기울여 백성을 궤휼했다고 하였다. 아울러 경내에서 늦도록 혼인 못한 이를 혼인케 하고, 6,70세 노인에게 음식 공궤를 하는 등 선행을 쌓았는데, 임기가 만료되매 백성들이 관찰사에게 그의 유임을 간청하였고, 그것이 부득이하자 송덕비를 세웠다고 한다.

그의 처음 재산은 누만금을 헤아렸지만, 이처럼 평생 남에게 베풀기를 좋아한 덕에 만년에는 궁핍을 면치 못했다고도 한다. 또 친구인 이의수李宜秀가 후사 없이 죽자 자신이 몸소 빈렴殯殮을 하고 땅을 가려서

장례 지내 준 일도 있노라고 〈행장〉은 기록하고 있다. 각원루閣院樓에 10년 간 있으면서 공경들의 애중愛重을 받았고, 당시 이름 높은 재상이던 조인영趙寅永으로부터는 '근신군자謹身君子'라는 칭찬을 들었으며, 또한 글씨에도 능해서 필법이 영매英邁·호일豪逸하다는 인정을 얻었다. 죽파竹坡 서준보徐俊輔는 그를 평하되 당시대의 정직하여 사邪가 없는 이는 오직 존재뿐이라 하였고, 근실함이 한결같은 외우畏友라 일렀다.

박윤묵의 시적詩的 경지에 대해 『존재집』 서문의 작자는 그가 60년 동안에 변치 않는 시벽詩癖을 지닌 바, 자신의 판단으로 그 시는 '당唐도 아니고 송宋도 아닌'(不唐不宋) 자성일가自成一家

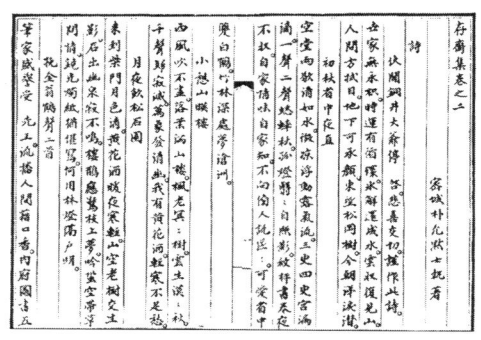

『존재집』의 박윤묵 시

의 경계를 확립하였다고 말하고 있다. 영탄을 끌어낸 것과 사실을 펼쳐낸 것, 그리고 이것과 저것 사이를 빗대어 비유한 것 등, 모든 시가 정풍正風과 정아正雅를 조술하였으면서 역시 변풍變風·변아變雅로 뒷받침되어 있다고 했다. 시가 높낮이 없이 평평하면서도 건성에 흐르지 않았고, 온아溫雅하면서도 느긋함에서 벗어나지 않아 자연의 음향과 절주節奏라고 칭찬해 마지않았다.

〈발跋〉의 작자는 그의 시가 간결·정밀하여 당 시인의 풍격에 점차로 배어들었다 하였고, 〈행장〉의 작자는 시문의 충담沖澹과 전아典雅를 말했다. 〈묘갈〉의 작자는 그가 당인唐人을 따라 향했다 했고, 〈묘지명〉

의 작자는 역시 시문이 충담沖澹·청신淸新한 것이 거의 수만 작품에
이른다고 했다.

그와의 40년 지기를 말하는 〈발跋〉의 작자 박기수는 그에게서 볼만
한 것이 시의 빼어남만이 아니라고 했다. 시의 공교로움 뿐만이 아닌
그의 능문能文을 강조한 것인 바, 〈사생설死生說〉을 일례로 들되, 견식
이 초매超邁하고 문체가 순아馴雅하여 옛 작가들 누구에게도 뒤지지 않
는다는 평이었다. 또한 글씨를 잘 써 능필能筆이라 했으니, 궁극에 시
詩·문文·서書 삼능三能을 갖춘 인물로서 칭도하였던 것이다.

특별히 박윤묵의 글씨는 당대에 일류였던가 보았다. 그에 관해 말하
는 누구든 언필칭 글씨의 출중함을 각별히 강조하지 않는 이는 없던
까닭이다. 하물며 박윤묵의 특징으로서의 능필은 그의 문방사전 창작
과는 사뭇 관련이 적지 않은 부분이기도 하여 주목을 끄는 바 있거니
와, 박윤묵 자신 필묵에 대한 태도가 일반 시인 문사가 여기餘技의 차원
쯤으로 가까이 한 것과는 다른 데가 있었다. 〈행장〉에 보면 그가 고첩
古帖에 대해 일백 번의 임서臨書를 기본 준칙으로 삼았다고 하였다. 그
야말로 〈서문〉의 표현대로 '적년근공積年勤功'을 쏟았던 것이고, 그 때
문에 나름대로는 서법에 일가一家를 이루고자 하는데 따른 고민 또한
감추지를 못했던 것이었다.[1]

더군다나 그렇게 연마한 글씨의 효험이 대강 이름이나 얻은 정도는
아니었던가 보다. 예컨대 박윤묵의 만년 지기가 〈서문〉에서 밝힌 바

---

1) 권1 중의 〈필법(筆法)〉에서는 종요(鍾繇)·왕희지(王羲之) 등 역대 중국 서가(書
家)에 대한 스스로의 초라함을 탄하고 있으며, 권2 중의 〈한묵청완첩(翰墨淸玩
帖)〉에서는 김생(金生)을 주맹(主盟)으로 하여 안평대군(安平大君)·석봉(石峯)
등 한국 서예 대가에 대한 자신의 왜소(矮小)와 박기(薄技)를 달래고 있다.

아래와 같은 생생한 증언을 통해 너끈히 짐작할 만하다.

　　且臨池之學 積年勤工 深得王衛遺規 至蒙我正廟獎詡 誠稀世之筆
家.
　　또한 글씨 공부에 여러 해 부지런히 공을 들여 왕희지와 위관衛瓘이
남긴 서법을 깊이 체득하였던 바, 우리 정조 임금의 고여바치심을 입기
에 이르렀던 것이니, 참으로 세상에 드문 서가書家라 하겠다.

또는 조희룡趙熙龍의 『호산외사壺山外史』
같은 곳에도 정조의 신임 사실이 기록되어
나타난다.

조희룡의 『壺山外記』에 소개된
박윤묵

　　朴允默傳日 孝子泰星之曾孫也 好讀書 長
於詩 兼以字墨名家 正廟內閣之設 與刀筆之
選 寵渥隆贄.
　　박윤묵전에, 그는 효자 박태성의 증손으로
독서를 좋아하고 시를 잘하는데다, 겸하여 글
씨로써 이름을 드러냈다. 정조가 각원루를 설
치하고 글자 새기는 일에 그를 선발하였는데,
총애와 사랑이 넘치고 자상하였다.

　　정조가 박윤묵의 글씨를 높이 샀던 일의 또 다른 배경으로는 당사자
박윤묵의 필치에 의한 〈봉독정묘지장근서감奉讀正廟誌狀謹書感〉2)과 〈정
묘어제필인일근서감正廟御製畢印日謹書感〉3) 등 실질적인 자취가 따르기

---

2) 박윤묵, 『存齋集』 권1, 24頁.
3) 박윤묵, 『存齋集』 권2, 35頁.

도 했다. 또한 전술하였
듯이 순조 때엔 어제御
製 비문의 공으로, 익종
翼宗 무렵엔 어제를 봉
서封書한 수고에 따라
통정대부・가선대부
같은 직함을 내려받기
도 했으니, 이 모두 그
의 필재筆才에 말미암은
것이다.

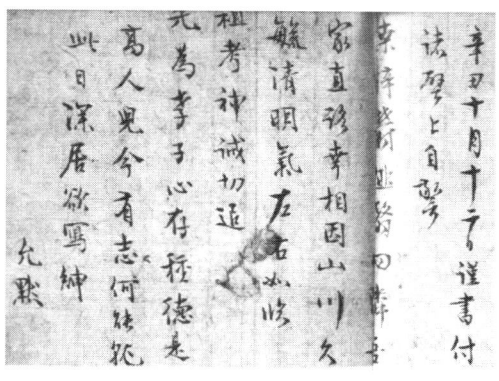

박윤묵의 글씨. 헌종7년 신축 1841년 10월 12일 벽위에
붙여 놓고 스스로 경계하고자 쓴 律詩 형태의 自警詩이다.

다만 서풍書風에 대하여는 여러 사람이 각각 그 주장하는 바가 같지
않다. 〈서문〉의 작가는 왕희지・위관의 서법을 체득하였다 했지만,
〈발〉의 작가는 북송 때의 서화가인 미불米芾의 풍이 있다고 했다(有米南
宮之風). 〈행장〉과 〈묘지명〉의 작가는 왕희지・조맹부趙孟頫가 남긴 법
을 깊이 체득했노라(深得王趙遺法)고 한 반면, 〈묘갈〉의 작가는 오히려
그 수척한 듯 야무진 것이 안진경顔眞卿과 유공권柳公權의 법을 얻었다
(瘦勁得顔柳家法)고 하였다.

박윤묵의 음주 성향에 관한 것이 또한 관심사로 언급되어 있다. 〈서
문〉에서는 자신이 술은 잘하지 못하였으나 좋아하여 흥을 얻었다고 했
고, 〈행장〉과 〈묘지명〉에서는 그가 술을 사랑해서 마시지 않는 날이
없었거니와, 아침에 한 잔, 낮에 한 잔, 저녁에 역시 그렇게 마시되 60
년을 하루같이 했다고 전했다. 그의 문집 안에서 〈녹주중漉酒中〉(권1)・
〈월야음송석원月夜飮松石園〉(권2)・〈음주飮酒〉(권2) 등은 그의 술 풍정을

엿볼 수 있는 좋은 단서들이고, 〈취석醉石〉(권1) 또한 그의 생애관 및
모처럼의 호일豪逸이 잘 나타난 대목이 아닐 수 없었다. 특히 권5의
가운데 꽤 긴 사설조의 제목4) 하에 지은 다음의 한 편은 박윤묵의 음주
취향 및 그가 평생의 낙백을 술로 자위하였던 태도의 좋은 본보기라
할 만하다.

西隣酒熟飮而甘	서편 이웃의 익은 술맛 감미로워
一日無壺意不堪	하루도 술 없이는 견딜 수 없는 마음.
每遂微官懷斗五	박봉의 하급 관리 못 면하는 몸이지만
縱知大道在杯三	대도大道가 석 잔 술에 있음을 알겠네.
歐蘇壚上猶能說	구양수와 소동파의 목로주점 나설 만해도
稽阮樽前莫敢參	혜강·완적의 술판 앞엔 끼어볼 자신 없다.
取適可欣非取醉	적당히 즐길 일, 취할 나위까진 없는 것
筒錢未必數相探	대통 술잔, 돈 없어도 자주나 찾아를 보네.

　역시 박윤묵이 술을
제재로 한 의인 가전 한
작품으로서의 〈국청전
麴淸傳〉은 그의 이같은
기주嗜酒 취향과는 맥락
과 출원을 달리할 수 없
는 우연 너머의 필연적
인 산물이었다.

국청전

---

4) '余酒量甚少 亦能好酒而已 老兄亦如我 用前韻 作此詩以示之.' (내 주량이 아
　주 적긴 하지만 그래도 능히 술을 좋아한다고는 할 수 있소. 노형께서도 나와
　같으니, 앞의 운을 써서 이 시를 지어서 보입니다.)

그의 문집인 『존재집』은 박윤묵 생전에 상재되었던 것으로 사료된다. 일말의 단서로서 『존재집』에 필요한 서문을 남주거사南洲居士 최면이 썼는데, 권25에는 박윤묵이 최면의 작고 뒤에 쓴 〈남주선생최공면치제문南洲先生崔公沔致祭文〉이 있는 까닭이다. 이 제문을 지은 날짜가 '경자년 4월 신유삭辛酉朔 15일 을해乙亥'로 되었으니, 박윤묵 생애에서의 경자년은 1840년, 즉 그의 70세 때의 제술인 것이었다.

『존재집』은 전체 13책이고, 1책 2권이니 전체 26권으로 편성되었으며, 규장각 도서목록에 포함되어 있다.

2:

박윤묵은 다른 누구보다도 사물에 대한 관심이 비상하였으니, 그의 문집 전반을 통해 상당한 군데에서 발견이 용이하다. 이를테면 권1 중의 〈이조부異鳥賦〉・〈춘조부春鳥賦〉・〈이조가異鳥歌〉・〈석류石榴〉라든지, 권2 중의 〈영문詠蚊〉・〈대매이수對梅二首〉・〈투계鬪鷄〉 및, 권5 가운데 부채와 죽부인을 읊은 〈선扇〉・〈죽부인竹夫人〉과, 권6 가운데 〈계계誡鷄〉・〈선선蟬〉・〈와蛙〉・〈묵죽墨竹〉・〈하화荷花〉・〈분어盆魚〉・〈동유묵桐油墨〉 등, 그 관심의 폭이 동물・식물・사물에 두루 걸쳐 다양하였다. 그는 심지어 깨진 밥그릇에 명銘을 짓기도 할 만큼 사물에 대한 주의가 남달랐다. 다름 아니라 작가의 밥공기[飯盂]를 여종이 실수로 깨뜨린 것을 부인이 다른 좋은 그릇으로 바꾸려 하자, 선조도 놋사발[鍮鉢]을 써보지 못했거늘 내가 온전한 그것을 쓰면 과람한 일이라고 하면서 자경문自警文 식으로 〈파우명破盂銘〉(권24)을 쓰기도 했다.

그런데 각별히 문방사우 가전과 관련하여서는 〈연지硯池〉(권1)·〈필론筆論〉(권24)·〈수적水滴〉(권2) 등이 눈에 띈다. 이 중에 〈수적〉이란 작품은 연적을 찬미한 오언율이었다.

硯田通水利　벼루 넓은 밭은 수리水利에 연결되고
墨壘售農兵　먹이라 높은 보루는 농사꾼의 품을 사네.
怒獸林中出　노한 짐승 수풀 가운데서 뛰쳐나오고
寒蟾月裏迎　차가운 두꺼비는 달 안에서 맞이한다.
盈虛眞造化　채우고 비움은 이 진정한 조화요
呼噏小經營　뿜어내고 들이킴은 자그만 경영이라.
四友當爲五　문방사우는 마땅히 오우五友 되어
嘉名並世鳴　갸륵한 이름 나란히 온누리에 떨쳐야만.

특히 권24에는 사물 관심에 따른 제술이 찬贊·명銘·설說·론論의 형식을 빌려 집중적으로 나타나 있음을 보게 되는데, 이제 그 대열에 끼어 있는 〈문방사우명文房四友銘〉은 박윤묵의 이 방면 취상趣尙을 알기에 부족함이 없다. 이 명銘은 맨 첫머리에 서문 격의 하나와, 뒤이어 지紙, 연硯, 필筆, 묵墨 각각의 넷을 합해 모두 다섯 문장으로 되어 있다. 아울러, 이제 그의 문방사우전과 관련하여 가장 긴밀하다 하겠으므로 모두 옮겨 보이기로 한다.

文房四友余所朝夕者也　多年相與善　知之詳　於紙取其潔　於硯取其壽　筆以取其正　墨以取其色　推之於己　亦足有警發勅勵者　作四友銘以左右焉.

문방사우는 내가 조석으로 만나는 존재이다. 여러 해 서로 친해 속속들이 알 만한데, 종이에게선 그 깨끗함을 취하고, 벼루에게선 그 오랜 삶을 취하고, 붓에게선 그것의 올바름을 취하며, 먹에게선 그것의 빛깔을 취한다. 이를 나 자신에게 적용시킨다면 또한 조심성을 살리고 근칙함을 북돋우는 바 너끈하겠기에, 이 사우명四友銘을 지어 좌우에 두고자 한다.

· 紙

輕淸者禀一氣之精 皎潔者保正色之眞 有其性而自明於己 運其用而順受於人 彼繪之汨且亂焉 吁亦不仁也夫.

맑고 가벼움은 으뜸 기운의 정수를 받음이고, 희고 깨끗함은 바른 빛깔의 진수를 간직함이다. 이러한 본성을 갖추매 스스로 명징하고, 운용에 들어서면 남과 순응한다. 그런데도 저 그림이 어지러워 혼란해진다면, 아하, 어질지 못한 일인저.

· 硯

剛而充塞 彰厥德之有常 確而溫潤 與外物而無爭 俱兩美而並稱 吾以是占年壽之長.

굳세며 꽉 차 있음은 그 덕의 한결같음 드러냄이요, 탄탄하고 보드라움은 바깥 사물과 다툼이 없음이라. 이 두 가지 미덕 갖추어 한꺼번에 칭송얻으니, 내 그로써 장수의 삶을 짐작하노라.

· 筆

子之心實兮 正其德 子之鋒銳兮 運其力 外有運 故壽以日 內有正 故一以書 蓄銳而懋實 斯可以兩得.

그대 마음의 건실함이여, 덕을 바르게 하도다. 그대 기세의 날카로움이여, 그 힘을 부리어 쓰도다. 바깥으로 운행하여 세월 늘리고, 안으로는 정도正道를 지니어 글쓰기 한결같다. 예봉을 기르고 건실에 힘쓰는 일, 이에 두 가지를 얻었다 하리라.

· 墨

  其性也黑 不黑非性 變質而渝 惟物之病 所貴乎純然一色 猶勝於
綠紫之輝映者哉.

  그 바탕 검으니, 검지 아니함은 바탕이 아니네. 변질되어 달라짐은 사
물의 병통. 소중한 순수의 한 빛깔, 알록달록 찬란함보다 외려 낫도다.

  동방의 선비 문화가 그 온전한 형태적 정립을 보았던 이래 문방에서
가장 종요로운 지필묵연紙筆墨硯 네 가지 자구資具를 일컬어 '문방사우
文房四友' 혹은 '문방사보文房四寶'·문방사귀文房四貴라 하였고, 그들 문
방에 종사하는 선비들 중에는 이 네 가지 사물 가운데 각별히 어느 대
상에 주안注眼하여 의인화를 시도하였던 사례가 문학사의 한 언저리에
존재했었다.

  이것을 '문방사우계文房四友系 가전假傳'이라 명명하여도 무방할 듯싶
으나, 실제로 이 계통에 속하는 것으로 당나라 한유韓愈의 붓 의인화인
〈모영전毛穎傳〉이 단연 남상과 원조가 된다. 그리고 뒤를 이어 청대 신
함광申涵光의 〈모영후전毛穎後傳〉, 벼루 의인화인 송대 소식蘇軾의 〈만
석군나문전萬石君羅文傳〉, 종이 의인화인 명대 민문진閔文振의 〈저대제
전楮待制傳〉, 청대 장조張潮의 〈저선생전楮先生傳〉, 먹 의인화인 명대 초
횡焦竑의 〈적도후전翟道侯傳〉이 추려진다. 우리나라로 볼 것 같으면 종
이 의인화인 고려조 이첨李詹의 〈저생전楮生傳〉, 지·묵·연 삼자三者
의 합전合傳인 조선조 남유용南有容의 〈모영전보毛穎傳補〉, 붓 의인화인
조선말 한성리韓星履의 〈관성자전管城子傳〉 등이 우선 알려진 것들이었
다.5)

---

5) 김창룡, 『한중가전문학의 연구』, 개문사, 1985, pp.36~60 참조.
  이후에 만가재(晚可齋) 김석행(金奭行, 1688~1762)과 인재(忍齋) 조재도(趙載

그러나 어느 한 작자가 한꺼번에 두 작품 이상에 유의한 경우는 여간
하여 만나보기 어려울 따름이었다. 나아가, 한 사람이 지·필·묵·연
의 네 가지에 대해 일일이 각각의 편제篇題로 잡고 입전화시킨 경우
역시 거의 그 사례를 찾기 지난하였다.

다만 저 중국의 송대에 소이간蘇易簡이 지(1권)·필(2권)·묵(1권)·연
(1권)에 관련한 기사를 모아 엮은 『문방사보文房四譜』(전5권)[6] 가운데는,
해당 문예물 채수採搜의 한 양상으로 문숭(文嵩, ?)이란 이에 의해 네 가
지 모두에 대한 창작의 구색이 판비되어 있음을 보게 된다. 다름 아닌,
붓 의인화인 〈관성후전管城侯傳〉, 벼루 의인화인 〈즉묵후석허중전卽墨
侯石虛中傳〉, 먹 의인화인 〈송자후역현광전松滋侯易玄光傳〉, 종이 의인화
인 〈호치후저지백전好畤侯楮知白傳〉 등이 그것이다. 하지만 역시 이후
에는 찾기 힘든 일임에 틀림없었다.

이쪽에서 역시 일찍이 문방사우 각각에 대한 전면적인 시도가 별반
눈에 띄는 것 같지 않더니, 조선 후기 존재 박윤묵이란 인물의 수적手跡
가운데에 골고루한 안배가 이뤄져 있음을 보게 된다. 다름 아닌 그의
유고 『존재집』 권25 잡저雜著의 안에 들어 있는 종이의 〈저백전〉, 붓의
〈모원봉전〉, 먹의 〈진현전〉, 벼루의 〈석탄중전〉이 그것이다.

한편으로 비록 지·필·묵·연이 각각 별개의 작품 단위를 확보하
고 있지는 않지만, 그 사우四友의 전기를 한 곳에 종집綜輯시켜 한 작품
으로 아우른 문방 가전도 있다. 궁극적으로 사우의 총전總傳이랄 수 있
는 조선조 신홍원申弘遠의 〈사우열전四友列傳〉과, 안엽安曄의 〈문방사

道, 1725~1749)의 먹 의인화인 동명 〈진현전(陳玄傳)〉 같은 것도 김균태 편의
『문집소재 전자료집(文集所在傳資料集)』(계명문화사, 1986)에 소개되었다.
6) 이것은 『사고전서(四庫全書)』·子 보록류(譜錄類) 학해류편(學海類編) 193·194
책에 수용되어 있다.

우전文房四友傳〉 등이 여기 속한다.[7] 그리하여 그 이전의 출현작으로 지·묵·연 3자 합전合傳인 남유용의 〈모영전보〉 등과 더불어 이 방면 소위 '문방사우계 가전'의 면모를 훨씬 다양하고 다채롭게 하는 계기적 터전이 마련되기도 하였다.

3:

문방사우 가전은 위의 『존재집』 중에 포함된 것이라 하였거니와, 그 안에는 이 4편 이외에도 그가 쓴 또 하나의 술 의인전기인 〈국청전〉 가전 한 편이 면모의 새로움을 더하고 있다. 그리고 이 〈국청전〉에 대해서는 앞의 장 「한중 술 가전의 소재 찾기」에서 여한麗韓의 술 의인 가전들 안에 포함시켜 다루었고, 또 그 작품들에 대한 번역과 주석도 기왕에 편역저의 형태로 발표한 바 있다.[8] 그 마당에 〈국청전〉에 임하여 그 원류 출처를 소구해 본 결과, 『사문유취事文類聚』(권13, 燕飮部 '酒'門)에 들어 있는 정보 사항은 물론이려니와, 더하여 중국 송대 진관秦觀의 〈청화선생전〉에 있는 독특한 유형 한 가지와 근사함을 나타냈던 사실까지 언거해 두었다.

그러면 지금 이 문방사우 가전에 이르러선 어떠한가. 이제 네 편을 각각에 나누어 알아본다.

---

7) 이 두 작품은 안병렬(安秉烈)의 『한국가전연구』(이우출판사, 1986, pp.345·353) 안에서 자료로 소개되었다.
8) 김창룡, 『한국의 가전문학』(上·下), 태학사, 1997·1999.
  김창룡, 『중국가전 30선』, 태학사, 2000.

1) 저백전楮白傳

저백전

이 제목의 '저백楮白'은 일찍이 고려조에 이첨이 쓴 〈저생전〉의 주인공 저생의 이름이 '저백楮白'이었던 사실과 일치하였다. 문방계 가전 전체에게 있어 전범典範과 귀감이랄 수 있는 한유 〈모영전〉에는 그냥 '저선생楮先生'이라 했고, 문숭이 쓴 〈호치후저지백전〉에서는 제목에서 보는 것과 같이 '저지백楮知白'으로 했을 따름이다. 오히려 명대 초횡焦竑의 먹 의인화인 〈적도후전〉에 종이를 '저백楮白'으로 명칭했음을 본다.

주인공 저백과 중상시中常侍 채륜蔡倫과의 관계는 하필 특정한 어디를 따로이 지목할 것도 없이 종이와 관련된 의인 조어造語들에서 공통한 양상이었다. 이는 어떤 분야이건 예외 없이 정보의 집산지 기능을 하는 『사문유취』라는 유서 공간 안에서 역시 당연한 수록을 나타낸다.

임금이 그에게 백주자사白州刺史 벼슬에 만자군萬字軍을 통령케 하였으며 저국공楮國公의 작위를 내렸다는 다음의 말

既拜爲白州刺史 領萬字軍 賜爵楮國公.

은 박윤묵의 순연한 창작이 아니라, 그 원용의 터전이 『사문유취』별집 권14 문방사우부文房四友部 '지紙' 門 안에 고유해 있던 문자이다. 인용문 머리점은 필자의 임의에 따랐고, 이하 같다. 또한 다음의 대목,

薛稷爲紙封九錫 拜楮國公白州刺史 統領萬字軍. (纂異記)

은 박윤묵에 앞서 이첨이 〈저생전〉 작문의 자료로 활용하였던 부분이기도 했다.

於是褒拜楮國公白州刺史 統萬字軍.

그 밖에 주인공이 회계會稽 사람이라는 것도 진작 〈모영전〉·〈저생전〉 등에 약정어처럼 나타나 있던 것이어니와, 역시 『사문유취』 '지紙' 門 첫부분에 "會稽楮先生〈韓毛穎傳〉"의 명백한 게시가 있고, 은거지로서의 섬계剡溪 역시 같은 책 '지紙' 門 '시구詩句' 란의 "剡溪開玉板"이라든지, '고금문집古今文集' 란에 서원여舒元輿의 작으로 소개된 〈비섬계고등문悲剡溪古藤文〉이란 글제 내지 그 안의 내용을 통해서 쉽게 목격되는 바 된다.

저백이 "捲舒惟意"(몸을 말고 펴는 것을 뜻대로 했다)는 것은 부함傅咸이 쓴 〈지부紙賦〉 가운데

覽之則舒 舍之則卷.

의 말을 『사문유취』가 '군서요어群書要語' 란에다 수용한 것이며, 이 가

전의 평결부 찬贊 가운데
"其平如砥"(그 평평함은 숫돌과
같으며) 역시 필경은 같은 '군
서요어' 란의 맨 처음에 『석
명釋名』 출전으로 되어 있는,

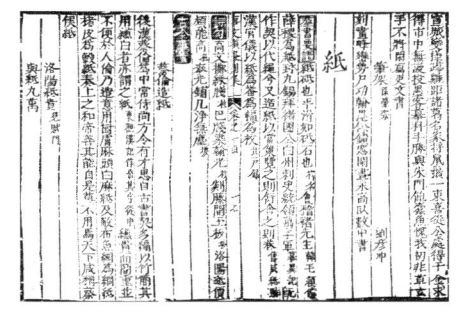

『사문유취』 소재 '紙' 門

紙砥也. 平滑如砥也.

와 연맥緣脈됨이 분명하였다. 이로써 『사문유취』가 박윤묵 가전에 끼
쳐 놓은 영향의 막중함을 가히 실감하고도 남음이 있다 하겠다.

그러한 한편, 박윤묵 작문의 내력을 밝히는 일과 관련해서 마저 상고
하지 않아선 안 되는 어떤 사항이 하나 더 있을 법하였다.

이제, 『사문유취』와 같은 유서 종류이로되 상대적으로 가장 늦은 시
대까지의 백과적 내용을 수록할 수 있던 청대의 백과 유서인 『연감유
함淵鑑類函』이 있다. 이 책의 권204 문학부13 '필筆' 門, 권205 문학부14
의 '지紙' 門, '묵墨' 門을 차례로 열람하여 보는 과정에는 특별히 문방사
우 계통의 정보 사항과 연관하여 각별 주목을 끄는 부분이 보인다. 다
름 아니라, 송대에 소이간蘇易簡이 찬한 『문방사보文房四譜』란 책이 그
것이다. 이 책은 필보筆譜 2권과 지·묵·연보 각각 1권으로 되어 있으
며, 이 사우四友에 대한 각각의 시말始末을 기술하였고, 그 고실故實·
사부詞賦·시문詩文을 채수採搜해 놓았다.

이 책은 그것 단독으로 입수·전파되었던 자취는 나타남이 없다. 대
신 청 건륭제乾隆帝의 명命으로 1781년 처음 문연각 수장본文淵閣收藏本

으로서 완성을 본 중국 역대 도서의 최대적 집성인『사고전서四庫全書』중, 자부子部 보록류譜錄類1 기물지속器物之屬 필필筆 843책 자子149의 첫 마당에 그 수용의 모습이 보인다.

그리고 또한『조선왕조실록』을 고증하면 이『사고전서』가 이 땅에 처음 반입된 시기를 거의 고증하여 볼 수 있다. 즉, 정조 7년(1783) 3월 을묘일의 기사에는 동지사冬至使 겸 사은정사謝恩正使인 정존겸鄭存謙과 부사副使 홍양호洪良浩가 왕에게 전하는 치계馳啓가 있다. 거기에 보면 그들은 2월 6일 연경燕京을 출발한 것으로 되어 있다. 뒤이어 심양瀋陽에서 배로 보냈던 36,000권 한 질을 24일 거류하巨流河라는 데 도착해서 수령하였던 사실을 말하고 있다.9)

이렇게 하여 이 책 입하의 연대가 잡히는 것이다. 그리고 2년 후인 정조 9년(1785) 4월에 사은사로 갔던 서장관書壯官 이정운李鼎運이 별단別單을 통해 중국에서『사고전서』를 시찰한 데 대한 보고를 하여 있다.10) 별단이란 임금에게 올리는 주된 문서 이외에 별개로 붙여서 보고하던 문서를 말한다.

그로부터 7년 후인 정조 16년(1792)에 또 다시 서장관인 심능익沈能翼이 중국에서의『사고전서』를 다루는 현장을 보고한 기사가 보이니,11) 이 거질鉅帙에 대한 꾸준한 관심의 정도를 알 만하다.

이 책이 수입된 해는 박윤묵의 13세 때였다. 또한 앞에서 밝힌 대로 그는 정조·순조 때 어제御製를 봉행했던 일로 궁성의 출입이 얼마든 가능하였으므로 궁내의 서각에서 중국 천하의 서책들을 총집시켜 놓은

---

9) 『정조실록』 7년 3월 을묘일 조.
10) 『정조실록』 9년 4월 무술일 조.
11) 『정조실록』 16년 3월 임진일 조.

『사고전서』에 접하고 참고하는 데 하등의 어려움이 없었을 터이다. 보다 구체적으로는, 박윤묵의 문방사보 관계 조품을 『사고전서』 허다한 종류 가운데도 반드시 이와 관련성이 있는 편술 즉, 바로 앞에 든 소이간의 『문방사보』와의 낱낱한 대교對校를 통해서 그 독서의 실상 또한 명료해질 수 있다.

그 결과, 이 문헌이 『사문유취』와 더불어서 동일하거나 유사한 내용의 중복을 보이는 정보 사항은 중상시中常侍 채륜蔡倫 및 섬계剡溪 고사, 말았다 폈다를 뜻대로 한다는 "攬之則舒 捨之則卷〈紙賦〉", 평평함은 숫돌 같다는 "紙者砥也 謂平滑如砥石〈釋名〉" 등이다.

반면, 『사문유취』에선 소재 공급의 소임을 하였으나 『사고전서』 수용의 이 『문방사보』에는 들어 있지 않은 정보적 내용은 관향貫鄕으로서의 '회계會稽', 주인공이 받은 벼슬로서의 '백주자사白州刺史', 작위로서의 '저국공楮國公', 역할로서의 '만자군통령萬字軍統領' 등임을 본다.

그러나 이제 역으로 『사문유취』에선 못내 증빙해 볼 도리가 없는 대신, 『문방사보』 안의 기사가 자료 제공의 역할을 충당했던 부분에 대해서도 덮어둔 채 지나쳐 갈 수는 없다.

우선은 황제가 맞이해 보고는 중서성中書省 쪽의 벼슬을 내렸다는 〈저백전〉의 말과, 거듭 벼슬이 올라 '중서사인中書舍人'이 되었다는 〈호치후저지백전〉 안의 내용 사이에 관계성 여부를 군이 들어 보일 수 있다. '중서中書'라는 관명은 초창기 한유의 〈모영전〉 이래 붓의 별칭으로 전용되다시피한 말이다. 그리하여 붓을 들어서 '중서군中書君' 운운해온 관습이 있거니와, 종이를 들어 이렇게 하는 경우란 쉽지 않았기 때문에 『문방사보』의 존재가 괄목된다. 그리고 〈호치후저지백전〉은 『문방사보』 지보紙譜의 맨 뒤에 실려 소개되어 있는 가전임이다.

심증을 더 하자면, 주인공 저 백저의 자字로 소개된 '소절素切' 이란 어휘 역시 바로 그 〈호치 후저지백전〉의 전개 중에 있는,

素幅遇其人 則舒而示之 不遇 其人 則卷而懷之.

『문방사보』에 수록된 호치후저지백전

'소폭素幅'의 말과는 전혀 무관하겠는지 의심해 볼 여지가 없지는 않다. 대신에, 한 단계 더 접근을 보이는 것은 다음과 같은 대목에서이다.

知白…與宣城毛元銳燕人易元光南越石虛中爲相須之友 每所歷任 未嘗不同. 〈호치후저지백전〉
지백은 … 선성宣城의 모원예毛元銳, 연인燕人인 역원광易元光, 남월南越의 석허중石虛中과 서로 따르는 벗을 하였으니, 임명을 거칠 때마다 한 번도 함께 하지 않은 적이 없었다.

白與中山毛元鋒歙州陳玄絳州石坦中友善 互相推引 上每有所使 輒與三人者俱. 〈저백전〉
저백은 중산中山의 모원봉毛元鋒, 흡주歙州의 진현陳玄, 강주絳州의 석탄중石坦中과 친한 벗이 되어 서로 밀어주고 끌어주고 하였으니, 임금이 무슨 일을 시켜 하라는 바가 있을 적마다 문득 그 나머지 세 사람과 함께 하였던 것이지만….

문방 전기 일반에서는 종이 주인공이 중심이 되어 그 나머지 셋을 인솔해 나가는 경우란 쉽지 않은 것인데, 이 두 작품 안에서 남다른

제휴가 이루어져 있는 사실 또한 예사로울 것 같지는 않다.

그러나 무엇보다『문방사보』로부터의 도출이란 입장에서 가장 확실성을 기약할 만한 것 한 가지가 보인다. 곧 "贊曰"로 시작되는 박윤묵 평결부 첫머리의 다음과 같은 표현이다.

> 其白如雪 其平如砥
> 그 새하얀 빛깔은 눈과 같고, 그 평평함은 숫돌과 같으며

"其平如砥"야 그 내원來源을 앞서 추적하였으되, 이제 그 '새하얀 빛깔이 눈과 같다' 함은,『문방사보』가운데 지보紙譜 '사지사부四之辭賦'의 항목에 후량後梁의 선제宣帝가 지었다는 〈영지詠紙〉 시와 긴밀한 연관을 보인다.

> 皎白猶霜雪　새하얀 빛깔은 눈서리와 같고
> 方正若布棊　네모로 반듯함은 바둑판과 같아라.
> 宣情且記事　마음 드러내며 사실을 기록하는 일은
> 寧同魚網時　저 그물을 쓰던 시절과로 한가지인 것을.

첫 구의 "皎白猶霜雪"(새하얀 빛깔은 눈서리와 같고) 한 것과 비교하여 결코 끊기 어려운 연상을 불러일으키는 사실을 지적하지 아니할 수 없는 것이다.

이리하여『문방사보』는『사문유취』에 부수하여 박윤묵의 문방 가전을 위한 소재 공급원 역할에 일익을 담당했을 수 있는 개연성의 터전이 처음 마련된다.

2) 모원봉전毛元鋒傳

이는 한유 지은 〈모영전〉을 모본母本으로 하였음이 너무도 완연하였다.
우선 모씨 선조의 유래가 명시明視에 있다 함은 〈모영전〉에 중산中山
출신 모영의 선조가 명시明眎라 한데서 곧장 따온 것이었다. 항아姮娥
를 변화시킨 두꺼비를 타고 달에 들어갔다고 하였는데, 이는 한유의
전傳에 '항아를 변화시킨 두꺼비를 타고 들어가 버리매' 운운한 데서
고스란히 끊어온 것이었다. 그리고 누毹가 명시의 8대 손 운운의 경우
에는 아예 한유가 세워 놓은 언어임을 스스로 밝히는 가운데, 주인공
원봉元鋒이 바로 그들의 후예임을 책정하였다.

'원봉이 기억하는 힘이 강하여 고금의 일에 통하였다'고 한 것은, '모
영의 됨됨이가 기억력이 강하고 기민하여 저 상고시대부터 진秦에 이
르기까지 찬록纂錄치 않음이 없다'고 한 말의 축약이라 볼 만하다. 임금
의 총행을 받아 '중서령中書令'을 제수 받았다는 것은 〈모영전〉 후반부
에 거듭하여 '중서령'을 제수 받았다는 데서 나온 것이요, 임금의 마음
에 들어서 '관성管城'에 봉해졌다는 말 역시도 〈모영전〉 전반부에 황제
가 모영을 '관성'에다 봉하면서 '관성자管城子'라 불렀다는 내용 그대로
를 차출한 것이다.

'무인들 가운데는 원봉을 좋아하지 않는 이가 많았다(武人多不喜者)'는
취의趣意 역시 한유 전기에 '다만 그가 무사를 좋아하진 않았지만(惟不喜
武士)'이라 한 곳에서 한 번 더 유의되는 국면이 있었을 터이다. 무인의
상소 가운데 '결승지정結繩之政' 운운의 언급도 마찬가지. 유명한 한전韓
傳에 '자결승지대自結繩之代' 운운하던 문장의 갖춰짐이 있은 다음의 작
문 방식이었을 따름이다.

'사람들이 부려쓰는 바에 교巧와 졸拙의 차이가 있어도 일찍이 그 지시를 따라주지 않은 일이 없었다'고 한 것은 그 소원遡源이 필경 '사람의 생각을 잘 따르되 정正과 곡曲, 교巧와 졸拙을 가리지 않아 한결 그 사람만을 좇으니' 하던 모영 전기의 의상意想을 조절하여 쓴 것임에 틀림이 없다.

그런데 이처럼 영향의 막대한 비중을 차지하고 있는 〈모영전〉은 하필 한유의 문집을 따로 입수하고 그 가운데 한 갈피12)를 열어서 읽어야만이 참계參稽의 바탕으로 삼을 수 있는 그러한 작품이 아니었다. 이는 조선시대 선비들 궤안机案 가까이에 상비해 두고 보는 백과 유서인 『사문유취』13)의 문방사우 部(별집 권14) 중의 붓 관계 글 취합처인 '筆' 門의 안에서 그 면모를 고스란히 접해볼 수 있는 것이다.

모원봉이 봉해 받았다는 '관성管城'이란 표현 역시 앞의 한유 〈모영전〉에 드러나 있는 것 말고도 '군서요어'란의 말미에 문숭의 전 첫머리를 도입한 "宣城毛元銳字文鋒封管城侯"와, '고금문집'란의 후반에 황산곡黃山

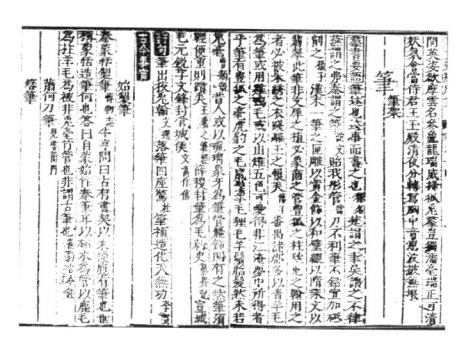

『사문유취』 소재 '筆' 門

谷 시로 소개된 〈희영성성모필이수戲詠猩猩毛筆二首〉의 첫 번째 시 결구에 "故應來作管城公" 한 속에서 확인이 가능하다.

주인공의 '흑두공黑頭公'이란 일컬어짐 또한 마찬가지, 바로 위의 황

---

12) 『한창려집(韓昌黎集)』 제4책 권36 '잡문(雜文)' 소재.
13) 김창룡, 『한중가전문학의 연구』(개문사, 1985) pp.87~92 참조.

산곡의 두 번째 시 결구

束縛歸來儻無辱 逢時猶作黑頭公

에서 그 원천적 소종래를 짚어볼 수 있겠고, '호주자사亳州刺史'로의 천직遷職은 바로 뒤의 '墨' 門 '군서요어' 란의 『찬이록纂異錄』 가운데 인용문 한 부분인 '亳州楮郡平章事'에서 끊어 썼을 가능성을 효유케 된다. 더욱이, '일찍이 원봉과 친했던 반초班超가 점쟁이 말로 인해 원봉과의 교제를 끊고 군사 일에만 전념하였다'는 구성이 있으되, 이야말로 '筆' 門 '고금사실' 란의 〈투필投筆〉에,

後漢班超甞投筆 歎曰 大丈夫當立功 異域取封侯 安能又事筆硯乎.
후한의 반초가 일찍이 붓을 던지면서 탄식해 가로되, 대장부란 마땅히 공로를 세워 이역 땅에서 봉후를 해야지, 어찌 안일하게 붓·벼루 따위나 섬길까 보리오.

에서 강한 시사를 얻었으리라고 사유하는 것이다.

부연하자면, 사실은 본 작품이 표제로 삼은 '모원봉毛元鋒'이란 말도 어쩌면 본 유취서 '군서요어' 란의 맨 말미에 문숭이 지은 전기, 곧 "文嵩作傳"이라면서 옮겨 놓은 허두 부분,

毛元銳字文鋒 封管城侯.

가운데 '元' 자와 '鋒' 자의 합성 위에서 설정되었던 것으로 추단해 마지

않는 것이다.

『문방사보』의 맨 선두에 위치한《필보筆譜》만큼 유독 상·하의 두 권으로 되어 있고, 그 수록의 양에서도 뒤의《연보硯譜》·《지보紙譜》·《묵보墨譜》 등에 비해 두 배 이상을 상회하는 부피이지만, 정작〈모원봉전〉과의 관계는 그 결실이 생각만 같지 못하였다. 역시 이 안에 한유의〈모영전〉이외에도 문숭의〈관성후전管城侯傳〉이 실려 있다는 점이 살 만하였지만, 앞서『사문유취』가 끊어온 맨 서두의 "毛元銳字文鋒" 이상을 기대하기는 어려운 결과가 되었다.

《필보》가 반드시 붓에 관계된 것 뿐 아니라 명필名筆·명가名家들의 일화 및 필법에 연관된 것까지를 최대한 수록하여 놓은 마당이지만,〈모원봉전〉과의 대조에서는『사문유취』의 한도를 여전히 잘 벗어나지 못하는 실정이다. 이를테면 반초가 결연히 투필하였다는 고사가 이곳에도 보이는 정도였다. 오히려『사문유취』에서는 결정적인 재원材源 구실을 하였던 바 '흑두공黑頭公'·'호주자사亳州刺史' 등의 특수적 표현례를《필보》에서는 못내 찾아볼 길 없을 따름이었다.

그러나《필보》가〈모원봉전〉에 주는 기대치가 아주 전무한 것은 아니었다. 예컨대, '모원봉의 선조가 공자의『춘추』수찬하던 일을 섬김' 운운하는 것과 관련하여,『문방사보』권1《필보》·上 '일지서사一之敍事'의 대열 가운데 보이는 다음의 내용이 암만해도 심상치 않다.

> 孔子世家云 孔子在位聽訟 文辭有可與人共者 弗獨有也 至於爲春秋 筆則筆 削則削 子夏之徒不能贊一辭.

나아가 임금이 마음에 들어 내렸다는 '욕묵지浴墨池'의 표현이『사문

유취』에는 보이지 않거니와, 이것도 《필보》·上 '이지조二之造' 첫 항목에 있으니,

> 韋仲將筆墨 方先以鐵墨梳 梳兎毫及靑羊毛 去其穢毛訖…極固痛
> 詰訖 以所正靑羊毫中 截用衣筆 中心名爲筆柱 或曰墨池.

'묵지墨池'라 한 어휘로부터의 강한 연상 작용을 마침내 물리치기 어려운 것이다.

더하여, 작품 결말 부분에 모원봉의 다른 갈래로서 호칭하였던 바의 '청공靑公'의 말 또한 윗 인용 중 '청양모靑羊毛·청양호靑羊毫'에서 도출되어진 조어造語로 유추된다.

3) 진현전陳玄傳

『존재집』 권25의 진현전

먹을 그 의인적 새김으로서 '진현陳玄'이라 한 것은 일찍이 〈모영전〉에 '강주絳州 출신 진현(絳人陳玄)'으로 설정되었던 이래, 청대 17세기 중반 경 신함광申涵光의 〈모영후전毛穎後傳〉이라든가, 조선시대 남유용南有容(1698~1773)의 〈모영전보毛穎傳補〉 등에서 동일한 명칭으로 습용된 내력이 보인다. 박윤묵이 다시 주인공 이름으로 쓴 것이지만,

이 작품 말고도 김석행金奭行(1688~1762)과 조재도趙載道(1725~1749)의 동명 〈진현전陳玄傳〉이 있다고 함은 앞에서도 밝힌 바 있다.

주인공의 처음 이름이 '용향龍香'이었다고 한 것은 당명황의 먹에 대한 유명한 고사로서 꽤 알려졌을 일을 감안하면 굳이 특정 문건에 부합시킬바 아니겠으나, 이는 역시 『사문유취』에조차 소상히 마련돼 있던 터였다. 곧, '墨' 門 '고금사실' 란의 〈사명용향제(賜名龍香劑)〉에 당명황이 파리로 화化한 먹의 정령에게 용향제龍香劑라는 이름을 내렸다는 『당록唐錄』 출전의 이야기가 그것이다.

> 唐明皇 一日于御樓上 見一道士 大如蠅 隱隱而行 帝叱之 卽呼萬歲曰 臣陛下御墨之精也 帝因賜名龍香劑.
>
> 당명황이 하루는 누각 위에 납시었다가, 파리만한 크기로 살금살금 다니는 한 도사를 발견하였다. 황제가 꾸짖자 도사는 금세 만세를 외치면서 말하기를, "신은 폐하가 쓰시는 먹의 정령이나이다!" 하자 황제는 용향제라는 이름을 내려주었다.

주인공이 처음에 봉해 받았다는 '현향태수玄香太守'는 『사문유취』 '墨' 門 중 '군서요어'가 거두어 실은 『찬이록纂異錄』 서책 가운데

『사문유취』 소재 '墨' 門

薛稷爲墨封九錫 拜玄香太守.

에서 반가운 얼굴일 수가 있고, 다시 옮겨 받았다고 하는 '석읍저군평 장사石邑楮郡平章事'의 직책명 또한 '墨' 門 위와 같은 자리에 있는,

亳州楮郡平章事.

에서 서로간 왕래한 자취를 엿보기에 부족됨이 없다.

　　그때 임금이 내렸다는 작위로서의 '송자후松滋侯'도 『사문유취』가 '군 서요어' 란에다 담아 적은,

燕人易玄光 字處晦 封松滋侯.

에서 그 고유한 이름의 동일성이 획득 가능한 바 있다.

　　한편, 앞에서 주인공의 처음 이름으로서 구사되었던 '용향龍香'의 말 은 전술한 『사문유취』 외에도 명대 초횡이 쓴 가전 〈적도후전〉 안에서 역시 발견이 가능하다. 곧 당명황이 주인공 적도후를 보고서 환희하되, '어떻게 이토록 빼어난 인물을 얻었을꼬' 말하고는 손수 '용향龍香' 두 글자를 써서 주었다는 구상이 그것이다.

　　사실은 박씨의 가전 〈진현전〉이 초횡의 〈적도후전〉과는 연상되는 터전이 한두 군데 더 짚어진다. 전자의 내용 가운데 '나만을 위하는 마 음은 극진한 행함일 수 없다고 생각한 까닭에 정수리부터 발꿈치까지 마멸되어 분골쇄신하면서도 후회하지 않았다'는 것은 후자의 다음 내 용과 더불어서 그 유래가 각기 다른 곳에 있지 아니하다.

體爲皴裂 上撫之曰 卿以摩頂放踵爲學 今果然矣.
　　피부가 다 갈라질 정도였다. 그러자 임금이 어루만지며 말하는 것이
었다. "경이 이마가 닳고 발꿈치가 해지도록 공부하더니 이제야 그 효
험이 있구료!"

　　이마가 닳고 발꿈치가 해져도(摩頂放踵) 나는 하겠노라는 말은 묵자墨
子의 박애 사상을 단적으로 나타낸 말이고,14) 이는 또한 식자층 문사
간에는 전혀 생경한 말일 수 없다. 그렇거니와, 수없이 갈리면서 결국
은 닳아 형체가 없어지고 마는 먹의 속성을 모티브 삼아 쓴 표현을 각
별히 위의 두 작품 안에서 나란히 보게 되는 것이다. 아울러 이는 박윤
묵 단독으로 발안했을 수도 있었겠으나, 그의 이전에 초씨의 작품이
우선했던 사실이 부담스러운 상황으로 남는다.15)
　　또한 박씨 작에는 다음과 같이 종이[楮白]가 먹[陳玄]에 대해 갖는
불만의 탄식이 있다.

　　吾體素 含章皎然若氷雪 而一遇陳君 洒然而易色也.
　　나의 몸은 희고 문장을 머금어 깨끗하기 빙설과 같으나, 진군陳君이
한 차례 나를 스치면 흠칫 안색이 바뀌는도다.

　　그런데 이는 초횡의 작에 벼루[金星]가 먹[隃糜]에 대한 증오 끝에
참언한다는 다음과 같은 맥락,

　　獨星負固 而惡黥之加己上也 讒曰….

---

14) 『맹자』 진심장구(盡心章句)·上에 '마정방종(摩頂放踵)'의 표현이 나온다.
15) 다만 박윤묵은 착각이었던지 이를 "摩踵放頂"으로 표기했다.

> 다만 금성金星은 자신의 견고함을 믿었으며, 유隙가 자신의 웃길에서 누름을 미워하였다. 그래서 참언하기를 ….

과 견주어 한갓 무심하게 보이지만은 않는다. 문방우 사이에 조화와 상응의 모습이 아닌, 불화와 갈등의 형국으로 그려지는 일이 그다지 흔한 현상은 아닌 까닭이다.

덧붙여 전자에서 주인공에게 송자후의 작위를 내렸다는 것과, 후자에서 주인공에게 후작의 지위 세습을 명했다는 것 사이에 또한 유사함이 없지 않았다.

그러나 실제로 박윤묵이 〈진현전〉 지을 때에 정녕 〈적도후전〉을 참작하였을 가능성을 인정한다는 전제에서조차, 초횡의 이 전기를 입수하여 보기까지의 경위가 지금으로선 막연할 따름이다. 왜냐하면 초횡의 문집인 『담연집澹然集』의 개인적 입수 과정에 따른 추적이 난감한 까닭이다.

그렇거니와, 암만 헤아려 보아도 본전은 그 참작과 계고稽古의 바탕을 『사문유취』 안에서만 오로지 해결하려 든 것 같지는 않은 여지가 있다. 이를테면 그것 바깥의 또 다른 전고 출원의 소지를 남기고 있다. 예컨대 본전 가운데서 진현의 자가 '용회用晦'이며 '노룡盧龍' 출신이라는 것 등에 관한 한 앞서의 『사문유취』 및 〈적도후전〉 같은 데서는 그 출원의 근거를 포착해 볼 길이 막연한 바 있다. 대신, 역시 『사고전서』와의 연계 안에서 오히려 그 가능성을 확보할 수 있게 된다.

그리하여 박윤묵이 문방사우 가전을 쓰고자 마음먹은 마당에서 과연 위의 서적을 참험參驗하였다고 한다면, 다른 것은 별반의 소용됨이 없이 오직 '보록류譜錄類' 가운데 자리하고 있는 『문방사보』에 눈길이 집

중될 수밖에는 다른 도리가 없었을 터이다. 그리고 그 안을 훑어 읽어
가는 중도에는 앞서 『사문유취』를 탐색하던 과정에선 마침내 대교對校
가 어려웠던 표현의 회심처를 만나 볼 수 있게 되는 것이다. 다름 아니
라 권5《묵보墨譜》의 '사지사부四之辭賦' 모음글 가운데는 장중소張仲素
가 지었다는 〈묵지부墨池賦〉란 작품이 있다. 이 안에,

其外莫測　其中莫
見　同君子之用晦　比
至人之不炫….

운운한데서 진현의 자로
써 대두되어진 '용회用晦'
두 글자의 내밀內密을 알
아낸 듯한 득의가 따르
게 된다.
　특히 진현의 고향으로

『문방사보』墨譜에서 '用晦'의 표현이 확인된다

서의 '노룡盧龍'이야말로 가장 막연한 감이 없지 않지만, 같은 책《묵
보》의 '일지서사一之敍事'를 짚어 읽어 가는 과정에 비로소 이해의 실마
리를 엿볼 수 있다.

墨藪云　凡書先取墨　必盧山之松烟　代郡之鹿角….

　'먹은 노산盧山에 있는 소나무를 땐 그을음으로 한다'는 여기의 내용
이, 앞서 든 바 '용향龍香' 앞 글자인 '용龍'과의 결합으로 의아로움에

값할 수 있는 결과가 되리라 한다.

그리고 이 《묵보》의 맨 마지막에서는 이 글 앞마당에서도 잠시 언거하였거니와, 문숭이 문방의 네 가지 필수품에 대해 입전하였던 것 가운데에 먹에 관한 의인화인 〈송자후역현광전〉도 목도할 수 있게 된다. 그러면 박윤묵의 〈진현전〉에 주인공이 받았다는 작위로서의 '송자후松滋侯'란 용어 또한 이 안에서 그 연결의 방편이 찾아진다. 나아가, 박윤묵이 작품 주인공의 벗으로서 세운 명칭인 '저백楮白·모원봉毛元鋒·석탄중石坦中'들도 문숭이 작품 주인공의 벗으로 세운 명칭인 '저백楮白·모원봉毛元鋒·석허중石虛中'과 아주 동떨어진 감을 주지는 않는다. 그 결과 아무래도 문씨 작에 대한 박씨 나름의 응용적 지취旨趣가 가미되었을 것이란 인상을 남긴다. 이는 한유의 붓 의인전기에서 먹 인격화의 '진현陳玄'을 중심하여 보았을 때, 나머지 세 존재를 인격화한 이름인 저선생楮先生·모영毛穎·도홍陶泓 등에 비해 훨씬 접근되어 있는 호칭이다.

그가 '현묵玄默의 풍도를 흠모(慕玄默之風)' 운운도, 문씨의 작중에 '집안 대대로 현묘玄妙의 도에 통하고 소소에 처하였다(家世通玄處素)' 내지는, '그의 가문이 현도玄道에 들어가 도를 얻었다(參玄得道)'와 같은 발상으로부터의 응용이 불가능하지 않았다.

이제 이 작품을 전체로서 개관하건대, 〈진현전〉은 박씨의 문방 가전들 중에는 작가 나름의 독특한 사유까지를 사뭇 잘 가미시킨 특징적인 작품으로 볼 만하였다. 곧, 현묵의 도에 대한 작자의 수상록隨想錄다운 통찰이 적절한 선에서 조화를 이룬 의인 전기로 인식되는 것이다.

4) 석탄중전石坦中傳

벼루의 전기에 관하여는 일찍이 송대 소동파의 〈만석군나문전〉이 선행 작품으로서 이름이 있었으나, 여기의 〈석탄중전〉과 관련하여 특별한 공통처를 추출할 수 있지는 않다. 예컨대 소동파 작품의 주인공이 은거했다는 '용미산龍尾山' 대신, 박윤묵 작품의 주인공 은거지는 '부가산斧柯山'이다. 전자에서는 붓 인격화인 모순毛純의 천거로 벼루 인격화인 나문羅文이 등용되었다고 한데 반해, 후자에서는 지·필·묵 3

禧苑堂 金明順의 册架圖

인이 왕 앞에 공동 천거한 것으로 형용된다. 전자에서 그 네 사람이 한 마음으로 서로 어울리는 즐거움이 대단하였다는 대목 대신, 후자에서는 총애가 세 사람에게 똑같았다는 정도로 그려 놓았다. 그리고, 전자가 역사의 구체적 시간성 위에 배치되어 있는 반면, 후자는 따로이 시대를 지정해 놓지 않았다는 점 등에서 양자 사이에 일정한 거리가 나타난다.

면밀한 검토 결과, 정작 박윤묵의 이 가전이 가장 절실하게 의지했던 전고는 역시 가장 보편적인 데 있었던가 한다. 다름 아닌 본전이 또한

『사문유취』에 의존하고 상응하는 정도가 거의 절대적이고 긴밀한 양상
으로 나타나 있는 것이다.

주인공의 출신지로서의 '강주絳州'는 본시 소이간蘇易簡의《연보硯
譜》'이지조二之造' 허두에

> 柳公權常論硯 言靑州石爲第一 絳州者次之.
>
> 유공권이 벼루에 대한 주장을 말할 때면 항상 청주靑州 돌을 으뜸으
> 로, 강주絳州의 것을 그 버금으로 들었다.

로 나와 있는 것이지만, 『사문유취』 '硯' 門이 빼놓지 않던 부분이었다.
다만 유취에서는 '言' 대신 '以'로 하였다.

임금이 주인공을 초빙하는 형용에서, '단계端溪의 풀로써 그 수레바
퀴를 둘러싸며(端溪之草爲蒲輪)' 운운 역시, 위에 든 소이간의 글 바로
조금 뒤에 나오는 다음 부분을 통해 적확的確한 실정을 알 수 있게 된다.

> 世傳端州有溪 因曰端溪 其石爲硯 至妙益墨 而至潔 其溪水出一草
> 芊芊可愛 匠琢訖 乃用其草裹之 故自嶺表訖中夏 而無損也.
>
> 세상에 전하기는 단주端州에 시냇물이 있으니 그로 인해 단계端溪라
> 했다. 거기의 돌로 벼루를 만들면 지극히 묘하여 먹 갈기에 좋고 상당히
> 깨끗하다. 그 시냇물에 풀 하나가 나는데 푸릇푸릇 예쁘다. 석수가 그곳의
> 돌을 쪼아낸 다음에 그 풀로써 둘러싼 다음 영표嶺表에서 중앙까지 와도
> 아무런 손상됨이 없다.

그리고 역시 『사문유취』가 수록의 사명을 놓치지 않은 부분이었다.
단지 두 자료 사이에 경위야 알 길이 없으나 얼마간 표기상의 차이가

보이기는 한다.

주인공이 움을 파고 숨어 살았다는 '부가산斧柯山' 설정의 유래도 위 인용문의 뒤를 연독하는 과정에 스스로 인지된다. 곧 그 곳의 돌 빛깔 하며 모양은 놓여진 처소에 따라 각기 변화의 아름다움이 있다고 말한 말미에,

其山號斧柯.

한 데서 그 해명의 터전이 마련됨을 본다.

그가 왕 앞에 도착한 즉시 받았다는 '즉묵후卽墨侯' 또한 『사문유취』 가 『문방사보』 중의 〈석허중전〉에서 뽑아 왔다고 하는,

然隱遁不仕 因採訪遇之端陽 拜卽墨侯.

와 비교하였을 때 역시 부분적인 탈자脫字가 없지 않은16) 가운데 다름 이 없는 출원을 기약하고 있는 것이다.

'저백楮白 등으로 더불어 출처와 진퇴를 반드시 함께 하였다'는 말이 나오려니와, 이것은 본 유취서가 끌어온 바 당자서唐子西의 〈가장고연 명家藏古硯銘〉 중의 아래와 같은 사항을 의미상 재조성했다면 틀림이 없을 내용이었다.

---

16) 제목도 엄밀히는 〈즉묵후석허중전(卽墨侯石虛中傳)〉인데 앞 부분 약(略)하였다. 또한 『문방사보』 안에서는 "好山水隱遁不仕 因採訪使遇之於端溪…"라 하고 한 참 뒤에 "因累勳績 封之卽墨侯"라고 나오니, 원래 내용과는 꼭 일치하지만은 않는 수의적(隨意的)인 기록임을 알 수 있다.

　　　硯與筆墨書氣類也 出處相近也 任用寵遇相近也.
　　　벼루는 붓, 먹과 더불어 같은 부류이다. 나가고 머묾이 서로 비슷하
　고 임용과 각별한 대우도 비슷하였다.

　　주인공이 사우 가운데도 '가장 오래 장수하였으니' 하는 것 역시 위
〈가장고연명〉 내의 다음과 같은 문맥에서 이해의 순조로움을 얻게 되
는 것인가 한다.

　　　獨壽夭不相近也 筆之壽以日計 墨之壽以月計 硯之壽以世計.
　　　다만 수명의 장단은 서로 비슷하지 아니하니, 붓의 수명은 날짜로 헤
　이고, 먹의 수명은 달수로 헤이고, 벼루의 수명은 세대로 헤인다.

　　무엇보다 '연硯'의 가전 〈석탄중전〉의 어느 구절은 『사문유취』 '硯'
門에 있는 어떤 구절을 보지 않고서야 차마 구사할 수 있었겠는지 의문
이 가는 대목이 보인다. 곧 가전 작중에 '탄중의 기국器局이 모난 듯
둥근 듯한 가운데 중심은 평탄했다'는 표현인,

　　　坦中器局方圓 中心坦然.

은 『사문유취』가 문숭의 〈석탄중전〉을 고스란히 옮긴,

　　　石虛中…器度方圓 中心坦然.('硯' 門 群書要語)

과 비교하여 그 이어받은 자리가 너무도 분명하였음을 확인할 수 있
다.[17)]

사실은 '석허중'과 다른 개성의 표현이 되리라 하는 제목의 '석탄중'도 바로 이 '중심탄연中心坦然'에서 시사 받음이 있었을는지 모른다는 생각이다.

또한 가장 결정적이랄 수 있는 부분은 왕이 '옥 같은 덕에 비단같은 마음결을 지녔다'고 하는

『사문유취』 '硯' 門의 소동파 관련 글들

玉德而縠理.

실로 표현법상 매우 특 수적 양상을 띤 이것은

본래 소동파의 〈공의보용연명孔毅父龍硯銘〉 가운데,

澁不留筆 滑不拒墨 爪膚而縠理 金聲而玉德.

에서 훈화된 표출이겠다. 그렇거니와, 바로 이 소동파의 용미연명龍尾硯銘을 소개하고 있는 역할적 소임은 소이간의 《묵보》가 아닌, 『사문유취』 '墨' 門의 자료 나열 안에서 수행되었음에 유의하고자 한다.

소이간의 『문방사보』까지도 자료로 흡수해 버린 바 있는 축목의 『사문유취』가, 기실은 『문방사보』보다도 더 나중에 나온 자료까지를 수록

---

17) 다른 한편으로, 정작 『문방사보』에 담겨 있는 문숭의 해당 작품 전모를 직접 조사한 결과에, 위와 같은 내용은 목격되는 것이 없다고 했을 때에는 그 보고 가져온 바를 짐작하고도 남음이 있다.

할 수 있던 그 광폭의 역량은 바로 소동파의 위 작품까지도 문제없이 수용해 보이는 여유로운 양상으로 나타났던 셈이 된다.

이렇듯 『사문유취』로부터의 자용資用이 결코 적지 않았던 것이지만, 그러한 일면 본 가전이 어떤 부분만큼은 『문방사보』로부터의 잇점을 마저 활용하였을 것으로 투사되는 부분도 목격이 된다.

임금이 처음 주인공을 초빙할 때 '공수公輸를 사신으로 하고, 장석匠石으로 보좌케 하였다(以公輸爲使 匠石爲副)'는 대목의 착안이다. 박윤묵이 벼루 전기에다 춘추시대의 이름난 두 사람이었던 공수·장석을 끌어다 부친 것은 벼루 주인공의 탁월성을 지시하는 뜻과 함께 참신하고 흥미로운 착상이라 하겠다. 『사문유취』 안에서는 명연名硯의 제조와 연상하여 이들을 문예상에 끌어다 쓴 그 어떤 내용의 발견도 못내 어려웠으나, 『문방사보』 안에서는 박윤묵 구상의 지침이 될 만한 정보 사항을 내포하여 있음을 지적해 보이는 뜻이다. 곧 《연보》의 '이지조二之造'에 실린 것 가운데 위번魏繁이란 이의 〈흠연송欽硯頌〉 첫머리

有般倕之妙匠兮 倪詭異於遠都.

에 언거된 '반추般倕'란 춘추시대 노나라의 뛰어난 장인인 노반魯般, 일명 공수公輸[18]와 요임금 때의 공교한 장인으로 알려진 공추工倕를 한꺼번에 아우른 이름인 것이다.

한편 '장석匠石'이란 인물은 또한 중국의 명공名工으로, 자字를 백伯이라 했다 한다. 그런데 일반의 석수쟁이란 뜻에서의 '석장石匠'의 말은 앞서의 유취 및 《연보》가 각각 하나는 이장거李長去의 시라 하고, 하나는

18) 공수반(公輸般), 공수반(公輸班)으로 칭하기도, 혹은 노반(魯班)으로도 표기한다.

이하李賀의 〈청화자연가靑花紫硯歌〉라는 제목 아래 원용해 온 "端州石匠巧如神" 안에 나타난다. 혹은 『문방사보』《연보》 소재의 〈즉묵후석허중전〉이 묘사한 '자못 재주와 기량을 지녔으나 다만 큰 장인을 만나지 못했다頗負材器 但未遇哲匠' 중에 나타나는 '철장哲匠'의 표현도 보인다.

하지만 〈석탄중전〉 내용과는 직접성이 결여된 채이다. 그러나 역시 실망할 필요는 없다. 『문방사보』의 《연보》가 장소박張少博의 〈석연부石硯賦〉를 수록한 중에 명백한 '장석匠石'의 이름이 드러나 있었다.

『문방사보』 硯譜 중의 장소박 石硯賦

或外圓而若規 或中平而如砥 原夫匠石流盻 藻榮生輝 象龜之負圓 乍伏如鵲之織印將飛 沒之戶庭琉之名允著 置之藩溷…

이렇듯 〈석탄중전〉 입전의 경위에 있어 긴밀하다고 하지 않을 수 없는 관계적 연상처를 보유해 있던 것이었다.

4:

적어도 글짓는 선비가 가전 창작에 관심을 기울인 바 있다면 이는 사물에 대한 주의가 남다르다고 보아 크게 어긋나지 않을 것이다. 그런데 그것이 한 작품에 한정되지 않고 여러 조품藻品에 걸쳐 나타났다고 한다면 사정은 더욱 달라지게 된다. 그런 경우 일반적으로는 그의 문집 안에 사물에 대한 음영吟詠이 보다 현저하게 드러남을 일단은 기대해 볼 길 있으니, 지금 박윤묵의 경우도 이에서 예외는 아니었다.

박윤묵은 특히 당시대의 명필로서도 이름을 드러냈던 인물이다. 그러기에 본인이 직접 〈문방사우명〉의 첫머리에 밝힌 것처럼, 늘 조석 문안 드리듯 하는 지·필·묵·연에 대한 느낌이 돈독했을 테고, 이 각별한 애정이 특히 문방사우 가전 쪽에 의욕을 쏟게끔 하는 원천적 추동력이 되었다고 본다.

더욱이 대부분의 문방사우계 가전이 그 중 어느 한 가지, 혹은 두세 가지 선에서 취택되었던 것과는 대조적으로, 그의 경우 네 가지 모두에 골고루 용심하는 면밀한 배려가 따랐던 점이 또한 주목할 만하였다.

위에서 가전 소재의 원천에 대해 모색해 본 결과, 가전 작가 대부분이 『사문유취』와 『태평어람』의 해당 부문 안에서 자원을 구해 오는 보편성의 기준에서 박윤묵 문방 사전四傳 역시 크게 일탈됨이 없이 기본적으로는 『사문유취』와의 기본적 맥락이 잘 형성되어 나타났다.

동시에 다른 이면에는, 그 무렵 수입된 지 얼마 되지 않은 『사고전서』라는 대규모 서적에 포함된 소이간의 『문방사보』 같은 자료도 일정한 몫을 담당하였다. 이 자료로부터의 독서 체험이 소재 보완의 역할을 유감 없이 수행해 보임으로써 소재 취용의 특수한 국면을 가늠토록 해 주는 계기가 되었다. 이러한 특수상은 비단 지금 박윤묵의 경우에만 국한된 일은 아니었다. 이를테면 일찍이 조선 현종顯宗 조에 하산何山 최효건崔孝騫(1608~1671)의 〈산군전山君傳〉이 전혀 유취서 종류들과는 무관하고, 오히려 그 구성과 문체를 『후한서後漢書』 중의 〈광무제기光武帝紀〉(제1 上·下)에서 대거 원용해 온 현상19) 또한 각별한 경우라 하겠다.

가전의 소재적 원천이 거반 유취서에 있다고 하는 그 일반성의 이면에, 어떤 가전 작품에 한정해서는 지금처럼 각기 다른 특수적 출원을 가지고 있다는 사실을 포착할 수 있다. 이때 그것을 찾아내는 작업 또한 그 일이 비록 간단하지는 않겠으나 힘든 발견 뒤의 기쁨이 또한 만만치는 않은 것이다.

---

19) 제2부의 「호랑이로 일깨우는 군주의 길」 참조.

가전과 소설

가전의 발달과 소설적 접근
가전의 소설사적 위치

가전의 발달과
소설적 접근

서 언

가전假傳 발달의 남상과 조원은 일찍이 중국 문학사상 산문학의 종 장宗匠으로 일컬어지는 당나라 때 한유韓愈(768~824)가 지은 〈모영전毛 穎傳〉에 있다 함은 이제 새삼 강조할 나위 없는 주지의 사실처럼 되었 다. 그리하여 한유 이후, 가전은 동방 산문의 중요한 한 장르를 이루었 던 '전傳' 형태의 후대적 한 분파가 되었다.

사마천과 『사기』

동시에 한유가 처음 으로 〈모영전〉을 짓는 시점에서 한나라 역사가 인 사마천의 『사기史記』 글을 적극적으로 수용하 고 효칙效則했다는 사실 이 있다. 보다 구체적으로는 사마천의 역사 전기[史傳] 곧 『사기』 열전 에 구비되었던 형태적 틀 그대로를 조술하였던 것이었다. 이는 굳이 특정인의 구기口氣를 빌리지 않고서도 열전과 가전의 대조 순간에 무난히 확지할 수 있는지라, 『문체명변文體明辯』을 통해 사전史傳·가전假傳 등의 명칭을 처음 수립한 명대 서사중도 굳이 이를 따로 강조하지 않던 부분이었다.

이의 공식적 문면화는 오히려 진인각陳寅恪(1890∼1969)의 『원백시전증고元白時箋證稿』〈독앵앵전讀鶯鶯傳〉 같은 곳에서 찾아볼 길 있다.

> 毛穎傳者 昌黎摹擬史記之文 蓋以古文試作小說 而末能成功者也
> 微之鶯鶯傳 則似摹擬左傳 亦以古文試作小說 而眞能成功者也.[1]

진인각과 『원백시전증고』 초간본

우리나라에서는 안병설이 가전을 정의하는 자리에서 갖춰 명시하였다.[2] 결국 열전에서 가전까지 만 9백여 년 만의 형식적 경진更進이 이루어진 셈이다.

대관절 그 형태적 조형이란 것이 자세히 무엇이었나? 일찍이 전체 77편의 『사기』 열전에는 그 보편성 안에서 이야기 흐름상의 주요 굽이이자 서술상의 전환적 고비가 되는 가닥들이 요소에 깔려 있었다.

---

1) 진인각, 『元白詩箋證稿』, 대만 세계서국, 1963.
2) 안병설, 「한국가전연구」 명지대석사학위논문, 1975.

필자가 그것을 짚어본 결과로 서두, 선계, 사적, 종말, 후계, 평결과 같은 분류가 방법론으로 적용 가능하였다.3) 또는 주인공을 중심으로 하여 선계는 주인공의 근본과 연원을 알려주는 부분이니 나무에다 비유하면 곧 뿌리[根本]라 할 수 있고, 행적과 종말은 주인공 본연의 전기이니 나무의 줄기[幹莖]라 할 수 있으며, 후계란 주인공의 뒷갈래이니 나무의 가지와 잎[枝葉]이라 할 수 있다. 또한 물줄기에다 비유하면 선계는 원류(원줄기), 주인공 본전은 주류(줄기), 후계는 지류(곁줄기)라 할 수 있으매 결국 서두, 원류, 주류, 지류, 평결 등 명백히 가시화된 마디마디를 짚어볼 길 있었다.

이렇듯 한유의 가전이 사마천 열전으로부터 가져온 것은 그것의 형식에 있었지만, 그 내용에 있어서만큼 나름의 독자적 새로운 경계를 구축하여 있었다. 이를테면 앞 시대의 인간 주인공을 비인간 주인공으로, 사실성 위주를 허구성 위주로 바꾸는 전격의 시도가 이루어진 바, 결과적으로는 전대의 역사적 서술을 문학적 서술로 변환시킨 셈이 되었다. 그리하여 〈모영전〉이 동방 가전의 원조로서, 이후 전개되는 한·중 가전의 흐름 위에서 꾸준한 장르적 귀감 및 표본이 되었으니, 이 작품이 지니는 의미는 사뭇 심대하다 이를 것이다.

그러한 일면, 〈모영전〉이 뒷시대에는 그렇듯 지속적인 각광을 한 몸에 받게 되었지만, 이것이 처음 나왔던 그 계제에마저 환영과 찬사 속에 개막을 본 것은 아니었다. 찬사는 커녕, 동시대 후배 시인 장적張籍(780경~?)과의 두 차례에 걸친 유희문 시비 논쟁을 당하기조차 했다.4)

---

3) 김창룡, 『한중가전문학의 연구』(개문사, 1985, pp.64~82) 참조.
4) 한유, 『한창려집(韓昌黎集)』제2책 제14권 雜著 '書'의 〈답장적서(答張籍書)〉 및 〈중답장적서(重答張籍書)〉 참조.

뿐만 아니라 한유와 가까운 유종원柳宗元(773~819)이 애써 그 파격적인 신작의 존재 의의를 합리화시켜 주고자 쓴 〈독한유소작모영전후제讀韓愈所作毛穎傳後題〉5)의 내용 배경을 통하여, 이 작품이 당시 문단에서 겪었던 여론적 불리不利를 가히 짐작하고도 남음이 있다. 당시의 기준에서 볼 때는 이 작품이 기존의 문학적 통념과 상식의 범주에서 일탈한 파격적 장르였음을 새삼 실감할 만한 국면이다.

이제 이렇게 생성되어진 가전은 우리나라 고려의 12세기 말엽 임춘林椿(1150경~?)의 〈국순전麴醇傳〉·〈공방전孔方傳〉을 통해 그 첫 동전東傳의 자취가 나타나고, 이후 이 문예 양식은 최근 20세기 후반까지 연장 약 800년 간에 걸친 다양한 전개 과정을 보이게 된다.

이처럼 뿌리 깊은 장르였음에, 전체 가전사 흐름의 이 일대 장정을 편의롭고 체계 있게 나누어 볼 필요성에 당면하게 된다. 이때 시대 구분은 역사 흐름상의 중요 맥락을 최대한 존중하는 가운데, 한국 가전 전반에 대한 일목요연한 분류 및 조감이 바람직하다는 차원에서 대략 200년 단위로 전체 4기에 나누어 보는 방식을 적용하기로 했다. 곧 12세기 후반에서 13세기 초에 걸치는 임춘과 이규보의 가전 창작을 장르 발생의 시점으로 하여,

> 제 1기 : 13세기~14세기 (무신집권기~고려멸망)
> 제 2기 : 15세기~16세기 (조선건국~선조·임진란)
> 제 3기 : 17세기~18세기 (광해조~영·정조)
> 제 4기 : 19세기~20세기 (순조~최근세)

오늘 우리 시대에 일단의 종식을 보았다고 할 것이다.

---

5) 유종원, 『유하동전집(柳河東全集)』 제21권 '題序'의 소재.

위의 방식은 작품군의 형식 및 내용 전개의 시기별 변화와 특성을 파악하는데 편익이 되리니, 바야흐로 이 기준에 입각해서 진행해 나가고자 한다.

1: 제1기 : 13·14세기의 가전

한국 가전 발생의 시점인 12세기 말 무신집정기부터 14세기 말 고려 멸망의 때까지로, 이 경우는 '고려 후기의 가전'으로 명명해도 무방해 보인다. 가전사 전체 흐름 위에서 보면 맹아기라 할 만한 시기인 것이니, 바야흐로 그 출발은 가히 한국 가전의 원조라 일컬을 만한 서하西河 임춘林椿(1150경~?)의 〈국순전麴醇傳〉·〈공방전孔方傳〉을 통해 처음 확인된다. 이는 한유에 견주어 약 400년의 시간적인 상거相距임을 알겠다.

임춘의 두 작품은 술 과 돈을 각각 입전한 것 이거니와, 그는 과거에 누차 실패했고 정중부 의 난에 겨우 보명할 수 있었으며, 이후로도 계 속 영락을 면치 못한 불 우의 문객이었다. 따라 서 그의 가전 성립의 동

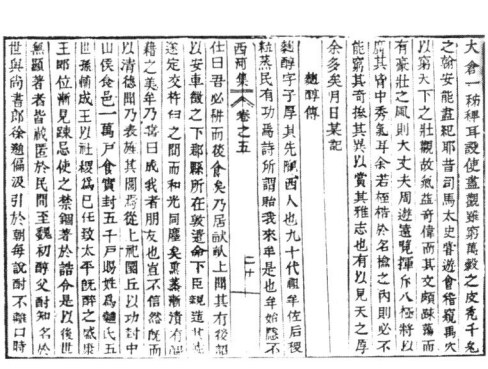

『서하집』의 국순전

인을 이러한 곤궁의 처지가 시대에 대한 불만과 울분의 간접적 표현인 풍자로 나타났다고 보는 견해가 있는가 하면,6) 이러한 차원을 일단 초

극하여 순수한 신흥사대부의 새로운 문학 표현의 욕구로서 보는 시점도 있다.[7] 어느 쪽이든 임춘이 술이며 돈을 부정적·비판적 관점으로 다루었다는 점에서 만큼은 의견을 같이 한다. 이러한 의미에서 역시 가전은 그보다 선행되었던 전의 형태 가운데서도 긍정적 선양 일변도에 오로지하는 가전家傳보다는, 입전 대상의 공과功過에 따라 혹은 찬양으로 혹은 비판적 취지로 각각 재단裁斷이 달라지는 열전의 형태를 본받고 있다 함이 타당한 것임을 알 수 있다.

『동국이상국집』의 국선생전

백운白雲 이규보李奎報(1168~1241)에게는 술의 〈국선생전麴先生傳〉과 거북의 〈청강사자현부전淸江使者玄夫傳〉 가전이 있다. 이 두 편이 이규보가 아직 현달하기 이전의 소작이라는 견해가 있고,[8] 만년 완숙기의 산물이라는 견해도 있다.[9] 특히 〈국선생전〉은 임춘의 〈국순전〉에 의식적인 반발을 느껴 이를 능가해 보기 위한 저의에서 기필하였다는 추정이 있어 더욱 흥미를 돕는다.

〈청강사자현부전〉은 과연 우리나라 동물 의인 열전의 첫 시도이기

---

6) 김현룡, 「국순전과 국선생전 연구」, 『국어국문학』 65·66 합병호, 1974.
　　안병설, 「한국가전문학연구」, 명지대석사학위논문, 1974, pp.143~145.
　　고경식, 「고려시대의 전 연구」, 단국대박사학위논문, 1982, p.94.
7) 조동일, 「가전체의 장르 규정」, 『장암지헌영선생화갑기념논총』, 1971, p.12.
8) 안병설, 앞에 든 논문, p.166.
9) 김창룡, 「이규보가전의 연구」, 『국제어문』 29집, 2003, pp.201~231.

도 했으려니와, 그 서술 방식에 있어서 역시 해당 사물과 관련되는 전거 및 고사의 열거로 온통 도포되어 있다는 점에서도 뒷시대 가전들의 전형을 보이고 있다. 그런 가운데 그의 가전에는 세계 부정의 인식이 별반 없다. 논자들의 지적대로 임춘이 당시대의 정치 및 경제 현실 또는 보다 계층성을 띤 어느 대상에 대해 불만과 울분에 찬 풍자 내지는 비판 정신에 충실했던 쪽이라는 가정이 가능하다고 한다면, 이규보의 경우 그 관심이 외부적 대상보다는 자기적 수양에 바탕한 처세훈에 보다 비중을 두었다고 볼 수 있다.

그런데 임·이의 초창기 4편의 가전들이 갖는 형식상의 공통적 특질이 발견된다. 다름 아닌 하나같이 서두, 선계, 사적, 종말, 후계, 평결의 각 조건을 다 갖춘 한유의 초기작과 동일한 유형을 준수하고 있다는 점이다. 비록 평결부 명칭의 '太史公曰'을 그대로 빙자하지는 못하고 "史臣曰"로 하였던 것은 고려 당시의 실정과 사고에 맞지 않는 사관 명칭의 어색함 때문으로 보여지나, 철저히 평결부 수칙을 준수하였다는 점만큼 주목되는 바 크다. 이같은 보수성은 동시에, 이 부분의 탈략脫略을 감행하기도 했던 송대 소동파 및 진관 계열의 방식이 문득 사양되고 있다는 사실과 대조하여 의미 있다.

이는 대개 그 이유를 어디에서 찾을 수 있을까? 당시의 고려 문단은 소동파의 시문이 문단에 성행하고 소동파를 배우는 이른바 학소學蘇의 경향이 한 시대를 풍미하고 있던 시절이었다. 그러한 때에 임춘과 이규보도 동파의 세계를 대단히 흠모하고 추앙하였던 자취를 남기고 있다.[10] 그런 한편 다른 이면에는 맹목적인 표절마저 반기지는 않았던

---

10) 임춘, 〈與眉叟論東坡文書〉, 『동문선』 권59 '書'.
　　이규보, 〈全州牧新雕東坡文集跋尾〉, 『동국이상국집』 제21 '說序'.

취지마저 나타나는 바,11) 어쩌면 이와 관련이 있는 것인지 모르겠다.

한편 이규보가 벗인 이윤보의 50여 편 글을 본 중에서 특별히 '그의
〈무장공자전無腸公子傳〉과 같은 회작戱作은 한퇴지 지은 〈모영전〉·
〈하비후혁화전下邳侯革華傳〉과 서로 견준다고 해도 어느 것이 앞서고
어느 것이 뒤지는지 나는 잘 모르겠다'12)고 한 감평이 시사하는 의미는
크다. 곧 가전 문학에 대한 이규보의 남다른 관심을 엿볼 수 있음과
동시에, 한유의 해당 작품을 가전 장르의 대명사처럼 여기고 있던 실상
도 십분 헤아려 볼 수 있는 계기가 마련된다.

무의자 혜심

그 무렵에 대각국사 지눌을 계승, 조계종
의 제2대 대선사가 된 무의자無衣者 혜심慧諶
(1178~1234)은 대나무 가전 〈죽존자전竹尊者
傳〉과 얼음의 〈빙도자전氷道者傳〉 가전을 남
겼다. 그는 선승의 면모답게 작품의 주인공
을 승려로 하였을 뿐더러, 또한 선禪 문답 및
5·7언 게송偈頌의 형태를 활용함으로써 참
된 불도자로서의 이상적인 모습을 구가하였
다. 또 이것이 고승전의 형식을 표방한 것13)이라는 해석도 있었고, 아

이규보, 〈答全履之論文書〉, 『동국이상국집』 제26 '書'.

11) "僕觀近世東坡之文 大行於時 學者雖不服膺呻吟 然徒翫其文而已 就令有摭
竊竄自得其風骨者 不亦遠乎 然則學者但當隨其量 以就所安而已 不必牽强
橫寫 失其天質 亦一要也." (임춘, 앞에 든 글).
"向之數四輩 雖不得大類東坡 亦效之而庶幾者也 焉知後世 不與東坡同稱 而
吾子何拒之甚耶 然吾子之言 亦豈無所蓄而輕及哉 姑籍譽僕 將有激於今之
人耳." (이규보, 〈答全履之論文書〉, 『동국이상국집』 제26 '書').
12) "其若無腸公子傳等嘲戲之作 若與退之所箸毛穎下邳相較 吾未知孰先孰後
也." (〈李史舘允甫詩跋尾〉, 『동국이상국집』 제21 '說書').
13) 고경식, 「고려시대의 전 연구」, 단국대박사학위논문, 1982, p.94.

울러 여기서 택한 '대나무'와 '얼음'의 소재는 공교롭게도 뒷시대 한국 가전의 이정표인양 되었다는 점에서도 그 의의가 깊다고 하겠다. 불가 계통의 가전임에도 형식적 틀에 대한 의식이 있고, 찬贊을 이용한 평결 부를 도입하였다.

이제현의 문인이자 이색의 부父 인 가정稼亭 이곡李穀(1298~1351)은 죽부인竹夫人 제구를 의인화한 〈죽부인전竹夫人傳〉을 썼다. 이곡 의 이 작품 이전에 송대 장뢰張耒 (1050경~?)의 죽부인 입전인 동일 제목 〈죽부인전竹夫人傳〉, 그리고

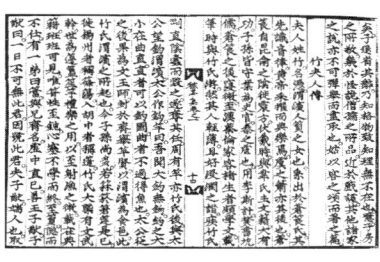

『稼亭集』 권1 잡저에 수록된 죽부인전

이곡과 같은 시기 중국 원대에 양유정楊維楨(1296~1370)의 〈죽부인전竹 夫人傳〉이 있어 서로 간에 비교문학적인 여지를 제공하기도 하였다.

석釋 식영암息影庵이 충선왕忠宣王의 셋째 아들인 덕흥군德興君(1330경 ~?)이라는 주장14)과 아니라는 견해15) 등 논란이 있었다. 그런데 그의 지팡이 의인인 〈정시자전丁侍者傳〉에는 일반 가전마다가 갖는 외형상 의 고유한 형식 같은 것은 처음부터 찾아볼 길 없었던 바, 이는 별도 전 형태의 의인 단편일 뿐이었다. 곧 한유, 소식, 임춘, 이규보 등의 작품들에는 불문율처럼 전통적으로 공히 사마천『사기』의 틀을 모습模 襲한 자취가 있었다. 그리하여 앞서 언급되어 오던 바와 같은 외형상 일정한 틀이 수칙되어 있던 마당에, 이 형식의 추적이 불가능한 〈정시 자전〉을 가전 장르에다 귀속시키기 곤란하였다. 하지만 외형의 격식에

---

14) 김현룡, 「석 식영암의 정체와 그의 문학」, 『국어국문학』 89집, 1983.
15) 조동일, 『한국문학통사』 지식산업사, 1982.

매이지 않은 이같은 분방한 종류의 전 형태가 뒤에 도래할 소설 장르를 기준하여 보았을 때는 훨씬 접근된 양상을 띠었음도 사실이었다.

　여말선초의 때에 문신이자 문장가로 현명한 쌍매당雙梅堂 이첨李詹 (1345~1405)의 종이 가전 〈저생전楮生傳〉의 경우는 일찍 이가원이 "1676 년경에 재세했던 『우초신지虞初新志』의 편자 장조張潮가 비로소 〈저선 생전楮先生傳〉을 썼고, 뒤를 이어서 민문진閔文振의 〈저대제전楮待制傳〉 이 발표되었음에 비하여 이 작품이 약 2세기나 앞섰음을 특기하지 않 을 수 없겠다"[16]고 언급한 바 있다. 셋 중에 〈저생전〉이 가장 선행되었 지만, 단지 필자의 고증에서는 민문진은 명대 1500년대 초의 인물로, 청대의 인물인 장조(1650~1709)에 비해 일백년 이상 앞선 것으로 판별된 다.[17] 〈저생전〉은 작품의 내용에 있어서도 중국의 것에 비하면 주인공 의 내력을 다룬 통시의 폭이 훨씬 커서 종이 발명의 시기인 한대부터

『쌍매당집』의 저생전

작자 이첨의 시대인 원·명대에 이르기 까지 넓은 범위에 걸쳐 있다. 그러나 종 이의 용도에 있어 문방사구의 하나로서 뿐 아니라 지폐 및 기타 잡문서 등의 쓰 임새까지도 용심했다는 점에서, 순수한 문방품으로서의 종이만을 다룬 〈저선생 전〉과 구별된다. 그런 일면 〈저대제전〉 은 지산紙傘·지선紙扇·화선지畵宣紙로 서의 용도를 마저 밝혔다는 점에서 이첨 의 작의와 통한다.

---

16) 이가원, 『여한전기』, 우일출판사, 1981, p.39.
17) 김창룡, 「저대제전과 저선생전」, 『월간묵가』 2009년 9월호, p.65.

　　고려 후기의 가전은 이 장르의 최초 작인 〈모영전〉이 보여 주었던 양식에 최대한 충실하게 나아가는 면모적 특징을 보였다. 이 무렵의 그 어느 것도 평결부 생략에 대한 감행을 드러내지 못하였던 사실로도 짐작의 터전이 크다. 그런 점에서는 오히려 처음부터 사마천의 열전 및 한유 〈모영전〉 궤도와 무관한 전개를 보였던 〈정시자전〉 같은 존재가 이채를 띠었다. 이는 내용상 곧장 소설이라 하기에는 사건 구심력이 미흡한 바 있지만, 그래도 그것이 배태하고 있는 허구적·형태적 형상은 소설의 전단계적 성격을 어느 만큼 내포하였다고 볼 것이다.

2: 제2기 : 15·16세기의 가전

　　14세기 말 조선 건국부터 16세기 말 선조 임진란 때까지로, 한국사 시대 구분상의 일반적 방식과도 암합되는 바, 이 경우 별도 '조선전기의 가전'이라 명명해도 무방하겠다. 가전사 전체의 흐름 맥락 위에서 볼 때 발육기發育期에 해당한다고 이를 만하다.

　　조선 초기에 진일재眞逸齋 성현成俔(1427~1456)이 지은 〈용부전慵夫傳〉이 있었으되, 이는 앞의 〈정시자전〉과 마찬가지로 체재 면에서 일대기적 전기 형식의 골격을 갖춘 가전과는 부합되기 어려울 뿐이었다. 다른 한편 이 작품의 탁전성에 대한 논급[18]도 없지 않았거니와, 비록 의인화되었지만 형식 면으로도 차라리 탁전적 성격을 배제치 못할 것이었다. 그런 중에 역시 중심 사건이 있으면서 그것을 구심점으로 이야

---

18) 조수학, 「용부전의 탁전성」, 『인문연구』 4호, 영남대 인문과학연구소, 1983.

월헌집

기를 전개시키는 소설 장르에는 미치지 못하는 바에, 아무래도 의인 단편 정도에 해속될 만한 일작이었다.

그리하여 조선시대 가전으로서 월헌月軒 정수강丁壽崗(1454~1527)의 〈포절군전抱節君傳〉이 현재까지 발굴된 것 가운데는 가장 첫 작품이라 일컬을 수 있다. 본편에 대해서는 기왕에 김광순이 관련하여 다룬 실적이 있거니와,19) 이 대나무 전을 월헌의 자서적 의인 가탁으로 보았음과 동시에 조선조 의인소설의 효시로 간주하기도 했다. 작자가 연산군의 폭정이라든가 중종반정 같은 난세의 소용돌이 속에서 갖가지 환해풍파를 몸소 겪었던 인물이라 했을 적에 절의의 의미가 무엇인지 새겨볼만 했음직하다.

취은醉隱 송세림宋世琳(1479~?)은 〈주장군전朱將軍傳〉을 지었다. 이는 남성기男性器의 입전을 통한 성행위의 표면적 묘미를 살린 것으로, 애초에 『어면순禦眠楯』 같은 음담서의 틈바구니에 끼어 온전한 회학의 산물이다. 진지한 문학을 하는 바깥의 어느 측면엔 단순한 감각 추구의 오락성의 문장도 없지 않음이니, 이른바 농문弄文·희필戲筆의 의미에 제격이다. 그럼에도 서두, 선계, 행적,

『고금소총』에 수록된 주장군전

---

19) 김광순, 「포절군전에 대하여」, 『어문학』 23집, 한국어문학회, 1970.

평결의 자못 튼튼한 뼈대를 지키고 있다.

졸재拙齋 채소권蔡紹權(1480~1548)의 〈화왕전花王傳〉은 현 발굴의 시점에서 본다면 동명 〈화왕전〉류 계보 가운데는 가장 첨병 격의 작품이었다. 대개 임금된 자의 향락과 사치를 경계한 내용이니, 작품을 처음 발견한 권태을 등의 논문이 있다.[20] 채소권은 초기의 소설인 〈설공찬전薛公瓚傳〉을 지은 채수蔡壽(1449~1515)의 아들이다. 김안로金安老의 처남이기도 하였으나, 서로 가깝지 않았던 까닭에 김안로가 정유삼흉丁酉三凶으로 몰렸을 때도 크게 연루되지 않았다고 한다. 반면 이현보李賢輔・주세붕周世鵬과는 뜻이 맞았다고 하니, 역시 그의 도의적인 측면을 엿볼 수 있는 일단이라 하겠다.

간재艮齋 최연崔演(1503~1549)의 〈국수재전麴秀才傳〉은 고려의 〈국순전〉・〈국선생전〉에 이어 조선조에 처음 보이는 술 의인 가전이다. 『사문유취』 '酒' 門에의 의존도가 높은 특징과 함께, 중국의 〈청화선생전淸和先生傳〉・〈모영전毛穎傳〉・〈황감육길전黃甘陸吉傳〉으로부터 골고루 끊어옴과, 우리 쪽에서는 이규보의 〈국선생전〉에서 당겨온 자취가 역력하였다. 단일 가전으론 많은 분량을 보이는 속에 형식 면에서도 "太史公曰" 평결에 이르기까지 전 과정에 빠짐이 없는 정통적 보수성을 지키고 있다.

습재習齋 권벽權擘(1520~1593)은 〈관성후전管城侯傳〉을 썼다.[21] 25권 7책으로 되어 있는 가장家藏 필사본 『습재집習齋集』 권25 안에 있는 이 작품의 제목 바로 아래에 마침 "辛丑作"이라는 간지가 기록되어 있음

---

20) 권태을, 「졸재 채소권의 화왕전考」, 『국어국문학연구』 25집, 영남대, 1997.12.
   이구의, 「화왕전의 구성과 의미」, 『한국사상과 문화』 5집, 수덕문화사, 1999.
21) 이는 정민이 『습재집』을 고찰하는 과정(『목릉문단과 석주권필』, 태학사, 1999.
   11, pp.556~557)에서 그 존재를 처음 밝혔다.

에, 작가 21세 때인 1541년의 창작임을 알 수 있다. 이는 〈모영전〉 이래 약 700 여 년이나 뒤의 일이지만, 시공 초월의 적극적인 수용이 눈에 띈다. 아득히 서계 書契의 시대로부터 주周·진秦·위진魏 晉·당唐·오대五代에 이르기까지 중국 역대의 인문 사회 안에서 진행된 기록의 역사를 요약적으로 펼쳐 보이다가, 이후 나타난 주인공 모기毛記에 닿아 대성을

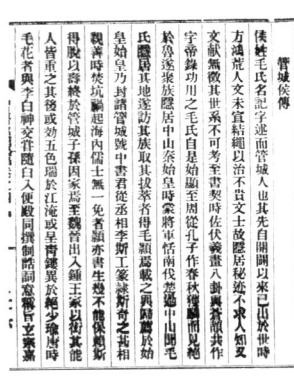

『습재집』의 관성후전

이룩한다는 이야기 형태를 취하고 있다. 이처럼 본 장르에 대한 그의 관심과 실행은 아들인 권필의 〈곽삭전〉 창작에도 일정한 감발을 불러 일으켰을 터이다.

경북 성주군 소재 동강 김우옹의 神道碑

모처럼 마음의 활유법으로서 〈천군전天君傳〉이란 가전이 등장 하여 장르사의 일면에 다채로움 을 더하였다. 이는 동강東岡 김우 옹金宇顒(1540~1603)의 지은 바로, 당시 성리대가性理大家인 남명南 冥 조식曺植(1501~1572)의 각별한

학문적 지남指南과 독책에 힘입은 것이라 한다.[22] 그렇다면 본편은 역 시 이 두 사람 사상의 주축이 되는 '경敬'의 정신을 의인 전기와 같은 참신한 용기 안에 담은 문학적 형상화로 보아 별 무리가 없으리라 한다.

---

22) 김광순, 「동강의 생애와 사상」, 『동방학지』 36·37합집, 연세대 국학연구원, 1983, p.54.

이 외에도 심성의 의인화 중에는 임제林悌(1549~1587)의 〈수성지愁城誌〉, 정태제鄭泰齊(1612~1669)의 〈천군연의天君演義〉, 임영林泳(1649~1696)의 〈의승기義勝記〉, 정기화鄭琦和(1786~1840)의 〈천군본기天君本紀〉 등 조선조 말엽까지 지속하여 나타난 양상이 있다. 그러나 이들은 또한 역사 전기인 열전의 형식 체계를 의식한 것이 아닌, 일종의 분방한 연의류演義類 계통을 답습하고 있어 차라리 의인소설 장르에 귀속시킴이 타당하리라고 본다.

귤옥橘屋 윤광계尹光啓(1559~?)의 〈저군전杵君傳〉은 절구공이를 입전한 것이다. 저구杵臼에 대한 사물 기원紀元을 좇느라 중국을 시대 배경으로 하여 전개해 나갔다. 하지만 궁극엔 임진란 직후에 양식의 절대 부족으로 이것의 사용이 거의 무의미해진 데 따른 곤궁상을 그 정황의 직접 체험 중에 있던 작자가 얼마간의 여유가 생긴 시점에서 관조한 필치로 간주된다.

석주石洲 권필權韠(1569~1612)은 〈곽삭전郭索傳〉을 남겼다. 이는 다름 아닌 게[蟹]의 의인화 조자調子로서, 다른 가전에서 보기 드문 비장의 정조가 특징이다. 작품은 권필의 자서전적 성격을 띠었음과 동시에, 시정時政의 병폐에 대한 풍자의 의미마저 내포된 듯한 부분도 없지 않았다.[23] 게 의인화 시도는 한중의 긴 시간대 안에서 생경한 일은 아니었던 터, 고려 이윤보의 〈무장공자전無腸公子傳〉과 중국 청대의 문인·화가로 보이는 곽복형의 〈오중개사곽선생전吳中介士郭先生傳〉 등이 다 이에 속하는 일련의 휘품들이다. 〈곽삭전〉은 숭고한 주인공의 비장한 최후가 평결부 안에서 다루어진 특이함에도 불구하고 결말부까지 갖춘

23) 김창룡, 「곽삭전 연구」, 『한중가전문학의 연구』, 개문사, 1985.

정격正格의 가전이다.

같은 시기에 권필과도 교계가 있었던 현주玄洲 조찬한趙纘韓(1572~ 1631)은 〈대부송전大夫松傳〉과 〈탕파전湯婆傳〉을 내어 이 분야의 참신한 경계를 펴 보였다. 〈대부송전〉은 소나무와 진시황의 관련 고사를 중심 으로, 절의의 상황적 의미에 대해 작자 나름의 해석과 서술의 주관성이 강하게 나타난 작품이다. 아울러 그 분량에 있어 윤치영의 〈매생전梅生 傳〉과 함께 유난히 짧은 형태의 가전이라는 특색에도 불구하고 가전 일반의 기본 노선인 주인공의 탄생과 죽음, 곧 시始와 종終의 패턴을 그대로 유지하고 있는 점에 주목하지 않을 수 없다.

역시 그가 동절기의 온신溫身 금구衾具인 탕파자湯婆子를 두고 입전한 조품藻品인 〈탕 파전湯婆傳〉이 있지만, 사실은 그보다 한 세 기 이상이나 앞선 명대의 문단에 이미 동일 소재 가전인 오관吳寬의 〈탕온전湯媼傳〉이 있어, 이 또한 향응響應의 관계에 있는 것인

탕파

줄 알 수 없다. 〈탕온전〉과 마찬가지로 이 작품에서도 겉치레만 화려 한 여인에 대한 경계를 촉구하고, 더 나아가 그것으로 은유되는 세상의 진실성 없는 영인佞人·아유배들에 대한 풍자가 마저 어려 있다.

성혼成渾의 문인이자 이수광李睟光의 시우詩友이기도 한 학천鶴泉 성 여학成汝學(1572경~?)이 여성기女性器를 의인한 〈관부인전灌夫人傳〉 가 전은 앞의 〈주장군전〉과 같은 계통의 회학적인 낙수落穗였다. 다만 〈주장군전〉에서는 주장군 맹猛이 나라의 대 역사役事에 공로를 세우고 장렬한 최후를 맞이하는 충신열사로 되어 있는 반면, 이 작품에서는 같은 이름의 장군 주맹朱猛이 왕과 대치하는 입장에서 격전을 하다가

비참한 죽음을 당하는 반신적자의 역할을 한다는 점이 다르다고 할 수 있다. 가전의 희필적 주제를 잘 반영한 또 하나의 전형이라 하겠다.

청사晴沙 고용후高用厚(1577~?)의 〈탕파전湯婆傳〉은 앞서 든 조찬한의 작품이 풍자·교훈적 주제를 표방하였던 데 비해 순전히 겨울철 온신구溫身具인 탕파가 인간 사회에 끼치는 물리적인 공덕을 높이 선양하는 뜻이 강했다.

이 시기도 역시 앞 시대의 가전 전통이 보여 주었던 전범을 비교적 잘 지키며 따르는 양상을 보이고 있다. 〈포절군전〉·〈국수재전〉·〈저군전〉·〈곽삭전〉 및 조찬한 〈탕파전〉 등은 서두, 원류, 사적, 종말, 지류, 평결의 격식을 두루 갖춘 정격이었다. 〈대부송전〉은 그 가운데 종말부 처리만 결하였고, 〈주장군전〉·〈천군전〉의 경우 지류부만 빠져 있는 정도였다. 다만 고용후 〈탕파전〉과 〈관부인전〉 등은 서두, 원류, 사적, 평결의 구성으로 종말부와 지류부가 빠져 있다. 특히 전자의 경우 주인공 본전의 행적부에 나타난 사건 중심적 면모가 모처럼 눈에 띄긴 하였으나, 전반적으로는 아직 가전의 형식 모형이 거의 별다른 흔들림을 겪지 않았다.

이렇듯 가전의 보수적인 진행은 고전소설사적 측면에서도 선초鮮初로부터 15세기 말 임란까지의 소위 조선 전기에는 불과 손에 꼽을 정도의 작품만이 출현을 본 시대였다는 사실과도 무관해 보이지는 않았다.

3: 제3기 : 17·18세기의 가전

17세기 초 광해조로부터 18세기 말 영·정조 때까지로, 가전사 전체 흐름 위에서 보면 만화방창萬化方暢의 개화기로 일컬을 만하다. 그야말로 본 장르는 이 사이 그 수량 면에서도 압권을 이뤘음은 물론, 내용적·형식적 다양한 변화와 더불어 가장 왕성한 모습을 펼쳐 보였다.

이 시기에 계곡谿谷 장유張維 (1587~1638)가 〈빙호선생전氷壺 先生傳〉을 쓴 것이 그의 문집 중에 전한다. 그의 이 가전을 두고 얼음 혹은 얼음같이 맑고 깨끗한 심성〔氷心〕을 의인의 대상으로 삼은 것이라 한 일이 있고, 필자 또한 애초에는 얼

『계곡집』의 빙호선생전

음을 소재 삼은 것으로 인식하기도 했으나, 이는 역시 안병렬의 지적[24] 대로 채소인 무를 다룬 의인화 구상이었다. 끝에서 작자는 모든 인간사와 사물에 천시 있음을 귀납적으로 강조해 보이고 있다. 한편, 장유에 앞서 원대의 양유정楊維楨(1296~1370)과 명대의 사조제謝肇淛(1567~1624)가 동명의 가전 〈빙호선생전氷壺先生傳〉을 썼던 사실을 새기지 않을 수 없다.

노둔의 시인으로 알려진 백곡柏谷 김득신金得臣(1604~1684)에게 〈환백장군전歡伯將軍傳〉·〈청풍선생전淸風先生傳〉의 가전 일작逸作이 있다. 술 주인공의 〈환백장군전〉에서는 특히 천군天君·모영毛穎·관성

---

24) 안병렬, 『한국가전연구』, 이우출판사, 1986, pp.71~72.

자관城子·공방孔方 등 가전사의 흐름에서 주인공 역할을 담당하였던
여러 존재들이 등장하고 있다. 또한 천군과 조정 신하와의 정론廷論,
군담부 서술 등 전반적인 분위기 면에서 아무래도 이것이 약 반세기
앞의 임제가 지은 〈수성지愁城誌〉와도 무관하지 만은 않을 것으로 상도
想到된다. 사실 허구적 산문 안에서는 임제가 처음 구사했던 것으로 사
료되는 환백장군의 수성愁城 타파에 대한 제재가 하필 〈환백장군전〉에
서 뿐 아니라, 김득신과 동시대에 정태제의 작으로 추정된다 하는 〈천
군연의天君演義〉 가운데도 부각되어 나타났다. 그리고 다시 또 한 세기
뒤 인물인 지광한池光翰(1695~1756)의 〈취향지醉鄕志〉 등에서도 재현되
었던 사실 등으로 〈수성지〉의 영향력을 짐작함과 동시에 〈환백장군
전〉과의 관련성이 긍정적으로 고려됨 직하다.

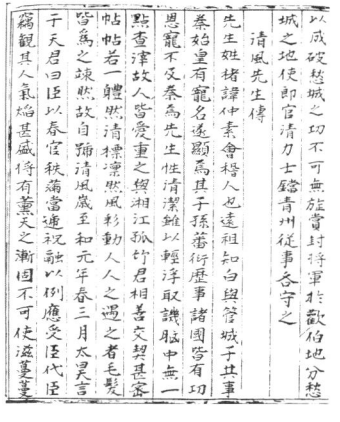

『백곡집』 중의 청풍선생전

부채가 주인공인 〈청풍선생전〉 역
시 위의 술 가전이 그랬듯이 그의 사
물에 대한 비상한 취향이 낳은 또 하
나의 산물이었으니, 그의 문집 가운데
서 부채에다 읊어 쓴 이른바 '제선題扇'
제목 하의 시가 만만찮은 분량을 차지
하였던 점25)이 각별한 주목을 끈다.
아울러 부채 역시 여름의 죽부인, 겨
울의 탕파자와 마찬가지로 인간에 의
해 일정 절기 관심 받고 애호되다가
계절이 지나면 잊혀지고 버려지는 사물인지라 득실이 뚜렷한 운명체일

---

25) 김창룡, 「김득신의 가전 〈환백장군전〉·〈청풍선생전〉 해제 및 번역 소개」, 『한
성어문학』 6집, 한성대국어국문학과, 1987, p.4.

수밖에 없다. 따라서 작품의 내용 전개 면에서도 유사성을 나타낼 가능성이 클 것이다. 아닌 게 아니라 특히 본편의 경우는 송대 장뢰張耒가 지은 〈죽부인전〉의 희극에서 비극으로 가는 구성과 동궤임을 쉽게 간파할 수 있다.

하산何山 최효건崔孝騫(1608~1671)의 〈산군전山君傳〉은 한국 호랑이 문예에 대한 장르 상의 새 구경究境을 제시한 가전이었다. 그 소재적 원천은 고려·조선조에 유서의 보편격인 『사문유취』를 이용한 흔적도 약간 보이지만, 본편의 경우 각별히 『후한서後漢書』 개권의 첫머리 〈광무제기光武帝記〉(제1, 上·下)에서 보여 주는 광무제 유수劉秀(B.C.6~A.D. 57)의 사실史實 고사를 저본으로 삼았던 특징이 발견된다.[26] 그리하여 가전의 내용이 사술史述과 접목된 시범적인 전례가 될 것이다. 아울러 본편은 그 주제가 위포威暴와 인의仁義 사이 대조를 통한 왕도의 개념을 작자가 처했던 현종 대의 정치적 현실 문제와 관련해서 공교로운 풍유諷喩를 가하였다.

쌍수당雙修堂 김삼락金三樂(1610~1666)의 〈금의공자전金衣公子傳〉은 이색적으로 미완성 작품이다. 꾀꼬리를 세워 그리고자 했으나, 서두에 주인공이 청제青帝 시절의 사람이라 한 것과, 그의 선계에 대한 약간의 설명 뒤에 작품이 멈춰 있다.

문곡文谷 김수항金壽恒(1629~1689)의 모란 전기 〈화왕전花王傳〉은 작가의 16세 작임이 특기되어 있다. 또한 다른 〈화왕전〉들이 대체로 꽃 왕국의 알레고리를 통한 정치적 득실의 면, 이를테면 '권불십년權不十年'의 편으로 초점이 맞추어졌음에 반해, 본편은 꽃 왕국의 우의를 통한

---

26) 김창룡, 「산군전(山君傳) 주소(注疏)」, 『동방학지』 64집, 연세대국학연구원, 1989, pp.148~153.

자연적 생태의 면, 이를테면 순연히 '화무십일홍花無十日紅' 쪽에 관점이
집중되었으매, 이를 가장 뚜렷한 특징으로 삼을 만하였다. 본 작품 조
성의 소재원은 전적으로 『사문유취』 후집의 화훼부花卉部・과실부菓
實部・충치부蟲豸部・우충부羽蟲部의 각 문항에 두고 있었다.27)

노촌老村 임상덕林象德(1683
~1719)의 담배 전기 〈담파고
전淡婆姑傳〉이 있었으니, 기
실은 이것이 이희로나 이옥
의 동일 제재 가전인 〈남령
전南靈傳〉에 선행된 것이었
다. 작품은 담배의 위락적인
효용과 끽연의 묘미에 주목
했다. 나아가, 자신을 태워

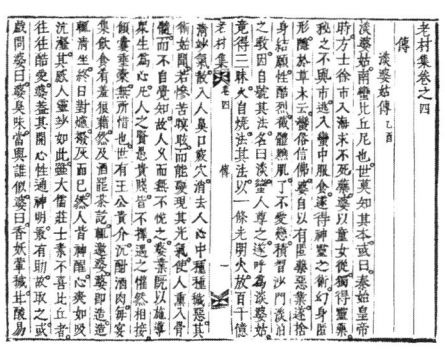

임상덕1683~ 의 담파고전

향을 남긴 채 소멸하는 담배의 속성을 비구니 주인공인 담파고(남령)가
행하는 높은 불도佛道의 경계에다 비유한 것이 특징이라 하겠다.

만가재晩可齋 김석행金奭行(1688~1762)의 〈진현전陳玄傳〉은 문방사우
가운데 먹에 대한 첫 단독 입전立傳 작품으로, 이 안에 붓의 '관성백管城
伯', '모영毛穎'이 등장한다. 주인공이 노자학老子學을 좋아하고 묵자의
겸애도兼愛道를 실천했음이 강조되어 있고, 아울러 평결부 명칭으로서
의 "訥子曰"이 특색이라 하겠다.

동계東谿 조구명趙龜命(1693~1737)의 〈오원자전烏圓子傳〉은 고양이 의
인의 열전이다. 제목 아래 작품 창작의 연대로서 임자년(1732 : 영조 8년)

27) 김창룡, 「화왕전(김수항) 전석(箋釋)」, 『한성어문학』 9집, 한성대국어국문학과,
1990, pp.28~34.

의 간지가 명기되어 있는 바, 심각한 흉년에 따른 전국적인 식량난이 문제되었던 해이다. 오원烏圓의 표현은 고양이의 눈이 검고 동그랗다는 데서 말미암은 것이다. 본편이 일반 가전과 비교하여 가장 두드러진 특징의 하나는 천적인 쥐와의 대립 관계에 입각한 군담적 요소가 단연 압권을 이룬다는 점이다. "太史公曰"의 형식을 이미 갖추었음에도, 그 밑에 군이 "楮先生曰"이라는 또 하나의 평결부를 설정시키면서까지 군사적 무용담에 치중하였음을 본다.28)

뇌연雷淵 남유용南有容(1698～1773)의 『뇌연집雷淵集』 안에 〈굴승전屈乘傳〉과 〈모영전보毛穎傳補〉의 두 편 가전이 보인다. 먼저 〈굴승전〉은 말[馬]을 형상화한 가십佳什이었다. 역시 이보다 얼마 전엔 명말·청초 사람인 후방역의 동일 제재 가전 〈건천리전搴千里傳〉이 있었고, 양자의 사이에 상당한 유사성을 나타내 보이매 그 상호 관계가 주목된다. 즉, 굴승과 건천리의 운명이 다같이 처음엔 무지한 장사꾼에 의해 노역을 당하다가 알아주는 이의 도움으로 임금께 총우를 입는 과정, 그리고 종국에는 버림을 받는다는 줄거리 대강에서 상통하였다. 그런데 특히 〈굴승전〉의 평결에 "君眞少恩哉"는 〈모영전〉의 평결부 최종구인 "秦眞少恩哉"를 본받은 양하니, 역시 한유를 사종師宗으로 삼고 이에서 크게 벗어나지 못함을 짐작케 하였다. 그랬는데 미상불 그의 또 하나 가전인 〈모영전보毛穎傳補〉란 것이 그 제목에서부터 그러한 진실을 결정적으로 입증해 준 셈 되었다.

〈모영전보〉는 한유 〈모영전〉의 후속편이란 점에선 청대 신함광의 〈모영후전毛穎後傳〉과 같았다. 그렇지만 신함광의 것이 주인공 모영의

---

28) 김창룡, 「오원자전 평석(評釋)」, 『한성어문학』 10집, 한성대국어국문학과, 1991.

후일담을 임의로 더 연장하여 기술한 것임에 반해, 남유용의 본편은
모영의 전기에서 조역 노릇을 하였던 진현(먹)·도홍(벼루)·저생(종이)
의 세 존재를 한꺼번에 주인공으로 다룬 약전略傳인 것이다. 그 취지는
역시 지·필·묵·연의 문방사우가 인류 문화에 끼친 공덕을 높여
기린 것이다.

　　다음에 순암順菴 안정복安鼎福(1712～1791)이 화장 도구를 의인화한
〈여용국전女容國傳〉이 있었으나, 그 형식에서 열전을 연상시킬 만한 하
등의 근거도 찾기 어렵다. 궁극에 이는 〈수성지〉 등과 한가지로 소설
에 가까운 체계이지, 가전은 되지 못하였다.

　　인재忍齋 조재도趙載道(1725～1749)의 "十四歲
作"이라 하는 〈진현전陳玄傳〉이 노老·묵墨의
법도를 말한 것은 앞서 김석행의 동명 가전과
매일반이었다. 한나라 경제·무제·소제·성
제의 4대에 걸친 행적을 다루었으되, 그 가운
데 호문好文하던 한무제 때의 일을 중추로 삼
았다. 그 시대 문학 명사들인 사마천司馬遷·
동중서董仲舒·사마상여司馬相如·식부息夫들
을 내세우는 중에, 오히려 진현을 비롯한 문방
사우의 총영이 오래갔다는 전개가 흥미롭다.

『인재유고』의 진현전

〈화사花史〉는 그 원작자의 문제를 놓고서 임제林悌(1549～1587)와 남
성중南聖重(1650경～ ?), 노긍盧兢(1738～1790) 사이에 논의가 일정하지 않
던 작품이었다. 그리고 만일 이것이 중화의 문원에서 영향 받은 사실이
없었으리란 전제 하에,[29] 이와 같은 획기적인 꽃 왕국 가전의 대작이
이 땅에서 이룩되었다는 점을 특필하지 않을 수 없다. 〈화사〉는 매화

와 꽃받침, 모란, 연꽃을 각기 도陶·동도東陶·하夏·당唐 등 연속 네 왕조의 임금으로 하여 왕조의 홍체 및 그것의 의미를 다룬 본기체 형식의 대하大河 연가전連假傳이었다. 곧 여느 가전들이 『사기』나 『한서』 같은 기전체 서술 방식 중 뒷부분에 있는 열전 형식을 본받았음에 비해, 앞부분에 놓이는 본기本紀, 즉 황실 중심사를 모방해 지었다는 뜻이다. 그러나 본기체이든 열전체이든 가전 서술의 기본적 형식과 구조 면에서는 하등의 차이도 없었다.

아정雅亭 이덕무李德懋(1741~1793)는 앞 시대 〈죽존자전〉·〈포절군전〉에 이어 또 하나의 대나무 가전인 〈관자허전管子虛傳〉을 후세에 끼쳐 놓았다. 본편이 이가원의 언급처럼 "〈죽존자전〉과 같이 불교적인 빛깔도 없고, 〈죽부인전〉과 같이 해학적인 풍운風韻도 아닌 끝내 유가적인 본령을 지닌 작품"[30]이란 점에서 정수강의 〈포절군전〉과 비준할 만한 작품이다. 한편, 작품 뒷부분에 그려진 피탕파의 투기(皮湯婆所妬)와 반첩여 부채의 원망(班扇之怨)은 송대 장뢰의 〈죽부인전〉 말미에서 착상을 받은 듯한 자취가 역력하였다.

경암鏡巖 석응윤釋應允(1743~1804)의 〈연적전硯滴傳〉이 있어 문방품 의인화의 또 한 경계를 폈으나 시작부터 가전과는 전혀 다른 개념의 한 단위 의인 단편이었다. 연적 주인공인 천일선생天一先生이 도홍陶泓·모영毛穎·진현陳玄·운손雲孫 등 문방사우와의 어느 날 저녁 주고받은 대화를 다루었거니, 사건성의 결여로 소설로서도 미흡한 품이 저 고려조 〈정시자전〉과 동류의 의인 단편이라 할 수 있다.

후계後溪 이이순李頤淳(1754~1832)의 〈화왕전花王傳〉은 주인공이 모란

---

29) 이가원, 『여한전기』, 우일출판사, 1981, p.69 참조.
30) 이가원, 위에 든 책, p.68.

임에도 불구하고 애당초 모란 예찬에 저의를 둔 것이 아니었다. 대개 모란과 작약 등은 부귀·사치한 것의 표상이고, 또 대개 그러한 가치는 허무로 돌려질 수밖에 없기 때문이다. 다른 꽃 가전이 그러하듯 이 작품 역시, 당명황과 양귀비의 염사艷史를 중요한 제재로 이용하고 있다. 특히 매처사나 죽군자 같이 부대끼는 처사보다, 처음부터 환로에 발붙이지 아니하는 국처사菊處士의 처신을 명철보신明哲保身 및 만절晩節의 뜻으로 새기고 있음이 특징적이다.

도와陶窩 최남복崔南復(1759~1814)의 〈둔마전鈍馬傳〉은 이것이 저 명대 후방역의 〈건천리전〉이나 조선조 남유용의 〈굴승전〉 계통의 가전인가 하였으나, 단순히 용궁龍宮 산産의 둔마에 대한 작자 나름의 관찰과 느낌을 서술한 일종의 의인 수필에 부합될 만한 것이었다.

섬재蟾齋 이희로李羲老(1760~1792)의 담배 의인 작인 〈남령전南靈傳〉은 그 특이

둔마전

한 문체에 따라 조성된 벽문僻文이 가전 가운데의 기품畸品이라 하겠다. 이는 담배의 유래 및 그 전파와 유통의 경로를 한·중·일의 역사성에 비추어 교묘하게 형상화한 것이어니와, 계훈이나 풍자적 측면 대신 흡연 장면의 묘사 내지 담배라는 사물을 통한 시사적 캐리커처에 보다 주력한 사례로 보여진다. 이 작품 및 바로 뒤에 나오는 이옥의 〈남령전南靈傳〉 두 편을 놓고서 자못 상세한 검토를 가한 구영진의 논문이 있다.31)

문무자文無子 이옥李鈺(1760~1812)의 담배 가전 역시 다른 가전에 비

해 다분히 개인적 차원의 자기 표현성이 강한 작품의 일례에 해당하나, 담배의 우수憂愁 척결 효과를 남령과 우심憂心이 대치하는 군담적 형상화 안에서 보여 주었다. 평결부에서도 교훈성 같은 것은 아예 찾아볼 수 없고, 이희로의 〈남령전〉에서와 같이 시사 문제에 초점을 맞추지도 않았다. 대신, 단순히 작자 자신의 담배 예찬을 한껏 펼쳐 보일 따름이었다. 이희로의 것이 담배의 부정적인 면을 많이 의식한 경우라면, 이옥의 것은 철저히 담배 긍정론에 입각해 있음도 양편 사이의 좋은 대조로 보여진다. 다른 한편, 이옥이 족집게를 대상하여 다룬 〈각로선생전却老先生傳〉이 있으나, 이는 탄로歎老의 주제 아래 작자가 '늙음'에 대한 자기 주관을 처음부터 아무런 형식의 제약 없이 표출한 일종의 의인 수필에 합당하였다.

문암問菴 유본학柳本學(1770~?)의 고양이 전기인 〈오원전烏圓傳〉은 선행 조구명의 〈오원자전〉이 군담 소재와 시사 주제에 관심했던 데 비해, 고양이와 쥐[家鹿], 사냥개[盧令] 간의 천적 관계 및 고양이의 잠자기 좋아하고 훔쳐 먹기 잘하는 속성을 제대로 형상화시켜 보기 위한 것, 다시 말해 대상에의 표현적 묘미에 크게 치중한 글이었다. 더하여 부차적으로는 총영득실寵榮得失의 허망함과 인간 비정의 실상을 은근히 노정시킨 뜻이 보인다.

존재存齋 박윤묵朴允默(1771~1849)이 종이의 〈저백전楮白傳〉, 붓의 〈모원봉전毛元鋒傳〉, 먹의 〈진현전陳玄傳〉, 벼루의 〈석탄중전石坦中傳〉 등 이른바 문방사우 각각에 대한 전면 의인화를 시행한 것이 『존재고存齋稿』 안에 실려 있다. 그의 이전에 붓을 제외한 지·묵·연 3자를 한

---

31) 구영진, 「남령전(南靈傳) 연구」, 연세대대학원석사학위논문, 1981.

자리에 놓고 다룬 합전合傳인 남유용의 〈모영전보〉 정도가 있기는 하였으나, 여기서처럼 넷을 한꺼번에 놓고서 다루었던 사례는 찾아보기 어려울 따름이었다. 위 문방계 네 전기를 쓰기 위한 소재의 취득원은 역시 『사문유취』(별집, 권14) '文房四友' 部의 각각 '紙' 門, '筆' 門, '墨' 門, '硯' 門이 대세를 이루었다. 그리고 여기서 충족되지 않은 부분은 북송시대에 소이간蘇易簡이 찬술한 『문방사보文房四譜』(전5권) 안의 각각 '筆譜'(2권), '紙譜'(1권), '墨譜'(1권), '硯譜'(1권)의 자료 내용을 통해 상당량 해결의 실마리가 잡히었다.32) 특히 『문방사보』의 안에는 관계된 문예문 채록의 한 양상으로 당나라 후반 경의 문숭文嵩이란 이에 의해 창작된 문방의 4편 전기가 수록되어 있었다. 곧 붓 의인의 〈관성후전管城侯傳〉, 벼루 의인의 〈즉묵후석허중전卽墨侯石虛中傳〉, 먹 의인의 〈송자후역현광전松滋侯易玄光傳〉, 종이 의인의 〈호치후저지백전好畤侯楮知白傳〉이 판비되어 있음을 보게 된다.

이 문방사우계 가전 밖에도 박윤묵의 『존재고』 안에는 술의 〈국청전麴淸傳〉 한 작품이 더 추록되어 있어 술 가전 계보에 한몫을 더하였다. 이 안에 보이는 수성 출현 및 천군의 등장은 일찍이 이규보의 〈국선생전〉과 김우옹의 〈천군전〉 이래, 임제의 〈수성지〉, 김득신의 〈환백장군전〉, 지광한의 〈취향지〉 등에서 충분히 익숙해져 있던 구도였다. 한편 〈국순전〉 주인공인 국순의 먼 친척 아우로 국청이 소개된 바 있고, 이 명칭의 재현은 이후 전체 술 의인화 가운데 오직 〈국청전〉 안에서만 이루어져 있음도 특기할 만하다.

---

32) 김창룡, 「존재 박윤묵과 문방의 四傳記」, 『한성대학논문집』, 1992, pp.39~63.

이 시기에 가전 고유한 원래적 모형에 다소의 흔들림이 일었다. 설정 기준의 서두·원류·주류, 지류의 격식을 깔끔하게 해비한 정격은 〈화왕전〉(김수항)·〈관자허전〉·〈오원전〉과 이희로의 〈남령전〉 정도였고, 박윤묵의 〈진현전〉과 〈모원봉전〉은 그 가운데 종말부 처리만 결하였다. 〈모영전보毛穎傳補〉와 이이순의 〈화왕전花王傳〉 등에서 지류부가 빠져 있고, 〈즉묵후석허중전〉에서는 모처럼 원류부의 생략을 보였다. 더 나아가, 종말부와 지류부의 이중적 결격 현상이 〈산군전〉·〈진현전〉(김석행)·〈진현전〉(조재도)·〈남령전〉(이옥)·〈저백전〉·〈국청전〉 등에서처럼 훨씬 높은 비율로 나타났다는 점이 앞 시대와 비해 특필할 만하였다.

아울러 이 무렵에 쉽게 간과하기 어려운 현상 몇 가지가 목도되는 바 있다. 곧 〈오원자전〉에서 보여지는 이중 평결부 양상,[33] 〈빙호선생전〉·〈굴승전〉·〈산군전〉의 맨 첫 도입부인 "先生之先"·"乘之先"·"山君之先"에서 보듯이 서두부가 곧장 원류부와 융합되는 양상, 〈관자허전〉에서처럼 후계부와 종말부의 도치적 양상 ─ 앞의 〈곽삭전〉에서는 종말부가 평결부에 포함되었던 양상이 있었다─ 등이 그 좋은 일례라 할 만하다.

이같은 움직임과 더불어서 이 시대에 가장 괄목할 만한 특징은, 그 형식 절차가 염연한 가전 개념 그대로를 고수하는 가운데 일약 평결부의 파격을 감행한 가전의 출현에 두어야 할 것 같다. 다름 아닌 〈환백장군전〉·〈청풍선생전〉 등이 그것이다.

이 두 작품의 두드러진 특징은 거기서 그치지 않는다. 이 둘은 당연

<hr/>

33) 이중평결부 양상은 사마천 『사기(史記)』 권124 유협열전 제64 등에서 "太史公曰"과 "楮先生曰"의 병행을 통해 볼 수는 있지만, 지극히 드문 현상에 속한다.

히 서두부·원류부·주류부의 수순을 통해 역시 가전 형식의 기본 골격을 엄연히 구비하여 있다. 그러나 주류부 본전의 내용이 전자의 경우 강충降衷 원년에 있었던 수성 타파 사건, 후자 같으면 지화至和 원년 3월·5월·8월 한도의 사건에 치우치는 등, 문득 사건 중심적 체재로의 질적 변모를 기하고 있었다. 비유하자면, 몸은 가전에 있으나 마음은 어느새 소설 쪽을 지향해 있다 하겠다. 그러면 이 제3기 안에 가전의 주변에서 〈천군연의〉·〈취향지〉·〈여용국전〉·〈연적전〉·〈둔마전〉·〈각로선생전〉 등 의인 문학의 다양한 양식적 전개가 활발히 펼쳐졌던 일도 그저 우연한 현상만은 아니었을 수 있다.

4: 제4기 : 19·20세기의 가전

19세기 초 순조 때부터 20세기 최근까지로, 가전사 전체 흐름 위에서 보면 낙수기落穗期로 일컬을 만하다.

먼저 석주石洲 신홍원申弘遠(1787~1865)의 〈사우열전四友列傳〉을 선두에 세워 보기로 한다. 본편은 우선 그 표제상의 특징을 들 수 있으니, 안병렬의 언급대로 "전의 원류인 사마천의 『사기』에는 모두가 열전이란 이름으로 되어 있고 또 몇 사람의 전이 하나로 묶여져 있는 것도 많은데, 가전에 이르러서는 이러한 예는 드물게 나타나나

신홍원의 사우열전 도입부

본 〈사우열전〉은 제목도 열전"[34]이었다. 동시에 본편에서와 같이 저지
백저知白・관성자管城子・석학사石學士・묵현옹墨玄翁 등 주인공에 대
한 본래의 전기에 들어가기 전에 필자의 도입부 사설이 들어가는 일
또한 아주 회한한 경우이다. 하지만 이 역시 비록 드물기는 했어도『사
기』권122 〈혹리열전酷吏列傳〉이거나 권126 〈골계열전滑稽列傳〉 등과
의 대조 안에서 확인하지 못할 사례는 아니었다. 이 가전에 대해서는
필자가 처음 주명註明 번역하였고, 이후에 유기옥이 작품의 분석에 초
점을 둔 논고가 있었으며,[35] 필자가 다시『석주문집』을 바탕으로 작가
론 중심의 해제를 쓴 바가 있다.

석오石梧 윤치영尹致英(1803경~?)은 매화의 가전 〈매생전梅生傳〉을 썼
다. 이는 상당히 짧은 형태의 작품이었으나, 이전의 꽃 가전이 대체로
왕조 중심이었음에 비해 재야의 세계를 중심한 점이 특징이라 할 수
있겠다. 또한 매梅의 화花 뿐 아니라 실實마저도 존중하는 개념이 함께
깔려 있는 점도 특이하였다. 그러나 도화桃花나 행화杏花가 실속은 없
이 겉만 화려하다는 사실과 대조하여 계훈성을 강조했다는 점에 있어
서는 일반의 가전과 다를 바 없었다.

우병종禹秉鐘(1820~1883)의 심성 가전 〈천군전天君傳〉은 그 작의를 성
리 개념의 공교로운 활유법에 두었다. 곧 황상제皇上帝는 우주론적 관
념에서 태극[理]의 형상화이고, 천군[靈坮主人]은 인성론적 관념에서
인극[性]의 형상화일시 분명하다. 따라서 주인공 천군은 인간마다 밑

---

34) 안병렬,『한국가전연구』, 이우출판사, 1986, p.76.
35) 김창룡, 「신흥원의 사우열전 역주」,『민족문화』10집, 한성대학교민족문화연구소,
   1999. 2.
   유기옥, 「신흥원의 사우열전 연구」,『한국언어문학』51집, 한국언어문학회, 2003. 1.
   김창룡, 「석주 신흥원의 사우열전」,『이석주교수정년기념논문집』, 2007. 9.

바탕에 내유하여 있는 착한 본성[仁·義·禮·智]을 인격화한 존재이다. 천군[性]이 청정무구의 태극[理]으로부터 품수 받는 이상적 구도를 다룸과 동시에, 궁극적으로는 세상의 임금들이 인의예지 착한 본성인 천군을 잘 섬겨 따르는 일에 귀납시키었다. 이 작품은 일찍이 조수학의 안도眼到와 논평이 따랐던36) 작품이기도 했다.

가헌可軒 한성리韓星履(1835경~1910?)가 지은 붓의 가전 〈관성자전管城子傳〉이 나왔다. 우리나라에서 붓을 입전 대상으로 한 형상화는 일찍이 습재 권벽의 1541년 작 〈관성후전管城侯傳〉의 존재 이후 모처럼 만에 건져볼 수 있는 소득이다. 전체적으로는 역시 한유 〈모영전〉을 의식했던 것이니, 작자도 본편의 첫머리에서 아예 '처음 이름은 모영이다. 그 사실이 한창려가 지은 글 안에 실려 있다(初名毛穎也 事載韓昌黎所撰中)'라 하여 송신자의 면모를 직접 천명하고 있다. 또한 여기에 보이는 관중管仲·관녕管寧 등 소재 취용의 어느 부분은 아무래도 조선조 후기 이덕무의 〈관자허전〉에서 일상一想을 받은 듯한 국면도 보인다.

19세기 후반의 구한말에 활약하다 경술庚戌의 국치에 목숨을 끊은 매천梅泉 황현黃玹(1855~1910)에게도 〈금의공자전金衣公子傳〉이 있어 가전사에 한 자락을 더 보태었다. 금의공자金衣公子란 꾀꼬리의 별칭이다. 청대의 문

『매천집』의 금의공자전

---

36) 조수학, 「우병종의 심성가전 및 탁전 연구」, 『영남어문학』 9집, 1982, p.183.

단에서도 우동尤侗의 〈설의녀전雪衣女傳〉·탕전영湯傳楹의 〈채춘사자
전採春使者傳〉 등 앵무새와 나비를 주인공으로 한 가전이 나왔거니와,
거기엔 이미 주인공들의 화간우花間友로서의 금의공자란 존재가 이미
부조浮彫되어 있던 터였다. 다만 〈채춘사자전〉만큼은 송 휘종 대를 시
간적 배경으로 하였지만, 〈설의녀전〉과 〈금의공자전〉의 경우 똑같이
당 현종의 시대를 배경으로 하는 가운데 문체의 화려함을 극하였다.
동시에 난세를 사는 신자臣者의 충과 지혜 등 처세 문제에 관심을 표명
하였다.

　같은 시기 극산展山 김만진金萬鎭(1856~1923)의 〈전신전錢神傳〉은 아
득히 고려조의 임춘 이래 모처럼 돈을 재등장시킨 가전이다. 아울러
소재의 선택이라든가 문면으로 보아 최소한 임춘의 것을 보고 배운 자
취가 역력하였다. 시간적 구성에 있어서도 〈공방전〉의 주인공이 위진
남북조 시대의 진晉나라와 오대五代를 배경으로 살았다고 하였는데, 이
작품의 주인공 역시 주로 진晉의 시대에 활약한 인물로 그려졌다는 점
에서 일단 근사성을 엿볼 수 있다. 그러나 주제 의식의 면에서는 확실
한 차이가 발견된다. 임춘의 경우 주인공 공방이 인류 사회에 끼친 해
독과 말폐 일변도에 치중한 나머지 강경한 화폐 부정론을 폈음에 반하
여, 김만진은 주인공 공방이 인간사의 갖가지 곤경을 구할 수 있는 긍
정적인 면을 마저 다루었다는 점에서 대조를 보인다. 작자도 평결에서
밝혔듯이, 돈의 폐해는 그 책임이 돈 자체에 있음이 아니라 그것을 사
용하는 인간의 자세에 달려 있다고 함으로써 임씨와는 견해를 달리 하
였다.

　안엽安曄(1860경?~ ?)의 〈문방사우전文房四友傳〉은 역시 그 체재가 앞
서 신흥원의 〈사우열전〉을 닮았다. 처음에 도입부 형태의 서문이 있고,

지·필·묵·연 의인화인 모원예毛元銳·저지백楮知白·현중자玄中子·석허중石虛中의 네 주인공이 한 울타리 안에 다루어지면서 역시 하나의 평결부 안에 처리되고 있다. 단, 〈사우열전〉이 각각의 해당 전기 말미에서 평결부적 성격 내용을 변화 있게 보인 반면, 본 편은 저지백 전기 말미에만 총괄하여 다루었다. 그러나 무엇보다 작중에 필자 자신이 "文房先生"의 역할을 하면서 주인공들과 대화하고 있는 점이 특징적이라 할 만했다. 아울러 전편을 통하여 노老·불佛을 혐척嫌斥하고 공孔·맹孟 유학에 충실한 작자의 태도가 명백화 되고 있다. 이러한 사실은 다른 가전 작중에 각별히 먹을 주인공으로 하는 〈진현전〉 계통에서 노老·묵墨이 폭넓게 수용되는 양상과 비교하여 대조를 이루었다. 현재까지 작자에 대한 고증이 아쉬운 가운데, 작품의 분석을 시도한 유기옥의 관련 논고가 있다.37)

일화一和 최현달崔鉉達(1867~1942)의 〈연적전硏滴傳〉은 중국과 한국 두 나라를 공간적 배경으로 삼으면서 가전사상 공전절후空前絶後의 규모와 특색을 띤 작품이었다. 곧 유교 덕치德治의 상징으로 부각시킨 주인공 연적이 중국 제나라 및 바다 건너 조선의 두 나라를 차례로 정치

최현달과 『一和先生文集』 권5에 실린 연적전

37) 유기옥, 「안엽의 문방사우전 연구」, 『국어문학』 33집, 국어문학회, 1998.8.

유력하는 가운데의 정치적 부침浮沈과 진퇴를 그린 것이다. 그러면서
작자는 중국의 정치・선비 문화보다 이쪽의 그것을 문득 우위로 처리
시키는 전개 안에서 은연중 자기적 문화 주체의식을 노정시키었다. 제
왕의 신하로 있는 붓을 관자管子, 먹을 묵자墨子로 명명한 것도 흥미롭
고, 연적 주인공을 그들 문방의 사신보다 웃길에 설정시킨 것도 특이하
다. 주인공이 바다에 떠서 동경하던 조선에 잠출潛出한다거나, 160여
세로 은퇴하여 낙동강에 들어가 백구白龜로 화化한다는 발상 등, 전개
되는 이야기의 구상이 상당히 이채롭다.

　산강山康 변영만卞榮晩(1889~1954)은 〈시새전施賽傳〉을 썼다. 그 형태
는 역시 시시거림과 새침함 같은 인간 심성의 상반된 특질을 시시덕과
새침덕이라는 두 존재로 의인화한 것이다. 이것이 비록 여느 가전과
달리 전거에의 의존이 대폭 지양되고 사건이 중심으로 되는 소설의 편
에 접근하는 양상을 보이기는 하지만, 작품에 구비된 서두부와 종말부,
평결부 등은 가전이 고유하는 일련의 형식을 구비하고 있으매 이 장르
안에 포함하였다.

　우인于人 조규철曺圭喆(1906~1982)의 〈공방전孔方傳〉은 한국 가전사
벽두에 임춘의 엽전(돈) 의인화인 〈공방전孔方傳〉과 제목부터 그대로
부합되고 있다는 점 이외에, 주인공 당사자에 대한 시각과 취지에서조
차 상통되는 특질을 보인다. 차라리 임춘의 그것보다 더 철저한 부정론
을 폈다 하겠으니, 주인공 공방륜孔方輪은 가진 자에게 빌붙고 없는 자
를 업신여기는 야비한 권세가로 부조浮彫되어 나타났다. 특히 대한제국
말기에 저선생의 출현으로 공방이 세력을 잃고 스스로 죽고 만다는 구
상은 구한말 경제의 격변상에 대한 시대적 반영이기도 하였다. 주인공
과의 대화 속에 충고를 던지는 청허자清虛子라는 인물 역시도 작자 자

신의 작중 투영일 것이다. 따로 평결부 도입을 알리는 그 어떤 명칭도 쓰지 않았지만 "吾嘗見" 이하가 그 역할에 손색이 없다.

『淵民之文』에 실린 이가원의 화왕전

연민淵民 이가원李家源(1917~2000)의 〈화왕전花王傳〉은 본편이 꽃 의인의 계보로서 볼 때는 신라시대 설총의 꽃의 설화 〈화왕계〉를 위시하여 조선조 꽃의 대하大河 전기인 〈화사〉, 그리고 채소권·김수항·이이순으로 이어진 〈화왕전〉 계통에 더 이바지하고 있다는 의미를 남겼다. 그 뿐 아니라, 작자 스스로도 표백하였듯이, "이에서 특색이 있다면 종전의 작자들이 오로지 중국의 것만을 소재로 하였음에 비겨 아울러 한국의 것을 취재한 것"[38]이란 점을 특필할 만하다.

이 시기에는 앞 시대 미진微震의 여파로 몇몇 눈에 띄는 변양이 나타났다. 우선 앞서 설정한 형식 기준만으로 보면 서두·원류·주류(사적, 종말)·지류·평결의 격식을 온전히 갖춘 〈전신전〉, 그 가운데 종말부 처리만 생략된 〈매생전〉, 후계부 처리만 없는 〈금의공자전〉·〈연적전〉·〈시새전〉·〈공방전〉(조규철)·〈화왕전〉(이가원) 등으로 추릴 수 있다. 더 나아가, 종말부와 지류부의 이중 결격을 나타낸 〈천군전〉(우병종)과 심지어, 원류부, 종말부, 후계부의 삼중 결격을 감행한 〈관성자전〉

---

38) 이가원, 『여한전기(麗韓傳奇)』, 이우출판사, 1981, p.82.

도 특별히 이 기간을 빌어 구관求觀할 수 있던 현상이었다.

그 외, 평결부 도입의 허두 명칭에서 이를테면 "混沌者"·"惺窩居士" 등 한 걸음 더 사적私的인 양상을 나타내 보이기도 했고, 또 문방사우 계통이 중심된 합전合傳 형태의 입지가 보다 굳혀지는 듯한 양상도 보였다.

한편, 〈공방전〉(조규철)의 마지막 부분은 "吾嘗見" 이하가 필시 평결부의 그것에 해당하였으면서도, 굳이 따로 구획하여 명칭을 설정하지 않았던 점이 이례적으로 볼 만하였다. 그러나 더욱 특기할 일은 비록 원류부와 평결부 파괴를 감행하지는 않았지만, 주류부 가운데 행적부의 내용 비중이 훨씬 강화됨과 동시에, 보다 사건 중심적 흐름을 띠는 현상, 이를테면 〈연적전〉(최현달)·〈시새전〉 등의 이색적인 가전이 출현했던 사실을 들 수 있을 것이다.

결 언

지금까지 한국 가전 약 800년 간의 전개적 양상을 간략하게 서술하면서, 그것의 변모 과정에 대해 정리해 보았다.

돌이켜 보면, 소설과 가전은 모두 허구적 산문 장르 류類에 포함되었으되, 그 둘은 시작부터 엄밀히 서로 다른 각각의 발판 위에서 진전되었던 별개의 장르일 뿐이었다. 이렇게 가전이 소설과는 별도의 한 개성 있는 양식으로 분립될 수밖에 없던 계기적 터전의 우선성은 그 문면 위에 노출된 형태의 정형定型에 있었다. 다름 아니라 가전 장르 초창기인 당·송대의 한유, 사공도, 소식의 작품들은 사마천『사기』와 반고의

『한서』, 범엽의 『후한서』 등이 역사 서술의 방식으로 택한 열전 및 본기 형식을 본보기로 답습하였던 진실이 있다. 그 형식의 유형은 크게 서두, 원류, 주류(本事, 終末), 지류, 평결로 분류가 가능한 바, 이 여섯 과정을 두루 갖추었거나, 그 중 어느 한두 가지를 결한 것이 큰 부분을 이루었다. 그러나 더 나아가 세 가지의 생략을 감행한 한성리의 〈관성자전〉(서두-본사-평결), 김득신의 〈환백장군전〉·〈청풍선생전〉(서두-선계-본사) 등도 있어 변화의 폭을 늘려 보태었다. 한편으로, 평결부 해당의 내용을 담고 있으면서도 제대로의 평결부 도입 용어는 무시해버린 조규철의 〈공방전〉 같은 경우도 없지 않았다. 그러나 전체 골격 가운데서 외형상으로도 벌써 고소설과 대조하여 한눈에 괴리를 실감나게 하는 처소는 무엇보다도 평결부 설정에 있을 터이고, 그런 의미에서 그것을 감연히 걷어낸 〈환백장군전〉·〈청풍선생전〉의 경우가 가장 파격적이라 하겠다.

평결부의 생략은 확실히 한국 가전의 흐름 안에서는 희한한 사항에 들었다. 아울러 이는 일찍 7세기 당나라 때부터 왕성한 소설 창작의 분위기가 조성된 중국의 경우, 평결부 생략의 양상이 이윽고 송대 소식의 〈온도군전(溫陶君傳)〉 이래 별 부담없이 이루어져 왔으니,[39] 이같은 사실과 관련하여 차별되는 의미가 크다. 덧붙여 〈환백장군전〉·〈청풍선생전〉 등이 임병양란 이후 군담소설의 성행과 함께 허구적 한문체 소설이거나 패담 류가 안정 기반을 확보해 있던 17세기적 산물이라는 현상 안에서 시사되는 바가 있을 법 하였다.

---

39) 김창룡, 『한중가전문학의 연구』(개문사, 1985)에서 대상으로 삼은 39편 가전 중 12편에서 평결부 일탈 현상을 보였다. 이는 사마천 『사기』 대신, 반고의 『한서』와 범엽의 『후한서』 말미에 간혹 보이는 논찬부 생략과 맥락이 닿는다.

　　그렇다고 여기의 이 평결부 탈락이 어떤 다른 산문 양식으로의 장르적 탈바꿈을 가져오는 것은 아니었다. 가전은 역시 위에 열거한 형태적 유형이라는 정거장에 일일이 멈춤을 하든지 어느 역은 그냥 지나쳐 통과하든지 하는 차이에도 불구하고, 사마천과 반고가 기본으로 깔아 두었고 한유와 소식, 임춘과 이규보가 뒤밟아 갔던 그 궤도를 성실히 밟아가는 노력을 게을리 하지 않았다. 그리고 당연 그 행위 자체로서 이미 가전 장르에 입각한 창작적 수행으로 인식하였다.

　　한편으로, 가전의 발달 과정에서는 이같은 바깥쪽 형식 준칙의 바탕 위에, 그 안쪽에서 또한 내용의 질적인 변화가 마저 없지 않았다. 가전 발생 및 발달의 오랜 현상 안에서, 본질을 이루는 내용의 구조와 체계는 단락과 단락이 독립성을 띤 비인과적 점철로 조성되어 있었다. 결과, 일정한 사건을 중심으로 전후간의 내용 단락이 긴밀한 연락聯絡 관계 위에서 인과적·계기적으로 작용하는 소설과는 일차 분변이 가능하였던 것이다.

　　그러나 이러한 원칙론 존중의 모습은 제3기의 〈환백장군전〉·〈청풍선생전〉이라든가 제4기의 〈연적전〉·〈시새전〉 등을 거치는 동안에 사실 집약적인 성격이 약화되는 반면, 일약 사건 중심적인 틀로의 변모를 보이게 되었다.

　　발달이란 개념에 대해 "개체가 그의 생명 활동에서 그의 환경에 적응하여 가는 과정"[40]이라는 해석이 있다. 그럴 때 가전의 이와 같은 질적 변화 또한 같은 시대에 보다 널리 확산되었던 전기 및 소설로부터 어느 정도 감수感受 되었다고 할 수 있는 바, 발달의 한 현상이라 하겠다.

---

40) "발달", 『새우리말큰사전』, 삼성출판사, 1985.

  그러나 이 작품들이 튼튼한 근거와 버팀목이 되는 형식 유형으로서
의 서두, 본류, 평결 같은 형식적인 기반마저 포기하였더라면 속절없이
해속 장르상의 명칭을 달리 할 수밖에 없었을 것이다.

  또한 가전은 그 발달의 도정에서 양적인 변화에도 무심을 나타내지
는 아니하였다. 본문 중에 연가전連假傳, 혹은 합전合傳으로 일컬은바
있는 〈화사〉, 〈사우열전〉, 〈문방사우전〉 등은 벌써 작품의 부피만으로
도 장르상 소설에 해당하는 작품들에 비해 아무런 손색이 없었다.

  덧붙여 가전은 그 전개 과정에서 각별히 17, 8세기 안에서는 내용상
군담부 소재의 원용 내지 활용을 특징적으로 나타내 보이기도 하였다.
곧 가전외적假傳外的 의인 산문류로서 정태제의 〈천군연의〉, 지광한의
〈취향지〉, 안정복의 〈여용국전〉, 석응윤의 〈연적전〉 등을 포함하여,
범 대중적 수준을 띤 〈임진록壬辰錄〉・〈박씨전朴氏傳〉・〈임경업전林慶
業傳〉 등의 군담 취재적 분위기가 사뭇 성황을 이루던 기간에, 〈환백장
군전〉・〈굴승전〉・〈산군전〉・〈오원자전〉・〈국청전〉 등 군담 수용
의 가전 산물이 줄달았다는 사실이 있다. 그리고 이들이 다함께 같은
허구적 산문 장르종이라는 차원에서도 시사되는 바 적지 않다.

  이제 돌이켜 보면, 문학의 양식을 결정짓는 중대한 요인인 외재적
형식의 논리 안에서 가전과 소설은 끝내 서로 교차할 길 없는 각각의
궤선을 그려 나갔을 따름이었다.

  그럴 뿐이었지만 가전의 시대적 전개 및 발달의 도정에는 소설로의
접근 기미를 보이는 양상이 마저 없지 않았던 바, 사실 알고 보면 소설
과 가전, 이 양자야말로 그 어느 것보다 가장 인접되어 있는 허구적
산문 장르 종種인 것이다. 기왕에 진인각도 〈모영전〉은 『사기』를, 〈앵
앵전〉은 『좌전』을 본받았다고 대비시켜 논한 바 있거니와,[41] 가전과

소설은 일찍부터 똑같이 '~傳'의 이름으로 발전을 보았던 여러 장르들 중에서 오랜 세월 함께 해 온 가까운 이웃사촌의 관계를 유지해 왔음도 사실이었다.

---

41) 진인각의 〈독앵앵전(讀鶯鶯傳)〉(『원백시전증고』, 대만 세계서국, 1963)에, '毛穎傳者 昌黎摹擬史記之文 蓋以古文試作小說 而末能成功者也 微之鶯鶯傳 則以摹 擬左傳 亦以古文試作小說 而眞能成功者也.'

가전의
소설사적 위치

　가전假傳 문학은 고소설과 어떤 관계가 있는가? 둘 사이엔 어떠한 다르고 같은 점이 있을까?

　이 문제의 접근은 가전 장르가 갖는 그 문자 표기상의 형태를 감안하여 볼 때 한글소설과의 관계는 일단 고사해 두고, 기왕에 한문소설들과의 관계 안에서 가능할 것으로 본다. 부연하자면, 고소설이란 외형상 크게 한글소설과 한문소설의 두 가지 문자 형태를 취하여 있고, 가전은 그 표기의 근간이 한문자漢文字이다. 까닭에, 가전의 고소설과의 관계 혹은 가전의 고전소설사적 위치는 결국 가전의 한문소설과의 관계 혹은 가전의 한문소설사적 위치와 같은 논제로 좁혀서 볼 수 있는 소지가 있다. 그리하여 가전을 이른바 한문소설로서 인정받고 있는 작품들과 성격상 대비해 보는 일이야말로 가전이 과연 한문소설과 더불어 하나의 장르로서 통일될 수 있는지의 여부를 파악할 수 있는 지름길이 된다. 나아가 궁극적으로 가전의 소설사적 위치를 매김하기 위한 최선의 잣대가 된다.

가전의 소설사적 위치를 지정하는 데 있어 호재로 삼을 만한 또 한 가지 사안은 이 두 형태가 필경은 우리보다 앞서 중국에서 먼저 존재하였던 문학 갈래였다는 점을 잊지 않는 일이다. 이 사실에 적극 유의하여 한중을 등거리에 놓고 살펴 감안하여 보는 일이 가전의 소설사적 위치 파악에 사뭇 요긴한 이바지가 될 수 있다.

사실은 당대 한유韓愈(768~824)의 〈모영전毛穎傳〉에서부터 출발의 남상을 잡고 있는 가전은 소설사의 전개 과정과는 무관하게 처리되어 왔던 점이 있다. 그 어떤 중국소설사의 기술에서도 가전을 함께 다루어 언급한 사례가 없었던 일을 말함이다. 결국 가전과 소설은 궁극에 동일 소속 장르로서 쉽게 인식해 버리기 참 어려웠던 분위기가 있었다.

이러한 사정은 우리 쪽에서도 크게 다를 바 없었다. 고전소설사 기술에서 가전은 대개 설화와 더불어서 소설 장르의 전사적前史的 형태쯤으로 일별하는 데 그쳤거나, 고소설의 각 작품에 대한 개별론을 총집할 때 가전을 포함시키지 않았던 실상 안에서 역시 한·중의 인식 간에 별 차이가 없음을 알 수 있다.

가전의 표제는 〈모영전〉, 〈청화선생전〉, 〈국순전〉, 〈죽부인전〉 하는 식으로 그 대원칙의 전형은 '~전' 글자 양식을 취하고 있고, 그 내용의 편성 방식 역시 완전한 허구적 바탕 위에 전개되어 있다. 이러한 현상은 한중 중세기 소설사를 장식하는 작품 대부분이 '~전' 자 표제를 대종으로 하고 있고, 그 내용은 반드시 기상奇想·묘상妙想의 허구로 엮어져 있는 사실과 맞추어서 별 차이가 없어 보인다. 이것이 가전을 혹 소설사적 전개의 한 가지 흐름과 굽이로 인식케 만드는 원인으로 작용했는지 모르지만, 적어도 이 마당에 가전의 소설사적 위상은 전체

가전과 소설 유형의 상징격인 '～전' 양식에 관한 세부적인 검증의 토대 위에서 접근이 가능할 것으로 보인다.

그런데 중세기 소설인 이른바 전기傳奇에 속하는 대부분의 작품들이 '～전' 자 유형을 취하고 있음이 엄연한 사실이긴 하지만, 역으로 '～전' 자 표제를 취하고 있는 동양의 모든 작품들을 곧장 오늘날 고전소설사의 대상으로 다루는 것은 아님이 분명하다.

일찍이 명대의 서사증徐師曾이 중국 역대의 전을 사전史傳, 가전家傳, 탁전托傳, 가전假傳의 네 가지로 나누어 분류하였던 방법이 오늘날 전 연구가에 의해 곧잘 언거되고 있다. 여기서 전의 원조

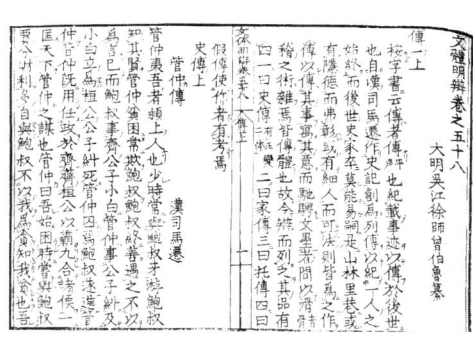

『문체명변』이 '傳'을 분류한 내용

가 되는 사마천司馬遷의 열전列傳 즉 사전史傳으로부터 가전家傳, 탁전의 그 어느 것도 오늘날 우리가 전기傳奇거나 고전소설로서 인식하는 개념과는 궁극에 한 가지로 부합시켜 보기 어려운 일정한 거리가 있다. 그러한 거리감은 그 원인이 어딘가에 따로 있겠지만, 그럼에도 서씨가 세운 가전家傳·탁전·가전假傳의 개념은 조선조 후기의 소위 한문소설이라고 하는 것들과 견주어 검토해 볼 수 있는 소지가 다분하다.

우선 사마천이 고안하고 서사증이 정의내린 바, '주인공 한 사람의 시종을 기록하였으니 후세의 사가史家가 바꾸지 못하였다(以紀一人之始終 而後世史家 卒莫能易)'는 열전[史傳]은 그것이 역사 속에 실재했던 인물의 사실史實 내용을 담은 것, 이를테면 사실적 서사 형태이다. 열전이

허구를 가장 금기시한다는 것은 굳이 사마천의 『사기』와 같은 역사의 글이 '사실을 짚어서 써야 한다(按實而書)'[1]는 유협劉勰의 말을 빌리지 않고서도 설명이 필요 없는 자명한 사실이다. 그러므로 그 내용이 허구적 서사 형태에 드는 소설과 손쉽게 구별된다. 뿐만 아니라 열전이 '일인지시종一人之始終' 즉 주인공 일생의 기록이기는 하나, 그것이 이야기 소재 상호간에 사건을 중심으로 하여 긴밀한 인과적 연결상을 나타내지는 않는다. 대신, 인물 주인공을 충실케 하기 위한 개개의 정보적 사항이 비인과적 독립상을 유지할 따름이다.

그 주제에서 역시 마찬가지이다. 오직 공명정대하고 불편부당하여 허구화를 기피하는 소심素心[2]의 바탕 위에 주인공 사적史蹟에 대한 정론正論 및 포폄褒貶 등과 같은 객관적 진실에 주력한다. 따라서 작자의 주관이 바깥 세계와의 대립 및 호극의 토대 위에 주관적 진실 개입이 강하게 암시되는 소설과는 한가지로 보기 어려운 것이다.

이 열전은 사관史官 차원의 공식적인 전기임을 들어 공전公傳이라고 도 한다. 그리고 열전의 뒤를 이은 바 문인·학사·개인 단위의 개인적인 동기에 따라 쓰여지는 일체의 전 형태를 사전私傳이라 명명하기도 한다. 이것의 한 가지 형태로 서사증의 개념 안에서 가전家傳은 '산림·이항에서 혹은 덕을 숨겨 드러내지 않거나, 혹은 벼슬이 한미한 사람이라도 가히 본받을 만하면 짓는 것(山林俚巷 或有隱德而弗彰 或有細人而可法則皆爲之作傳)'이고, 그 본보기적 사례로 〈홍악전洪渥傳〉·〈서복전徐復傳〉·〈방산자전方山子傳〉·〈상역전桑懌傳〉 등을 들었다. 이는 설봉창

---

1) 유협, 『문심조룡』 '사전(史傳)' 제16 항목에, "然紀傳爲式 編年綴事 文非泛論 按實而書"라 하였다.
2) 주명희, 〈전의 양식적 특징과 소설로의 수용 양상〉, 서울대대학원박사학위논문, 1985, pp.19~20.

薛鳳昌이 가전家傳에 대한 서술이거나 가문의 대표적인 인물들에 대한 사적을 나열 서술하는 태도와도 분명히 다른 것이었다. 서씨의 개념 안에서는, 탁월하지만 불우한 은일자들에 관한 기록, 이를테면 일전逸傳의 유형에 든다고 할 만하였다.[3] 이는 서술의 범위가 일단 '일인지시종'에 있지 않은 바에 열전을 지켰다 할 수 없었다. 그런가 하면, 서술의 구조는 전후 간 내용이 일정한 사건을 구심점으로 하여 상호 계기적인 전개를 띠고 있는 것도 아니었다. 그 서술의 관심과 태도 또한 주인공에 대한 필자의 견문 및 사실 경험적 바탕 위에 놓여있는지라 작가적 상상력과 가공의 세계가 존중된 당唐대의 전기傳奇와는 차이가 있었다. 그런 반면 허균許筠의 〈손곡산인전蓀谷山人傳〉・〈장산인전張山人傳〉 등은 바로 여기의 일례로 제시된 소식蘇軾의 〈방산자전〉, 구양수歐陽修의

종수곽탁타전

〈상역전〉과는 구분이 어렵게 보이는 국면이 적지 않았다.

다음으로, 서사증이 "以傳其事 寓其意"(어떤 일을 알리면서 작자의 뜻을 부친다)라 하였으니, 간단히 '傳事寓意'로 요약해 볼 수 있는 탁전 또한 그 서술의 태도 면에서 위와 다르지 아니하였다. 다름 아닌, 그가 예로 든 유종원柳宗元의 〈재인전梓人傳〉・〈종수곽탁타전種樹郭橐駝傳〉이라든가 한유의 〈오자왕승복전圬者王承福傳〉 등이 모두 유씨와 한씨 주변의 실

---

3) 조태영, 〈전 양식의 발전 양상에 관한 연구〉, 서울대대학원석사학위논문, 1983, pp.26~27

재 인물 및 실사에 바탕된 기록이라 하겠다. 다만 위의 〈방산자전〉·〈손곡산인전〉 같은 경우 그 관심사가 입전 주인공의 인품에 대한 포양襃揚에 있다면, 여기에서는 그 관심사가 일단 입전 주인공에 관련된 내용을 알림[以傳其事]에 있고, 궁극적으로는 그 안에 서술자의 정녕 말하고 싶은 뜻을 부친다[寓其意]는 점이 다르다고 할 것이다.[4] 요컨대 탁전은 그 서술의 기본이 흥미 위주의 허구거나 단면적인 선양 대신, 일단의 현상적 사실 토대 안에서 서술자 자신의 관점이 가치 있다고 믿는 삶의 문제들을 암시하는, 이를테면 주관적 진실 천명의 형태로 볼 수 있다.

한편, 가전家傳인 〈방산자전〉과 탁전托傳인 〈재인전〉 등이 사마천의 열전처럼 주인공의 삶을 전체 폭에 걸쳐 다룬 것이 아니었다는 점에서는 같은 기류氣類라고 할 만하였다. 그럼에도 불구하고 〈방산자전〉은 오히려 주인공 한 사람을 몇 가지 일에 확대시키는 원심적·방사적 형태를 유지하고 있는데 반하여, 〈재인전〉은 한 사람 주인공을 한 가지 일에 집약시키는 구심적·수렴적 형태를 유지하고 있다. 다른 말로 전자가 일인다사의 확산 서술 형태라고 한다면, 후자는 일인일사의 집약적 서술 형태라고 표현할 수 있다. 그리하여 탁전의 내용 전개적 구조는 열전·가전에서 보아 왔던 모티브 상호간 혹은 단락 상호간의 비인과적 독립적인 성격과는 달리, 모티브나 단락 상호간에 긴밀한 인과적 계기성을 띠게 된다. 이렇듯 바로 이 〈재인전〉·〈종수곽탁타전〉 등이 나타내는 구조야말로 후대의 전기傳奇거나 고소설이라 하는 것들이 갖

---

4) 그러나 어떤 작품의 경우 그 목적이 피서술자에 대한 인물 선양에 있는지, 아니면 서술자의 자아 표출에 있는지 경계 짓기 모호한 경우도 없지 않을 것이다. 이를테면 위에 든 허균의 전들도 관점에 따라서 그 두 개념 사이에 서로 교차 왕래될 수 있는 성질의 것들이다.

추고 있는 서술 구조와 직결·부합하는 바 있다. 사실, 탁전이 갖는
주관적 세계 인식의 개입과 전후간 이야기의 계기적 일관성 등은 고소
설의 조건에 육박하는 상당한 요인들이 아닐 수 없다.

따라서 오늘날 이른바 고소설로 취급되어지는 어떤 작품의 경우는
실상 탁전과 소설 사이에 구별이 곤란한 경우도 마저 없지 않다. 예컨
대 박지원朴趾源의 〈열녀함양박씨전烈女咸陽朴氏傳〉·〈예덕선생전穢德
先生傳〉·〈광문자전廣文者傳〉 등은 각기 고소설 연구의 일환으로서 다
뤄지고는 있지만, 기실에 있어서는 탁전과 소설 사이의 판정 구분이
애매한 측면이 없지 않은 것이다.5) 이 양자를 구분짓는 기준은 오직
하나, 그 메시지가 온전한 허구인가 비허구인가로 남을 뿐이겠다. 하지
만 이른바 박지원의 소설류라 하는 것들에서 그 내용의 허구와 허구
아님을 명백하게 가름할 수 있는지에 대한 근원적인 의구심은 그것대
로 남게 된다. 왜냐하면 탁전은 사실성을 토대로 이야기를 전개시킴이
원칙이기는 하나, 이에서조차 허구성의 개입이 전무한지에 대한 회의
도 어떤 경우에는 수반될 수 있기 때문이다.6) 그리하여 소위 탁전 계열
의 작품들이야말로 사전私傳에 속해 있는 다른 어떤 전보다도 뒷시대
고소설 개념에 가장 근접되어 있음과 동시에, 고소설과의 차별성에 모

---

5) "18세기 후반 실학자들과 패사 소품을 즐긴 문인들에 의하여 입전된 … 전기들은
　　소설이나 야담과 같은 인접 양식과 구별하기가 어려울 지경이었다"("傳奇", 『한
　　국민족문화대백과사전』, 한국정신문화연구원, 1991)라고 한 것도 바로 이러한
　　취지를 돕는 한 가지 설명이 된다.
6) 예컨대 〈종수곽탁타전〉에 대해서 김학주의 "이 글은 나무를 잘 심는 곽탁타의
　　전기라고 하나 곽탁타가 어떤 사람인지 전혀 알려져 있지 않다. … 세상에서
　　버림받는 불구자를 가공 인물로 내세워 이러한 불구자라도 자연의 순리에 잘
　　따르면 크게 성공할 수 있다는 것을 보여주는 글이다"(김학주, 『고문진보후집』,
　　명문당, 1991. p.311)와 같은 관점은 그 좋은 본보기로 될 만하다.

호한 국면을 남기는 형태이기도 하였다.

　다음으로, 가전假傳과 소설과의 관계는 어떠한가.

　이 경우는 확실히 앞의 사전·가전家傳·탁전 등과는 크게 구분되는 특징이 있었다. 다름 아닌 그 태도 면에서는 이들 3전이 모두 사실 바탕의 기술인데 반하여, 가전은 명백히 허구적 기술이라는 점에서 당연히 소설의 개념에 일약 접근되는 국면이 있다.

　그럼에도 가전이 원초적으로 열전의 구성 및 형식 체재를 그대로 답보 계승하였던 그 사실 한 가지만으로 가전과 전기傳奇의 이동異同 관계는 스스로 결정되는 터전이 있다. 즉, 내용 본질적인 구조 면에서 열전이 보이는 양상과 똑같이 가전 또한 일정한 사건을 중심으로 전후 간의 모티브 및 내용단락이 인과적 긴밀한 상응 관계 위에 전개되지 못하는 한계가 있었다.

　가전은 열전을 본받은 양식이다. 그런데 열전은 주인공의 전체 삶 안에서 여러 가지 행적을 서열한 글이었고, 이것이 취하는 서술의 체재는 앞서의 전들이 가졌던 체재와는 근본적으로 다른 것이 있었다. 그리하여 장학성章學誠(1738~1801)도 『문사통의文史通義』 안에서 이렇게 구분지은 바 있다.

장학성과 『문사통의』 표제

　蓋包擧一生而爲之傳　史漢列傳體也　隨擧一事而爲之傳左氏傳經體也.

　대개 한 생애를 포괄하여 전

　　으로 삼은 것은 사마천의 열전체列傳體요, 한 사실에 수응하여 전으로
　　삼은 것은 전경체傳經體이다.

이렇듯 사마천의 『사기』 양식을 따른 열전체의 가전이, 좌구명의 『좌전』
양식을 따른 전경체 계승의 소설과는 갈라설 수밖에 없을 것같은 양분
적인 기미가 암시되어 있었다.
　　그러나 이보다 한 단계 더 구체성 있는 곽잠
일郭箴一의 다음과 같은 설명 안에서 그것의 분
변이 더욱 명료해지게 된다.

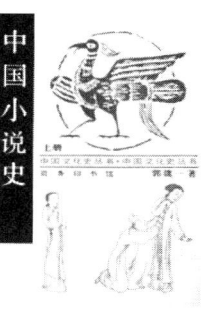

　　　　唐代的小說　雖是短篇　然是關於一人一事
　　的聯絡.[7]
　　　　당나라의 소설은 아무리 짧은 작품이라 해
　　도 주인공 한 사람이 한 사건에 대한 인과적
　　맥락과 관련되어 있다.

곽잠일의 『중국소설사』

　　단일 사건을 중심으로 앞뒤의 내용이 상호간 의미상의 긴밀한 맥락
속에 계기적繼起的인 연결을 보이는 인과적 구성을 뜻한다. 그런데 가
전의 경우 바로 이 계기적 인과성을 기대하기 어려운 대신, 사실을 중
심으로 한 내용 단락의 개별적 독립성이 우세하다는 점에서 소설과는
행보를 달리 한다.
　　이제 가전이 옛 전기 및 소설과의 관계에 대한 인식은 진인각陳寅恪
의 〈독앵앵전讀鶯鶯傳〉 안에서 구분 지은 설명을 통해서 가장 깔끔하고
명료하게 정리된다. 곧 〈모영전〉을 필두로 하는 가전과 〈앵앵전〉을 모

―――――――――――――――――――――――
　7) 곽잠일, 『중국소설사』, 대만 상무인서관, 1981. p.79.

표로 삼는 전기를 오늘의 소설 개념에 대조하여, 하나는 소설로의 인정
이 어렵고 다른 하나는 소설로 인정 가능하다는 선언이 그것이다.

> 毛穎傳者 昌黎摹擬史記之文 蓋以古文試作小說 而未能成功者也
> 微之鶯鶯傳 則似摹擬左傳 亦以古文試作小說 而眞能成功者也.[8]
> 〈모영전〉은 창려 한유가 『사기』의 글을 본뜬 것으로, 대개 고문으로
> 써 소설을 시도한 작품이라 하겠거니와, 성공하지 못한 것이다. 미지微之
> 원진元稹의 〈앵앵전〉은 『좌전』을 본뜬 것으로, 역시 고문으로서 소설
> 을 시도한 작품이라 하겠거니와, 제대로 성공한 것이다.

여기서 가전의 소설적 실패와 전기의 소설적 성공을 정하는 과정에
는 역시 일인일사一人一事의 인과적 연락聯絡의 문제가 기준 및 근거로
작용했을 터이다.

그러나 더욱 상고하여 보면, 가전과 소설을 나누는 기준은 이같은
내용 구조의 문제만으로 충족될 수 있을 것 같지는 않다. 즉, 가전은
그것 발생의 첫 단계부터 소설과는 구분되는 형식의 구조를 띠고 있었
다. 일찍이 『사기』 열전의 모형을 가장 잘 준수한 나머지 외관상 벌써
선계[起]-본전[承]-후계[轉]-평결[結], 또는 이를 좀 더 세부화시
킨 선두-선계-본사-종말-후계-평결과 같은 형식 유형을 갖추고
있었다. 한유가 〈모영전〉을 지을 때에 사마천 열전에 고유한 형식적
기반을 고스란히 가져다 썼고, 뒷시대의 문인 사이에서 역시 사마천이
고안하고 한유가 선택한 틀 안에서 해당 내용을 배열코자 하던 불문률
적 전통이 다져져 왔다.

---

8) 진인각, 〈독앵앵전〉, 『원백시전증고(元白詩箋證稿)』, 대만 세계서국, 1963.

　이렇게 가전은 외형률적 체계에 준하는 일종 정형적 산문이라는 점에서, 전혀 비정형적 산문인 소설과는 시작부터 그 궤도를 달리하였던 것이다. 물론 우리 가전사의 흐름 도정 안에서 간혹 〈연적전硏滴傳〉·〈시새전施賽傳〉처럼 인과적 연락의 성향이 두드러져 나타나는 경우 또한 없지는 않았다. 그럼에도 궁극에 이들 작자들이 염두했던 장르적 모형은 애당초 〈앵앵전鶯鶯傳〉·〈이생규장전李生窺牆傳〉 등이 아니라, 〈모영전毛穎傳〉·〈국순전麴醇傳〉 등에 인식의 바탕을 두고 있었다는 의미이다.

　더하여, 가전과 소설 사이에는 소재 취용의 차원에서 크게 변별되는 국면이 있었다. 소설의 소재 취용은 그 이전 시대부터 재래되어 오던 설화에의 의존도가 만만치 않지만, 반면 가전의 설화에 대한 소재적 의존도는 전체적으로 막연하고 희박할 따름이었다. 대신, 대부분 가전의 경우 유서類書 안에 취합되어 있는 전고 내용을 소재 취용의 최대 집산지이며 무진장의 보고로 삼았다. 곧 의인화 대상 사물에 해당하는 전고 문항이 일차적 소재 원천으로 작용하여 있었으니, 설화 내용을 본원으로 하던 소설과는 차이가 있다고 하겠다. 이를테면 〈앵앵전〉·〈이생규장전〉은 전래의 지괴志怪·염정艶情 설화의 바탕에서 나온 문학 형태라 하겠거니와, 〈모영전〉·〈국순전〉 등은 전래의 유서류 가운데 문방부文房部 '筆' 門·연음부燕飮部 '酒' 門 등의

앵앵전

전고 바탕에서 나온 형태이니, 그 소재 원천의 근간부터가 서로 판이할 따름이었다.

그런데 이들 모두는 다 전의 형태를 취하고 있고, 이 공통적인 바탕 위에서도 〈모영전〉·〈국순전〉 등은 서사증의 이른바 4품 분류 중 들어갈 자리가 있으나, 〈앵앵전〉·〈이생규장전〉 등은 대관절 어느 곳에 분속될 수 있는지가 문제로 떠오르게 된다. 이왕에 전을 문체론적으로 분류 분석하는 마당이라면 의당 이와 같은 '～전' 자 제목 하의 이른바 전기傳奇 작품들을 수용시킬 수 있는 분류가 필요한 것이다. 그 뿐 아니라 이 일은 가전의 소설사적 위상을 모색하는 일과도 긴밀한 사안이 되리라 본다.

그러나 실제로 〈앵앵전〉·〈이생규장전〉 등은 기존의 4품인 사전·가전·탁전·가전의 그 어느 분야에도 배속이 쉽지 않기에 새로운 난관에 봉착하게 된다. 따라서 결국은 서사증의 네 개 분류만으로 충족되지 않는 전기傳奇 형태의 전들을 한 군데 수용할 수 있는 다섯 번째 곳집의 마련이 이에 불가피할 것 같다.

아무러면 서사증이 자신이 살던 명대 당년에 기존의 당 시대 이래 전반적으로 크게 풍미했던 양식인 전기류傳奇類 그 파다한 존재를 접하지 못했을 리 없다. 그럼에도 그의 『문체명변』 편저의 때에 이것이 마저 참작되지 않았던 것은 아마도 그가 전중典重한 사대부의 문학적 양식만을 대상으로 하였던 데 기인한 듯하다. 말하자면 당대에 무수히 쏟아져 나왔던 전기류 해당의 전을 그가 모르는 바 아니었으나, 지식인 사대부의 아문학적雅文學的 기준에서 그와 같은 속문학적俗文學的 산물은 열외로 하였을 것으로 짐작되는 터전이 있다. 가악歌樂의 정리에다 비유하자면 정악正樂 곧 아악과 속악의 양분된 사고 개념 안에서 아정

雅正한 것만을 골라 정리하는 것과 같다고나 하겠다.

이상과 같은 전기 계통 작품군을 그냥 전기라 해도 무방했겠지만, 애써 4전의 명칭과 호응이 될 만한 이름으로 곽잠일의 이른바 '별전別傳'이란 일컬음도 없지 않았다.[9] 본 전기에 이르러 비로소 기술의 태도는 허구적이고, 내용 구조는 인과적 연락 관계 위에 전개된다. 그 소재는 설화에 바탕을 두며, 주제는 주관적 진실의 표명에 주력하게 된다.

그러나 중국에서 이 전기가 가전보다 나중 생성되어진 형태는 아니라는 점에 거듭 유의할 필요가 있다. 〈국순전〉가전은 고려의 12세기 후반에 나타났고, 〈이생규장전〉전기는 조선조 15세기 후반에나 보였다는 그 표면적 현상만을 두고서, 가전이 그 이전의 설화와 『금오신화』 소설을 이어주는 중간적 역할을 하였다는 인식이 없지 않았다. 하지만 전언해 온 바와 같이 〈국순전〉과 〈이생규장전〉양자 사이에는 근본적인 형식 및 내용 구조, 소재 원천 및 주제의 양상 등등 모든 면에서 상원함이 적지 않았다.

가전이 소설과의 유기적인 필연성 바탕을 별반 기대하기 어렵다 함은 다시금 저 중국적 상황을 통해 이해를 더해 볼 길 있다. 즉, 중국의 경우 한유韓愈(768~824)의 수적에 의한 최초 가전 〈모영전〉의 완성이 대강 8세기 후반[10]에 가능하였던 것이지만, 전기의 출현은 대개 수·당 어간인 7세기 초에 왕도王度(585경~625)의 〈고경기古鏡記〉를 위시하

---

9) 또는 전기를 '~전' 자 어미에 통일시켜 '기전(奇傳)'이거나, 서씨의 기존 4전과는 별이(別異)의 전(傳)임과 동시에 작품군 내용의 기이 속성을 따라 '이전(異傳)'으로 할 수도 있는 등 명칭 부여의 가능성은 다분하다.

10) 『한창려집(韓昌黎集)』 제2책 제14권에 실린 〈답장적서(答張籍書)〉의 주기(注記)에 의하면 〈모영전〉은 여급공(呂汲公)의 연보로 상고하여 본 즉 원화 10년(A.D. 816)의 지은 바라고 했다[毛穎傳 以呂汲公年譜考之 則元和十年所作]. 이때는 한유의 나이 48세에 해당한다.

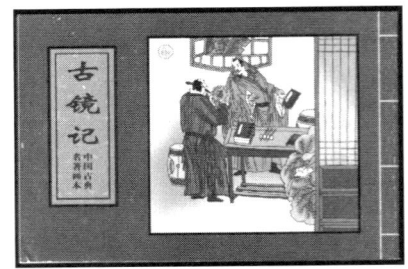

당나라 초창기의 傳奇인 〈고경기〉

여 장작張鷟(660경~740)의 〈유선굴游仙窟〉, 한유와 동시대에 심기제沈旣濟(750경~800)의 〈침중기枕中記〉・〈임씨전任氏傳〉, 백행간白行簡(780경~826)의 〈이왜전李娃傳〉 등이 선편先鞭을 장악하였고, 원진元稹(779~831)의 〈앵앵전〉이 당대 전기의 정채를 십분 발휘하였다.

이제 결과적으로 가전 문학의 자리 매김은 소설사 흐름 안에서 수용 파악될 성질이 아니라고 본다. 가전과 소설은 그 내용 성격 면에서 사실 외적 조형의 노력인 허구 정신의 발로였다는 점에서 우선적인 유사성을 띠고 있었다. 그리하여 이 양자가 문학사의 거대한 흐름 맥락 속에서 허구 의식의 상호적 고취에 자극적인 숨은 계기가 되었는지는 모르겠으나, 가전은 분명 소위 전기로 일컬어지는 작품군과는 형식 본연적인 조형 및 내용 본질적인 구조, 그리고 소재 본래적인 원천 면에서 근본부터 한자리에 동석同席하기 어려운 상이한 터전이 있었다.

돌이켜, 가전을 포함한 여러 전 상호의 관계를 물줄기에 비유해 본다면 전기 및 소설의 전이 본래 설화라고 하는 장강長江을 근원으로 하여 흘러나온 홍류洪流라 할진대, 가전・탁전・가전은 실사實事・전고典故의 대하大河를 바탕으로 하여 그 인근 좌우에 흐르는 각각의 천류川流라 하겠다. 이렇게 각자의 흐름 진행 도정에서는 한쪽 흐름의 지류가 다른 쪽 흐름 안으로 자연스럽게 급류汲流되어지는 수도 없지 않았다. 이를테면 탁전・가전의 모티브가 소설적인 모티브와 더불어 서로 자유롭게 출입하는 부분이라든지, 서사중 개념의 탁전이거나 가전家傳을 소설적 전기에 포함시킴으로 하여 그 경계 분한이 모호해진 것이 그러한 경우라 하겠다.

궁극에, 가전의 소설사적 위상은 탁전의 소설사적 위상이거나 가전 家傳의 소설사적 위상과의 대조 안에서 이해가 용이하다. 더 나아가, 우리 『삼국사기』의 〈온달〉 열전 같은 것은 허구적인 실마리가 어느새 소설다운 기미마저 갖추고 있으니 그러한 것까지를 중시한다면 열전의 소설사적 위상과 차등 없는 연상 범위 안에서 이해가 가능하다. 요컨 대, 가전의 소설사적 위상은 그들 전통적 맥락의 여타 전들이 소설과의 관계보다도 우선될 수 없는 관계적 일부로 조망되어 마땅할 것이다.

가전과 묘지명

附 : 관처사묘지명管處士墓誌銘
옹후묘지명雍侯墓誌銘

가전과 묘지명

일찍이 사마천司馬遷의 『사기史記』 열전列傳이거나 한유韓愈의 〈모영
전毛穎傳〉 같은 가전 안에는 여타의 산문 양식과는 구별되는 형태적인
고유함이 있었다. 이를테면 같은 전傳이라 하더라도 여느 다른 전들과
는 혼동되기 어려운 외형상의 독특한 개성이 열전과 가전에는 내유하
였다는 뜻이다. 그것은 다름 아닌 서두와 선계, 주인공 시종의 일대기,
후계, 평결 등 일련의 절차 안에서 내용이 전개되던 모양새를 말함이
다. 그리고 이와 같은 형식 하에 그것의 주인공이 사람이면 열전 양식
임을 알 터이고, 그것의 주인공이 비인간적 존재라면 〈모영전〉과 같은
가전 양식임을 알 수 있는 것이다.

사람 주인공의 일대기는 사마천의 열전이 가장 근간을 이루는 것이
겠으나, 이제 한문의 모든 문체를 다시금 두루 살펴봄에 사람에 대한
일대기적 서술 양상은 반드시 열전 한 가지에 한정된 것만은 아니었다.
다름 아니라, 사람 주인공의 일대기가 전체 차원에서 서술되는 또 다른

문체 유형으로, 어떤 형태의 가전家傳이거나 묘지명墓誌銘・묘갈명墓碣銘 계통의 문체들이 있었다. 그런데 이 중에 살짝 인간 주인공 대신, 각별히 사물에다 비의시켜 다룬 경우가 묘지명의 형식 안에서 발견이 용이하였다. 곧 묘지명의 경우에 관한 한, 인물 묘지명 이외에 사물 묘지명이 부수되는 양상을 나타낸 바 있던 것이다.

대개 문체로서의 묘지명이란 묘지墓誌의 문체와 명銘의 문체, 이 두 가지 독립된 문체가 나란히 합철된 경우에 일컫는 명칭이다. 그러니까 주인공에 대한 묘지만 따로 쓸 수도 있고, 명만을 따로 쓸 수도 있는 것이다. 다만 전자는 산문체를 취하고, 후자는 운문체를 취함이 일반적 상례였다.

본래 묘지가 어떠한 성격의 글인지에 관하여는 우선 사전적 정의 안에서 일단 짐작 가능한 터전이 마련된다.

죽은 사람의 성명・관계官階・경력・사적事蹟・생몰 연월일・자손의 성명・묘지의 주소 등을 새겨서 무덤 옆에 파묻은 돌이나 도판陶板 또는 거기에 새긴 글. 광지壙誌라고도 한다.[1]

묘지명

『중문대사전中文大辭典』에서의 '묘지명墓誌銘'에 관한 설명은 이보다

---

1) "묘지(墓誌)", 〈동아세계대백과사전〉, 동아출판사, 1984.
　한편, 『한국민족문화대백과사전』(한국정신문화연구원, 1991)의 "묘지(墓誌)"에 관한 설명 또한 이러하였다. "죽은 사람의 이름과 태어나고 죽은 일시, 행적, 무덤의 방향 등을 적어 무덤 앞에 묻은 돌이나 도판(陶板), 또는 거기에 새긴 글. 광지(壙誌)라고도 한다."

는 한 단계 더 소상하였다.

> 葬者濾陵谷變遷　後人不知爲誰氏墓　故爲墓誌銘而納之壙中　用正
> 方兩石相合　一刻銘　一題死者之姓氏爵里而平放於柩前　使後日有所
> 稽考　誌文似傳　銘語似詩　惟古之有誌者不必有銘　有銘者不必有誌　亦
> 有誌銘俱備　而係二人所作者.[2]
>
> 　장사葬事 지내는 이는 언덕이 변하여 골짜기가 되고 골짜기가 변하
> 여 언덕이 되는 격심한 변천으로 뒤의 사람들이 누구의 묘인지 모를 것
> 을 우려한다. 그런 까닭에 묘지명을 지어 광중壙中에 넣는 것이다. 정
> 방형 돌 두 개를 서로 합치는데, 하나에는 명銘을 새기고 또 하나에는
> 돌아간 이의 성씨와 벼슬·향리를 써서 널 앞에다가 평평히 놓으니, 뒷
> 날 상고하는 바 있도록 함이다. 지誌는 전傳과 비슷하고 명銘은 시詩와
> 비슷한데, 다만 옛날에 지誌가 있다고 해서 반드시 명銘이 있을 필요는
> 없고, 명銘이 있다고 해서 반드시 지誌가 있을 필요는 없었다. 또한 지
> 誌와 명銘이 함께 갖춰져 있으면서 지은이가 두 사람인 경우도 있었다.

　이는 민국民國 초기에 설봉창薛鳳昌(1876~1944)이 편술한 『문체론文體
論』 안에서 '묘지급묘지명墓誌及墓誌銘'에 관해 풀이한 내용과도 자못 방
불한 바 있다.

> 　古之葬者　慮陵谷之變遷　故叙述大略　埋之壙中　後則假手文人　多
> 所藻飾　已失古意　其標題則以有誌無銘者曰墓誌　有銘無誌者曰墓銘
> 誌銘兼具者曰墓誌銘　誌銘之前　又有序文曰墓誌銘並序　然亦有題曰
> 誌而有銘　題曰銘而有誌　及題曰誌或銘　而文不相應者　皆變體也.[3]
>
> 　옛날 장사葬事 지내는 이는 언덕이 변하여 골짜기가 되고 골짜기가 변

---

2) "墓誌銘", 『중문대사전』, 대만 중화서국, 1982.
3) 설봉창(薛鳳昌), 『문체론』, 대만 상무인서관, 1974.

하여 언덕이 되는 격심한 변천을 우려했다. 그런 까닭에 그 대략을 서술하여 돌에 새기고 뚜껑을 덮어 되 구덩이에 묻었다. 나중에는 문인의 손을 빌어서 문식하는 바가 많았거니와, 그리되면 이미 고의古意를 상실한 것이다. 그 표제로서 지지는 있으되 명銘이 없는 것을 묘지墓誌라 하고, 명銘은 있으되 지지가 없는 것을 묘명墓銘이라 하며, 지지·명銘이 함께 갖춰진 것을 묘지명墓誌銘이라 하고, 지지·명銘의 앞에 또한 서문序文이 있는 것을 묘지명병서墓誌銘幷序라 한다. 하지만 또한 제목에는 지지라 하고서 명銘이 있거나, 제목에는 명銘이라 하고서 지지가 있는 것, 나아가 제목에는 지지, 혹은 명銘이라 하고서 글이 거기 따르지 않는 것도 있는데, 이 모두 변체變體이다.

하지만 이 묘지 내지 묘지명에 대한 더 이른 시기의 보다 상세하며, 일반론적 보편성 개념에 가까운 것은 명대에 서사증徐師曾이 『문체명변文體明辯』 권52에다 '묘지명墓誌銘'을 설명한 속에서 찾을 수 있으리라 한다. 처음은 그것의 이름풀이〔釋名〕와 유래에 관한 것이다.

　　按誌者記也 銘者名也 古之人有德善功烈 可名於世 歿則後人爲之鑄器以銘　而俾傳於無窮　若蔡中郞(名,邕)集所載朱公叔(名,穆)鼎銘是已 至漢杜子夏 始勒文埋墓側 遂有墓誌.
　　살펴보건대 지지란 기록한다는 것이고, 명銘이란 이름을 남기는 것이다. 옛사람으로 착한 덕과 빛나는 공로가 있으면 가히 세상에 이름이 나는 것이매, 죽으면 뒷사람들이 그를 위하여 그릇을 주조하고 새기어 끝없이 전해지도록 하였으니, 『채중랑집蔡中郞集』에 실린 주공숙朱公叔의 세발 솥 명기銘記 등이 그러하였다. 한나라 두자하杜子夏에 와서야 처음으로 글자를 새겨 묘 옆에다 묻었으니, 마침내 묘지가 생긴 것이다.

그 다음은 묘지명의 방식과 목적에 관한 것이다.

서사증의 『문체명변』 중 묘지명에 대한 설명부

後人因之 蓋於葬詩 述其人世系名字 爵里行治壽年卒 葬日月與其
子孫之大略 勒石加蓋 埋于壙前三尺之地 以爲異時陵谷變遷之防 而
謂之誌銘 其用意深遠 而於古意無害也.

　뒷사람들이 이것을 따랐으니 대개 그 장례의 때에 그 사람의 가문
[世系], 이름[名字], 관작[爵里], 행적[行治], 향년[壽年], 죽어 장례
지낸 날짜[卒葬日月]와 자손의 대략을 기술하여 돌에 새기고 덮개를 씌
워서 파 놓은 곳 앞 석 자 되는 곳에 묻었으니, 다른 때에 언덕이 골짜
기로 변하는 변천에 방비코자 함이요, 그것을 일컬어 지명誌銘이라 하
니, 그 마음씀이 심원하여 옛 뜻에 하자됨이 없는 것이다.

이어서 언급되는 것은 그 내용의 객관적 공정성에 관한 서술이다.

治夫末流 乃有假手文士 以謂可以信今傳後 而潤飾太過者 亦往往
有之 則其文雖同 而意斯異矣 然使正人秉筆 必不肯徇人以情也.

　그 늙바탕의 처리는 이에 글 하는 선비의 재주를 빌렸는데, 그렇게

함으로써 확실한 현재를 후세에 전할 수 있다고 생각하였던 까닭이다. 그러나 종종 너무 지나치게 윤식하는 자가 있기도 했으니, 글이 비록 같다고 해도 의미는 이 마당에 달라지게 된다. 그러나 올바른 사람에게 붓을 잡게 하면 필경 사사로운 정에 끌려 다루지는 않았던 것이다.

끝으로 겉의 제목을 붙이는 문제에 관해 논정하였다.

至論其題 則有曰墓誌銘 有誌有銘者是也 曰墓誌銘並序 有誌有銘而又先有序者是也 然云誌銘而或有誌無銘 或有銘無誌者 則別體也 曰墓誌則有誌而無銘 曰墓誌則有銘而無誌 然亦有單云誌而卻有銘 單云銘而卻有誌者 有題云誌而卻是銘 題云銘而卻是誌者 皆別體也.

그 제목을 논정함에 이르러 묘지명墓誌銘이 있으니, 지誌가 있고 명銘이 있는 것이 여기 해당한다. 묘지명병서墓誌銘並序가 있으니, 지誌가 있고 명銘이 있는 데다 더하여 앞에 서序가 있는 것이 여기 해당한다. 그러나 지명誌銘이라 해도 혹 지誌는 있으되 명銘이 없거나, 혹 명銘은 있으되 지誌가 없는 것은 별체別體이다. 묘지墓誌란 지誌는 있으되 명銘이 없고, 묘명墓銘이란 명銘은 있으되 지誌가 없다. 그렇지만 또한 단지 지誌라 하고선 외려 명銘이 있는 것과, 단지 명銘이라 하고선 외려 지誌가 있는 것, 제목상 지誌라 하나 외려 명銘인 것과, 제목상 명銘이라 하나 외려 지誌인 것은 모두 별체別體이다.

이제 이와 같은 설명의 바탕 위에서 서사증은 해당 문체의 본보기적 작품으로 송대 구양수歐陽修의 〈윤사로묘지명尹師魯墓誌銘〉·〈매성유묘지명梅聖兪墓誌銘〉, 당대 한유韓愈의 〈당조산대부증사훈원외랑공군묘지명唐朝散大夫贈司勳員外郎孔君墓誌銘〉·〈정요선생묘지명貞曜先生墓誌銘〉을 위시하여, 유종원柳宗元·증공曾鞏·왕안석王安石·채옹蔡邕·원진元稹의 작품들을 예거하였다.

청 건륭시대 요내姚鼐(1731~1815)의 『고문사유찬古文辭類纂』이라든지, 같은 무렵 장학성章學誠(1738~1801)의 『문사통의文史通義』 안에도 묘지명과 관련된 항목은 있지만, 보다 개인적이고 주관적인 논지를 서술한 데 가깝다고 볼 것이다.4)

우리의 경우, 『동문선東文選』을 통해서 살펴볼 때 신종호申從濩의 〈통정대부공조참의김공묘지명通政大夫工曹參議金公墓誌銘〉, 권오복權五福의 〈유조량선도총부경력겸사헌부집의김공숙인이씨부장묘지명有朝梁鮮都摠府經歷兼司憲府執義金公淑人李氏祔葬墓誌銘〉 등이 있었다.

이처럼 묘지명이라고 한 이상 어디까지나 사람을 그 대상 주인공으로 삼는 것이 당연한 원칙이었다는 사실에서 열전과 다를 바가 없었다.

그렇지만 전傳 장르의 과정에서 인간 주인공의 열전을 문득 비인간 주인공의 가전으로 환치시켰던 전례처럼, 지금 이 묘지명 장르의 도정에서 또한 문득 사람 아닌 대상을 주인공으로 세워서 어엿한 한 편의 작품으로 완성 짓는 사례가 적어도 우리 묘지명 가운데에 간혹 나타나 보이기도 했다. 다름 아닌 붓을 사람인양 형상화하여 그것 수명의 다함 뒤에 그를 기리는 형식을 취한 〈관처사묘지명管處士墓誌銘〉과, 항아리를 의인화하여 그것 생애의 마감 뒤에 그를 기리는 형식을 취한 〈옹후

---

4) 예컨대 『고문사유찬』 권39 안의 '비지류(碑誌類)' 부분에서 "誌者 識也 或立石墓上 或埋之壙中 古人皆曰誌 爲之銘者 所以識之之辭也 然恐人觀之不詳 故又爲序 世或以石立墓上 曰碑 曰表 埋乃曰誌 及分誌銘二之 獨呼前序曰誌者 皆失其義 蓋自歐陽公不能辨矣"한 것, 또 『문사통의』 권8 외편(外篇)2 중의 '묘명변례(墓銘辨例)'의 경우 자신의 주장을 논변의 형태로 펴 나간 것이다. 그 중 두드러진 부분은 이러하다. "或問墓銘之例 誌如史傳 銘如史贊 可乎 史贊之文不可加長於傳 而銘或加長於誌 可乎 答曰 史贊不得加長於傳 正也 如伯夷屈原諸篇 叙議兼行 則傳贊亦難畫矣 然其變也 至於墓銘 不可與史傳例也."

묘지명雍侯墓誌銘〉이 그것이다.

〈관처사묘지명〉은 조선조 전기에 탁영濯纓 김일손金馹孫(1464~1498)의 작으로,『탁영집濯纓集』및『동문선東文選』제20권 '묘지명墓誌銘' 안에 채록되어 있다. 소위 묘지명이라 하고서 사람 아닌 사물을 연참鉛槧에 옮긴 특이한 일례라 하겠다.

〈옹후묘지명〉은 조선조 후기에 귤옥橘屋 윤광계尹光啓(1559~?)의 작으로,『귤옥집橘屋集・下』중의 잡록雜錄・上에 실려 있다. 역시 의인묘지명으로서 유례가 쉽지 않은 실정에서 묘지명 형태상의 값진 발견이 아닐 수 없다.

그런데 이 두 묘지명은 그 작문의 절차에서 가전 작품이 갖는 전개과정을 방불케 하는 바가 있었다. 예컨대 붓은 가전과 묘지명 사이에 공통적 소재가 된 경우인데, 이때 붓 의인의 묘지명인 〈관처사묘지명〉은 한유나 한성리의 붓 의인 가전인 〈모영전毛穎傳〉・〈관성자전管城子傳〉과 비교하여 이질성을 모색해 내기가 참으로 지난하였다.

실제로 〈관처사묘지명〉의 서술 형상을 순차로 열거하여 보이면 대략 이러하였다. 우선 작품의 첫머리,

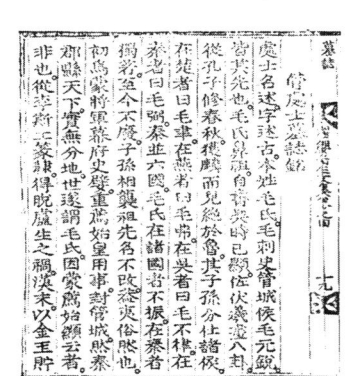

　　　　處士名述 字述古 本姓毛氏.

이 모습이 그대로 가전의 서두가 아닐 수 없다. 이는 곧장 선계로의 연결을 보인다.

『탁영집』안의 관처사묘지명

毛刺史 管城侯 毛元銳 皆其先也 毛氏鼻祖 自書契時已顯.

이렇게 시작되는 선계부는 그 허구적 여유가 가전의 모양 그대로 느긋이 펼쳐지고 있다. 이것이 전체 작품의 2/3 정도를 지나서는 드디어 주인공 술고述古의 이야기에 들어서게 된다.

大抵管氏 性貪墨 述古黃冠族 自着道服 外慕淸淨.

이렇게 시작되는 그의 행적은 '최후에 땀을 흘리지도 못하고 땅에 엎드러져 결국 일어나지 못하였(不可爲流汗 仆地遂不起)'으며, 마침내 '죽피관竹皮冠을 씌우고 지금紙衾으로 염殮하였으니 평소 그의 뜻에 따른 것이다(遂加竹皮冠 歛以紙衾 從素志也)'까지에 걸쳐 있는데, 이 곧 가전의 본전부와 다름 없는 양상의 전개인 것이다. 그 바로 뒤의 내용,

嗚呼 生而我役 不遺餘力 每掉頭世務 而不能舍我決去 因疾又不盡年 吾安得不悲哉.

이하 작품의 끝까지는 다름 아닌 작자의 주관적 소회를 밝힌 가전에서의 평결부에 해당되리라 한다. 포괄적으로 보매 주인공 술고가 자기와의 인연이 깊었는데 이제 영별永別임과 아울러, 사우四友로 불리는 저지백(楮知白 : 종이), 역현광(易玄光 : 먹), 석허중(石虛中 : 벼루)들은 다 속되거나 완악한 무리라는 취지였다. 이처럼 〈관처사묘지명〉의 경우는 그 묘지 내용 자체만으로도 이미 평결부를 갖춘 가전에 비해 아무런 손색이 없는 서술 체계를 갖추었다 할 것이다.

　　그러면 또 다른 사물 의인인 〈옹후묘지명〉의 경우 어떠한가. 이 경우 주인공의 이야기에 들어가기 전에 작자의 창작적 동기를 전열에 세우고 있는 점이 특이하였다. 한편 이 같은 액자 양식은 묘지명마다 지니는 특징은 아니고 어떤 묘지명에 한정하여 볼 수 있는 현상이다. 동시에 이는 일단 가전 형태의 일반성과는 무관한 부분이기도 하다. 따라서 이 외장外裝을 걷어 버린다는 전제에서 바야흐로 묘지명과 가전 양자 사이의 형태적 부합이 펼쳐지게 된다.

　　그리하여 〈옹후묘지명〉 본 내용의 도입부는 주인공의 선계로써 장식되고 있다.

　　　　雍氏之先 出自河濱 遠祖器 佐舜於側微.

　　이는 '옹雍·국麴 두 성씨가 대대로 결탁하여 진秦·진晉의 시대에도 끊어지지 않았다(雍麴二姓世結 秦晉不絶云)'까지에 걸친다.

　　연이어 주인공 옹후雍侯의 명함 서두 및 출생으로부터 시작되는 본전부本傳部가 전개된다.

　　　　侯諱陶 字質甫 定陶人 世居陶丘鄕 考諱埴 妣甄氏嘗夢 人告曰 上
　　帝命爾爲子.

　　여기서 문득 서두와 선계 사이에 도치를 보이고 있거니와, 이와 같은 일은 장유張維의 〈빙호선생전氷壺先生傳〉이거나 남유용南有容의 〈굴승전屈乘傳〉 같은 가전 등에서 얼마든지 볼 수 있는 양상이다.

　　본전의 끝은 '섬돌이 내려오다가 기절하여 못내 목숨이 다하니 장례

지내었다'는 대목까지 되고, 이어지는 부인과 아들 준罇에 대한 기술은
곧 후계에 배속되어질 터이다.

夫人某氏 某官之女 子罇監酒稅 累遷花園令 今爲主客郎中.

다음에는 다시 옹후 생전에 대접을 받은 일과, 그의 사후에 굉록사(술
잔)의 최후가 언급된 직후 죽음에 대한 지은이의 생각을 밝히는 대목과
만나게 된다. 그같은 소견 피력은 곧 평결부 단락과 다르지 않다.

余謂 雍氏起自泥塗 累被陶甄 遂乃出納王命 斟酌時宜.

이러한 평결사는 옹후의 자손들이 민간에 흩어졌는데, 하나같이 그
의 집안 풍도가 있었으되 기량에서는 그에 미치지 못하였다는 데에서
매듭지어진다. 이처럼 〈옹후묘지명〉이 또한 그 묘지의 내용 자체만으
로도 벌써 평결부를 갖춘 가전의 서술 체계와 상응될 만한 요건에서
아무런 손색이 없다 할 것이다.

이로써 〈관처사묘지명〉과 〈옹후묘지명〉은 두 작품 나란히 묘지의
형태를 띠면서 이미 평결부 있는 가전의 체재를 고스란히 갖췄다고 말
할 수 있다.

아울러 두 작품 모두는 최종 말미에 '명銘'에 이르게 되는 바, 이 '명銘'
은 그 자체로서 자연스런 운문체의 평결부가 아닐 수 없다. 평결의 내
용이 반드시 산문이어야 한다는 법이 없으니, 가전 작품 중 박윤묵의
〈모원봉전毛元鋒傳〉·〈저백전楮白傳〉·〈석탄중전石坦中傳〉 등은 한결
같이 그 평결부가 흡사 운문체의 명銘을 방불케 했던 일례가 되었던

까닭이다. 그러면 이 양편이 모두 묘지의 말미에 있는 산문체 평결부 위에 더하여 명銘에 따른 운문체 평결부가 더 첨부되는 사례에 든다 할 것이나, 이러한 양상은 가전에서 또한 찾아 못 볼 바 아니다. 곧 고려조 석釋 혜심慧諶의 〈빙도자전氷道者傳〉이나 조선조 박윤묵의 〈진현전陳玄傳〉 등은 산문과 운문의 복합 평결 형태를 취하고 있는 훌륭한 사례가 된다.5) 그리하여 가전과 사물묘지, 또는 가전과 사물묘지명은 비록 그 문체상 전과 묘지(명) 사이에 설정되어진 이름은 각각 나뉘어 같지 않다 해도, 그 내용의 실제에 있어서는 별다른 차이를 가려내기 어려울 정도로 대등한 형태라는 사실을 지적해 볼 길이 있다.

이와 관련해서 마침 〈관처사묘지명〉 맨 말미에 언급된 다음과 같은 내용이 각별히 주목을 끈다.

且述古平日爲予恨 智永塚而無誌 韓愈傳而不銘 故旣誌又銘 燒磚 以紀而幷瘞之 以慰冥冥.

또한 술고의 평상시에 내가 한스럽던 일이었거니와, 지영智永은 총塚은 썼으되 지誌가 없고, 한유는 전傳을 지었으되 명銘이 없던 까닭에 이렇듯 지誌를 쓴 위에 명銘을 지은 것이다. 벽돌을 구워서 기록하고 함께 묻어 장사지냄으로써 그 아득하고 그윽한 심사를 위로함이다.

이에서 총塚과 지誌, 전傳과 명銘의 분간을 운위하고 있으되, 사실은 산문체의 전과 운문체의 명은 그것을 구별하는 일에 처음부터 아무런

---

5) 두 작품 중에서도 〈진현전〉의 경우가 더욱 가깝다고 하겠다. 〈빙도자전〉은 "贊曰"로 시작되는 산문 평결 뒤에 "頌曰"로 유도되는 운문 평결 형태를 보임으로써 그 구분이 뚜렷하다. 그러나 〈진현전〉의 경우, 자손에 관한 기술 뒤에 작자의 주관에 입각해서 진현다운 현묵(玄默)의 도를 강조하는 평결 부분이 마련되어 있고, 뒤미처 '贊曰'로 유도되는 운문 평결로 종결되었다.

갈등이 없다.

　문제는 전傳과 지誌의 대조에 있다. 이 경우에는 그리 구별이 간단치는 않다. 애써 양자의 차이를 따져 말한다고 한다면, 일인칭 작자의 개입이 가전에선 평결부 한도 이외에는 잘 나타나지 않는 반면에, 사물 묘지명에는 어쩌다가 주인공 본전 안에서의 틈입조차 보이기도 한다는 점을 들 수 있다. 그러나 대체의 양상에서 전과 묘지(명)은 명백한 차별성 대신에 모호하고 막연한 감이 더 크게 남게 된다.

연민 이가원

　　　　　　　이가원의 비지류碑誌類에 대한 설명 중에,

　　지문誌文은 전傳과 같고, 명어銘語는 시詩처럼 되어 있는 것이 그 대체다. 다만 옛날에는 지誌가 있다 해서 반드시 명銘이 있음은 아니요, 명銘이 있다 해서 반드시 지誌가 있음은 아니었고, 혹은 지誌·명銘이 구비具備하나 둘이 지은 것도 없지 않았다.6)

지문誌文은 전傳과 같다고 한 언급도 양자 간에 구분이 모호할 정도의 근사성을 지적한 것으로 해석된다.

---

6) 이가원, 『한문학연구(韓文學研究)』, 탐구당, 1969. pp.641~642.

감	
상	🐦 김일손金馹孫*

관처사묘지명管處士墓誌銘

처사處士의 이름은 술述이요, 자字는 술고述古[1]이다. 본래의 성은 모 씨毛氏로, 모자사毛刺史[2]며 관성후管城侯인 모원예毛元銳[3]가 다 그의 선 조였다.

모씨의 비조鼻祖는 태고의 문자시대부터 진작 이름이 드러나 있었 다. 복희씨伏羲氏[4]를 도와서 팔괘八卦를 그었고, 공자를 좇아 춘추春秋 를 수찬하였더니, 기린麒麟의 사로잡힘과 더불어 노魯나라에서 절교를 당했다.[5]

---

* 1464~1498. 호는 탁영(濯纓). 김종직(金宗直)의 문인으로, 김굉필(金宏弼)·정여 창(鄭汝昌)과는 동문이었다. 이조정랑(吏曹正郞)을 하고, 춘추관(春秋館)의 사관 (史官)으로, 『성종실록』에 김종직의 〈조의제문(弔義帝文)〉을 실은 일이 화단(禍 端)이 되어 연산군 4년의 무오사화(戊午士禍)의 희생이 되었다. 『탁영집(濯纓集)』 의 저서가 있다.

1) 옛 사람의 말을 조술(祖述)함.
2) 붓을 자사(刺史) 벼슬에 비유하였다.
3) '붓'의 별칭. '毛元銳字文鋒 宣城人也 封管城侯' [文嵩, 管城侯毛元銳傳].
4) 처음으로 문자를 만들고 팔괘(八卦)를 그었다는 상고시대 제왕. 백성들에게 농 경·어렵·목축을 가르쳤다고 한다.
5) 『춘추(春秋)』에는 애공(哀公)이 서쪽에 사냥 나갔다가 기린을 잡았다고 하였다. "十有四年春 西狩獲麟." 또한 기린의 출현에 공자는 그 의미를 알았으나, 노나 라 사람들은 상서롭지 못한 일로 생각했다는 고사를 따른 것이다.

그리하여 자손들이 여기저기 제후들에게 나아가 벼슬을 하였다. 초楚에 있었던 자는 모율毛律[6]이라 하였고, 연燕에 있었던 자는 모불毛弗[7]이라 했으며, 오吳에 있었던 자는 모불율毛不律[8], 진秦나라에 있었던 자는 모필毛弼[9]이라 하였다.

진秦나라가 육국六國을 병합하매, 여러 나라에 있던 모씨들이 떨치지 못하였으나, 진나라에 있던 자만 명성이 드러나 오늘날까지 사라지지 않았다. 자손들이 서로 선조의 이름 그대로를 이어받아 바꾸지 않았으니, 대개 오랑캐의 습속이 그러했음이다.

처음에 몽장군蒙將軍[10]이 지   휘하는 군막에서 문서 관리를 하여 애중愛重함을 받은 나머지 진시황秦始皇에게 천거된 바, 그 일의 쓰임새에 따라 관성管城에 봉해졌다. 하지만 진나라는 천하를 군郡·현縣으로 만들

진시황(좌)과 몽념 장군(우)

어 놓았거니, 실제로는 봉토封土를 나누어 준 일은 없었다. 그러므로 세상에서 모씨는 몽념蒙恬의 천거로 인해 비로소 현달하였다 운운함은 사실과 다른 것이다.

이사李斯[11]를 따라 노닐면서 전서篆書와 예서隸書에 익숙해졌고, 그

---

6) 붓의 형상화. '律' 자체 모필(毛筆)의 뜻임.
7) 붓의 이칭(異稱).
8) 붓. '不律'은 '筆'의 합음(合音)이라 하여 붓의 별칭으로 쓰인다.
9) '弼'은 도와 보좌하는 일. 또는 그러한 당사자. 혹은 '筆'과의 음동(音同)을 이용한 표현인 듯.
10) 진시황 때 흉노 토벌의 명장(名將)인 몽념(蒙恬). 붓의 창시자라는 설도 있다.
11) 진시황의 천하 통일을 이룩시킨 법치주의 사상가·정치가로서, 군현제(郡縣制)를

나머지 노생盧生의 화禍12)도 면할 수 있었다.

한漢나라 말에는 금옥金屋13)에다 모씨를 들어앉혀 총애하기를 한무제漢武帝가 아교阿嬌 사랑하듯14) 하였으니, 상아 장식물이라든지 수주隋珠15)와 화벽和璧16)의 치장 아님이

한무제와 아교

없었다. 이렇듯 사치가 지나쳐서 거의 재앙에 이를 지경이었지만 넓은 범위에 걸쳐 기록할 수 있다는 이유로 불행을 면할 수 있었다.

위진魏晋 시대에 이르러는 종요鍾繇17)와 왕희지王羲之의 문하에 출입하면서 으뜸 가신家臣이 되었다. 우군右軍18)은 모씨로 인해 명성이 드

창립하는 등 중앙집권적 전제국가 성립에 이바지 하였다.

12) 진시황 시절의 연(燕) 출신 인물. 시황제가 바다로 들어가 신선의 불사약을 구해 오도록 하니 후생(侯生)이란 이와 의논하여 함께 숨어버리자, 시황제가 이들의 소재를 추궁하는 과정에 많은 사람을 함양에 묻었다.

13) 화려하고 아름다운 집.

14) 이는 '금옥장교(金屋藏嬌)'의 고사에서 취해 온 것이다. 한무제가 아교를 위하여 화려한 집을 지어 안에 두고 사랑했던 일이 한무고사(漢武故事)에 나온다.

15) 수후지주(隋侯之珠)의 줄임말. 한(漢)의 동쪽 나라에 있던 수(隋)의 제후[隋侯]가 상처 입은 큰 뱀을 발견하고 약을 주었더니, 뒤에 그 뱀이 강에서 큰 명월주를 주어 은혜를 갚았다고 하여 수후지주(隋侯之珠)라 하였다.

16) 화씨지벽(和氏之璧). 초(楚)나라 화씨(和氏)가 초산(楚山)에서 얻어 당시의 여왕(厲王)과 무왕(武王)에게 바쳤으나, 돌을 속였다 하여 형벌만 당하다가 문왕(文王)의 인정을 받게 되었다는 옛날의 보옥(寶玉). 『韓非子』,「卞和篇」의 출전임.

17) 삼국시대 위(魏)나라의 서가(書家). 유덕승(劉德昇)에게 글씨를 배웠다. 정치가로서 조조를 따라 공로를 세운 바, 태위(太尉)·태부(太傅) 벼슬을 하였다.

18) 진(晉)시대의 명필 왕희지. 우군장군(右軍將軍)을 지낸바 있다.

러났으나, 그의 사치함이 미워 글을 써서 이를 눌러 보였다.

그러나 나중에 대소大小 구양歐陽[19]의 문하에 있을 때도 오히려 마음을 고쳐먹지 아니하였다. 하지만 윗사람이 누구냐에 따라 다루어 볼 나위는 있었다.

상동왕. 본명은 蕭繹.

양梁나라는 문文을 대수롭지 않게 여기었다. 각별히 상牀 하나만을 차려 두고 서유徐孺[20]와 같은 정도로 대접하니 먼지가 뭉쳐 자리에 가득하였으되, 모씨는 감히 난리를 피지 못하였다. 또한 상동왕湘東王[21]을 모시고 글을 지을 때, 왕이 모씨를 세 등급으로 나누어 벼슬을 내리고 좌우에 급사給事[22]를 두었다. 충효를 북돋우고자 하면 금어대金魚袋[23]를 부르고, 덕행을 북돋우고자 하면 은어대銀魚袋를 부르고, 문장을 북돋우고자 하면 죽부竹符[24]를 부르는데, 그 초안草案과 제정制定에

19) 구양순(歐陽詢)과 그 아들 구양통(歐陽通)을 일컬음. 부자가 함께 글씨로 이름을 나란히 하니, 세칭 대구양(大歐陽)·소구양(小歐陽)이라 하였다.
20) 남조(南朝) 양(梁)·진(陳) 시대의 문인으로 유신(庾信)과 이름을 함께 하였다. 두 나라에서 각각 상서(尙書) 이부랑(吏部郞)과 태자소부(太子少傅)를 하였다.
21) 양(梁) 원제(元帝). 양문제의 일곱째 아들로 이름은 소역(蕭繹). 서적을 사랑하고 독서와 시문을 좋아하였으니, 서위(西魏)의 군대가 들어왔을 때도 군신들과 노자(老子)를 강론하였다. 성이 함락되매 14만 권의 도서를 불사르며 만 권 독서의 허망함을 탄식하였다. 『주역강소(周易講疏)』, 『한서주(漢書注)』, 『노자강소(老子講疏)』, 『내전박요(內典博要)』 이외 많은 수의 저서를 남겼다.
22) 귀인(貴人)의 곁에서 배종(陪從)하며 섬기는 사람.
23) 황제의 형제 및 아들은 옥어(玉魚)를 차고, 1품에서 4품까지는 금어(金魚)를 차고, 그 이하는 은어(銀魚)를 찬다고 했다. [金史, 輿服志]에, "親王佩玉魚 一品至四品佩金魚 以下佩銀魚."
24) 한(漢) 대에 군사를 징발할 때 소용되던 병부(兵符). 죽사부(竹使符). 대나무로 만들어서 반쪽은 경사(京師)에 보관하고 반쪽을 주었다.

서 부합되지 않음이 없었다.

　모씨는 대대로 유학의 문병文柄을 잡았으니, 뒷 시대에 모씨의 꿈을 꾸고 신이로움을 얻은 자는 문장이 반드시 진보하였다. 일찍이 강엄江淹[25]에게 오색필五色筆의 효험을 주었고,[26] 또한 기소유紀少瑜[27]에게 청루관青鏤管의 이적異蹟을 주었으며,[28] 화응和凝[29] 등 여러 사람들에게 징험이 없지 않았다.

　그러나 진秦나라 이래로 사관史官이 대부분 그 이름을 잃었다.

당현종

이백

당唐 시절에 모화毛花[30]라는 이가 있어 이백李白과 기막힌 의기로써 사귀었는데, 그는 자기 외모가 화사로움을 믿고서 여색에 방종하여 거리낌이 없었다. 언젠가는 이백을 따라 편전便殿에서 황제를 받들고 있었다. 현종이 궁내의 빈嬪 열 사람을 불렀는데, 벼루와 접촉하면 자기 몸이 얼어붙는다는 핑계로 여인들 모두의 입에 더운 김을

---

25) 남조(南朝) 양(梁) 출신의 문인, 자는 문통(文通). 송(宋)·제(齊)·양(梁)에서 벼슬했다. 젊어 문명(文名)을 날렸고, 유·불·도의 공부에 두루 통했다 한다.
26) 오색필은 다섯 가지 채색이 나는 미려한 붓이니, 글재주를 비유하는 표현. 강엄이 야정(冶亭)이란 데서 자다가 꿈에 곽박(郭璞)으로 자칭하는 사내에게 오색필을 되돌려 주었더니, 이후 그의 시가 빛을 잃게 되었다고 한다.
27) 양(梁)나라 문인으로 일찍 고아되고 뜻을 품어 나이 열셋에 작문하였다.
28) 청루관은 청색으로 아로새긴 붓대. 일찍이 기소유의 꿈에 육추(陸倕)란 이가 한 묶음되는 청루관 붓을 주었더니, 그의 문장이 이로 인해 진보했다고 한다.
29) 오대(五代)의 문인으로, 진(晉)·한(漢)·주(周)에 두루 벼슬하였다. 열일곱 나이에 명경과(明經科)를 보러 경사에 갔더니, 꿈에 누군가 오색필(五色筆) 한 묶음을 준 일로 재사(才思)가 민첩하고 넉넉해져 열아홉에 진사에 올랐다 한다.
30) 이백(李白)의 꿈 설화로부터 취해 온 '붓'의 의인 명칭. 이백은 붓[毛筆]에서 꽃[花]이 피어나는 꿈을 꾸고부터 재사(才思)가 날로 진보되었다 한다.

훅훅 불어 넣었다. 여러 빈嬪들은 황제의 명이 있은 뒤라 선 채로 움직이지 아니했고, 임금 그 모양을 보고도 따져 문책하지 않았으며, 이백 또한 그릇된 사람을 천거했노라고 사과를 드리지 않았다.[31]

하지만 그는 역시 근본에 힘쓸 줄을 알았으니, 항상 왕발王勃[32]과 나란히 밭을 갈았다. 모씨가 세상에 드러나 행함이 하룻날 짧은 세월이 아니어든, 역대의 임금과 신하들은 그의 은정이 하나같이 박하였다. 젊어서 그 힘을 다 쓰게 하였다가 늙어 죽어지면 가차없이 도랑과 골짜기에 던져 버렸거니와, 승려인 지영智永[33]이 처음으로 자비심을 발휘해서 그를 거두어 장사지내고 무덤을 만들어 주었다.

대개 모씨 종족의 거주지는 한 군데가 아니고 반우番寓[34] 지역에 상당수 퍼져 있었으니, 그 생활이 견융犬戎과 같았다. 그 선조는 모두 누린내가 나는 추한 부류로서 염소 양이거나 성성猩猩이, 혹은 닭과 오리, 여우 이리거나 쥐 토끼였는데, 그들은 대낮에 사람과의 교분으로 출생하였다.

점차 감화를 입고 중국으로 들어와 한결같이 모씨의 호적에 들었는데, 항상 오랑캐의 털 갑옷을 벗고 문헌文獻의 나라에 가기를 기꺼워했기에 군자들이 가상히 여기어 세상에 누가 될 지를 따지지 않고 그들을 썼다.

---

31) 역시 이백의 고사에서 취한 것이다. 이백이 편전(便殿)에서 현종 황제의 조칙을 초(草)할 제, 마침 강추위에 붓이 얼었더니 황제가 궁빈(宮嬪) 열 명으로 하여금 각기 아필(牙筆)을 잡아 불게 한 다음 이백에게 두루 쓰도록 시켰다.
32) 당나라 시인. 초당사걸(初唐四傑)의 한 사람으로 〈등왕각서(滕王閣序)〉의 작자.
33) 남북조 시대의 서예가. 왕희지의 다섯째 아들 왕휘지(王徽之)의 자손으로, 왕희지의 7대손이 된다. 여러 해 서예에 정진한 바, 쓰고 물린 붓의 숫자가 열 항아리나 되니, 이를 땅에 묻고서 '퇴필총(退筆冢)'으로 일컬었다 한다.
34) 광동성(廣東省) 광주부(廣州府) 소재의 땅 이름. 이 곳에는 여우와 토끼가 없었으므로 사슴털·승냥이털 혹은 지역에 따라서는 닭털로 붓을 만들었다고 한다.

그러나 타고난 성품이 맹목적으로 남을 잘 따르니 상대의 현賢과 우愚, 교巧와 졸拙을 살피지 못하였다.

다만 자기의 맡은 바 소임을 미루어 사양하는 일 없고, 아울러 한번도 자신의 지체가 귀함을 유세하여 비천한 이들에게 교만한 일이 없었으니, 비록 노예라 할지라도 글에만 밝으면 찾아갔다.

재량이 매우 높아 천도天道 성명性命의 묘리와 과두科斗35) 및 전문자(篆文字)와 유문자(籀文字)36)의 고문자까지 단조롭지 않은 변화의 모든 모양들을 능히 베끼어 써낼 수 있었다.

하지만 일찍이 스스로의 힘으로 세워 자립할 수는 없어 항상 남의 부림을 받았기에 사람들이 이를 천하게 여겨서 첨두노尖頭奴37)라 불렀다.

원위元魏 시절에 고필古弼38)이란 자가 있었다. 그 또한 번족番族이고 머리가 뾰족하였더니, 당시 사람들이 필공筆公으로 일컬었다.

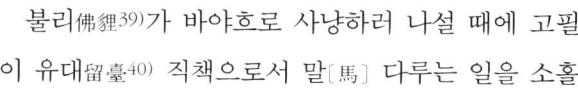

고필

불리佛貍39)가 바야흐로 사냥하러 나설 때에 고필이 유대留臺40) 직책으로서 말[馬] 다루는 일을 소홀히 하였더니, 불리가 크게 노하여 말하였다.

"뾰족머리 녀석이 감히 나를 재량裁量하는구나. 내가 대臺에 돌아가

---

35) 중국 상고시대 붓과 먹이 발명되기 이전의 문자의 한 체(體). 점획의 형상이 올챙이 모양같기에 붙인 명칭이다.
36) 전서의 두 형태인 소전(小篆)과 대전(大篆). 전자는 진(秦)의 승상 이사(李斯)가, 후자는 주선왕(周宣王) 때의 태사(太史) 사류(史籀)가 만들었다 한다.
37) 뾰족머리 사내란 말이니 끝이 뾰족한 '붓'을 이르는 말.
38) 후위(後魏)의 충신으로 영수후(靈壽侯)에 이부상서(吏部尙書)를 지냈다. 머리가 뾰족하여 태무(太武)가 필두(筆頭)라고 했고, 당시 사람들이 필공(筆公)이라 불렀다.
39) 후위(後魏) 태무제(太武帝)의 자(字)이다. 재위 28년.
40) 유수(留守)를 맡은 벼슬. 천자의 출정이거나 행차 때에 경사(京師)를 지켰다.

면 꼭 이놈을 죽여 없애리라!"
하였으나, 그의 꼿꼿함을 사서 결국 죽이지 않았다.
뒤에 양문덕楊文德[41]에게서 금金을 받았지만, 불리
는 그의 공을 감안하여 죄를 가하지 않았다.

불리

불리가 죽자 그도 연좌법에 따라 죽음을 당했다.
그러나 원위元魏 법은 옛것을 흠모하되 한나라 법의
참혹함은 꺼려서 일가 몰살만은 시행하지 않았던 까닭에 그의 자손이
온전할 수 있었다.

자손들은 당나라에 벼슬하여 태종太宗 시대의 태평천하한 모습을 보
았으나, 임금이 오히려 무武를 과시하는 바람에 달가와하지 않는 마음
이 자라났다. 그래서 태종이 창 쓰는 법을 익히게 하였으나 종내 명을
받들지 않았다. 우세남虞世南[42]과 친하여, 우세남의 돈독한 권면에 따
라 함께 임금의 앞에 나아갔고 또한 유공권柳公權[43]을 좇아 직간直諫함
으로써 자못 칭찬을 들었다.

하지만 모씨가 무인武人을 좋아하지 않았던 까닭에 무인들 역시 그
를 좋아하지 않았다. 모술고毛述古의 5대 조인 모추자毛錐子[44]란 이가
사홍조史弘肇[45]에게 배척을 당했거니와, 홍조는 무인이었다. 무도한 세

---

41) 후위(後魏) 때 사람으로, 중앙에 반역하여 정서장군(征西將軍) 등으로 자칭하고
    세력을 보이더니 뒤에 형주자사 유의선(劉義宣)에게 살해 당하였다.
42) 당(唐) 초엽의 서가(書家)로, 승려 지영(智永)에게 수학하였다. 당태종 때 홍문관
    학사(弘文館學士)를 하였는데, 태종이 그를 칭찬하되 덕행(德行)·충직(忠直)·박
    학(博學)·문사(文詞)·서한(書翰)의 오절(五絶)이라 하였다.
43) 당(唐)의 서가(書家). 목종(穆宗) 때 시서학사(侍書學士)를 함에, 임금이 붓 쓰는
    법에 대해 물었을 때 마음을 바르게 하면 붓도 바르다[心正筆正]고 하니 임금이
    붓에 가탁하여 간(諫)한 것임을 깨달았다 한다.
44) 붓의 의인 명칭. 『오대사(五代史)』의 〈사홍조전(史弘肇傳)〉에 그 이름이 나온다.
45) 오대(五代) 때의 무인(武人). 조정을 편히 하고 화란(禍亂)을 평정하는 데는 긴

상에 벼슬하여 어진 사람을 소홀히 함이 이와 같았으니, 그때의 일을 가히 알 만하다.

처음에 당태종이 포로와 가까이하고자 임금의 집안 자격을 주었지만, 쇠망할 때가 되자 환관이 군사를 장악하고 장사壯士를 키워 심복을 삼았다. 지방을 지키는 관리 대신마다 이를 본받아 마침내 관습을 이루게 되었다.

오계五季46)의 때에 이르러서도 제왕마다 그 형상에서 벗어남이 없으매, 이에 영웅호걸들조차 물들은 바 되어 일가붙이의 성과 본을 버리고 다른 성姓을 쓰면서도 심사 편히 조금도 달리 생각하지 않았다.

양梁나라 초에 모씨의 또 한 종족은 중원中原의 난리를 피하여 남당南唐에 벼슬하였다. 그때 이변李昪47)이 종가 문중의 호적을 고치고 오왕吳王을 조종祖宗으로 삼아 권력의 행사에 끼어드는 것을 보았다.

이에 모씨도 그 본을 따서 자기 성姓을 관管이라 고치고 자신이 관중管仲48)의 후예라고 속였다. 할아버지 아버지 대代 이상이 비록 현달하였지만 내세울게 없었기에, 성인이 관중管仲의 인仁과 같다고 한 말49)을 들어 그것으로 사람들 앞에 자랑하였다.

창과 큰 칼이면 되지 붓이 무슨 소용 있으랴〔安朝庭 定禍亂 直須長槍大劍 毛錐子 安足用哉〕고 한 말이 유명하니, 모추자의 배척 운운은 이에서 취한 것이다.
46) 오대(五代). 곧, 후량(後梁)・후당(後唐)・후진(後晉)・후한(後漢)・후주(後周).
47) 오대(五代) 때 남당(南唐) 개국의 군주. 처음엔 오(吳)나라에 벼슬하였다가 진(晉) 천복(天福)의 때에 오(吳)를 선양받고서 칭제(稱帝), 국호를 제(齊)라 하였다. 그러나 곧 이당(李唐)의 후예라 하며 성씨를 이(李)로 고치고 이름도 변(昪)이라 하였다(937년). 국호 또한 당(唐)으로 고치니, 뒷날 남당(南唐)으로 불리웠다.
48) 춘추시대 제(齊)의 재상. 환공(桓公)을 섬겨 춘추오패(春秋五霸)에 들게 하였다.
49) 공자가 제자인 자공(子貢)에게 만약 관중이 없었다면 머리 풀고 왼쪽 옷섶 여미는 야만족 삶을 면치 못했을 것이란 말로 관중의 인(仁)을 높이 세운 일을 말한다. 〔論語, 憲問〕 참조.

그 뒤에도 곽숭도郭崇韜[50])가 곽자의郭子儀[51])를 흠모하여 그의 무덤에 절하며 조상으로 받들었으니, 세상의 도道가 이 지경까지 갔으면 인륜은 사라진 것이다.

관씨管氏의 자손이 송나라에 들어갔을 때 적청狄靑[52])이 양공梁公[53])을 조상으로 섬기지 않음을 보고는 부끄러워 자신을 용납할 수 없다 하였다. 그러자 벗인 진현陳玄이 이렇게 해명해 주었다.

"창씨倉氏와 고씨庫氏, 사마씨司馬氏와 사공씨司空氏는 한결같이 그들이 지냈던 벼슬로써 성姓을 삼았지. 그대의 선조가 관성管城에 봉해진바 관管으로써 성姓을 하였으니, 대관절 무엇이 그릇되었다 할 수 있겠나?"

그러자 관씨가 기뻐하며 다행한 일로 생각하였다.

송宋 조의 모든 현사賢士들은 사람들과 잘 접촉하지 않았던 대신, 관씨管氏를 맞아들임에 있어 다른 이에 뒤질세라 조바심치면서 그들 나름의 도덕과 문장을 떨치었다. 사마공司馬公[54])이 더욱 높이어 받들었으니, 그들이 황포黃袍[55])를 입었다 할지라도 참람하다 여기지 않았다.

---

50) 후당(後唐)의 충성 공신(功臣). 장종(莊宗)의 앞에 바른 말 간언(諫言)을 잘하였더니, 나중 환관의 손에 죽임을 당하였다.

51) 당(唐) 현종 때 안록산과 사사명(史思明) 난리의 평정 및 토번족(吐蕃族) 정벌의 명장. 중서성(中書省) 벼슬 및 분양왕(汾陽王)에 봉해졌다. 그리하여 세칭 곽분양(郭汾陽)이라고도 한다. 자의(子儀)는 자(字).

52) 송(宋)나라의 뛰어난 장수로서 절도사가 되었고, 당시의 한기(韓琦)・범중엄(范仲淹) 등이 그릇감이라 하였다. 적공(狄公)으로도 불리었다.

53) 춘추삼전(春秋三傳) 중 하나인 『춘추곡량전(春秋穀梁傳)』을 쓴 곡량적(穀梁赤)인 듯. 범중엄이 휘하인 적청에게 좌구명(左丘明)의 『춘추좌씨전(春秋左氏傳)』을 주자 무릎 꿇고 독서했으되 곡량적(穀梁赤)의 것은 읽지 않았다고 한다.

54) 사마온공(司馬溫公). 곧 송대(宋代)의 명신(名臣)인 사마광(司馬光)을 이름. 왕안석(王安石)의 신법(新法)에 맞섰다.

55) 수나라 이후에 천자 예복. 황색의 누런 빛깔 웃옷.

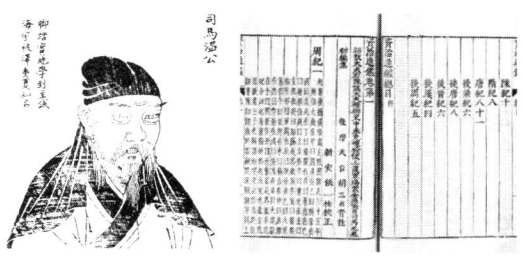

사마광과 『자치통감』

대개 이것은 그들이 『자치통감資治通鑑』56)을 함께 찬술하여 공로가 만대萬代에 있음을 기록한 것이다. 하지만 오히려 예전의 습성이 남아 있었으니, 소내한蘇內翰57)이 놀려 말한 '비피만두肥皮饅頭'58)는 오열吳說59)을 돋보이게 한 것이요, 주회옹朱晦翁60)이 가까이 살펴 본 조심棗心의 모양61)은 그 가꾼 솜씨가 모두 그의 만들어냄이 아니었다.

막바지에는 공장工匠이 세대로 연결되어 더욱 천해졌다. 다만 숙정叔靜62) 집안이 공명孔明을 흠모한 나머지 제갈씨諸葛氏에다 계통을 걸었다. 그리하여 세상에서 제갈 출신이 귀하다 일컬었으며, 소자蘇子의 일대 탄상嘆賞을 얻기도 하였다.63)

---

56) 사마광이 지은, 주(周) 위열왕(威烈王)부터 오대(五代)까지의 편년체(編年體) 역사서.

57) 소동파(蘇東坡). 송대(宋代)의 대문장가로 이름은 식(軾). 정치적으로 왕안석과의 대립으로 좌천되었다가 다시 불리어 한림학사가 되었다. 송대에는 한림학사(翰林學士)를 내한(內翰) 또는 내상(內相)이라 일컫기도 했다.

58) '껍질이 두꺼운 만두'란 뜻. 소동파의 〈증필공오열(贈筆工吳說)〉에 "若用今時筆 立虛鋒漲墨 則人人皆作肥皮饅頭矣"라 하여 자기 시대의 붓이 좋지 않아 글씨 모양이 형편없이 됨을 말하였다.

59) 소동파 시대의 붓 만드는 장인(匠人). 오정(吳政)의 아들. 소동파가 그에게 준 글 〈증필공오열(贈筆工吳說)〉을 통해 그의 붓을 칭찬하였다.

60) 남송(南宋) 시대의 큰 성리학자 주희(朱熹). 회옹(晦翁)은 그의 일호(一號)이다.

61) 주자의 〈발채조필(跋蔡藻筆)〉이라는 글 가운데, "蔡藻造筆 能書者識之 此故沅州呂使君語也 因試其所製棗心樣 喜其老而益精……"에서 취해 온 것이다. 조핵필(棗核筆)이라는 붓의 모양이 대추나무 씨 같이 생겼음을 이른 말이다.

62) 송대(宋代)의 손고(孫翱). 휘종 때에 모각대제(謨閣待制) 등을 하다가 무고를 받아 벼슬에서 물러났다.

관씨管氏는 평상시 움직이기를 좋아하였으나, 움직였다 하면 필경에 수명을 재촉했다. 가만히 있으면 조금은 연장해 볼 길 있었으나 그나마 오래 지나면 병이 되었다.

소씨蘇氏는 이건중李建中[64]의 약 제조법에 따라 수은水銀 한돈 쭝을 넣고 뜨거운 물로 풀을 쑤어서 관씨로 하여금 마시게 하였더니 신기한 효험이 일었다.[65]

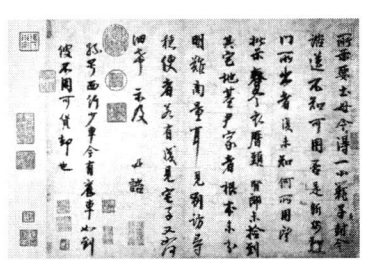

이건중의 필적

관씨의 겨레가 동방에 온 지 오래에 그 자손들의 흥성과 쇠퇴는 시대를 따라 같지 아니하였고, 그 유행의 취향도 역시 다 달랐다.

속저屬猪[66]의 후예가 몽고 임금 자매의 요리사를 숨기고서 솥이며 도마를 간신히 지닌 채 고려高麗에 이르렀다. 그의 먼 후손으로 해생亥生[67]이란 자는 장대 만한 키, 성큼성큼한 걸음걸이, 우렁찬 목소리가 시대의 소용에 닿지 못하였기에 세상에서 함께 하는 이가 없었다. 다만 신동神童 박눌朴訥[68]과 친하게 교유하였거니와, 그 종적이 기괴奇詭하

---

63) 이는 숙정(叔靜)의 집안이 제갈필(諸葛筆)을 사용했는데 소동파가 그것을 보고 경탄하였던 사실을 밝힌 〈증필공오열(贈筆工吳說)〉의 글 안에서 취해 온 것이다. 제갈필은 선성(宣城)의 제갈씨 가문에서 만든 붓으로, 소동파가 평생에 가장 즐겨 썼다 한다. [黃庭堅, 跋東坡論筆] 참조.

64) 송대 태상박사(太常博士)를 지냈고, 초서·예서·전서 등에 두루 절묘하였다.

65) 이는 소동파의 〈장필법(藏筆法)〉에 있는 다음 내용을 그대로 가져온 것이다. "杜叔元君懿善書 學李建中法 爲宣州通判 君懿膠筆法 每一百枚 用水銀粉一錢 匕 皆以沸湯 調研和稀糊."

66) '돼지'의 의인 명칭.

67) '돼지'의 의인 명칭. 해(亥)는 십이지(十二支) 중 돼지에 해당한다.

68) 서류(庶流) 박경(朴耕)의 아들로, 강혼(姜渾, 1464~1519)이 서체의 웅장과 활달을 평했고, 본편의 작자인 김일손(金馹孫, 1464~1498)이 그 재주를 애석해 했다던

였다.

이 외에는 다만 네 겨레가 가장 번성하였거니, 그들 모두 관씨管氏
성을 남용하였다.

초관족貂冠族[69]은 귀하고, 고구족羔裘族[70]은 천하였다. 묘군족卯君
族[71]은 귀하고 천한 중간에 있었는데, 그 생긴 자체가 짧고 잘 부러져
서 사람들이 높이 쳐주지 않았으니, 비록 스스로는 신명神明의 후예라
고 하였지만[72] 실상은 철로보鐵爐步[73]나 다름없다 할 것이다.

초관족과 고구족의 두 족속은 차츰 묘군족보다 더 오래 살았다. 그
굳세고 건실함이 사람들의 마음을 샀으매, 세상에서 꽤나 일을 맡겨
부리었다. 그들은 중앙인 흙의 빛깔을 타고난 까닭에 나라 안이 죄다
관자管子라고 불렀을 뿐 이름을 부르지 않았다.

하지만 그들의 원래 근본은 자세하지가 않다. 어쩌면 『계림지(鷄林
志)』[74]에 나타나 있는 황호黃豪[75]라는 사람인가도 한다. 그는 가로성주
葭蘆城主[76]를 하다가 나중 고려에 벼슬하였더니, 송의 전목보錢穆父[77]

중종조의 서가(書家).
69) '담비 가죽'에 대한 의인화. 담비는 황갈색 털을 가진 족제비과 동물로, 옛날 그
꼬리를 벼슬아치의 관(冠) 장식에 썼다.
70) '새끼양 가죽옷'에 대한 의인화.
71) '토끼털'에 대한 의인화. 묘(卯)는 십이지(十二支) 가운데 토끼에 해당한다.
72) 한유가 쓴 토끼털 붓 의인작인 〈모영전(毛穎傳)〉 중에 "其先明眎…嘗曰 吾子孫
神明之後 不可與物同 當吐而生…"이라 한 것을 끌어온 것이다.
73) 중국 호남성(湖南省) 영릉현(零陵縣) 북쪽의 땅 이름. 당의 문장가 유종원(柳宗元)
의 〈철로보지(鐵爐步志)〉에 보면, 이곳에 철(鐵)을 연단(煉鍛)하는 사람이 살았거
니와, 그 사람이 떠났는데도 그 이름을 그대로 써서 남게 되었다고 하였다.
74) 계림(鷄林)은 신라의 옛 이름이니, 신라에 관한 기록을 담은 서명(書名)인 듯.
75) 황모필(黃毛筆), 곧 족제비 털로 만든 붓의 의인화로 보인다.
76) 본래 가로성(葭蘆城)은 감숙성(甘肅省) 무도현(武都縣) 동남쪽에 있는 성(城) 이름.
그러나 가로(葭蘆)는 갈대의 뜻이니, 여기서는 갈대 줄기로 만든 붓의 축(軸), 곧
붓대를 의미한다.

가 고려에 사신으로 왔다가 돌아가는 길에 그를 끌어 함께 갔다. 태사太史[78]가 보고는 사랑하였으나, 포로의 성씨가 자기와 같은 것이 싫어서 성성족猩猩族[79]이라 하며 시가를 읊었다. 그가 애당초 황씨黃氏 성이 아닌 줄을 몰랐고, 또한 고려에는 정작 성성족은 없었으니 목보穆父가 잡았다고 하는 것은 다름 아닌 지금의 황포족黃袍族[80]이다.

어떤 이는, 황관黃冠[81]의 선조는 이름이 유狖[82]라 하고 나무 타기를 잘하여 목객木客[83]과 같았다고 한다. 또 어떤 이는 생貁[84]이라 하면서 적황색 옷을 입었다고 말한다. 생貁과 성猩은 그 발음이 서로 비슷하지만 다른 것이라고 하거니와, 어느 말이 옳고 그른지 알 수가 없다.

또 키 작은 한 사내가 있었는데, 갑자甲子생이었다.[85] 아름다운 수염에다 의사意思가 쓸 만 했고 약삭빠르며 사나왔다. 벽 뚫는 일을 주로 하였더니, 큰 곳간에 든 곡식을 크게 도적질하다가 장물죄를 추궁받고 쫓겨났다.

대저 관씨管氏는 성품이 탐묵貪墨했음에도[86] 불구하고, 술고述古는 황관족黃冠族답게 스스로 도북道服을 입고서 언행과 용모가 청정淸淨함을 흠모하였다.

---

77) 전협(錢鏐). 목보(穆父)는 자(字). 송나라 신종(神宗) 때 왕안석에 부합하지 않아 염철판관(鹽鐵判官)의 직임을 받고, 고려에 왔을 때도 향응하는 물품을 받지 않았다고 한다. 행초서(行草書)에 능했으며, 문장은 서한체(西漢體)를 획득했다 한다.
78) 문맥상 황태사(黃太史)인데, 누군지 자세하지 않다. 태사(太史)는 역사 담당의 관리.
79) 유인원과(類人猿科) 중에 사람과 가장 닮았다는 힘센 짐승. 털이 길고 적갈색을 띰.
80) 누른 털 상의(上衣)를 두른 종족.
81) 원래 도사(道士)의 뜻.
82) 검은 원숭이. 일설(一說)에는 긴꼬리 원숭이.
83) 나뭇꾼. 혹은 새의 손톱을 하고 높은 나무에 사는 산의 요정.
84) 족제비.
85) '쥐'. 자(子)는 십이지(十二支) 가운데 쥐에 해당한다.
86) 탐욕스럽고 깨끗치 못함. 붓이 늘 먹물을 가까이 하여 희지 못함을 말한다.

아버지는 미생尾生[87]이라 했거니와, 언행이 신중하지 못하고 가벼워 이렇다 할 행실이 없었으매 세상에서 황광자黃狂子라 불렸다. 여러 차례 공훈에 따라 죽산군竹山君[88]에 봉해졌다.

그가 죽자 봉상奉常[89]이 따지기를

'남에 의해 일을 이루었으니 양襄이라 하겠고, 탐욕 때문에 벼슬을 그르쳤으니 묵墨이라 할 것이다.'

하고, 드디어 양묵공襄墨公이라 시호하였다.

술고述古가 분해서 어떤 집안의 전례를 들어 증거 삼고 분풀이하려고 하다가, 그 집안 자제가 나서지 못하는 것을 보고는 그만두고 말았다.

이에 그는 스스로 생각하였다.

'포로로 남의 종이 된 집안의 종족으로 여러 대 지위를 얻어 현달하였거니, 기운만 믿고서 빈번히 놀리거나 헐뜯고 비꼬는 말만 일삼아 간독簡牘[90]에 적는다면 하루아침에 분서갱유焚書坑儒 같은 참화가 다시 일어날지 모른다!'

하고는, 마침내 벼슬에 나아가지 않았다. 청빈한 선비를 찾아 더불어 노니다가 나와 같은 곳에 지내게 되었다.

그가 오랫동안 수은水銀[91]과 접하여 보지 못하였던 터라, 장차 병이 날까 걱정이 들어 그를 이끌어 서당書堂으로 갔다.

---

87) 낭미필(狼尾筆)의 의인화로 보인다. 곧 족제비 털로 만든 붓이니, 황모필(黃毛筆)・황서필(黃鼠筆)과 중국 문헌에 보이는 성성모필(猩猩毛筆), 서랑모필(鼠狼毛筆)은 다 동일한 붓이다.
88) 죽산(竹山)의 제후. 죽산(竹山)은 섬서성(陝西省) 및 사천성(四川省)의 산 이름. 혹은 호북성(湖北省) 소재의 현(縣)이름.
89) 종묘(宗廟)의 예의를 맡던 벼슬 이름. 한대(漢代)엔 태상(太常)이라고도 했다.
90) 글씨를 쓰는 대쪽과 나무쪽. 나중에는 널리 문서・서적을 뜻하는 말이 되었다.
91) 진사(辰砂)를 태워 만든 액체 형상의 금속 원소. 붓의 제조 과정에도 쓰인다.

술고逑古는 적은 나이였지만 서슬이 상당히 날카로웠고, 성격 또한 조용했다. 몸가짐의 변화를 싫어하여 매양 관冠을 벗은 채로 나를 만나려고 하였으나, 나는 허락하지 않았다.

그러나 일단 일을 붙들면 그 종적을 따라잡을 수 없으리만큼 빨랐다. 하지만 일이 자주 비었으므로 이렇게라도 하지 않으면 굶주려 스스로 마련하고 충당할 나위가 없었다.

그가 비록 거두고 모아들이는 일을 잘 했어도 결국은 사사로운 데 그친 것은 아니었으니, 그때마다 그의 벗인 저생楮生[92]에게 남김없이 베풀곤 하였다.

그 외중에 자신의 한몸이 받은 불결함이 이미 깊었지만, 나는 관씨가 가난한 속에서도 탐욕스럽지 않음을 알고 있다.

술고逑古는 나중에 문충공文忠公으로 시호를 고쳐 받으며 이렇게 탄식을 하였다.

"선과 악은 그 사람한테 달려 있는 것이고, 좋고 싫은 것도 가히 고쳐 볼 길 있는 것인즉, 영원히 고칠 수 없다 함은 공연한 말이다."

그러면서 양묵襄墨을 비판하지 않은 일을 후회하였다.

처음에 그의 형제들을 보았을 때 유심有心한 이[93]도 있었고 무심無心한 이[94]도 있었는데, 나는 그 가운데 무심한 이를 택하여 맞아들였다. 그의 마음이 두 군데 가는 일이 없었기에 무심자無心子라 부르면서 장난하였거니, 그가 다름 아닌 술고逑古였던 것이다.

됨됨이가 조용하여 말이 없었으나, 자기를 알아주는 이를 만나면 막

---

92) '종이'에 대한 의인 명칭.
93) 다른 종류의 털로 속을 박은 유심필(有心筆)을 말한다.
94) 다른 종류의 털로 속을 박지 않은 무심필(無心筆)을 말한다.

아볼 길 없는 형세로 흉금을 다 펴보였다.

　숙고는 평생에 폐를 앓았고, 물 마시는 것과 목욕을 좋아하였다. 자유로이 노니는 양은 마치 자맥질하는 아이 같아, 머리 숙이고 연못에 뛰어들어 몸을 솟구쳤다 잠겼다 쉬임이 없었다. 그리고나서 문장을 지으면 도도한 물처럼 마르지 아니하였다.

硯池. 먹을 갈기 위하여 물을 붓거나 갈아 놓은 먹물이 고이는 곳. 硯堂 또는 벼루못이라고도 한다.

　추운 때를 맞아 그는 물을 많이 마시더니 배가 불어났다. 나는 그가 얼어 죽을까봐 걱정스러워 재빨리 화롯가로 가게 하였지만, 더욱 한기와 열기가 뒤섞여 땀을 흘리지도 못하고 땅에 엎드러져 끝내 일어나지 못하고 말았다. 종자從者가 일으켜서 머리를 감기워 놓고 보니 머리가 다 벗겨져 빗질할 나위조차 없게 되었다. 그가 옛 일에 감개感慨하고 세상을 근심하는 그 언사와 행동으로 인하여 살쩍이며 머리칼은 일찌감치 시들어지고 말았던 것이니, 슬픈 일이었다. 마침내 죽피관竹皮冠95)을 덧씌우고 종이 이불로 염殮96)하였으니, 그의 평상시 뜻에 따른 것이다.

　오호라, 세상에 태어나고부터 내 일을 해 주면서 조그만치의 힘도 남김이 없었다. 세상사에 언제든 머리를 흔들었으며, 내 결정을 차마 저버려 두지 못하다가 질병으로 인해 또한 명命을 다하지 못하였으니, 내 어찌 슬프지 않을 수 있을까 보랴!

　인생은 기껏해야 백 년을 사노니 오히려 짧다고 할 것인데, 이 겨레의 가장 장수한 이는 겨우 일 년을 향수했을 뿐이다. 게다가 숙고는

---

95) 대나무 껍질로 만든 관(管)이니, 한고조(漢高祖)가 만든 것이라 한다.
96) 염습(殮襲). 죽은 사람의 몸을 씻기고 옷을 입혀 베 등으로 묶는 일.

겨우 반 년에 지나지 않았으니, 조물자는 어찌 그다지 박절한 것이냐.

　술고와 같은 지혜는 세상에서 자주 만나볼 길 없는 것이다. 내 언제나 읊조려 입에 뇌어 보되 겉으로 미처 토로치 못할 경우, 나의 생각에 앞질러 간담肝膽97)을 비쳐 보듯 받쳐 주어 필경엔 나의 가슴 속 회포를 드러내 떨칠 수 있게 한 다음에야 마음을 놓고는 했던 것인데, 이제는 그만인 것이다.

　그의 겨레는 비록 온 나라에 수많이 퍼져 있으면서 각기 맡은 일을 관장하였으나 서로가 원활치 못하였으며, 형제 다섯이 모두 화목하지 않았다.

　평소에 왕래하는 자 대부분이 속된 무리였고, 세상에서 사우四友98)라 일컫는 저지백楮知白99)이니 역현광易玄光100) 같은 이는 서로가 모르는 사이인 것처럼 했다. 게다가 지백은 은혜마저 저버렸다. 석허중石虛中101)은 남달리 완고했지만 생각만큼은 흔들림이 없었다.

　술고는 장가들지 않았기에 자식이 없었다. 때문에 그 시신은 상床에다 둔 채로 거두지를 않았으니, 내 더욱 비감하였다. 나와 같은 자리에 있는 강목계姜木溪102)와 의논하되, 주문충朱文忠103)과 도정절陶靖節,104)

---

97) 간과 쓸개란 뜻이나, 여기서는 깊숙이 간직한 속마음의 뜻.
98) 문방사우(文房四友)를 뜻한다.
99) '종이'의 별칭. "楮知白 字守玄 華陰人也." [文嵩, 楮知白傳]. "楮待制 初名藤 及長爲世用 更名知白". [閔文振, 楮待制傳].
100) '먹'의 별칭. "易玄光 字處晦 燕人也." [文嵩, 松滋侯易玄光傳]
101) '벼루'의 별칭. "石虛中 字居默 南越高要人 天性好山水." [文嵩, 卽墨侯石虛中傳]
102) 조선조의 문신 강혼(姜渾:1464∼1519). 연산조 무오사화(1498) 당시 김종직의 문인이라 하여 장류(杖流) 되었으나 곧 풀려나 도승지를 하였다. 중종반정(1506)에 가담하여 공신이 되고, 이후 대제학·우찬성 등을 지냈다.
103) 남송(南宋)의 대 유학자 주희(朱熹). 주자(朱子).
104) 동진(東晉)의 현사(賢士), 자연 시인. 자는 연명(淵明). 정절(靖節)은 사호(私號).

그리고 정요선생貞曜先生[105]의 옛 일을 취하여 문도처사文悼處士란 사
호私號를 붙였다. 한편 나의 봉급을 쪼개 귀후서歸厚署[106]에서 관棺을
사 가지고 독서당讀書堂 북쪽 언덕에 장사 지내었다. 관棺은 있으되 곽
槨이 없고,[107] 묘墓는 있으나 분墳을 하지 않았으니,[108] 상고시대 제도
와 부합하는 것이다.

　관씨 겨레의 번영과 더불어 뒷 세상에서 그 계보를 알지 못할까 걱
정이 되었다. 또한 술고의 평상시에 내가 한스럽던 일이었거니와 지영
智永은 총塚은 썼으되 지誌가 없고,[109] 한유韓愈는 전傳을 지었으되 명銘
이 없던[110] 까닭에, 이렇듯 지誌를 쓴 위에 명銘을 지은 것이다. 벽돌을
구워서 기록하고 함께 묻어 장사 지냄으로써 그 아득한 심사를 위로함
이다.

　명銘에 가로되,

'계축癸丑년[111] 건자建子월

용산龍山 언덕 당堂 뒷 터에

한 줌 흙 무덤 관술고管述古일지니

여기 장사를 지내노라.'

處士名述 字述古 本姓毛氏 毛刺史 管城侯毛元銳 皆其先也 毛氏
鼻祖 自書契時已顯 佐伏羲畫八卦 從孔子修春秋 獲麟而見絶於魯
其子孫分仕諸侯 在楚者曰毛聿 在燕者曰毛弗 在吳者曰毛不律 在
秦者曰毛弼 秦竝六國 毛氏在諸國者不振 在秦者獨著 至今不廢 子
孫相襲祖先名不改 蓋夷俗然也 初爲蒙將軍幕府史嬖 重薦始皇用事
封管城 然秦郡縣天下 實無分地 世遂謂毛氏 因蒙薦始顯云者 非也
從李斯工篆隷 得脫盧生之禍 漢末 以金玉貯毛 寵如阿嬌 象齒爲佩
隋珠和璧無不飾 汰侈幾敗 以能博記免 至魏晉 出入鍾, 王家爲宰
右軍因毛著名 而惡其侈 著經抑之 後在大小歐陽家 猶不悛 然御之
在上如何 梁簡文 特設一牀 敬同徐孺 凝塵滿席 毛不敢胡亂 又侍湘
東王著書 王分毛三等而官之 置左右給事 欲奬忠孝則呼金魚袋 德
行呼銀魚 文章呼竹符 草制無不允 毛氏世柄斯文 後世 夢毛有異者
詞必進 嘗效五色瑞於江淹 又呈靑鏤異於紀少瑜 若和凝諸人 莫不
有驗 然自秦來 史多失其名 唐時有毛花者 與李白神交 花矜艶 因縱
色無忌 嘗隨白供奉便殿 玄宗呼宮嬪十人奉硯 托凍盡呵其口 諸嬪
以有勅 立不動 上見而不問 白亦不以擧非人爲謝 然亦知務本 常與
王勃耦而力耕 以毛氏之行於世非一日 歷代君臣皆薄恩 少盡其力
老死 輒棄溝壑 僧智永 始推慈悲念 收瘞爲塚 蓋毛氏種落不一 多出
番禺 其生如犬戎 先皆腥羶醜類 或羔羊 或虎豹 或猩猩 或鷄鴨 或
狐貍 或鼠兔 白日交人而生 漸染入中國 皆譜毛氏 常去氎裘 喜往文
獻之邦 君子嘉之 不計世累而用之 然稟性詭隨 不視人賢愚巧拙 惟

其任不辭 第未嘗挾貴驕賤 雖奴隷 曉文則往 才思甚高 天道性命之
妙 科斗篆籀之古 皆能寫出曲折 而未嘗自建立 常受役於人 人以是
賤之 呼爲尖頭奴 元魏時 有古弼者 亦番族 頭尖 時呼爲筆公 佛貍
將獵 弼爲留臺弱馬 佛貍大怒曰 尖頭奴 敢裁量朕 朕還臺 會殺此奴
以直竟不殺 後受楊文德金 佛貍錄功 不加罪 佛貍殂 坐法誅 然元魏
法慕古 厭漢法慘 不用參夷 故其子孫得全 仕唐 見太宗旣平天下而
猶逞武 滋不悅 使習揮戈法 竟不奉詔 與虞世南善 須世南敦勉 俱至
上前 又隨柳公權 直諫頗見稱 然毛氏不喜武人 故武人亦不喜毛氏
述古五代祖錐子者 見斥於史弘肇 弘肇 武人也 仕於無道之世 簡賢
如此 時事可知 初 唐太宗欲親俘虜 賜宗姓 及其衰也 宦官主兵 養
壯士以爲腹心 方鎭大臣皆效之 遂成風俗 至五季帝王 莫不然 於是
雖英雄豪傑之士 爲所漸染 棄本宗 冒他姓 恬不爲怪 梁初 毛之別宗
避中原亂 仕南唐 見李昇枉撰宗籍 祖吳王 預用事 遂效尤 改其姓管
自詭爲管仲後 祖禰以上雖顯 而無見稱聖人如管仲仁 故取以誇人
其後 郭崇韜慕之 乃拜子儀墓而祖之 世道至此 人倫滅矣 管氏子孫
入宋 見狄靑不祖梁公 慤不自容 其友陳玄解之曰 倉氏庫氏司馬氏
司空氏 皆以官爲氏 子之先封管城 管爲氏 庸何傷 管喜幸 宋朝諸賢
不接人 而迎致管氏恐後 發輝其道德文章 司馬公尤崇奉之 着黃袍
不以爲僭 蓋錄其同撰資治 功在萬世也 然其舊習猶存 蘇內翰所譏
肥皮饅頭者 禰吳說 朱晦翁所親裹心樣者 禰藻 皆非所生也 末流乃
系工匠之世 其賤尤甚 唯在叔靜家 慕孔明而系諸葛 世稱諸葛所生
爲貴 大爲蘇子嘆賞 管氏居常喜動 動必促壽 靜可少延 而久則病生
蘇氏學李建中方 用水銀一錢 沸湯調糊 令管氏服之 有神效 管氏族
來東方 又子孫盛衰 隨世不同 好尙亦異 有屬猪之後 備蒙古長公主

膳夫 負鼎俎到高麗 其耳孫亥生者 身長如杠 高步大言 不適時用 世
無與者 唯與神童朴訥遊善 蹤迹奇詭 此外唯四族最蕃 皆冒管爲姓
貂冠族貴 羔裘族賤 卯君族在貴賤間 其種易短折 人不尙 雖自謂神
明後 正如鐵爐步也 貂羔兩族 稍壽於卯 而勁健可人意 世多任使 以
其稟中央土之色故 國中總稱管子而不名 然不詳其所自出 或疑鷄林
志所著黃豪者 爲葭蘆城主 後仕高麗 宋錢穆父使回 挈與俱 黃太史
見而愛之 嫌虜姓之同己 以爲猩猩族而詠之 初不知非姓黃 且高麗
實無猩猩族 穆父所獲 卽今黃冠茂也 或曰 黃冠之先名狁 善緣木如
木客 或名貁 着赤黃衣 貁與猩 聲相近而誤云 未知是否 又有一短漢
年甲子 美須髥 才思可用而狡黠 主穿窬 多竊人倉粟 以贓論廢 大抵
管氏性貪墨 述古黃冠族 自着道服 外慕淸淨 其父名尾生 輕躁無行
世號黃狂子 累以勳封竹山君 卒 奉常議 因人成事曰襄 貪以敗官曰
墨 遂諡襄墨公 述古慧欲援某家例陳雪 見某家子 不得請止 自以奴
虜之種 累世貴顯 負氣多爲嘲謔譏刺之言 書之簡牘 恐一朝焚坑之
禍復起 遂不仕 索淸貧之士與遊 處我一室 久未試水銀 方懼其疾作
携到書堂 述古少年 鋒尙銳而性銛靜 厭動作 每免冠請 而吾不許 旣
任事 不邁跡 然此子屢空 不如是 餒無以自資 雖善聚斂 終不自私
輒周其友楮生無餘 然其一身被汚已深 吾知管氏貧不以爲貪也 述古
後見文忠公改諡 嘆曰 善惡 因人好惡可改 則百世不改者 空言也 悔
不訴襄墨焉 初見其兄弟 有有心者 有無心者 吾擇其無心者 取焉 以
其心無二適 號無心子而弄之 卽述古也 爲人沈默 然遇知己關懷 其
鋒不可當 述古平生病肺 喜飮水 沐浴漫戲 如泅兒低頭倒池 出沒不
休 及爲文章 滔滔不渴 値天寒 飮水多而腹脹 吾懼凍死 遽使就爐
則寒熱交 益不可爲 流汗仆地 遂不起 從者擧以沐 則頭童無可櫛 因

其感古憂世 動形語言 而鬒髮早彫也 悲夫 遂加竹皮冠 斂以紙衾 從
素志也 嗚呼 生而我役 不遺餘力 每掉頭世務 而不能舍我決去 因病
又不盡年 吾安得不悲哉 人生上壽百年 猶以爲短 此族上壽者 僅享
一年 而述古纔半年 造物者獨何薄耶 如述古慧者 世不多得 吾嘗吟
諷而未吐者 先意奉承 如照肝膽 必欲宣揚吾懷抱而後止 今已矣 其
族雖盛遍一國 各管其主 不相能 兄弟五人皆不睦 素與往來 多俗流
世號四友 如楮知白易玄光 若不相知 知白 尤負恩 石虛中 殊頑然不
動念 述古 不娶無子 屍在牀不收 吾益悲之 謀於同榻姜木溪 取朱文
忠陶靖節貞曜先生故事 私諡曰文悼處士 出俸錢 買棺歸厚署 瘞于
讀書堂北原 無槨 墓而不墳 合上古也 管族蕃 恐後世不知譜系 且述
古平日 爲余恨智永塚而無誌 韓愈傳而不銘 故旣誌又銘 燒磚以紀
而竝瘞之 以慰冥冥

　銘曰 年癸丑月建子 龍山岡堂後址 一抔土兮 管述古葬于是.

― (『濯纓集』)

감상

윤광계尹光啓*

옹후묘지명雍侯墓誌銘

탁지度支1)를 맡으면서 이전에 청주靑州2) 여러 군郡의 일을 다스렸던 옹후翁侯3)가 죽었다. 그 이종 사촌 동생인 나부羅浮4) 출신 국생麴生5)이 문門에 이르러 내게 말하였다.

"옹형雍兄의 크나큰 금도襟度로 오랜 동안 포용을 입었더니, 오늘 하루 아침에 기댈 곳을 잃어 허전한 마음을 가눌 수 없습니다. 옹형의 덕량德量은 사람들 입가에서 들리지 않음이 없고, 또한 상세히 새겨 음미하는 일에 마땅히 그대만한 이가 없는데 어찌 그대께서 명銘을 만들지 않으시는지요."

그래서 내가 이렇게 말하였다.

---

* 1559~1619. 호(號)는 귤옥(橘屋). 조헌(趙憲)의 문인으로, 호조(戶曹) 및 예조정랑(禮曹正郎)과 공조좌랑(工曹佐郎) 등을 역임하였으나, 광해조 때에는 빛을 보지 못하고 향리에 은거했다. 『귤옥집(橘屋集)』의 유저(遺著)가 있다.
1) 조세나 공부(貢部)의 입출을 관리하던 벼슬. 회계관. 위진남북조 이후에 존재하였다.
2) 본래는 중구 산동성(山東省) 소재의 고을 이름이나, 여기서는 좋은 술의 별칭으로 쓰이는 청주종사(靑州從事)란 표현을 빌린 것이다.
3) '항아리[甕]'에 대한 활유법(活喩法).
4) 중국 광동성 증성현(增城縣)에 있는 산 이름. 수나라 조사웅(趙師雄)이 매림(梅林)의 정령(精靈)인 나부소녀(羅浮少女)를 만났다는 고사가 전한다.
5) 누룩[麴], 곧 술에 대한 의인 명칭.

"아, 옹후는 오랜 벗이었소. 처음에 내가 연회宴會 마당에서 서로 알게 되었을 때 향기와 윤기를 입고, 몸의 양성에 촉촉히 젖으면서 속마음 털어놓고 친하게 사귄 지 오래였소. 그런데 오늘날까지 십여 년 간 떠돌아 다니다 보니 굶주리고 목마름에 막연해 져 소식에 접해 보지 못했던 바라, 그 마지막을 헤아려 볼 길이 없게 되었다오. 그러나 옹후를 아는 이가 살아 있으니, 옹후에의 생각에 잘 드러나지 않은 것이 있으면 삼가 그이의 말에 의지하여 대충 그 전말顚末을 펴 보이도록 하리이다."

그것은 다음과 같았다.

옹씨雍氏의 선계는 황하黃河 물가에서 나왔다. 먼 조상인 기器[6]가 빈천한 야인野人 신세로 있던 순舜을 곁에서 도왔거니, 흠결이 되는 행동은 하지 않았다.

舜임금

순舜이 황제에 즉위하자 칠씨漆氏[7]를 임용하였으나 기器만은 함께 끼지 못하였다. 그러자 신하 무리 중에 이를 간諫하는 사람이 열이나 되매, 그를 기용하여 사옹경司饔卿[8]을 삼았고 태관太官[9]으로 하여금 음식을 맡게 하였다. 무릇 종묘 제사와 빈객의 향연과 제사 음식에 쓰는 희생犧牲에 각각 쓰임새가 있으며 정밀하고 깨끗치 않음이 없었으므로, 순임금이 가상하게 여기었다.

우禹의 시절에까지도 다름없이 현달하였더니, 그의 한 아들이 의적儀狄[10]과 교제한 일에 연루되어 결국은 소외되고 말았다.

---

6) 옹기(甕器)의 활유법(活喩法).
7) '공손(恭遜)'에 대한 활유적 표현인 듯.
8) 옹기 등 용기(容器)의 공급을 맡은 관리.
9) 궁중의 음식에 관한 일을 맡은 벼슬로, 진(秦)이 세우고 한(漢)이 따랐다.

진晉 시절에 그 겨레는 더욱 번영하였음에, 칠현七賢11)과 더불어 노니는 이도 있었다. 이부상서吏部尚書 필탁畢卓12)이 밤에 그의 방을 찾았다가 붙들리는 일이 있었거니, 악광樂廣13)이 그 일을 듣고 웃었다.

옹씨雍氏는 여러 대에 걸쳐 국씨麴氏와 혼인하였다. 이에 앞서 촉蜀의 선주先主인 유비劉備가 한바탕 국씨麴氏를 가두었는데, 아울러 그것이 옹씨雍氏 겨레에까지 미치었다. 그때 어떤 사람이 옹가 하나를 집안에 들였다가 발각나서 죄를 입을 마당이었지만, 구원 받은 덕에 처벌이 중지될 수 있었다.

도간陶侃14)이 형주荊州를 다스리던 때에는 모든 장수와 보좌관이 대부분 옹雍의 자제들과 교제하는 바람에 일체의 업무가 돌아가지 않자, 간侃이 분노하여 모든 옹씨를 강에다가 모조리 던져버리었다. 그때 다만 국씨와 친하지 않은 이만이 면할 수 있었다.

후주後周 때엔 일찍이 형제들이 나란히 궁중에 투입하였는데, 같은 겨레의 원부

도간. 도연명의 증조부이기도 하다.

10) 하우(夏禹) 시절 처음으로 술을 발명, 우(禹)임금에게 바친 인물로 전해진다.
11) 진(晉) 시절의 죽림칠현(竹林七賢)을 일컬음.
12) 진(晉) 시대의 사람으로 태흥(太興) 말에 이부랑(吏部郎)을 지냈다. 방달(放達)·호음(豪飮)하매, 옹하(甕下)에서 술을 훔쳐 마신 일화가 있다.
13) 서진(西晉) 사람으로 식견과 담력이 뛰어났다고 하며, 사위인 위개(衛玠)와 함께 명망이 높았다. 벼슬은 상서령좌복야(尚書令左僕射)에 이르렀다.
14) 동진(東晉) 시대의 명장. 259~334. 정서대장군(征西大將軍)으로서 소준(蘇峻)을 평정한 공으로 태위(太尉)가 되고 장사군공(長沙郡公)에 봉해졌다.

元孚.15)라는 이가 그들의 무례함을 나무라자 줄줄이 궁을 나왔다.

옹雍·국麴의 두 성씨는 대대로 결탁하여 진秦·진晉의 시대에도 끊어지지 않았다.

옹후의 휘諱는 도陶16)요 자字는 질보質甫17)로, 정도定陶18) 사람이다.

질그릇 항아리

대대로 도구陶丘19) 마을에 살았으니, 아버지의 휘諱는 치埴20)이다. 어머니인 견씨甄氏21)가 일찍이 꿈을 꾸었는데, 웬 사람이 알려 오기를 '상제上帝께서 명命하시어 이렇게 자식이 되나이다' 하였다. 깨어나고 보매 태기가 있었고, 옹후를 낳은 것이다.

어떤 이가 말하기를,

"옛적에 정천鄭泉22)이 술을 좋아하였거니, 일찍이 하던 말이 '내가 죽으면 도陶 씨 집 곁에다 장사 지내 주오'라 했다고 하오. 이제 그대가 도구陶丘에 거처하니 꿈에 나온 사람이 이 아이임에 틀림이 없으리라." 함에, 이로 말미암아 도후陶侯라 이름하였다. 음주를 잘하였으니 그 양量이 능히 다섯 말에 달하였다. 당나라에도 옹도雍陶23)가 있어 시에 능

---

15) 후위(後魏) 사람으로 상서우승(尙書右丞)과 기주자사(冀州刺史)를 역임하였다.
16) 질그릇 항아리의 형상화. 휘(諱)는 높은 이, 또는 돌아간 이의 이름.
17) 질박(質樸)한 사람의 뜻.
18) 산동성 가택현(菏澤縣) 남쪽의 현(縣) 이름. 질그릇 '陶'에 맞춘 지명.
19) 산동성 정도현(定陶縣) 서남쪽의 땅 이름. 도구향(陶丘鄕). 부구(釜丘)라고도 한다.
20) 찰흙. 점토.
21) '질그릇을 굽는 일'에 대한 의인화 명칭.
22) 삼국시대 오(吳)의 손권(孫權)을 섬겨 낭중(郎中)과 대중대부(大中大夫)를 지냈는데 면전 간언을 잘하였다. 평생에 술을 좋아하여 임종 때에 도공의 집 옆에 묻어 달라 했으니 백 년 뒤에 흙과 함께 술병이 될 일을 말하였다.

하였거니와, 세상에서 술 잘하는 옹도雍陶와는
구별하였다.

옹후는 태어나면서 살이 찌고 검은 빛깔 피
부에 입이 넓었다. 또 배는 불룩하였으니 일찍
이 농담삼아 국생더러 말하기를,

"이 속에다 가히 그대 같은 무리 수 백명은
담아 보일 수 있소."

하자, 국생이 그 자리를 물러나와 사람들에게
말하였다.

"옹형雍兄은 자신의 성심誠心을 밀어 나의 심
중心中에 옮겨 놓으니, 옹형과 사귀면 마치 순
국주 마시듯 절로 취하게 한단 말이거든!"

이 때문에 만나면 반드시 분위기가 무르익었
고, 그럴 때면 반드시 서로 그 소회를 다 푼 뒤
에야 헤어지곤 했다.

격현鬲縣24)에 오랑캐가 들었다. 이에 옹군이
자기 조카인 순醇을 조정에 천거하였더니, 이를
듣는 이가 탄식하였다.

당의 시인 옹도의 대표시
題君山을 서예화한 작품

"가까운 일가를 기용함에 친족을 잊지 않는다 함이 이것이로구나!"

나중에 거기 말미암아 상이 내려지매 순醇이 사양하여 말하였다.

"신臣이 숙부 아니었으면 여기에 이르지 못하였나이다."

---

23) 당나라의 시인. 대중(大中) 연간에 국자모시박사(國子毛詩博士)가 되었고, 간주자
　　사(簡州刺史)에 이르렀다.
24) 가슴을 뜻하는 '격(膈)'에 대한 형상적 표현.

그러자 임금이 웃으면서,

"경卿은 가히 근본을 잊지 않는다고 할 만하구려!"

하고는 드디어 옹군으로 평원도平原道를 관찰觀察토록 하고,25) 청주青
州 관내 모든 군郡 안의 일을 다스리게 하였다.26) 연봉年俸이 대략 섬으
로 헤아렸으니, 장리長吏27)와 이천석二千石28) 이하는 모든 그 일문에서
나왔다.

두 아들인 앵甖29)과 항缸30)이 아비의 세력을 믿고 상당량 쌀과 재물
을 거둬 들이자 옹후가 경계하여 일렀다.

"병(瓶)이 텅 비게 됨은 술 그릇의 수치이다.31) 지금 백성들의 힘이
이미 다한 마당인데 너희들은 오히려 갈수록 하는 일은 없이 녹祿이나
축내고, 그것도 날이 갈수록 족한 줄을 모르는구나. 속담에도 '가득 차
면 손실을 부른다' 하였으니 너희는 삼가도록 하라."

그랬는데 뒤에 두 아들이 과연 비밀스런 일을 누설한 것 때문에 비
명非命에 죽었다.

옹후가 나이 늙어서는 부스럼병이 날로 심하여져 항상 농변濃汴이

---

25) 맛이 나쁜 술의 담김을 뜻한다. 진환공(晉桓公)의 주부(主簿)가 술맛의 변별을 잘
   하였거니, 좋은 술을 청주종사(青州從事), 나쁜 술을 평원독우(平原督郵)라 불렀
   다. 본래 평원(平原)은 산동성(山東省) 안의 땅 이름으로, 그 안에 격현(鬲縣)이
   있는 바로 '膈'〔가슴〕에 머무는 술에 비유했다.
26) 맛이 좋은 술의 담김을 뜻한다. 위의 주 25) 참조. 청주(青州)에 제군(齊郡)이 있는
   바로 '臍'〔배꼽〕까지 닿는 술에 비유했다.
27) 육백석(六百石) 이상의 관리.
28) 태수(太守)의 이칭(異稱). 이천 석은 한나라 때 태수의 녹(祿)이었다.
29) 술단지.
30) 항아리.
31) 『詩經』, 「谷風之什」, 〈蓼莪〉의 출전임. 작은 병 안의 술이 다함은 큰 술항아리
   의 공급이 제대로 안된 때문이다. 여기서 작은 병과 큰 항아리는 자식이 돌아가
   신 부모에 대한 관계보다, 백성과 위정자의 관계로서 타당함이 있어 보인다.

흘러 나왔는데, 아무리 막아도 제지시킬 수 없었다. 임금이 의원을 보내어 약을 조제토록 하고 다친 데를 발라 주게 하였으며, 종이 이불을 내렸다. 마침내 군사(軍事)와 국정(國政)의 중대한 업무를 벗고는 호부상서戶部尙書32)에 옮기어 재정 일을 판단하는데, 처리가 고르고 법도 있는 것이 사뭇 직책에 걸맞았다. 다만 매일 마른 쌀을 먹되 물은 마시지 않았다.

하루는 부축을 받고 섬돌을 내려오다가 땅바닥에 엎어져 실신하였더니, 못내 목숨을 건지지 못하였다.

그의 부음을 들은 임금은 조정의 일을 멈추고 태상太常33)에 명하여 시호를 내리고 곡돌후曲突侯34)를 추봉追封하였으며 능연각凌烟閣35)에 그의 형상을 그리게 하였다.

향년享年은 약간若干이요, 모월 모일을 타서 모향某鄕 모某 언덕 무좌戊坐·기향己向36)의 터에 장례하였다.

부인夫人 모씨某氏는 모관某官 출신의 딸이고, 아들인 준罇37)은 주세酒稅를 감독하여 여러 차례 벼슬이 올라 화원령花園令38)을 하였더니, 지금은 주객낭중主客郎中39)이 되었다.

---

32) 호구(戶口)와 전부(田賦)에 관한 일을 맡았다.
33) 종묘와 예의를 맡았던 9경(九卿) 중의 한 가지 벼슬. 처음 진(秦)대에는 봉상(奉常)이라 하였으나, 한(漢)대에 이렇게 고쳐 이름했다.
34) 곡돌(曲突)은 굴뚝을 구불구불 만듦. 깨진 항아리를 굴뚝 위에 이용함을 뜻한다.
35) 당(唐) 시대에 지금 섬서성(陝西省) 장안현(長安縣) 서안부(西安府) 성중(城中)에 있던 전각으로, 국가에 공로가 많은 인물의 초상을 그려 이곳에 걸어 놓았다.
36) 중앙의 땅을 말함. 무(戊)와 기(己)는 10간(干) 중의 제5, 제6으로서 가운데 위상에 들어가고, 오행(五行)으로는 토(土)에 해당한다.
37) 술그릇. '尊', '樽'과 동일자.
38) 화훼를 심은 동산을 맡은 우두머리 벼슬.
39) 주객(主客)은 오랑캐 나라들의 조공(朝貢)과 급사(給賜)의 접대 등을 맡은 벼슬. 명(明) 대에 보좌 역할의 낭중(郎中)과 원외랑(員外郎)을 두었다.

옹후가 일찍이 한질寒疾에 걸렸을 때, 어떤 이가 옷을 덮어 주며 하던 말이 있었다.

"다른 사람의 병은 가히 고쳐줄 수 있으면서, 자신의 병 하나 다스릴 수 없으시다니……."

그가 소중한 대접을 받음이 이러하였다.

그가 죽자, 그의 각료인 굉녹사觥錄事[40]란 이가 덩달아 직책에서 밀려나 쓰이지 못한 채 탈수병에 걸려 죽고 말았으니, 비록 제갈공명諸葛孔明이 이엄李嚴[41]에게 끼쳤던 영향도 이보다 더하지는 못하였다.

내가 생각하건대, 옹씨는 천한 자리에서 일어나 여러 차례 인재 양성의 은택을 입어, 마침내 왕명王命을 출납出納하고 시의時宜를 짐작斟酌하였다. 그 보람은 그의 형제를 흡족케 하고 구족九族[42]을 화합케 하는 데 이르게 되었다. 교사郊祀[43]에서는 천신天神에 감통感通하고, 사당祠堂[44]에서는 돌아간 이의 영혼을 제사지냄이 이에 지극하였다. 세상에서는 옹후가 청탁淸濁을 가려 실수 없도록 해야 할 일에 조그만치의 누累가 되지 않을 순 없다고 한다. 하지만 진실로 바른 마음으로써 이것을 극진히 하여 받아들이면 될 따름이지, 옹후한테서야 무슨 탓할

---

40) 굉(觥)은 외뿔소의 뿔로 만든 큰 술잔이니, 그것의 의인화. 녹사(錄事)는 사실을 기록하는 서기(書記)의 관직.

41) 삼국 촉한(蜀漢)시대 제갈량 등과 더불어 유비(劉備)의 촉탁을 받은 고명(顧命)의 신하. 유주(幼主)를 보필하였는데, 제갈량의 기산(祁山) 전쟁시에 군량미 조달을 제대로 못하였더니, 그로 인해 회군한 제갈량을 군량이 넉넉한데 회군했노라 모함하다가 오히려 죄를 얻어 서민으로 폐하여졌다.

42) 고조·증조·조부·부친·본인·아들·손자·증손·현손의 직계친(直系親)을 중심으로 하는 동종(同宗) 친족을 일컬음.

43) 천지(天地)에 드리는 제사. 동지에는 남교(南郊)에서 하늘에, 하지에는 북교(北郊)에서 땅에 제사 지내었다.

44) 조상의 신주(神主)를 모시는 곳.

나위가 있으랴.

옹후의 자손은 민간에 흩어져서 살았고, 하나같이 그의 집안 풍도風度가 있었으나, 기량器量에서는 그에 미치지 못하였다.

이제 그를 위해 명銘을 만드노라.

'아아, 군君의 선계여

그 성씨는 옹백雍伯[45]으로부터라네.

규糾[46]라 름廩[47]이라 하는 이

역시 그 자취 남겼어라.

한나라 제후를 하였던

치齒[48]란 이가 이에 알려졌을 따름.

드러나지 못한 채 이어지다가

마침내 군君에 이르렀네.

팽려彭蠡[49] 추강秋江[50]다운

크고 넓은 금도衿度.

그윽하고 깊으며

---

45) 본 작품의 주인공 옹도(雍陶)에 대한 존칭.
46) 옹규(雍糾). 춘추시대 정(鄭)나라 사람으로, 정백(鄭伯)으로부터 자기 장인인 제중 (祭仲)을 살해할 것을 지시 받았으나, 그 아내의 누설로 인해 도리어 제중으로부 터 죽임을 당하였다.
47) 옹름(雍廩). 춘추시대 제(齊)나라의 대부. 처음에 공손무지(公孫無知)로부터 핍박 을 받았더니 몇 해 만에 무지를 죽였다.
48) 옹치(雍齒). 한(漢) 고조의 전쟁에 공을 이룬 사람이었으나, 나중 고조의 못마땅함 을 입었다. 그러나 장량(張良)의 덕분으로 십방후(什邡侯)를 봉해 받았다.
49) 예장(豫章) 팽택현(彭澤縣) 남쪽의 호수 이름. 일명 팽택호(彭澤湖), 회택(滙澤), 청초호(靑草湖), 동정호(洞庭湖)라 하며, 그 규모의 광대함이 알려졌다.
50) 가을날의 강(江).

넓직한 관용을 갖췄어라.

굳세지 아니하랴

갈아 내도 닳지 아니하니.

군君의 덕을 새겨 두어

길이 후인들에 보이리라.'

　判度支前領靑州諸郡事雍侯卒 其外弟羅浮麴生造門 口授余曰 雍兄盛度 久爲包容 今一朝失其所依 不勝缺然 雍兄德量 在人口靡不聞 其詳而味者 宜莫若子 子盍爲銘焉 余曰 噫 雍侯舊交也 始余相識於樽俎間 沐芳潤 霑滋液 出肺肝相示 久矣 至今十餘年間流離 飢渴漠然 不接于口耳 其終不可得以究也 然知雍侯者生也 思雍侯而不見 則謹依其言 略敍始末 如左 雍氏之先 出自河濱 遠祖器 佐舜於側微 不爲苦窳行 及舜卽位 進用漆氏 唯器不與焉 羣臣諫者十人 乃用爲司饔卿 掌太官膳食 凡宗廟祭祀 賓客宴饗 粢盛牲殺 各有其具 無不精潔 舜嘉之 至禹時猶顯 其一子 坐與儀狄交 遂疏焉 在晋時 其族尤盛 有與七賢遊者 畢吏部卓 嘗夜詣其室 爲所縛 樂廣聞而笑之 雍氏世與麴氏姻 先是 蜀先主備大錮麴氏 兼及雍氏之族 有人納一雍于家 爲所覺 幾得罪 賴救得止 及陶侃領荊州 諸將佐 多與雍子弟遊 曺務不治 侃怒悉投諸雍于河 惟不與麴氏親者得免 後周時嘗與兄弟 投入禁中 其族人元孚責以無禮 携之以出 雍麴二姓世結秦晋不絶云 侯諱陶 字質甫 定陶人 世居陶丘鄕 考諱埴 妣甄氏嘗夢人告曰 上帝命爾爲子 遂覺有娠生侯 或云 昔鄭泉嗜酒 嘗曰 我死葬陶家側 令君居陶丘 所夢者必此也 因以名陶侯 善飮酒 能至五斗

唐有雍陶能詩 世以能酒雍陶別之 侯生而肥黑潤口 而皤腹 嘗戲謂
麴生曰 此中可容卿輩數百 生退而語人曰 雍兄推赤心 置人腹中 與
雍兄交 若飮醇酎 使人自醉 由是 合則必相熟 熟則必兩盡其所懷然
後去 鬲縣有寇 君擧姪醇于朝 聞者歎曰 近擧不遺親 此也 後因有賞
醇辭曰 臣非叔 無以至此 上笑曰 卿可謂不忘本矣 遂用君觀察平原
道 領靑州諸郡事 歲入俸凡幾石 長吏二千石以下 皆出其門 二子甖
缸恃勢 多納米財 侯戒曰 瓶之罄矣 維罍之恥 今民力已竭 爾等猶且
坐麋廩粟 日不知足 語曰 滿招損 爾愼之 後二子 果因漏泄密事敗死
侯年老 病瘡日甚 常有濃汁流出 雖塞之不禁 上遣醫調藥傅瘡 賜以
紙被 遂解軍國重務 遷戶部尙書判度支事 調度有程 甚稱職 惟日食
乾米 不飮水 一日扶下階 仆地氣絶 遂不救 訃聞 上輟朝 命太常 贈
諡追封曲突侯 圖形凌烟閣 享年若干 遂用某月某日 葬于某鄕某岡
戊坐巳向之原 夫人某氏 某官之女 子罇監酒稅 累遷花園令 今爲主
客郎中 侯嘗病寒 有人覆以衣曰 人病可救 此病不可救 其見重如此
及卒 其僚屬觥錄事者 因廢不用 病渴而死 雖孔明之感李嚴 不是過
也 余謂 雍氏起自泥塗 累被陶甄 遂乃出納王命 斟酌時宜 其效至於
兄弟洽九族和 郊而格天神 廟而饗人鬼 斯其至矣 世以侯於淸濁無
失 不爲不少累 苟以是心 至斯受之而已 於侯何有哉 侯之子孫 散處
民間 咸有乃家風 器量不及也

　遂爲之銘曰 繄君之先 氏自雍伯 曰糾曰廮 亦載其跡 在漢爲侯 惟
齒乃聞 不顯亦世 爰及于君 彭蠡秋江 浩浩禁胸 旣窈且深 載廓有容
不曰堅乎 磨而不磷 銘君之德 永示後人. 　　　　　-(『橘屋集』)

제 2 부
우화 가전 읽기

沈師正의 猛虎圖

한 유韓愈 / 〈모영전毛穎傳〉 · 〈하비후혁화전下邳侯革華傳〉

신생 장르에 대한
잡박 논쟁

저 중국의 이른바 중당기中唐期에 첫 남상濫觴을 본 〈모영전毛穎傳〉
은 동방 가전사 위에서 꺼지지 않는 이름으로 남은 불후의 명품이었다.
가전 문학사에 있어 최
대의 성가聲價를 장식
하였던 한유韓愈(768~
824)의 이 작품에 대해
다시 어떠한 수식어로
써 이것이 지닌 의미를

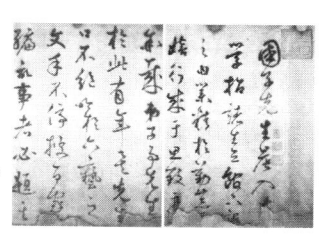

한유와 그의 필적

곡진히 할 수 있을는지 망연한 바 없지 않다.

이렇듯 뒷시대 한·중의 문학사에 여러 백년 두고 지울 수 없는 의미
로 남았을 뿐이지만, 아이러니하게도 이것의 초조初肇 개창開創의 무렵
에는 벌써 적지 않은 요단鬧端을 안고 시작하였던 진실이 있다. 실제로
한유가 일개 사물을 사람인양 살려다가 이런저런 사설을 끌어낸 것과

같은 시도는 중국 산문학사상 미증유의 첫 파격적인 기획임에는 틀림 없었다.

장적

그리고 과연 한유와는 동시대 문인이었던 장적張籍이 한유의 이름으로 지어진 어떤 형태 작문에 대한 부정론적 성조聲調가 진즉에 따라 있었다. 한유에게 보낸 서한을 통하였으니, 대개 장적의 한유문韓愈文 비판의 근거는 글이 지닌 바 희필성戲筆性으로 요약하여 크게 벗어나지는 않는 듯싶었다. 그는 한유의 작문 행위가 군자의 수신修身 및 덕성 함양에 전혀 도움이 안 되는 노름과 다를 바 없고 실없는 이야기 따위에 불과하니 그만둘 것을 충언하였던 것이다.

比見執事 多尙駁雜無實之說 使人陳之於前以爲歡 此有以累於令德…且執事言論文章不謬於古人 今所爲或有不出於世之守常者 竊未爲得也 願執事絶博塞之好 棄無實之談 弘廣以接天下士 嗣孟軻揚雄之作 辨揚墨老釋之說 使聖人之道 復見於唐 豈不尙哉.1)

요사이 집사執事(한유 : 필자주)께서 상당히 잡박하고 무실無實한 설을 높이어, 사람들을 앞에 늘어세워 놓고 즐겁게 해 주는 것을 보는데, 이는 훌륭한 덕에 누가 되는 것입니다. … 또한 집사의 언론이며 문장은 옛사람에 어긋나시지 않았는데, 지금 하시는 바는 혹 세상에서 평범을 유지하는 것보다 나을 게 없어 어딘지 마뜩치 못한바 되지요. 바라건대 집사께서는 놀이 취미를 끊고 실없는 이야기를 버리시지요. 대신 널리 천하의 선비들과 접하여 맹가孟軻 · 양웅揚雄의 작품들을 잇고, 양주楊朱 · 묵적墨翟 · 노자老子 · 석가釋迦의 설을 가려내어 성인의 도가 다시금 우리 당唐에 드러날 수 있도록 하신다면 그 어찌 거룩한 일이 아니

---

1) 『한창려전집(韓昌黎全集)』(대만 新文豊出版公司, 1977) 제2책 권14의 〈답장적서(答張籍書)〉 제목 아래 주기(注記)의 원용임.

겠습니까?

『한창려전집』에는 장적과의 교계交契가 도타운 것이었음을 알려 주
는 상당 수의 작품들이 보인다. 그렇게 두 사람 사이의 친분 관계2)에서
볼 때 이 글의 취지가 비난이 아닌, 충정어린 권고를 하려는 데 있었던
것이긴 하다. 하지만 일단은 장적이 한유의 그 어떤 문장에 대해서 실
없는 담설談說 정도로 간주했고, 더 나아가 이단적인 창작 행위 쯤으로
판단했던 것만큼 명백하다.

사실은 이단을 끊고 유가儒家의 문장에 빛을 내보라는 이 충고가 노
老·불佛 이단에 대해 누구보다도 배타적이던 한유3)에게는 별 의미없
는 설득으로 보였을 터이다. 그리하여 남에게 오해를 사는 일이 있을
수도 있겠지만, 자신은 어디까지나 성인지도聖人之道의 기본 궤적을 따
르고자 힘쓰는 일면, 노자나 석가와 같은 이단을 배척하는 의지가 굳건
함을 재삼 못박고 있다. 그런 맥락에서 무실無實·잡박雜駁의 설과 박
새博塞의 충고에 대하여 승교承敎할 수 없다고 차분히 응수하고 있다.

吾子又譏吾與人人爲無實駁雜之說 此吾所以爲戲耳 比之酒色 不
有間乎 吾子譏之 似同浴而譏裸裎也 若商論不能下氣 或似有之 當更

---

2) 1책 권5의 〈調張籍〉·〈病中贈張十八〉, 권7의 〈晚寄張十八助敎周郎博士〉·
〈與張十八同效阮步兵一日復一夕〉과, 2책 권9의 〈詠雪贈張籍〉, 권10의 〈賀
張十八祕書得裵司空馬〉·〈雨中寄張博士籍侯主簿喜〉, 권14의 〈答張籍書〉
·〈重答張籍書〉, 권16의 〈代張籍與李浙東書〉 등에서 짐작된다.
3) 그의 잘 알려진 〈논불골표論佛骨表〉)(5책 권39 表狀)가 그 대표적 일례라 하겠다. 〈답장
적서〉 가운데도, “僕自得聖人之道而誦之 排前二家 有年矣.”〔저는 성인의 도를
배워서 외고, 앞에 든 노자·석가의 이가(二家)를 배격해 온 지 여러 해입니다.〕한유의
제자 겸 사위로서 『한창려집』을 펴 내기도 했던 이한(李漢)의 〈창려문집서(昌黎文集
序)〉에 역시 한유가 모질게 석가를 몰아냈다는 의미의 “酷排釋氏”를 강조했다.

思而悔之耳 博塞之譏 敢不承敎.[4]

　그대는 또한 내가 사람들에게 실없고 잡박한 얘기나 제공한다고 나무
랐는데, 이것은 나의 회사戱事일 뿐이니 주색과 비해 다를 게 있겠습니
까? 그대가 이를 나무람은 마치 함께 목욕하고 나서 알몸이라며 탓하는
것이나 같습니다. 사람들과 논의하는 데 있어 심기를 가라앉히지 못한다
하셨는데, 혹 그 비슷한 일이 있다면 의당 다시 생각해서 반성할 따름이
겠지만, 놀이에 대한 충고만큼 감히 그 훈교를 받들지 못하겠군요.

　자신의 하는 일이 유가의 도와는 전혀 아무런 상충됨이 없이 무방한
것임을 스스로 자처하고 있다.

　이들 사이에 왕래된 두 번째 서신의
주된 요지는, 장적 편에서 이단자들을
깨우쳐 억제하게끔 하는 명저名著를
내보라는 권유에 대해, 한유가 자신의
능력 바깥 일로 돌려 사양을 나타내는
내용이다.
　그런 속에서도 역시 잡박·무실에
대한 처음 생각을 접어 두지는 않고
있으니, 장적의 다음 언급에서 역력히
나타나 보인다.

장적이 시 읊기에 몰두한 장면

　　君子發言擧足 不遠於理 未嘗聞以駁雜無實之說爲戱也…或以爲中
　　不失正 將以苟悅於衆 是戱人也 是玩人也 非示人以義之道也.[5]

---

　4) 『한창려전집』 제2책 권14 잡저(雜著) ‘서(書)’〈答張籍書〉.

군자의 발언과 거동은 도리에서 멀지 않습니다. 일찍이 박잡·무실한 말로 즐거움을 삼는다는 얘기는 들어보지 못하였습니다. … 혹 중정中正을 잃은 그것으로 장차 대중에게 구차한 환심을 산다면 희인戱人이요 완인玩人일지니, 사람들에게 올바른 도를 보여 주는 일이 아닌 것입니다.

이에 대한 한유의 제2 답신인 〈중답장적서重答張籍書〉를 보면 오히려 장적의 무실·잡박의 비판에 대해 선대의 전고典故까지 내세우면서 더욱 적극적으로 논박 대응하는 구절이 있어 주목을 끈다.

駁雜之譏 前書盡之 吾子其復之 昔者夫子猶有所戱 詩不云乎 善戱謔兮 不爲虐兮 記曰 張而不弛 文武不能也 惡害於道哉 吾子其未之思乎.[6]

잡박하다는 비평에 대하여는 앞의 편지에서 다 말씀드렸으니 그대께서 되읽어 보시지요. 옛날 공자께서도 오히려 농담하신 바가 있고, 『시경詩經』에서도 "농담과 해학에 능하되 지나치지 않는다 없네"고 하지 않던가요. 『예기禮記』에도 일컫기를, "팽팽히 당기기만 하고 느슨히 풀지 않는 것은 문왕文王·무왕武王도 하지 않으셨다" 하였으니, 어찌 도道에 해害가 되리이까? 그대가 거기까지 미처 생각하지 못하셨나 보군요.

고문운동가古文運動家로서 문장이 도를 밝히는 도구라는 신념이 강하였으니, 소위 "문자 관도지기文者 貫道之器"[7]의 원천이자, 송대에 이른바 '문이재도文以載道'의 원조 격인 한유이다.[8] 이러한 그에게 있어 위와

---

5) 『한창려전집』 제2책 권14 잡저 '書'의 〈重答張籍書〉의 표제 아래 전문 인용된 장적의 두 번째 편지글 인용임.
6) 『한창려전집』 제2책 권14 잡저 '書'의 소재.
7) 이것은 한유의 제자이자 사위인 이한의 〈창려문집서〉 맨 허두의 글이다.
8) "그는 또 남을 가르칠 때에 도(道)와 문(文)의 이자(二者)를 병중(並重)하였으니 송대의 제출(提出)된 문이재도(文以載道)의 구호는 실로 이에서 출발되었던 것이

같은 내용은 한유 문학관의 색다른 일면을 엿보게 한다.

그렇거니와, 도대체 이 두 사람 사이에 주고받은 논란거리였던 그 "무실박잡지설無實駁雜之說"이란 구체적으로 한유의 어떠한 창작 근거를 놓고서 그리 일컬었음인가? 크게 궁금한 문제가 아닐 수 없으나, 양자 사이에 주고받은 서한의 내용 가운데에는 단 한 차례도 어떻다 할 구체적인 작품 명이 나타나지 않아 더욱 막연하기만 하다.

그같은 중에 다만, 『한창려집』 제4책 권36 '잡문'에 수록된 〈모영전〉 표제 아래의 주기注記에는 이것의 영문을 알려 주는 모처럼의 낭보朗報가 있었다.

> 公作此傳當時 有非之者 張籍書所謂戱謔之言 謂亦指此.
> 공이 이 〈모영전〉을 지었을 당시에 그것을 비난하는 이가 있었으니, 장적의 글에 이른바 '희학의 말'이라 함은 바로 이 작품을 지적한 뜻이었다.

한유의 문집은 본래 그의 사위인 이한李漢이 펴냈다고 했다. 그리고 여기에 주注가 들어가기 시작한 것은 목판인쇄술의 발달과 더불어 북송·남송의 때를 타서 완성하였다고 한다. 이 시기에 사부총서 간본四部叢書刊本의 『주문공교창려선생집朱文公校昌黎先生集』 및, 사고전서 진본四庫全書珍本 4집의 『오백가주창려문집五百家注昌黎文集』 등이 이루어졌던 것9)인데, 바로 위에 보는 『한창려집』의 주기는 후자인 오백가주본五百家注本에서 상당수를 가져온 것이라고 했다.10) 어쨌든지 위 주기

다."(이가원, 『중국문학사조사(中國文學思潮史)』, 일조각, 1972, p.134)

9) 이장우, 「한창려집」, 『중국의 고전백선』, 동아일보사, 1980, p.43.

10) 『한창려전집』 책 말미의 〈書後〉에, "其注採建安魏仲擧五百家注本爲多 間有

의 내용 역시 한유의 다음 시대인 송 학자의 수적手跡인 것으로 간주되고 있고, 그런만큼 이같은 정보 사실을 어느 정도 신빙해야 할는지에 대한 일말의 부담은 남는다.

하지만 그 이후에는 장적에 의해 '회학지언戲謔之言'이란 말과 함께 비난의 표적이 되어 왔던 작품이 다름 아닌 〈모영전〉이라고 한 이 메시지 그대로 통념되어 왔던 의례적인 사실도 부인하지 못할 것이었다. 곧 한유의 〈답장적서〉 가운데 "爲無實雜駁之說"이라고 한 본문 바로 아래 주기의 다음과 같은 내용으로도 저간의 사정을 알 만하였다.

> 駁雜之說 世多指毛穎傳 蓋因摭言 有云韓公著毛穎傳 好駁塞之戲 張水部以書勸之耳.
> 잡박지설에 대해 세상에서 대부분 〈모영전〉을 지적하는데, 이는 대개 들리는 말에 의한 것이다. 한공韓公이 〈모영전〉을 짓고 잡기놀이를 좋아함에 장수부(장적 : 필자주)가 편지로 권책했음이다.

그런데 이것이 전혀 사실무근 만은 아닐 수도 있는 단서를 찾아 못 볼 바 아니다. 곧 앞의 〈모영전〉의 각주 인용부에서 장적의 글에 이른 바 '회학지언'이라 함은 바로 〈모영전〉을 지적한 뜻이라 한 데 연결지어,

> 舊史亦從而爲之言曰 譏戲不近人情 是豈有識者哉.
> 『구사舊史』에서도 장적을 따라 말하되, 기롱譏弄인지라 인정에 가깝지 못하니 이 어찌 양식을 갖춘 사람이겠는가 하였다.

라 했다는 사실이 그러하였다. 뿐만 아니라, 한유와 같은 시대에 나란

引佗書者 僅十之三"이라 했다.

히 산문학의 거장으로 이름 높았던 유종원柳宗元(773~819)이 〈여양회지서與楊誨之書〉11)에 쓴 다음과 같은 글을 볼 때 또한 짐작 가는 바가 없지 않은 것이다.

足下所持韓生毛穎傳來 僕甚奇其書 恐世人非之 今作數百言 知前聖不必罪俳也.

족하(양회지 : 필자주)께서 한생韓生의 〈모영전〉을 갖고 오셨을 때 저는 매우 그 글을 기이하게 여겼으나, 세상 사람들이 비난할까 걱정됩니다. 지금 수백 언을 지음으로써 앞 시대의 성인도 이것을 희작戲作으로 허물하여 물리치지는 않았을 것임을 알렸습니다.

유종원

필경 유종원의 안목으로도 〈모영전〉은 당시 관념에서는 다분히 모험적인 글로 보였음이 분명하다. 그리하여 역시 장적이 뒤섞여 순정醇正하지 못한단 뜻의 '잡박지설'로 보았던 그 해당 문제작일 수 있는 개연성이 상승된다. 유종원은 위의 편지에서 뿐 아니라, 이 〈모영전〉 한 편에 대해 사뭇 그 존재적 의의를 인정하고 적극 비호한다는 취지를 〈독한유소저모영전후제讀韓愈所著毛穎傳後題〉12)라는 글로써 밝혔다. 위 인용문의 말미 곧, 앞 시대의 성인도 허물하지 않을 것임을 알리고자 지었다는 그 수백 언이란 것도 다름 아닌 바로 이 글이다.

그러나 이상과는 전혀 다른 국면에서, 장적이 지적한 바 '희학・잡박'

___

11) 『유하동전집(柳河東全集)』(대만 中華書局, 1982) 권33 '書'의 소재.
12) 『유하동전집』 권21 '題序'의 소재.

의 대상이 〈모영전〉이라는 일반의 관념은 당치않다는 논지도 일찍이
마저 없지 않았었다. 다름 아닌, 『한창려전집』에 있는 〈답장적서〉의
주기注記가 그것이다. 그 근거는 한유가 장적과 편지 교환한 시기와
〈모영전〉 제작의 시기를 서로 대조하는 데 두었다.

> 有云韓公著毛穎傳 好博塞之戲 張水部以書勸之耳 而不知籍此書
> 乃與公酬答於貞元佐汴時.
> 한공이 〈모영전〉을 짓고 잡기놀이를 좋아함에 장수부가 편지로 권책
> 한 것이라 하였다. 그러나, 장적의 이 편지는 다름 아니라 한공이 정원
> 연간貞元年間에 변주汴州의 속관屬官을 할 적에 공과 더불어 주고받았
> 다는 사실은 알지 못한 것이다.

한유가 변주汴州라는 지방 장관의 막료에 부임한 시기는 덕종德宗 정원
貞元 12년(796), 그의 나이 29세 때의 일이다. 그리고 정원 17년(801) 34
세에 사문박사四門博士가 되었으니, 두 사람이 서신 교환을 한 때도 그
무렵의 약 5년 사이에 들 것이다.
  그러나 이제, 이 주기의 뒤에는 뜻밖에도 〈모영전〉의 창작 연대를
밝히는 가장 괄목할 만한 기사가 이어진다.

> 毛穎傳 以呂汲公年譜考之 則元和十年所作.
> 〈모영전〉은 여급공呂汲公의 연보로 상고하여 본즉 원화元和 10년의
> 지은 바이라.

원화元和 10년은 당 헌종憲宗 11년(816), 한유의 나이 48세에 해당되는
때이다.

더하여, 이것을 뒷받침해 주는 또 한 가지의 증좌를 한유의 지기知己인 유종원의 다음과 같은 신변담 안에서 찾을 수 있다.

自吾居夷 不與中州人通書 有來南者時 言韓愈爲毛穎傳.[13]
내가 이이夷 땅에 머문 이래 중주인中州人과는 서로 서신을 통하지 못하였더니, 남쪽으로 어떤 이가 내려왔을 때 한유가 〈모영전〉을 썼다는 말을 하였다.

아울러 『한창려전집』 제2책 권14 잡저雜著 '서書' 〈답장적서答張籍書〉 각주 부분도 주목할 만하다. '유자후柳子厚는 영정永貞 원년(805)에 영주

사마永州司馬가 되어 10년을 지냈슨즉, 〈모영전〉은 정녕 원화元和 연간에 지어진 것이요, 〈답장적서〉 편지보다 10여 년 나중이 되니, 그 주워 들은 말을 믿을 수가 없다(子厚以永貞元年出爲永州司馬 凡十年 則毛穎傳誠元和

당 헌종

間作 後此書十有餘歲 撫言未可憑也)'고 하였다. 자후子厚는 유원종의 자字이다. 유종원은 당唐 순종順宗 원년에 왕숙문王叔文의 혁신정치에 연좌되어 영주사마永州司馬로 좌천되었다. 이 기록대로라면 장적이 '박잡지설駁雜之說' 운운으로 지적한 작품을 〈모영전〉으로 하는 것은 순식간에 타당성을 놓치게 된다.

이렇듯 〈모영전〉이 뒷시대 새로운 장르적 기반을 구축한 동양 가전의 원조라는 막중한 지위를 차지하게 된 그 위상 만큼이나, 일찍부터 이 작품을 둘러싼 그것 창작의 온당성 여부라든지, 지어진 연대에 대한 논란 등이 흡사 치루지 않으면 안 될 유명세와도 같이 따라붙어 있었다.

---

13) 『유하동전집』 권21 '題序' 〈讀韓愈所著毛穎傳後題〉.

또한 장적이 과연 이 〈모영전〉까지를 들어 비평한 것인지 아닌지에 관계 없이, 또는 유종원이 이 작품에 보이는 '문장의 진기함'(怪文) 앞에 혹 세상 사람들이 비난할지 몰라 했던 그 충정어린 걱정에도 불구하고, 바뀌지 않은 사실 한 가지가 있다. 그것은 이 작품이 당대唐代에 처음 만들어지고, 같은 시대 유종원에 의해 적극적인 좌단左袒을 받았던 이래, 그 다음 송·원·명·청 내지는 한국의 여·한 문단에 이세동조異世同調의 엄청난 파급 효과를 야기시켰다는 것이다.

이는 우선적으로는 〈모영전〉 창작 자체가 갖는 바 혁신적인 실험 정신에 따른 스스로의 공이라 하겠지만, 그에 부응하여 유종원이 내놓은 〈독한유소저모영전후제〉의 열성적 변론이 이에 적잖은 가세가 되었을 것으로 사료된다. 이 내용을 잘 음미해 볼 필요가 있으니, 그 대요는 이러하다.

어떤 이가 자신의 임지에 와서 한유가 〈모영전〉 쓴 일을 얘기하면서 그 내용의 설명 대신 그저 크게 웃으면서 진기하다〔怪〕고만 하였는데, 양회지로부터 막상 그 작품을 받아 보니 과연 한유다운 괴문怪文인지라 앞의 사람의 대소大笑가 당연함을 알게 되었다는 경위를 우선 적었다. 희학과 골계도 세상에 유익한 바 있을 수 있음을 『시경』 위풍衛風의 〈기오淇澳〉 편에 "善戲謔兮 不爲虐兮"라는 구절과, 태사공 사마천의 『사기』 중에 '골계열전滑稽列傳'이 들어 있음을 그 본보기로 들었다. 또한 배우는 이가 온종일 공부하고 선행을 실천하다 보면 쉬고 노는 때도 있어야 하는데, 이럴 때 긴장하고 구애를 받아서는 안 되는 것이니, 이러한 긴장 해소의 역할을 할 수 있는 문장이 희학지문戲謔之文이라면서 그 필요성을 강변하였다. 혁신적 글의 가능성을 음식에다 비유하기도 했으니, 마치 구태의연하지 않은 새로운 음식이라야 사람들의 구미를 즐겁게 해 줄 가능성이 있는 것처럼, 문장 역시도 새로운 시도가 요구된다는 주장을 세웠다.

　이상과 같이 희학문의 공리성에 대한 변해辯解에 더하여, 또 사실 모영[붓]이야말로 고금의 모든 사상적 문화적 방면에 두루 걸친 공로의 주역인 것을 거들면서 한유〈모영전〉의 필연적 입지에 대해 십분 역설했다. 역시〈독한유소저모영전후제〉안의 글이다.

　　　韓子窮古書好斯文 嘉穎之能 盡其意 故奮而爲之傳 以發其鬱積而學者得之勵 其有益於世歟.14)
　　　한유가 옛 서적을 궁구하고 유학을 좋아한 나머지 모영의 능력을 가상히 여기고 그 의의를 곡진히 캤다. 이에 분발하여 전傳으로 만들면서 자신의 울적을 해결하였던 것이다. 그러니 배우는 이가 이것을 받아들여 힘쓴다면 세상에 도움이 되는 바가 있을진저!

　이는 특별히〈모영전〉의 창작적 동기와 관련해서도 더없는 호재(好材)로 남을만한 기사가 아닐 수 없다. 동시에, 후대 가전 문학 생성을 위한 일대 후원자 내지 잠재적 추진자(prime mover)다운 역할을 다했다 해도 지나치지 않은 양 싶다.

　이제, 이른바 가전의 남상으로 후대 이 장르의 모범이 된〈모영전〉의 기본 구조를 살펴보면 다음과 같은 4단계로의 구분이 가능하다.
　작품의 첫 도입은 주인공 모영[붓]의 출신[中山人]을 알림과 동시에 선조[明眎, 䖱]의 소개를 다룬다. 선계先系이다.

---

14)『유하동전집』권21 '題序' 소재.

둘째 단계는 바로 주인공인 모영의 이만저만한 행적을 다룬 것이니, 본전本傳이다.

셋째 단계는 자손에 관한 후일담을 다루고 있다. 후계後系이다.

마지막 단계는 "太史公曰" 이하의 부분으로, 주인공 모영에 관련된 작자의 견해를 표명하고 있다. 곧 평결評結이다.

한 존재의 생겨난 원류源流를 밝히는 앞 이야기가 있고, 주인공 생애의 본류本流인 본 이야기가 있으며, 그 존재의 지류支流를 소개하는 뒤 이야기가 있다. 또 최종에 이르러는 존재가 남긴 의미를 수습하는 총론, 곧 모듬 이야기가 있는 이것은 엄격한 한 개 전기傳記의 형식이다. 이래서 〈모영전〉을 가전의 효시로 보는 일반적 정설을 토대로 '가전假傳'이라 할 때의 그 '전傳=전기傳記'라는 등식이 성립되는 것이다.

한편 한유가 처음 시도하였던 〈모영전〉의 형식이 사마천의 『사기』 양식을 조술하고 있다 함은 오늘날 가전 연구에 있어 기본 명제의 하나가 되고 있다. 하지만 이러한 사실은 하필 요즘의 가전 연구자의 이전에 훨씬 일찍부터 언급되어 있던 터였다. 예컨대 『한창려전집』에 실려 있는 〈모영전〉[15])의 전기前記가 담고 있는 내용도 그 일례가 된다.

> 李肇國史謂 公此傳 其文尤高 不下遷史談藪 亦謂 此傳似太史公筆.
> 이조李肇의 『국사國史』에 가로되, 한유 공의 이 전기傳記는 그 글이 더욱 높아서 사마천 『사기』의 풍부한 담론에 떨어지지 않는다고 했다. 역시 또 이르기를, 이 전기는 태사공의 필법을 닮아 있다고 했다.

이에서 태사공의 필법이라 함은 더 구체적으로는 사마천의 『사기』

---

15) 『한창려전집』 제4책 권36 '雜文' 안에 들어있다.

열전을 가리키는 말이다. 다른 한편 『고문진보古文眞寶』 후집 권4 가운
데 수록된 〈모영전〉의 전기前記에서는 '닮았다'고 유추하는 대신, 아예
'배웠다'로 단정 짓고 있다.

> 迂齋曰 筆事收拾盡善 將無作有 所謂以文滑稽者 贊尤高古 是學
> 史記文字.
> 　우재迂齋는 이렇게 말했다. 글쓰기에 온갖 잘된 것들을 추려 모으고
> 있다. 이런 작품은 다시 없으리니, 이른바 문文으로써 골계를 나타낸
> 것이라 하겠다. 찬贊은 더욱 고상하고 옛스런 풍취가 있으니, 이는 『사
> 기』의 문자를 배운 것이다.

　골계 문장으로서의 절등함과, 나아가 찬贊의 경계 더욱 높고 옛스러
움이 다른 것 아닌 『사기』의 문자를 배웠다고 한 기록과 더불어, 다시
그 후기後記에 적힌 다음의 내용이 또한 주목을 끄는 바 있다.

> 此傳步驟史記爲之 後之某人陸吉黃甘傳 唐子西陸醋傳 楊誠齋豆
> 盧柔傳 陳止齋蚳蠶傳之類 又步驟此傳爲之者也.
> 　이 전(모영전 : 필자주)은 『사기』를 답습하여 만든 것이다. 뒷날 아무개
> 가 지은 〈육길황감전陸吉黃甘傳〉과 당자서唐子西가 지은 〈육서전陸醋
> 傳〉, 양성재楊誠齋가 지은 〈두로유전豆盧柔傳〉, 진지재陳止齋가 지은
> 〈지원전蚳蠶傳〉 같은 류는 또한 〈모영전〉을 답습하여 만든 것이다.

　〈모영전〉이 뒷시대에 이어지는 의인법 문조文藻들의 우뚝한 조원肇
源이라 함을 절로 천명하고 있는 것이다.

　위의 글에선 비록 간단한 예시로써 몇 작품만 원용해 두었으나, 후대
의 가전은 모두 이 〈모영전〉의 형식을 그대로 조술함을 대원칙으로

삼게 되었다. 동시에 어쩌다 시대의 점진과 추이에 따라서 비록 그 형식상의 변형이 이루어졌을망정, 변형의 바탕과 기준은 어디까지나 〈모영전〉에 두었던 사실이 명백하였다.

이렇듯 뒷시대 가전이 〈모영전〉으로부터 받은 그 형식의 조습은 더 말할 나위도 없으려니와, 그 내용 중에조차 넌지시 〈모영전〉을 들어 언급하는 일이 또한 적지 않았다. 지금 그러한 일례의 상세한 전부를 다 드는 일은 번거롭겠으나, 우선 떠오르는 한두 가지를 들어 보일 수는 있다. 무엇보다도 작품에 문방文房의 사우四友로 등장하고 있는 모영毛穎·진현陳玄·도홍陶泓·저선생楮先生 등은 우선 그 이름 설정만으로도 후세 문방 계통 작품에 허다한 동일, 혹은 유사 명칭을 유발케 하였다. 이를테면 송대 소식蘇軾이 지은 벼루 가전인 〈만석군나문전萬石君羅文傳〉에 저선생楮先生과 모영의 후예가 모순毛純이었고, 명대 민문진閔文振이 지은 종이 가전인 〈저대제전楮待制傳〉에 주인공의 선조가 저선생과 중서령中書令 모영이었다. 청대 장조張潮가 지은 종이 가전인 〈저선생전楮先生傳〉에 모영·저선생·진현의 이름이 보이고, 신함광申涵光이 지은 붓의 가전인 〈모영후전毛穎後傳〉에 모영·진현·도홍·저선생이 등장하는 한편, 시대 미상의 조우신趙佑宸이 지은 연적 그릇의 가전인 〈수중승전水中丞傳〉에 중산中山의 모영과 저선생 등으로 나타났다.

한국에서도 고려조에 이첨李詹이 지은 종이 가전인 〈저생전楮生傳〉에 중산의 모학사毛學士가 출현했다. 조선조에는 남유용南有容이 지은 묵墨·연硯·지紙의 가전 〈모영전보毛穎傳補〉에 진현·도홍·저선생과, 박윤묵朴允默이 지은 먹의 가전 〈진현전陳玄傳〉에 주인공 진현, 그리고 한성리韓星履가 지은 붓의 가전 〈관성자전管城子傳〉에 처음 이름으로서의 모영 및 저선생 등으로 그 모습을 보였다. 비록 가전의 범주를 떠나 있으나 역시 뚜렷한 의인 일작인 임제林悌의 〈수성지愁城誌〉 중에도 도홍과 모영 등의 출현이 없지 않았다.

한편, 문맥 가운데에서 보더라도 〈모영전〉의 다음과 같은 한 구절

上召穎 三人不待詔 輒俱往 上未嘗怪焉.
임금이 모영을 부르면 세 사람이 임금의 하명을 기다리지 않고도 어느새 함께 갔던 것이지만, 임금은 이를 한 번도 이상하게 본 적이 없었다.

은 뒷시대 가전 총중叢中에 비중 있는 유형어가 되기도 하였으니, 송대 진관秦觀(1049~1100)과 당경唐庚(1060경~?)이 술을 인격화한 가전 〈청화선생전淸和先生傳〉이며 〈육서전陸諝傳〉 등에 그 울림이 보인다.

每召見先生 有司不請 而以二子俱見 上不以爲疑. 〈청화선생전〉
임금이 선생을 불러 보려는 때면 담당 관리가 부르지 않아도 그 두 사람이 함께 알현하였던 것이지만, 임금 또한 의아하게 여기지 않았다.

然上每念諝 輒幷召二人. 〈육서전〉
그러나 임금이 육서가 생각날 때마다 문득 두 사람도 함께 불렀다.

더 나중에, 조선시대 최연崔演(1503~1549)의 술 의인 가전 〈국수재전麯秀才傳〉 및 박윤묵朴允默(1771~1849)의 종이 가전 〈저백전楮白傳〉 등에 가면 더욱 극명한 반영이 나타난다.

上召秀才 則此五子亦不待詔 輒俱往 上未嘗怪焉. 〈국수재전〉

　　임금이 국수재를 부르면 이 다섯 사람들은 따로 명을 기다리지 않고
도 어느새 함께 갔던 것이지만, 임금은 이를 한번도 이상하게 보지 않았
었다.

　　上每有所使 輒與三人者俱 而上亦不之偏住也. 〈저백전〉
　　임금이 무슨 일을 시켜 하라는 바가 있을 적마다 어느새 그 세 사람
과 함께 움직였던 것이나, 임금 또한 그것을 편벽되이 마음에 두지는 않
았다.

　이제 한 걸음 더 나아가, 후대 한·중 가전사의 흐름 안에는 글 가운
데에 한유거나 〈모영전〉에 관련한 아예 직접성 있는 노정도 심심찮게
발견이 된다. 그렇게 눈에 띄는 것을 대략 일별하여 본다.
　조선시대 명종·선조의 무렵, 윤광계尹光啓(1559~1619)가 절구공이를
의인화한 〈저군전杵君傳〉의 안에 절구공이와 달에서 방아 찧는 토끼와
의 연상법을 살려 조사措辭한 부분이 있다.

　　韓愈氏作毛穎傳有云 明眎八世孫毻 得神仙之術 騎蟾蜍入月 世傳
當其時 有杵氏一人 亦隨以往 遂爲毛氏用.
　　한유 씨가 지은 〈모영전〉에, 명시明眎의 8대 후손인 누毻가 신선술
을 터득하여 두꺼비를 타고 달에 들어갔다는 말이 있다. 세상에 전하기
는 그때 저씨杵氏 한 사람이 역시 그를 따라갔고, 마침내는 모씨毛氏의
쓰임을 받았다고 한다.

　한유와 〈모영전〉의 반영이 여실히 드러나고 있어 흥미롭다.
　그렇지만 〈모영전〉이 어디까지나 붓의 입전이었다는 사실과 함께,
유사성 도출의 긴밀함은 역시 붓을 중심으로 한 문방계文房系 가전 안
에서 가장 빈도 있게 나타나는 양 싶었다. 무엇보다도 청대 신함광申涵

光(1650경~?)이 붓을 의인화한 〈모영후전〉이라든가, 조선조 남유용(1698
~1773)이 그 나머지 세 대상인 먹·벼루·종이를 의인화한 〈모영전보〉
등이야 애당초 그 제목에서부터 한유 〈모영전〉의 후속편임을 내놓고
천명하는 것이었으니 더 이를 나위가 없겠다. 한편으로 조선조 박윤묵
의 붓 의인 가전 〈모원봉전毛元鋒傳〉에

> 世傳 殷時有靈氉 得神仙之術 能匿光使物 竊姮娥騎蟾蜍入月 昔韓
> 愈以氉爲明睬八世孫.
>
> 세상에 전하기는, 은나라 때 신령스런 누氉가 신선의 술법을 터득하
> 여 능히 빛을 감추고 물물物을 부리었는데, 항아姮娥를 은근 변화시킨 두
> 꺼비를 타고 달에 들어갔다고 한다. 옛날 한유는 누가 명시明睬의 8대
> 손이라 했거니와 ….

이라 하였고, 한성리(1880경~?)의 붓 의인 가전 〈관성자전〉에도,

> 初名毛穎也 事載韓昌黎所撰傳中.
>
> 처음 이름은 모영이었다. 그 사실이 한창려 지은 전 가운데 실려 있다.

한 것이 보인다. 또 그 뒤에 안엽安曄의 〈문방사우전文房四友傳〉에도 그
직접적인 표명이 나타난다.

> 毛元銳字文鋒 系出宣城 有毛穎者 爲秦中書令有功 韓文公傳之
> 不須譜也.
>
> 모원예毛元銳의 자는 문봉文鋒으로, 계통은 선성宣城에서 나왔다. 모
> 영이란 이가 진秦나라의 중서령을 지내며 세운 공로는 한문공韓文公이
> 전傳으로 썼으니 굳이 나열해 적을 필요는 없겠다.

　창작이 아닌 비평 분야에도 그 영향력은 유감없이 드러났다. 곧 고려 이규보(1168~1241)가 지우摯友인 이윤보李允甫가 지었다는 ‘게’ 의인 가전인 〈무장공자전無腸公子傳〉 작품에 대한 평인,

　　其若無腸公子傳等　嘲戲之作　若與退之所著毛穎下邳相較　吾未知孰先孰後也.16)

　　그의 〈무장공자전〉 같은 것은 희학의 작품으로, 한퇴지韓退之 지은 〈모영전〉·〈하비후혁화전下邳侯革華傳〉 등과 서로 비교한대도, 어느 것이 앞서고 어느 것이 처지는지 나는 알지 못하겠다.

등에서 역력한 자취가 보였다.

　이 밖에 가전 작품 이외의 곳에서도 한유 〈모영전〉을 끌어다 비의한 사례들의 이것저것을 살펴볼 수 있다. 이를테면 조선시대 생육신의 한 사람이었던 추강秋江 남효온南孝溫(1454~1492)의 몽유록적 한 작품인

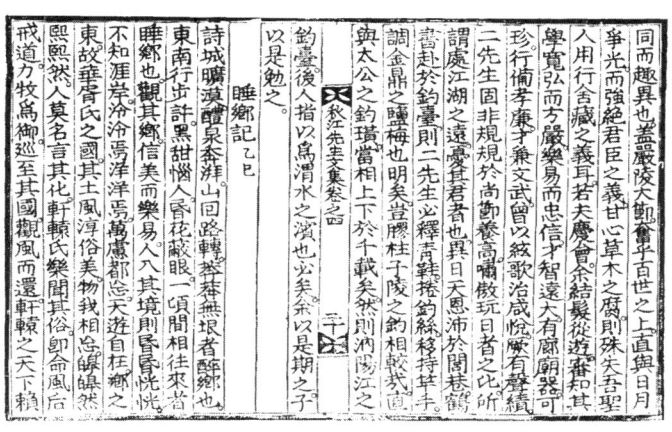

『추강집』 권4의 수향기

16) 이규보, 〈李史館允甫詩跋尾〉, 『동문선(東文選)』 권102.

〈수향기睡鄕記〉17) 말미 후주後注에,

> 佔畢齋批 昔韓退之作毛穎傳 王績作醉鄕記 此其流亞歟.
> 점필재佔畢齋 김종직金宗直이 쪽지글을 달았으되, 옛날 한퇴지가 〈모영전〉을 썼고 왕적王績은 〈취향기醉鄕記〉를 썼는데, 이것은 그 아류亞流인저!

한 것, 또 중국에서 노신魯迅(1881~1936)의 구기口氣 위에 올려진 바

> 그러므로 고사故事들은 비록 올바른 진리는 아니었지만 그래도 당시 사람들은 이를 높이 평가하여 한유의 〈모영전〉에 비유하였었다.18)

등이 그러한 편영片影이었으니, 과거 한유의 〈모영전〉이 뒷세상에 끼친 그 만만치 않은 여향餘響의 정도를 짐작하기 어렵지 아니하였다.

〈하비후혁화전下邳侯革華傳〉은 '소가죽 신'에 대한 전기이다. 이 작품이 〈모영전〉과 더불어 한유 가전의 또 다른 편목으로서 나란히 올려지는 경우가 드물지 않았다. 동시에, 사실은 오래전부터 본편이 과연 〈모영전〉 창작의 당사자인 한유에 의해 쓰여진 것인가에 대한 일정한 미혹을 안고 있었던 작품이기도 했다. 한유의 『한창려집』에는 이 전이 비록 〈모영전〉의 바로 뒤에 제목으로 수록되어 있기는 하지만 그 내용은 결여된 채이다. 다만 그 제목 아래 다음과 같이 주서注書하였다.

---

17) 남효온, 『추강선생문집(秋江先生文集)』 권4 소재.
18) 노신(魯迅), 『중국소설사』, 정래동·정범진 공역, 금문사, 1964, p.95.

方云閣本無此篇 劉龍圖燁云 或此篇不類退之文 及得本校果無 趙
璘因話錄謂 革華傳稱韓文公 皆後人所誣 是唐人已知其僞 然杭本文
粹皆錄 洪謂始錄於歐公 非也.

방운각본에는 이 편이 없다. 용도각龍圖閣 직학사直學士 유엽劉燁의
말로, 간혹 이 작품은 한퇴지의 글 같지 않다고도 하여 그 본을 입수해
서 대조해 보았더니 과연 없었다고 한다. 조린趙璘의 『인화록因話錄』에
선, 〈하비후혁화전〉에 한문공韓文公을 드는데 모두 뒷사람들의 속임수라
고 했다. 이는 당唐 시대의 사람들도 이미 그것이 거짓임을 알고 있었지
만, 항본杭本의 『당문수唐文粹』에는 다 기록하였다고 했다. 홍洪이 이르
기를 구양공歐陽公에 의해 처음 기록되었다 했는데, 그것은 아니다.

유엽劉燁이야 송대의 인물[19]이지만, 조린趙璘은 오히려 당나라 때 사
람[20]인데도 그같은 의단疑端을 펼치는 걸 보면 이 〈하비후혁화전〉은
정녕 송대의 이전, 진작 한유와 같은 시대인 당나라 시절부터 그 작자
가 불투명한 경우에 들었음을 알겠다.

그 결과 바로 아래 별도의 각주에는,

今按此 當全篇刪云.
이제 이를 감안하여, 마땅히 전편을 삭제하노라 운운.

궁극에 믿지 못할 내용으로 간주하여 싣지 않겠다는 결정을 내렸다.

본 작품이 갖는 이러한 특수한 상황에도 불구하고, 이를 아무렇지도

---

19) 자(字)는 요경(耀卿). 진종(眞宗)이 그 능력을 인정하니 벼슬이 거듭 누진(累進)하
여 용도각(龍圖閣) 직학사(直學士)에 올랐다.
20) 자(字)는 택장(澤章). 구주자사(衢州刺史)를 하였으니, 『인화록(因話錄)』·『족자고증
(足資考證)』 등의 저서가 있다.

않게 생각하여 여전히 한유의 찬술이 당연하다고 이해하는 입장도 꽤 꾸준한 양상을 보였다. 이를테면 송대 축목祝穆이 엮은 백과유서百科類書인 『사문유취事文類聚』 모충부毛蟲部 가운데 '소'에 대한 부문, 곧 '우牛' 문門의 '고금문집古今文集' 란에 바로 이 〈하비후혁화전〉을 한유의 이름과 함께 전문이 소개되어 나타나 있었다. 앞에 인용하였거니와, 이규보가 자신의 벗 이윤보의 〈무장공자전〉을 높이 평가해 주는 그 대목에서 '퇴지소저모영하비退之所著毛穎下邳'로 두 작품을 나란히 병칭했던 사실 만으로도 이미 하등의 의심거리로 삼지 않았던 분위기가 엿보인다. 뿐만 아니라, 조선조 영조 때의 문신인 남유용(1698~1773)이 '말'을 입전한 〈굴승전屈乘傳〉 안의 주기注記에도,

남유용

> 韓文有下邳侯革華傳 牛也.
> 한유의 글에 〈하비후혁화전〉이 있는데,
> 소를 말한 것이다.

라고 하였으니, 이규보와는 작품 및 작자에 대한 믿음이 다르지 않았음을 알 수 있다. 우리나라 문사들 사이에 이처럼 굳게 믿고 의심치 않았던 계기는 아마도 바로 송대의 유취서로서 우리 여麗·한韓의 사대부 선비들에게 가장 많이 유포·전파되었던 『사문유취』에 대한 속깊은 신뢰에서 기인한 바 큰 것 같다.

  그러나 일단 혁화전革華傳이 한유의 수품手品이라 함을 일찍부터 의심받아 왔던 사정을 감안하여 볼 때, 한번쯤 이모저모 진지하게 헤아려

볼 필요는 있을 듯싶다. 관견管見에도 혁화전이 아무래도 〈모영전〉에
비해서는 어딘가 한유다운 문체의 전중典重함에서 다소 못 미치는 듯한
느낌을 떨쳐내기는 어려운 구석들이 보인다.

　더하여, 그 제목 명칭에서조차 군이 꼭 같지 못했던 점도 들 수 있다.
곧 〈모영전〉이야 한유의 솜씨임이 분명하니 제목도 당연 한유의 뜻에
맡겨 지어졌을 것이 분명하다. 그런데 이때 '모영전' 제목과 대조되는
'하비후혁화전'이란 이름은 양자 사이의 부합과 조화를 위해서는 어딘
가 손색이 따르는 듯싶다. 이를테면 벼슬 이름으로서의 '하비후下邳侯'
를 '혁화전革華傳'의 앞에 덧붙일 양이었다면, '모영전' 제목도 그 벼슬
이름으로서의 '중산군中山君'을 살려 '중산군모영전中山君毛穎傳'으로 했
을 때 온당해질 것 같다. 아니면 역으로, 그저 단순히 성姓・명名만으
로의 제명題名인 '모영전'에 상응하는 역시 깔끔한 성・명만으로서의
'혁화전'이라고 했을 때, 동일 작가의 동일 수적手跡다운 일관성을 감득
할 만한 여지가 있다는 생각이다.

　한편으로, 특히 중국 평단評壇의 흐름 안에서 한유 가전과 관련해서
〈모영전〉의 유희문遊戲文 운운이 거론되던 그 구체적인 계제에 조차
군이 〈하비후혁화전〉만큼 제목조차 언급이 잘 되지 않아 왔던, 잘 납
득하기 어려운 분위기가 있었다. 예컨대 진인각陳寅恪의 〈독앵앵전讀
鶯鶯傳〉(『元白詩箋證稿』, 대만 世界書局, 1963, p.115)에서 "毛穎傳則純爲遊
戲之筆"이라 한 것, 또는 장학성章學誠이 『문사통의文史通義』(권3, 傳記)
가운데서, "何蕃李赤毛穎宋淸諸傳 出於遊戲投贈 不可入正傳也"라
한 사례 등에서도 그 제목은 언급되어 있지 않다.

　실제의 가전 총림에조차 〈하비후혁화전〉이 뒷시대에 끼친 영향의
편모 등을 찾아보기는 용이하지 않은 일처럼 되었다. 기껏해야 전게한

〈굴승전〉 중에 총영寵榮의 주인공 굴승屈乘과 대립적 관계의 존재로서 '혁화革華'란 인물이 잠깐 모습을 나타내는 정도였다.

司馬啁杯前爲壽 左右皆樂 司農革華自以 服田躬耕 老盡其力 彼 以獵狗之功 反居己右 於是怒甚 口正沫出 驃騎亦怒 君麾之以肱曰 止 飛騰戰伐 決勝千里 驃騎有焉 給餉餽 不絶糧道 華有焉 封華下邳 侯 賜驃騎沙苑四十里 爲食邑.

사마司馬는 술을 들며 왕 앞에 축수祝壽를 드리니 좌우가 다 즐거워하였다. 이때 사농司農 혁화革華가 혼잣말처럼, "농사에 몸 바쳐서 몸소 논밭을 갈다보니 이젠 늙어 기운도 다하였다. 저 사마는 개잡이나 하는 공로만으로도 오히려 나의 윗자리에 있구나!" 하다가 노한 기운이 치밀어 입에선 거품이 솟아 흘렀다. 그러자 표기驃騎 또한 분노하니 임금이 팔꿈치를 휘두르면서, "그만들 두구려. 사나운 정벌의 싸움터에서 나는 듯이 솟구치며 천리 사방의 승리를 다지는 일은 표기장군驃騎將軍의 이룩한 바요, 군사의 배고픔에 대어 양도糧道가 끊이지 않게끔 하는 일이야 혁화의 공이 아니겠소?" 하며, 혁화에게 하비후下邳侯를 봉하고, 표기에게는 사원沙苑 40리를 내려 식읍을 삼게 하였다.

이제 만약 〈하비후혁화전〉이 정녕 한유의 소유가 아닌데도 그가 지은 것인양 혼입混入되었던 것이라고 한다면, 이는 아마도 일찍이 일명 씨逸名氏의 누군가가 한유의 〈모영전〉에 크게 감발했던 나머지 똑같이 효방效倣해 낸 결과로 이해할 수밖에 없다.

한편, 〈하비후혁화전〉의 의인화 대상이 무엇인지에 대해 약간의 착오가 없지 않았었다. 곧 전술하였듯이 『사문유취』에도 오히려 '우牛' 문門의 안에다 이 작품을 수용했던 오류가 있었고, 조선조에 남유용같은 이도 꼬박 그렇게 이해하고 있었으나, 역시 도우屠牛 및 우피 가공 단계 이후의 소가죽 신〔革華〕을 입전한 것이었다. 기실은 '혁화革華'라는 어휘 자체가 처음부터 '혁화革靴'와는 이자동어異字同語로서 가죽신발이라는 뜻을 바로 지적하는 말이었다. 작중에 등장하는 태재신공太宰

申公·장작대장將作大匠·금십노金十奴·곡사생觧斜生·오목대부五木大夫 등은 모두 소를 도축한 후 가죽신이 만들어지기까지의 공정에 관계된 필수적 산물들이었다.

'물성즉쇠物盛則衰'라고 했다. 모든 사물이 그러하듯 신발 역시 때가 되면 의당 낡음을 면할 수 없는 것이다. 그리하여 작품의 전개 중에,

> 因病 忽開口論議 洩露密旨.
> 말미암아 병이 났고, 문득 입을 열어 의견을 말하는 가운데 그만 비밀스런 교지를 누설하고 말았다.

함은 신발이 낡고 뚫어져서 물이 새는 정황을 묘미 있게 처리한 표현이다. 다음의 대목은 그로 인해 이 신발이 수선되어지는 형상이다.

> 詔將作大匠治之 又命其友金十奴等補過之.
> 장작대장에게는 잘 조치토록 하였고, 또 그 붕우朋友인 금십노金十奴 등으로는 허물을 보완하라 명하였다.

금십노는 바늘 '針'을 파자破字시킨 이름이다. 그래도 멀쩡했던 신발이 기워진 신으로 되고부터 신세는 달라졌다. 진흙탕 길의 용도에나 쓰이다가 급기야는 그도 못쓰게 되어 저잣거리에 버려진다 함은 거개

의 사물마다 겪지 않을 수 없는 필연적인 운명일 것이다. 이는 〈모영전〉의 주인공인 모영 즉, 붓의 최후에서도 볼 수 있던 양상이기도 했다.

　돌이켜 보면 본 작품이 〈모영전〉과 더불어서 통하는 사항이 이 정도에 그치지는 않을 것이다. 사마천 『사기』 열전의 전개 형식을 함께 공유하고 있음은 물론이려니와, 더불어 내용 전개의 방식도 사뭇 근사近似하다 하겠다. 그런 중에도 특징적인 것 하나를 더 보탠다면, 〈모영전〉이 생물의 '토끼[兎]'에서 무생물의 '토끼털 붓[兎毛筆]'의 과정으로 구성되었듯이, 〈하비후혁화전〉 역시 생물의 '소[牛]'에서 무생물의 '소가죽 신[牛革靴]'의 과정으로 전개되었다. 바로 이같이 은근한 구성법 안에서 둘 사이에 암합이 이뤄지고 대칭이 형성되는 분위기적 효과가 조성된 사실이 주목된다.

　그럼에도 불구하고 주인공을 설정 짓는 방법 면에서는 둘 사이에 간격이 벌어짐을 포착할 수 있다. 즉, 〈모영전〉의 주인공 모영이 생명 있던 토끼 단계에서의 이름과 그것 가공 후의 이름을 똑같이 '모영'으로 했던 반면, 〈하비후혁화전〉에서는 생명 있던 소의 단계에서의 이름과 그것을 가공한 후의 이름이 각각 달리 나타났다. 다시 말해 처음 단계에선 '주犨'로서 책정했던 이름을 다음 단계에서는 '혁화革華'라는 새로운 명칭으로 형상시켜 놓았던 점에서 〈모영전〉의 작성 방식과는 약간은 이질적인, 일탈된 의장意匠이었다는 사실 또한 간과할 수 없는 것이다.

소동파蘇東坡 / 〈만석군나문전萬石君羅文傳〉

벼루 마니아의
흡주연 이야기

〈만석군나문전萬石君羅文傳〉은 송대宋代의 문인이자 정치가인 동파東坡 소식蘇軾(1036~1101)이 문방사우의 하나인 벼루를 인격화시켜 쓴 벼루 의인의 전기傳記이다.

소식의 자는 자첨子瞻. 하지만 이름이나 자보다는 호인 동파東坡가 가장 많이 사용되어 흔히 소동파로 더 잘 불리지고 있다. 아버지인 순洵, 아우인 철轍과 나란히 삼부자가 이른바 '삼소三蘇'로 인정을 받았음과 동시에, 문장 높은 당송팔대가唐宋八大家의 반열에 들었다. 그 중에도 소식은 한유와 더불어 당송팔대가 문장들 가운데 대표 격인 인물

소동파

이다. 사색의 시경詩境을 열어 북송 제일의 시인이란 영예도 차지한 바, 그는 정녕 시문詩文 전 분야를 아우르는 대문호였다. 그럴 뿐 아니라 글씨로도 그 이름이 쟁쟁하였으니, 황정견黃庭堅, 미불米芾, 채양蔡襄과

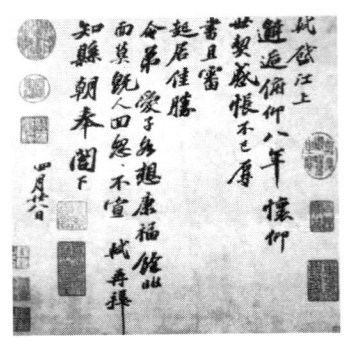

소동파의 강상첩

더불어 송사가宋四家, 곧 송나라 4대 명필의 한 사람이기도 했다.

기질적으로는 '독서가 만 권에 달하여도 율律은 읽지 않는다'던 자신의 말대로 분방한 천성 탓에 번거로운 것을 싫어하였다고 한다. 그 때문에 신종神宗의 지지를 얻어 신법新法을 추진하는 왕안석王安石과의 정쟁政爭을 겪어야만 했다. 그 와중에서 한림학사翰林學士, 병부상서兵部尙書 등을 지내기도 했지만, 전반적으로는 상당한 환해풍파를 면치 못했다. 대신, 문인 학자로서는 크게 성공하였으니, 이른바 『동파칠집東坡七集』으로 완성된 그의 문학적·학문적인 업적은 실로 호한浩瀚 방대하기 그지없다.

그런 중에 문방사우에 대한 소동파의 관심과 식견은 남다른 데가 있어 각별히 특서할 만하였다. 다시 그 가운데서도 벼루에 대한 애착이 제일로 크지 않았나 싶다.

진정 소동파의 벼루에 대한 애호는 유별한 데가 있었으니, 그의 적지 않은 벼루 관련 시문들을 통해 여실히 간파할 수 있다. 우선, 『사문유취』 별집 권14 '문방사우文房四友' 부部 중의 '연硯' 문門에 소개되고 있는 여러 작가의 작품들 가운데 가장 높은 빈도수를 보인다는 사실만으로도 그의 예사롭지 않은 벼루 기애嗜愛를 엿보기에 부족함이 없다. 그 표현은 명銘이라는 양식 안에서 가장 빈도 높게 나타나는바, 〈용미월석연명龍尾月石硯

東坡玩硯圖

銘〉, 〈공의보용미연명孔毅父龍尾硯銘〉, 〈봉주연명鳳味硯銘〉, 〈단연명端硯銘〉 2편, 〈정공밀자석연명程公密子石硯銘〉, 〈정연명鼎硯銘〉 등이 그것이다.

여타의 산문 형태로 〈미자석연眉子石硯〉, 〈서연증단여書硯贈段瑛〉, 〈서여도인연書呂道人硯〉, 〈서허경종연이수書許敬宗硯二首〉, 〈서당림부혜연書唐林夫惠硯〉, 〈서와연書瓦硯〉, 〈평치단연評淄端硯〉, 〈서월석연병書月石硯屛〉, 〈서운암홍사연書雲庵紅絲硯〉, 〈미자석연眉子石硯〉 등에서 벼루에 대한 관심이 잘 나타나 있다. 그러면서 암만해도 그 관심사가 대체로 단계연보다는 흡주산歙州産의 용미연龍尾硯 편에 기울어져 있음에 그의 벼루에 관한 속내가 어떠했는지 그 정상情狀을 은근 엿볼 수가 있다. 특히 〈서담수용미연書曇秀龍尾硯〉에서는 소동파의 용미연에 대한 애틋한 정감이 고스란히 전달된다.

> 曇秀蓄龍尾石硯 僕所謂 澁不留筆 滑不拒墨者也 製以拱璧 而以鈌月爲池 云是蔣希魯舊物 予頃在廣陵 嘗從曇秀識此硯 今復見之嶺海間 依然如故人也.
> 담수曇秀가 용미연을 갖고 있었는데, 내가 말하는 '껄껄해도 붓이 멈칫하지 않고, 매끄러워도 먹이 비끗대지 않는' 그런 명품이다. 커다란 옥을 재료로 부월로 연지硯池를 만들었거니와, 장희로의 옛 물건이란 말이 있다. 내가 광릉에 있을 때 담수로부터 이 벼루 얘기를 들어 알고 있었는데, 이제 다시금 영해 간에서 보게 되니 여전한 옛 친구만 같구나.

글 허두의 '澁不留筆 滑不拒墨'은 이 글보다 앞서 소동파가 공의보의 벼루에 새겨 준 〈공의보용미연명孔毅父龍尾硯銘〉에서 진작 구사했던 문구였다. 그리고 또 이 명銘의 뒤에 쓴 것임을 알 수 있는 〈서연증단여

書硯贈段璵〉을 통해 이 명을 써 줄 때 공의보도 명언이라 했다는 증언과
더불어 이 여덟 글자가 거듭 강조된다.

余作孔毅父硯銘云 澁不留筆 滑不拒墨 毅父以爲名言
내가 공의보의 연명을 지었을 때 이르기를 '澁不留筆 滑不拒墨'이라
고 했더니 의보가 명언이라고 하였다.

궁극, 바로 이 '澁不留筆 滑不拒墨'이 다름 아닌 명품 벼루에 대한
동파의 지론이 아닐 수 없다. 그런데 금상첨화로 왕개보王介甫가 쓴
〈흡석유수종歙石有數種〉이란 글에 보면 아주 흥미 있는 사실이 하나 발
견된다.

世所珍石雖多 惟羅紋者眉子者刷絲者最佳 東坡作龍尾硯銘云 滑不
拒墨者 此羅紋石也.
세상에 진기한 돌이 많다지만 유독 나문羅紋이란 것, 미자眉子란 것,
쇄사刷絲란 것이 가장 아름답다. 동파가 지은 〈용미연명龍尾硯銘〉에 이
른바 '滑不拒墨'이란 것은 이 나문석羅紋石인 것이다.

동파의 나문석에 대한 애정이 결정적으로 확인되는 대목이다.
또한 동파가 광릉廣陵에서 유배 생활 할 적에 이미 들어서 알고 있던
벼루를 다시 영해간嶺海間에서 보았다고 했으니, 이 글을 쓴 시점에 대
해 대략 추려볼 길 있다. 그렇다면 혹 이렇듯 벼루에 대한 각별한 관심
의 분위기가 또한 용미연 벼루의 전기인 〈만석군나문전〉의 창작 시기
를 가늠하는 일에조차 중요로운 암시가 되지는 않을까?
소이간蘇易簡이 지은 『연보硯譜』에는 소동파가 자신이 소유하고 있

던 동검銅劍을 용미龍尾에서 나온 자석연紫石硯과 바꾸었다는 이야기가
실려 있다.

　　　山堂肆考宋張仲幾有龍尾紫石硯 東坡以銅劍易之.
　　　산당사고에 보면 장중기가 용미에서 난 붉은 돌의 벼루를 가지고 있었
　　는데, 소동파가 자신의 구리팔과 바꾸었다.

　용미연을 향한 소동파의 몸짓이 흥미롭다. 또 〈용미연가龍尾硯歌〉라
는 칠언율시 한 편이 비상한 주목을 끈다.

　　　黃琮白琥天下惜　　顧恐貪夫死懷璧
　　　君看龍尾豈石材　　玉德金聲寓於石
　　　與天作石來幾時　　與人作硯初不辭
　　　詩成鮑謝石何如　　筆落鍾王硯不知

　　　황종黃琮이야 백호白琥는 세상에도 소중한 것
　　　다만 탐욕한 자 죽을 때 품어갈까 걱정이네.
　　　그대 용미연 그 석재石材를 보았는가
　　　옥덕玉德과 금성金聲이 돌 가운데 배었다네
　　　하늘이 기꺼워하사 이 돌 만들어 낸 다음에야
　　　인간이 벼루 빚는 일 애당초 마다할 나위 없지.
　　　포조며 사영운이 시 지을 때 돌이 무슨 관계랴
　　　종요와 왕희지가 글씨 쓸 제 이 벼루 몰랐다네.

　황종黃琮은 옛날 제사에 썼다는 황색 빛깔의 서옥瑞玉이고, 백호白琥
역시 제사에 쓰던 호랑이 형상의 백옥白玉이다. 이러한 보배들이 탐욕

한 자의 주검과 함께 묻힌다면 안타까운 것처럼, 용미연 벼루가 지니는 가치 또한 그 소중한 옥들과 비해 다를 것이 없다는 뜻을 비치고 있다. 동시에 벼루의 옥처럼 고운 빛깔, 종과 같은 맑은 소리를 들어, 그 안에 옥덕玉德이 스며 있고 금성金聲이 배어 있다며 예찬하였다. 남조南朝때 송宋나라의 시인인 포조鮑照와 사령운謝靈運, 위진魏晉 시대 서법의 대가인 종요鍾繇와 왕희지王羲之는 흡주 벼루가 생겨나기 이전인 위진 남북조 시대를 살았으니 그 존재를 알 리 없기에 이렇게 말했을 것이다. 흡주연 벼루에 대한 긍지와 애착이 각별하였음을 알겠다.

게다가 소동파는 좌담을 잘하고 유머를 좋아하여 이에 호감을 품은 많은 문인들이 모여들었다고 한다. 그렇다면 그의 이야기꾼다운 자질과 회해적詼諧的인 기질이 벼루에 대한 유별난 취향과 공교로이 합쳐져서 하나의 벼루 전기를 착안하고 급기야 완성을 보았다는 추측은 어쩌면 너무도 당연한 결과일는지 모른다.

이제 소동파의 벼루 사랑이 낳은 흡주연 벼루의 생애담인 〈만석군나문전萬石君羅文傳〉을 아래에 원문 인용과 함께 완독玩讀해 보기로 한다.

나문羅文[1]은 흡歙[2] 출신이다. 그의 선대에는 항상 용미산龍尾山[3]에 은거하여 일찍이 세상 밖에 나와 쓰인 일이 없었다.

---

1) 나문산(羅文山)의 연석(硯石)으로 만든 나문연(羅文硯) 벼루에 대한 의인법 명칭. 본래 羅文[羅紋]은 비단의 가느다란 무늬.
2) 벼루의 명산지. 강서성(江西省) 무원현(婺源縣) 흡계(歙溪)에서 나는 벼루를 흡연(歙硯)이라 한다. 처음 당나라 개원(開元) 연간에는 용미연(龍尾硯), 나문연(羅文硯), 금성연(金星硯) 등의 명칭이 있었다.
3) 강서성 무원현 소재의 산으로, 용미연 벼루의 산지. 흡(歙) 벼룻돌의 으뜸이다.

소하

　　진진秦나라가 시서詩書를 버리고부터는 유학을 쓰지 않았으며, 한漢나라가 일어나면서 소하蕭何4)의 무리는 다시금 도필리刀筆吏5) 출신을 장군이며 재상으로 기용하였다. 이에 온 천하가 그쪽으로 기울어 도필刀筆로써 진출하고자 다투니, 비록 뛰어난 출신이라 해도 따로 가려서 뽑을 여지가 없었다. 그런 연유로 나씨羅氏 중에는 현달한 사람이 없었다.

　나문에 와서야 그 바탕이 온화하고 세밀한 것이 고와서 애호할 만하였다. 하지만 그는 은거 중에 스스로를 감추면서 일생을 마칠 뜻이 있었다.

　마을에 석공石工이 있었다. 용미산에서 사냥을 하다가 굴을 따라 들어가게 되었는데, 거기서 그 사이에 홀로 있는 나문을 보게 되었다. 자세히 들여다보더니 웃으면서 하는 말이,

　"이야말로 나라 안의 현사賢士6)로고. 어찌 바위 동굴 사이에서 스스로를 버린 채 돌아보지 않는단 말인가?"

하고는 함께 교분을 맺었다. 연마시켜 나아가게 했으며, 여러 유생들을 좇아 배우게도 시켰다. 연하여 사대부들과 교유할 수 있게 되니, 그를 보는 사람마다 모두 사랑하고 소중히 생각했다.

　무제武帝7)가 바야흐로 학문을 지향할 제, 문필을 좋아하여 모영毛穎

---

4) 한고조의 개국 및 치평(治平)의 공신으로, 특히 율령의 제정에 관여하였다.
5) 서기(書記) 같은 낮은 벼슬아치. 본시 도필은 죽간(竹簡)용 붓, 또는 잘못된 글자를 깎아내는 칼
6) 『시경』, 「정풍(鄭風)」, 〈고양(羔羊)〉의, '彼其之子 邦之彦兮'에서 나온 말이다.
7) 한무제. 전한(前漢)의 제7대 황제 유철(劉徹). 유학을 숭상하였으며, 국내외의 정

의 후예인 모순毛純에게 중서사인中書舍人[8]을 시켰다. 모순이 하루는 임금께 아뢰었다.

"신이 다행히도 수집해 기록하는 것에 관련된 일을 할 수 있어서 맡겨 부리심에 대비하고 있사오나, 신의 어리석음으로 혼자서는 큰일을 해낼 수 없사옵니다. 지금 소신과 함께 일하는 이들도 하나같이 그릇들이 작을 뿐더러 고루하여 좌우에 두기에는 부족함이 있사온즉, 바라옵건대 신과 우인友人의 관계에 있는 나문을 부르시와 서로 도울 수 있도록 하소서."

그리하여 회계 담당의 관리를 따라 조공朝貢을 들이라 하매, 그는 부름을 받고 문덕전文德殿에서 알현하였다. 임금이 바라보더니 기이하게 여기면서, 뒤미처 어르듯이 말씀하였다.

文德殿 內景

"경卿은 오래도록 거친 흙더미에서 지냈구려!"

누천漏泉[9]의 은택을 입어 적셔지고 배어들기 오래에 절로 메마른

___

치·군사·문화 등 제반 분야에서 국기(國基)를 강화하였다.
8) 중서(中書)는 궁내에서 천자의 조명(詔命) 기밀 등을 맡은 벼슬. 사인(舍人)은 그 안의 숙직 관리.
9) 샘물이 땅 아래 스며 적시듯 군주의 은택 끼침을 은유한 표현.

기운이 없어졌다. 임금이 다시금 도닥거려 보니 팅팅한 소리의 울림이 듣기 좋았다. 임금은 만족해서 말하였다.

"옛말에 이른바 '아름다운 자질에 징 같은 소리'[10]라 함은 진정 그대에게 합당한 말이구료!"

중서中書의 대조待詔[11]를 시키더니, 이윽고 중서사인中書舍人의 벼슬을 제수하였다.

이 무렵, 묵경墨卿[12]과 저선생楮先生[13]도 하나같이 글을 잘해서 총애를 받았으니, 이 네 사람이 한 마음으로 서로 어울리는 즐거움이 대단하였다. 이 때 이들은 문원文苑의 네 귀한 존재가 되어 조서詔書과 전책典策[14]의 일이 있을 때마다 넷이서 함께 의논하였다. 큰 핵심이야 임금의 생각에서 나오는 것이긴 했어도, 나문으로 하여금 윤색토록 하고, 그런 다음엔 묵경으로 하여금 탁마케 하며, 모순으로 하여금 획을 짜도록 하고, 저선생의 손길을 받아 완성토록 하였다.

그들은 멀리 사방의 오랑캐 땅에까지 사절로 다니며 이르지 않는 곳이 없었다. 임금은 이렇게 찬탄한 적이 있었다.

"이 네 사람은 다 나라의 보배로다. 그러하되 중후하고 굳세며 곧아서 그 행실에 아무런 하자가 없기로 말하면, 이천 석 고관高官에서부터 일백 석 낮은 관리에 이르기까지 그 누구도 나문만한 이가 없나니라!"

그리고는 상방尚方[15]에 명하여 황금의 집을 짓고 촉문금蜀文錦[16]으

---

10) 원문은 '玉質而金聲.' 옥질(玉質)은 아름다운 재질(材質), 금성(金聲)은 징[鉦]의 소리. '龍尾刷絲 秀潤玉質 天下硯石第一.'[范成大, 跋婺源硯譜]. 또, '杭有賣果者, 善藏柑 涉寒暑不潰 出之燁然玉質而金色.'[劉基, 賣柑者言].
11) 경학과 문장의 재사로 하여금 문장을 다루고, 천자의 하문에 응대하던 벼슬.
12) 먹의 의인화 형상.
13) 종이의 의인화 형상.
14) 책문(策文), 즉 임금이 신하에게 내리는 명령의 글에 관한 일

로 깔개를 만들어 하사토록 하였다.

그 뒤 우전于闐[17]에서 미옥美玉을 진상했는데, 임금은 그 옥으로 자그마한 병풍을 만들도록 하여 그에게 내려 주었고, 아울러 고려高麗[18]에서 바친 구리 병을 내려 음수飮水의 도구로 삼도록 해 주었다. 가까이 사랑함이 날로 두터워지니 모순 같은 무리들은 감히 바라지도 못할 일이었다.

한무제

임금은 모든 인재들을 제대로 활용하였다. 안으로는 제도를 고치고 율력을 개정하며 천지天地에의 제사를 궁리하고 형벌을 다스렸으며, 밖으로는 사방의 오랑캐들을 정벌하였다. 이때 조서와 부격符檄,[19] 예문禮文 등 업무들을 다 나문 등이 관계하였던 것이다.

임금은 그 공로를 생각하사 승상과 어사에게 조서를 내렸다.

"대개 들건대, 법을 논의하는 자는 언제든 너무 심각한 데서 과오가 생기고, 공로를 논하는 자는 항상 지나치게 박한 데서 과실이 생기는 법, 공로가 있는데도 그 상이 거기 따르지 못하면 비록 요순堯舜이라 할지라도 힘쓰도록 권해 볼 도리는 없으리라. 중서사인 나문이 오래도록 서적을 맡아보면서 문치를 도와 이룩하였으니, 그 공훈이야말로 두

---

15) 천자가 쓰는 기물(器物)을 담당하는 벼슬.
16) 촉(蜀) 성도(成道) 사람들이 강에다 빨아서 일류의 솜씨로 짠 고운 비단. 촉금(蜀錦)・촉강금(蜀江錦).
17) 한나라 때 서역(西域) 제국(諸國) 중의 하나. 지금 신강(新疆) 화전성(和闐城).
18) 본 작품의 줄거리 안에서는 고조선(古朝鮮)에 해당한다.
19) 천자의 명령인 부명(符命)과 급한 통보의 글인 격문(檄文).

드러진 것이다. 말미암아 흡歙의 기문祁門20) 3백 호를 나문에게 봉함과 동시에 만석군萬石君21)으로 칭호하리니, 대대로 끊어짐이 없도록 하라!"

문文의 됨됨이가 꿋꿋하여 남들이 함부로 하지 못하였으나, 치고 때리는 일은 그의 일이 아니었다. 글을 아는 노성老成한 이와 교유하기를 즐겼는데, 언제든 이렇게 말하였다.

"내가 아이 녀석들과 함께 있으면 늘 흠이 생길까 걱정이거든."

그가 자신을 아끼는 정도가 이러하였다. 이 때문에 소인들은 대부분이 그를 은근히 미워하였거니, 누군가 임금에게 참소하는 말이 있었다.

"나문의 성질이 탐묵貪墨22)하니 결백하다는 일컬음이 없나이다."

그러자 임금은 이렇게 응대하였다.

"내가 그를 기용해서 서한書翰을 맡김은 그의 일 처리 방편을 취하는 따름이니라. 비록 탐묵하다 하지만 그렇지 않다면 또한 무슨 수로 그 재질을 나타낼 수 있을까."

이로부터 다시는 주위에서 감히 말하지 않았다.

나문의 몸에는 한질寒疾이 있었다. 겨울만 되면 임금을 모시고 글 쓸 때마다 느닷없이 얼굴이 얼어붙는 통에 붓을 놀릴 수가 없었다. 그러면 임금이 술을 내려준 다음에라야 글을 옮겨볼 길 있었다.

원수元狩23) 중에 현량과賢良科와 방정과方正科를 실시하였을 때, 회

---

20) 안휘성 흡현(歙縣)의 서쪽에 있는 지명. 홍차의 명산지로도 유명하다.
21) 일만 석 녹봉(祿俸)의 벼슬. 한대(漢代)에 지방 태수의 녹이 이천 석이었는데, 그 시대 석구(石舊)란 이는 그의 네 아들과 함께 오부자가 모두 이천 석을 누렸으므로 경제(景帝)가 그를 일러 만석군(萬石君)이라 하였던 데서 유래한 말이다.
22) 욕심 많고 더러움.
23) 한무제(漢武帝)의 연호. B.C.122~B.C.117.

남왕淮南王 유안劉安24)이 단자端紫25)를 천거하니, 단자는 대책對策26)을 써서 높이 급제하였다. 한림원翰林院27)의 대조待詔에서 일약 상서복야 尙書僕射28)의 벼슬로 뛰어서는 나문羅文과 함께 권한을 행사하게 되었다.

임금이 감천궁甘泉宮29)에 행차하여 하동河東30)에 제사 지내고 북방을 순행할 때 단자가 항시 곁에 붙어 따랐던 반면, 나문은 장안성長安城31) 안에 남아 지키었다.

장안성

임금은 돌아와서 나문의 먼지 때가 낀 얼굴을 보고는 자못 가엾게 생각하였다. 이 상황을 눈치채고 그는 임금 앞에 나아가 아뢰었다.

"폐하의 인물 쓰심이 진정 급암汲黯32)의 말처럼 나중 온 자가 윗자리에 있사옵니다."

"내가 그대를 생각지 않음이 아니요, 그대가 이제 연로한 까닭에 약간의 원결圓缺33)조차 없을 순 없는 때문이지."

---

24) 한고조(漢高祖)의 손(孫)으로, 부왕을 계승해서 회남왕이 되었다. 문사(文辭)에 능하여 한무제의 아낌을 받았다.
25) 단계연(端溪硯)의 의인적 형상화.
26) 한나라 때 과거시험의 한 과목. 주로 정치·시사에 대한 소견을 피력케 하였다.
27) 학문과 문필에 관한 일을 맡던 부서. 당 이후에 존속하였다.
28) 군명(君命)의 출납(出納)을 맡던 관서인 상서성(尙書省)의 장관.
29) 한대의 궁전. 섬서성(陝西省) 순화현(淳化縣) 서북쪽 소재.
30) 산서성(山西省) 경내, 황하(黃河) 동쪽의 땅.
31) 장안(長安)의 궁성. 장안은 섬서성 장안현(長安縣) 서북쪽의 오랜 국도(國都).
32) 한 경제(景帝)와 무제(武帝) 때의 직신(直臣). 엄정한 성품에 직간을 잘하였다.
33) 온전함과 이지러짐의 변화. 처음의 멀쩡함이 나중에 결함이 됨을 뜻하는 듯.

좌우가 그 말을 듣고 임금의 심사가 달갑지 않은 것이라 여기었다.

그 일로 말미암아 다시는 돌보아 살피지 않게 되매 나문은 물러나게 해 줄 것을 엎드려 청원하였다. 임금은 부마도위駙馬都尉[34] 김일제金日磾[35]에게 그를 부축하라고 전교하였다. 본시 일제日磾는 호胡 출신으로, 애당초 글을 알지 못하였고 평소에 나문이 하는 일을 미워했다. 그러던 차에 이때를 타서 그를 전각 아래로 내밀쳤고, 이에 나문羅文은 엎어져서 죽고 말았다.

임금은 민망히 여기고 환관들로 하여금 남산 밑에 묻어주도록 하였다.

김일제

아들인 견堅이 그의 뒤를 이었는데, 그는 자질 성품의 온화함이라든가 문채의 곱고 면밀함이 그 아버지 문文만 못하지 않았지만, 재능과 도량에서 약간 떨어졌다. 집안을 일으켜 문림랑文林郞[36]과 동궁東宮의 시서侍書[37]가 되었고, 소제昭帝[38]가 즉위하자 지난날 은덕의 인연으로 임금의 총애를 받았다.

소제의 시절이 더욱 왕성해지면서 관대하고 후박한 이를 좋아했던지라 견의 그릇이 작다는 생각이 들면서는 저버리고 쓰지 않았다. 견 역시 서먹서먹해 하며 세상에 섞이지 못하면서 스스로를 기왓장 취급하였다.

---

34) 한무제 때 황제 수레[乘輿]의 예비 말[馬]을 맡던 벼슬.
35) 흉노 왕 휴도(休屠)의 태자로, 자는 옹숙(翁叔). 아버지가 항복하지 않고 죽었으므로 어머니 알지(閼氏), 동생 윤(倫)과 함께 한관에게 몰수돼 노예가 되었다. 황문(黃門)에 옮겨져 말을 기르던 중 한무제의 눈에 들어 높이 벼슬하였다.
36) 문림관(文林館) 소속의 문학(文學) 종사의 벼슬. 수(隋)나라 때 처음 설치되었다.
37) 천자나 동궁을 모시고 문자(文字) 및 서기(書記)를 맡던 관리.
38) 한무제의 아들. 나이 어려 즉위하매 곽광(霍光) 등이 보정(輔政)하였다.

곽광

소제가 세상을 떠나자 대장군 곽광霍光39)은 황제가 평생에 애완하였던 물건들 및 후궁의 미희들을 평릉平陵40)에 옮겨놓았다. 견은 옛날의 은혜가 있음을 들어서 능을 지키게 해 달라 애원하여 결국 능침랑陵寢郞41)의 자리를 받았더니, 뒷날엔 죽어서 평릉에 묻혔다.

나문이 생존했던 당시부터 그 종족은 사방에 흩어져 있었다. 그 중 재주 있고 특별한 자들은 왕공王公과 귀인貴人들이 황금과 비단 예물로 불러다가 종사從事42)나 사인舍人43)으로 삼았다. 그 이하는 역시 무격巫覡·의원醫員이거나 서법書法·산술算術을 하는 사람들과 교제하였거니와, 하나같이 그 방면 사업에 이바지함이 있었으니, 어떤 이는 그것으로 치부致富하기도 했다.

찬贊하노라.

「나씨의 선대는 나타난 바가 없으되, 어쩌면 좌씨左氏44)가 일컬은바 나국羅國45)인가 하노라. 그 나라의 도읍은 강수江水와 한수漢水사이에 있었는데, 초楚나라에 멸망되매 자손들 가운데는 이黟46)와 흡歙의 어간에 흩어져 살던 자도 있었던가 보다. 아아, 나라는 깨져서 없어졌어도

39) 한무제의 임종 조서를 받들어 대사마대장군(大司馬大將軍)이 되어 소제(昭帝)를 도왔다. 소제의 이후에도 창읍왕(昌邑王)을 폐위하고 선제(宣帝)를 세웠다.
40) 한소제의 능(陵) 이름. 섬서성(陝西省) 함양현(咸陽縣) 서북편 소재임.
41) 천자 능묘(陵廟)에서 사시(四時)의 제사 등 일을 맡은 관리.
42) 자사(刺史)에게 속하여 기록을 담당한 관리.
43) 궁중 내에서 숙직하며 일을 관리하는 벼슬.
44) 노(魯)의 태사(太史)인 좌구명(左丘明). 『좌전(左傳)』의 저자.
45) 주(周) 시대의 나라 이름. 춘추시대에 초(楚)나라와 대립하였다가 멸망하였다.[左傳, 桓]. 옛 성은 호북성(湖北省) 의성현(宜城縣) 서쪽에 위치하였다.
46) 안휘성(安徽省) 소재 기문현(祁門縣) 동쪽의 현 이름.

후세에 오히려 글을 아는 이의 쓰이는바 되어 오늘날까지 끊어지지 않았으니, 인간이 어찌 학술學術을 없이할 수 있을까 보랴!」

　羅文 歙人也 其上世常隱龍尾山 未嘗出爲世用 自秦棄詩書 不用儒學 漢興 蕭何輩又以刀筆吏取將相 天下靡然效之 爭以刀筆進 雖有奇産 不暇推擇也 以故羅氏未有顯人 及文 資質溫潤 縝密可喜 隱居自晦 有終焉之意 里有石工 獵龍尾山 因窟入 見文塊然居其間 熟視之 笑曰 此所謂邦之彦也 豈得自棄於巖穴耶 乃相與定交 磨礱成就之 使從諸生學 因得與士大夫游 見者咸愛重焉 武帝方向學 喜文翰 得毛穎之後毛純爲中書舍人 純一日奏曰 臣幸得收錄 以備任使然以臣之愚 不能獨大用 今臣同事 皆小器頑滑 不足以置左右 願得召臣友人羅文以相助 詔使隨計吏入貢 蒙召見文德殿 上望見異焉因玩弄之曰 卿久居荒土 得被漏泉之澤 涵濡浸漬久矣 不自枯槁也 上復叩擊之 其音鏗鏗可聽 上喜曰 古所謂玉質而金聲者 子眞是也 使待詔中書 久之拜舍人 是時墨卿楮先生 皆以能文得幸 而四人同心 相得歡甚 時以爲文苑四貴 每有詔命典策 皆四人謀之 其大約雖出於上意 必使文潤色之 然後琢磨以墨卿 謀畵以毛純 成以受楮先生 使行之四方遠夷 無不達焉 上嘗歎曰 是四人者 皆國寶也 然重厚堅貞 行無瑕玷 自二千石至百石吏 皆無如文者 命尙方以金作室 以蜀文錦爲薦褥賜之 其後于闐進美玉 上使以玉作小屏風賜之 並賜高麗所獻銅瓶爲飮器 親愛日厚 如純輩不敢望也 上得輩才用之 遂內更制度 修律曆 講郊祀 治刑獄 外征伐四夷 詔書符檄禮文之事 皆文等預焉 上思其功 制詔丞相御史曰 蓋聞議法者常失於太深 論功者常失於太薄 有功而賞不及 雖唐虞不能以相勸 中書舍人羅文 久典

書籍 助成文治 厥功茂焉 其以歙之祁門三百戶封文 號萬石君 世世
勿絶 文爲人有廉隅不可犯 然搏擊非其任 喜與老成知書者游 常曰
吾與兒輩處 每慮有玷缺之患 其自愛如此 以是小人多輕疾之 或讒
於上曰 文性貪墨 無潔白稱 上曰吾用文掌書翰 取其便事耳 雖貪墨
吾固知不如是 亦何以見其才 自是左右不敢復言 文體有寒疾 每冬
月侍書 輒面冰不可運筆 上時賜之酒 然後能書 元狩中 詔擧賢良方
正 淮南王安擧端紫 以對策高第 待詔翰林 超拜尙書僕射 與文並用
事 紫雖乏文采 而令色尤可喜 以故常在左右 文浸不用 上幸甘泉 祠
河東 巡朔方 紫常扈從 而文留守長安禁中 上還 見文塵垢面目 頗憐
之 文因進曰 陛下用人 誠如汲黯之言 後來者居上耳 上曰 吾非不念
爾 以爾年老 不能無少圓缺故也 左右聞之 以爲上意不悅 因不復顧
省 文乞骸骨伏地 上詔傳駙馬都尉金日磾翼起之 日磾胡人 初不知
書 素惡文所爲 因是擠之殿下 顚仆而卒 上憫之 令宦者瘞於南山下
子堅嗣 堅資性溫潤 文采縝密不減文 而器局差小 起家爲文林郞 侍
書東宮 昭帝立 以舊恩見寵 帝春秋益壯 喜寬大博厚者 顧堅器小 斥
不用 堅亦以落落難合於世 自視與瓦礫同 昭帝崩 大將軍霍光以帝
平生玩好器用後宮美人 置之平陵 堅自以有舊恩 乞守陵 拜陵寢郞
後死葬平陵 自文生時 宗族散四方 高才奇特者 王公貴人 以金帛聘
取爲從事舍人 其下亦與巫醫書算之人游 皆有益於其業 或因以致富焉

贊曰 羅氏之先無所見 豈左氏所稱羅國哉 考其國邑 在江漢之間
爲楚所滅 子孫疑有散居黟歙間者 嗚呼 國旣破亡 而後世猶以知書
見用 至今不絶 人豈可以無學術哉.　　　　　　　　　『東坡七集』

　　한 벼루의 삶과 죽음을 사람의 일생에 맞추어 그렸다. 만석萬石은 곡식 일만 섬을 말한다. 한 섬은 열 말이니, 엄청 많은 곡식穀食을 뜻한다. 재산이 넉넉하고 많은 것을 '가멸다'라고 한다. 이제 만석군이라면 그토록 가멸어 큰 복을 누리는 사람이란 뜻이다.

형식 면에서는 사마천 사기 열전과 한유의 〈모영전〉에 나타난 외형적 틀을 소동파가 그대로 승계한 것이다. 이렇듯 그가 문방사우 중에 직접 '傳'이라는 양식을 빌어 문학화를 시행한 경우는 바로 이 벼루 한 가지 밖에 없다는 점이 특기할 만하다. 더욱이, 작품 가운데 문득 노정露呈되어 있는 바,

> 上嘗歎曰 是四人者 皆國寶也 然重厚堅貞 行無瑕玷 自二千石至百石吏 皆無如文者…親愛日厚 如純輩不敢望也.
> 임금은 이렇게 찬탄한 적이 있었다. "이 네 사람은 다 나라의 보배로다. 그러하되 중후하고 굳세며 곧아서 그 행실에 아무런 하자가 없기로 말하면, 이천 석 고관으로부터 일백 석 낮은 관리에 이르기까지 그 누구도 나무랄만한 이가 없나니라!" … 가까이 사랑함이 날로 두터워지니 모순 같은 무리들은 감히 바라지도 못할 일이었다.

와 같은 투어套語 안에서 그의 벼루에 대한 경도傾倒가 어느 정도인지 짐작해 볼 나위가 있다.

나아가 이제 그 벼루가 흡주연歙州硯이라 함은 소동파가 작품 맨 서두에서 주인공의 본향을 흡歙으로 한 것으로써 절로 명백해졌다. 그 바로 뒤에 선대로부터의 터전을 용미산龍尾山으로 설정해 놓은 연유도 알아내기 어렵지 않다. 흡주석의 채취는 수갱水坑이거나 산갱山坑 중에서 이루어지는데, 양자 사이에 석질의 습윤濕潤과 건조의 정도에서 차이가 있다고 한다. 작품에서 석공石工이 용미산에서의 사냥 중간에 굴

을 따라 들어가 거기서 나문을 보았다고 했으니, 작품의 주인공이 산갱
채취의 벼루임을 알겠다.

홉주연 벼루를 만들기 위한 돌 자재의 산출지는 황산산맥黃山山脈과
천목산天目山 및 백제산白際山의 사이에 있는 안휘성의 **홉현**歙縣, 휴녕休
寧, 기문祁門, 이현黟縣, 무원婺源 등 경내라고 한다. 이 가운데 무원婺源

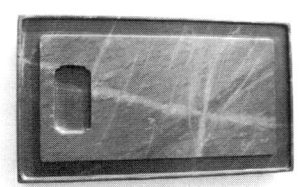

무원 용미산의 나문연

에서 산출되는 돌의 질이 가장 우수한
것으로 알려져 있다. 당나라 때에는 무
원婺源이 **홉주**歙州에 속하였으므로 무
원 산의 벼루를 홉주연으로 통칭하게
되었다. 궁극적으로 홉주연의 진정한
산지는 무원현 계두향溪頭鄕에 속한 용

미산龍尾山인 것이다. 작품 안에서 주인공인 만석군 나문이 **홉**歙 출신
이고, 조상이 용미산에 은거해 있었다는 말의 의미가 여기서 분명해진다.

또한 이제 주인공의 이름을 '나문羅文'으로 했던 것은 그 연유가 어디
에 있을까?

남송南宋 때 사람이 지은 것으로 추정된다는 『연보硯譜』에 의하면 송
대 **홉주**연의 종류는 미자문眉子紋 7종, 외산나문外山羅紋 13종, 수현금
문水玄金文 10종이 있었다고 한다.

명대에 이현李賢 등이 칙명을 받들어 만든 『일통지一統志』에 따르면
용미연은 그 석질이 25종류가 있다고 한다. 곧 미자석眉子石 7종, 외산
나문外山羅紋 13종, 이산나문裡山羅紋 1종, 금성金星 3종, 여갱驢坑 1종이
그것인데, 바로 이 가운데 나문羅紋이 있다.

역시 모두가 돌이 지닌 무늬에 따라 구분한 듯싶다. 석질은 소밀疏密,
즉 성글고 촘촘한 정도에 따라 천연적으로 다양한 무늬가 나타난다.

그리하여 보다 간략하게 미문眉紋, 나문羅紋, 금성金星, 금훈金暈, 어자魚
子 등의 5종류로 대별하기도 한다.

대개 이상의 정보를 통해서 주인공 이름을 나문으로 한 것에 대한
영문도 짐작이 된다. 다시 말해 소동파가 흡주연을 인격화시켰음에도
불구하고, 그리고 흡주 중에도 주인공이 용미산의 굴 안에 있었다고
설정했음에도 불구하고, 나문산의 돌로 만든 벼루인 나문연을 주인공
으로 삼은 데는 나름의 이유가 있었던 듯싶다. 다름 아닌, 성을 흡씨거
나 용씨로 하는 대신 나씨로 삼은 이유는 나씨가 보다 보편적인 인간
세계의 성씨에 가까웠기 때문으로 본다.

또 나문은 여러 흡주연 가운데 용미산의
한 줄기인 나문산羅紋山 갱도에서 캐낸 돌
로 만든 벼루라는 뜻임과 동시에, 그 벼루
의 문양이 사직물絲織物의 가느다란 무늬,
곧 나문羅紋인 까닭에 따다 쓴 것이라 하겠
다. 아니 어쩌면 거꾸로 본질이 먼저요, 산

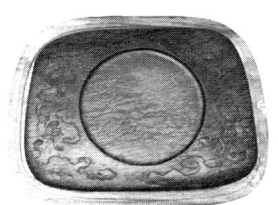

나문갱 흡주연

명山名이 나중인지도 모르겠다. 즉, 그 산에서 채취되는 돌에 직물의
무늬가 있기에 산 이름 또한 나문으로 했을 수 있다는 뜻이다. 다만
본래의 표기는 '羅紋'이지만, 작가인 소동파는 주인공 이름을 '紋' 그대
로 쓰지 않고 '文'으로 대체했으나, 별반 문제될 일은 아니다. 어차피
'文' 자엔 무늬 문紋의 뜻도 있어 얼마든지 통용이 가능한 까닭이다.
게다가 '文' 자로 하는 것이 보다 사람 이름으로서 적절하다고 생각해서
그 글자를 택하지 않았을까.

한편, 작가는 무슨 이유에서인지 나문이 출생한 시기 및 활동한 시대
의 배경을 한나라 때로 설정시켜 놓았다. 물론 진묘秦墓와 한묘漢墓의

출토에 힘입어 진한 시대에도 둥그스름한 돌판[板硯] 및 마묵석磨墨石
등, 돌을 이용한 벼루 형상의 존재가 인정되기는 한다. 하지만 제대로
진화된 형태의 이른바 흡주석 벼루의 연원에 관한 한, 그 생성의 시기
는 당나라 때 들어서인 것으로 알려져 있다. 북송 시절 당적唐積의 『흡
주연보歙州硯譜』에는 당나라 개원 연간開元年間(713~741)에 사냥꾼 섭씨
葉氏가 처음으로 벼루를 제작하였다는 기록이 있다. 그리하여 성당시기
에는 바야흐로 흡주연이 널리 유행하였고, 당 현종玄宗(재위 712~756)은
흡주연을 군신들에게 상으로 하사하였다는 기록도 있다.

송대에 이르러 흡주연은 채굴 규모가 크게 확대되었다고 한다. 남당
이 멸망한 뒤에 50여 년 동안 흡주석의 채굴이 정지되었다가, 공교롭게
도 소동파가 태어난 무렵인 경우 연간景佑年間(1034~1038)에 다시금 채
굴이 시작되었다고 한다. 이 일이 혹 소동파의 유별한 벼루 관심에 대
한 자극적인 계기가 되었을는지 모른다. 특히 소동파와 같은 시대를
살며 송사대가에 들었던 채양蔡襄(1012~1067)은 흡주연의 가치를 '화씨
벽和氏璧'에 비유하기도 할 만큼 그 성가聲價가 대단했음을 알 수 있다. 그
렇다면 소동파가 벼루 전기를 창작해 낸 것도 그의 시대에 미만彌滿했던
이러한 시대적 분위기와

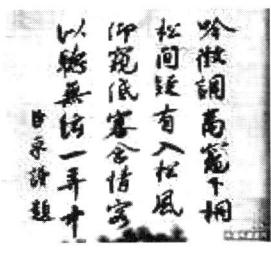

채양과 그의 글씨

무관하지는 않았을 터이다.

무엇을 치우치게 즐기는 경향傾向, 또는 고치기 어렵게 굳어 버린 버
릇을 '벽癖'이라고 한다. 소동파는 또한 평생에 벼루를 모으는 연벽硯癖

과 먹을 수집하는 묵벽墨癖 있는 것으로도 유명하다. 그러면 이제 한 벼루의 일생을 다룬 신기新奇의 문조文藻인 〈만석군나문전〉은 바로 작가의 마니아다운 취향이 낳은 또 하나의 산물이라 할 것이다.

실의와 곤궁이 빚어낸
술과 돈의 사색

1: 머리말

　서하西河 임춘林椿(1150경~?)의 문학에 관련한 연구를 크게 작가론적인 측면과 작품론적인 측면으로 나누어 볼 때, 거의 전자에 치중되어 왔음이 사실이었다. 임춘 작가론은 특히 고려조의 무신란이라는 시대적 특수한 배경 안에서 언급할 사항이 많고 실제로도 관계 논문이 적지 않으나, 거기 비해 작품론은 훨씬 그 수준에 미치지 못하였다. 더욱이 그의 어떤 특정 작품에 대해 집중적으로 다룬 논의 등은 크게 결핍의

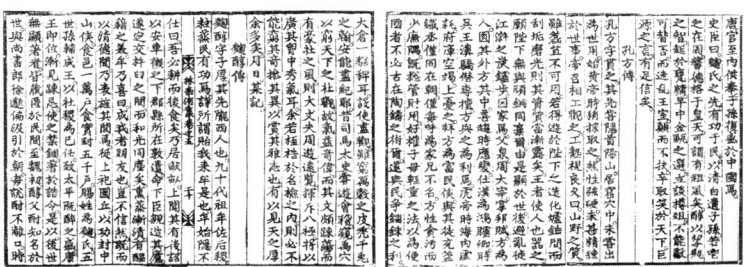

국순전과 공방전

양상을 면치 못한 것도 이 방면의 한 실정이었다.

특히 『서하집西河集』 소재의 산문 가운데도 권5의 '전傳'에 들어 있는 〈국순전麴醇傳〉, 〈공방전孔方傳〉 같은 것은 거의 임춘이란 인물의 대명사격으로 인식되어 있는 유명작임에도, 오히려 이에 대한 단편적인 논급은 있으되 구체화된 검토가 이루어지지 않은 채였다. 게다가 그 단편적인 논급이라 함도 대체로는 이 두 가전에 내포된 풍자 주제에 관한 내용 범주에서 크게 벗어나지 않은 사안들이었다. 또 반드시 이 경우에서만 아니라, 일반적으로는 어떤 작품들이 의인화되어 있을 경우 대개는 그 나타내고자 하는 뜻이 전적으로 풍자인 것으로만 쉽게 생각해 왔음도 사실이었다.

그러나 정작 임춘의 개인 문집인 『서하집』 전체를 일람하여도 의인적 수법에 대한 특별한 관심이 나타나는 부분은 거의 찾아보기 힘들다. 고작하여 달[月]을 반의인적인 태도와 수법으로 다루어 쓴 장시長詩 〈유월십오야우제대월유회六月十五夜雨霽對月有懷〉(권2) 정도 인견引見할 수 있다. 그 나머지는 아주 단편적인 시도, 예컨대 권1의 〈사인이필묵견혜謝人以筆墨見惠〉에서 붓을 '중서군中書君', 먹을 '진현陳玄'으로, 역시 권1의 〈반송가盤松歌〉에서 소나무를 '십팔공十八公'으로 표현한 정도가 보일 뿐이다.

이렇게 그가 의인적 문장에 대한 관심이 각별했던 것도 아닌 터에, 술의 의인화 전기인 〈국순전〉 및 엽전의 의인화 전기인 〈공방전〉의 창작을 수행했다는 점에 유의해 볼 필요가 있다. 다시 말해 임춘으로 하여금 의인적 형태의 작문에 관심을 가지게끔 한 동기가 어디에 있었던 것인지에 대한 일단의 궁금증이 야기된다는 사실이다.

돌이켜 보면, 동양권 안에서 가전 생성의 처음 단계인 당대唐代 한유의 붓 가전인 〈모영전毛穎傳〉 자체가 정치적 풍자거나 사회 비판 등과 같은 거창한 동기가 거론되지는 않았다. 그보다는 오히려 유희문遊戲文으로서의 혐의를 면치 못하였음도 사실이었다.[1] 그 뒤를 이어 같은 당대 사공도司空圖의 거울 가전인 〈용성후전容成侯傳〉이라든가, 송대 소동파蘇東坡의 여러 사물 가전들, 그리고 고려조 임춘과 동시대 이규보의 가전 〈국선생전麴先生傳〉, 〈청강사자현부전淸江使者玄夫傳〉 및 이윤보의 가전 〈무장공자전無腸公子傳〉 등도 그 기필起筆의 참된 동기가 진정 정치・사회적인 풍자 비판에 있었음인지 회의적인 국면이 적지 않은 것이다.

　여기 〈국순전〉과 〈공방전〉도 궁극엔 기존의 풍자 주제 견해와 다를 수 있는 가능성의 국면을 놓쳤다간 큰 실수가 일어날 수도 있다는 자각 아래 이 글은 출발한다. 임춘에게는 자기 앞에 주어진 각고刻苦 지난至難한 삶과 부딪치면서 그것을 견뎌 내기 위한 자기 나름의 위안처가 필요했다는 엄연한 사실을 놓칠 수 없다. 실제로 그의 문학 전반을 차지했던 것은 그 대상이 보다 큰 테두리로서의 사회적 외부 세계보다는, 그 대상이 비근한 생활 주변 안에서의 개인적 내부 세계였음을 상기할 필요가 있다. 그리하여 집단적인 의도를 유보한 순수 개인적인 동기의 가능성 관점을 마저 점검하고자 함이다.

　임춘에게는 그의 환경과 개성이 만들어 낸 그 나름의 개아적 의식 또는 무의식의 현상이 있었고, 바로 그 각별한 현상 안에서 임춘의 인간성 본연을 찾는 일이 우선 요구된다. 그리고 이같은 인간성 본연의 모색은 곧장 그의 대표적 산문 명작인 〈국순전〉・〈공방전〉에 대한 본

---

1) 앞의 글 「신생 장르에 대한 잡박 논쟁」 참조.

질적인 이해로 연결되어진다. 따라서 이하에 펼쳐지는 작가론은 이 두 작품의 창작적 원리에 가장 가깝게 다가서기 위한 전초前哨로서의 역할과 특징을 갖는다.

2: 임춘의 지향과 지양

종래 임춘 관계 연구에 있어서 가장 빈번히 다루어져 왔던 논지는 역시 그의 현실 참여 의지에 관한 부분이었던 것으로 요약되어진다. 과연 임춘은 현실 인식이 매우 공고한 인물이었다. 생전에 그가 소속했었다는 이른바 죽림고회竹林高會의 칠현七賢, 일명 해좌칠현海左七賢이라 하는 사람들도 일단 그들이 취한 명분은 중국 진대晉代 죽림칠현竹林七賢을 효방效仿하는데 있었다. 하지만 그것은 결국 표면상의 일로 그쳤을 따름으로, 실제에 있어서는 거개가 현실 참여 쪽으로 일탈하는 양상을 벗어나지 못하였다.

연구의 초기에 이동환이 「고려죽림고회연구」 및 「임춘론」을 통해 임춘의 현실참여 욕구에 대한 취지를 거듭 확인시켜 보였는데, 그 현실적 욕구의 동기가 경제적 여건 내지 가문 의식과 결부된 공명 의식에 있었다고 해석하였다.[2] 김진영은 임춘의 현실 지향적 의지에 보다 주안점을 두고 밀도 있는 논의를 가하였다.

　　　임춘은 전혀 환로宦路에 오르지는 못하였지만, 당시의 현실을 외면하

---

2) 이동환, 「고려죽림고회연구」, 고려대석사학위논문, 1968.
　　이동환, 「임춘론」, 『어문논집』 19・20합집, 고려대국어국문학과, 1977.

여 둔세적遁世的 태도로 살아갔던 인물이 아니고, 당대에 신흥사대부 계층뿐만 아니라 구 귀족층의 자손들 역시 다시금 관직에 참여하려는 일반적 추세와 궤를 같이 하여, 적극적으로 과거에 응시하고 자천서自薦書를 올리는 등 참여에의 강한 욕구를 지녔던 점을 확실히 파악할 수 있다.[3]

중국의 죽림칠현도

임춘의 작품집인 『서하집』을 전역全譯한 진성규도 임춘을 포함한 죽림고회의 성격에 대해 같은 뜻을 말한 바 있다.

이 죽림고회의 칠현들은 대부분이 과거에 합격하였고, 이인로李仁老를 비롯한 조통趙通 · 황보항皇甫沆 · 함순咸淳 · 이담지李湛之 등은 마음에 흡족치 못한 미관微官이기는 하지만 역관歷官한 사실을 볼 때, 이들의 생활 태도는 은둔적이 아니라 적극적이었다고 하겠다.[4]

하지만 이상 초창기의 논의에서와 같이 나중까지도 언제든 임춘이 현실 추세 일변도만 답습한 것은 아니었다.

홍성표가 「무신집정기 문인의 은둔의식」이라는 논제 하에 임춘과 이규보 두 사람을 놓고서 이른바 ‘은둔관’과 ‘출세관’에 대해 재단裁斷하고자 했

3) 김진영, 「임춘연구Ⅰ」, 『서울여대논문집』 9호, 1980, p.88.
4) 진성규, 『역주 서하집』, 일지사, 1984, p.4.

던 것은 전 논자들에 대한 일정한 견제의 좋은 본보기라 할 만했다. 이에서 표현법상의 직설과 은유의 차이가 있을 뿐 그 두 사람의 지향하는 바는 같다고 해석하고 있다. 즉, "때에 따라 나아가고 물러난다는 것, 나아가면 만물을 이롭게 하는 도를 펼치고 물러나서는 고고하게 도를 간직하고 산다는 것이 그들의 공통된 출세·은둔관"5)이라고 하였다. 동시에 이러한 현상을 그들만의 특수가 아닌, 당시 지식인 보편의 고정관념적인 양상으로 돌렸다. 그리하여 역시 추세론으로 돌아간 셈되었다.

그럼에도 불구하고 실존의 현실 안에서 불우한 처지를 벗어나지 못한 임춘의 시문에는 점점 확고한 자연 귀의 의식이 표출되고, 정체에서 벗어난 이규보의 시문에는 은둔 의식이 미약해지는 대신 관념적 자연 지향이 종종 표출될 따름이라고 하였으니, 앞의 논자들이 임춘의 삶과 문학을 철저한 현실주의로 보았던 견해와는 다소간의 상위相違가 드러나는 듯도 싶었다.

물론 종전의 논의들이 임춘의 철두철미한 현실주의 인식을 강조했던 사실에도 불구하고, 그 일면에 그의 은둔에 대해서조차 언급 아니한 바는 아니었다. 예컨대 이동환이 그의 은둔 지향에 관해 어디까지나 자신의 개인적 좌절과 실의에 대한 관념적 위안으로 간주6)한 것이라든지, 홍성표가 이를 이상적 자아의 형상화로서의 은둔 지향으로 수용7)하고 있는 등이 좋은 본보기라 할 만하였다.

그런데 임춘의 문집인 『서하집』 중에는 실제로 은둔과 관련한 표백

---

5) 홍성표, 「무신집정기 문인의 은둔의식」, 『경희어문학』, 1987, pp.80∼81.
6) 이동환, 「임춘론」, 앞에 든 논문집, p.608 참조.
7) 홍성표, 앞에 든 논문, p.70 참조.

이 상당수 있거니와, 그것을 유기적 전체 안에서 볼 때 안정적인 모양으로 정렬되어 있지 못하다는 특기할 만한 사실이 파악된다. 이에 새삼 그의 은둔에 대한 사유가 임춘 연구의 또 한 가지 중요한 주제로서, 보다 집중적인 검토가 요망되는바 있는 것이다.

대개 임춘의 생애 전반을 주요한 행적의 사안에 따라 몇 단계로 나누어 보는 일이 가능하다.

1. 우선, 무신란 발발(1170) 이후 개경에 찬복竄伏하였으니 햇수로 5년의 기간이 있다. 그가 갑오년(1174) 여름에 강남으로 피지避地하였을 때 쓴 〈장검행杖劍行〉(권1) 가운데

長安塵土中　서울의 흙먼지 속에서
高枕臥五載　높은 베개로 눕기를 5년.

라는 대목 및, 권4의 〈여홍교서서與洪校書書〉 가운데

僕自遭難　跋前躓後　隱匿竄伏…故居京師凡五載　飢寒益甚.
내가 난리를 만난 후에 엎어지고 자빠지며 몸을 숨기고 깊이 엎드려 … 까닭에 개경에 머문 다섯 해 동안에 주림과 추위는 더욱 심해지고….

등에서 명료하게 볼 수 있다. 편의상 이 기간을 '개경찬복기開京竄伏期'라 명명하고자 한다.

2. 그리고 영남 상주尙州에 가서 거류하였던 이른바 강남 유락 7년여를 엿볼 수 있다. 권1의 고율시古律詩 〈유감有感〉 가운데,

> 七年浪迹寄南州　7년의 떠돌이 남쪽에 붙어살며
> 輦下重來夢寐遊　서울에 다시 오길 꿈에조차 그렸네.

를 통해 그 행적이 나타난다. 편의상 이 기간을 '강남유락기江南流落期'
라 일컫기로 한다.

　3. 이윽고 그 고초 끝에 다시금 개경에 복귀하였던 시기가 가늠된다.
권3의 고율시 〈중도경사重到京師〉의 허두에,

> 劉郎今是白頭翁　떠도는 사내 이제 머리 센 늙은이 되니
> 一十年來似夢中　지나온 10년이 꿈결같구나.

의 표제를 존중하여 편의상 '개경중도기開京重到期'로 일컫기로 한다. 또
한 같은 권3의 〈차운정담지삼절次韻呈湛之三絶〉이란 시의 제1절,

> 謫居南國更無州　남주의 귀양살이 다시 보지 못했더니
> 輦下相逢各白頭　서울에서 다시 뵈니 백발이 되었구려.
> 握手何須論契闊　손 맞잡고 소원했던 세월을 논하랴만
> 算來今已七年周　헤아려 보니 어느덧 7년이나 되었구려.

로써 강남 유락의 기간 7년 뒤의 환도를 엿볼 수 있다.

　4. 그러나 더 이상 현실적 진출을 단념하고 장단長湍 즉, 단주湍州로
칩거하는 시기로 들어간다. 이 시기를 '단주칩거기湍州蟄居期'라 이름해
도 좋겠다. 단주는 경기도 장단長湍의 옛 지명으로, 개성 남동쪽 16㎞
에 위치해 있다. 권4의 서간 〈여황보약수서與皇甫若水書〉 말미의

> 將歸紺岳　忽忽不宣謹白.

장차 감악에 돌아가고자 총총 잘 갖추어 아뢰지 못하나이다.

및, 〈기산인오생서寄山人悟生書〉 글 가운데

嘗遊湍州 山川信美 可以卜居…當不出夏首 結搆草堂 携家便去 且
買江田數頃以供伏臘 此吾計也.
일찍이 단주에 놀다 보니 산천이 참 아름답고 살 만하여 … 마땅히
첫 여름을 넘기지 않고 초당 지어 가족을 데리고 강가 쪽 밭 몇 이랑을
사서 삼복과 섣달에 대비함이 저의 계획입니다.

가 그 실마리이다. 그리고 이 계획이 실행되었음을 권의 6 〈상이학사계
上李學士啓〉 가운데,

緊湍水之前頭 接積城之西畔…得一荒墟 纔數畝地.
여기는 단수의 앞머리, 적성의 서편 물가에 접하고 있지요. … 빈터
하나를 얻었는데 겨우 몇 이랑 됩니다.

안에서 확인해 볼 길이 있다.

이렇게 대별할 수 있겠거니와, 이 사이에 적어도 유가적 입신 출사出
仕에 대한 생각을 용케 극복한 듯이 보이는 표백이 아주 없었던 것은
아니었다. '개경중도기'의 것으로 유추되는 〈여미수동회담지가與眉叟同
會湛之家〉8)의 문면 위에는 적어도 그의 평생을 압박했던 공명 의식功名
意識으로부터의 모처럼의 일탈이 보인다.

---

8) 『서하집』 권3 '古律詩' 소재.

久因流落去長安　서울에서 떠나 있던 기나긴 떠돌이 삶
空學南音著楚冠　어설픈 남쪽 사투리에 초관楚冠도 썼네.
歲月屢驚羊胛熟　양羊 어깻살 익듯한 세월에 자주 놀라고
風騷重會鶴天寒　시문으로 다시 모인 지금은 매운 계절.
十年契闊挑燈話　소원했던 십년 세월 등불 돋워 얘기하고
半世功名抱鏡看　반평생 드러난 이름을 거울에 비춰 보네.
自笑老來追後輩　스스로 우스워라 늙어 후배 따르는 일
文思宦意一時闌　글 생각 벼슬 뜻이 한꺼번에 그치누나.

또한 〈여조역락서與趙亦樂書〉[9]에서도 당시 과거 시험용의 글, 이른바 장옥지문場屋之文에 대한 혐오 및 자신의 비참한 운명에 대해 탄식하다가, 궁극에 벼슬살이의 관건인 과시科試를 포기하겠다는 단호한 뜻을 밝히고 있다.

僕旣屢困場屋 將自誓不復求之 所願者 時時從足下 問易大旨 以不忘吾聖人道耳.
저는 이미 여러 차례 과거 시험에 막혀 앞으로 다시는 응시하지 않기로 맹세하였습니다. 바라기는 가끔 그대를 따라 주역의 본질을 묻고 우리 성인들의 도를 잊지 않고자 할 따름이지요.

임춘이 과연 이 마당에 이르러서는 자신의 말처럼 진정 일점 망서림 없는 완전한 체념의 심경으로 돌아왔는지, 아니면 아직도 진출에 대한 끝내의 미련이 남았는지 마침내 알 수 없는 일이지만, 적어도 문면 상으로는 그같은 갈등의 국면이 전혀 나타나지 않는 것만큼 사실이었다.
　돌아보건대, 벼슬에 나아가고 물러앉음에 대한 갈등 양상은 그의 삶

---

9) 『서하집』 권4 '書簡' 소재.

의 보다 이른 시기일수록 강렬하고, 후반으로 갈수록 약화되었다는 사실을 파악하기 어렵지 아니하다. 말하자면 삶의 호전적 기미는 보이지 않는 채로 시간이 가면 갈수록 처음의 희망과 의지가 꺾이면서 점차 체념의 상태로 들어갔던 양하다. 위에 든 바 은둔을 표방하여 있는 그 내용들도 대개는 그의 생애 후반기인 '단주칩거기湍州蟄居期'를 전후한 것들로 사료된다.

그럼에도 불구하고, 『서하집』 전반을 통해 이처럼 갈등의 정지停止 현상이 나타나는 경우를 모색해 내는 일이 참으로 쉽지 아니하다. 그만큼 임춘은 그의 생애의 가장 오랜 시간 동안을 진퇴 출처進退出處의 갈등 안에서 시달림을 면치 못하였던 것이다. 정녕 임춘은 기본적으로 출사를 생애 최고 최대의 목표로 하였음이 분명하였으나, 현실 안에서 그것이 여의치 않을 때마다 고개를 드는 은둔이라는 명제로 인해 생애 대부분을 부심하며 지낸 듯싶다. 말하자면 그는 필시 그와 동시대인 누구보다도 출사와 은둔 사이의 정신적 갈등과 번민에 고통 받았던 사람임이 분명하였다. 그가 평소에 얼마만큼 이 은둔의 문제를 놓고서 고심하였는지는 〈기산인오생서寄山人悟生書〉10)라는 서한을 통해서도 짐작되는바 있다.

　　昨於擾攘之際 人皆深潛遠遁 盜名僞服 以避一時之難 及其神志一變 則不待鶴書之聘 甘心利祿 突梯苟冒 誰復自藏於畔高肥遁之節耶.
　　지난번 난리통에 사람들 모두 깊이 숨고 멀리 물러나 이름을 도용하고 의복을 위장하여 한때의 환란을 피했지요. 그러다가 운수가 한 차례 변하자 조정이 부르고 말고 할 나위 없이 이권에 혹한 채 물불 가리지

___
10) 『서하집』 권4 '書簡' 소재.

않으니, 누구라 다시금 높은 경지의 느긋한 은둔의 절개를 혼자 간직하겠습니까?

난세에 임해 녹리에 급급한 일과, 높은 절조로 숨는 일 가운데 어떤 쪽이 선비의 옳고 마땅한 선택인지 글 자체로서 시사된다.

하지만 임춘의 이같은 은둔의 당위성에 대한 믿음은 그것이 곧장 몸으로 실천되는 것이 아닌, 어디까지나 그의 정신적 이념 안에서만 강구되는 구두선口頭禪 같은 것이었다. 바로 위의 글에 이어지는 다음과 같은 고백을 통해서 여실히 알 수가 있다.

僕嘗欲拂衣長往 得從之遊 而未獲捫蘿撥雲一叩山局 但日夕咨嗟慕望而已 乃知以市井之徒 輕慕山林高蹈之迹 誠亦難矣.
저는 일찍이 옷소매를 떨치고 분연히 멀리 떠나 선사를 따라 노닐고자 하였지요. 하지만 이끼 붙들고 구름 헤치면서 산사의 빗장 한 번 두드려본 일 없이 그저 밤낮으로 탄식하고 선망했을 따름입니다. 그리하여 속세의 무리가 함부로 산림간에 고답하는 자취를 선망한다는 일이 역시 참으로 어렵다는 것을 알았습니다.

이상의 대목은 임춘이 가야산의 승려인 오생悟生 앞에 단주 칩거의 계획을 밝히기 앞서 은둔과 관련한 자신의 지난날을 회고조로 고백해 보인 내용이다. 그가 삶의 궁극에 이르러 결국은 칩거를 결심하기까지 고심했던 양상을 엿볼 수 있다. 동시에 그 고심의 원인은 은둔의 실천적 어려움에 있었다. 곧 임춘에게 있어 은둔은 출사에 못지않은 또 하나의 고원高遠한 세계임이 분명하였다. 잘 다스려진 세상이라면 당연히 출사 한 가지의 가치만이 존재하겠으나, 난세에는 은일이 출사보다 더 높은 가치라고 인식한 소치이다.

하지만 막상 현실 안에서의 수행이 여의치 않음을 인식한 마당에서의 은일은 어디까지나 이상적 관념 즉, 이념으로서만 존재할 따름이었다. 이동환이 그의 은둔을 두고 자신의 개인적 좌절과 실의에 대한 관념적 위안으로 간주하였던 것, 또는 홍성표가 이를 이상적 자아의 형상화로서의 은둔 지향으로 이해 수용하였던 것 역시 표현만 다른 같은 의미로 보여진다.

누구에게나 상황이 어려울 때 은둔을 동경하기는 쉬운 일이다. 그러한 꿈꾸기는 고통의 현실에서 잠시라도 벗어나게 해 주는 아련한 위안처와도 같기 때문이다. 정작 힘든 일은 은둔에의 동경이거나 관념 추구가 아니라, 그것에의 단호한 실천이다. 그리하여 마땅히 따라가야 할 그림[이념]과 제대로 따라가지 못하는 현상[현실] 사이에서 임춘이 겪었던 그 사이의 갈등이 짐작된다.

그가 이처럼 난세의 이념과 현실 사이에서 겪을 수밖에 없었던 갈등의 양상은 보다 많은 군데에서 나타난다. 〈기익원상인寄益源上人〉[11]이라는 고율시에서, '세속을 따르다가 귀거래의 계획이 늦어진 것 탄식하나니(逐世自嗟歸計晚)'란 고백과 함께,

> 祇從居士田園樂　단지 거사를 따라 전원을 즐겼을 뿐
> 不與禪師杖錫遊　선사와 석장 짚고 노니지는 못하였네.

라고 하여 스스로가 완전한 은일의 경지에 들지 못함을 자탄하고 있다. 물론 그가 이렇게 말하는 데는 불승佛僧을 상대하는 시간대 안의 페이

11) 『서하집』 권1 '古律時' 소재.

소스적 즉흥도 어느 정도 있었겠다. 하지만 의식 밑바탕에 항상 자리잡고 있는 유가적 은일의 명제에 대한 번민이 보다 깊어 보인다.

임춘의 이러한 갈등의 전형적 일례를 역시 승려 익원益源에게 부친 또 다른 작품 〈기산인익원寄山人益源〉12)이란 장편 고율시의 첫머리에서부터 실감 있게 찾아 엿볼 수 있다.

1.	吾少愛林泉	나 소싯적부터 자연을 사랑했거니
2.	浩然思歸歟	큰마음으로 자연에 돌아가리라.
3.	當時重違親	그때야 어버이 뜻 어길까 무서웠지
4.	名利豈所拘	내 어찌 명리에 매여서였으랴.
5.	及此遭喪亂	급기야 이 난리를 만나고는
6.	飄然放江湖	표연히 강호를 방랑하였지.
7.	高遁方可樂	높이 은둔하는 일 즐겁긴 하겠으나
8.	不去胡爲乎	떠나지 못하는 걸 어이하겠나.
9.	亦由身有累	역시 몸이 현실에 매인 까닭
10.	未忍捐妻孥	차마 처자식 버리지는 못한다네.
11.	羨子拂長袖	나 그대가 긴 소매자락 떨치고
12.	靑山歸結廬	청산에 들어가 오두막 지은 일 부럽기만.
	…(중략)…	
61.	不如居巖穴	암만해도 저 암혈에나 살면서
62.	斷穀食松腴	곡기 끊고 솔껍질 먹는 이만 못하리.
63.	莫作北山移	〈북산이문北山移文〉 따위 짓지도 말게
64.	吳儂有林逋	나에게도 은둔의 임포林逋가 있으니.

---

12) 위와 같음.

설명의 편의를 위해 각 행의 앞에 순차상의 번호를 붙였다. 제1행~제4행에서 임춘은 소싯적의 갈등을 노정露呈하고 있다. 곧 그는 소시 때부터 자연에 귀의할 뜻이 있었으나, 가문의 기대에 따른 입신양명의 문제에 부딪혀 뜻을 이루지 못하였노라 하였다.

제5행~제12행에서 그는 무신란 이후의 갈등을 표로表露하고 있다. 강호를 떠돌 때 높은 은둔의 즐거움과 의미를 알 수 있었으나, 처자를 어쩌지 못하는 문제로 인해 역시 뜻을 이루지 못하였노라 하였다.

이에서 임춘 나름의 자연 귀의에 대한 사유가 현실 지향의 문제와 얽히는 상황으로서의 갈등 체험을 감지할 수 있다. 자연 추구와 현실 추구 간의 갈등이라고도 표현할 수 있겠으나, 결국 그의 자연 추구는 제11행~제12행에서 보듯이, 익원산인益源山人을 본받아 실천·궁행하지는 못하였다. 하나의 동경과 선망으로만 그쳤을 뿐, 가문 및 처자 같은 현실 문제를 차마 극복하지 못한 것으로 나타나 있다.

그러나 실로 기이한 것은, 그의 이같은 현실 추구의 결정이 본 시의 맨 마지막 단계인 제61행~제64행에 이르러 일약 자연 추구의 방향으로 번복되는 양상을 보인다는 사실이다. 이 시의 서두부에서 처자 때문에 청산으로의 귀의는 차마 관념 안에서나 선망할 따름이라던 그 고백이 시의 결말부에서는 암혈 은거조차 불사할 태세로 바뀐다. 자신이 〈북산이문北山移文〉과는 무관한 인물임과 동시에, 송나라의 은둔거사 임포林逋에 견줄만하다고 은근 내세우고 있는 것이다.

〈북산이문〉은 남제南齊 사람 공치규孔稚珪의

文徵明의 필적 북산이문

글이다. 이 작품에 대한 『문선文選』의
주석에 따르면, 일찍이 주언륜周彦倫이
란 사람이 북산에 은거하였다가 나중
엔 소환하는 명에 응해 나가 벼슬하였
다. 그가 뒤에 이 산을 지나가려 할 때
공치규가 혐오한 나머지 신령의 뜻을
빌어 북산에 다시 오지 못하도록 했다
는 내용의 글이다. 그러기에 임춘은 자

梅妻鶴子로 살았던 林逋

신을 주언륜과 나란히 취급 받기를 거부한 것이다. 임포는 명리를 구함
이 없이 서호西湖의 고산孤山에 20년 간 은거하며 성시城市를 밟지 않았
다는 인물이다. 결혼하지 않고 대신 매화와 학을 길러 짝하였으므로
당시 사람들이 '매처학자梅妻鶴子'라 일컬었다는 고사의 주인공이니, 은
일의 대명사격에 들어가는 한 사람이다.

　임춘이 자신을 임포에다 비유한 데는 같은 '임林'씨 성姓이라는 공감
대 효과도 있었을 수 있다. '오농吳儂'은 오나라 사람들이 자기를 말할
때 '농儂'이라 일컬었던 데서 나온 말이라 했고, 특히 이 최종구는 소동
파가 임포의 시를 글씨로 쓴 다음 지었다는 〈서임포시후서書林逋詩後
書〉 가운데 "吳儂生長湖山曲"의 대목과도 관련 있어 보인다.

　아무튼 임춘의 이 시에서의 서두부와 결말부 사이에 수미가 상응하
지 못하고 이같이 전후 간에 배치되는 양상을 면하지 못함은 그 근원적
이유가 어디에 있었을까? 아무래도 은둔에 대한 골 깊은 갈등이 빚은
결과로 보아야 할 듯싶다. 이러한 갈등은 그의 어떤 글 안에서는 간혹
자가당착적인 모순으로 나타나기도 하였다.

　그는 평생토록 불우하여 아무런 현실적 보장을 얻지 못하였던 가운

데서 종종 나름대로의 선망의 대상을 글 위에 떠올렸다. 그 대상은 다름 아닌 자기 시대에 은둔을 직접 몸으로 실천한 사람들이었다. 어사 권돈례權敦禮라는 인물도 그 가운데 한 사람이었던 바, 그에게 부친 편지 글인 〈대이담지기권어사돈례서代李湛之寄權御史敦禮書〉13) 가운데 그같은 선망과 동경의 뜻이 잘 나타나 있다.

　　自離難之際 世之賢士 莫不深潛草野 以避一時之禍 然一爲名利所誘 而使山靈挽回俗駕者多矣 今閣下見幾而作 高蹈方外 泥滓爵位 膠漆山林 千金不能聘其才 萬乘不能屈其節 眞所謂旣明且哲以保其身者也…閣下方且抱大器藏大道枕石漱流 高臥不出 其淸風高節 自夷齊已來一人而已 僕每欲拂衣長往 以從先生之遊 向風儀德 勞於夢寐 又聞此州風土 信美可樂 高人勝士 多往而依焉 僕買土一廛 卜居其間 便了一生 此其雅意也 惟先生諒之.

　　난리를 만나고부터 세상의 현사들은 초야에 깊이 묻혀 한때의 화를 피하지 않음이 없었으나, 한 번쯤은 명리에 유혹되어 산신을 세속의 수레 쪽으로 돌이키게 한 이가 많았습니다. 지금 합하께서는 기미를 파악하시와 세상 바깥에서 고답하시니, 벼슬을 진흙탕처럼 아시고 산림을 고집하십니다. 천금으로도 그 재능을 불러들일 수 없으며, 만승천자도 그 절개를 꺾을 수 없는, 진정으로 이른바 명철하여 일신을 보전하는 분이나이다. … 각하께선 크나큰 기국을 품고 크나큰 도를 감추시와 돌을 베개삼고 흐르는 물에 양치하시며 높이 누워 나오지 않으시니, 그 맑은 풍도 높은 절조는 백이·숙제 이래 단 한 분 뿐입니다. 저는 매양 옷을 떨치고 아주 속세 멀리하여 선생의 노니심을 좇아 그 풍도와 덕화에 향하기를 몽매간에도 애썼습니다. 또한 듣자오매, 이 고을 풍토는 참 아름답고 즐길만하여 고매한 인사들이 자주 찾아 의지한답니다. 저는 토지 한 뙈기를 사서 그 사이에 살 자리를 정해 문득 일생을 마치고

───────────────

13) 『서하집』 권4 '書簡' 소재.

자 함이 평상시의 뜻이오니, 선생께서는 살펴 주십시오.

　임춘이 이다지 그 은둔의 절조에 대해 높이 칭상한 권돈례는 정중부의 난 이후에 이름이 난 북원北原(:지금의 原州)의 은일처사였다. 평생 진퇴·출처에 갈등 많은 임춘이었으나, 여기서만큼 선뜻 그의 은둔을 동경하고 추종하는 뜻을 유감없이 나타내고 있다. 그리고 이 서간의 바로 후속으로 보낸 〈답동전서答同前書〉[14]에서 또한 권돈례의 '기영지지箕穎之志'를 감탄하고 선망하는 뜻을 나타내고 있다. 그런 일면 문득 그가 세상 바깥으로 등장하여 제세濟世해야 할 일의 당위성에 대해 말함으로써, 앞서의 주장과는 얼마간 상반을 보이는 듯한 국면이 있었다.

　　今悠悠者云　一時安危　係閣下之出處　深存挹退　苟全高節　一丘一壑　以遂從容之適　則經濟之寄　復無其人矣　昔辛謐有言　不嬰於禍亂者　非爲避之　但冥心至趣　自與志會耳　以此知賢者之處乎廟堂也　無異於山林間矣　斯乃窮理盡性之妙　其體而行之者　非閣下而誰也　惟先生深思之靜慮之　俯循物議　起應徵詔　則亦海內蒼生之福也　若吾道之大行也　物必蒙利　至於僕輩枯槁廢錮之士　亦將受其餘潤　豈不在一物之數巾耶　此尤所喜於心者.
　　지금 근심하는 이들은 한 시대의 안위가 합하의 진퇴에 걸려있다고 말합니다. 깊이 숨고 점잖이 물러나 높은 절개만 지키면서 언덕과 골짜기 사이에서 고요한 삶만 따른다면 세상의 경영과 제도를 맡겨 의지할 사람은 다시 없을 것입니다. 옛적에 신밀은 말하기를 화란에 걸려들지 아니함은 그것을 피한다고 되는 일이 아니요, 다만 그 깊은 생각과 지극한 지취가 스스로 뜻에 맞을 따름이라고 했습니다. 이로써 어진 이가 묘당에 있으면서도 산림 간에 있는 것과 다름이 없음을 알 것입니다. 이야말로

---

14) 『서하집』 권4 '書簡' 소재.

궁리와 진성의 묘리라 하겠으니, 그 체에 바탕하여 행하는 이는 합하가 아니면 누구이겠습니까? 오직 선생께서는 깊고 고요히 사려하여 보소서. 돌아가는 논의에 따르고 조정의 부르심에 일어나 응하신다면 이 또한 세상 창생들의 복인 것입니다. 만약 우리의 도가 크게 행한다면 세상은 반드시 그 이택을 입을 것이요, 장차는 저와 같은 시들고 궁박한 선비에까지도 여분의 윤택을 받을 수 있으리니, 어찌 한 사물이 여러 폭에 걸쳐 덮음이 아니겠습니까? 이 더욱 마음에 기쁜 일이 될 것입니다.

전자의 편지에서 북원처사 권돈례의 은거 속 학문을 예찬해 마지않던 태도가, 후자의 그것에서는 정반대로 그 학문과 인품의 현실적 발휘 및 선양을 권고하는 분위기로 바뀜으로써, 전후 간에 자가당착적인 괴리를 면치 못하였던 것이다.

서간문 〈여계사서與契師書〉[15] 중의 다음과 같은 대목은 그의 진퇴에 대한 번민이 얼마나 오래고 속 깊은 것인지를 알게 해 주는 소중한 고백이라 할 만하다.

> 僕本有不羈之志 樂慕方外 而況累經憂患 常歎計不早決耳 今與吾師 幸居近地 未能放絕世務 往從杖錫之遊 而以遂本意 徒爲林澗之所笑 吁可歎歟.
>
> 저는 본래 세속에 매이지 않으려는 뜻이 있어 즐겨 방외方外를 연모하였습니다. 그러나 여러 차례 우환을 겪으면서 늘 그 계획을 일찍 결정하지 못함을 한탄하였습니다. 지금은 다행히 우리 선사와 가까운 곳에 있으면서 세속 일을 끊고 향하시는 곳을 따라 다니나, 핵심에 닿지는 못해 한갓 산수간 은둔자의 웃음거리가 되고 있으니, 아아, 개탄스럽습니다.

---

15) 『서하집』 권4 '書簡' 소재.

이렇듯 임춘은 그의 평생에 누구보다도 전후 모순적인 갈등이 많았던 인물이었음을 알만하다. 그러나 그의 갈등이 한갓 출사와 은둔이라는 두 개의 명제 안에서만 존재한 것은 아니었다.

통상 그의 대표적 명편으로 곧잘 내세워지는 바 〈장검행杖劍行〉16)의 저변에도 또 다른 이율배반이 내재하고 있었다. 이 작품의 경우 다행히 제목 안에 "甲午"라는 연기年紀가 있거니와, 갑오년(1174)은 곧 김보당金甫當의 난이 일어난 바로 다음 해이다. 임춘이 서울 떠나 막 강남에 내려오자 지은 것이다. 이동환도 진작 논급하였듯이, 본작이 임춘의 무신정권에 대한 "대결의식을 바탕으로 하여 쓰여진 … 항우項羽와 같은 완매頑昧한 무인을 타도한 지략가적인 전쟁영웅 장량張良에서 자기 동일화를 꾀함으로써 당시의 무력에 대한 대결을 지향한 것"17)이면서 동시에, "시의 구조상 결미 부분에서 대결 구조가 해체되어 있다는 점"18)을 아울러 말하고 있는 점은 시사하는 바가 없지 않다. 역시 여기서도 당시대 정치적 현실에 대한 대결 의식과, 거듭 이것을 절충·지양해 보려는 타협 의지의 공존을 발견할 수 있는 것이다.

임춘의 이러한 인식의 이중 현상은 그의 또 하나 깊은 관심사였던 불문佛門에 대한 태도 면에서도 구해 못 볼 바 아니었다. 임춘은 자신의 전 생애를 통해서 상인上人으로 일컬은 수많은 승려들과 교유한 자취를 남기고 있다.

적어도 문집 안에서 그가 호의와 친근감을 가지고 교유한 흔적만을 대강 추려본대도 권1의 〈유법주사증존고상인遊法住寺贈存古上人〉, 권2

---

16) 『서하집』 권1 '古律時' 소재.
17) 이동환, 앞에 든 논문, pp.611~612.
18) 이동환, 앞에 든 논문, p.612.

의 〈차운증이상인각천次韻贈李上人覺天〉, 〈증월사贈月師〉, 〈기다향겸상
인寄茶餉謙上人〉, 〈제죽림사題竹林寺〉, 권3의 〈법주사당두혜지필인사지
法住寺堂頭惠紙筆因謝之〉, 〈유감악정각승사서기벽遊紺岳正覺僧舍書其
壁〉, 〈기황령사당두관체상인寄黃嶺寺堂頭觀諦上人〉 등 상당수에 이른다.
또한 권5의 〈송지겸상인기중원광수원법회서送志謙上人起中原廣修院法會
序〉에서는 세상이 석씨釋氏를 좋아하면서 그 앞에 죄를 지음이 크다고
했고, 〈묘광사십육성중회상기妙光寺十六聖衆繪象記〉에서는 불교에 대한
정박精博한 지식과 이해를 나타내 보였으며, 〈소림사중수기小林寺重修
記〉에서는 심오한 자비의 교리로 중생을 제도하였던 불교를 말하였다.
특히 권5의 〈송이미수서送李眉叟序〉 같은 글에서는 그가 어느 만큼 불
교를 존중하고 우단하는지에 대한 심사가 명징하게 나타나 있다. 곧
석씨는 인자하고 광박하고 적멸寂滅·무위無爲를 법도로 삼음이 『주역』
과 그 취지에서 합치한다. 진정으로 연결되고 융화되어 근본적으로 다
르지 않으니 성인이 다시 태어나도 배척할 수 없을 것이라고 하였다.
그리고 자신은 언뜻 보면 석씨의 불교를 좋아하지 않는 사람처럼 보일
수 있으나, 정말로 배척하는 것은 불교 자체가 아니라 그 도를 저해하
는 무리라고 변별짓고 있다.[19]

그러나 임춘의 이같은 호불好佛의 반면에는 불교를 한낱 도피처로
인식한 듯한 상황도 눈에 띄고,[20] 더 나아가 어느 경우엔 유가 이외의
석가와 노자로 대표되는 도·불은 하나같이 이단에 불과하다는 뜻을
표명하기도 하였다.[21] 그런가 하면, 앞서 그의 진퇴 출처에 대한 갈등

---

19) 釋氏以慈仁廣博寂減無爲爲道 與大易有合其旨者 苟統而和融 本無異歸 雖
　　吾聖人復生 不得已斥也⋯眉叟與余善而喜釋氏 吾亦樂而從焉 所疑者其好作
　　有爲 而見釋氏之徒則莫不合瓜而加敬信焉 是豈眞能好釋氏者耶.
20) 권3의 〈寄金先達蘊珪兼簡湛之〉 중, "逃空猶喜見似人 況有舊知遠致勞."

과 혼효의 현상이 노골화되었던 〈기산인익원〉의 시에서 역시 그즈음 세상에 불교 종사하는 무리가 많은 현상도 탐탁치 않고, 그들의 외양 행색 등이 일반과 다르기에 죄를 얻어 유가에게 배척 당하는 것이라고 야유하였다. 물론 이 때도 그 폄하의 표적이 불교 교리 자체보다는 그 수행자 무리에 있다고 간주할 수도 있으나, 생각의 근저根底에 자리하여 있는 바, 불가에 우선하는 강한 유가적 사유를 마침내 떨쳐내 부인하기 어렵다.

이렇듯 자신의 시대에 넓게 퍼져있던 중대한 사조로서의 불교라는 또 하나의 대상에 대해서도 그의 의식 안에서 향向과 배背의 두 가지 개념이 어우러져 공존하고 있음을 보는 것이다.

3: 술과 돈, 그 이상과 현실

이상에서 임춘 문학의 주요 테마를 이루고 있는 은둔 의식과 대결 의식, 그리고 호불의 주제를 중심으로 그에 대한 지향과 지양, 또는 명제와 반명제 같은 양면적인 의식 구조에 관해 검토하여 보았다. 이것을 인식의 이중성으로 명명해도 무방하겠으나, 요컨대 이와 같은 이중적 의식 세계는 이름난 가전작인 〈국순전〉과 〈공방전〉의 경우에조차 적용 가능한 일로 나타나게 된다.

각각 술과 돈에 대한 의인화 공작工作인 〈국순전〉, 〈공방전〉은 술과 돈에 대한 긍정적인 인식보다는 부정적인 인식 바탕 위에서 형성된 조

---

21) 권1 〈贈皇甫兄弟〉 시 중에, "釋老久塞路 獨欲辭而闢 斯文信未喪 乃知天意惜" 같은 것이 그 좋은 일례이다.

자調子라 함이 일반화된 사실처럼 되어 있다.

하지만 거의 고정되다시피한 이같은 관념은 과연 어느 정도의 타당성을 확보하고 있을까? 작품들은 으레 주인공의 선계부터 서술되는데, 그들 선계부에 그려진 인물들은 역사적 삶의 과정 안에서 아무런 인격상 결격 사유가 없는 존재로 그려져 있다. 오히려 국순의 선조인 모牟와 그 5세 손, 그리고 아버지 주酎 등에 대해 작자인 임춘 스스로가 천명한 바로도 '백성들에게 공헌함이 있고 청백한 기상을 자손에게 끼쳐 준(有功于民 以淸白遺子孫)' 인물들로 그려져 있다.

공방의 선조 또한 일찍이 황제에게 발탁되고 관상가에게 그릇감으로 인정 받아 세상에 알려진 인물로 부각되었고, 그 아버지 천泉 또한 주나라의 대재大宰로서 나라의 조세를 맡았던 인물로 새겨졌다.

세심히 관찰함에, 술과 돈에 대한 부정적 사안은 주인공들의 선계가 아닌 주인공들 본연의 전기 기록 중에 파생되어 나타난다.

우선 〈국순전〉을 돌아본다. 주인공 국순의 본전인 "醇器度弘深"부터 "一夕卒"까지를 기준하여, 오히려 작품 전반부에는 국순에 대한 비판적 언어가 보이지 않는다. 국량과 풍미가 뛰어나 일찍 '국처사麴處士'라는 이름의 영예와 함께 상하 모든 계층이 선망하고 사모하는 대상이 되었고, 감식안이 있던 산도山濤 및 관상가로부터 큰 인물임을 인정받았다. 그리하여 결국은 군주에게 쓰여지고 가장 촉망 받는 신하로까지 상승 일로하였다.

여기까지가 본전 분량의 약 2/3에 달한다. 그러다가 후반부의 "自是之後 上以沈酗廢政" 이하부터 비로소 국순에 대한 부정적 폐단의 문자가 전개된다. 요컨대 임금의 술 탐닉에도 충간을 아니하는 인물로,

山濤(좌)와 王戎

전벽錢癖이 있는 인물로, 구취口
臭가 있는 인물로 형상화되었
다. 그 결과 전체적으로 국순의
본전에 담긴 긍정적인 내용부와
부정적인 내용부는 양적인 구분
상 2:1의 비율을 보이고 있다.

그럼에도 불구하고, 궁극엔
국순의 전기가 주인공에 대한 부정적인 이미지로 결정 수용되었던 까
닭은 본작의 최종 평결부가 갖는 비중에 있었다 할 것이다. '태사공왈太
史公曰', '사신왈史臣曰' 등으로 시작하는 평결부는 작자가 직접 자신이
세운 주인공 및 주인공 주변의 상황에 대해 견해를 표명하는 부분이다.
이때 작자는 작품 주인공에 대한 일정한 포폄褒貶을 가하는 경우가 많
다. 그리하여 임춘이 주인공 국순[술]에 대해 평가하였으되, 국씨의 조
상이 청백한 기상과 풍도를 끼쳤음에도, 또 국순이 빈한의 지경을 딛고
최고의 영광을 얻었음에도 불구하고, 능히 옳은 일을 바치고 그릇된
일은 바로 잡지 못한 채 왕실을 어지럽혀 다시 일으키지 못하였다고
말하였다. 곧 포상과 선양의 말 대신 폄사貶辭로 매듭을 지었던 일로
국순의 이미지가 부정적인데 흘렀던 것이다.

하지만 유기적인 전체의 면에서 생각하면, 앞서 대비해 보인 바와
같이 긍정론과 부정론이 한 작품 안에 병존해 있음을 알 수 있다.

반면 〈공방전〉의 경우, 주인공 공방의 본전은 전체가 다 부정적 폐
단으로 일관되어 있다. 그러니 평결부가 또한 비판의 언어로 점철되어
있음은 아주 당연한 현상이다.

주인공 공방의 이같은 비리의 행적은 그의 선계가 보여 준 긍정적인

업적과 견주어 너무도 대조적인 양상을 띤다. 따라서 주인공이 온전히 부정적인 형상 일변도로만 나타나는 이 경우에조차, 선계 또한 작품의 무시 못할 한 부분이라는 인식 안에서는 〈공방전〉 역시 돈에 대한 긍정론과 부정론이 섞여 이루어진 작품이라는 사유가 가능하다. 곧 임춘의 돈에 대한 부정 인식은 공방의 이미지를 통해 고스란히 투영되고 있지만, 그 이면에는 상대적으로 작긴하지만 공방의 선조같은 이미지조차 없는 것은 아니라는 뜻이다.

돌이켜 보매, 공방의 선조는 임춘이 생각하는 화폐의 이상이고 이념인 양하였다. 다시 말해 돈이 공명정대한 방식으로 운용될 때 그것은 훌륭한 물건이지만, 그렇지 못한 현실 안에서는 문득 〈공방전〉 안에서 왕이보王夷甫의 말을 빌려 표현된 바 비천한 '아도물阿堵物'에 지나지 않는 것이었다.

또한 미루어 보건대, 임춘이 자기 시대 자신이 겪고 있는 돈에 대한 감정이 공방으로 형상화된 것으로 사유된다. 다스려진 세상이었다면 돈이 그것 본연의 효용대로 공방의 선조같은 기능을 하였을 테지만, 자신이 처한 바와 같은 난세에서 행해지는 돈이란 공방과 같이 소망스럽지 못한 구실이나 할 뿐으로 여겼으리란 의미이다.

요컨대 임춘이 부정하였던 것은 돈 자체의 본질이 아니라, 자신의 시대에 나타나 있는 현상으로서의 돈의 실상인 것으로 인지되어진다. 다시 말하면, 자기를 둘러싸고 있는 12세기 고려의 현실 안에서의 돈에 대한 비판 인식이었다. 그가 이토록 자기의 삶 안

고려시대의 화폐

에서 돈을 부정할 수밖에 없던 근본적인 이유는 따로 있겠거니와(후론된다), 여하튼 임춘의 문학 체계 안에서 이루어진 '돈'의 형상화는 '술'의 그것에서보다 한 단계 더 과격한 성조를 띠고 있었다.

결국 '술'과 '돈'의 문학적 형상화 안에서조차 인정과 부정이라는 명제의 이원성이 나타나고야 말았다. 다만 앞서 '은둔'이나 '풍자', '호불'의 경우엔 원래 명제에 대한 번복·괴리가 은근했던 데 비해, 이 경우엔 과격하였다. 처음의 긍정적 명제가 그것을 부정하는 나중 단계 반명제의 기세에 압도되어 있는 점이 특색이라 할 만하였다.

그런데 임춘이 술(국순)을 비판했고, 돈(공방)을 비난했으니, 그의 문학상에 표출된 대로라면 그는 술과 돈의 존재를 못마땅해 하고 혐오했던 인물같이 보이겠지만, 실상은 그렇지 아니하였다.

오히려 그는 술을 상당히 가까이했으며, 누구보다 돈을 절실히 필요로 했던 문인이었다. 끝내 과거에 실패만 했고 원하던 관로官路에 나아가지 못했던 울분을 달래야만 했고, 또 그렇게 작은 벼슬 한 자리조차 할 수 없었던 까닭에 종신토록 면치 못한 생활상의 궁핍을 어떡해든 최소한이나마 만회해야만 했다. 무엇보다도 정중부의 난 이후 충격과 암담의 불행 의식에 빠져 있던 그에게 가장 최대의 해결책은 과거에 높이 등제하여 입신양명하는 일이었으리라. 그런데 그것이 정말 여의치 않을 경우에는 애오라지 우선은 당장 생활 경제면에 얼마간의 여유라도 주어졌으면 하는 바람이었을 것이다.

하지만 그같은 미봉의 궁책마저도 뜻대로 되지 않을 경우라면, 이제 그 자신의 울적과 비분을 달래 볼 가장 가깝고 손쉬운 방도란 단 한 가지, 술이 있을 뿐이었다. 급작스런 무신란을 당해 집안의 토지[功蔭

田]를 모두 빼앗기고 목숨까지 위협 받는, 어처구니없는 절대 피해 당
사자의 신세로 전락한 임춘이었다. 당장의 생계마저 어려워 지리하고
피폐한 삶의 여로를 걸어야만 했던 그에게 술은 빠질 수 없는 생활의
한 부분이었을 터이니, 술을 벗 삼아 쓴 많은 수의 시작詩作이 그것을
증명해 준다. 그 자신이 아예 '음주와 시 짓기를 평생에 좋아했다(平生嗜
酒喜吟詩)'[22]고 표명한 적도 있거니와, 대략 다음 같은 시 안에서 그의
기주嗜酒 취향을 알기에 손색이 없다. 권1에 있는 〈제천원유광식가등
(題天院柳光植家橙)〉이다.

勸君釀作洞庭春　　그대 동정춘洞庭春을 빚어 보게
香色味好勝羅浮　　향기 빛깔과 맛이 나부주羅浮酒보다 나으리.
翠勺銀罌取甕頭　　비취 구기 은항아리에 담긴 첫 익은 술 떠내면
濁於甘露淸醍醐　　감로甘露보단 탁해도 제호醍醐보곤 맑으리라.
初寒欲雪正可飮　　첫 추위 눈 내리려 할 제 정히 마실 양이면
呼我華堂傾一壺　　그대 집에 날 부르게 한 병 기울이세나.

　그리고 임춘이 달과 그 달에 비친 자신의 그림자를 자기와 같은 시인
－그러나 술은 마실 줄 모르는－으로 의인화한 가운데 도도한 취흥을
노래한 〈유월십오야우제대월유회六月十五夜雨霽對月有懷〉(권2, 古律詩) 같
은 것은 어느새 당의 시인 이백다운 풍정을 연상시키는 작품이다.

軟娟好月尋幽人　　저 고운 달이 숨어 사는 날 찾으니
獨出庭前還舞我　　홀로 뜨락에 나온 나를 춤추게 하네.
對影成人不解飮　　그 그림자 사람모습이나 술을 나누진 못해

---

22) 『서하집』 권3, 〈謝了惠首座惠糧〉.

空憶高吟郊與賀   괜히 맹교와 하지장 생각나 소리 높여 읊네.
                 …(중략)…
開戶相邀隣有仲   지겟문 열치고 이웃집 은군자를 맞지만
擧杯空歎山無賀   술잔 들고 부질없이 하지장 없음 탄식하네.
                 …(중략)…
隔屋靑熒望燈火   집 저 편에 보이는 반딧불 등불이런가
槽床壓酒香泉瀉   술통의 술 걸러내니 향기론 샘물 쏟아진다.
我時獨坐望淸光   때로는 홀로 앉아 달빛 바라보지만
無由共醉西園夜   서원西園의 밤 함께 취할 방도는 없어.
                 …(중략)…
子詩淸硬如强兵   그대 시는 청경淸硬하기 강성한 군사만 같아
往往力拔愁城破   종종 그 큰 힘이 근심의 성채를 깨뜨리네.
樽前顚倒白綸巾   술단지 앞에 엎어지매 내 백륜건白綸巾이
未省歸來車上墮   돌아오는 수레 위에 떨어진 줄도 몰랐네.

　임춘은 주량이 죽림고회의 한 벗인 이담지李湛之 같은 이보다는 많았
던 듯싶으나,[23] 호음가까지는 아니었던 양하다.[24]
　그의 애주 성향은 문집의 곳곳에서 산견되니, 나그네의 시름을 술이
풀어준다고 했고,[25] 옛적의 〈과진론過秦論〉과 같은 현실 비판적 생각이
흉중에 일까 보아 그것을 잊기 위해 만취하고 싶다고 했다.[26] 벽옥호碧
玉壺 속에 든 자하주紫霞酒에 취하는 자신이 놀랍다고도 했으며,[27] 술을

---

23) 『서하집』 권3 '古律詩' 〈秋日訪湛之〉에, "乘間携一杖 尋訪故人居 酌酒無多我
　　看詩喜借予."
24) 『서하집』 권1 '古律詩' 〈訪咸子眞山居〉에, "飮酒子誠能 吟詩我亦頗." 또 권2의
　　〈遊法住寺贈存古上人〉에, "上人唯嗜大道醬 吾雖不飮亦淸狂."
25) 『서하집』 권1 '古律詩' 〈奇友人〉에, "秋月春風詩准備 旅愁羈思酒消磨"
26) 『서하집』 권1 '古律詩' 〈書湛之家壁〉에, "欲澆胸中過秦論 請君醉我千鷗酒."
27) 『서하집』 권2 '古律詩' 〈贈湛之二絶〉에, "自驚俗客非仙骨 碧玉壺中醉紫霞."

가지고 자기를 찾은 이들에게 감사를 표하는 시를 쓰기도 하였다.[28] 이 밖에도 권1의 〈팔월십오야八月十五夜〉, 〈누상소음樓上小飮〉, 〈영몽詠夢〉, 〈회이낭중유의댁會李郎中惟誼宅〉, 권2의 〈유밀주서사遊密州書事〉, 권5의 〈중추회음서中秋會飮序〉 등을 통해 임춘의 음주 지향적인 개성이 넉넉하게 간취看取되는 바 있다.

이와 같은 일면에 그가 낙척落拓 불우해진 이후에는 또 한 가지 두드러진 삶의 특징이 있었으니, 다름 아닌 그 시대 누구보다도 심각했던 절대적 빈곤의 문제였다.

앞에서 은둔의 지향과 이탈에 대해 보았거니와, 임춘이 그렇게까지 상당 기간 관계官界 진출을 단념하지 못하고 은둔을 쉽게 결행하지 못한 근본적인 요인은 역시 그가 얻고자 하는 바에 대한 끈질긴 미련 때문이었다. 그 욕구의 궁극성은 역시 무신난으로 인하여 상실되어 버린 자기 가문의 명예를 회복하고 위상을 최대한 만회코자 하는 데 있었다. 이는 그가 주변의 인사들 앞에 띄운 서간의 종종을 통해서도 요연히 알 수 있다.[29] 가문의 유서遺緒를 계승해 보고자 소망하던 임춘의 이 내재된 심리를 '가문 의식'과 '공명 의식' 등으로 표현하는 논자들도 있었지만,[30] 이것이 그의 깊고 오랜 한으로 자리잡아 관로 지향을 포기치

---

28) 『서하집』 권2 '古律詩' 〈謝人携酒見訪〉 및, 〈眉叟訪予於開寧以鵝梨旨酒爲餉作詩謝之〉.

29) "吾家俱以文章名於當代 僕若棄遲荒莫承遺緖 則亦終身之恥也."(권4, 〈與皇甫若水書〉).
　　"蓋念自吾家伯叔以來 有當代文章之譽 翶翔翰掖 出入承明 謂遺子不如一經 相傳素業 若積善必有餘慶 宜及後昆 苟終沒於遲荒 而莫承於遺緖 知將何面下見先人."(권6, 〈上吳郎中啓〉).
　　"先祖嘗從草昧之際 功成汗馬 圖書凌烟 以丹書鐵券 錫之土曰 永世無絶 而反爲兵士所奪."(권4, 〈上刑部李侍郎書〉).

30) 이동환, 앞에 든 논문, pp.603~604 참조.

못하도록 만든 큰 이유가 되었음에 틀림이 없었다.

그러나 이러한 이유에는 아직 고상함과 여유로움이 감지된다. 임춘에게 있어서는 명예 의식과 같은 형이상적인 문제 이전에, 훨씬 현실적이고 보다 형이하적인 절박한 문제가 우선성 있는 이유로 자리잡고 있었다. 곧 당장 눈앞에 닥쳐 해결하지 않으면 안 될 일용의 생활 경제적인 문제가 무엇보다 긴급하고 절실하였던 것이니, 역시 그가 형부刑部이시랑李侍郎에게 보낸 편지 〈상형부이시랑서上刑部李侍郎書〉(권4) 같은 곳에 역력히 나타나 있다.

> 冀閤下噢咻冷族…使僕復得汚荣之舊地 則全家百指 朝飢寒而暮飽暖者 皆閤下爐中之造化也 未識與之爲春否乎.
>
> 바라옵건대, 합하는 이 한미한 집안을 가엾게 여기시고 … 저로 하여금 다시 하찮은 옛 터나마 얻게 해 주신다면 온 집안 모든 가족의 아침나절 주리고 추웠다가 저녁에 배부르고 따뜻해지는 일이 모두 합하의 재량하시는 조화입니다. 제게 소생의 한 기운을 보태 주실는지요?

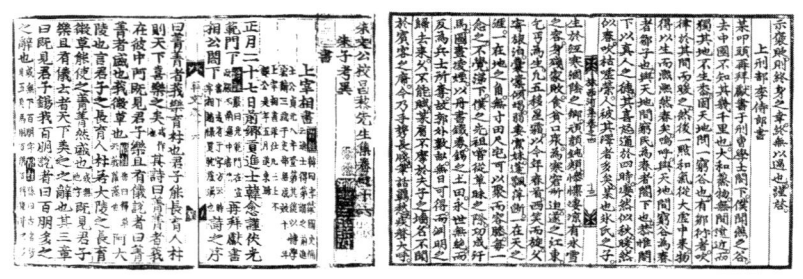

한유의 上宰相書(좌)와 임춘의 上刑部李侍郎書(우)

진성규, 앞에 든 책, pp.13〜14 참조.

이같은 편지글 외에도 〈상이학사지명서上李學士知命書〉·〈상오낭중계上吳郎中啓〉 등, 임춘이 당시의 유수한 관료 앞에 자천自薦을 통해서라도 공직을 구하려던 형상은, 마치 중국 당대의 문인 한유가 〈상재상서上宰相書〉·〈위인구천서爲人求薦書〉 등31) 당시의 유력자 앞에 벼슬을 구하고자 상서하던 일을 방불케 하는 바가 있었다.

그러고 보니 임춘의 곤고困苦한 행적은 어딘가 한유를 떠올리게 하는 국면이 적지 않다. 흡사함은 문학에서도 나타난다. 예컨대 한유가 시에서보다 문에서 압도하여 산문학의 종장으로 이름을 떨쳤던 바, 황정견黃庭堅 같은 이는 '한유가 시조차도 문으로 한다(韓以文爲詩)'고 평가할 정도였다. 그런데 임춘 또한 시 양식에서조차 산문성을 면치 못할 만큼 산문학의 기질이 승勝하였다. 시에 드러나 있는 강한 산문적 즉물성 때문에 그의 시가 거의 실패한 것 같다거나,32) 강한 산문성을 띠는 임춘의 시가 그 생애의 즉물적 기술33)이라 지적되기도 하였던 사실에서 그러하였다.

아울러 중국의 한유가 〈모영전〉을 통해 가전 문학을 개창하였는데, 임춘이 또한 이 땅에서 최초의 가전을 썼던 일도 우연치고는 참 교묘한 합치라 할 만하니, 이 두 사람 사이의 비교는 별도의 논의가 요청되는 바 있다.

그럼에도 임춘이 공직을 구하던 동기와 배경을 살펴 보면 한유의 그것과는 비교할 수 없을 만큼 현실적 궁곤의 문제가 보다 심각하였다. 사실 구사求仕, 즉 공직 구하기의 문제는 하필 임춘 뿐만 아니고 그를

---

31) 각각 『한창려전집』 제2책 권16의 '書'와, 권18의 '書'의 소재.
32) 이동환, 앞에 든 논문, p.605 참조.
33) 김진영, "임춘(林椿)", 『한국민족문화대백과사전』, 1991.

포함한 죽림고회 소속의 문인들 대부분에게 공통한 양상이라고 볼 수 있었다. 곧 표면상으로는 죽림으로 상징되는 은둔을 표방하였으면서도 그 이면에서 현실지향적인 움직임이 일어났던 배경에는, 앞서 언급된 입신 공명의 명예 의식 외에도 생활 경제적인 문제가 마저 없지 않았으리라는 점이다. 이를테면 중국 진대晉代의 죽림칠현이 비교적 은둔의 의미에 충실했던 반면에, 고려 죽림고회의 경우 그 원래 의미에서 크게 벗어나게 된 사연이 무엇인지 알아보는 일이다. 생각건대, 한중의 은일자 그룹 사이에는 그 시대를 살았던 문인들을 둘러싼 사회 경제적인 양상 및 문인들 각자의 경제적 실상이 서로 같지 않았던 데서 그 이유를 찾을 수도 있을 듯싶다. 즉, 한국의 경우가 중국의 경우와 비교하여 정신적 여유를 부릴 수 있을 만한 경제상의 뒷받침이 따라 주지 못했을 것이란 뜻이다.

죽림칠현도

　무인들의 문인 일반에 대한 보복 감정은 크게 1170년의 정중부의 난과 1173년 김보당의 난의 두 차례, 이른바 '경庚·계癸의 난'을 통한 문신에의 잔해殘害로 나타났고, 또한 이 시기를 당해 무신들이 탈취해 낸 것은 문신들의 정권만이 아니었다.

　　정권을 쥔 이후 무신들은 중방重房을 중심으로 정치를 요리하고 문신을 대신하여 고관현직高官顯職에서부터 미관말직微官末職에 이르기까지 관직을 독차지하려 하였다. 그리고는 그 직위를 이용하여 문신들과 마찬가지로 사전私田을 확대하여 경제적인 실력까지도 차지하게 되었다. 이러한 정치적인 지위와 경제적인 부를 배경으로 하고 문객門客 가동家童을 무장하였다.[34]

철저한 경제적 찬탈이 이 마당에 마저 수행되었던 것이니, 당시 문인 일반의 신분상·경제상 기류를 읽기에 큰 무리가 없어 보인다. 미관 말직조차 무신들이 장악하려는 정황에서 문인 계층의 사람들은 불리不利를 감수한 채 후일을 기약해야만 했다.

그리하여 이인로의 경우는 정중부난 이후 절에 투신했다가 난의 평정과 함께 환속한 뒤 문과 급제하여 벼슬에 들어갔고, 조통(字 : 亦樂)의 경우 역시 나중에 등제한 뒤 거듭 벼슬에 올랐다.[35] 황보항, 이담지 등도 모두 과거에 급제한 자취가 있다. 황보항은 명종 6년(1176) 10월에 과거에 합격(『고려사』 권74 選擧2 科目2 참조)한 바, 임춘이 〈하황보항급제이수賀皇甫沆及第二首〉(『서하집』 권2)를 쓴 것이 있고, 이담지 역시 임춘이 축하의 뜻으로 쓴 〈문담지탁제이시하지聞湛之擢第以詩賀之〉(『서하집』 권2) 시로써 급제 사실을 확인할 수 있다. 오세재 또한 등제하였으나 성품의 탓으로 관로에 나가지 못함에, 이인로가 세 차례의 상서로 추천하였다. 그럼에도 결국 벼슬을 얻지 못하고 동경東京에 우거하며 곤궁하게 마쳤다고 한다.[36]

이들 죽림고회 가운데 가장 경우가 나빴던 사람은 역시 임춘이었다. 그의 불행의 일대 전기轉機가 된 정중부의 난에는 가문 전체의 횡액으

---

34) 이기백, 『韓國史新論』, 일조각, 1987, pp.170~171.
35) 『고려사』 권102 열전15 〈李仁老〉 참조.
36) "吳世才 明宗時登第 性疎雋少儉 不容於世 仁老三上書薦之 竟未得官 僑寓東京 窮困而卒."(『고려사』 권102 열전15 〈李仁老〉).

로 생명을 보전하는 일조차 급급한 지경에 떨어졌고, 두드러진 문장의
명성에도 불구하고 그만이 유독 과거마다 실패하여 종신토록 궁핍과
요절을 면치 못하였다.[37] 살아있는 평생 동안 지속적인 패배 의식을
안은 채 그 한을 달래야만 했다. 『서하집』권4 '서간'의 〈여조역락서與
趙亦樂書〉와 〈동전서同前書〉에 당시의 과거제에 대한 증오 및, 세 차례
과거 실패에 대한 운명적인 생각이 드러나 있다.

  운명적 비운의 초기, 선대로부터 살던 집이 무너져 잿더미가 되고,
토지마저 몰수당하고 말았던 정황을 그 자신의 직접적인 고백으로 들
을 수가 있다.

> 中遭喪亂先廬毀 藏書盡作劫灰然[38]
> 중도에 난리 만나 선조 고택은 헐리우고
> 장서도 모조리 한순간의 재가 되었습니다.

> 僕之先祖 嘗從草昧之際 功成汗馬 圖畵凌烟 以丹書鐵券 錫之土
> 曰 永世無絶 而反爲兵士所奪 故郭外數畝 無日可得 而淵明之歸去來
> 久不能賦…冀閣下…使僕復得汚茱之舊地 則全家百指 朝飢寒而暮飽
> 暖者 皆閣下爐中之造化也.[39]
> 저의 선조가 일찍이 개국의 마당에 한마汗馬의 공을 이루어 그 초상이
> 능연각凌烟閣에 그려져 있고, 단서 철권丹書鐵券과 함께 토지를 내리시
> 며 대대로 끊어지지 않을지어다 하신 것인데, 오히려 병사들에 의해 빼
> 앗긴바 되었습니다. 그리하여 성곽 바깥의 두어 이랑조차 찾을 날이 없
> 게 되니 도연명의 귀거래를 오래도록 읊을 수가 없었습니다. … 바라옵

---

37) 역시 『고려사』열전 15의 〈李仁老〉에, "椿字者之 西河人 以文章鳴世 屢擧不
    第 鄭仲夫之亂 闔門遭禍 椿脫身僅免 卒窮夭而死."
38) 『서하집』권3 '古律詩' 〈法住寺堂頭惠紙筆因謝之〉.
39) 『서하집』권4 '書簡' 〈上刑部李侍郎書〉.

기로 합하께서는 … 제게 다시 하찮은 옛 땅이나 얻어 갖도록 해 주소
서. 다름 아닌 제 온 식구의 아침나절 주리고 시린 신세가 저녁에 배부
르고 따뜻하게 되는 것이 모두 합하의 화롯불 속 같은 조화에 있사옵니다.

이것이 그의 평생 면치 못할 곤궁의 시작이었던 것이다. 그리하여
임춘의 진퇴·출처에 대한 갈등의 명제와 더불어서 그의 삶 전반을 좌
우했던 중요한 또 하나의 주제로 곤궁의 문제가 부각된다.

임춘의 빈궁은 그의 불우와 더불어서 문학사에서 이미 잘 알려진 사
실이 되었다. 집안이 몰락한 데다 유자로서의 입신마저 이루어지지 않
았으니 그의 생활이 따라 궁곤해지리라는 것은 지극히 당연한 결과이
다. 하물며 같은 시대 같은 처지에 놓여있던 다른 문인·학사 어느 누
구보다도 최악의 경우로 남게 되었다. 하기야 무신란의 여파로 철저히
수탈 당한 데다가 연속적인 과거의 실패, 그리고 궁극엔 자천自薦의 상
소마저 무위로 돌아가 생애 마지막까지 미관 말직에조차 들지 못했던
데서 있을 법한 당연한 상황이라 하겠지만, 막상 그의 궁곤과 궁색은
대개 사람들이 생각하는 빈한의 정도를 훨씬 넘어서는 것이었다.

문집 전반에 걸쳐 무수히 나타나 보이는 그의 가난 행색을 일일이
열거하기 어려우니, 다만 두드러져 보이는 몇 가지만 예시할 뿐이다.
우선 그의 잘 알려진 작품인 〈장검행〉(권1)의 일면을 본다.

恒飢已變顔色黧	늘 굶주려 얼굴은 진작 검게 변하고
牢落枯腸千卷書	천 권의 책으로 마른 창자 달래었네.
及骭亦足溫	정강이뼈만 따스하면 만족이고
滿腹不願餘	배만 부르면 남은 원은 없어라.
可笑文章不直錢	가소롭다 문장해야 돈도 되지 않는 것

萬乘何曾讀子虛 만승 천자가 무슨 자허부를 읽었겠는가.

〈장검행杖劍行〉의 원제는 〈갑오년하 피지강남 파유유리지탄 인부장
단가 명지왈 장검행甲午年夏 避地江南 頗有流離之歎 因賦長短歌 命之曰 杖劍
行〉이다. 즉, '갑오년 여름에 강남으로 옮기어 자못 떠도는 탄식이 우러
나와 장단가長短歌를 지으니, 이름하여 장검행杖劍行이라 하였다.'

임춘 생애 안에서의 갑오년은 1174년이 된다. 추위와 굶주림의 세월
이 일천日淺하지 않음을 알리는 가운데 고통에 겨운 자조마저 터뜨리고
있다. 개성을 떠나 상주尙州 경내의 개령開寧으로 거처를 옮기면서 쓴
것으로 보이는데, 그렇게 옮긴 이유도 임춘 본인의 고백에 비추어 볼
때 다름 아닌 생계 호구책과 관련된 것이었다.

某祚薄門衰 身殘家破 徒欲求田而問舍 飄然去國以離鄕 久餬口於
江南 幸卜居於境內 食如玉 薪如桂…形羸色瘁 衣破履穿 萬卷書生
磊落枯腸之文字 數間茅屋蕭條 冷甑之塵埃 分自甘令伯之零丁 猶未
免相如之庸賃 朝不謀夕 妻而且貧 鄕黨竊笑而相欺 朋遊皆背而告
絶.[40]

제가 박복하여 집안이 기울매, 몸은 쇠잔해지고 집은 무너지니 그저
밭이나 구하고 집이나 얻고자 표연히 경사를 버리고 고향을 떠나 오래
도록 강남에서 호구해 왔나이다. 요행히 경내에 집은 마련하였으나 먹
을 것과 땔감은 귀하기 짝이 없습니다. … 몸은 야위고 안색은 초췌해
졌으며, 옷은 해지고 신발은 뚫어져서, 일만 권을 읽은 서생의 큰 뜻은
주린 창자 안의 문자나 되고 말았습니다. 몇 칸 초가는 썰렁하고 찬 시
루에는 먼지만 쌓여 갔습니다. 영백같은 외로움이야 스스로의 불우겠거
니 달게 여기겠지만, 외려 사마상여의 품팔이 신세조차 면치 못했습니

---

40) 『서하집』 권6, 〈謝尙州鄭書紀紹啓〉.

다. 아침에 저녁거리 계책이 없이 구차하고 가난하니 동리 사람들은 은 근 비웃고 무시하였으며, 친구들마저 모두 등져 절교를 알려왔습니다.

僕自遭難 趺前躓後 隱匿竄伏 投於人而 求濟者數矣 皆以大儀遇 之而不顧 故居京師凡五載 飢寒益甚 至親戚無有納門者 乃挈家而東 焉.[41]

저는 난을 당하고부터 앞으로 엎어지고 뒤로 제껴지면서 몸을 숨기 고 바짝 엎드린 채 남에게 의탁하여 구제를 바란 것이 여러 번이었으 나, 모두들 저를 개돼지 쯤으로 취급하며 돌봐 주지 않았습니다. 그리 하여 서울에 살기를 무릇 5년 동안에 기한은 더욱 심해졌고 가까운 친 척마저 찾는 사람이 없으매, 결국 가솔을 끌고 동쪽으로 온 것입니다.

이로써 그가 무신란 이후 개경에 찬복竄伏한 5년 간에 당했던 참담한 삶의 모습을 밝게 볼 수 있다. 그 지경을 면해 보고자 상주로의 이주를 결심한 것이지만, 그 결과는 별반 달라질 바 없이 되고 말았다. 바로 이 상주 복거卜居의 때에 피력했음이 분명한 몇몇 궁고窮苦의 고백을 통해 소상히 알 수 있다. 예컨대 권3의 고율시〈기황령사당두관체상인 寄黃嶺寺堂頭觀諦上人〉의 전반에 보이는 바는 이러하다.

久思西笑返家鄉　오래도록 실의타가 고향에 돌아오니
遊官年來罄橐囊　관직 없는 근년에는 주머니도 텅텅.
暫見主人晨蓐食　새벽의 잠자리, 아침 뜨는 주인보고
苦無行客宿舂粮　이 나그네에게 묵은 양식 없음이 괴로웠네.

황령사黃嶺寺는 상주군 황령산에 있던 사찰이니, 거기에 양곡을 구하

---

41)『서하집』권4,〈與洪校書書〉.

는 시이다. 그렇게 상주에 7년
정도 거류했던 듯싶다.42) 거기
머무는 동안에 어느 때는 그곳
기생과 사귀어 논 흥취의 자취
도 있고,43) 친한 벗에 대한 그
리움의 시간도 없지는 않았던
모양이지만,44) 그의 강남 유락
流落에 대한 기억의 총체는 역
시 가난과 불우의 탄식으로 귀
결돼 보인다.

경북 상주 칠봉산 아래의 황령사

친구 황보항의 과거 급제를 축하한 〈하황보항급제이賀黃甫沆及第二〉
(권2) 시 중에도 그 정황을 엿볼 수 있다.

> 別子來江南　그대를 이별하여 강남에 온 뒤
> 孤陋居蓬蓽　외로이 움막짓고 누추한 삶 살았지.

임춘의 생애에서 이 기간의 대부분은 '유락'이거나 '유랑', '걸식' 등으
로 점철되어 있었던 것으로 보여진다.45) 구체적인 시기를 알 수는 없으

---

42) 『서하집』 권1의 〈有感〉이라는 고율시에, "七年浪迹寄南州 輦下重來夢寐遊"
　　 등으로 알 수 있다.
43) 『서하집』 권3의 〈戲尙州妓一點紅〉 참조.
44) 『서하집』 권3의 〈次韻崔伯環見贈〉에, "期年去國戀交親 尙喜今朝見似人."
45) "食貧口衆 爲寒窘所迫 遂之江東 乞丐爲生 凡五移星霜."(권4, 〈上刑部李侍郎
　　 書〉)
　　 "去國同流落 今朝入帝關."(권3, 〈贈湛之〉)
　　 "七年浪迹寄南州 輦下重來夢寐遊."(권1, 〈有感〉)
　　 "數年身不到天京 久作三閭澤畔行."(권3, 〈代書答皇甫淵二首〉)

나, 그는 변소를 치는 천한 일이라도 얻고자 몸부림하던 때가 있었음도 고백하고 있고,[46] 또 실제로 어느 때는 술집 고용인이 되었던 일도 있었다[47]고 자탄하였다. 신세 곤궁하니 세상에서 용납하지 않는다고 차탄(嗟我身窮世不容)한 임춘에게 돈에 대한 푸념도 더 이상 감출 일이 되지 못하였다.

>   朝廷試士重勇爵   조정의 인재 선발에도 무관을 중시하니
>   文欲不直一銖錢 [48]   글이란 것은 단 한 푼어치도 안되는구료.
>
>   可笑文章不直錢   가소롭다 문장해야 돈도 되지 않는 것
>   萬乘何曾讀子虛 [49]   만승 천자가 무슨 자허부를 읽었겠는가.

이것을 한갓 자조거나 풍자라고만 보기에는 그가 겪은 현실적 생계의 문제가 너무도 절박하였다.

바로 이 점을 보다 깊이 생각하지 아니할 수 없다. 임춘이 〈국순전〉과 〈공방전〉의 두 주인공에 가한 비판적 부분에 대해, 기왕의 논의는 거의 풍자 개념 안에서 의미상의 해답을 구하고자 했음이 일반적인 추세였다. 안병설의 다음 같은 견해는 그 전형적 일례가 될 만하였다.

> 임춘의 두 가전 〈국순전〉, 〈공방전〉 모두 간신들이 득실거리는 당시를 풍자한 것으로서, 아첨만 하던 간신이 왕실이 넘어져도 붙들지 않다가 천하의 웃음거리가 되는 꼴, 이심二心을 품고 사리사욕에 어두워 사당

---

46) "願備廁役之賤 而不可得."(권4, 〈答朴仁碩書〉)
47) "我今偶脫風波地 竄身今作酒家保."(권3, 〈寄金先達蘊珪兼簡湛之〉)
48) 『서하집』 권3, 〈法住寺堂頭惠紙筆因謝之〉.
49) 『서하집』 권1, 〈杖劍行〉.

私黨을 만들고 농권弄權하는 불충한 신하들을 기롱하고 있는 것이다.[50]

말하자면 국순이며 공방은 임춘 시대의 부정한 권력층을 은유 표상하는 인물들로 이해하는 방식이었다. 이후의 논의들도 대개 이 범주 안에서 크게 벗어나지 않았다.

그런데 이를 안정적으로 수용하기 위해서는 마저 해결해 주지 않으면 안 될 얼마간의 문제가 따르게 된다. 우선 국순이 당시대 중앙 세력 아래 빌붙는 권력 지향적인 인물로 나타나 있음에도 불구하고, 그것이 국순이 갖는 인간적 면모의 전부는 아니었다는 사실에 대한 확인이다. 후반부, 국순이 임금으로부터 특별한 총우寵遇를 받은 후로는 이기적인 권력 지향형의 인물이 되었다고 한 부분이야, 권력 절대자에 영합하여 세력 유지에나 급급해 하던 그 시대의 부정한 출세자 부류와 연관지어 별다른 마찰이 일 것 같지 않다.

그러나 일대 출세의 전환점으로 들어가기 이전의 국순의 면목이 있으니, 이 또한 없는 일인 양 무시할 수 없는 국면으로 엄격히 존재한다. 곧, 국순이 "기국과 도량이 커서 넘치는 만경파도와 같은(器度弘深 汪汪若萬頃波水)" 인물이고, 지인지감知人之鑑이 있는 산도山濤 및 관상가가 보고는 기린아 내지 천종록千鍾祿을 받을 귀한 인물로서 차탄해 마지않는 정도의 인물이라는 사실 또한 묵살될 수 없는 부분이다. 그에 따라 국순에게 갖추어진 그와 같은 긍정적 인격의 속성을 당대의 부정한 출세자 그룹과 동일시할 경우 돌연 당혹과 모순이 야기된다.

그 반면에 작품의 처음부터 끝까지 바르지 않은 인물의 전형으로 그려져 있는 〈공방전〉의 경우는 훨씬 그 적용이 원활한 것만큼 사실이다.

50) 안병설, 「가전에 대한 이견산고」, 『명지어문학』 7집, 1975, p.96.

그리하여 임춘이 만일 가전을, 그 시대 파렴치하고 사리사욕에만 어두운 정계의 특수 부류에 대한 풍자의 방편으로 이용한 것이 사실이라는 전제에서는 〈공방전〉이 거기 해당되리라고 본다.

그가 빈곤에 시달린 정도가 컸으면 컸던 만큼 정신적으로 당시 지배 체제에 대한 반감도 따라 컸을 것이 당연한 이치요, 또 당장 부딪히는 목전의 궁핍한 현실 앞에서 그것의 구체적인 이유가 되는 돈에 대한 원망과 미움이 컸을 일이 뻔하였다. 그리하여 원망과 증오의 대상인 돈[공방]과 그 시대 불충한 벼슬아치 인사가 동일 이미지 안에 엮이는 일이 무난해 보인다.

하지만 술에 대해서만은 이와 똑같이 생각하기 어려운 국면이 있었다. 물론 음주의 욕구가 아주 간절하였을 계제에 돈이 따라 주지 못해 종당 술을 접할 수가 없이 되었다고 할 때에는, 돈에 대한 원망뿐 아니라 돈과 긴밀하게 얽혀 돌아가는 술조차 얄궂은 대상으로 떠올렸을 수 있다. 바로 〈국순전〉 중에 '돈을 거둬들여 재산 모으기를 좋아하니 당시의 의론이 그를 비천하게 여겼다(好聚斂 營資産 時論鄙焉)'는 설정을 가한 것이라든가, 왕이 국순에게 무슨 습성이 있는지 물었을 때, '돈을 밝히는 습성이 있나이다(臣有錢癖)'로 묘사한 것 등이 그 신빙성을 뒷받침해 준다.

그러나 앞서 인용을 통해 보였던 바와 같이, 임춘이 울분과 번민의 삶 속에서 가장 큰 의지가 되었던 대상이 다름 아닌 '술'이었다는 사실을 망각할 수 없다. 바로 그러한 술을 불충한 신하 관료와 연결 짓고 비유적으로 구상을 폈다는 데는 별반 수긍의 터전이 마련되기 어려운 바 있다.

이렇게 저렇게 해서 〈국순전〉의 주제로서의 '풍자' 개념이 위축된다.

동시에, 국순이 부귀만을 생각하고 왕실을 일으키지 못하였다는 후반의 내용 또한 임춘 시대 특정 인사와 부합시키는 일이 곤란해진다. 대신, 보다 순수히 술이 유발할 수 있는 말폐末弊와 해악害惡의 면을 경계한 의미로서 사유가 가능하다. 이렇게 보았을 경우 작품 전반은 술이 인간에게 끼쳐 주는 공리성을 의인적 형상화 안에 펴서 밝힌 결과로서 이해가 닿는다. 다시 말하면 현실 비판적 주제가 유보됨과 동시에, 대신 순수한 자기 표현적 주제의 의미가 제고된다.

정작 돌이켜 보면, 동방 가전의 원조로서 뒷시대 이 장르의 최고 귀감이 된 한유의 〈모영전〉이 그 시대 문단에 등장하였을 때에 상당한 물의를 일으켰던 일이 있다. 그렇거니와, 문제의 사단은 작품이 그 시대의 정치 또는 사회의 어떤 면을 풍자 비판한 데 있었음이 아니라, 희학적 골계의 내용을 다루었다는데 있었다.[51] 곧, 사람들은 한유가 쓴 모영의 전기를 '희학지문戱謔之文'으로 간주했음이다.

그리고 중요한 또 한가지 사실은 『사문유취』와 더불어 〈국순전〉의 중요한 소재 원천이 되었던 바, 송대 진관秦觀이 지은 술 의인 작품인 〈청화선생전淸和先生傳〉 역시 주인공에 대한 찬사로만 일관된 가전은 아니었다는 점이다. 청화선생이 대단한 칭송과 총애를 한 몸에 받는 인물이었던 이면에는, 뇌물과도 관련이 있고 자기를 추종하는 사람들의 가산을 탕진시키기도 했던 장본인의 구실 또한 없지 않았다. 그럼에도 불구하고, 작자가 자신이 세운 주인공인 청화선생을 그 시대의 부정한 정치가에 대한 연상 구조 안에서 창작했노라 평한다면 이는 상당히 난감한 해석이 되어 버린다.

---

51) 앞의 글, 「신생 장르에 대한 잡박 논쟁」에서 다루었다.

또한, 임춘과 같은 시
대 이규보는 친구인 이
윤보가 게를 다룬 가전
인 〈무장공자전〉을 보고
한유의 가전과 고하高下
를 가리기 어려운 '조희
지작嘲戱之作'으로 칭도

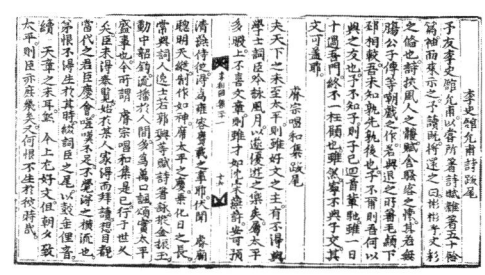

이규보 『동국이상국집』의 이사관윤보시발미

한 바 있었다.[52] 게를 가지고 흥미롭게 농담한 제대로의 내용이라 했을
지언정, 사회 풍자나 시대 풍자 같은 메시지 분위기는 비치지 않았다.
아울러 이 감평鑑評의 당사자인 이규보가 지은 〈국선생전〉·〈청강사
자현부전〉 등 가전에서도 풍자의 기미는 별반 모색이 어려운 것이다.
특히 〈국선생전〉의 경우는, 이규보가 자기보다 선배 연장자인데다 문
명 높은 임춘의 〈국순전〉을 어느 정도 의식한 바탕에서 견제 내지는
능가해 보이고 싶었던 의지가 감지되는 작품이다. 아울러 임춘에 대한
반발 심리마저 엿보이는데, 대개 그 반감의 근거가 풍자 주제의 유무에
있다기보다는, 해당 술 제재에 대한 긍·부정의 태도에 있었다고 보여
진다. 누구보다 술을 혹애酷愛하던 이규보의 입장에서 술에 대해 비판
을 가한 선행 임춘의 글이 못내 마땅치는 않았을 것이기 때문이다. 이
렇듯 〈국순전〉이 특정 정치인 풍자 주제에 대한 개연성은 그 변폭이 생
각처럼 넓지 못하다.

그러나 작품 전반에 보여진 바 거룩한 형상의 국순이 작품 뒷부분에
정당하지 못한 국순의 형상을 그려 가는 중간의 어느 순간에는, 국순의

---

52) "其若無腸公子傳等嘲戱之作 若與退之所著毛穎下邳相較 吾未知孰先孰後
也."(〈李史館允甫詩跋尾〉, 『동국이상국집』 권21 '說序')

행위가 흡사 자기 시대 부당한 벼슬아치의 그것과 통한다는 느낌마저 아주 배제할 수는 없다. 그리하여 혹 그런 효과까지를 염두하면서 작문해 나갔을 개연성도 생각해 볼 수는 있다. 그리고 이 가능성이 전제된 바탕에서는 〈국순전〉 또한 정치적 풍자가 어느 만큼 내재된 작품으로 간주된다.

거기 비하면 주인공 공방에 대한 비난의 어조가 훨씬 강렬하게 나타난 〈공방전〉의 경우야말로, 돈 때문에 시달리는 자신과는 전혀 다른 세상에서 경제적 부를 향유하는 정계의 모리배가 염두에 떠오를 수 있었던 개연성이 제고된다. 그런 관점에선 '돈'을 화두로 삼은 풍자 가능성이 훨씬 많이 열려 있었다.

한편 임춘 문학의 특징 중 하나로는, 그의 삶이 모진 현실에 의해 그토록 유린 당하였던 마련해선, 오히려 그의 문집 전반에 걸쳐서 외부 세계에 대한 현실 풍자를 거의 모색해 내기 어려운 것도 사실이었다. 일찍이 이동환은 임춘론의 전개 안에서, 임춘이 세속 안에 있으면서도 정작 당대 현실에 대해서조차 비판적 시선을 갖지 못했다고 했다. 그나마 〈장검행〉 정도에서 비장한 대결 의식, 다시 말해 당시 무신정권에 대한 부정 의식을 볼 수 있지만, 여기서도 개인적 차원의 부정 인식을 공적 차원으로까지 전화轉化시키는 에너지는 끝내 갖지 못하였다고 논급했다.[53] 앞에서 〈국순전〉·〈공방전〉의 풍자 해석에 대해 어딘가 견제해 보고자 했음도 이러한 분위기와 무관한 것이 아니다.

하지만 역시 이 두 가전의 풍자적 측면에 대한 가능성을 그래도 붙들어 두고자 하는 입지에서는, 작품이 창작된 시기도 그나마 임춘에게

---

53) 이동환, 「임춘론」, 앞에 든 논문, p.607, pp.611~613 참조.

현실 비판의 기미가 조금이라도 틈지되는 시간대에 맞추는 것이 최선
의 방책이 되리라 본다. 환언하여, 임춘의 전 생애를 통하여 거의 유일
하게 세계에 대한 대결 의지가 엿보이는 이 〈장검행〉이 이루어진 때에
즈음하여 가전의 생성도 이루어졌다고 하는 접근 방식인 것이다.

다행히 〈장검행〉은 그 원 제목인 〈甲午年夏 避地江南 頗有流離之
歎 因賦長短歌 命之曰 杖劍行〉 안에서 그 창작의 시점이 스스로 밝
혀져 있으니, 다름 아닌 1174년(명종 4년)인 것이다.

『서하집』 권1의 장검행

1170년 정중부의 난에 이어 의종 복위 운동과 연루된 1173년 김보당
의 난에 따른 여파로 분위기가 더 험악해지자 그가 강남 곧 상주尙州로
피신하였을 때이다. 작품 안에는 춥고 배고픈 원한과 함께, '어지러운
이 세상 더러운 무리는 남의 치질 핥고 서른 대 수레를 얻는다(紛紛世上
鄙父輩舐痔猶得三十車)'와 같은 과격한 비분이 서려 있다. 그리고 이 안에

'가소롭구나, 문장해야 돈도 되지 않는 것을(可笑文章不直錢)'으로 돈 얘기가 있고, '순채국에 한 잔 술이 제맛이다(蓴羹一杯方有味)' 같은 술 얘기가 있어 공교로운 느낌마저 없지 않다.

한편으로, 임춘이 죽림고회의 한 벗인 황보항에게 띄운 서간문인 〈여황보약수서與皇甫若水書〉가 있다.[54] '강남유락기'에 지은 것으로 보이는데,[55] 글 가운데 다음과 같은 내용이 있다.

> 僕略觀當世士大夫 志於遠且大者甚少 但以科第爲富貴之資而已….
> 제가 대략 이 시대의 사대부를 보니, 원대한 데에 뜻을 둔 자가 드물고, 다만 과거 급제를 부귀의 밑천으로 삼을 따름인데 ….

이것이 〈국순전〉의 최종 작가 평결부인

> 醇以挈瓶之智 起於甕牖 早中金甌之選 立談樽俎 不能獻可替否 而迷亂王室….
> 순이 작은 지혜로 가난한 집에서 몸을 일으켜 일찍이 임금의 선택을 입고 술 단지와 술상 사이에서 담론하면서도 능히 옳은 말을 올리고 그릇된 일을 없애지 않으면서 왕실을 어지럽히더니 ….

라든가, 〈공방전〉의 최종 작가 평결부인

> 爲人臣 而懷二心 以邀大利者 可謂忠乎 方遭時遇主 聚精會神 以握手丁寧之契 橫受不貲之寵 當興利除害 以報恩遇 而助漢擅權 乃樹

---

54) 『서하집』 권4 '書簡' 소재.
55) 편지 글 중에 "近有京師人至言", "僕在遠地 不能盡識其餘", "僕…屛居僻邑", "僕若棄遐荒" 등이 증거해 주고 있다.

私黨 非忠臣無境外之交者也.

　　남의 신하가 되어서 두 마음을 품고 큰 이익이나 끌어들인다면 충이라 할 수 있겠는가? 공방이 때를 잘 타고 임금을 잘 만나매, 정신을 한데 쏟아서 친밀한 정의情誼를 움켜잡아 헤아릴 수 없는 은총을 받았다. 마땅히 국리를 일으키고 나라의 손해를 없애서 은혜를 갚아야 하거늘, 비濞를 도와 권력을 함부로 하고 마침내는 사사로운 파당마저 심어 놓았으니, 충신은 한계를 벗어나 교유하지 않는다 함과 어그러진 것이다.

와 연상되는 바가 없지 않은 것이다.

　　그리고 특히 이 〈공방전〉의 선계부에는 황제黃帝 시절 관상가가 공방의 선조를 보고 황제에게 권고하는 다음과 같은 대사가 나온다.

　　　　若得遊於陛下之造化爐錘間 而刮垢磨光 則其資質 當漸露矣.
　　　　만약 폐하의 조화로운 도가니 사이에서 노닐면서 때를 벗고 빛을 낸다면 응당 타고난 천품이 점점 드러날 것입니다.

　　이는 임춘이 당시의 명사名士인 이지명李知命에게 스스로를 천하의 명검名劍들에 비유하면서 자천으로 벼슬을 구한 서간인 〈상이학사지명서上李學士知命書〉[56) 안의 다음과 같은 수사 표현과 긴밀히 통한다.

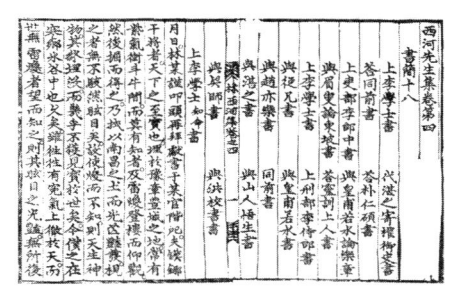

『서하집』 권4의 上李學士知命書

---

56) 『서하집』 권4 '書簡' 소재.

僕嘗於造化爐鎚間 受百鍊精剛之氣, 而陰陽資其質….

저는 일찍이 조화의 용광로 사이에서 백 번 단련된 정밀하고 강성한 기운을 받은 데다 음양이 그 바탕을 도왔고 ….

制其垢磨其光 則一日而其資露 二日而其光發….

그 때를 벗겨내고 갈아내 빛을 내면 하루 새에 그 자질이 드러나고 이틀에 그 빛이 발하며 ….

그 통하는 정도가 놀랄만큼 핍절하다. 그리고 이 서한의 앞부분 한 갈피에 적혀 있는 내용[57]으로 미루어 이것이 상주에 칩거한 지 몇 년 경과한 시점의 필치로 추정된다. 게다가 '원통한 기운이 하늘에 닿았다(往往有冤氣 上徹於天)'는 고백 안에서 오랜 낙향의 시간 뒤에 피폐된 심신이 현실 앞에 품은 불만의 정도가 십분 감지된다.

그리하여 〈국순전〉과 〈공방전〉의 창작 시기를 가늠하는 일 또한 이 같은 사실 등과 무관하지 않은 것으로 간주된다.

4: 맺음말

임춘이 현실 참여 의지가 강렬한 인물이었다는 것은 임춘 작가론의 중요한 요체가 된다. 그가 낙척불우落拓不遇한 지경에 들어간 이후 그 렇게 끊임없이 은둔의 명제를 화두에 올렸으면서도, 때마다 그것이 구 두선口頭禪에 그치고 말았던 이유와도 관계 깊은 것이다. 또한, 그에게

---

57) 今僕之在寒鄕氷谷中也 久矣.(지금 저는 차디찬 시골 언 계곡 가운데 있은 지 오래입니다.)

지속적으로 패배만 안겨 주는 바로 그 현실을 상대로 확실하게 증오하거나 반발한 자취가 전무하다시피 한 실상도 그것의 강력한 증거가 되는 셈이었다.

그러나 다른 일면, 그의 이같이 강렬한 현실 지향적 욕구에도 불구하고 그와 상반된 개념으로서의 은둔을 그토록 자주 상념하였던 데는, 문학이라는 자기만의 안식처에서 위안을 받고자 하는 심리도 물론 있었겠다. 하지만 보다 근본적으로는 유가의 이념 안에서 다스려지지 않은 세상이라면 은퇴한다는 선비적 사유가 강하게 자리하고 있기 때문으로 보인다.

요컨대 임춘의 경우에 출사 지향이 상실된 가문의 명예와 곤궁한 생활을 구하기 위한 그의 '현실'이었다면, 은둔 지향은 유자의 정신 세계 안에 깃든 그의 '이념'인 것이었다. 임춘이 오랜 불행의 시간 동안 가장 시달렸던 부분은 바로 이 양자 사이의 갈등에 다름 아니었다. 한 작품 안에 은둔의 지향과, 거듭하여 그것의 지양이라는 기이한 현상이 동시에 나타나는 〈기산인오생서寄山人悟生書〉·〈기산인익원寄山人益源〉 등이 그것의 적실한 증좌가 된다.

아울러, 그의 이념과 현실 사이의 갈등 양상은 은둔 주제의 바깥에 자리하고 있는 또 다른 명제를 통해서도 발견된다. 예컨대 역시 한 작품 안에서 현실에 대한 대결의 의지가 문득 현실에 대한 영합의 심리와 교착 상태를 나타내는 〈장검행〉 같은 것은, 현실 비판 및 풍자라는 지표 안에서 야기된 갈등의 여실한 양상이라 할 수 있다. 또한 그가 몸소 자기 시대의 여러 승려들과 친밀히 교유하는 행적 안에서 불교에 대한 깊은 이해와 우호를 표명하였던 이면에, 오히려 이와 괴리된 듯한 배불적排佛的인 언급이 마저 없지 않았던 현상 또한, 관념상의 적극과 현상적인 소극이 맞물려서 공존하는 임춘 나름의 특유한 개성에서 유인된 것이다.

이처럼 은둔, 현실 대결, 호불 등 개념에 대한 지향과 괴리의 양상은 그의 산문 가전인 〈국순전〉과 〈공방전〉의 경우에마저 적용 가능한 원리로 나타난다. 곧 임춘은 연속적인 현실 패배의 결과로 얻어진 정신적인 고독과 울한을 달래기 위한 방편으로 분명 술을 애호한 사실이 있고, 물질적인 곤궁을 벗어나기 위해 필경은 재화를 추구하였던 것이니, 고율시 및 서간의 여러 군데를 통해 역력히 확인 가능하였다. 그럼에도 술에 대한 높은 호감이 〈국순전〉 안에서는 그것에 대한 냉담과 견제로, 화전貨錢에 대한 은근한 갈망이 〈공방전〉 안에서는 그것에 대한 냉각과 지양으로, 마침내 긍정과 부정의 이율이 배반되는 결과로 나타났다. 그 나머지, 이 두 작품 안에서만 보면 마치 임춘이 술이며 돈을 상당히 혐오한 듯한 인상마저 주기 쉬웠으나, 사실과 거리가 있었다. 그러므로 궁극적으로 국순과 공방에 대한 비판론 일변도로 규정 짓기 곤란하였다.

작품에서 지향과 지양 사이의 교차 양상은 마땅히 그런 모양으로 존재해 있어야 할 술과 돈의 이상과, 그러나 실상은 그렇지 못한 모양으로 존재하고 있는 술과 돈의 현실 사이, 두 개념 간의 불일치에 다름 아니었다. 곧 〈국순전〉에 등장한 먼 조상인 모牟와 그의 5대손 등은 술의 이상적 표상이고, 주인공 부자인 주酎와 순醇은 술의 현상적 실제로서 간주된다. 또한 〈공방전〉에 출현한 먼 조상과 주인공의 아버지 공천孔泉 등은 돈의 본래적 바람직한 이념상이고, 그들의 후예인 공방은 돈의 비본래적 어그러진 현실상인 것이다. 대상을 향한 냉정한 관조 위에서 변별되어진 개념이니, 이러한 변별은 이미 이보다 훨씬 앞의 〈모영전〉에 기존하였고, 임춘 〈국순전〉의 모형이었던 〈청화선생전〉

등에 익숙히 나타나 있던 방식이었다.

하물며 현실적 출사 욕구가 아쉬워 외부 세계의 모순과 비리를 직시하지 않으려 한 임춘이었다. 〈국순전〉과 〈공방전〉은 모두 임춘이 정치적 불우와 경제적 빈곤의 삶 속에서 가장 절실한 관심의 대상으로 부각되어진 사물을 〈모영전〉·〈청화선생전〉과 동일한 용기 안에 담아 보고자 하던 문학적 욕구 표현의 소산이었다. 〈국순전〉과 〈공방전〉 본질의 우선성이 여기에 있다.

그러나 인간의 역사를 통해 언제나 같은 모습일 수밖에 없는 국순과 공방 두 주인공의 어그러진 모습 안에서 임춘의 시대를 둘러싸고 벌어지는 모순과 부조리의 정치 현실에 대한 연상마저 이에 아주 몰각될 수는 없었을 터이다. 두 가전의 평결부에 일약 충신이 가야할 길에 관해 강한 논변을 편 것도 그러한 수준에서 이해가 가능한 부분이다. 이 지점에서 〈국순전〉과 〈공방전〉 안에는 어느 결에 현실 풍자의 주제가마저 개입되는 결과론적 현상이 틈지되는 것이다. 사실은 그가 고통어린 삶의 행로 속에서 필연적이 관심 대상이 술과 돈을 제재로 선택했던 자체부터 이미 그러한 잠재 의식의 발현일는지도 모른다. 그러한 사실의 전제 안에서는 이 두 열전이 이른바 '회학지문戲謔之文'이거나 '조희지문嘲戱之文'의 수준을 넘어가는 기미가 될 만하였다.

술·거북 열전을 쓴 동기와 시기

1: 머리말

이규보 李奎報(1168~1241)는 고려 후기의 뛰어난 문인으로 한국문학사에 굴지의 큰 이름과 자취를 남긴 우뚝한 존재이지만, 동시에 오늘날에는 가전 의 작자로서도 유명해진 인물이기도 하다.

일반적으로 가전 장르에 대해 운위할 때 가장 먼저 떠오르는 인물이 있다면 그것은 다름 아닌

이규보

임춘과 이규보이니, 이렇게 이 두 사람을 우선적으로 연상함은 일차적 으로 그들이 이 장르에 관심하고 작품에 착수한 시점이 가장 앞에 있다 는 데에 그 이유를 둘 수 있다. 하지만 동시에 단지 시간적으로 선행했 다는 이유만 아니라, 그 질적인 내용에 있어서도 하등 손색이 없었다는 사실을 그 원인으로서 마저 강조하지 않을 수 없다.

그리하여 진작에 필자는 임춘의 가전 〈국순전〉과 〈공방전〉에 대해

서 주제 성격에 대한 재검토를 가한 바 있거니와,1) 이제 이규보의 두
편 가전 작품인 〈국선생전〉과 〈청강사자현부전〉에 시선을 쏟고자 한다.

국선생전   청강사자현부전

　기왕에 여기 관련한 논급들은 연구의 초기에는 대개 소재론적인 측
면이 강한 쪽이었고,2) 이후에도 내용 주제상의 논의는 상당히 외연적
인 형태 안에서 이루어져 있거나, 국문학사 안에서 개괄적으로 다루고
있는 정도였다.3) 그런 중에도 이러한 여러 언급들은 이규보의 가전 문
학적 진실을 위해 음으로 양으로 검토해 볼 수 있는 여러 가지 논의의
소지를 제공하는데 일정한 역할을 수행하고 있다. 따라서 이를 최대한
수렴하는 가운데 이규보의 이 의인열전 창작의 동기가 나변에 있었는
지 천착해 보려 한다.
　하지만 임춘 가전과 이규보 가전을 의식적으로 나란히 놓고 대비하

---

1) 김창룡, 「임춘 가전의 연구」, 『동방학지』 89·90합집, 연세대학교 국학연구원,
　　1995.12.
2) 조수학, 「가전의 편철성」, 『영남어문학』 1, 영남어문학회, 1974. 11.
　　김현룡, 「국순전과 국선생전의 연구」, 『국어국문학』 65·66 합병호, 국어국문학회,
　　　1974. 12.
3) 조동일, 『한국문학통사』 2, 지식산업사, 1989.1.
　　김경수, 「이규보의 전에 관하여」, 『이규보 연구』, 새문사, 1986.2, pp. Ⅱ-80~83.

곤 하던 종전의 통념에서 자유롭고자 한다. 대신, 작품은 작자의 정서적·사상적 산물인 점을 존중하여 이규보 가전의 특징을 작품 창작의 주체인 작자 특유의 인간적·문학적 개성과의 대조를 통한 유기적인 맥락 안에서 찾고자 한다.

한편으로, 소재론적인 측면에서 이규보가 이 두 가전 창작의 마당에 적극 활용했음이 명백한 문헌 자료 한 가지가 포착된다. 그리하여 그 자료를 요긴한 실마리로 하여 창작의 시기를 가늠해 보고자 한다. 이때 이 자료와 작품의 관계는 창작의 시기를 엿보기 위한 절대 방편이자 통로가 되는지라 자료 고증의 면밀성 의존도가 더없이 높아진다.

더 나아가, 이규보의 두 의인 열전 안에는 공교롭게도 작자의 정치적인 경륜과 소회의 면면들이 은근히 잘 배어들어 있다. 이 점을 활용, 그의 곡절어린 정치적 생애와 긴밀히 대조해 봄으로써 창작의 시기에 관해 한 단계 더 접근하는 시도를 펴 보이고자 한다.

2: 창작의 동기

이규보가 무슨 이유로 사물과 동물 대상의 열전을 짓게 되었는가 하는 이른바 창작의 동기는, 다시 음미하여 보면 그가 이 작품을 통해 꼭 강조해 보고 싶었던 뜻이 무엇이었을까를 찾아낸다는 말과 의미상 큰 차이가 없어 보인다. 이는 이규보 가전의 주제란 말과도 그 맥이 통한다고 볼 수 있다.

하지만 거듭 생각해 보매, 창작의 동기가 임춘의 가전을 견제하는 데 있었다는 기존의 해석⁴⁾을 감안하고 또 거기에 동의하는 관점에서 보더라도, 문득 '상대적 견제' 같은 것을 작품의 주제로 설정하기에는 무언가 적합하지 않은 국면이 있어 보인다. 곧 이규보의 경우에는 주제라는 말보다는 작품 창작의 동기란 말이 그의 생각을 더 폭넓게 예측하는 방도가 된다고 사료된다. 따라서 주제라는 말 대신 창작의 동기라는, 보다 완곡하고 포괄적인 표현으로 대신하였다.

이제, 가전 창작의 우선적인 동기는 무엇보다도 사물에 대한 애정과 의인화에 대한 비상한 관심에 있다고 본다. 곧 그는 누구보다도 사물에 대한 애착이 깊은 작가였다 함은 그가 남긴 상당수의 영물시詠物詩가 충분히 입증시켜 주고 있다. 각별히 그의 영물시를 주제로 삼은 논지들이 종종 나타나 보였음도 이와 무관한 것이 아니다.5)

우선 김동욱의 다음과 같은 글을 통해서도 이규보가 영물에 대한 관심이 유달리 비상했음을 잘 간파해 볼 길 있다.

> 그에게는 많은 영물시가 있다. 작게는 자기 신변의 물건으로부터 자기 집 주위의 구체적인 물상에 이르기까지 이규보는 존재하는 만물의 구체적인 아름다움을 통해 그의 실존의 밑바탕이 되는 물세계物世界와의 조화를 일깨워 준다. … 이것이 시에서는 즉물적卽物的 개방성 속에

4) 안병설, 「가전에 대한 이견산고」(『명지어문학』 7호, 1975.3, p.93)에, "약관의 이규보로서는 당대 문명을 떨치던 임춘이 〈청화선생전〉을 모의하여 〈국순전〉을 썼으므로 같은 효작(效作) 〈국선생전〉을 써서 임춘을 압도하고자 하는 야심의 발로였다고 추측할 수 있다."
5) 김동욱, 『국역동국이상국집』 1 해제, 민족문화추진회, 고전국역총서 166, 1982.1.
유재일, 「이규보의 영물시에 나타난 즉물적 개방성에 대하여」, 『연세어문학』 13집, 연세대국어국문학과, 1980.
박성규, 「이규보 자연시에 대한 이해」(『이규보 연구』, 새문사, 1986.2)에서도 '자연미의 발견'과 '영물시' 두 가지를 나란한 표제로 삼고서 논의하고 있다.

서 자신과 궁극적인 조화를 이루는 영물시로 변모되는데, 이 과정에서
먼저 그는 사물을 자기화하여 의식을 백지화한 상태에서 단순화된 외부
의 형태 만을 글로 그리고 있다.[6]

여기서 예로 들어 보인 것은 과실 접붙인 이야기인 〈접과기接菓記〉
에서의 과일, 〈사륜정기四輪亭記〉에서의 바퀴 달린 정자, 〈답석문答石
問〉에서의 큰 돌, 〈섭섬蟾〉에서의 두꺼비, 〈주망蛛網〉에서의 거미, 〈칠호
명漆壺銘〉에서의 호로병과 같은 동식물 및 사물이었다.

다른 한편 박성규는 이규보 영물시에 관해 논하는 자리에서 특히 빈
도 높고 의미 있는 소재로 금琴·주酒·죽竹 세 가지를 꼽고, 이를 중
심으로 이규보의 사유를 도출해 내려 하였다. 여기서 그는 이규보가
자연물에서 도덕적이고 관념적인 주제를 추출한 것 외에도, 자연물 자
체에 내재된 아름답고 진실된 실체를 함께 추구하고 있는 것으로 관측
하였다. 특히 〈국선생전〉과 관련하여, 이규보의 관심 사물 가운데 각
별히 술이 들어가 있다는데 주목이 된다.

    술은 무상성이나 애상에서 벗어나 체념과 관용의 세계로 이끌어 주
  는 상징적인 존재이고, 불우한 현실을 극복하여 낙관적인 현실을 창조
  하는 존재로 인식되고 있다.[7]

이규보의 물物에 대한 관조는 장르상의 시와 문을 가리지 아니한 채
훨씬 그 폭이 넓고 다양하다. 〈방선부放蟬賦〉나 〈방서放鼠〉 시 같은 곳
에서는 거미와 매미, 그리고 쥐의 천성을 인간적 수준에서 논단하였고,

---

6) 김동욱, 위에 든 글, p.9.
7) 박성규, 위에 든 논문, p. I -59.

〈요잠腰箴〉·〈준명樽銘〉·〈장척명長尺銘〉 같은 곳에서는 허리·술잔·긴 자 등의 해당 사물들을 모두 2인칭 인격대명사인 '너[爾]'라는 말로 인물화시키는 가운데 자신의 인생관을 극력 표명하고 있다. 심지어는 '시적 창조력' 같은 추상명사조차 '시마詩魔'로 인격화한 경우를 〈구시마문驅詩魔文〉 같은 데에서 엿볼 수 있다.

바로 이러한 내용들이 이규보 의인화의 단초가 되고 있는 것이다. 바꾸어 말하면 그의 의인법 구사는 일과적이거나 즉흥적인 기분에 따라서 이루어진 것이 아니라, 사물에 대한 연속성 있는 진지한 태도와 인식 안에서 이룩되었다고 해도 지나치지 않다. 또한 그것은 곧장 삶에 대한 사유와 통찰력으로 연결된다. 이를 알레고리적 사유라는 말로도 대신할 수 있다.

> 그는 또 가탁형의 글을 즐겨 썼음을 볼 수 있으니 … 술을 국성이라 가탁하여 마치 사람인양 의인 전기화 하였으며, … 또 풍유·우유의 기지가 남달랐다.8)

의인 열전인 가전의 창작은 다름 아닌 바로 그의 특기라고 할 수 있는 의인화 취향과 풍유·우유의 기지가 제대로의 합체와 조화를 이룩한 성과로서 보여지는 것이다.

알고 보면 그는 일찍이 '물物'에 대해 긍정적으로 높은 가치를 부여하고 또 그것을 존중했던 인물이었다. 다음과 같은 글은 그 단서가 되기에 손색이 없다.

---

8) 송준호, 「이규보의 문장과 수사적 특질」, 『이규보 연구』, 새문사, pp. II-67∼68.

物者道之準也 守其物由其準而後 其道存焉 苟舍之 是失道也 官
者道之器 未有守道而失官者…若中下人者 未知道之爲守官之本 妄
求道之所在 自以爲能守其道 而忽於守官 因以惰然…職喪局 則不旋
踵蹈其禍矣 官可守歟.[9]

　　物物이란 도道의 기준이니, 물을 지키기를 기준대로 한 뒤에라야 그
도가 보존되는 것이다. 진정 이것을 버린다면 이는 도를 잃는 것이다.
관官이란 도의 도구이니, 도를 지키고서 관을 잃는다는 것은 있을 수
없다. … 지혜 높지 않은 중간 또는 하등에 속하는 사람들은 도가 관을
지키는 근본임을 알지 못하고 함부로 도가 있는 데를 찾는다. 그러면서
스스로는 그 도를 잘 지킨다고 판단하지만 관을 지키는 데 소홀하여 그
바람에 직책을 게을리하고 … 사세를 그르칠 것이다. 이리되면 그 화를
면할 수 없을 테니 관을 지킬 수 있겠는가?

　　이규보가 가전을 창작한 동기로 작용
하였을 또 다른 가능성의 한 가지는 새로
운 장르에 대한 실험 정신에 둘 것이다.
그는 비단 이것 가전 양식에서만 아니라,
자기 시대에 여러 다양한 문학의 양식에
서 새로움 추구의 경향을 확실하게 증명
해 보이고 있다.

　　고려시대에는 새로운 장르가 많이 생
성되던 시기이기도 하였다. 서민 계층에

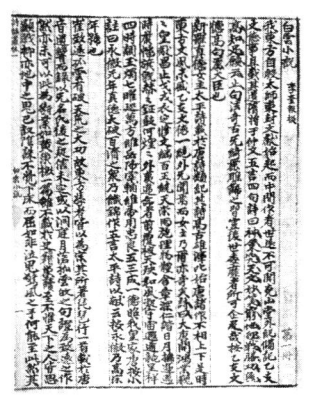

이규보의 『백운소설』

서는 속요가 발생했고, 사대부 귀족 계층에서는 이를 재편성시킨 별곡
장르가 나타났는가 하면 가전과 경기체가, 그리고 시조와 가사, 패관문

---

9) 『동국이상국집』 제22 ‘雜文’〈反柳子厚守道論〉 중의 발췌임.

학 등이 거의 동시 다발적인 탄생을 보였던, 가히 장르 발생의 흥성기라 해도 과언이 아니었다. 그런데 시조와 가사는 그 첫 개창자를 알 길 없이 되어 버렸지만, 반면에 가전과 경기체가는 그 초기 작자의 분명한 모습을 확인해 볼 수 있다는 점에서 대조적이다. 그리고 가전과 경기체가 두 개의 장르에 공통적으로 참여의 얼굴을 나타내 보인 사람이 다름 아닌 이규보였다. 그는 바로 중세기 국문학에 있어서의 개물성무開物成務를 이룩한 역할 당사자라 할 것이다.

그뿐이 아니다. 이규보는 또한 무엇보다 민족 대서사시인 〈동명왕편〉의 저자로도 그 성가를 높였던 인물임을 상기하지 않을 수 없고, 고려 말에 발생되었다는 이른바 패관문학에 있어서도 선도적인 역할을 했던 한 사람이었다는 점도 망각할 수 없다.

가전 문학은 일찍이 중국 당나라 때 한유(768~824)에 의해 개창되었으나 한때 비판을 면치 못했던 일이 있었으니, 그 상황에 대해 필자가 일찍 구명해 본 바 있다.10) 그러다가 다음 시대인 송나라 때 소동파(1036~1101) 및 그 계열 문인들에 의해 본격적으로 성장 발전을 보았다. 이 땅에서는 바로 그 소동파로 인해 가전이란 형태가 공식 장르로 제자리를 찾은 지 한 세기도 더 지난 뒤에 그 효험이 나타났다. 즉 고려 임춘(1150경~?)에 의해 첫 발자국이 찍혀지게 되었고, 뒤미처 이규보(1168~1241)가 그 뒤를 밟았다. 그리하여 이 장르에 관한 한 임춘이 단연 선구자의 이름을 남겼고, 이규보는 바로 임춘의 첫 답보에 힘입어서 가전 창작의 대열에 낀 것 같은 인상을 줄 수도 있다. 하지만 설령 임춘이 그보다 먼저 가전을 쓰지 않았다 하더라도 이규보가 자의에 따라

---

10) 김창룡, 「모영전과 하비후혁화전 箋釋」, 『낙은강전섭선생회갑기념논문집』, 1993.

감연히 가전 창작에 착수했으리라는 것은 거의 의심의 여지가 없는 일로 여겨진다. 다름 아니라, 그가 당대에 보여 주었던 바 여러 다양한 문학 장르에 대한 실험 정신 및 도전 정신의 여실한 자취가 그같은 예측을 충분히 가능하도록 만드는 것이다.

이규보가 가전을 창작한 동기의 세 번째 개연성은 처세론에 대한 그의 비상한 관심에 둘 것이다.

진작에 조동일이 가전을 통해서 이규보를 해석한 견해는 이러하다.

> 세상에 나아가서 벼슬을 해서 포부를 실현할 것인가 아니면 자기를 숨겨야만 자유로운 정신을 온전하게 할 수 있는가 하는 문제를 두고서 거듭 고심한 자취를 가전을 통해서 나타냈다.[11]

이를테면 이규보를 은둔과 출세 사이에서 고민한 지식인으로 규정지은 내용이다. 그런데 거듭 다음과 같은 해석이 주목을 끈다.

> 예저는 언젠가 거북을 잡았다는 어부의 이름이다. 이규보는 미래를 예견하는 지혜까지 지니고 자유롭게 살고자 했으나, 예저와 같은 사람에게 사로잡힌 바 되어 세상에 나서서 벼슬살이를 하게 되었다고 자처하면서 이런 글을 지었다.[12]

이상의 두 인용문대로라면, 이규보는 두 가지 처신 사이에서 고민하다가 타의에 따라 부득이 벼슬살이를 한 인물처럼 비춰진다.

그런가 하면, 같은 책 안의 「이규보의 위치」라는 글에서 보면, "이규

---

11) 조동일, 『한국문학통사 2』, 지식산업사, 1981. 1, p.119.
12) 조동일, 같은 책, p.120.

보는 무신정권에서 벼슬을 하는 것을 주저해야
할 이유가 없었다. 기회가 오자 당당하게 나아가
서 능력을 발휘할 수 있게 된 것을 자랑으로 여
기고, 최씨정권의 문인들 중에서 다른 누구보다
도 영광스러운 자리를 차지했다"13)로 언급했으
니, 언뜻 선후 간에 저어齟齬되는 것처럼 보인다.

조동일의 『한국문학통사』

그렇다면 혹 이규보 생애의 어떤 시기에는 '고
심'하였으되, 보다 나중 시기에 가서 '주저해야할
이유가 없'어졌다고 이해할 수 있는 성격의 것인가? 보다 이른 시기,
곧 24세 때 부친상을 당한 후 천마산에 들어가 스스로의 호를 '백운거
사'라 칭하고 자연에 귀의하던 때라든지, 팔관회 관계로 잠깐 계양도호
부사桂陽都護副使로 좌천되어 〈계양자오당기桂陽自娛堂記〉를 쓸 때야 그
에게 벼슬에 대한 긍정적 인식이 있다고 예측하기 어려운 것은 사실
이다.

그러나 32세 때 처음 환로에 들기 시작한 순간부터 흰 구름 자연을
좇으리라던 이전의 생각은 더 이상 존재하지 않는 듯 보였다. 또, 〈자
오당기自娛堂記〉를 썼던 반면에는 〈계양망해지桂陽望海志〉를 쓴 것도
이규보였다. "그의 문인다운 풍류는 억지로 자오당을 만들고 또 억지로
독희獨喜하려 했으나, 역시 환로에 뜻을 둔 그는 일시의 적수謫守나마
그를 극히 우울하게 하였던 것이다. 여기 초조한 인간상이 엿보이는
동시에 풍류와 환로 양쪽에 뜻을 두었음을 짐작할 만하다. 그러면서도
본능적인 매력은 보다 더 정치에 있었던 듯하다."14)

13) 조동일, 같은 책, p.29.
14) 장덕순, 「해설」, 『이규보연구』, 새문사, 1982, p.7. 장덕순은 또, "자약한 흥도를

　진정 그는 관官을 절대적인 가치로 인식한 듯했고, 또 실제로도 그것을 솔직히 표명했던 사람이었다. 그런데 득의하던 시절에야 더욱더 그 생각이 확고하였겠으나, 그로 인한 많은 오욕을 겪지 않을 수 없던 말년에는 또다시 절대선이라고 여겼던 관에 대해 상대적인 회의감에 빠져 살았으리라는 예측이 가능하다.

　결국 관을 중심한 출세 및 처세에 대한 생각은 전 생애에 일관된 확신의 것이었다기보다는, 오히려 끊임없는 갈등거리일 수밖에 없었다고 보겠다. 그렇다고 한다면 이규보가 가전 우화에 주목하고 지은 동기도 바로 출입 진퇴 등의 처세론적 고민 같은 데에서 모색이 가능하리라 사유된다.

　과연 〈국선생전〉에서 왕에게 은퇴를 청하는 부분, 〈청강사자현부전〉에서 벼슬을 주려는 왕 앞에 사양하는 주인공들의 언어를 통해서 부지불식간에 숨김없는 번민의 여실한 모양들이 잘 부각되어 나타났음을 엿볼 수가 있다. 다름 아닌 우화의 한 형태인 가전이야말로 곧장 말하기 곤란한 자신의 생각들을 우회적, 혹은 우유적으로 표출하기에 제일 적합한 양식이겠기 때문이다.

　끝으로, 이규보의 〈국선생전〉이 임춘의 술 의인화인 〈국순전〉에 대한 반론을 편 것이라는 기존의 견해도 일차 경청해 볼 만하다. 다만, 이규보는 동시대의 문인인 임춘에 대해 특별히 신경 쓰고 의식한 자취가 잘 나타나 보이지 않는다. 이인로가 죽림고회竹林高會의 한 자리가 비었다며 이규보에게 들어올 의향을 물었을 때 간단히 거절해 보였던 이규보의 반응도 새겨볼 만한 여지가 있다.[15]

　강작한 바도 없지 않"고, 나아가 "일단 소환이 결정되었을 때에는 또 관욕에의 희망으로 작약함이 눈에 보이는 듯"하다고 평하였다. (같은 책, p.6)

무엇보다도 그의 문집 안에는 임춘에 관련한 내용을 찾아보기 어렵다는 점 등으로 미루어 임춘은 이규보의 견제 대상은 아니었던 듯싶다. 처음부터 대수롭지 않게 생각했고, 라이벌로 생각하지도 않았다면 굳이 상대방 작품에 대한 의식적인 반발이거나 우월감 때문에 작품을 썼을 것이라는 추정은 어딘가 무리가 있어 보인다. 다만 임춘이 일찍이 가전이라는 새로운 문체, 참신한 용기容器 안에다 술을 인격화한 시도에 일정한 자극을 얻어 창작에 임했을 것이라는 예측만큼 충분히 가능 있어 보인다.

3: 창작의 시기

필자는 가전의 소재적 근원이 과거 전통 시대의 백과사전이랄 수 있는 유서類書에 있음을 진작에 규명한 바 있었다.16) 이 자리에서는 임춘 가전 두 편과 이규보 가전 두 작품도 당연히 천착의 대상으로 삼았다. 그리하여 임춘의 경우는 주로『사문유취』에서, 그리고 이규보의 경우는『태평어람』이라는 유서 안에서 대규모의 취용이 이루어졌음을 밝혀낼 수 있었다. 그런데 지금 이규보의 두 가전이 창작된 시기를 가늠하고자 하는 마당에서 반드시 이규보의 두 작품과『태평어람』의 관계를 거듭하여 천명하고 분석할 필요 앞에 서게 된다.

---

15)『고려사』권102 열전 15〈李奎報〉에, "世才死 湛之謂奎報曰 子可補耶 奎報曰 七賢豈朝廷官爵而補其闕耶 未聞稽阮之後 有承之者 皆大笑."
16) 김창룡,『한중가전 문학의 연구』(개문사, 1985) 및『가전 문학의 이론』(박이정, 2001)의 제5장「한중 가전의 소재와 유서」, 그리고『가전을 읽는 방식』(제이앤씨, 2006)의 제2부「가전의 원천」등에서 상론하였다.

우선 〈국선생전〉을 본다. 〈국순전〉이 중국 송대에 진관秦觀이 지은 〈청화선생전淸和先生傳〉과는 그토록 긴밀한 맥락을 띠고 있었음에 반하여, 이 구성은 그것과의 별다른 상관성을 찾아보기 어렵다는 사실이 밝혀졌다. 고작 〈청화선생전〉이 주인공의 인품 묘사 과정에서 택한 바 '더 맑게 할래야 맑아질 게 없고, 흔들어도 흐려지지 않는다(澄之不淸 撓之不濁)'의 한 구절이 〈국순전〉과 한 가지로 언어상의 답습을 보일 뿐이다. 애써 덧붙인다면 〈청화선생전〉에서 '주인공이 평상시 금성金城의 가씨賈氏 및 옥치자玉巵子와 친하였다'는 내용과, 본편에서 '치이자鴟夷子가 국선생과 벗을 하여 출입 때마다 수레에 붙어 다녔다'는 내용 사이에 약간 정도의 근사近似함을 얘기할 수 있겠다.

그리하여 〈국선생전〉의 경우, 같은 장르로부터의 취용은 거의 나타나지 않은 대신, 그 재료가 거의 유서類書로부터의 전적인 수용 위에 이루어졌음을 확인할 수 있게 된다. 그런 중에 같은 유서 가운데도 앞서 〈국순전〉의 남본藍本이 『사문유취』로 유추되었음에 비하여, 〈국선생전〉의 대본臺本은 모름지기 『태평어람』으로 추단되는 것이다. 두 종種의 유서가 제가끔 수용하고 있는 바 정보가 이 쪽 유서에는 있는데 다른 한 쪽엔 없는 것이기에 접근이 가능하고, 혹은 같은 정보 내용일지라도 그 표현상의 긴밀하고 소략한 차이를 통해 유추가 가능하다.

〈국선생전〉에서 국선생의 작위가 3품에 들게 되었다는(位列三品) 사실과 함께 그 아래 주기註記에다 '주유삼품酒有三品'이라 했다. 이는 원래 『주례周禮』 '천관天官'에,

辨三酒之物 一曰事酒 二曰昔酒 三曰淸酒.

라고 한 대목에 조원肇源이 있다고 한 바이지만, 동시에 『태평어람』과 『사문유취』 '酒' 門에 나란히 전재되어 있음이다.

『태평어람』의 '酒' 門에 보이는 酒三品

또 국선생이 주천군酒泉郡 사람임과, 임금이 공거公車에 명을 내려 선생을 불러오기 전에 태사太史가 아뢰는 장면이 있다.

先是太史奏…酒旗星大有光.

여기 주기성酒旗星이 크게 빛을 발한다고 한 말은, 본래 『구주춘추九州春秋』란 문헌 속의 다음과 같은 내용

曹公制酒禁 而孔融書嘲之曰…夫天有酒旗之星 地列酒泉之郡 人

有旨酒之德.

에서 따온 희귀한 인용부가 되겠거니와, 이 또한 『태평어람』이 아니고
선 따로 구경하기 어려운 형편이다. 이 부분 『사문유취』에도 있으나,
『태평어람』과는 약간 다르게 서술되었다.

> 曹公欲制酒禁 孔融與操書云…天垂酒星之曜 地列酒泉之郡 堯之千
> 種 無以建太平….

'주기성酒旗星'의 말 대신 '주성酒星'으로 함으로써 표현의 긴밀성에서
일보 떨어져 있다.

이 밖에 〈국선생전〉의 '조구연糟丘椽' 같은 표현이 『태평어람』이 실
은 『오지吳志』란 문헌의 '昔紂爲糟丘酒池'에서, 제臍[배꼽]의 어희語戱
로 볼 수 있는 '제군齊郡' 등의 표현은 『태평어람』 내의 '青州有齊郡'[17]
에서 각각 유치된 것임을 알 수 있다.

이쯤 〈국선생전〉의 희귀한 부분 출전의 막강한 열쇠를 『태평어람』
이 쥐고 있다 했을 때, 이규보가 본서를 보았을 가능성이 새삼 부각된
다. 『태평어람』이 중국 황실로부터 고려에 수입된 해가 고려 숙종 6년
(1101)이고,[18] 이규보의 관로 진출(1199)은 그보다 약 100년이나 뒤의 일
이니 선후 간에 무리가 없다.

---

17) 『태평어람』 권845, '酒' 門·下에, "又曰桓公有主簿 善別酒 輒令先嘗 好者謂
青州從事 惡者謂平原督郵 青州有齊郡 平原有鬲縣 從事言至齊 督郵言至鬲
上住."
18) 『증보문헌비고』(권242, 藝文考 1)와 『고려사』(권96 열전 9, 吳延寵)에는 숙종
5년(1100)으로 되어 있다.

아울러 〈국선생전〉의 제작은 이규보 현달 이후일 가능성이 더 크다고 본다. 그 이유는 다름 아니라 이 책이 고려는 물론이고 이후 조선조에 들어서조차 거의 궁정 단위의 전용서專用書 구실에서 크게 벗어나지 못했다[19]는 사실에 있다. 따라서 이 책이 특히 고려 당시엔 일반 사류士類들은 대면하기 어렵고, 왕실 서고에서나 열람이 가능하였다고 하는 특수한 여건 속에서, 그가 출사出仕하여 궁내에 자유로 드나들던 때의 개연성이 높다. 그리하여 그 이전의 때인 약관 시의 소작일 것으로 보는 견해[20]는 일단 재고의 소지가 있다는 제언을 붙일 수 있다.

한편, 이 〈국순전〉이라든가 〈국선생전〉의 조성에 작용할 수 있었던 문헌은 『진서晉書』・『송서宋書』・『세설신어世說新語』・『삼국지三國志』・『시경詩經』・『주역周易』 등등 일일이 매거하기 어려울 정도로 많다. 여기서 이전의 논자가 『태평광기』를 든 것은 가장 영향을 끼친 압권을 지적한 뜻이라고 보지만, 오히려 유취서의 대명사격인 『태평어람』 및 『사문유취』가 술에 관해 취합해 놓은 항목을 본 결과, 정보 제공의 역할에 있어 위에 든 전적典籍들을 최대한으로 포괄하는 가운데 가장 월등한 정도로 나타나 있었다.

더욱이 우선은 상식적으로 생각할 때, 임춘이나 이규보가 〈국순전〉・〈국선생전〉의 창작을 앞에 놓고 거기 필요한 약간의 정보를 찾기 위해 『태평광기』 500권 방대한 분량을 일일이 독파해 나가는 과정에 권30, 권72, 권233, 권370 등에 있는 사항을 채록하고, 그 채록된 정보를 다시 정비整備해 놓은 상태에서 허구화시킨 것으로 볼 것인가? 아니면, 아예 『태평광기』 500권을 흉중・뇌리에 저장해 두었으니 가전

19) 김창룡, 『한중가전문학의 연구』(개문사, 1985.8, p.88.) 참조.
20) 안병설, 앞에 든 논문, p.93.

태평광기

창작의 마당에 한 동작에 척척 필요한 내용을 산출하였다 할 수 있을는지. 그런 일은 용이한 것도 아니려니와, 엄연히 컴퓨터 정보검색과 같은 동시적 능률성과 효용성이 보장된 유서의 존재를 아는 다음에야, 굳이 이를 버리고 『태평광기』의 복잡다단함을 택할 이유가 있을는지 마침내 의심스럽다. 결국 임춘, 이규보들은 그 어떤 문형보다 전고에의 의존성이 강한 가전 창작의 마당에 유취서와 같은 정보 집산적인 문헌을 펼치고 이를 전적으로 참고했음이 분명하다. 이는 바로 유서의 절대적인 편의로움이자 이택利澤임과 동시에, 그것의 존재 의의가 되기도 하는 것이다.

결과적으로, 이들 가전 창작의 자원資源은 〈청화선생전〉·〈육서전〉 등 같은 동일 장르 작품의 영향이 없지는 않았으나, 『태평광기』·『사문유취』 같은 유취서 계통이 대종을 이루었던 것으로 최종 파악된다.

이제 두 번째 작품인 〈청강사자현부전〉을 놓고서 본다 해도 하나 다를 것이 없다. 영향의 실마리를 잡기 위해서 『태평광기』 그 드넓은 권질卷帙의 구석구석을 뒤져서 그 어휘며 내용적 유사성을 애써 부회附會하려는 수고로움은 차라리 도로徒勞에 가깝다. 그보다는 『사문유취』의 개충부介蟲部 '龜' 門의 한 목록만 펼치면 거기 일목요연한 거북 관계의 백과적 지식과 설화가 한자리에 집중되어 있다. 즉 〈구명원서龜名元緒〉니, 〈귀책전龜筴傳〉이니, 〈낙출서洛出書〉니 하는 여러 조목들이 그대로 〈청강사자현부전〉에 직·간접으로 융용되고 있는 것이다. 어찌

『태평광기』권468의 〈영강인永康人〉 설화에 원서元緖라 한 부분이 있으니 그걸 따온 것21)이라느니, 현부玄夫의 출생은 권26의 〈섭법선葉法善〉의 출생담과 일치하고 있어서 그 영향일 가능성22) 운운의 마치 창해滄海 가운데서 좁쌀 한 낟을 찾는 것과 같은 막연함에다 비하겠는가? 그나마 『태평광기』가 〈청강사자현부전〉에 제공할 수 있는 자료의 정도가 너무 빈약하다 싶은 나머지, 맥락이 닿지 않는 그밖의 부분은 『태평광기』이외 『사기』열전 〈귀책전〉의 영향을 입었다는 등, 더욱 군색한 단서가 따라야만 했다.

그러나 『사문유취』에는 이 〈귀책전〉을 포함하여 획득 가능한 최대한의 사항들을 소개해 둔 채였으니, 그 수록하고 있는 정보의 양적인 측면에서도 아예 『태평광기』 같은 데 비할 바 아니었다.

기왕에 〈청강사자현부전〉의 소재 탐구를 중심으로 가전의 편철성編綴性을 내세운 조수학은 본 가전이 "거의 전편全篇에 선亘하여 고사, 전설에 의거하고 있으며 … 수많은 이질적인 내용의 고사를 수집하여 환골탈태적인 새로운 작품을 편철編綴한 점"23)을 천명한 바 있다. 그러나 공교롭게도 그가 전거로 내세운 문헌들, 곧 『장자莊子』·『사기史記』·『서물이명소庶物異名疏』·『사문유취事文類聚』·『칭아稱雅』·『변아駢雅』·『예문유취藝文類聚』·『고금주古今注』·『성경星經』·『이원異苑』·『태평어람太平御覽』·『선실지宣室志』·『포박자抱朴子』·『본초本草』·『죽서기년竹書紀年』·『훈찬訓纂』들 가운데 『태평광기太平廣記』가 들어가 있지 않음은 어찌 해석해야 좋을 것인가? 김현룡의 지적처럼 『태평광

21) 김현룡, 『한중소설설화비교연구』, 일지사, 1976, p.196.
22) 김현룡, 위에 든 책, p.197.
23) 조수학, 「가전의 편철성」, 『영남어문학』 1, 영남어문학회, 1974.11, p.108.

기』에도 위에 열거한 문헌들과 마찬가지로 〈청강사자현부전〉의 전거
로 될 만한 것들이 분명 있었음에도 말이다.

그러므로 이렇게 저렇게 걸리는 문헌들을 여기저기서 산만하게 모아
다가 곧장 작품에 연결시키려는 노력은 그 근거가 불확실하고 맹랑한
데 흐르기 쉬운 것이다. 동시에 그런 식의 고증이란 한도 없는 작업이
되고 만다. 왜냐하면 비슷한 소재의 비슷한 언어와 문장의 표현은 어느
한 가지 문헌에 특별히 고정되어 있기보다는 여기저기 산재散在를 나타
내는 경우가 더 많기 때문이다. 실정이 그런지라, 앞으로 또다시 어느
문헌의 갈피에서 어떤 유사한 말이 튀어나올지 몰라 뒤조차 불안하다.
따라서 이규보가 〈청강사자현부전〉 한 편의 작문을 위해 위에 열거한
문헌들을 닥치는대로 수집·동원했으리라는 해석은 참으로 난감하기
만 하다.

더구나 그 문헌 가운데는 고려 이규보의 시대에 확실히 수입되었는
지 어떤지도 채 알려지지 않은 것이 대부분인 상태에서 더욱 그러하였
다. 이를테면 『예문유취』가 이 땅에 수입된 기사는 여麗·한韓의 그
어떤 문헌에서도 찾아볼 수 없다. 그런 의미에선 『성경星經』이니 『광오
행기보廣五行記補』니 하는 등속도 다 마찬가지이니, 결국 몇 가지만 제
외하고는 대부분 여·한 문인들 사이에 제대로 언거되지도 않은 저작
들인 것이다.

그러므로 이 허다한 문헌을 일일이 다 원용하였다고는 볼 수 없고,
다만 열거된 문헌들 가운데 가전과 맥락이 닿는 화소가 적어도 3, 4개
이상은 확보되어 있을 뿐 아니라 이 땅의 문인·학사들 사이에 잘 보급
되어 있는 익숙한 서적을 일단은 검토의 대상으로 삼았다고 보는 편이
훨씬 타당성 있으리라 본다. 그러면 이쯤하여 손꼽힐 수 있는 문헌이라

면 대개 『사기』의 〈귀책전〉과 『장자』, 『사문유취』 등이 된다. 실제로 조수학이 망라하여 다룬 출전 가운데 『장자』가 3회, 『사기』의 〈귀책전〉이 6~7회, 『사문유취』가 3회이다.

그런데 『태평어람』이나 『사문유취』 중에는 『사기』 〈귀책전〉의 가장 중추가 되는 부분이 각각 소개되어 나타난다.[24] 따라서 이를 함께 아우를 것 같으면 이들 두 유서가 갖는 자료 수용의 폭은 상당히 확대된다.

거기다가 그가 책정한 일련번호 20.에 거북을 '원서元緖'라 한 근거를 유숙경劉叔敬의 『이원異苑』이라는 데서 찾은 것이 있거니와, 이도 역시 『태평어람』과 『사문유취』에 단 한 글자의 차착差錯도 없이 고스란히 전재轉載되어 있다.

그 다음 22. 주인공이 '통현선생洞玄先生'이라 자호自號했다는 그 유래도 본시 장독張讀의 『선실지宣室志』에서 찾을 수 있다고 하겠지만, 다름없이 『사문유취』의 한 단락으로 베껴 소개된다. 이 경우 『태평어람』에는 실려 있지 않다.

또 25.의 세상에서 '현의독우玄衣督郵'라 불렀다 함이 『고금주古今注』란 문헌에 출원이 있거니와, 이 또한 『태평어람』 '龜' 門과 『사문유취』 '군서요어群書要語'의 란에 포함시켜 소개돼 있는 것이다.

그러면 이제 조수학이 분류한 평결부를 포함하여 전체 26개 화소 가

---

24) 그런 중에도 〈청강사자현부전〉에 제공할 수 있는 정보의 분량 및 긴밀함에 있어, 『사문유취』에서보다 『태평어람』에서 훨씬 높은 효과를 보여 준다. 한편, 송원왕(宋元王)의 신귀고사(神龜故事)는 『사기』 〈귀책전〉이 처음은 아니었고, 그 전의 『장자』 가운데에 이미 〈귀책전〉과는 수사(修辭)를 달리한 채 나타나 있었다. 그리고 『태평어람』에는 바로 이 『장자』에 실린 송 원왕의 거북 고사(故事) 내용이 보다 풍부한 문맥으로 실려 있다.

운데 10개 정도의 화소를 『사문유취』가 포괄하는 셈이 된다. 더구나
이 26개 중에는 반드시 어떤 특정한 전거를 기다릴 필요가 없이도 쓸
수 있는 상식화 단계의 조어造語라 하여 설명을 생략했던 3·5·6·16
등의 4개 항목 및 출전 미상이라고 한 항목 한 가지를 포함한 5개를
이 유서가 마저 해결해 주고 있다. 이렇게 감안한다면 전체 전거의 반
수 이상은 『사문유취』에서 간취看取할 수 있다는 계산에 이르니, 이쯤
유취서類聚書가 점유하는 그 비중의 정도를 알 만하다 이르겠다.

그러나 정작 놀라운 사실은 『태평어람』의 가장 완벽에 가까운 정보
의 수용 속에서 확인된다.

최우선 『사문유취』에는 없는 『장자』의 문헌 전거를 모조리 포용하
고 있는 점이다. 『장자』 잡편雜篇 9권 〈외물外物〉에 있는 조수학의 분
류번호 18. 송 원왕宋元王의 몽사夢事는 『사기』 〈귀책전〉에 동일한 내
용이 들어 있고, 『태평어람』에선 일단 『사기』 안의 것을 인용한 이상
중복할 필요가 없게 된다.

그 나머지 1. 청강사淸江使라는 어휘와, 17. 복수濮水에서 낚시하는
장자莊子가 초왕楚王의 사자 앞에 거북의 비유로써 벼슬을 사양한다는
『장자』 〈추수秋水〉 편의 원문 그대로가 『태평어람』에 고스란히 전재全
載되어 있다.

또 분류번호 21.에 들어있는 "次子曰元宁 浪遊吳越間"의 출전을

格人元龜 罔敢知吉. (『서경』：西伯戡黎)
南越志曰 龜甲名神龜 出南海 生池澤中 吳越謂之元宁.

(『태평어람』：'龜'門)

의 두 가지에 두었지만,『태평어람』에 '원저元佇'란 말이 있는 바에『서경』안의 '원구元龜'란 표현은 별 의의가 없다고 볼 수 있으니, 실질적인 참조의 근거는『태평어람』한 곳에 있을 뿐이다.

그 뿐이 아니다. 이규보가 〈청강사자현부전〉의 창작 시에『태평어람』을 열람하였으리라는 가장 확실하고 명백한 증거가 10., 11., 12.에서 포착된다.

동시에 조수학의 말로 "필시 근거가 있을 듯한 하나의 사실이겠으나 과람寡覽한 탓으로 전거를 얻지 못하였음"[25]이라고 한 23. 〈승목포선升木捕蟬〉의 근원처가 바로 이 곳에 있음으로 해서 가장 결정적인 형국으로 매듭지어진다. 이처럼 일반군서一般群書를 상대한 잡다한 고증이 오히려『태평어람』이 수용하고 있는 언어의 간명簡明과 수사의 진밀縝密에 전혀 못미침을 파악할 수 있다.

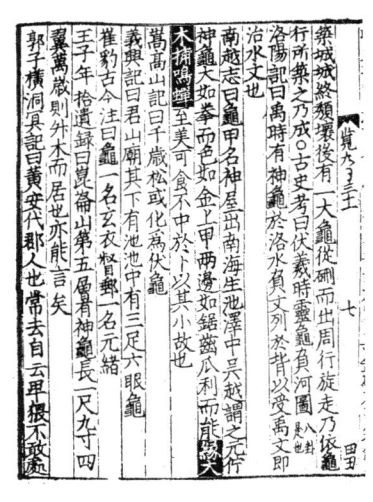

『태평어람』이 나무에 올라 매미를 잡는 거북의 이야기를 담은 부분

조수학은 또 이 가전 논평부의 '지극히 미묘한 것을 살피고 징조가 일어나기 전을 방비하는 일은 성인도 어쩌다간 차질이 나기 마련이다(察至微 防未兆 聖人容或有差)'에 대해서도, "성질상 새로운 내용의 용사用事는 있을 수 없고 지극히 미세한 것을 살피고 흉조도 미연에 방지하는 것은 성인도 간혹 차질이 있는

---

25) 조수학, 앞에 든 논문, p.105.

법이라 하여 주인공 현부의 실수에 빗대어 하나의 격언을 성립시켰
다"26)고만 평했을 뿐, 구체적인 전거를 들지는 못하였다.

그런가 하면 김현룡은 이 부분 역시 『태평광기』에 의존하려 했다.
다름 아니라 『태평광기』 권468에 실린 〈영강인永康人〉 설화27)가 그것
이다. 논자는 이 설화의 내용에 대한 의미를 새기되, "이러한 신귀神龜
로서 변화무쌍하고 미래의 일을 예지하는 존재이지만 실수로 잡히어
기어이 도사 제갈원손諸葛元遜에 의해 상수桑樹로 삶으면 된다는 것이
알려지고 마침내 죽고 만다는 불운과 실수에 연관되었음을 주목하지
않을 수 없다. … 이러한 것은 작품 말미에 첨부된 사신평史臣評에도
나타나 있어 그 주지임이 틀림없다"28)고 했다.

그런데 이규보의 사신평이 어차피 의미로 새긴 말이라고 한다 할 것
같으면 오히려 『장자』에 더 밀접하였다. 송 원왕과 신귀의 이야기는
『사기』 〈귀책전〉이 있기 훨씬 이전에 『장자』에 먼저 나타나 있던 것이
다. 송 원왕이 처음엔 그 거북을 놓아주려다가, 신귀는 대길한 징조임
을 거듭 강조하는 박사 위평衛平의 말 때문에 다시 붙잡아 두니 마침내
는 그 거북이 도박刀剝의 죽임을 당한다는 내용 끝에 장자가 공자의
구기口氣를 빌어서 결론 삼아 붙인 말이 있다.

---

26) 조수학, 위와 같음.
27) 吳孫權時 永康有人入山 遇一大龜 卽逐之 龜便言曰 遊不良時 爲君所得 人甚
怪之 載出 欲上吳王 夜泊越里 纜舡於大桑樹 宵中 樹呼龜曰 勞乎元緖 奚事
爾耶 龜曰 我被拘繫 方見烹臛 雖盡南山之樵 不能潰我 樹曰 諸葛元遜博識
必致相苦 令求如我之徒 計從安出 龜曰 子明無多辭 禍將及爾 樹寂而止 旣
至 權命煮之 焚柴百車 語猶如故. 諸葛恪曰 燃以老桑方熟 獻之人 仍說龜樹
共言 權登時伐取 煮龜立爛 今烹龜猶多用桑薪 野人故呼龜爲元緖也.
28) 김현룡, 앞에 든 책, p.196.

仲尼曰 神龜能見夢於元君 而不能避余且之網 智能七十二鑽 而無 遺策 不能避刳腸之患.[29]

공자는 말하기를, "그 신령스러운 거북이 송 원군宋元君의 꿈에 나타날 수는 있었으나 여저余且의 그물을 피할 수는 없었고, 그 지혜는 72차례의 길흉을 점치는 일에 조금의 어김도 없었지만, 창자를 도려내는 환란을 피할 수는 없었다."

한눈에도 이것이 이규보의 평결부에 꼭절히 부합한다. 동시에, 앞서도 밝혔다시피 『장자』의 바로 이 대목이 『태평어람』 '龜'門의 일단을 장식하고 있다는 사실을 천명하지 않을 수 없다.

다시 김현룡은 앞서 인거한 〈영강인〉 설화에 '원서元緒'란 말이 있는 점과, 아울러서 다음과 같은 내용을 기발한 발견으로 특필하고 있다.

잡혀서 삶아질 때 "行不擇日 今而見烹 雖然盡南山之樵 不能 潰我"라고 했다는 표현은 역시 이 설화의 "遊不良時 爲君所 得…方見烹臛 雖盡南山之樵 不能潰我"라는 구절을 그대로 이용하고 있음을 알 수 있다. 그리고 기어이 죽음을 당했다는 설명도 이 설화에서 근거하고 있으므로 이 〈영강인〉 설화가 밑바탕을 이루고 있다는 사실은 너무나 뚜렷

『태평어람』이 실은 장자 일화의 최종 단락이 이규보 지은 청강사자현부전의 평결부에 곧장 작용하였음이 확인된다.

하다.30)

하지만 이는 반드시 『태평광기』의 독점 기사가 아니라는 사실을 망각할 수 없다. 다름 아닌 〈영강인〉 설화의 내용 그대로가 편의로움을 가장 존중하는 『태평어람』 유서에 조금도 유루流漏치 아니한 채 엄연 실려져 있는 까닭이다.

그는 또 현부의 탄생담인 다음 내용

> 其母夢瑤光星入懷 因而有娠 始生.
> 그 어머니가 요광성이 품에 드는 꿈을 꾼 일에 말미암아 잉태를 했고, 드디어 그를 낳은 것이다.

이 『태평광기』 권26 〈섭법선〉 탄생설화 한 부분31)과 일치되어 있다고 했지만, 이와 같은 탄생 설화는 하필 〈섭법선〉이 아니라도 중국과 우리나라의 신화·전설·전기 등 문헌의 도처에서 얼마든지 산견할 수 있는 내용들이다. 비근한 예로 『신선전神仙傳』에 있는 노자의 탄생, 『신선감우록神仙感遇錄』과 『신선습유神仙拾遺』 등에 나오는 진백선생眞白先生의 탄생, 『삼국사기』의 김유신金庾信 탄생, 『삼국유사』 서동薯童의 탄생 설화 등등, 무수히 흩어져 있다.

이러한 이적異蹟 탄생의 기초 발상적 위에다가 '요광성瑤光星이 흩어져 거북이 되었다(瑤光星散爲龜)'는 『태평어람』 고유한 정보의 합성 안에서, 그 어머니가 요광성을 꿈꾼 뒤에 현부를 낳았다고 하는 작문 응

---

30) 김현룡, 위와 같음.
31) 母劉因晝寢 夢流星入口 呑之乃孕 十五月而生.

용의 묘가 실현 가능한 것이다.

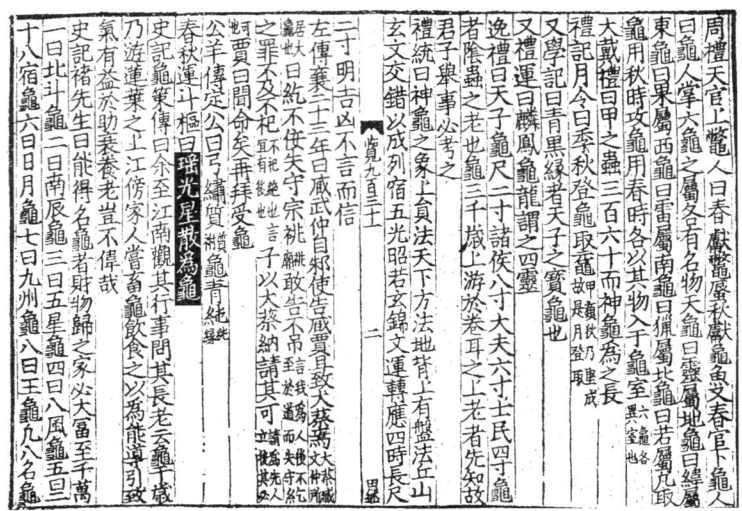

요광성이 흩어져 거북이 되었다는 『태평어람』의 기사

　그러므로 이제 『태평어람』을 제쳐 두고 『태평광기』의 고작 2～3가지 닮은 부분이 나왔다 하여 "이규보의 〈청강사자현부전〉이 결정적으로 『태평광기』의 영향을 입어 형성된 바"[32] 운운은 참으로 요동遼東의 백시白豕와도 같은 결과만 초래하였을 뿐이다.

　또 설령 『태평광기』의 〈영강인〉 설화에서 전적으로 영향 받은 것이라고 백분 양보 한다 손 치더라도, 그 한두 가지 정보 사항 만으로는 나머지 허다한 전거의 더미를 감당해 볼 수 있는 능력이 광기廣記에는 애당초 없는 것이다. 더구나 관계가 되는 사항 모두를 쉽게 취합해서

---

32) 김현룡, 앞에 든 책, p.199.

볼 수 있다는 편의성의 면에서도 도무지『태평광기』는『태평어람』의
반분 정도의 역할도 되지 않는다.

　이쯤,〈청강사자현부전〉을『태평어람』과 대조해 놓고 보았을 때 조
수학이 분류·공시한 전체 27개 조항 가운데서『태평어람』이 제공할
수 있었던 정보의 양이 무려 24개, 곧 전체의 90% 이상 달하고 있음으
로 해서, 그 절대적인 영향 관계를 부정하기 어려운 단계에 이르게 되
었다. 이는 같은 송대의 유서라 할지라도『사문유취』의 40% 정도에
비하여 상대도 되지 않는 규모로서『태평어람』이 이규보의 가전에 낱
낱이 용사用使되었음을 최종 인지할 수 있다.

　사실『사문유취』가 이 땅에 유입된 경로라든가 시기는 알 길이 없다.
다만 이보다 약 100여 년 이상 앞서 이룩된『태평어람』이 고려의 조정
에 수입된 그때(1101)로부터 약 일백 년 정도의 뒤에 이규보(1168~1241)
가 이것을 보고서 가전 창작에 대거 이용한 것이라 하겠다. 곧 관운이
열리기 시작한 그의 32세(1199：神宗 2년) 이후, 혹은 한림에 발탁되어 조
정 내의 출입이 자유로워진 그의 40세(1207：熙宗 3년) 이후, 왕실 전용의
서고 가운데서 이『태평어람』을 열람 참조한 연후〈청강사자현부전〉
짓기에 착수했을 개연성이 높다고 추정하는 것이다.

　잠깐 이규보 생애의 간력을 살펴보면, 32세(1199)에 전주목사全州牧司
의 녹사錄事 겸 서기로 보임되었으나 모함을 입어 곧 파직되었다 했고,
35세(1202) 때에는 병마녹사兵馬錄事 겸 수제修製의 자격으로 동경의 반
란에 자원 행군하였으나, 논공행상에서 제외되어 다시 칩거하였다 한다.

　40세(1207) 되던 해 12월, 최충헌에 의해 권보직한림權補直翰林으로 발
탁되어, 48세(1215)에 좌사간左司諫을 역임할 때까지 그의 40대는 관로

가 비교적 순조로웠다.

50대에서 60대 중반까지는 고관대작의 반열에 들어갔지만, 그 이면은 오히려 불안정한 환로를 겪었다. 53세(1219) 때 사간司諫으로서 지방 장관의 죄를 묵인하였다 하여 최충헌의 탄핵을 받고 계양도호부부사桂陽都護府副使로 좌천되었다가, 이듬해인 54세(1220) 때 최충헌의 죽음으로 소환되어 예부낭중禮部郎中이 된다. 이후 국자좨주 한림시강학사國子祭主翰林侍講學士를

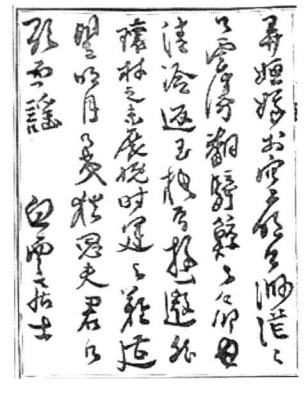

이규보의 글씨

거쳐, 63세(1230)에는 판위위시사判衛尉寺事가 되었으나, 팔관회 일로 인하여 위도蝟島에 유배 당하였다. 그의 64세(1231), 몽고의 침입이 있던 해에 풀려난 이후에야 비로소 순탄한 관로를 걷는다. 그것을 일목요연하게 정리하면 다음과 같다.

> 65세(1232) : 판비서성사 보문각학사 경성부우첨사 지제고(判秘書省事 寶文閣學士 慶成府右詹事 知制誥)
> 66세(1233) : 지문하성사 호부상서 집현전대학사 판례부사(知門下省事 戶部尙書 集賢殿大學士 判禮部事)
> 70세(1237) : 금자광록대부수대보 문하시랑평장사 수문전대학사 감수국사 판례부사 한림원사 태자대보(金紫光祿大夫守大保 門下侍郎平章事 修文殿大學士 監修國史 判禮部事 翰林院事 太子大保)

다시 작품으로 돌아와 보았을 때, 〈청강사자현부전〉과 〈국선생전〉의 창작 시기가 꼭 같으리란 법은 없을 것이다. 하지만 이규보의 가전

두 작품에는 공통적으로 벼슬과 처신에 대한 물러남과 삼감에 대한 메시지가 은근하고 끈기있게 감지된다. 말하자면 이 두 작품은 거의 같은 시기, 혹은 동시에 이루어진 것만 같다는 강한 시사를 받게 된다.

우선 〈국선생전〉은 그의 삶이 온갖 환해풍파를 겪은 나머지에, 일정한 거리에서 벼슬에 대한 체관을 이야기하고 있는 것 같은 분위기가 감돌고 있다. 삶이 한창 명랑하고 의기는 보다 양양하며 음주 풍류가 한창이던 시기를 넘어서, 이제는 가만히 지나온 삶을 회고하고 음미하던 때의 창작만 같아 보인다.

국성이 관직에서 밀려난 후에, 제군齊郡과 격군鬲郡 사이에서 도적이 일어나자 다시 불려 나와 수성을 타파하고, 상동후湘東侯가 된 지 1년 만에 상소를 올려 은퇴를 요청하는 부분이 있다. 제군과 격군의 도적이라 함은 배와 가슴이 답답하다는 말의 암시법이거니와, 이것을 격퇴했다는 말은 흡사 이규보가 저 몽고군의 침입을 진정표陳情表로써 물러나게 했던 일을 연상토록 만드는 국면이 있다.

또한 국성이 임금 앞에 올리는 걸퇴乞退 상소문의 명색 하에 펼쳐 보인 문장 부분은 우선 그 차지하는 분량의 비중 면에서 만만치 않다. 그럴 뿐 아니라 그 구사되어진 내용 가운데는 자못 기구한 정치 생애에 대한 탄식과 회고의 비장한 구석마저 엿보인다. 국성의 얘기인 듯하면서도 동시에 작자 이규보의 절실한 정치적 생애를 고백하는 것 같은 오버랩 효과가 감지된다. 50대에서 60대 중반까지 불안정한 환로를 겪었던 이규보 개인의 생애와 관련하여 그냥 예사롭게 보이지 않는 국면이 있다.

게다가 이 상소에 대해 임금의 각별한 조서가 이를 윤허하지 아니하였고, 외려 약재藥材와 함께 사신을 보내어 병을 살피게 했다 하는 작중

의 내용 또한 한갓 상투적으로 심상해 보
이지 않는다. 68세(1235)에 표를 올려 물러
날 뜻을 보였지만, 고종이 받아 주지 않고
오히려 가일층 높은 벼슬을 내리었던 70세
(1237) 때의 일을 그대로 보는 듯한 이미지
가 야기된다. 더 나아가, 만년에 몸이 쇠약
해서 몸져누워 있는 그를 위해 당시 최고
의 권력자인 최이崔怡의 각별한 배려에 의
해 문집이 발간될 수 있었던 이규보의 말
년 생애와 아주 무관해 보이지만은 않는다.

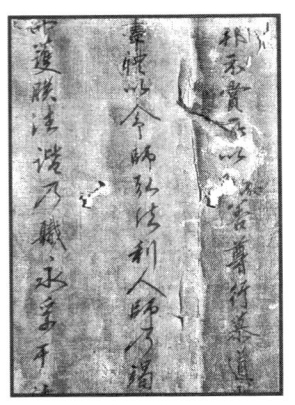

고려 고종의 制書

그런가 하면, 현부전은 선계·본전·후계에 이르기까지 시종 『태평
어람』 안의 거북 관련 정보 사항들을 십분 활용하여 표현적 묘미를 극
진히 하였으되, 최종 평결부에 이르러선 문득 그 분위기가 자못 심각할
만큼 진지해진다. '지극히 미묘한 것을 살피고 징후가 일어나기 전에
일을 방비하는 일은 성인일지라도 차질을 일으킬 수 있고, 그토록 지혜
로운 현부조차 예외가 아니었는데, 하물며 그 나머지야 더 이를 나위가
없다. 옛적에 공자께서도 광匡이란 곳에서 액운을 면치 못했고, 제자인
자로의 죽음조차 막지 못했으니, 삼가지 않을 수 있을 건가!'로 매듭을
지은 이 작품의 전체적 핵심은 궁극에 삼갈 '신愼' 자 하나에 집약되어
있다고 해도 과언은 아니다.

이에는 정치적 삶이 마냥 복된 것만은 아니라는, 상당히 조심하지
않으면 안될 사안임을 강력히 시사하는 분위기가 있다. 어딘가 벼슬살
이에 대한 오랜 체험을 거친 것같은 노련과 관록이 깔려 있다. 동시에,
은둔의 상황 속에 처해 있는 이가 은둔을 합리화하려고 강변하는 문자

로 보이지 않는다. 또한, 다른 생각할 겨를 없이 오로지 관인으로의
진출만을 한창 지향하던 그같은 시기의 산물로도 보이지 않는다.33) 다
만 난세를 살아가는 처신의 문제에 대해 사뭇 진지하고 신중하며 숙연
하기까지 한 사변적인 태도가 우선하여 상기될 따름이다. 그리하여 대
개 험난한 최씨 무인정권 시대를 관록 있는 문한文翰의 관직자로서 용
케 잘 버티어낸 그가 온갖 기구한 정치 환로를 충분히 겪은 나머지 체
관 어린 사고가 가능했던 65세 이후에 잠심潛心하여 만들었을 가능성을
타진하려는 뜻이 있다.

4: 맺음말

이전에 이규보의 가전을 다루는 논자들은 대부분 이 작품 창작의 동
기를 대개 임춘 가전과의 라이벌 개념 안에서 찾으려 했던 것이 사실이다.

하지만 가만히 살펴 보면 이규보 생애를 통하여 임춘은 거의 관심
밖의 대상인 듯싶었으니, 그의 호한한 문집인 『동국이상국집』이거나
『백운소설』 안에서 임춘의 존재를 찾아보기 어렵다는 사실로도 짐작이
가능하다.

신흥사대부로서 입신 출세에 대한 열망이 남달랐던 이규보에게는 무

---

33) 이규보의 문학과 정치 관계의 성향에 대해 다음과 같은 견해가 일조가 될 듯싶다.
"갈등의 시는 대부분 벼슬이 없을 때나 파직 당하였을 때 등 그가 불우한 처지에
있을 때의 작이다. 때가 그칠 시기가 아니고 나아갈 시기이면 그는 현실 속에서
매진하였고, 굳이 이런 갈등에서 휩싸일 필요가 없었던 것이다. 그래서 영달한
이후에는 그의 시문 속에서 은둔의식이 표출된 것이 드물다."(홍성표, 「무신집정
기 문인의 은둔의식」, 『경희어문학』 10집, 1987, p.80)

신집권 이후 숙청의 표적이 되어 버린, 한 시절 잘 나가던 임춘 같은 문벌 귀족 출신에 대해서는 별반 선망하거나 동정하는 마음이 없지 않았나 싶다. 더구나 이규보는 기득권 문벌 세력도 아닌 마당이니 더더욱 그러했을 것이다. 그리하여 여지없이 몰락하여 재기의 가능성이 거의 희박해 보이는 임춘 같은 인물은 그에게 한갓 초라한 존재로만 보였을는지 모른다.

이규보가 당시의 죽림고회에 대해 보인 냉소적인 반응도 이와 무관하지 않을 것이다. 게다가 문학에 있어서의 '신의新意'를 주장하는 그에게 있어 옛 전고에 입각하여 보수적인 시문을 다루는 임춘 등에 대해 크게 마뜩하지 않게 여겼을시 분명하다. 적어도 그의 관심 대상은 중앙의 관작에 있으면서 문명을 나란히 하는 사람들, 이를테면 함께 〈한림별곡〉 짓는 일에 가담했던 문사들 정도였을 것이다. 따라서 그가 임춘을 문학적인 적수로 생각하여 그를 눌러보고 싶은 저의에서 〈국선생전〉 등의 가전 창작에 임한 것은 아니었다고 본다.

다만, 가전이라는 새로운 장르의 그릇에다 첫 문학의 형태를 펼쳐 보인 임춘의 〈국순전〉과 〈공방전〉 같은 존재에 일정한 자극을 얻었을 것이다. 결과, 끝없이 새로움을 추구하려는 그의 문학적 태도가 그 장르에의 시도에 긍정적으로 작용하였으리라는 정도가 인식된다.

그러므로 어느 특정 문인에 대한 견제 안에서 답을 찾느니보다는, 이규보 나름의 고유한 문학적 개성 안에서 문제를 해결하는 편이 옳을 듯싶다. 우선 그에게는 다른 누구보다도 사물과 의인화의 관심이 유별하였고, 또한 그의 폭넓은 장르적 섭렵이 증거해 주듯, 그 특유의 새로움 추구의 에너지가 당시에 처음 선보인 가전이라는 새로운 장르를 통해서도 예외 없이 구현 발휘되었다고 판단되는 것이다.

뿐만 아니라 이규보는 창의적인 문학을 숭상하였던 한 문인이지만, 문文 못지않게 관官을 높은 가치로서 추구하는 문관이었다. 무신이 절 대권을 휘두르는 험난한 시대의 삶을 살면서 중앙 권력 체재 안에서 풍파를 타는 일 없이 자신의 출세적 입지를 펴 나가려던 생애의 과정에 서 일어나는 소회가 남달랐으리라 함은 추측하기 어렵지 않다. 그가 삶에 대한 사유를 의인법 내지는 비유법적으로 다룬 〈문조물問造物〉, 〈경설鏡說〉, 〈구시마문驅詩魔文〉 등을 포함하여, 남겨 놓은 허다한 수필 문 성격의 글들이 그것을 여실히 입증하고 있다. 이처럼 수필 문학을 짓는 동기나 다름 없이 술과 거북을 정치 세계와 결부하여 인격화했던 동기에는 다시금 난세의 처세론에 관련한 문제를 또 하나의 주제로 올 리고자 했던 저의가 없지 않았을 것으로 판단된다.

창작의 시기에 대해서는 접근의 방도가 가장 막연해 보였다. 하지만 그가 두 가전의 창작에 임할 때 『태평어람』이라는 유서를 대거 활용했 다는 사실의 확인과 더불어 비로소 접근이 가능하였다. 그런데 『태평 어람』이라는 책은 철저히 왕실 궁정의 바깥에서는 접할 수 없었던 자 료였다는 특별한 내력의 뒷받침에 힘입어서, 이규보의 가전 창작의 시 기도 그가 이 책에 대한 접촉이 가능한 때인 대개 40세 이후인 것으로 가늠되었다.

여기서 한 걸음 더 나아가, 이 두 가전에의 착수는 이규보가 일정한 정치적 환해풍파를 다양하게 겪은 뒤 그것의 영욕과 득실을 넓게 회고 할 수 있을 무렵이 가장 적의適宜해 보인다. 곧 정치적인 경륜과 삶에 대한 관조가 숙성된 이후인 대개 65세 이후의 소작임이 사리에 타당한 것으로 사유된다.

이 첨李 詹 / 〈저생전楮生傳〉

불멸의 종이,
그 久遠의 파노라마

1: 머리말

쌍매당 이첨

〈저생전楮生傳〉은 여말 선초의 문신인 이첨(李詹, 1345~1405)이 지은 종이의 열전이다.

이첨의 자는 중숙中叔, 호를 쌍매당雙梅堂이라 하였다. 시와 문장이 뛰어날 뿐 아니라 글씨로도 이름이 있으며, 하륜河崙 등과 『삼국사략三國史略』을 찬수纂修하기도 한바 역사 분야에도 일익을 담당한 인물이다.

우선, 이첨의 종이 열전에 대한 이해를 위해 『고려사高麗史』와 『고려사절요高麗史節要』 및 『동문선東文選』 등을 바탕으로 작가의 정치적 간력簡歷을 살펴 둘 필요가 있다.

공민왕 14년(1365) 감시監試에 합격, 1368년 문과에 급제하여 예문검열藝文檢閱이 되고, 1369년 우정언右正言을 거쳐 우왕 1년(1375) 우헌납右

獻納에 올랐더니, 이인임李仁任 등 친원파에 대한 탄핵의 혐의로 10년간의 유배를 겪었다. 1388년 풀려나 내부부령內部副令・응교應敎 등을 거쳐 우상시右常侍가 되고, 이어 지신사知申事에 올라 감시監試를 맡아보았다. 그러다가 1392년 정몽주와 이색, 김진양金震陽 등이 정도전, 조준, 남은 일파의 변란 획책을 탄핵하다가 화를 당한 사건에 연루되어 다시금 결성結城 즉 지금의 홍성에 귀양 갔으나 얼마 안 있어 태조 이성계의 즉위와 함께 석방되었다.

조선이 건국(1392)한 후인 태조 7년(1398), 54세 때 이조전서吏曹典書에 기용되어 동지중추원학사同知中樞院學士에 올랐다. 정종 2년(1400)에는 첨서삼군부사簽書三軍府事로 명나라에 다녀왔다. 태종 2년(1402) 예문관 대제학을 거쳐 지의정부사知議政府事에 올랐고, 명 황제의 등극을 축하하는 등극사登極使 신분으로 하륜을 따라 두 번째로 명나라에 다녀왔다. 하지만 그가 지은 〈등주登州〉나 〈사대사헌전辭大司憲箋〉 등을 읽어 보면 그에게 명나라 등정이 그다지 유쾌한 일만은 아니었으리란 추측을 불러일으킨다. 그해 정헌대부正憲大夫, 그 이듬해 지의정부사知議政府事 겸 사헌부 대사헌에 올랐으나 태종의 측근인 조영무趙英茂와의 일에 얽혀서 1404년 독산禿山에 잠시 유배되었다가 다시 복직을 허락 받았으나 병을 이유로 사직했다. 그리고 이듬해 그 병을 못 이기고 생을 마감하였다.

이첨은 고려 말에서 조선 초에 걸친 과도기를 살던 정치인들의 처신 가운데 특이한 경우에 드는 한 사람이라고 규정해 볼 수 있다. 처세 유형을 보면 이른바 삼은三隱이라고 하는 포은圃隱 정몽주, 목은牧隱 이색, 야은冶隱 길재 등 왕조의 적폐에 대한 개혁의 의지는 있으되 끝내 고려 왕조를 지키고자 한 부류가 있는 반면, 삼봉三峯 정도전이나 양촌 陽村 권근, 송당松堂 조준 같이 역성혁명 쪽을 선택하여 권력에 편승한 부류가 있다. 그 외는 이 두 가지 처신의 어느 편에도 가세하지 않은 부류라 하겠다. 이제 이첨은 그같은 격변기에 유배지에 있다가 혁명의 소식을 접했으니 따로 선택의 여지도 없었고, 이어 새로운 정권 안돈기의 몇 년 동안 정치적 공백 상태로 있다가 불리어 벼슬하게 된 경우이다.

그의 정치 역정으로 알 수 있듯 고려 왕조 하에서는 권신權臣과 맞서다가 두 차례나 유배당하는 등 사뭇 강도 높은 직신直臣의 길을 걸었고, 또 〈장척명長尺銘〉, 〈척사기문斥邪氣文〉, 〈밀봉설蜜蜂說〉 등의 글을 통해 나름의 지조론을 편 것이 있다. 48세 되던 해, 이성계가 일으킨 역성혁명이라는 거대한 시험대 앞에서 비록 결단을 내리지 않아도 되었지만, 54세 이후엔 이씨 왕조에 협조한바 되어 높이 현달한 정치인의 길을 걸었다.

이첨은 호를 쌍매당雙梅堂이라 하였다. 마침 이 호와 관련하여 손수 지은 〈쌍매당명雙梅堂銘〉을 보면 흥미로운 사연 한 가지가 눈길을 끈다. 곧 원래는 고향집에 두 그루의 소나무가 서 있어 쌍송당雙松堂이라 했었는데, 벼슬 살고 돌아와서 보니 소나무는 간 데 없고 대신 그 자리에 한 쌍의 매화나

이첨의 필적

무가 서 있기에, 이름 또한 실상에 맞게 쌍매당雙梅堂으로 고쳐 명명했다는 것이다. 이것은 흡사 두 왕조에 걸쳐 활동한 이첨의 정치적 삶의 함축적인 단면인 듯도 해서 흠칫하게 만드는 국면이 있다.

『쌍매당협장문집雙梅堂篋藏文集』의 유고가 있다. 목차는 전체 25권으로 되어 있지만, 중간 3권부터 21권까지가 결락되어 있다. 현재 남아 있는 부분은 아들인 지청도군사知淸道郡事 소축小畜이 태종·세종 연간에 편찬 간행한 목판본 중 22권~25권 사이의 산문 및 후손 누군가의 손으로 전사傳寫된 필사본 가운데 잔존한 1~2권사이의 한시들이 합철된 모양을 볼 수 있을 따름이다. 애오라지 성종 때 서거정 등이 편한 『동문선東文選』을 통해서 일실된 작품들의 상당수 편린들을 확인할 수 있다. 이 안에 실린 산문만 하더라도 명銘 6편, 소疏 14편, 기記 13편, 찬贊 8편, 서序 7편, 설說 5편, 장狀 4편, 전箋 3편, 전傳과 제문祭文 각각 2편, 문文과 조칙詔勅 각각 1편 등 다양한 장르에 걸쳐 있는 바, 거개가 원래 문집에서 볼 수 없는 것이기에 더욱 요긴하다.

그는 시에도 일가를 이루고 있었다. 조선 전기의 시화집으로 후대 시화詩話에 막대한 영향을 떨친 서거정의 『동인시화東人詩話』에 보면 이첨이 자기가 지은 시를 정이오鄭以吾와 대화하는 대목이 나오거니와, 조선 최고의 비평가로 인정 받은 허균許筠은 그의 한시 평론집인『성수시화惺叟詩話〉』에서 '조선 초기의 시는 정이오鄭以吾와 이첨의 시가 가장 훌륭하다(國初之詩 鄭郊隱李雙梅最善)'는 평을 남기기도 하였다.

전傳은 두 작품이 전한다. 〈저생전〉은 그의 유집인 〈쌍매당협장문집雙梅堂篋藏文集〉 권23 '傳類'의 안에, 그리고『동문선』 101권 '傳'의 안에 〈수선전守禪傳〉과 함께 나란히 실려져 있다.

표제의 저생楮生이란 말이 의미하는 바는 '저楮'가 닥나무이니, 일단 닥나무의 전기라고 해야 할 것 같지만 실제 작품의 내용과 맞추어 합당치 않다. '楮'를 사전에서 찾아보면 일차적인 의미는 뽕나무 과의 낙엽 관목으로 그 껍질이 종이의 원료가 되는 '닥나무'이다. 이차적으로는

'종이'라고 풀이되어 있다. 궁극 작
품의 내용은 종이 이야기인데 종이
기준에서 하나는 원 자재 상태를,
다른 하나는 완성된 형상을 따라
말한 것이다. 나무와 종이 사이에
서로 인과와 표리를 이루지만, 〈저
생전〉의 의인 대상은 이 둘을 함께
통괄하는 개념인 '닥나무 가공의
종이' 로서 타당성을 얻는다. 따라
서 '닥종이의 일생'을 다룬 전기가
되겠다. 이에 후한後漢으로부터 명

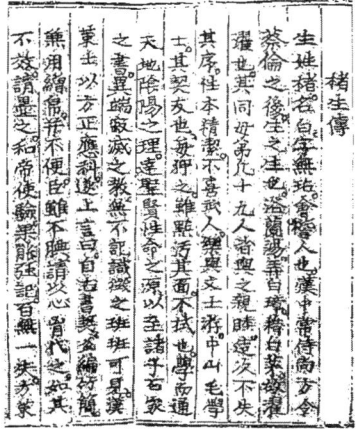

저생전

대까지도 의연히 존재한바, 중국사와 더불어 영수靈壽를 누렸던 종이의
일생인 〈저생전〉을 일독해 보기로 한다.

　생生의 성은 저楮1)요, 이름은 백白이다. 자는 무점無玷2)으로, 회계會
稽 사람이다. 한漢나라 중상시中常侍 상방령尚方令3)을 지낸 채륜蔡倫의
후예이다.
　그가 태어남에 난초꽃 욕탕에서 목욕시키고 흰 빛 옥구슬4)로 어르
면서 흰 띠풀을 가지고 꾸렸으므로, 그 빛깔이 반드르르하였다.

---

1) 종이. 또는, 뽕나무 과의 낙엽관목인 닥나무. 그 껍질이 종이의 원료가 된다.
2) 깨끗함. 玷은 옥티, 옥의 흠결[玷缺].
3) 상방(尚方)의 우두머리. 상방은 천자가 쓰는 기물을 맡은 벼슬.
4) 옛날 중국에서 남자 아이가 태어나면 옥구슬을 장난감으로 주었다. '乃生男子
　載寢之牀 載衣之裳 載弄之璋.'[詩經, 小雅, 斯干]. 흔히 생남(生男)한 경사를
　일컬어 농장지경(弄璋之慶)이라 함도 이에서 나온 것이다.

같은 배에서 난 그의 아우는 전부 열아홉인데,5) 서로 간에 모두 친목하여 한 순간도 그 순서를 잃는 일이 없었다.

천성이 본디 깨끗하고 조촐하니 무인武人을 좋아하지 않는 대신, 글하는 선비와 즐겨 노닐었다. 중산中山의 모학사毛學士6)가 각별히 맺어진 벗이었으니, 아무 때고 허물없이 가까웠던지라 아무리 그 얼굴에다 점을 찍어 더럽혀도 씻어 닦는 법이 없었다. 학문을 하여 천지·음양의 이치와 성현聖賢·성명性命의 근원에 통달하였으며, 제자백가의 글과 이단異端·적멸寂滅7)의 교의敎義에 이르기까지 기록해 적지 않음이 없었으니, 찾아내어 분명히 살펴 볼 수 있다.

한漢나라가 선비들에게 책문策問8)을 실시하자, 이에 방정과方正科9)에 응시하여 바야흐로 논변을 펴 올렸다.

"예로부터 책의 이루어짐은 대개 대쪽을 엮고 겸하여 흰 비단을 사용하기도 했지만 둘 다 불편합니다. 신이 비록 대단치는 않사오나 성심으로 대신할까 바라오니, 만일 그같은 보람이 나타나지 않거드면 제게 먹칠하여 주옵소서."

화제和帝10)가 시험토록 하였는데 과연 기억력이 뛰어나서 백에 하나도 놓침이 없었으매 죽간竹簡으로 된 책은 쓰지 않아도 좋게 되었다. 이에 그를 치하하여 저국공楮國公11)에 백주자사白州刺史12)의 벼슬을 수

---

5) 종이는 한 권이 20장이므로, 저생을 뺀 나머지 숫자를 이렇게 셈한 것이다.
6) 모영(毛穎). 붓의 의인화 명칭.
7) 불교에서 말하는 번뇌를 벗어나는 경지. 여기선 불교를 지칭한 것.
8) 과거를 볼 때에 시무(時務)·시사(時事)의 문제를 내어 고시함. 또는, 그 문체(文體).
9) 한나라 때의 과거 과목.
10) 후한(後漢) 제 4대 임금.
11) 국공은 작위의 이름. 수(隋)대부터 명(明)대까지 두었는데, 군공(郡公)의 위, 군왕(郡王)의 아래가는 지위. 따라서 후한 때는 아직 국공의 제도가 없었다.
12) 흰 빛 고을 감찰관. 종이의 흰색을 강조한 표현이다.

여하고 만자군萬字軍을 다스리게 하니, 바야흐로 그 봉읍封邑으로 성씨를 삼았다.

부수부樹膚[13]・마두麻頭[14]・어망魚網[15]・○근○根[16]의 네 사람도 함께 아뢰었지만, 모두 그 아뢴 내용만큼 감당할 수 없다고 하여 제외 당하였다.

이윽고는 장생長生의 술법을 배워 비바람을 피할 수 있었고, 좀에 슬지도 않았다. 이레 째 되는 날이면 햇볕의 정기를 마시고 티끌을 털어냈으며, 그 옷을 태우면서 고요히 처하였다.

좌태충의 삼도부를 베껴 적는 장면

진晉나라의 좌태충左太冲[17]이 〈제도부齊都賦〉와 〈삼도부三都賦〉를 지은 것이 있는데,[18] 선생이 한 번 보고는 기록하여 외어버리니 사람들이 다투어 베끼었다. 그 바람에 비록 평상시에 서로 잘 아는 사이라 할지라도 그를 만나 보기 어려울 정도였다.

뒷날 왕우군王右軍[19]의 필적을 받으매 천하에 기묘한 서법의 본보기

---

13) 나무껍질.
14) 삼베 결.
15) 고기 잡는 그물.
16) 어떤 나무의 뿌리인 듯하나, 원전의 글자가 모호하여 지금껏 미상(未詳)한 부분.
17) 서진(西晉)의 문인 좌사(左思). 자가 태충(太冲)으로, 〈제도부(齊都賦)〉 및 〈삼도부 (三都賦)〉를 지어 귀호(貴豪)들이 다투어 옮겨 베끼는 통에 낙양(洛陽)의 종이가 귀해져서 종이 값을 올렸다는 그 당사자임.
18) 좌태충이 각각 제나라의 도읍지와 삼국시대 위(魏)・촉(蜀)・오(吳) 세 나라 도읍 지의 번화한 모습을 묘사한 일을 말한다.
19) 왕희지(王羲之). 우군장군(右軍將軍)을 지냈기에 부른 이름. A.D.307~365.

가 되었다. 양梁나라에 벼슬하여 태자인 소통蕭統과 더불어서『고문선
古文選 : 文選』을 엮어 세상에 알렸는가 하면, 황제의 명을 받들어 위수魏
收20)와 함께 국사國史를 편수하기도 했다. 그러나 위수의 좋아하고 싫
어하는 편견이 공정을 잃었으므로 '예사穢史'21)라 일컫고는 사직을 청
하며 소작蘇綽22)과 함께 회계의 일이나 살폈으면 좋겠다고 하니, 윤허
하는 조서를 내려주었다. 이에 지출은 붉은 빛, 수입은 검정빛으로 전
체의 밝힘을 분명하게 한 바, 사람들이 그 재능을 칭찬하였다.

진후주

그 후에 진陳의 후주後主23)에게 사랑
을 받아 매양 총신寵臣인 안학사安學士
의 무리와 어울려 임춘각臨春閣24)에서
시도 짓고 하였다.

수隋나라 군대가 경구京口25)를 넘어
올 제, 진陳나라 장군이 밀서를 보내 급
하다고 알렸으나 저생이 감추고 봉한
것을 열지 않는 바람에 진나라가 패하
고 말았다.

수나라 대업大業26) 연간에는 왕주王冑,27) 설도형薛道衡28)과 양제煬帝

---

20) 남북조 시대 북위(北魏)의 학자. 북위의 삼재(三才)라 일컬어지고 사관(史官)으로
중용(重用)되었다. 칙명으로『위서(魏書)』를 찬술하고 율령의 수개(修改) 및 예전
(禮典) 제정 등의 공으로 벼슬이 상서우복야(尚書右僕射)에 이르렀다.
21) 더럽혀진 역사. 사실(史實)을 왜곡하여 쓴 역사서.
22) 북조(北朝) 때 사람. 박학 능문한데다가 산술(算術)을 더욱 잘하였다 함.
23) 남조(南朝) 진(陳)나라의 마지막 황제. 유락(遊樂)에 빠져 정사에 태만하고, 누각
을 지어 비빈(妃嬪)들과 향락타가 수(隋)나라 군대에 의해 망하였다.
24) 진 후주가 세운 임춘(臨春)・결기(結綺)・망선(望仙)의 세 누각 중의 하나.
25) 지금 강소성(江蘇省) 진강현(鎭江縣)에 속한 땅 이름.
26) 수양제(隋煬帝) 양광(楊廣)의 연호. A.D.605~616.

를 섬기면서 함께 정초庭草 및 연니燕泥[29]에 관한 구절을 읊었다. 얼마 지나지 않아 양제가 다른 사람이 자기 위에 드러남을 탐탁히 여기지 않는 바람에 드디어는 소외와 홀대를 당하니, 종이 말듯 처신을 감추고 속으로만 품어 간직하게 되었다.

당唐나라가 일어나 홍문관弘文館[30]을 설치함에, 저생이 본관本官 겸 학사學士의 자격으로 저수량褚遂良,[31] 구양순歐陽詢[32]들과 앞 시대의 일들을 강론하고 정사를 신중히 헤아리고 정하여 이른바 정관貞觀의 다스림[33]에 이르게 하였다.

송나라가 홍성하면서 염락濂洛[34]의 모든 선비들이 똑같이 문명의 다스림을 천명하였다. 사마온공司馬溫公[35]이 바야흐로 『자치통감資治通鑑』을 엮을 때 저생을 해박하고 고상한 군자라 하면서 매번 더불어 자문하였다.

마침 왕형공王荊公[36]이 권세를 부리는 차에 『춘

왕안석

---

27) 글재주로 수양제의 사랑을 받았다. '庭草無人隨意綠'의 글귀가 유명하다.
28) A.D.540~609. 글을 잘하여 수문제(隋文帝)의 아낌을 받았는데, 양제 즉위시에 문제를 기리는 글을 올린 것이 양제에게 저촉되어 불행한 운명에 떨어졌다.
29) 제비가 둥지를 지을 때 물어오는 진흙.
30) 도서(圖書)를 수장(收藏)하던 관청. 당(唐) 고조(高祖) 무덕(武德) 4년에 설치한 수문관(修文館)을 9년에 홍문관으로 개칭하였다.
31) 당 태종(太宗)·고종(高宗) 조의 명필. A.D.596~659.
32) 당나라 때의 서예 대가로 특히 해서가 압권이다. A.D.557~641.
33) 당 태종의 연호. 명군(明君)이던 당태종의 치세(治世)가 태평성세를 이루었으므로 그 연호를 따서 '정관지치(貞觀之治)'라 일컫는다.
34) 땅 이름. 염계(濂溪)와 낙양(洛陽). 송나라 때 염계 출신의 학자로 주돈이(周敦頤), 낙양 출신의 학자로는 정호(程顥)와 정이(程頤) 형제가 유명하다.
35) 사마광(司馬光). 송 대의 명신(名臣). 신종(神宗) 때 왕안석의 신법(新法)을 반대하다가 실각했으나, 철종(哲宗) 때 정승이 되어 신법을 모두 폐지하였음.
36) 왕안석(王安石). 자는 개보(介甫). 북송(北宋) 때의 정치가로 신종(神宗) 때에 신법

추』의 가르침을 달갑게 여기지 않아 그 책을 일러 망가 문드러진 정치 문서라 하니, 저생이 옳지 않다고 하자 마침내는 쫓겨나 쓰이지 못하였다.

원元나라 초기에 이르러는 본래의 사업에 힘쓰지 아니하고, 오로지 장사만을 몸에 익혔다. 몸에 돈 꾸러미를 차고 찻집과 술집 등을 드나들면서 푼分과 리厘를 셈해 따지게 되니, 사람들 간에는 비루하게 여기기도 하였다.

원이 망하고 명明 황실에 벼슬하면서 그제야 황제의 총애와 신임을 입게 되었다.

자손이 아주 많았으니, 어떤 부류는 사씨史氏로 대를 이었고, 또 어떤 부류는 시인 집안으로 문벌을 이루었으며, 혹은 선禪에 관한 기록을 산더미처럼 쌓아 놓기도 하였다. 등용이 되어 관직에 있던 자는 돈과 곡식의 수효를 맡고, 군무軍務에 종사하던 자는 군사의 전공을 기록했다. 그 직업 따라 하는 일에 비록 귀천이 있기는 했지만, 누구도 직책에 소홀하다는 비난은 듣지 않았다. 대부大夫가 된 뒤로는 모두가 다 흰 띠를 둘렀다고 한다.

태사공은 이르노라.

「주周의 무왕武王이 은殷나라를 타도하고 그 아우인 숙도叔度를 채蔡 땅에 봉하면서 폐주廢主인 주紂의 아들 무경武庚을 도와 은나라의 유민을 다스리게 했다.

무왕이 죽었을 때 성왕成王의 나이 어린지라 삼촌인 주공周公이 보필하였는데, 채숙蔡叔이 나라 안에 터무니없는 말을 퍼뜨리기에 주공이

(新法)을 추진하였다. 당송팔대가(唐宋八大家)의 한 사람.

추방하였다. 하지만 채숙의 아들 호胡가 행실을 바꾸고 덕망을 드러내매 주공이 천거하여 노魯나라의 경사卿士로 삼았다. 더하여 성왕은 호를 신채新蔡 땅에 봉해 주었으니, 그가 바로 채나라의 초대 군주인 채중蔡仲이다.

뒷시대에 초楚의 공왕共王이 채나라의 애후哀侯를 잡아 갔거니와,[37] 그 명분을 식부인息夫人[38]에 대한 불경不敬에 두었다. 그러자 채의 사람들이 애후의 아들 힐肹을 세운 바, 이가 곧 무후繆侯이다.

식부인

제환공

제齊나라의 환공桓公은 무후가 채蔡나라 여자와 관계를 끊지도 않은 상태에서 다른 데 장가들었다고 하여 무후를 포로로 잡아 들였다.

무후가 죽자 그 아들 갑오甲午가 그 자리에 들어섰는데, 초楚의 영왕靈王은 영후靈侯가 부왕 경후景侯를 시해한 데 대해 불의를 징벌하고 원수를 갚는다며 짐짓 군사를 매복시켜 놓고 갑오를

---

37) 초의 공왕은 문왕(文王)의 오류인 듯. 채(蔡) 애후는 채나라의 13대 군주. B.C. 694~B.C.675.
37) 식부인은 춘추시대 식(息)나라의 왕에게 시집간 여인으로, 성이 규(嬀)이다. 그래서 식규(息嬀)라고도 부른다. 애후의 처제인데, 애후가 그녀와 정을 통한 사실을 알게 된 식나라의 군주가 분개하여, 초나라를 불러들여 채를 친 사실을 말한다.

술에 취하게 해 죽인 후, 채 땅을 포위해서 멸하고 말았다.

그 땅을 초나라가 점령했으나 급기야 여러 제후국의 반발로 다시 경후景侯의 어린 아들 여廬를 데려다 세우니, 이가 곧 평후平侯이다. 하채下蔡로 천도하였다가, 초의 혜왕惠王 때 와서 또다시 채의 제후齊侯를 멸하니,39) 그 후 채나라는 결국 스러지고 말았다.

슬프다! 왕자王者의 후예들이 대대로 두터운 덕을 쌓아 자신의 나라를 누렸지만, 그 흥망성쇠야 기화氣化40)에 달려 있는 것이다. 채蔡가 본래는 주周나라와 같은 성씨41)로서, 열강의 틈바구니에 끼인 채 애꿎게 침범을 당하였으나, 연면히 그 끼쳐 받은 전통의 끈을 떨어뜨리지 않았다. 한나라 말에 이르러 마침내 봉읍封邑 받은 땅 이름으로 성을 바꾸었으니,42) 나라가 변하여 집안이 되고 집안이 커져 자손이 온 천하에 그득하게 됨은 내 오직 채씨의 후손같은 경우에서 볼 따름인저!」

生姓楮 名白 字無玷 會稽人也 漢中常侍尙方令蔡倫之後 生之生也 欲蘭湯 弄白璋 藉白茅 故濯濯也 其同母弟凡十九人 皆與之親睦 造次不失其序 性本精潔 不喜武人 樂與文士游 中山毛學士 其契友也 每狎之 雖點汚其面 不拭也 學而通天地陰陽之理 達聖賢性命之源 以至諸子百家之書 異端寂滅之敎 無不記識 徵之班班可見 漢策

---

39) 마지막 25대 군주 때 채나라가 완전히 멸망되었으니, 기원전 446년이다.

40) 기수(氣數). 운수(運數)의 변화.

41) 주(周)나라는 문왕 희창(姬昌)의 아들 무왕(武王) 희발(姬發)이 은나라를 멸하고 세운 왕조이니, 그 성이 희씨(姬氏)이다. 채나라 또한 문왕의 다섯째 아들인 채숙(蔡叔), 곧 희도(姬度)에게 봉해 준 나라이므로 그 성이 같은 희씨이다. 그러다 2세 왕인 채중(蔡仲) 때 와서 나라 이름인 채(蔡)로 성을 삼게 된 것이다.

42) 후한 시대 채륜의 기술에 따라 만들어진 종이를 채륜지(蔡倫紙), 또는 채후지(蔡侯紙)라 하는바, 바로 그 채륜지를 채(蔡)라는 성씨로 형상화한 것이다.

士以方正應科 遂上言曰 自古書契 多編竹簡 兼用繒帛 幷不便 臣雖
不腆 請以心胸代之 如其不效 請墨之 和帝使驗 果能强記 百無一失
方策可不用也 於是 襃拜楮國公白州刺史 統萬字軍 遂以封邑爲氏
樹膚麻頭魚網〇根四人 亦同奏 率以不克如奏免 旣而學長生之術
不衝風雨 不食壁魚 每於荐 七日吸陽精袪塵坱 熏其衣而靜勝焉 晉
左大沖作成都賦 生一見記誦 人競傳寫 雖雅相知 罕得接見 後受王
右軍墨蹟 而其楷法妙天下 仕梁臣太子統同撰古文選 以傳于世 承
詔與魏收同修國史 以收好惡不公 謂之穢史 請辭 願與蘇綽 同考計
帳 詔許之 於是朱出墨入 綜覈明白 人稱其能 其後得幸於陳後主 常
與狎客安學士輩 賦詩於臨春閣 及隋軍度京口 陳將密啓告急 生秘
不開封 以此陳敗 大業間 與王冑薛道衡事煬帝 共吟庭草燕泥之句
尋以帝不欲人出其右 遂見疎略 則卷而懷之 唐興 置弘文館 生以本
官兼學士 與褚遂良歐陽詢 講論前古 商搉政事 以致貞觀之治 及宋
與濂洛諸儒 共闡文明之治 司馬溫公方編資治通鑑 謂生爲博雅 每
與資焉 會王荊公用事 不喜春秋之學 指謂破爛朝報 生不可 遂斥不
用 逮于元初 不務本業 惟商賈是習 身帶錢貫 出入茶坊酒肆 校其分
銖 人或鄙之 元亡 仕于皇明 方見寵任 其子孫甚衆 或世史氏 或門
詩家 草封禪錄 登庸在官者 知錢穀之數 從戎者 記甲兵之功 其職事
雖有貴賤 而皆無曠官之誚 自以爲大夫之後 擧皆帶素云

太史公曰 武王克殷 封帝叔度於蔡 相紂子武庚 治殷遺民 武王崩
成王少 周公輔之 蔡叔流言於國 周公放之 其子胡改行率德 周公擧
爲卿士 成王復封胡於新蔡 是爲蔡仲 其後楚共王 虜哀侯以歸 以其
不敬息夫人也 蔡人立其子肸 是爲繆侯 齊桓公以其不絶蔡女而他適
虜繆侯以歸 繆侯卒 子甲午立 楚靈王以靈侯父仇 故伏甲醉而殺之

圍蔡滅之 乃求景侯少子廬立之 是爲平侯 徙居下蔡 楚惠王復滅蔡
齊侯 其後浸微 嗚呼 王者之後承 世積厚德 以有國家 而其盛衰 氣
化使然也 蔡本周之同姓 介於强國 橫被侵伐 延緜能不墜遺緒 至于
漢末 遂以封邑易其姓 國變而爲家 家大而子孫滿天下者 若惟蔡氏
之後見焉.

『雙梅堂集』

蔡倫傳

蔡倫字敬仲桂陽人也以永平末始給事宮
掖建初中爲小黃門及和帝即位轉中常侍
豫參帷幄倫有才學盡心敦慎犯嚴顏屢
弼得失每至休沐輒閉門絶賓暴體田野後
加位尚方令永元九年監作秘劒及諸器械
莫不精工堅密爲後世法自古書契多編以
竹簡其用縑帛者謂之爲紙縑貴而簡重並
不便於人倫乃造意用樹膚麻頭及敝布魚
網以爲紙元興元年奏上之帝善其能自是

채륜전

종이의 인간적 형상화인 저생이 유구
한 중국사를 관류하면서 겪는 정치적 우
여곡절의 이야기이다.

범엽范曄이 지은 역사서인『후한서後漢
書』〈환자열전宦者列傳〉 및 〈채륜전蔡倫
傳〉에 의하면 채륜이 A.D. 105년에 처음
황제에게 자신이 만든 종이를 올렸다고
되어 있다. 후대에 채후지蔡侯紙라고 불
리는 것인데, 바로 주인공 저생을 채륜의
후손으로 설정시킨 이유이다.

그런데 채륜이 화제에게 채륜지를 바친 때가 화제가 붕어하는 해(105
년)이다. 한편 작품에서 화제和帝가 저생을 시험하였다는 것 또한 이
해에 있었던 채륜의 종이 진상을 의미하는 표현이다.

동시의 동일한 상황임에도 저생을 채륜의 후예로 설정시킨 형상이
되었다. 같은 종이 열전으로 채륜의 추천을 받았다고 한 〈저대제전楮待
制傳〉이거나, 채륜의 사사를 받았다고 한 〈저선생전楮先生傳〉에 비해
살짝 모순을 피해가지 못했다.

〈저대제전〉은 명대에 민문진閔文振이 쓴 종이 의인 전기이고, 〈저선 생전〉역시 청대 장조張潮가 쓴 종이 의인 전기이다. 두 작품 다 〈저생 전〉의 이후에 나온 것으로, 종이 열전에 관한 한 중국보다 한국에서 우선되었다는 사실이 특기할 만하다.

아무튼 대략 산정하더라도 주인공 저생이 후한後漢 제 4대 황제인 화제和帝(재위 88년~105년) 때 처음 저국공楮國公에 백주자사白洲刺史를 제수 받은 이래 진晉, 양梁, 진陳, 수隋, 당唐, 송宋, 원元, 그리고 명明 (1368년~1644년)의 시대에도 의연히 황실에 벼슬하면서 황제의 총애와 신임을 입었다 했으니, 그가 세상에 살아 활동한 시간이 줄잡아 1200년 이상 훌쩍 넘어간다. 작품 안에서 저생은 구원장생久遠長生, 불사불멸不 死不滅의 인물인 셈이다.

그러한 일면, 이것을 지은 당사자인 이첨 또한 고려 충목왕 원년 (1345)부터 조선 태종 5년(1405)에 이르기까지 61세로 생을 마치기까지 그가 재세在世하는 동안 아홉 사람의 군왕이 바뀌었다. 곧 고려의 공민 왕 때부터 시작하여 우왕, 창왕, 공양왕, 조선의 태조, 정종, 태종 등 일곱 왕을 섬기는 과정에서 여러 차례 승강昇降과 부침浮沈을 거듭했던 인물이다. 게다가 생애의 중간 48세 되던 해에 이첨은 직접 왕조가 교 체되는 현실을 몸소 보고 체험하기도 하였다.

그것은 마치 자신이 쓴 〈저생전〉이야기 속의 왕조 흥망에 대한 서 술의 한 장면인 양하였다. 이제 주인공 저생을 굳이 수백 년에 걸쳐 사는 인물로 설정해 놓고 그 파란곡절을 일일이 경험토록 만든 일은 한갓 우연한 일 너머의 어떤 필연적인 저의마저 있지는 않았을까? 그리 하여 암만해도 이 작품은 그가 온갖 정치적 우여곡절을 이루 겪고 난 뒤, 보다 정신적 온축蘊蓄의 단계에서 이루어낸 결실인 것으로 여겨진

다. 그런 의미에서 〈저생전〉의 창작 또한 암만해도 조선 건국의 이후
일 것만 같다.

〈저생전〉이 조선조 이후의 산물인 듯싶은 것은 불교에 대한 작가의
태도와도 관계 있어 보인다. 공양왕 시절 이첨이 밀직대언密直代言이라
는 벼슬에 있을 때 마침 성균박사成均博士로 있던 김초金貂가 불교의
폐단을 혹독하게 비판하는 상서를 올렸다. 이첨은 '왕건 태조 이래로
역대에 불법을 숭상하고 믿었는데 지금 김초가 이를 배척함은 선왕의
유지를 허무는 일'이라고 했다. 그런데 〈저생전〉 중 저생의 기록 범위
를 열거하는 대목 중에 "異端寂滅之敎", 곧 이단 적멸寂滅의 교의敎義
란 표현이 나오는 바 다름 아닌 불교를 가리키는 말이다.

대개 불교가 이단의 교의로 전락한 것은 조선조 건국에 즈음하여 새
로이 숭유억불崇儒抑佛 정책을 표방한 이후가 된다. 그리하여 이첨이
임종한 해인 1405년에는 억불숭유 정책을 강화하는 법을 공표하기에
이른다. 고려 말까지는 비록 불교와 성리학 사이에 갈등의 양상을 보이
기는 했지만 고려가 종언을 고하는 시점까지 공식적으로는 이단의 종
교가 아니었던 점을 감안한다면, 이는 필경 국체가 조선으로 바뀐 다음
의 일로 봄이 타당하겠다는 생각이다.

또 주인공이 "不喜武人" 곧 무인을 좋아하지 않았다는 데에서 일말
의 단서를 끌어내 본다. 이는 종이가 거의 문인들의 전유물처럼 되고
무인들과는 별반 접촉의 기회가 닿지 않았기에 한 말이다. 표현의 묘미
를 잘 살린 것이지만, 문무간 애증의 문제는 하필 무신집권기와 같이
무인이 발호하는 살벌한 시대가 아니라도 자칫 상호 간에 갈등 유발의
요인이 될 수가 있어 문필로 다루기에 꽤 첨예한 사안이 아닐 수 없다.
특히 이첨의 생애 안에서 17세 때 홍건적의 개경 함락(1361), 또 24세

때 주원장에 의한 원명 교체(1368), 44세 때 최영의 요동 정벌을 위한 출정과 위화도 회군(1388) 등 군사적인 문제가 빈발했던 시기이다. 또한 고려 말에서 조선 초 사이에도 주요 권력자들이 당시 관군의 주력을 이루고 있던 시위패侍衛牌에 대해 국가 기구를 거치지 않고 직접 징발권과 지휘권을 행사하여 사실상의 사병私兵으로 부리고 있었다. 바로 그 고려 조선의 과도기 안에서 무인 출신인 이성계가 역성혁명을 진두 지휘하는 그런 긴장된 상황의 한 중간에 맘 편히 쓸 수 있는 문구도 못되었을 것이다

요컨대 위협적인 무인 득세의 정황이 가시고 대략 문치文治 표방의 분위기적 안정이 갖춰진 시점에서 구사 가능했던 표현이라고 봄이 온당하다는 생각이다. 이를테면 조선 건국 후 8년 만에 사병 구실을 하던 시위패를 국가의 공병公兵으로 전환시킨 이른바 사병혁파私兵革罷가 정종 2년(1400년)의 일이었으니, 혹 〈저생전〉의 착수도 그러한 세월 뒤의 어느 날에 이루어진 것은 아니었을까?

더하여 특별히 괄목할 것은 바로 이듬해 저화楮貨를 발행하였다는 사실이다. 저화란 남송南宋의 회자會子와 원·명 대의 보초寶鈔를 참고하여 만든 고려 말·조선 초에 발행되었던 지폐이다. 1391년(공양왕 3) 종래에 발행하였던 철전鐵錢·은전銀錢 등의 주화가 원료의 부족을 초래하자 자섬저화고資贍楮貨庫를 설치, 저화를 인조印造하여 유통코자 하였다. 그러나 이듬해 고려의 멸망으로 저화는 회수되고 인판印板도 소각하였다. 그러다가 태종 즉위년인 1401년 하륜河崙의 건의로 사섬서司贍署를 설치하여 저화를 발행·통용하게 하고, 1402년 1월 저화 2,000장을 새로 제조했다고 한다. 동시에 이전까지 쓰던 포화布貨의 사용을 금지했지만 부진하자 정부는 저화 통행책을 거듭 마련하여 그 유통을

꾀했다. 종이 돈의 등장은 그 무렵을 살던 누구나의 관심사가 아닐 수
없었다. 이첨의 나이 57, 8세 되던 해이다. 저화의 원료는 닥종이, 곧
닥나무 껍질을 원료로 하여 만든 종이이니, 돈으로 활동하던 주인공
저생, 즉 종이의 또 한 가지 행색인 것이다.

> 원元나라 초기에 이르러는 본래의 사업에 힘쓰지 아니하고, 오로지 장
> 사만을 몸에 익혔다. 몸에 돈 꾸러미를 차고 찻집과 술집 등을 드나들면
> 서 푼分과 리厘를 셈해 따지게 되니, 사람들이 혹 비루하게 여기기도
> 하였다.

1403년 이첨의 나이 59세 때엔 태종의 명을 받아 직접 권근, 하륜
등과 함께 단군조선을 시작으로 하여 개국 이래 고려 후기까지의 역사
를 시대 순으로 서술한 『동국사략』(일명 『삼국사략(三國史略)』)을 편찬하였
다. 엄청난 물량의 종이인 저생과 가까이 했던 시간이다. 작중에서의
저생 역시 『문선』의 공동 저자로, 『자치통감』 편찬의 자문 당사자로 활
약하고 있다.

이첨의 종이 열전에서는 하필 선비들의 문방구로서의 종이만 등장하
지 않는다. 책, 화선지, 회계 장부, 밀서, 지폐 등 종이가 세상에 쓰여
왔던 용도를 다양하게 펼치고 있다. 그리고 보니 지필묵연 문방의 네
가지 사물 가운데 필·묵·연들은 가용의 범위가 하나같이 문방의 안
에만 있었는데 유독 종이만이 예외인 것을 알겠다. 즉, 종이는 반드시
문인 예술가들의 서화 용도로만 활용되지 않고, 훨씬 넓은 범위에서
그 역할과 소임을 다한다는 뜻이다.

하지만 그 중에도 가장 으뜸가는 역할은 역시 책, 시전詩箋, 화선지 등 문방과 관계된 것이고, 〈저생전〉 안에서도 제일 압권으로 나타나는 형상은 단연 책이었다. 종이 책이 인류 문화에 끼친 공헌을 강조한 것이지만, 종이 책의 문명적 이기利器는 종이가 발명되기 이전 상황과의 대조 안에서 더욱 돋보이게 된다.

이첨보다 약 반세기 앞에 살았던 이곡李穀(1298~1351)이 죽부인을 인격화한 가전 작품 〈죽부인전竹夫人傳〉을 보면 동양권에서의 책의 변천사가 재미있게 그려져 있다.

> 蒼筤自崑崙之陰 徙震方 伏羲時 與韋氏主文籍 大有功 子孫皆守業 爲史官 秦之虐也 用李斯計 焚書坑儒 蒼筤氏後寢微 至漢蔡倫家客楮生者 頗學文載筆 時與竹氏游 然其人輕薄 且好浸潤之譖 疾竹氏剛直 陰蠧而毁之 遂奪其任.
>
> 창랑蒼筤이 곤륜산 북쪽에서부터 동쪽으로 옮겼고, 복희伏羲 임금 때 위씨韋氏와 함께 문적文籍을 맡아 큰 공을 이룩하니, 자손들마다 선조의 업을 지켜 사관史官이 되었다. 진秦나라가 학정을 함에, 승상 이사李斯의 계책을 써서 책을 불사르고 유생들을 땅에 파묻으니, 창랑의 후손도 차츰 쇠미하여졌다. 한나라에 이르러 채륜蔡倫의 문객으로 있던 저생楮生이란 이가 꽤나 글을 배워 기록을 적어 담았는데 이때 죽씨와 더불어 노닐었다. 그러나 그 사람됨이 경박하고 게다가 파고들어 곧이듣게 만드는 참언을 하기 좋아하였다. 죽씨의 강직함을 미워해서 남몰래 야금야금 잔해하고 헐어내리더니, 드디어는 그 직위를 빼앗고 말았다.

위씨韋氏는 대나무 책인 죽간竹簡을 매는 가죽 끈을 인격화한 말이다. 이사李斯는 처음에 진秦 나라의 객경客卿이 되어 진시황을 도와, 천하를 통일하자 승상이 되어 군현제를 창립하고 금서령禁書令을 내린 인

물로, 소전小篆의 글씨체를 만든 당사자라
는 설도 있다. 그의 시대에 분서갱유가 일
어났는데, 이때는 종이의 발명 이전이다.
따라서 불살랐다는 책은 종이가 아니라
죽간 형태의 책인 것이다. 한나라 채륜의
이후에 책의 형태가 종이로 바뀌니 이는
바로 책 문화의 일대 혁명이 아닐 수 없었
다. 당연한 결과로 이전의 죽간 책은 무겁
고 불편한 것이 되어 버렸다. 세상은 이제
죽간 대신 서서히 가볍고 편한 종이 책을
쓰기 시작했다. 그러나 아직은 죽간이 완

죽간

전히 사라진 것은 아니었다. '죽씨와 더불어 노닐었다'는 말은 바로 죽
간과 종이책의 공존을 뜻한다.

한편, 저생을 경박하다고 한 것은 종이가 가벼워서 작은 바람에도
팔랑거려 움직이는 형상을 포착하여 한 말이다. 남에게 파고드는 참언
을 잘 한다는 것은 종이가 번져 발묵潑墨이 잘 되는 속성을 재치 있게
나타낸 표현이다. 〈저생전〉 이전의 이 〈죽부인전〉에서 벌써 저생이 등
장하고 있음을 본다. 물론 한유의 〈모영전〉에도 저생이 나오기는 하지
만 문방사우 전체 인물들 속에 묻혀 있을 뿐 저생 한 개인에 대한 프로
필이 없다. 그런데 여기서는 특별히 저생의 캐릭터가 경박하고 참언
잘하는 인물로 설정되어 있다. 비록 부정적인 인물로 나오기는 해도
이렇게까지 근접 서술한 것은 전례가 없던 일이다.

저생의 참언으로 인하여 죽간씨가 중앙에서 밀려나게 되었다 함은
드디어 죽간의 시대가 가고 종이책의 시대가 도래했음을 은유한 표현

이다. 결국 어떡해서든 경쟁력에서 불리한 죽간이 밀려날 수밖에 없는 상황이지만, 이야기를 다루는 과정에서는 인과성에 맞는 적당한 이유를 마련해 줘야 하기에 그 명분을 저생의 참언으로 돌렸다. 그리하여 이 땅에서 저생이 처음 맡은 역할은 악역이 되고 말았다.

하지만 이 작품의 뒤에 나온 〈저생전〉에서는 본래 저생의 천성이 정결精潔하다 했다. 순수하고 깨끗하며 단아하다는 뜻이다. 또 모학사毛學士〔붓〕와 교분이 두터웠으며, 학문을 하여 천지 음양陰陽의 이치와 성명性命의 근원에 통달하였고, 제자백가諸子百家의 글까지 모두 기록하였다고 칭찬하였다.

과연 이첨이 종이 열전에서 펼쳐 보인 것처럼 그의 저력은 엄청난 것이었다. 2세기 초에 채륜지라는 공식 명칭과 더불어 출현한 이래 오늘날 21세기에조차 그 의연한 모습을 지키고 있으니, 그가 세상의 문화를 책임져 온 시간이 2000년 가까이 되고 있기에 말이다. 채륜은 종이 개량의 당사자일 뿐, 종이의 발명이 이보다 더 앞에 있다는 견해까지 감안한다면 그 위력은 더욱 빛난다. 게다가 붓과 먹, 벼루 등은 오늘날 서화에 종사하거나 관심을 가진 한정된 대상 안에서 근존僅存하고 있는 반면, 종이는 책이라는 형태를 통해 동서양을 막론하고 인류의 생활에 깊숙이 관여하고 있다는 점에서 단연 으뜸의 위상을 누리고 있다고 해도 과언이 아니다.

반면, 이첨은 주인공의 생애담을 펼치면서 그 불사불멸의 저력과 함께 그 유원悠遠한 역사 속에 종이가 치러 온 갖가지 수난들에 대해 이야기했다. 파노라마란 '영화나 소설 따위에서, 변화와 굴곡이 많고 규모가 큰 이야기를 비유적으로 이르는 말이다. 아홉 개 국체國體를 거치며 온갖 파란곡절을 다 겪은 주인공 저생의 이 일대기야말로 진정 규모가 크고 변화와 굴곡 많은 한 판의 파노라마였다.

희원당 김명순의 책가도

권 필權韠 /〈곽삭전郭索傳〉

게를 통해 본
묵시적 자아 및 현실인식

1: 머리말

〈곽삭전郭索傳〉은 석주石洲 권필權韠(1569~1612)이 '게〔蟹〕'를 의인화 해서 쓴 열전列傳 형식의 산문 일작으로, 가전문학사에 있어 중대한 전 기轉機와 의미를 이루고 있는 작품이다.

석주의 문학적 본령本領은 두 말할 나위 없이 시詩에 있다.[1] 비록 그렇다고는 하나 그의 천재는 시정신詩精神에 유독 국한되어 있지 아니 하니, 그의 뛰어난 산문정신散文精神은 급기야 2편의 소설문학 작품과 1편의 가전문학 작품을 이룩하는 데에 이바지하였던 것이다.

내용이 현전하는 세 편의 소설 〈주사장인전酒肆丈人傳〉·〈주생전周 生傳〉·〈위경천전韋敬天傳〉[2]에 비해 가전 작품인 〈곽삭전〉 한 편이 양

---

1) "韠字汝章 號石洲…力學能文 尤工於詩."(『인조실록』, 원년 4월 경오 조)
"韠故參議擘之子 文辭艶逸 尤長於詩才."(『선조실록』, 34년 11월 임인 조)
2) 〈주사장인전〉은 『석주집(石洲集)』 외집(外集) 권1에 실려 있다. 〈주생전〉은 『석주 집』 안에는 실려 있지 아니하나 이명선이 『조선문학사』의 연표에 권필의 작품으 로 기술한 바 있고, 또 문선규가 김구경의 소장본을 소개할 때도 그렇게 밝혔다.

적으로 가장 짧음도 사실이거니와, 그 수사는 청발淸拔하기 그지없다. 실로 표현의 간결과 기위奇瑋·정채精彩로움이 여기 온통 집약되어 있는 느낌마저 없지 않은 것이다.

그런데 이에 관해선 다만 그 제목과 함께 '게'의 의인화 소설이라는 편린적인 언급에 불과할 뿐,3) 실질성 있는 논급에는 이르지 못한 실정이므로 권필 문학 연구의 일환으로 본편에 대한 총체적인 논고를 펴보이고자 한다.

2: 작품 분석

〈곽삭전〉은『석주집石洲集』외집外集 권1의 13장에 실려 전한다. 이에 우선 전문을 옮겨 싣기로 한다. 그런데, 본편은 내용의 성격에 따라 4단段으로의 구분이 가능하다. 다시 말해 기·승·전·결의 형식적 원칙 아래 묘구妙構되어 있다는 사실의 발견에 따라 그에 입각하여 옮겨 놓아 보겠다.

곽삭전

또한, 권필의 소설로서 제목만 남아 전하는 〈장경천전(章敬天傳)〉이 있다(문선규,『한국한문학사』, p.234)고 했으나, 이후 임형택이『고담요람(古談要覽)』에서 작품을 찾아 〈위경천전(韋敬天傳)〉으로 확인지었다.

3) 김일렬,「의인문학 연구」,『국어국문학연구논문집』15, 효성여대, 1964.5, p.11. 김광순도「한국의인문학의 사적 계보와 성격·上」(『어문학』16, 한국어문학회, 1967.5, p.145)에서 "넓은 의미에서의 소설류"로 이것을 포함시켜 다룬 바 있다.

〔起〕郭索者[1] 吳人也 其先曰匡[2] 佐神農[3]氏 得治胃氣 理經絡之術 嘗
　　客游秦 秦人多病瘧者 匡至門 瘧輒已 自是郭氏重於秦 匡子曰敖[4]
　　敖干越王句踐[5] 是時 越王方委國政於鬪蛙[6] 蛙素習知郭氏 小之
　　不爲禮 乃去 自敖歷九代至索

〔承〕索生而性躁 然有物外高致 避世亡在澤中 娑跚勃窣[7]於蘆葦間
　　務減其迹 不欲上人齒牙間 江湖人往往知其處 造而請 索不得已
　　而與之遊 人雖盛設杯盤以待 然非其好也 有薦索於上者 上曰 昔
　　者太史奏 井鬼[8]之分 必有異人 豈索邪 使使强致之 欲授以喉舌[9]
　　之任 索兩擧手加額而謝曰 陛下有命 臣雖赴湯鑊[10] 所不敢辭 然
　　臣介士也 薄於世味 寧游戲汚瀆之中自快 無爲有國者所羈 因沫
　　涕飲泣 上憐其志 且以其家世有橫草[11]之功 詔以九江二淛松江震
　　澤 爲索食邑 郭氏散處江湖間者甚衆 而獨索能以風致自顯 所與
　　遊率韻人佳士 最與醴泉[12]曹醇[13]善 相許以氣味 人或請醇 索時時
　　與俱往 雖有悲愁鬱悒者 索與醇在其左右 則必欣然樂也

〔轉〕漢將彭越之後 有曰蜞[14]者 學優孟[15]之術 能像索形貌 人視之不
　　能別也 然蜞外托君子 而內實陰賊 士大夫莫肯待以腹心云 漢武
　　帝時有郭解者 任俠行權 丞相公孫弘以法誅之 或曰 解卽索之先
　　也 或曰 非也 世莫知其然否

〔結〕太史公曰 郭索佳公子也 剛外而黃中[16] 其學易者耶 觀其被堅執
　　銳 凜然有橫草之氣 而卒死於草澤 悲夫 世或以無腸譏索[17] 豈不
　　過也.

　1) 郭索 : 게의 별칭. 원래 조급하게 움직이는 모양을 뜻하나 게가 자
　　　주 소리내며 움직이는 형용, 혹은 소리의 의성에서 이 별명이 생김.
　2) 匡 : 게의 등껍질. 글자의 모양이 게의 등껍질 모양과 닮은 데서 취
　　　해온 것. 『예기』, 「단궁檀弓」·下에, "蠶則績 蟹有匡."
　3) 神農氏 : 중국 고대 전설에 나오는 제왕의 하나. 농업의 신, 역易의
　　　신, 불의 신으로 숭앙된다.

4) 敖 : 집게발을 뜻하는 '오螯'에서 전용轉用함.

5) 句踐 : 춘추시대 월越나라 임금. 오왕吳王인 합려闔閭 및 부차夫差를 물리쳐 이김.

6) 鬪蛙 : 요란한 소리를 내는 개구리.

7) 婆珊勃窣 : 비틀거리며 활발히 다니는 모양. 『한서』「사마상여전司馬相如傳」에, "婆姍勃窣上金隄."

8) 井鬼 : 정井과 귀鬼는 각각 이십팔수二十八宿에 속하는 별 이름.

9) 喉舌 : 목구멍과 혀는 모두 말을 내는 중요한 기관이므로 전(轉)하여 중대한 정무政務. 또는 그러한 일을 맡는 재상.

10) 湯鑊 : 끓여 죽이는 형벌에 쓰는 다리 없는 큰 가마.

11) 橫草之功 : 싸움터에 나가 산야山野를 휩쓸며 이룩한 공로.

12) 醴泉 : 좋은 맛 나는 물이 솟는 샘. 감천甘泉.

13) 曹醇 : 조曹는 술지게미를 뜻하는 '조糟'에서 따온 것. 순醇은 진하고 순수한 좋은 술. 조순曹醇은 그러한 술의 의인화.

14) 彭蚏 : 방게. 팽기蟛蜞의 전轉. 팽활蟛蛞도 같은 뜻.

15) 優孟 : 춘추시대 초나라의 명배우. 『사기』「골계전滑稽傳」에, "優孟卽爲孫叔敖衣冠 抵掌談語 歲餘 像孫叔敖 楚王及左右 不能別也." 따라서 우맹의관優孟衣冠은 사이비를 뜻하는 고사성어.

16) 黃中 : 「산가청공山家淸供」에, "因憶危巽齋積 贊蟹云 黃中通理 美在其中 暢于四肢 美之至也 此本諸易 而于蟹得之矣." 또 『금오신화』「용궁부연록」에, "德充腹而內黃."

17) 無腸 : 게의 이칭. 갈홍葛洪의 『포박자抱朴子』에, "山中辰日 稱無腸公子者蟹也." 또 『금오신화』「용궁부연록」에, "笑我謂我無腸."

그 경개는 다음과 같다.

오吳나라 사람 곽삭郭索의 10대조인 광匡은 신농씨神農氏를 도와 의료에 공헌함이 컸고, 9대조 오敖는 춘추시대 월나라 왕 구천句踐에게

가담했지만, 투와鬪蛙와의 정쟁에서 밀려난 무장武將이었다. 곽삭은 천
성이 조급하였다. 일찍부터 세상사를 꺼려 물외物外의 지경地境에서 자
취없이 노닐었으나 사람들이 그를 자주 흠모하고 찾았다. 어느 때 곽삭
을 천거하는 이가 있어 왕이 중임重任을 내리려 했지만 간곡한 눈물로
써 사양함에, 임금이 강택江澤의 넓은 땅을 하사하였다. 교유하는 시사
詩士 중에 특히 조순曹醇과는 각별한 사이로, 둘이 한 자리에 하면 좌
중을 즐겁게 하는 힘이 있었다. 한편, 팽기彭蜞란 자는 곽삭의 모습을
빙자해서 남을 음해하니 사대부들이 경계하였으며, 한무제 때에 협기로
써 행세하다 잡혀 죽은 곽해郭解가 곽삭과 같은 일족인지 아닌지 정확
한 여부를 알 길 없다. 문무 겸전의 훌륭한 인물인 곽삭이 나중엔 초택
草澤 간에서 죽으니 참으로 슬픈 일이요, 그를 무장無腸이라 기롱함은
잘못된 것이다.

이같이 본편이 산문이면서도 한시의 기본 원리가 되는 기·승·
전·결의 결구법結構法을 그대로 묘용妙用하여 전체가 형식적으로 완결
된 체재를 이루고 있다는 사실은 주목할 만하다.

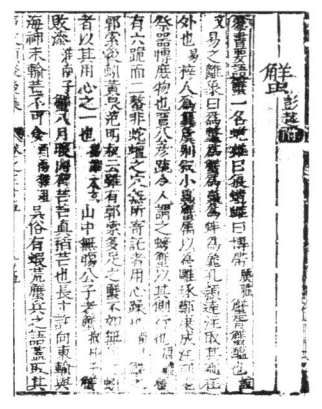

『사문유취』 소재 '蟹' 門

'기起' 부는 곽삭의 두 선조에 관한 소
개이다. 이렇듯 서두에 선계부터 밝히는
것이 가전이 지니는 공통적인 특질이기
도 하다. 일찍이 광匡이 '위기胃氣와 경락
經絡을 다스렸다(治胃氣 理經絡)' 함은 그
근거 또한 없지 않으니, 석주와 같은 시
대 허준許浚(?~1615)이 선조의 명을 받고
편술했다는 『동의보감東醫寶鑑』에도 "主
胸中熱結 治胃氣"라 한 것이 있어 혹 권

필이 본서를 진작에 참작하였는지도 또한 모를 일이다. 그러나 이도 실은 『사문유취事文類聚』 '蟹' 門에서 보다 선명하게 확인된다고 할 때 앞의 추측도 뒷전으로 밀려날 수밖에 없다. 곧 그 안의 '식증食證'을 보게 되면,

> 孟詵食療本草云 蟹雖消食 治胃氣理經絡 然腹中有毒 中之或致死.
>
> 맹선의 『식료본초』에 이르기를, "게는 음식을 소화시키고 위의 기운이며 경락을 잘 다스린다. 그러나 그 뱃속에 독이 있어 잘못하면 중독되어 죽는 수도 있다."

너끈히 그 소종래의 회심처會心處를 발견할 수 있는 것이다.

또 게가 실제로 학질 치료에 도움이 되는지의 여부에 대해서도 별다른 증빙이 없이, 다만 명나라 사람 이시진李時珍이 편찬한 『본초강목本草綱目』에 다음과 같은 정도의 기록만이 보일 뿐이었다.

> 殺莨菪毒 解鱔魚毒漆毒 治瘧及黃疸.[4]
>
> 게는 낭탕증莨菪症을 없앤다. 선어蟬魚의 독과 옻독을 푼다. 학질과 황달을 다스린다.

사뭇 미약할 따름인데, 이 또한 결정적인 해결의 실마리는 『사문유취』가 쥐고 있었다. 곧 '蟹' 門 중의 〈현해벽학懸蟹辟瘧〉이라는 제하題下의 내용이 그것이다. 게를 걸어 학질을 물리쳤다는 말이다.

---

4) 『본초강목』 권45 개부(介部) 구별류(龜鼈類) '해(蟹)' 종(種).

關中無蟹 秦人家收得一乾蟹 土人怖其形狀 以爲怪物 每人家有病瘧者 則借去懸門戶 往往遂差 不但人不識 鬼亦不識也.

관중에는 게란 것이 없었다. 진나라 어떤 인가에서 말린 게 한 마리를 얻었다. 그 지역 사람들이 그 생김새를 무서워하여 괴물이라 생각했기에 민가에 학질 앓는 자가 있을 때마다 이걸 가져다가 문 앞에 걸어두면 종종 병이 떨어지는 수가 있었다. 이는 단지 사람만 그 괴물을 못 알아 보았을 뿐 아니라, 학질 귀신도 게의 존재를 알지 못하였던 것이다.

진秦나라 사람들과 학질 치료에 관한 비밀이 여기에서 풀린다. 권필은 필경 『필설筆設』이란 데서 전거를 취해 왔다고 소개한 『사문유취』의 이 대목에 눈길을 주었음이 분명하고, 여기에서 소재를 하나 제공받은 나머지 "秦人多病瘧者 匡至門 瘧輒已"(진나라 사람으로 학질을 앓는 이가 많았는데, 광이 문 앞에 이르면 학질은 금세 사라지고 말았다)의 글을 새긴 것으로 확신된다.

그런데 다른 일면 게는 갑옷처럼 건강한 생김새의 덮개와, 창과 같이 날카로운 집게발의 특이한 형상으로 말미암아 무武의 전형적인 한 표상으로 통한다. 뿐만 아니라, 병사兵事의 징후에 관련해서도 큰 몫을 차지했던 사실마저 없지 않다.[5] 9대조의 이름 '오敖'는 바로 그러한 무武를 상징하는 '鰲'〔집게발〕의 뜻을 따서 쓴 것이다. 나아가 곽오郭敖가 구천의 일에 간여했다고 하는 일의 영문이라든가, 구천을 둘러싼 투와鬪蛙와의 정치 싸움에서 패배할 수밖에 없던 필연적인 동인動因도 그

---

5) 부굉(傅肱)이 찬(撰)한 『해보(蟹譜)』에는 병사 문제에 있어서 게의 예시적(預示的) 기능을 밝혀주는 예가 있거니와, 이 또한 당연히 『사문유취』 '蟹' 門 군서요어(群書要語)의 기사를 통해서 고스란히 재현되는 것이다.
"吳俗有蝦荒蟹兵之語 蓋取其被堅執銳 歲或暴至 則鄕人以爲兵證."
"出師下砦之際 忽見蟹 則呼爲橫行介士 以權安衆."

출처가 따로 있다. 곧 구천과 투와에 관련한 다음과 같은 고사故事가
그 하나이다.

> 越王句踐好勇 而揖鬪蛙 國人爲之輕命 兵死者衆.6)
> 월왕 구천이 용기를 좋아하여 투와에게 인사를 갖추었더니, 나라 사
> 람들이 목숨을 가벼이 여겨 싸움에서 죽는 자가 많았다.

그리고 『사문유취』에 〈모국소해謀國小蟹〉란 제목 하에 소개된 구천
과 게 관련의 다음과 같은 일화가 또 다른 하나이다.

> 越王句踐召范蠡曰 吾與子謀吳 子曰未可
> 也 今其稻蟹不遺種 其可乎 對曰 天應至矣
> 人事未盡也 吾姑待之.
> 월왕 구천이 범려 불러 말하기를, "우리가
> 오나라를 도모하고자 함에 그대는 아직은 아니
> 라고 했거니와, 지금은 벼를 집어 먹는 게가
> 볍씨를 남기지 않고 다 먹어 치웠으니 가능하
> 다 하겠는가?" "하늘의 응하심은 왔으되 사람
> 의 일이 아직 부족하나이다." "그러면 내 잠시
> 기다려야겠군!"

월왕 구천

결국 오나라에 있는 게가 벼[稻]를 먹어 치우면 그 나라의 군량軍糧
에 축을 내니, 그 결과 월에 유리함을 끼치는 셈 되는 까닭이었다.

그럼에도 불구하고, 구천이 용자勇者의 표상으로서 경의마저 나타냈
다는 투와 쪽이 승자로 남게 되었다. 투와의 병징적兵徵的 구실은 신라

---

6) "鬪蛙", 『중문대사전(中文大辭典)』, 중화학술원, 1982.

에서도 그 예가 없지 않았으니, 선덕여왕의 지혜로운 세 가지 일인 지기삼사知幾三事 가운데 두 번째 이야기에서 두드러져 나타난다.

> 於靈廟寺玉門池 冬月衆蛙集鳴三四日 國人怪之 問於王…王曰 蛙有怒形 兵士之像.
>
> 영묘사 옥문지에 겨울인데도 개구리 떼가 모여들어 사나흘이나 울어댄 일이 있었다. 나라 안의 사람들이 괴상하게 여겨 왕께 물었다. … 왕께서 이르기를, "개구리의 성난 모양은 병사의 표상이니라!"[7]

심사정의 蘆渚蟹行

이상은 게의 약리적藥理的인 효과 및 무골적武骨的인 표상을 살려 일정한 허구를 가미한 것이다.

'승承' 부는 곽삭의 본전本傳이다. 이 부분의 처음에 삭의 '천성이 조급하다(生而性躁)'고 한 것은 자주 움직이는 게의 속성에 대한 묘사이다.[8] 곽삭이 '세간을 꺼려 못 가운데로 피해 살면서(避世亡在澤中)' '사람들의 입에 오르기를 원치 않는(不欲上人齒牙間)' 것과, 왕이 내리는 벼슬도 사양한다는(寧游戲汚瀆之中自快 無爲有國者所羈) 것

---

7) 『삼국유사』 권1, 기이(紀異)1 〈선덕왕지기삼사(善德王知幾三事)〉.
8) 『순자(荀子)』 권학편(勸學篇) 가운데도 지렁이〔蚓〕와 대조하여 한 군데에 마음을 집중하지 못하는 게의 조급성을 형용하는 대목이 보인다. "蟹六跪 而二螯 非蛇蟺之穴 無可寄託者 用心躁也." 그러나 이 역시 『사문유취』의 '蟹' 門 군서요어(群書要語)의 난에 그대로 원용되어 있는 터이다.

등은 게가 사람에게 잡히고 싶지 않은 사실과 관련 있다. 이는 거북 의인화인 〈청강사자현부전淸江使者玄夫傳〉의 주인공 현부玄夫가 벼슬에서 벗어나기를 바라는 것과 동일한 이치이다.[9]

이 두 경우 벼슬이란 속박을 의미한다. 거북은 그 점복의 이기利器로 인해 붙들림을 당한다. 게의 경우는 그 감미甘美의 맛 때문이다. 여기서 게의 감미한 속성[10]이 또 한번 완곡한 표현의 허구로써 공교히 처리된다. 그리고 게의 이렇듯 맛스러운 속성에 대한 허구적 처리는 삭索과 순醇, 즉 게와 술 양자 간의 친밀한 교분 관계 안에서 가장 명확히 드러나 있다.

> 最與醴泉曹醇善 相許以氣味 人或請醇 索時時與俱往….
> 예천 출신의 조순과 가장 친하였으니, 기상과 취미가 들어 맞았다. 사람들이 혹 순을 초청하면 삭도 때때로 함께 가곤 하던 것이었으니 ….

이는 바로 음주 시에 게가 안주감으로 잘 어울림을 의미하고, 계속해서

> 雖有悲愁鬱悒者 索與醇在其左右 則必欣然樂也.
> 암만 슬프고 근심스러우며 울적하고 답답한 사람일지라도 이 둘이 곁에 있으면 필경 흔연히 즐거워졌다.

---

9) "왕은 현부에게 벼슬을 주려고 했는데, 현부는 벼슬할 생각이 없다고 했다. 현부는 거북인데 사람이 거북을 잡아두는 것을 벼슬을 주는 걸로 꾸몄다."(조동일, 「가전체의 장르 규정」, 『장암지헌영선생화갑기념논총』, 1971.9, p.4)
10) 『동의보감』 충(蟲) 部, '蟹' 門에서 '게를 요즘 사람들이 식품 가운데도 훌륭한 맛으로 여긴다(今人以爲食品之佳味)'고 했는데, 『동의보감』은 바로 권필 당시의 저술이다. 또 역시 그 비슷한 시기에 어해(魚蟹)를 잘 그렸다는 김인관(金仁寬)의 〈어해도(魚蟹圖)〉 제(題)에, "近日食素口淡 見巨口者六螯者 不覺食旨自動 饞涎橫流"도 게의 뛰어난 미취를 잘 나타낸 표현이다.

함은 그 조미된 맛이 기분을 돌이켜 줌을 시사
하는 것이다.

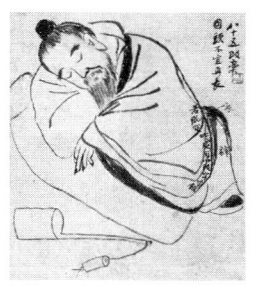

필탁

실제로 주안酒案의 석상席上에서 이 둘을 동
시에 향유한 구절들이 가끔 발견되는데, 진晉
시대의 호음가인 필탁畢卓은 다음과 같은 유명
한 사설을 남겼다.

> 右手持酒杯 左手持蟹螯 拍浮酒船中 便足了一生矣.[11]
> 오른손으로 술잔 잡고 왼손으로는 게 발 들고, 술 거르는 통 속에서
> 허우적 한 세상 마치고저!

이는 『사문유취』에도 실려 있는 것이려니와,[12] 그 밖에 한익韓翊의
〈제장일인원림시題張逸人園林詩〉 가운데 한 구절인, "塵尾毛中毛已脫
蟹螯奠上味初香" 또한 동일한 의취였다.

하지만 무엇보다도 가장 결정적인 연계는 양정수의 〈후해부後蟹賦〉
에서 찾아야 할 것 같다.

> 吾有二友 惟彼麴生與爾郭索 老夫與之同死生 不減顏氏子之樂.
> 내게 두 벗이 있으니, 저 국생과 그대 곽삭이라. 이 늙은이 그들과
> 더불어 생사를 함께 한다면, 안씨의 즐거움보다 못하지 않으리.

---

11) 『진서(晉書)』 권49, 열전 19의 〈필탁전(畢卓傳)〉에 실려 있다.
12) 『사문유취』 '蟹' 門의 〈좌수지오(左手持螯)〉에는 "晉畢卓嘗謂人曰…左手持蟹
螯 右手持酒杯 拍浮酒池中 足樂一生矣"로 되어 있다. 다른 한편, 『세설신어(世
說新語)』의 '임탄(任誕)'에는, "一手持蟹螯 一手持酒梧 拍浮酒池中 便足了一
生"으로 조금씩 다르게 표현되어 있다.

이것도 결국 『사문유취』 후집 권35 개충부介蟲部 '蟹' 門에 들어가 있는 것이다.

팽월

'전轉' 부에서는 곽삭과 관련한 두 방계적傍系的인 존재를 지적하였다. 우선은 이단아 팽기彭蜞. 그는 팽월彭越의 후예로 되어 있다. 여기서 한고조 때의 명장名將인 팽월이 느닷없이 나타난 사실은 단순히 '팽彭' 씨라는 성에 부회할 목적에서 뿐만은 아니니, '게'를 부르는 여러 명칭 가운데는 진작에 팽월의 이름마저 포함되어 있던 까닭이었다.13) 팽기는 곽삭의 풍예風豫를 모방하여 여러 사대부들에게 해독을 끼치는 사이비 군자로 나타난다. 이는 바로 음식 가능한 게와 분간하기 어려운 방게의 식물적食物的 해독을 가리킨 것이다. 실제로 방게[蟛蜞, 蟚蜞]의 해독에 관한 실증적인 일화를 하나 들어 본다.

> 蔡謨 字道明 初渡江 見蟚蜞 大喜曰 蟹有八足 加以二螯 令烹之 旣食 吐下委頓 方知非蟹. (『蟹譜』·上, '蟚蜞')

채모란 이가 강을 건너던 중 게인 줄 알고 삶아서 먹었는데 토하고 녹초가 된 다음에야 참게가 아닌 것을 알았다는 이야기이다. 그러나 이 역시 하필 부굉傅肱이 지은 『해보』의 문적文籍을 기다려서 볼 수 있

13) 『해미색은(蟹味索隱)』에, "蟹何多名也 爲彭蜞 爲彭蜎 爲彭越 爲招潮 爲郭索 爲博帶 爲傑武 爲狼螘."
정약전(丁若銓)이 쓴 『자산어보(玆山魚譜)』 介類, '蟹'에 보면, "最小無毛者名蟛蜎 吳人訛爲彭越"이라 했다.

는 것은 아니다. 다름 아니라 『사문유취』 '蟹' 門 '고금사실古今事實'의 〈오독이아誤讀爾雅〉에서 다른 여러 정보 내용과 함께, 한 글자 착오도 없이 그대로 소상히 실려 있는 터이다.

다른 하나는, 같은 곽성郭姓을 띠었으되 곽삭 문족門族과의 계통 여부가 모호한 곽해郭解가 소개된다. 곽해야말로 한무제 때의 실존 인물로, 협기며 의리가 한 시대를 떨쳤던 절세의 유협游俠이었다. 어려서는 무뢰배에 지나지 않았으나 장성하고부터 의협義俠으로서의 명성이 원근에 자자했던 거물이었다. 심지어는 곽해와 동시대인이었던 사마천도 그를 직접 본 적이 있었나 보다. 그에 대해 평언하였는데,

사마천

吾視郭解 狀貌不及中人 言語不足採者 然天下無賢 與不肖 知與不知 皆慕其聲 言俠者 皆引以爲名.[14]

내가 곽해를 보니 외모는 보통사람만 못하고 말솜씨도 별로 신통하지 않았다. 그러나 세상의 잘나고 못난 사람, 아는 사람 모르는 사람 할 것 없이 모두 그 명성을 흠모했으니, 협객을 논하는 이는 누구나 곽해를 끌어들인다.

명성 높은 유협遊俠으로 칭도하였다. 뿐만 아니고 곽해가 나중에 대역 살인의 죄망에 몰려 죽은 사실에는 '아아, 아깝구나!(於戱 惜哉)'라며 탄식을 더하였다.

이러한 곽해도 권필의 전에서는 뛰어난 협객으로서의 면모 대신 다만,

漢武帝時 有郭解者 任俠行權 丞相公孫弘 以法誅之.

---

14) 사마천, 『사기』 권124 유협열전(游俠列傳) 〈곽해전(郭解傳)〉 소재.

　　　　한무제 때에 곽해란 자가 협기로 행세하였더니, 승상으로 있던 공손
　　홍公孫弘이 법으로 처단하였다.

그의 마지막 욕된 죽음만이 유독 강조되었을 따름이었다. 그 뿐이 아니
다. 연속하여 『사기』 유협열전游俠列傳의 〈곽해전郭解傳〉 중에 고위 관
리인 공손홍公孫弘이 곽해를 판결 처단하는 부분이 예의 주시된다.

　　　　御史大夫公孫弘議曰 解布衣爲任俠行權…族郭解翁伯.15)
　　　　어사대부 공손홍이 따져 말하되, "곽해는 벼슬 없는 신분으로 협기를
　　믿고 권세를 부렸다. …" 하고, 곽해의 존속들을 멸하였다.

　특별히 공손홍의 입장에서 당초 곽해에게 죄를 씌우기 위해 구사한
'임협행권任俠行權' 어휘를 그대로 살려 썼다는 사실 또한 간과할 수 없
다. 이쯤 미루어 짐작해 볼 때, 가전의 작자가 곽해에 대해 지니고 있는
인물관이 차라리 긍정적이지 못한 데로 치우친 감이 없지 않은 것이다.
　덧붙여, '해解'라는 인물을 이끌어다 쓴 것은 결과적으로는 '게'를 의
미하는 '해蟹'와의 음동音同 효과를 가져다준다는 점에서 공교롭다고 하
지 않을 수 없다.

　'결結' 부는 곽삭에 대한 총평이다. 주인공 곽삭의 최후 및 그의 경우
를 몹시 긍휼·애석하게 여김과 동시에, 설정의 대상인 '게'에 대해 긍
정적인 입장에서 극구 비호하려는 개인적 태도를 명백히 노정하였다.
이런 생각의 바탕에서 다른 한편으로는 기왕에 게를 단순히 장난이나

---

15) 사마천, 위와 같음.

희롱의 대상으로 논하던 입장에 대해 적극 항의하는 뜻도 보였는데,
이에 관해서는 다음 항목을 빌어서 논급할 것이다.

3: 창작의 동기

〈곽삭전〉 '승' 부에서 주인공 곽
삭의 행장은, 이것이 흡사 권필 자
신의 40여 년 생애의 모습과 무관해
보이지 않는다. 다른 말로 곽삭의
전전全傳은 그 자체가 석주 권필의
자서적 약전略傳이라 해도 무리가
없을 만큼 양자의 이미지는 혼연히
일치되어 있다. 실제로 주인공 곽삭
과 작자 권필, 양자의 생애를 대조
해 보는 가운데 상통하는 기질과 상
합하는 행위의 요건 종종이 발견된

석주 권필의 초상

다. 아래에 그 대체를 열거하여 본다.

① 현실과 떨어져서 강호간에 자적自適하는 방외인方外人이다.
〔郭〕有物外高致 避世亡在澤中 婆娑勃窣於蘆葦間.
〔權〕氣隘宇宙 眼空千古 其所拘負 非俗人所可窺測.16) 汚世擧子
業.17) 放浪江湖間.18) 自放於湖海間.19)

---

16) 이정구, 〈석주집서문(石洲集序文)〉.

② 시詩·주酒를 몹시 좋아하였다.

〔郭〕 所與遊率韻人佳士 最與曹醇善.

〔權〕 唯以詩酒自娛 凡有壹鬱不平 必以詩發之.20)

杜子耽佳句 岑生嗜醇酎 而我何如者 愛詩兼愛酒.21)

公雖以詩酒自放 然天資甚高.22) 素耽麴蘗.23)

③ 그러한 일면 호반의 기질도 있다.

〔郭〕 凜然有橫草之氣.

〔權〕 讀破兵書五十家 少年豪氣向人誇 晚知弓劍非吾事 歸去淸
江釣淺沙.24)

④ 사람들이 흠모하고 교유를 원했다.

〔郭〕 江湖人往往知其處 造而請 索不得已而與之遊.

〔權〕 先生在時 大夫士慕義趨風 一見顏面則誇以爲榮… 入江華府
築室以居 遠近學子 負笈而至者甚衆.25)

17) 이긍익, 『연려실기술(燃藜室記述)』 권19, '권필(權韠)' 조.
18) 『인조실록』 권1, 원년 4월 경오(庚午) 조.
19) 이희겸, 『청야만집(靑野謾輯)』 권7.
20) 이희겸, 위와 같음.
21) 『석주집』에 실려 있는 석주의 자작시.
22) 장유, 〈석주집서문(石洲集序文)〉.
23) 이희겸, 위와 같음.
24) 『석주집』 권7, 〈병중문야우회초당인서평생이십사수(病中聞夜雨懷草堂因叙平生二
十四首)〉 가운데 其21의 시.
　　권필은 비록 시문에 종사하던 사류(士類)였지만 그에 못잖게 무(武)에 대한 동
경 또한 예사롭지 않다. 이 시의 3행인 '나이 들어 알겠네 궁검(弓劍)의 일, 내
본분이 아닌 것!' 같은 메시지는 그가 젊은 시절에 어느 만큼 무예에 관심이 높았
는지 짐작케 하는 바 있다. 더더욱 홍판관의 늠름한 모습에 감복하여 지어 바친
〈증홍판관(贈洪判官)〉(『석주집』 권4) 시 가운데 "羨君投筆事弓刀 八尺堂堂意
氣豪 …"도 그렇고, 또 권7에도 김덕령의 무덕(武德)을 몹시 사모한 역력한 자취
가 있어 그가 얼마나 호반의 풍도에 큰 매력을 품고 있는지 십분 짐작할 만 하다.
그 밖에 홍만종(洪萬宗)의 『순오지(旬五志)』 가운데 나오는 그의 일화 속에서 석
주의 일작(逸作)으로 전하는 다음의 시, "書劍年來兩不成 非文非武一狂生 他
時若到京城問 酒肆兒童盡誦名" 같은 것도 좋은 증좌가 된다.
25) 송시열, 〈석주묘갈명(石洲墓碣銘)〉.

⑤ 천거(薦擧)에 따라 벼슬을 제수하였으나, 사양하고 받지 않았다.
  [郭] 有薦索於上者　上…欲授以喉舌之任　索…謝曰…臣介士也
　　薄於世昧　寧游戲汚瀆之中自快　無爲有國者所羈.
  [權] 諸公爲其貧也　除童蒙敎官…先生憮然辭曰…此非吾能也
　　遂辭去.26)　除官不就.27)

　천거란 "음직蔭職 또는 남행南行이라 하여 과거를 통하지 않고 입사
入仕하는 길이 있었으니, 그 중요한 것으로 첫째는 학행과 덕망이 특출
하여 재묘在廟의 고관高官이나 지방관 또는 지방민地方民의 추천으로
되는 '천거薦擧'요, 둘째는 유공有功한 이의 자손이나 궁정의 친척 관계,
기타 이유로 특서特敍되는 문음門蔭이다"28) 하였으니, 석주와 곽삭의
경우 모두 '천거'에 해당한다. 동시에 이 둘은 일찍부터 과거 보는 일〔擧
子業〕을 포기하였다는 점에서도 같았다.
　이 밖에 군이 한 가지 더 첨가한다면 양자가 똑같이 불안하고 모험적
인 현실 속에 살아간다는, 이를테면 '긴장된 삶'을 들 수 있다. 게는 그
별스런 지취旨趣로 인하여, 권필은 그 특유의 위언危言·격론激論과 은
유 기자譏刺 풍의 시취詩趣로 인해29) 항상 권력자에 의해 주목받고 살
았던 사실에서 공통점이 확보된다.
　시인의 눈이 게를 응시하였다. 게의 일상적인 생태와 무인다운 속성
은 자기의 그것과 닮았고(①, ③), 사람들이 그 맛 때문에 게를 찾음은,
자신이 지닌 바 그 어떤 특장特長으로 인해 사람들이 찾음과 다름없었

---

26) 송시열, 위와 같음.
27) 이정구, 〈石洲集序文〉 및 『인조실록』 권1 원년 4월 경오(庚午) 조.
28) 진단학회 편, 『한국사(韓國史)·근세전기편』, p.293.
29) 예컨대 이희겸, 『청야만집(靑野謾輯)』에 있는 다음과 같은 기사가 가장 단적인
　　표현이 된다. "顧好危言激論　其詩類多譏刺時　歸意以死　嗟哉."

묵로 이용우의 蟹圖

다(④, ⑤). 그리고 게가 술과 좋은 짝을 이룬다는 것 역시 스스로가 술을 지극히 벗으로 삼음(②) — 권필은 국생麴生 [술]을 가리켜 망형忘形의 벗30)이라 했다 — 과 같았다.

결국 게의 성행性行과 교묘히 합치되고 있는 자아의 발견으로 말미암아 곽삭의 전기는 곧 작자 권필의 약전으로서도 무방한 형태로 나타난다. 이것은 흡사 김시습의 〈용궁부연록〉 같은 작품이 "곧 동봉東峯 자신의 자서전인 듯싶은"31) 사실과도 통한다.

이렇게 단순한 우연 이상의 상호 긴밀한 필연적 관계에서 어쩌면 권필이 애초부터 자기의 신세 정황을 게에 가탁하고 곽삭에 이입시켜 표출했을 것이라는 강한 심증을 배제치 못하게 된다. 이것이 첫 번째로 추정할 수 있는 제작 동기의 개연성이다. 이렇게 두고 볼 때 본편의 '결' 부 단원團圓에서 작자의, 곽삭을 두둔하였던 열정은 괜한 것이 아니었다. 하였으되,

世或以無腸譏索 豈不過也.
세간에 혹 무장無腸의 말로 곽삭을 기롱함은 어찌 그릇되지 않으랴!

---

30) 『석주집』 권1 중 〈題淵明詩卷〉, 〈題玄鶴琴〉, 〈題麴生〉의 서(序) 참조. 특히 〈제국생〉에서 "幸有麴秀才 風味不我違"라 하였다.
31) 이가원, 「금오신화고」, 『한문학연구(韓文學硏究)』, 탐구당, 1969, p.262.

이는 오히려 당연하기만 한 귀결일 뿐이었다.

제작 동기의 두 번째 개연성을 포착하는 실마리는 바로 그 '결' 부의 대미大尾인 두둔과 역변力辯의 성세에 있다. 말하자면 게 존재에 대한 폄하적인 인식인 무장無腸, 곧 속이 비었노라고 조롱하는 것을 되받아 부정하는 이중 부정, 곧 긍정의 강조법이다. "悲夫"(슬프고나!)의 비장한 탄식 뒤에 이어진 이 마무리 결사에는 폄하자들 앞에 시비를 내세워 정면 항변하는 저의가 꿈틀댄다. 단순히 한 번 웃어나 보자는 소박한 골계적 분위기를 넘어서 있다.

그런데 이에서 게를 무장無腸이라고 부르게 된 연원은 일찍이 갈홍葛洪의 『포박자抱朴子』에 "山中辰日 稱無腸公子者 蟹也"라 한 대목에서 유래한 듯하고, 우리 문학과 관련하여 볼 때 고려말 이윤보의 〈무장공자전無腸公子傳〉에서 그 별칭을 이어 썼음을 본다. 이윤보는 고려 18대 의종 당시 이인로·이규보 등과 더불어 문명文名 있던 사람이다. 그가 지었다는 〈무장공자전〉은 현하 그 제목만이 전할 뿐 자세한 내용은 알 길 없으되, 다만 게에 대한 선양의 관점에 입각한 글은 아님을 넉넉히 짐작할 수 있는 성질의 것이다. 우선 그 제목에서 그러했을 뿐 아니라, 실제 내용의 성격을 가늠케 해 주는 동시대 이규보(1168~1241)의, 다음 같은 언급을 통해 가장 명료하게 드러난다.

> 予友李史舘允甫…其若無腸公子傳等 嘲戲之作.[32]
> 나의 벗 사관史舘 이윤보 … 그의 〈무장공자전〉 같은 것은 조롱과 희학의 작품이다.

---

32) 이규보, 『동국이상국집』 권21, 〈李史舘允甫詩跋尾〉.

한편, 게 의인화의 조사藻思는 〈곽삭전〉과 〈무장공자전〉 이외에도 보이는 것이 더 있다. "〈용궁부연록〉 중에 곽개사郭介士가 나타나거니와, 중국 곽복형郭福衡의 〈오중개사곽선생전吳中介士郭先生傳〉도 없지 않다."[33]

그러나 이 두 작품 모두 게를 '무장'이라고 놀리는 대신, '개사介士'나 '선생先生' 등의 칭호로써 우대하는 분위기 안에서 긍정적 사의辭意를 나타낸다. 곽복형의 것은 당초 제목에서부터 솔직하였음을 알겠고, 김시습(1435~1493)도 〈용궁부연록〉에 등장시킨 곽개사의 면모를 십분 높여 세울 의도마저 품었던 양, 곽개사가 부르는 자찬自讚 형태의 한 곡조에다 동원 가능한 미사美辭를 한껏 구사하고 있다. 대략하고 그 가운데 요구要句는 이러하였다.

嗟濛粱之巨族　어허 물길 따라 사는 양반님들
笑我謂我無腸　날더러 무장공자 비웃었겠다.
然可比於君子　군자에 비할 이 몸
德充腹而內黃　속에 덕이 차서 몸 안이 금빛일세.

이같은 분위기였음에도 유독 여기 동조 아니하고 일탈한 것으로는 다만 앞서의 〈무장공자전〉 정도였다. 이쯤 보면 권필이 불만의 표적으로 삼은 것이 대강 이윤보의 그 작품 등에 있음도 가히 짐작할 만하다. 따라서 여기에 대한 반발적인 충동이 창작의 한 동인으로 성립되었을 터이다. 이는 이규보의 〈국선생전麴先生傳〉이 임춘의 〈국순전麴醇傳〉에 대한 일정한 견제 안에서 이루어졌을 가능성[34]과도 정황에 있어 비슷

---

33) 이가원, 『한국한문학사』, 보성문화사, 1981, p.156.

하게 통한다고 하겠다.

게다가 이규보는 이윤보의 〈무장공자전〉을 극구 칭도한 나머지 당대唐代 산문학의 종장인 한유(768~824)의 저명한 〈모영전毛穎傳〉·〈하비후혁화전下邳侯革華傳〉 등과 대등히 비교하기도 했다.[35] 그런데 이규보에 비해 20년 연하인 최자崔滋(1188~1260)는 『보한집補閑集』 안에서 이윤보의 이 가전이 이규보가 지었다는 〈국수재전麴秀才傳〉(?)의 효작效作[36]이라고 언급하였다. 그렇다면 그러한 사실이 자부심 강한 이규보[37]에게 만족감을 주기에 충분하였을 것이다. 그 결과 당연 이윤보라는 작가 및 작품의 평가에 상당량 작용됐으리란 건 차라리 하나의 인지상정에 가깝다.

하지만 이윤보에게 내린 이규보의 이같은 과대의 평이 나중 시대의 권필에겐 어딘가 못마땅한 심사로 다가왔을 수 있다. 곧 그 특유의 오예傲睨한 자부[38]에서 우러나는 객기 또는 오기와도 같은 감정으로 문득

---

34) 김현룡, 「국순전과 국선생전 연구」, 『국어국문학』 65·66합집, 1974. 12, p.164.
35) 〈이사관윤보시발미〉에, "予友李史館允甫 以嘗所著詩賦雜著五十餘篇 袖而來示之 予讀之旣將還之曰 彬彬乎文彩之備也 詩扶風人之體 賦含騷客之懷 其若無腸公子傳之作 若與退之所著毛穎下邳相較 吾未知孰先孰後也."
36) "文順公…弱冠時 作麴秀才傳 李史館允甫 初登第時 效之亦作無腸公子傳 公見之而甚善 每唱於詞林間曰 近者能文者李允甫 眞良史才也." 다만, 화자는 〈국선생전〉이라 하지 않고 〈국수재전〉으로 명명하였다.
37) 안병설, 「고려가전의 형식과 그 성격」(『북악한학』 1집, 1978. 2), pp.58~59. 안병설, 「가전에 대한 이견산고」, 『명지어문학』 7, 1975.3, p.93 참조.
38) 선조 때 정홍명(鄭弘溟, 1592~1650)은 권필이 흠모하였던 송강 정철의 아들이다. 그가 야담 형식으로 쓴 『기옹만필(畸翁漫筆)』(『대동야승』 권54 소재)에는 권필과 직접 나눈 대화 및 그 소감도 엿보이는 바, 이에서 권필의 시문에 대한 자부가 역력하게 감지된다. "但石洲酒後多戲言 論文殊無定 余一日 偶與從容問其本色 則答云 自國初 至今述作 或有過我者 若其心眼俱到 透得妙解 無如我聞 其自負不淺." 또, 같은 시기 석주 권필과 접촉한 일이 있는 계곡(谿谷) 장유(張維, 1587~1638)도 〈석주집서(石洲集序)〉에서 그의 인물에 대해, "貌偉而氣豪 言論磊落動人間 雜詼諧 性醒嗜酒 酒後語益放 傲睨吟嘯 風神散朗 卽不待操紙落

돌올突兀되었던 것은 아닐는지. 여·한을 총괄하여 희세의 대문장가로 알려진 이규보를 문학 위에 높이 의식하지 않을 수 없던 권필로서, 이규보의 그다지한 과찬은 일종 수긍할 길 없는 불만거리였음에 틀림없다. 설혹 이규보와 동시대에 나서 자신의 문장을 한 차례 내보일 것 같으면 아마도 그를 그 자리에서 경도驚倒케 하고야 말았으리라.

권필의 이같은 자기 과시적인 태도는 어쩌면 어느 논자의 말처럼 이규보가 임춘에 대하던 저의와 통한다고 볼 만하다. 다름 아닌 "시문詩文에 대한 자만심과 자부심이 대단했던 이규보가 〈국선생전〉을 집필하게 된 동기는 … 당대 문명을 떨치던 임춘의 〈국순전〉을 능가하는 동궤의 가전을 써서 압도하려 했으리라는 추측"39)이 권필의 〈곽삭전〉과 이윤보의 〈무장공자전〉의 상호 관계에서도 그대로 적용 가능하다는 뜻이다.

동기의 또 한 항목은 극히 단순하고도 자명한 것이다. 별뜻 아니라, 권필이 게를 꽤 기호嗜好 다식多食했으리라는 무난한 추측이 그것이다. 이를테면 술·거문고·시의 삼혹호三酷好로 잘 알려진 이규보의 소작 〈국선생전〉이 그의 지독히 좋

단원 김홍도의 蟹圖

아하는 대상인 술을 의인화한 결과40)였듯, 역시 애주가였던 권필이 술

筆" 운운하였다. 덧붙여, 구한말의 시인 매천(梅泉) 황현(黃玹, 1855～1910)은 『매천집(梅泉集)』 권4 가운데서 권필에 관한 소회와 인상을 이렇게 평결지었다. "傲睨千秋孰我知 人言勝到鳳凰池 縱然未入花溪室 不墮黃陳轉可師."

39) 안병설, 앞에 든 논문.

안주로서 특별히 게를 탐미하였던 나머지의 소산으로 보는 일은 아주 자연스런 귀결이 된다. 이러한 것은 조선조 후기 이옥李鈺(1760~1812)이 담배를 의인화한 가전 〈남령전南靈傳〉의 창작 동기를 밝힌 소회所懷를 보아도 크게 참작의 터전이 주어진다.

> 昔韓慕廬葒 與南烟及麴生 爲忘形友 人問 二者不可兼 當去者何 韓公沈吟良久曰 皆不可去 若不獲已 其去麴生乎 至於烟 有死不可去 余於南君亦然 於是爲立傳以紀.
>
> 예전에 모려慕廬 한담韓葒이 남연(담배 : 필자주) 및 국생(술 : 필자주)과 망형忘形의 벗을 하였는데, 어떤 사람이, "둘을 한꺼번에 사귈 수 없다면 의당 어느 쪽을 버리겠소?" 묻자, 한공이 가만히 생각하기를 한참 만에, "모두 버릴 수 없소이다만, 만약 부득이 하다면 국생을 버리겠지. 연烟으로 치면 죽는대도 버릴 수가 없단 말야!"하고 말하였다. 내가 남군南君에 대해서도 또한 그러하길래 이에 전傳으로 세워 기록하는 것이다.

술[麴生]과 담배[南烟]의 양자 가운데서 택일하라면 차라리 술을 포기할지언정 담배는 죽는 한이 있어도 버리지 못하겠다는 마음에 〈남령전〉을 지어 기록한다는 취지였다.

이렇게 동기 면에서 유추하여 본 〈곽삭전〉은 온전히 자기 표현의 욕구에 의해 쓰여진 것으로, 이에 교훈적인 의미는 찾기 어렵다. 이미 고려말의 가전 일반과 조선 초엽에 성간成侃(1427~1456)의 〈용부전慵夫傳〉－이는 엄밀한 조건에서 가전의 장르 밖에 있는 것이지만－등은 다 교훈적인 의도를 내포해 있었으되, 그 뒤 선조 때 권필의 〈곽삭전〉에

와서 그러한 의미가 일단 사라짐을 알 수 있다. 그리고 이러한 경향은
〈곽삭전〉 이후 조선시대 말기에 이르는 동안의 거의 모든 가전들에
전반적인 양상으로 나타난다.

> 마음의 가전 외에 단순한 사물의 가전도 조선 후기에 이르러서도 계
> 속 나타났다. 안정복의 〈여용국전女容國傳〉, 이이순의 〈화왕전花王傳〉,
> 유본학의 〈오원전烏圓傳〉, 이옥의 〈남령전南靈傳〉 등이 그 좋은 예이
> 다. 그러나 이들 작품은 있어 온 대로의 되풀이거나 오히려 사물과 인
> 간의 도를 추구한다는 정신이 약화되었고 단지 표현의 묘미를 찾는 경
> 향이 강하다. 이는 이미 가전체를 위시한 교술문학의 시대가 지났음을
> 의미하며 ….41)

이 글은 그러한 사정을 잘 설명해 주는 폭이 된다. 그러므로 구태여
분간하자면, 〈곽삭전〉을 위시한 위에 소개한 가전들을 '목적가전目的假
傳'에 상대되는 개념으로서의 '순정가전醇正假傳'으로 간주할 수 있겠다.
　이상에서 상량해 본 바 몇 가지 동기들은 모두가 개인적 차원에 머물
러 있다. 실제로, 최소한 권필의 이 작품에서는 개인적인 의미 이상의
것을 감지하기 어렵다.
　그럼에도 불구하고, 짐짓 확대의 눈을 들어 헤아려 볼 것 같으면 이
러한 추정도 혹 성립이 가능할는지 모르겠다. 즉, 이같이 짤막한 소품
에서 군이 전쟁에 나가 산야를 누빈다는 뜻인 '횡초橫草'의 말을 두 차례
에 걸쳐 거듭 반복했던 사실을 당시의 시대상과 결부하여 연상해 보는
방법이다. 권필 당년에 미만해 있던 지나치게 편중된 우문천무右文賤武
의 사조에 대한 어떤 지양止揚 내지는 경각의 저의가 이 단어 안에 깔려

---

41) 조동일, 「가전체의 장르 규정」, 『장암지헌영선생화갑기념논총』, 1971, p.71.

있지는 않았는지 하는 것이다. 실제로 권필은 임진년(1592) 이래의 7년
간 전란을 몸소 목격한 시대의 산 증인이었으니, 그 결과 시정時政의
문약文弱한 현상을 뼈저리게 체험하고 통감하였다. 누구보다 호반 쪽을
동경하는 정열이 비상한 바 있던 권필42)로서, 작중에 '횡초지기橫草之
氣'나 '횡초지공橫草之功' 같은 상무尙武의 어휘를 애써 강조하였음은 오
히려 당연한 귀추라 할 수 있다. 이렇게 문약에 흘렀던 시류에 대해
일단一旦의 경계와 각성을 추구하려는 의욕의 기미가 부정되기 어려웠
던 전제에서, 그 타당성 여부를 동기 추정의 한 가설로서 가늠해 보는
것이다.

4: 창작의 시기

석주 권필은 조선조의 지배적 이념이었던 유교의 성리학에 대해 일
정한 사상적 방황을 겪은 사실로도 특기할 만한 인물이다. 그는 도학道
學을 깊이 연찬한다거나 또는 노老·불佛에 관한 각별한 논의를 펼친다
거나 하던 사상가는 물론 아니었고, 거의 문예 사장詞章 쪽에 전적으로
용심·주력한 시인이요, 문사였다. 그리하여 혹간 학문적 능력이거나
원기가 부족하다는 얘기도 없지는 않았던가 보다.43) 그럼에도 불구하

---

42) 앞의 주 24) 참조.
43) 권필에의 지감(知鑑)이 있고 그의 시를 누구보다 높이 평가하였던 허균은 〈석주
소고서(石洲少稿序)〉(『惺所覆瓿藁』 권4)에서, "一日洪鹿門問曰 汝章詩在國朝
可方何人 余曰 今文簡不得當也…或以汝章 少學力 乏元氣 當輸佔畢一着 是
尤不知詩道者 詩有別趣 非關理也 詩有別材 非關書也"라 했다. 곧 학문적 역
량과 시에 관한 역량은 서로 무관한 것으로 규정지으면서 석주를 옹호하였다.

고 한 시대를 사는 지식인다운 바탕으로서의 사상적 수용이란 차원에서 볼 때, 성리性理와 노장老莊 사이를 왕래하였던 역력한 자취를 『석주집』의 몇 군데서 엿볼 수 있다.

그의 40여 세 생애 동안의 사상적 편력을 크게 세 단계로 나누어 보아도 무방하리라 생각한다. 다행히 권필의 말년 작으로 여겨지는 오언고시 가운데는 이같은 경로를 한눈에 간파할 수 있는 귀중한 일단이 찾아진다. 다름 아닌 〈주후시제생酒後示諸生〉(『석주집』 권1)의 요처라 할 다음 구절에서이다.

老夫早向道　이 늙은이 일찍 도를 좇아 나아갔을 땐
古言以自箴　옛 말씀이 내 몸 닦는 교훈이었지.
中間遂放倒　중간에 이루 방황 다 겪은 뒤
兀兀仍至今　마침내 흔들림 없는 지금에 이르렀네.

그리하여 처음에 가학家學을 전습하는 과정에서 아무런 비판 없이 유생의 입장을 견지하였던 때가 있었는가 하면,[44] 어느 시기에는 유학과 연결된 개념을 통렬히 반박하고 오히려 노·장의 편에 기울이던 특별한 국면이 있었다.

그가 남긴 파천황의 산문 일작인 〈주사장인전酒肆丈人傳〉은 이를 웅변하는 가장 확증적인 소설이었다.[45] 그는 여기서 노·장 계열로 보이

---

44) 그가 강화 거주시에 양탁(梁鐸)이라는 자가 아비를 시해한 사건을 조정에 상소한 〈請誅賊子梁鐸疏〉(『석주집』 외집 권1)의 허두만 보아도 그의 강경한 유자(儒者)로서의 명륜(明倫)과 입론(立論)을 밝게 알 수 있다.
　　"伏以先王之有天下 首明人倫 以立教化 誠以綱常之道 如天地之不可易也 如日月之不可廢也 教旣立矣 化旣行矣 而猶慮夫賊仁害義者 或出於其間…."
45) 김창룡, 「주사장인전에 나타난 소강절 배격의 의의」(『한성어문학』 2집, 1983.

『석주집』 외집 권1 소재의 주사장인전

는 주가酒家 노인의 구기를 빌려서 일대 사상적 도발을 극하고 있다. 송 이학理學의 대가인 소강절邵康節을 통렬히 타도하고 정자程子를 무색케 하는가 하면, 유가의 성인들로 꼽히는 복희伏羲·문왕文王·공자孔子 등을 대우주 자연의 조화와 원기를 그르친 주범들로 몰아 일축하고 있다. 역易을 인위 조작한 당사자들로 단정하면서 이렇게 개탄하기까지 이른다.

> 噫 作易者之過也.
> 아아, 역易을 지어낸 자의 과오로다!

이러한 역易 비판의 과격론은 유교의 근본적 우주관에 대한 엄청난 선전포고였다.

그러나 향후, 이와는 전혀 상반된 전환이 급작스레 이뤄지는 전기를 맞게 된다. 다시 역과 성리에 귀의하는 때가 도래하게 된 것이다. 그의 나이 38, 9세 되던 해이다. 그 확실한 시기를 증거할 만한 단서가 『석주집』 안에서 발견된다. 다른 것 아니라 권7 중에는 병중病中에 그의 지난 평생을 회서回叙하는 24수의 시46)가 들어있는 바, 그 22번째 시의

---

2)에서 자세히 다루었다.

자주自註에 다음과 같은 기록이 있다.

> 余於辛丑冬 以白衣隨遠接使 到義州 今又以製述官 當往義州 適
> 有采薪之憂 未及登途.
>
> 내가 신축년 겨울에 백의로 원접사를 따라 의주에 간 일이 있었다.
> 지금 또다시 제술관의 직임으로서 의주에 가야 한다. 마침 내 몸에 병
> 이 있어 아직 길을 나서지 못하고 있는 실정이다.

여기서 신축년(1601) 겨울의 일이란 다름 아닌 바로 다음 해 임인년
(1602) 명나라 사신 고천준顧天俊이 명의 황태자 책립과 관련하여 조사詔
使로 조선에 왔을 때 원접사 이호민李好民의 종사관從使官으로 수행했던
일을 말한다. 그리고 '지금 또다시' 이하의 부분은 그 후 4년 만인 병오
년(1606), 명나라에
서 다시 주지번朱
之蕃 등이 황태손
탄생을 알리는 천
자 조칙의 사신으
로 내려왔을 당시
에 권필의 정황을

주지번의 선면 글씨

이름이다. 그런데 이 병중病中의 24수를 이루어 놓은 절기는 그 제 1수
의 내용으로 보아 필경 늦은 봄이다.[47] 주지번 등이 국경인 의주에 당
도한 때는 그 해 4월이었으니, 바로 24수의 작시 연대도 1606년이다.

---

46) 〈病中聞夜雨懷草堂因叙平生二十四首〉.
47) 不到書齋近二旬　忽驚時序已深春
　　中宵臥聽催花雨　欲種山榴奈病身.

권필의 나이 39세, 그가 시화詩禍를 입고 죽기 6년 앞인 것이다.

이 외에도 이 24편의 시는 권필 생애의 변천을 요량하는데 중요한 자료가 되고 있다. 편중에서 그는 이전까지의 삶을 모두 헛된 것으로 돌림과 동시에, 새롭게 바뀐 결심을 다짐이라도 하는 양 자주 성리의 학學을 스스로 확인하고 있다. 23번째 시에는 유자儒者의 지극한 도리가 육경六經의 밖에 있지 않다고 단정하고,48) 일찍이 통렬히 매도하였던 소강절과 선천 역학先天易學을 새로이 인식하려는 자세를 갖는다. 작품 맨 마지막인 제24에서는 그러한 인식의 완결이 잘 나타나 있다.

> 邵氏當年弄此環　소강절이 이 경계에 놀았을 당시야
> 何曾把筆事朱丹　무슨 단술丹術 따위 높여 썼겠는가.
> 欲知妙理無窮處　오묘의 이치 가없는 경지를 알려거든
> 須向先天仔細看　모로매 선천先天을 자세 살펴 볼지다.

이곳 말미의 자주自注에는 "余方讀易"(내 이제 주역을 읽노라)이라 하여 그 진지하고도 경건한 태도를 십분 엿볼 수 있다. 그러므로 권필이 다시금 성리학에 귀의한 때를 가장 늦춰 잡는다 해도 〈병중문야우회초당인서평생이십사수〉를 지은 이후인 그의 나이 39세(1606) 무렵으로 착안해 볼 수 있게 된다.

그리고 〈곽삭전〉에는 필경 역易을 동조하고 받드는 조어措語인,

> 剛外而黃中 其學易者耶.
> 단단한 외양에 황색빛 마음을 지녔으니, 곧 『주역』을 배운 이로구나!

---

48) 牛生虛作曲岐行 至理元來在六經
　　能使此心存此生 胸中風月有誰爭.

를 분명히 노정하고 있다는 사실이 주목을 끈다.

그런데 이러한 역의 인용은 가전마다 지켜야 할 필수 요건은 결코 아니요, 각별히 어떤 작가의 의취에 전적으로 달려 있다. 실제로 역[易辭]의 원용은 이규보의 〈국선생전〉 정도에서나 나타날 뿐, 여타의 가전에서는 여간하여 찾아보기 어렵다. 이러한 사실이 의미하는 바는 결국 역에 대한 긍정적인 관심과 추종의 바탕이 확고하지 않고서야 굳이 이같은 표현을 이끌어다 쓸 리 없다는 것이다. 〈곽삭전〉의 시기 쯤에 권필은 이미 역을 준봉하던 시간대 안에 있었던 터요, 따라서 권필 생애의 말기인 39세 이후의 소산으로 봄은 우선 안전의 변폭을 넓게 확보한 추정이 된다.

한편, 『석주집』 권8에는 송松・죽竹・매梅・국菊・연蓮의 다섯 식물을 찬讚한 〈영물편詠物篇〉이 있는데, 그 중 연蓮을 음영吟詠한 글 가운데 "周茂叔解比於君子"(주무숙은 군자에 비유하여 해석했다)의 구절이 각별한 주목을 끈다. 주무숙周茂叔은 〈태극도설太極圖說〉로 알려진 송 이학理學의 선구자 격인 염계濂溪 주돈이周敦頤(1017~1073)이니, 무숙茂叔은 자字이다. 석주가 이러한 성리학자의 표백을 문득 자신의 문채文彩 안

『고문진보』에도 실린 애련설

에 이끌어다 쓴 데는 자기가 품고 있는 애련愛蓮의 취향을 보다 합당하게 보이고자 함이요, 구태여 주무숙의 이름까지 천명한 것은 말의 권위를 위함이었다. 이는 궁극적으로 그가 주무숙의 권위며 의취

를 인정하는 자세로 보여지니, 〈주사장인전〉에서 소邵 ·정程 두 사람
을 무색케 하려던 적의와는 사뭇 그 태도부터 달랐다. 다소 성급한 일
반화의 느낌 또한 없지 않지만, 이러한 사실을 성리학 쪽에 대한 귀의
라는 한 가설로서 받아들여 두자. 그런데 마침 이 〈영물편〉의 뒤에는,

己亥閏四月十四日 石洲懶隱志.
기해년 윤 4월 14일에 석주 나은懶隱은 적는다.

의 13자, 작가 스스로가 밝힌 연기年紀가 뚜렷이 명기되어 있었다. 기해
년己亥年이라면 1598년, 석주 나이 곧 30세 되던 해이다. 만약 이 가설
대로라면 성리에의 전환 시기는 훨씬 거슬러서 상정될 터이요, 〈곽삭
전〉이 창작된 연대 추정의 폭도 따라 연장될 수밖에 없는 것이다.

5: 〈곽삭전〉의 전후 관계

1) 게 의인의 명편들

가전을 위시하여 상당수의 의인화 가운데는 선후간 일정한 계통 위
에 놓여 있는 경우가 적지 않다. 예컨대 술 의인화에 있어서 〈육서전陸
諝傳〉·〈청화선생전淸和先生傳〉 → 〈국순전麴醇傳〉 → 〈국선생전麴先生
傳〉으로 이어지는 일련의 가전 문학 계보[49]와, 청대 후방역侯方域이 지
은 말의 가전 〈건천리전蹇千里傳〉이 조선 남유용의 말의 가전 〈굴승전

---

49) 안병설, 「가전에 대한 이견산고」, 『명지어문학』 7, 1975.3.

屈乘傳)으로의 접맥, 또 한유의 붓을 소재로 한 〈모영전毛穎傳〉에서 신함광의 〈모영후전毛穎後傳〉 → 한성리의 〈관성자전管城子傳〉에 이르는 일련의 맥락50) 등에서 그러하였다. 뿐만 아니라, 신라 설총의 〈화왕계花王戒〉로부터 조선조 김수항의 〈화왕전花王傳〉 → 노긍의 〈화사花史〉 → 이이순의 〈화왕전花王傳〉 → 현대에 이가원의 〈화왕전花王傳〉까지는 모란을 주인공으로 한 꽃 의인의 연계라 하겠다. 이희로의 〈남령전南靈傳〉은 같은 시기 이옥의 〈남령전南靈傳〉과 더불어 담배 인격화에서 동계同系51)가 될 것이다.

　그렇다면 이제 게[蟹] 활유법의 경우는 어떠한가? 이는 물론 권필 당년의 〈곽삭전〉에 첫 남상이 있는 것은 아니다. 고려 때 이윤보의 〈무장공자전〉이 없지 않았고, 조선조에 들어서면 김시습의 『금오신화』 가운데 한 작품이었던 〈용궁부연록〉에서도 곽개사의 이름으로 다시 게가 인간의 구기口氣를 타고 있었으며, 중국에선 〈오중개사곽선생전〉의 우의寓意가 나타난 바 있다. 가전의 이름으로 이윤보가 지었다는 〈무장공자전〉은 기왕에 실전失傳이 되었지만 지은이가 곽복형으로 알려진 〈오중개사곽선생전〉의 경우엔 그 면모를 접해 볼 수 있다.

　이렇듯 당초부터 게의 가전으로 오늘날까지 제목이 전하는 세 편 가전의 전모를 한꺼번에 확인할 수 없는 정황에서 작품 상호간의 세밀한 비교 검토가 어렵게 된 실정이다. 그러므로 이에 정확한 영향 관계를 예측하기 어렵고, 다만 〈곽삭전〉과 관련하여 검토될 수 있는 작품 종종들을 아래에 열거해 보이기로 한다.

---

50) 이가원 편, 『여한전기(麗韓傳奇)』, 우일출판사, 1981, p.81 참조.
51) 관련 고찰로 구영진의 「남령전 연구」(연세대석사학위논문, 1981.12)가 있다.

ⅰ) 〈무장공자전無腸公子傳〉

이윤보의 지은 바라 하나 어느 때부터인가 일편佚篇이 되었다.

그런데 〈곽삭전〉 평결부 말미에 "世或以無腸譏索 豈不過也"(세상에
는 혹 속이 비었다는 말로 곽삭을 비웃기도 하니, 이 어찌 그릇된 일이 아니겠는가!)라
한 것은 혹시 본 작품까지도 염두에 두고 지어낸 뜻은 아닌가도 싶다.
그렇게 본다면 본 편이 선조·광해조의 무렵까지 곧잘 유전하여 내려
오다가 그 후에 일실된 것은 아닌지 모르겠다. 더욱 의아스러운 일은
여말에 발생한 초기 가전의 내용적 전모가 그 제목과 함께 엄재해 있는
데 하필 이것만이 중도에 유독 행방을 잃었는가 하는 점이다.

이에도 구태여 하나의 억측을 부린다면 문예인 작의의 지나친 희학
성을 탓한 후세 문필가들의 의도적인 탈락은 아니었을까 하는 의심도
해 볼 수 있다. 이를테면 작자의 문우인 이규보가 이윤보의 작품 50여
편 글 가운데 각별히 본편을 두고 한 평설 가운데 "其若無腸公子傳等
嘲戲之作"(바로 〈무장공자전〉 같은 것은 조롱하며 놀린 작품이다) 운운한 내용을
문제삼아 보는 뜻이다. 곧 다른 가전 작가들에게서 보여지는 진지한
태도의 결여, 또는 농문희필弄文戲筆에 따른 혐의는 아니었을까를 상정
함이다. 어쩌면 전고前古의 허다한 염정소설 류가 후대 지식인 사대부
들의 가치관 및 도덕성의 기준과 서로 어긋나 그 면모를 보전하기 어려
웠던 시대 사조와도 관계 있을 수 있다. 그러나 구체적인 단서가 나타
날 때까지는 일개의 가설로서 머물 수밖엔 없다.

ⅱ) 〈용궁부연록龍宮赴宴錄〉의 곽개사郭介士

권필이 〈곽삭전〉을 쓸 때 앞에 든 이윤보의 〈무장공자전〉을 보았을
수 있고, 어느 정도 참고의 계기로 삼았을 것이라 짐작하지만, 이 아직

추측의 단계에서 더 지나지 못하였다. 그런데 〈곽삭전〉에 영향을 끼쳤을 전수자의 자격으로서 보다 구체성을 띤 선도적인 사례는 조선조로 넘어와서야 보이는데, 곧 세조 때 매월당 김시습의 〈용궁부연록〉 가운데의 곽개사 출현이 그것이다.

권필이 매월당 김시습에 대한 존재를 인식하였던 증좌는 『석주집』권7의 〈차매월당어시운次梅月堂漁詩韻〉 등을 통해 엿볼 수 있다. 기실 권필이 매월당을 염두함에 서로가 똑같이 나름의 명분과 지조를 지킨 채 젊어 이후 평생을 울혈鬱血·강개慷慨의 한사寒士 내지는 산인散人으로 일관하였다는 그 사실만으로도 흉중에 흠선했을 법하다.

실제로 김시습이 용궁의 연회에 등장한 게에게 곽개사의 호칭을 부여한 사실과, 권필이 또한 곽郭씨 성을 가진 개사[然臣介士也]로서 대우한 점이 서로 통하는 것이다. 더욱이 불과 얼마 안되는 짤막한 구절 가운데서도 양자 사이의 내용상 근사를 보이는 부분은 도처에서 산견된다. 그 일맥상통하는 부분을 추려 보이면 다음과 같다.

속성 \ 작품	용궁부연록	곽삭전
은둔적 처세	巖中隱士	避世亡在澤中
외 모	被堅執銳	被堅執銳
걷는 형용	蹣跚趨蹌	婆跚勃窣
거품(눈물)의 형용	噴沫瞪視	沫涕飮泣
내면적 형용	中黃外圓	剛外黃中
풍 미	滋味風流 可解壯士之顔	以氣味…悲愁鬱悒者 必欣然樂也

iii) 〈조해부糟蟹賦〉·〈후해부後蟹賦〉

이는 송대 양만리楊萬里(1126~1206)가 '게'를 두고서 지은 두 편의 부賦 작품으로서, 작자도 소서小序에서 각각 밝혔듯이 조曹·채蔡 씨 등이 강서江西에서 보내 준 게의 풍미에 감발하여 쓴 것이라 했다.

그런데 이 두 편의 부賦야말로 권필의 〈곽삭전〉과 곽복형의 〈오중개 사곽선생전〉에 절대적인 영향을 끼쳐 있었던 것임을 이 작품의 독서 과정상에 여실히 깨닫게 된다. 우선 〈조해부〉 안의 "郭其姓 索其字也"와, 〈후해부〉 안의 "吳中介士郭先生也"란 언어는 벌써도 두 편 가전 의 제목을 약속해 주었을 뿐 아니라, 〈곽삭전〉만을 놓고 비교해 보더라 도 상당 부분의 추출이 가능하다. 이를테면 〈조해부〉의 "黃中通理"는 〈곽삭전〉의 "剛外黃中"에 녹아 스민 것이겠고, 〈조해부〉에 있는

> 楊子迎勞之曰 汝二澥之裔耶 九江之系耶 松江震澤之珍異 海門西 湖之風味.

의 내용은 〈곽삭전〉의,

> 上憐其志…詔以九江二澥松江震澤爲索食邑.

에 곧장 적용된 것임을 알 수 있다.

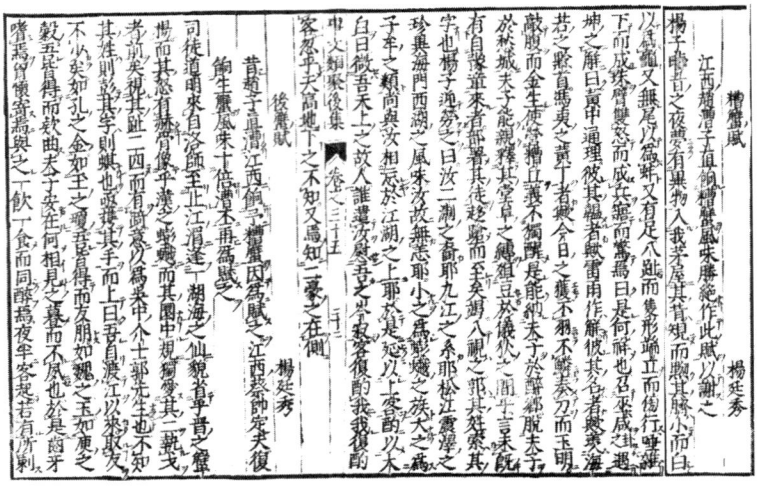

사문유취 '蟹' 門에 수록된 양만리의 賦

또 양만리 〈후해부〉에 '주酒'와 '蟹'에 대한 의인법이던,

吾有二友 惟彼麯生與爾郭索.

취의가 권필 〈곽삭전〉 안의,

最與醴泉曹醇善 相許以氣味.

의 활인 수법에 완곡히 탈태奪胎되어 있다 함은 이미 언급된 것이다.
다시 양씨 〈후해부〉의,

像乎漢之蝥蠈…不知其姓則彭 其字則蜞也.

표현은 권씨 전傳에서 방게를 소개하는 대목인,

漢將彭越之後 有曰蜞者 學優孟之術 能像索形貌.

의 문구에 교묘히 점화點化되고 있음을 발견할 수 있다.

이렇게 양만리의 2편 부 작품이 뒷시대 '게' 가전에 용사된 정도를 알 만한 것으로되, 역시 이 작품들을 일찌감치 수록하여 있던 주체는 『사문유취』의 차지였다.

ⅳ) 황정견黃庭堅의 시와 서거정의 〈야로송해시野老送蟹詩〉

黃庭堅-
字가 魯直이다.

송대의 황정견이 게와 관련하여 음영한 유작이 아마도 제일 많은 듯하니 『사문유취』에 여러 수 보인다. 〈차운사후식해次韻師厚食蟹〉·〈사하십삼송해謝何十三送蟹〉·〈우차답송해운희소하又借答送蟹韻戲小荷〉·〈대이오해조代二螯解嘲〉·〈우차전운현지又借前韻見志〉 및, 지금 소개하려는 소시小詩가 그것이다.

시의 제목 격으로 "秋冬之間 鄂渚絶市無蟹 今日偶得數枚 吐沫相濡 乃可憫笑 戲成小詩"라 하였다. 곧 '가을과 겨울 사이 악鄂 고을의 강가에는 시장이 열리지 않아 게가 없었다. 그런데 오늘 우연히 질질 거품이 나는 몇 마리를 얻게 되매 씁쓸하고 우스꽝스럽다. 이에 희필로 작은 시 하나를 만드노라'고 하였다. 전체 3수가 있는 중에 〈곽삭전〉에 이용된 것으로 보이는 것 두 작품만을 여기에 옮겨 둔다.

怒目橫行與虎爭　노한 눈 비낀 걸음걸이 범과 겨룸직하나

> 寒沙奔火禍胎成　　찬 모래 위 바쁜 형상은 불행의 시작일지라.
> 雖爲天上三辰次　　제 아무리 하늘에선 세 번째 자리 차지한대도
> 未免人間玉鼎烹　　인간 세상 근사한 솥 안에 끓여짐을 면치는 못해.

그 말미의 주기注記에는 "陰陽家以井鬼之分爲巨蟹"(음양가들은 정귀의
방향을 큰게자리로 삼는다)라 적혀 있으니, 여기의 "井鬼之分"이 〈곽삭전〉
중의 "井鬼之分 必有異人"의 구문에 직접 작용했음이 완연하다.

또 제 2수의,

> 勃窣媻跚蒸涉波　　비척비척 김 뿜은 채 물살 헤앗고
> 草泥出沒尙橫戈　　진흙 풀 출몰하며 비긴 창 자랑하네.
> 也知觳觫元無罪　　부들부들 떠는 모습 무슨 죄가 있으랴만
> 奈此尊前風味何　　이 술잔 앞 기막힌 풍미를 내 어찌 할거나.

기구起句 처음 네 글자인 "勃窣媻跚"의 수사적 조어 역시 〈곽삭전〉의
"媻跚勃窣於蘆葦"의 작문에 그대로 이어진 것임을 포착할 수 있다.

한편 김시습과는 동문이었던 사가四佳 서거정徐居正(1420~1488)이 게
를 두고 음영한 절구 〈야로송해시野老送蟹詩〉[52]에,

> 玉螯金甲內黃侯　　멋진 몸매에 갑옷 두른 내황후
> 風味江湖第一流　　그 풍미야말로 세상에 으뜸이라네.
> 可惜無腸空郭索　　안됐어라, 속없이 괜스레 더벅대다가
> 不辭五鼎近糟丘　　화려한 상 위에 술 마다할 수 없는 일.

---

52) 『해동잡록(海東雜錄)』 4(『대동야승』 권22 소재)의 안에 보인다.

'내황후內黃侯'·'무장無腸'·'곽삭郭索' 등 게에 관한 이칭들을 포함하여
가장 특징적이고도 요긴한 표현을 이끌어 압축미를 나타내고 있다. 서
거정이 김시습보다는 15세 연장이지만, 이 시 안의 '무장'·'곽삭'·'내
황후'가 〈용궁부연록〉의 곽개사와 비해 어느 것이 보다 먼저 이룩되었
는지는 가려내기 곤란하다. 다만 『금오신화』의 창작이 김시습 31~36
세까지의 사이에 이루어졌다[53] 하니, 이때는 서거정의 나이 46~51세
가 된다. 그러므로 〈야로송해시〉도 서거정의 이 시기 기준으로, 보다
이르고 늦은 정도로 양자 간의 선후도 결정될 것이다.

ⅴ) 〈토별가兎鼈歌〉

이상은 조선 중엽 〈곽삭전〉 이전의 게 의인의 조자調子가 될 것이나,
그 이후에도 역시 한적하여 문예상에 게가 인격화되어 나타나기는 애
오라지 조선 후기 〈토별가〉 가운데 등장하는 '표기장군驃騎將軍 벌덕게'
와, 1908년 안국선安國善이 쓴 신소설 〈금수회의록禽獸會議錄〉 중의 작
은 제목인 '무장공자無腸公子' 정도가 고작이었다.

〈토별가〉에 나오는 벌덕게[舞蟹][54]는 그에게 붙여진 표기장군이란
호칭이 보여주듯, 종전의 주인공 게들이 단순한 개사의 위치에 머물렀
던 수준에서 벗어나 용왕 앞에 벼슬하는 일위一位의 무관이다. 우선 그
의 형용 및 동태의 묘사를 보기로 한다.

---

53) 정병욱, 「김시습과 금오신화」, 『한국고전소설연구논문선』, 계명대출판부, 1974,
 p.24.
54) 정약전(丁若銓)의 『자산어보(玆山魚譜)』(권2, 蟹類) '蟹' 門에 '무해(舞蟹)'라 한 것이
 곧 벌덕게이다. '곧잘 집게발을 펴면서 일어나는 것이 춤추는 모양과 같다[好張
 蟹而立 如舞]'하여 이렇게 이름 붙인 듯하다.

간의더부못치엿ᄌ오되표기중군벌덕계의갑이굿ᄉ옵고열발을갓초
와셔진퇴을다ᄒ옵고제고향이육지오니죠셔쥬워보니쇼셔개가분의츤득
나셔밋쳐마을못혀여셔입의겁품홀이면셔열발을금엉금기여ᄂ와발명
흔다.[55]

수궁의 어족魚族들 간에 토끼를 유인해 올 사자를 선발하는 일로 의
논이 분분한 가운데 벌덕게가 지목되었을 때의 장면이다. "의갑이 굿ᄉ
옵고 열발을 갓초와셔"는 '피견집예被堅執銳'와 의맥이 통하고, "입의 겁
품 홀이면셔"는 '말체음읍沫涕飮泣' · '분말噴沫' 등과, "열 발을 엉금엉금"
은 '반산발솔襞跚勃窣' · '곽삭郭索' 등과 연결시킬 수 있는 표현이다.

그러나 이가 반드시 앞 시기의 〈용궁부연록〉이나 〈곽삭전〉의 영향
을 입었다고 말할 수는 없을 것이다. 〈용궁부연록〉을 담고 있는 『금오
신화』는 대개 임병양란壬丙兩亂을 계기로 자취가 묘연하여졌다 하니,[56]
그 가능성은 거의 전무하다시피 하겠다.

〈곽삭전〉의 경우는 특히 모호하다. 애당초 판소리 계통의 소설이란
것이 원래 서민 주류의 문예이지만 후견인 역할 당사자인 사대부의 문
필적 입김이 배어듦이 통례였고, 〈토별가〉의 경우만 보더라도 명대에
구우瞿佑가 지은 『전등신화剪燈新話』의 여음餘音이 배어 있다.[57] 그렇
게 본다면 『석주집』과 그 속에 있는 〈곽삭전〉이라 해서 무조건 열외로
배제해 버릴 수는 없는 것이겠거니와, 반대로 이 얼마 아니되는 간략한

---

55) 완판본 〈토별가(兎鼈歌)〉에서 인용. 이는 신재효본 〈토별가〉와 동일 내용이다.
56) 이가원, 「금오신화고」, 『한문학연구(韓文學硏究)』, 탐구당, 1969, pp.267~268.
57) 예컨대 자라가 토끼를 수궁으로 유인코자 늘어놓는 갖가지 감언이설 중의 한
    단락, "문중조관잇스면은영덕젼지을젹의숭양문을못지어셔양게까지멀이나와여
    션문을청힛겟죠…"는 전적으로 『전등신화』 중 한 작품인 〈수궁경회록(水宮慶會
    錄)〉 안의 내용을 살려 서술한 것이다.

서술만 가지고서 섣불리 수수 전달 운운으로 단정짓기에는 곤란함이
없지 않다.

vi) 〈금수회의록禽獸會議錄〉의 무장공자無腸公子

〈토별가〉에서 비친 게[驃騎將軍]는 대장인 고래와 함께 문관들의 세
에 눌린 무관들의 울분을 대변하는 일정한 역할을 수행하는 자로서 그
친다. 이러한 그들의 행위에 대해서 작자가 비록 '불쌍한 호반虎班'58)이
라는 한 구절을 사용하였지만 지극히 객관적이고도 냉정한 표현에 불
과할 뿐, 특별히 어느 한 쪽에 대해 우호의 입장을 천명한 것은 아니었다.

그러나 이후 1908년에 안국선安國善(1878~1926)이 동물을 의인화하여
지은 신소설인 〈금수회의록〉에서 게가 다시 사장詞章 위에 등장하였을

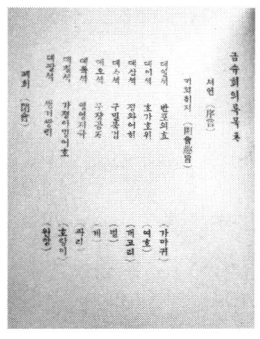

때는 절대적 긍정의
입김을 타게 된다. 그
는 작품에서 인간이
게를 두고 무장공자
운운으로 지칭한 것
은 천만 부당한 일이
라고 우선 일축해 버
리는 포문을 열었다.

1908년 발간된 금수회의록 표지와 목차

나는 게올시다. 지금 무장공자라 ᄒᄂᆞᆫ 문뎨로 연설홀 터인디 무장공자
라 ᄒᄂᆞᆫ 말은 창자 없는 물건이라 ᄒᄂᆞᆫ 말이니 녯적에 포박자라 ᄒᄂᆞᆫ 사

---

58) "불ᄉᆞᆼ ᄒᆞᆫ호반더리문관의게평싱눌여졀치부심ᄒᆞ엿다가일언디을당ᄒᆞ여…."

룸이 우리 게의 족속을 가라쳐 무장공자라 ᄒ양스니 대단히 무례흔 말이로다.

그리고 정작 쓸개 빠진 구실을 하는 당사자는 인간이라고 대거 논박하는 반면, 몇 가지 관련되는 고사 및 속담 등을 끌어다가 게를 극구 비호하고 선양하는 일에 열을 다하였다. 특히 위 인용문 중의 머릿점 부분은 〈곽삭전〉 가운데 게를 우단右祖하는 강론强論,

世或以無腸譏索 豈不過也.
세상에는 혹 무장無腸이란 말로 곽삭을 비웃기도 하니, 이 어찌 그릇된 일이 아니겠는가!

와는 그 발상이 묘하게 합치하고 있는 점을 놓칠 수 없다. 그렇다면 안국선은 무장공자를 짓기 이전 진작부터 『석주집』 안의 〈곽삭전〉까지 감안하였던 것일까? 더욱이 공교한 일은 〈금수회의록〉 '개회취지開會趣旨'의 단락을 통해 볼 수 있는 아래 같은 글에 있다.

하나님이 뎡ᄒ신 법대로 힝ᄒ야 긔는 쟈는 긔고 ᄂᆞᄂᆞᆫ 쟈는 늘고 굴에서 사는 자는 깃드림을 침노치 아니ᄒ며 깃드린 쟈는 굴을 쌔앗지 아니ᄒ고 봄에 싱겨서 가을에 죽으며 여름에 나와셔 겨울에 드러가니 하나님의 법을 직히고 텬디 리치대로 힝ᄒ야 졍도에 어김이 업슨즉 ….

이것이 또한 흡사 권필 〈주사장인전〉의 한 구절이 되었던,

凡天地之間 有生之類 躶者 毛者 羽者 介者 鱗者 煖嬎者 肯翹者

趑趄而啾喞者 咸得其所 若此之時 可謂至德也已.

　　무릇 천지 사이에 생명있는 종류라 한다면, 맨 몸뚱어리 것, 털이 난 것, 깃털 달린 것, 단단한 껍데기가 있는 것, 비늘 달린 것, 따사롭하니 꿈틀대는 것, 미세한 것, 팔짝팔짝 뛰면서 찌릭찌릭 우는 것 등이 있지. 이들은 하나같이 그 타고난 속성을 갖춰 있슨즉, 바로 이 시점이야말로 가히 덕의 지극함이라 이를 것이다.

와는 문맥의 대의와 글의 이미지가 서로 방불한 감도 없지 않은 것이다.

　vi) 〈오중개사곽선생전吳中介士郭先生傳〉

　이는 이가원의 『한국한문학사』에서 지은이 곽복형이란 이름과 함께 그 제목이 처음 소개된 바 있고, 그 내용이 『고금골계문선古今滑稽文選』에 고스란히 실려 전한다. 하지만 곽복형이란 인물의 추적이 막연한 마당인지라, 본편의 연대 추정 역시 불명인 채 남아 있다.

　다만 고려의 가전이 당나라 한유의 〈모영전〉·〈하비후혁화전〉 등을 통해서 처음 얻어진 발상이고, 임춘·이규보가 시행한 술 의인화도 그보다 앞선 당경의 〈육서전〉이라든가 진관의 〈청화선생전〉을 남본藍本으로 하였다는 점을 감안하여 본다면, 이규보의 동시대 문우文友였던 이윤보의 경우 역시 전연 독자적인 의안意案이었다기 보다 그 이전의 어떤 동일 소재 가전이거나 혹은 유서와 같은 전거가 있어서 그에 시사를 입었을 개연성을 진단해 볼 수도 있다.

　그러나 그 반대의 경우도 가능하다. 다시 말해, 종이의 가전에 있어 고려말의 〈저생전楮生傳〉이 중국의 〈저대제전楮待制傳〉·〈저선생전楮先生傳〉보다 한 발 일찍 이루어진 것처럼, 〈오중개사곽선생전〉 역시 〈무장공자전〉보다 늦은 시기의 창작일 수도 얼마든지 있다. 필자 나름의 추측으로는 이것이 오히려 〈곽삭전〉보다도 늦은 청대의 산물로 보고자 하거니와, 뒷장에서 상론하기로 한다.

이상, 〈곽삭전〉과 비준하여 검토될 수 있는 게 의인화의 작품 면면들을 대개 나열해 보인 셈이다. 그러면 이제 〈곽삭전〉의 수사 표현이 앞 시대의 작품과 직접 또는 간접적으로 교감이 연상되는 부분을 들여다 보기로 한다.

2) 수사적修辭的 닮음

〈곽삭전〉의 전편全篇에 흐르는 수사는 순연한 작자 개인의 독창적 조어만은 아니다. 그보다 이전에 존재하였던 여러 작품의 수식을 적절히 원용하고 교묘하게 안배하여 의연한 환골탈태를 이룩하고 있음을 보게 된다.

사마천의 『사기史記』가 가전에 끼치는 영향은 고려시대 가전 발생의 초기부터 밀도 높게 나타나는데, 특히 〈곽삭전〉에서 그러한 영향의 상관성이 가장 적나라하게 드러났다. 주인공 곽삭이 왕이 내리는 벼슬을 사양하면서 아뢰던 말이 있다.

> 寧游戲汚瀆之中自決 無爲有國者所羈.
> 차라리 더러운 도랑물 가운데 노닐면서 스스로 즐거울 망정, 나라를 다스리는 분에게 얽매임이 없고자 합니다.

이는 그 소종래를 추적하여 본 결과 『사기』 권63, 〈노자한비열전老子韓非列傳〉의 세 번째 '장자莊子' 해당 내용에 기록된 다음과 같은 대목,

楚威王聞莊周賢　使使厚幣近之
許以爲相 莊周笑謂楚使者曰 我寧
游戲汚瀆中自決　無爲有國者所羈
終身不仕 以快吾志焉.

초나라 위왕이 장자가 어질다는 말을 듣고 후한 폐백과 함께 사신을 보내어 가까이 하고자 했다. 재상을 내리려 하자 이에 장자는 웃으면서 초나라의 사자에게 말하였다. "내 차라리 더러운 도랑물 가운데 노닐면서 스스로 즐거울 망정, 나라를 다스리는 이에게 얽매임이 없고자 합니다. 죽을 때까지 벼슬하지 아니한 채 내 뜻을 유쾌히 하고자 하오!"

『사기』 권63의 장자 부분

에서 단 한 글자의 차이도 없이 그대로 끌어 썼음을 알겠다. 이러한 사실은 권필이 이 대목을 각별한 인상으로 강기强記하였고, 또 그렇게 강렬히 기억하였던 것은 장자의 위와 같은 쾌사快事를 깊이 흠선하였던 증거로 볼 수 있다. 나아가, 당시의 환로를 더럽다 하여 애써 멀리하려던 자신이 장자의 고고한 기개와 상합한다는 멜랑꼴릭한 자기합리 내지는 자족의 마음이었을 것이다.

그 다음, 앞 시대의 가전인 〈국순전〉 및 〈국선생전〉·〈청강사자현부전〉 등과 표현 또는 구상의 방식에서 직·간접으로 닮아 있는 흔적을 타진해 볼 수 있다. 일람하여 대비해 보이면 아래와 같다.

국순전	국선생전	청강사자현부전	곽삭전
每有盛集 醇不至 咸愀然曰 無麴處 士不樂 其爲時所 愛重如此	與中山劉伶潯陽陶 潛爲友 二人嘗謂 曰 一日不見此子 鄙吝萌矣		人或請醇 索時時 與俱往 雖有悲愁 鬱悒者 索與醇在 其左右 則必欣然 樂也
	上器之 擢置喉舌 待以優禮 每入謁 命昇而升殿 呼麴 先生 而不名	上聞其名 使使聘 焉	使使强致之 欲授 以喉舌之任

6: 맺음말

　　멀리 신라에 〈화왕계〉가 있었지만 그것은 의인 문학의 광의에 합당하였을 뿐, 이른바 인물의 전기(biography)를 사물에 가탁하여 서술하는 형태적 장르인 가전의 자격에는 전혀 미치지 못하였다. 진정한 의미에서 가전이란 양식으로 성립되기 위해선 미상불 선계·본전·후계·평결이라는 기본적으로 외재하는 요건들이 갖추어져 있어야 한다. 이는 가전의 발생적 남상으로 간주되는 당나라 한유의 〈모영전〉 이래 불문율적인 바른 길과 큰 원칙이 되어 왔기 때문이다. 따라서 〈정시자전丁侍者傳〉이나 〈용부전傭夫傳〉 등은 가전이 아닌 별도의 의인 단편으로 간주된다.

　　아직 고려의 발생 초기 가전에 거의 국축해 있는 실정인 한국 가전의 연구는 이제 훨씬 난만히 꽃피웠던 조선조의 가전들에 적극적으로 관심하고 다루어야 할 때가 되었다. 우선은 작품을 총망라하여 시기별·

소재별로 정돈함은 물론, 그 개개의 작품이 전체 가전에 보편적으로 통하고 있는 동질성 및 차별적으로 한정된 특성, 곧 보편과 특수를 추려내는 이론적 강화도 함께 수행되어야 할 문제로 본다. 지금 〈곽삭전〉에 대해 다룬 이 글도 바로 여麗·한韓에 걸치는 한국 가전의 통시적 전개의 한 부분으로 이 작품에 해당하는 보편과 특수의 현상에 대해 검토하여 본 것이다.

대체적으로 가전의 작자가 그가 내세우는 주인공에 대해서 가지는 입장과 태도는 크게 긍휼·선양의 것과 조희嘲戱·폄하貶下의 것 같은 두 갈래로의 구분이 가능하다. 따라서 그 주제 또한 대개는 유가적 가치관에 적합한 교훈이거나 또는 풍자로 나타나기 마련이다. 하지만 그러한 경우들 외에도 특별히 주인공의 성품이나 행적이 가끔은 작자의 신변적 진실과 밀착(overlap)하여 나타나는 수도 있는 바, 〈곽삭전〉은 그 대표적 호례가 된다.

그러나 이 작품이 자기합리화의 미학만으로 시종하였던 것만은 아니었다. 여기에는 냉정한 현실 인식과 풍자 정신이 아울러 깔려 있음을 간과할 수 없다. 조정에 의해 일약 중임重任을 천거 받을 정도의 덕망, 운인韻人·가사佳士들과의 친교, 주역의 이치를 깨달음과 같은 문사로서의 역량 뿐 아니라, 횡초의 공로를 이룬 가문 출신으로 호반의 자질도 함께 갖춘, 이른바 문무겸전의 주인공 곽삭은 바로 권필 스스로를 암시하는 자화상 역할을 띤다. 그와 동시에 다사다난했던 그 시대에 바람직한 권필 나름의 이상적 초상이기도 하였을 것이다.

무엇보다 권필은 1592년 임진란 발발의 당년에 강경한 주전론主戰論을 주장하였던 인물이라는 점을 상기 아니할 수 없다. 임란을 겪은 뒤에도 계속되는 파당 정치 속에서 무武를 가볍게 여기고 군비를 소홀히

조정규의 橫行介士 - 이화여대박물관 소장

하는 문약文弱의 병폐는 쉽사리 사그라들지 않았다. 이에 대한 경각과 조바심의 표현에 있어서도 무장武裝의 표상이 되는 게는 기막히게 적절한 대상이 아닐 수 없었다. 아울러 유사시엔 백승의 전공을 누릴 수 있는 강성한 군사력의 아쉬움 때문에 재차 '횡초지공橫草之功'과 '횡초지기橫草之氣'를 강조하였던 것으로 유추된다.

한편 곽해 관련의 '임협행권任俠行權'이라든가, 팽기 관련의 '외탁군자外托君子'·'내실음적內實陰賊' 같은 표현의 알레고리를 통하여 당시의 횡포한 권력가 및 위선에 찬 무리들에 대해서도 은유적으로 풍자한 듯한 대목이 없지 않았다. 광해 초에 최고의 권신權臣이던 이이첨李爾瞻이 교제를 신청하였을 때에 이를 단호히 거절하였던 권필이었다. 그뿐 아니라, 자신을 끝내 죽음으로 몰아넣었던 〈궁류시宮柳詩〉가 다름 아닌

광해군 때의 권신인 유희분柳希奮(1564~1623)을 풍자한 것이라 하니, 권
필의 이같은 의연한 삶의 태도가 그의 문학과 무관하다 보기 어렵다.

〈곽삭전〉은 장르의 처음 시작인 고려 후기 이래 한동안 제법 근실했
던 기류 뒤에 얼마간 소강 상태를 보인 조선 전기의 느긋하고 완만한
분위기를 불식하고, 선조·광해의 연간에 우뚝이 솟아난 조선 중기의
결작 의인 전기이다. 그리하여 인지도 높은『석주집』안의 이 우화 열
전은 그 뒤에 만개한 후기 가전들의 선구와 모범의 역할로서 조금의
부족됨이 없었다. 중흥을 가져온 듯한 이러한 중간자적 역할은 바로
본편이 차지하는 가전문학사적 위치라 볼 수 있을 것이다.

윤광계尹光啓 / 〈저군전杵君傳〉

절구공이에 비친
전란의 그림자

이제 조선시대 절구공이의 가전 〈저군전杵君傳〉에 대한 진입과 모색에 앞서, 이 작품의 산생産生 주체인 귤옥橘屋 윤광계尹光啓(1559~?)라는 인물의 개성적 면모에 가까이 접근하여 친숙해 둘 필요가 있다. 그것이 해당 작품에 대한 이해의 긴밀함을 위해 가일층의 효과를 가져다 준다 함은 오히려 췌언에 불과할 것이다.

따라서 사대부 관인으로서의 그의 간력簡歷부터 정리해 본다. 윤광계는 해남海南 본관에 자는 경열景說, 호가 귤옥橘屋이다. 일찍 중봉重峯 조헌趙憲(1544~1592)의 문인으로, 선조 18년인 27세(1586) 소과小科 합격의 생원이 되었고, 선조 22년인 31세(1589) 대과의 증광문과增廣文科에 병과丙科로 급제하였다.

그럼에도 꽤 오래 관직에는 나아가지 못하였던가 한다. 그 기간이 한 10년 남짓 되었던 듯싶으니, 왜란의 세월을 끼고 있던 이 시기에 거의 시주詩酒를 벗한 방랑으로 삶을 메꾸어 나갔던 양하다.

  선조 34년인 43세(1601)에나 비로소 주서注書 및 세자시강원世子侍講院
의 설서設書 직책을 얻게 되었고,[1] 45세(1603)에는 호조정랑戶曹正郞의
신분에서 지제교知製敎를 겸한 춘추관기주관春秋館記注官의 직임으로
일곱 해 전란에 소실된 실록의 재간행에 참여하기도 했다.[2] 이듬해 46
세(1604)에 예조좌랑禮曹佐郞,[3] 48세(1606)되던 4월, 명나라 사신 주지번
朱之蕃이 왔을 때에는 그와 시를 창화唱和하기도 했다.[4] 그 해 5월에는
평안도사平安都事에 천직遷職[5]되더니, 선조 40년인 익년 49세(1607) 때
엔 거듭 공조좌랑工曹佐郞[6]의 임명을 받았다.

  그러나 1609년 광해군의 집정 이후에는 더 이상 벼슬에 오르지 못했
던 것으로 보인다. 1606년 평안도사를 할 때도 벌써 사간원司諫院에서
그의 지나친 음주벽으로 도사직 수행 능력이 없으매 교체할 것을 청하
는 계啓를 올린 일도 있었다.[7] 여기엔 그 무렵 동서분당東西分黨의 여파
로서 그가 서인西人 조헌 계열의 문인이라는 사실도 이유로서 작용했을

---

1) 『선조실록』 권141, 34년 신축 9월 壬子日 조에, "尹光啓爲世子侍講院設書."
2) 『명종실록』 부록 중에 보면, "萬曆壬辰之變 春秋館及星州忠州分藏 宣祖實錄
   盡爲兵火所焚 獨全州所藏攫免…上命春秋館依此本 印出三件…是役起於癸
   卯七月 終於丙午四月(前後官並錄)." 이하는 그때 참석한 전후 관리들을 적은 명
   단이 열거됨에, 그 중 윤광계의 이름도 보인다.
3) 『선조실록』 권181 37년 갑진 11월 무자일 조에, "朴楗爲禮曹正郞 尹光啓爲禮
   曹佐郞 柳惺爲典籍 白大珩爲監察."
4) 『귤옥집(橘屋集)』·上의 칠언율시 〈次正使朱之蕃漢江韻二首〉·〈次正使臨津
   江韻謝詩扇書帔〉 참조.
5) 『선조실록』 권199, 39년 병오 5월 임오일 조에, "李忠善爲寶城郡守 尹光啓爲平
   安道事."
6) 『선조실록』 권211, 40년 정미 5월 무자일 조에, "奇孝福爲忠淸道兵馬節度使
   尹光啓爲工曹佐郞."
7) 『선조실록』 권200, 39년 병오 6월 갑진일 조에, "司諫院 啓曰 平安道都事 非他
   道幕僚之比 多有緊急拘管之事 爲任關重 新都事尹光啓 嗜酒成病 昏迷不省
   凡百應務 決不可堪 請命遞差."

터이다. 이 뒤에 환로가 끊어지면서 50대 이후는 주로 자신의 향리 사가私家인 귤옥橘屋 주변에서 시詩·주酒를 위안 삼고 60여 세까지의 삶을 보냈다.

돌이켜 귤옥 윤광계의 존재는 비록 오늘날 와서 익숙한 이름은 못되었으나, 이미 선조·광해 연간을 걸쳐 사는 동안에 벌써 호남 소단騷壇의 명사로서 굳건한 기반을 구축해 있었음이 엄연한 사실이었던가 한다. 문곡文谷 김수항金壽恒(1629~1689)도 『귤옥집橘屋集』 맨 첫머리의 서序에서 그 일을 밝히고 있다.

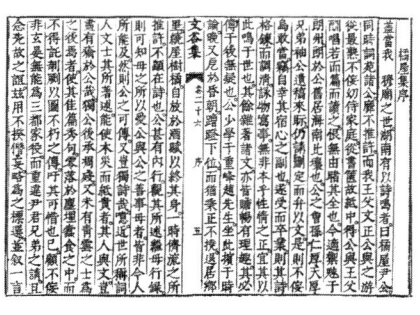

김수항의 『文谷集』에도 실린 귤옥집서

盖當我穆廟之世 湖南有以詩鳴者 曰橘屋尹公 同時詞苑諸公 靡不推許 而我王父文正公 與之遊從 最熟不佞.

무릇 우리 선조 임금 시대에 호남 땅에 시로 이름을 울린 이가 있으니, 귤옥 윤공이었다. 같은 시기에 문원의 모든 공들이 추허치 않음이 없었다. 또한 나의 조부이신 문정공과 함께 교유하셨거니, 내게 가장 친숙한 분이다.

문정공文正公은 인종조에 영돈녕부사領敦寧府事를 지낸 청음淸陰 김상헌金尙憲(1570~1652)의 시호이다.

또한 우암尤庵 송시열宋時烈(1607~1689)이 〈귤옥고발橘屋稿跋〉 가운데서 윤광계와 김상헌 사이의 친교가 자별하였다는 사실의 강조와 함께 윤공의 인물됨을 단적으로 요약해 적었으되, 이러하였다.

公之爲人 上因趙先生而著 中際金文正而重 終得文谷公而垂.

공의 인물은 처음에는 조헌 선생을 말미암아 드러났고, 중간에는 문정공과 사귀어 무거워졌고, 나중에는 문곡공의 도움으로 드리워졌다.

우암 송시열이 쓴 귤옥고발

이에서도 그가 당시대 저명한 인사들의 반열에 나란히 끼어 있음을 알 수 있다.

아울러 송시열은 여기서 윤광계의 의리와 인품이며 시의 경계를 비상히 높여 평가하고 있다. 다름 아니라 조헌이 반대당으로부터 몰렸을 때 평소 오래 알던 사람들조차 안면을 바꾸었지만, 그만큼은 일관되게 성심誠心으로 섬기었던 의리로 인해 조헌의 현賢이 더욱 크고 윤광계의 의義가 더욱 드러났다고 하였다. 더불어 윤공의 시가 또한 이백李白과 두보杜甫에 젖어들고, 소동파蘇東坡와 황정견黃庭堅을 덮는다고 할 정도의 칭찬을 아끼지 않았다. 그리하여 그에 대한 칭송이 도무지 시 쪽에 있다고 해야 할지, 아니면 그 인품 쪽에 있다고 해야 할는지, 속인과 더불어 안이하게 말할 바 못된다고 차탄하였다.8)

윤광계는 청음淸陰 김상헌과의 교유가 깊다고 했거니와, 당연히 거기 따른 시교詩交의 흔적들이 보인다.9) 뿐만 아니라 북저北渚 김류金瑬(1571~1648),10) 동악東嶽 이안눌李安訥(1571~1637),11) 월사月沙 이정구李廷

---

8) 公之可稱者 其將在其詩乎 抑將在其人乎 噫 斯豈易與俗人言哉.
9) 〈奉寄淸陰〉(『귤옥집(橘屋集)』・上, 칠언절구).
　〈中夜口占呈淸陰詞兄求和〉(『귤옥집』・上, 칠언율시).
　〈淸陰見和又次前韻〉(『귤옥집』・上, 칠언율시) 등.

龜(1564~1635),[12] 용계龍溪 이수준李壽俊(1559~1607)[13] 등 당대의 명류名
流들과 교계하였던 자취를 『귤옥집』 곳곳에서 찾아볼 수 있다. 특히
송호松湖 백진남白振南(1564~1618, 字 : 善鳴)과는 친교가 형제처럼 두터웠
던 모양으로, 그를 생각하며 지은 시 또는 그에게 부친 시·산문·서한
등이 문집 전반을 통해 일일이 추려 뽑기 번거로울 만큼의 수량을 차지
하고 있다.

그는 일생을 통하여 상당한 수준으로 기주嗜酒·호음豪飮하던 인물
이기도 하였다. 앞서 언급했거니와, 그가 선조 39년인 48세 때 평안도
사平安都事로 도임한 지 한 달 만에 사간원의 탄핵을 받게 되었던 구실
과 명분 또한 다른 데 있지 않았다. 바로 술 좋아하여 병이 나고 정신이
혼미하여 인사를 차리지 못한다는 데 있었음에, 가히 짐작이 가는 것이다.

과연 그의 문집 전반에 걸쳐 음주 대목이 없는 시를 오히려 찾기
어려울 정도로 음주는 윤광계 삶의 막대한 부분을 차지하였음에 틀림
이 없었다. 예컨대 생애에 시와 술 밖엔 바랄 것이 없다(生涯詩酒外無
求)[14]거나, 술 마시는 외엔 잘하는 것도 없다(喞盃此外無他長),[15] 세세한
온갖 일이 술만한 게 없다(細事萬事不如酒)[16]고 독백했는가 하면, 한가한
늙은이 이것 외 달리 딴 일 없으니 때때로 술그릇 앞에 한바탕 취해
잔다(閑翁此外無餘事 時有樽前一醉眠)[17]고 했다. 그는 또 1년 360일 매일

---

10) 〈過完山憶金長史冠玉塋〉(『귤옥집』·上, 칠언절구).
11) 〈送子敏赴任端川〉(『귤옥집』·上, 칠언절구).
    〈奉次東嶽韻〉(『귤옥집』·上, 칠언절구).
12) 〈送同年李相公朝燕〉(『귤옥집』·上, 칠언율시).
13) 〈冬至使李台徵令公因評事寄紙求詩〉(『귤옥집』·上, 칠언율시).
14) 〈直夜有懷〉(『귤옥집』·上, 칠언절구).
15) 〈自述呈對南七首〉(『귤옥집』·上, 칠언절구).
16) 〈中夜口占呈淸陰詞兄求和〉(『귤옥집』·上, 칠언율시).
17) 〈村興〉(『귤옥집』·上, 칠언절구).

같이 취해 잠들면 아무 것 모를텐데(一年三百六十日 日日醉眠都不知),18) 또
는 취한 김에 천일 만에 깨어야지(一醉須從千日醒)19) 같이 자포자기적인
말을 내기도 했다. 그는 취해서 때로 젓가락 짝으로 술병을 두들기기도
(雙箸時時醉扣瓶),20) 취해 누워서 해 기우는 줄 모르기도(醉臥不知斜日
暮)21)했던 모습을 시로 표출하기도 했고, 혹은 취해 화로의 재를 날리
면서 술항아리 껴안는(醉撥爐灰擁酒缸)22) 자신의 흐트러진 모습을 그려
내기도 하였다. 정녕 그의 주벽酒癖은 해를 거듭할수록 더욱 심해지고
이를 걱정도 했던 모양이었으나, 죽기 전엔 끝나지 않는 병으로 알았다
(祗愁愛酒年年甚 此病元非未死休).23)

　이처럼 농도 짙은 그의 음주벽을 더욱 조장시켰던 것은 그 배경이
어디에 있었을까? 대개 43세 이전의 낙막 불우도 한 몫을 차지했겠고,
특히 광해군 이후 정치적 실의와 좌절감이 큰 이유로 되었겠다. 혹은
꼭 그런 이유가 아니더라도 자연발생으로 생겨나는 삶의 우수 등등 다
양한 원인이 있겠지만, 어느 경우든 상심과 우사憂思를 잊기 위한 방편
으로 술을 찾았음이 분명하였다.24)

　동시에 그는 자신의 그같은 주벽酒癖에 대한 나름대로의 합리적인

18) 〈又謝日曆〉(『귤옥집』·上, 칠언절구).
19) 〈贈叔涵〉(『귤옥집』·上, 칠언절구).
20) 〈次韻〉 '其二'(『귤옥집』·上, 칠언절구).
21) 〈卽事〉 '其四'(『귤옥집』·上, 칠언절구).
22) 〈奉次〉(『귤옥집』·上, 칠언절구).
23) 〈次雲汀韻〉(『귤옥집』·上, 칠언절구).
24) "南橋自足傷心處 有酒如今不飮何"〈次善源韻〉(『귤옥집』·上, 칠언절구).
　　"得酒幽懷始暫開"〈次叔涵韻〉(『귤옥집』·上, 칠언절구).
　　"剛進一盃消外慮"〈次飯牛韻八道〉(『귤옥집』·上, 칠언절구).
　　"誰謂愁城固 偏帥昨日攻 高歌仍奏凱 一醉興全濃.", "幾與憂相戰 仍兼病乍
　　攻 直敎長有酒 滿酌瓮頭濃."〈次韻二首〉(『귤옥집』·中, 續, 오언절구).
　　"愁思惟憑得酒銷"〈次韻二首〉(『귤옥집』·中, 續, 칠언율시).

이유와 명분을 가지고 있었다. 곧 데면데면 자유로움은 혜강嵇康과 완
적阮籍을 본받고자(疏放慕嵇兼慕阮)25)했고, 취향醉鄕이 아니면 의탁할 곳
도 없으니 스스로 죽림현竹林賢이라 불러도 무방하다(除却醉鄕無處托 不
妨呼作竹林賢)26)고 표방하기도 했으며, 시인이면 으레 낭郞이 돼야 한다
고 말하지 말라, 신세가 지금 같아서야 취하는 게 고향(休言詞客例爲郞
身世如今醉是鄕)27)이라 자탄한 일도 있었다. 어느 때는 전날의 동·서
분당과 다시 동인이 갈린 남·북 파쟁을 크게 개탄한 나머지 〈대취大
醉〉28)란 제하題下의 시를 남기기도 했고, 또 어떤
때는 자신의 거처 주변 풍정을 저 오류선생五柳先
生 도연명의 집 앞에 다섯 그루 버드나무가 심어
져 있었다던 일에 넌짓 견주어 보는 가운데 음주
를 즐기기도 했다. 『귤옥집』·上의 〈차운次韻〉
이다.

도연명

　　　陶令門前五柳斜　팽택령 도연명의 문앞엔 다섯 그루 버들이 비껴
　　　一園新趣醉偏多　온 뜨락 싱그러운 정취에 취흥이 더욱 하다.
　　　滿蹊松竹盈樽酒　송죽은 길녘에 차 있고 술잔엔 술 그득하니
　　　彭澤何如此老家　팽택 그 자리가 이 늙은이 집만 할까.

　혹은 자신을 〈음주飲酒〉뿐 아니라 소위 "採菊東籬下"(동쪽 울타리 아래
에 국화를 캐고)라는 시구와 함께 국화를 사랑하기도 했던 도연명에다 짐

---

25) 〈自述呈對南七首〉 중 '其七'(『귤옥집』·上, 칠언율시) 소재.
26) 〈自述呈對南七首〉 중 '其五'(『귤옥집』·上, 칠언율시) 소재.
27) 〈次飯牛韻八首〉 중 '其一'(『귤옥집』·上, 칠언율시) 소재.
28) "天地有東西 人間亦有東與西 天地有南北 人間亦有南與北 東西南北迷所之
　　不如樽前傾一巵" 〈大醉〉(『귤옥집』·中, 칠언고시).

짓 비의해 보기도 하였다. 『귤옥집』·上의 〈기숙함차전운寄叔涵次前韻〉이다.

> 一罇新酒味薰陶　한 사발 색다른 술 맛에 젖어
> 幾向東籬醉興豪　동편 울타리 기웃대는 취흥이 도도하다.
> 花裏久知如菊少　꽃 중에 국화만한 것 드문 줄 진작에 알았거니
> 人中方見似君高　사람들 가운데 고상함도 그대 같음에 있겠네.

　그가 도연명(字 : 元亮)과 국화를 얼마만큼 흠모하고 각별히 좋아하였는지는 역시 그의 작시 전편을 통해 구사되는 어휘 도출의 빈도로도 헤아림이 가능할 것 같다.[29]

　한편 그는 임진왜란을 몸소 겪어야만 했던 시대의 산 증인으로서, 전란의 외중에서 고회苦懷를 읊은 시 또한 적지 아니하였다. 지금 전체를 매거할 겨를은 없지만, 그 중 〈모지연산현숙이인가暮止連山縣宿吏人家〉(『귤옥집』·上) 곧 '해 저물어 연산현 관리의 집에 유숙하며'라는 시를 본다.

> 避寇移妻子　왜구를 피해 처자식 옮겨 놓고
> 征衫幾淚痕　떠나는 적삼에 눈물 자국 얼마런가.

---

29) 일일이 다 들어 보일 수 없으되, 그 가운데 몇 군데만 인거한대도 이러하다.
　　"直從元亮開幽逕" 〈新卜村居二首〉 '其二'(『귤옥집』·上).
　　"有酒貧元亮" 〈自遣二首〉 '其二'(『귤옥집』·上).
　　"樽中縱之淵明酒" 〈次韻〉(『귤옥집』·上).
　　"陶潛知可又歸田" 〈棄官南歸道上留別尙古〉(『귤옥집』·上).
　　"松菊欲蕪元亮逕" 〈病夜獨吟〉(『귤옥집』·中).
　　"薙草援新菊 知君趣味宜直克元亮賞 堪補居原飢" 〈寄南士彦〉(『귤옥집』·上).
　　"菊花不是他花比 留得霜枝帶舊香" 〈寄雲汀〉(『귤옥집』·上).

頹垣當路縣　가는 길 고을에 담장은 무너져 있고
喬木夾溪村　시냇가 마을 끼고 큰 나무만 덩그러니.
蠻鼓方迎鬼　오랑캐 북소리는 귀신을 부르는 양
巴歌正斷魂　천한 노래 장단에 정신이 하나 없다.
夜深仍假睡　밤도 깊어 겨우 이룬 선잠 속에
歸夢繞田園　향리로 돌아갈 꿈만 전원을 맴도누나.

　그리고 같은 오언율시인 『귤옥집』·上의 〈숙촌사宿村舍〉, 즉 '어느 시골집에 묵으면서'라는 작품이다.

客夜寒無睡　추운 밤 나그네는 잠 못 이루고
鄉愁蟋蟀中　귀뚜리 울음 속에 향수가 이누나.
隔簷荷葉露　처마 저 편 연꽃 잎에 이슬 맺히고
重檻樹梢風　묵직한 난간의 나무 끝엔 바람 인다.
慘慘容爲鬼　얼굴은 엉망 되어 귀신의 몰골
蕭蕭鬢化蓬　살쩍머린 흐트러져 다북쑥 되었네.
干戈猶滿目　뵈는 거라곤 여전히 전쟁의 살풍경
飄泊愧西東　이에저에 떠도는 신세 참혹하기만.

과 같은 내용들을 통해 그즈음에 윤광계가 처했던 실상의 일단을 짐작할 만하다.

　이 밖에도 그는 '세상 어지러워 몸이 병드니 검정 굴건에 비녀 얹기 귀찮다(世亂身仍病 烏巾懶上簪)'며 절망어린 탄식을 했는가 하면,30) '생애 예기치도 못했던 이 혼란의 누리, 눈에 보는 오늘은 씁쓸히 웃어는 볼 만(世亂生涯未有期 眼看今日儘堪嗤)'31)하다고 독백하였으며, '나 지금 난리

---

30) 〈卽事〉(『귤옥집』·上).

중에 부질없는 목숨만 구차히 연명하고, 골육은 간 곳 모른 채 나날이 근심으로 마음 볶는다(我今亂離中 性命徒苟延 骨肉去無處 日日憂思煎)'[32]고 자탄 속에 고음苦吟하였던 것이니, 이 전란이 그에게 얼마나 암울하고 곤혹스런 정황이었는지를 실감하고 남음이 있다.

문집에 보면 그와 가장 절친한 관계였던 송호 백진남(字 : 善鳴)이 자기를 찾아옴에 기뻐 지었다는 〈희선명내방이수喜善鳴來訪二首〉(『귤옥집』 · 上) 7언시 두 편이 있다. 그 첫 번째 시 중에 '화월花月의 춘세계였던 온 고을, 3년 전란이 세상 다 어지럽혀 놓았네(花月一村春世界 干戈三載亂乾坤)'라는 대목이 시선을 붙든다. 이 구절로 미루어 이때는 왜란이 일어난 지 3년 되던 해임을 알 수 있고, 아울러서 그는 전쟁 이후에도 한 2~3년 동안은 향리에 그냥 우거寓居해 있었던 듯 하다.

(좌) 원주의 영원산성. 임진왜란 때 원주목사 김제갑(金悌甲)이 왜군을 맞아 싸우다가 부인 · 아들과 함께 순절한 곳
(우) 여강전투. 윤광계는 여주와 원주 어간에서 객고를 읊었다

그렇지만 이후의 전쟁 기간 동안에는 주로 기려羈旅의 신세로 타관

31) 〈遣懷〉(『귤옥집』 · 上).
32) 〈因燕子有感走筆〉(『귤옥집』 · 中).

을 떠돌았던 것으로 보인다. 앞서 난중시亂中詩로 인용했던 〈모지연산 현숙이인가暮止連山縣宿吏人家〉·〈숙촌사宿村舍〉 등도 다름 아닌 운수 객창雲水客窓의 심사를 읊은 것이었고, 문집 상권의 거의 끝 부분 〈여주 촌사驪州村舍〉라는 시 맨 끝 구에, '난리 중에 오래도록 떠도는 신세, 석양에 말없는 눈물만 흐르네 부질없이!(身世亂中飄泊久 夕陽無語涕空流)' 의 표백이라든지, 또한 그가 원주에 있을 때 이수재李秀才에게 부쳤다 고 하는 〈기이수재이수寄李秀才二首〉의 두 번째 시 전반의 내용33)을 통 해 병란의 어간에 그의 동정과 거취는 거듭 명료할 뿐이었다.

그 시절 윤광계는 궁박한 생계를 감당하기 어렵노라고 토로하였다. 바로 앞에 든 〈여주촌사麗州村舍〉의 첫 번째 시 중에

> 怊悵不堪生計薄　슬프다 각박한 생계를 감당하기 어려운데
> 客盤誰復寄紅鱗　누가 나그네 밥상에 자르르한 생선 내주랴.

라든지, 생활의 막연하고 황량함을 읊은 다음의 칠언율 〈증남선초贈南 善初〉(『귤옥집』·上)의 탄식 등이 모두 이 무렵의 일이었을 것이다.

> 老去親知半不存　늙어가며 친지들은 반나마 사라지고
> 故園從此斷歸魂　옛 터전 이로부터 돌아갈 혼 끊겼다.
> 廢硯有塵拈禿筆　버려둬 먼지 낀 벼루에 몽당붓 집다가
> 貧家無物臥空樽　아무 것 없는 집구석, 빈 술통에 누웠네.

또한 칠언율시 〈우거홍원촌寓居興原村〉(『귤옥집』·上) 같은 데서 익히

---

33) "十載干戈路險難 鄕園千里夢猶慳 客中謀計鳩呈拙 病裏行藏豹隱斑"(『귤옥집』 ·上).

알아볼 수 있다. 홍원촌興原村은 원주 부논면 심강 소재의 한 촌락으로, 세곡 창고가 있어 홍원창興原倉으로도 불리던 곳이었다.

消息鄉關久不聞　고향 소식 오래도록 듣지 못한 채
老年身世逐浮雲　뜬구름만 따라다니는 늘그막의 신세.
餘生未卜戎衣定　남은 삶에 전란의 평정 점칠 수 없고
時上寒邱望海氛　때로 쓸쓸한 언덕 올라 해연海漣 바란다.

대동여지도에서의 원주 흥원창　　　18세기말 鄭遂榮이 그린 흥원창

　임진왜란은 그에게 가정적으로도 엄청나게 아픈 상처를 남기었던가 보다.
　자신이 머무는 옥사屋舍에 날아와 지저귀는 제비의 자유로움을 부러워하면서 골육 걱정에 마음을 끓이기도 했던 그였다.[34]『귤옥집』·上의 오언율 가운데 〈오애시五哀詩〉란 것이 있다. 세상을 떠난 아우·아들·조카·딸·그의 집 유모 등 5인에 대한 애상과 연민의 극진한 정조를 일일이 토로해 낸 작품이다. 또한 오언율시인 〈처질박거용왕배외

---

34) "我今亂離中 性命徒苟延 骨肉去無處 日日憂思煎" 〈因燕子有感走筆〉(『귤옥집』·下).

조모유증妻姪朴車容往拜外祖母有贈〉(『귤옥집』·上)의 아래쪽 주注에는 "丁
酉亂余子女並失"이라는 기록이 보인다. 곧 1597년의 정유재란丁酉再亂
에 그가 아들과 딸을 한꺼번에 잃었다는 신상 고백으로 그즈음에 일어
난 일들을 확실히 알수가 있다.

1598년은 그의 나이 40세 되는 해였다. 그때도 아직 전란이 다 끝나
지 않은 가운데 여전히 객중客中에 있었던 정황과 함께 그 무렵의 소회
所懷를 엿볼 만한 이런 시도 있다. 〈기박군寄朴君〉(『귤옥집』·上)이다.

> 客裏如今月幾團　집 떠나고 저리 둥근 달 몇 번이었나
> 浮生四十鬢毛殘　덧없는 인생 사십에 터럭만 쇠잔하고나.
> 臨風倍作憑高望　바람 속 더 높은 곳 의지해 바라보나
> 鄕國年來道路難　고향 가는 길은 몇 년 래 까마득하기만.

이 해에 그는 삼도수군통제사三道水軍統制使 이순신의 전사 소식에 붓을
들어 〈문이통제전사聞李統制戰死〉(『귤옥집』·上)란 제하목의 칠언율시 한
편을 써 남기기도 하였다.

1601년에나 그의 관운官運은 비로소 피어났지만, 전언하였듯 그나마
10년을 더 지나지 못한 것이었고, 광해군의 집정(1608) 직후에는 말직을
전전하다가 결국은 정계에서 물러나지 않을 수 없는 처지에 놓이게 되
었음이다. 그리하여 벼슬을 포기한 채 남도 고향으로의 귀로에 들 수밖
에 없었을 터이니, 〈기관남귀도상유별상고棄官南歸道上留別尙古〉(『귤옥집』
·上)는 바로 그때 1609년 무렵의 소작임에 틀림이 없을 것이다. 아우인
상고尙古를 뒤두고 떠날 때의 심경을 쓴 이 시의 최종 구 "安得與君携
手去 故園同醉橘林邊"에서 그는 상고와 나란히 손 붙들고 옛 동산의
귤촌橘村 숲가에서 함께 취해 보고 싶은 염원을 말하였다. 비단 여기서

뿐 아니라 그가 자신의 향리 거소居巢 및 그 주변의 귤목橘木에 의지하려던 사념은 비상한 바 있었으며, 늙도록까지 불변한 바 있었다. 그것은 예컨대, 〈청음견화우차전운淸陰見和又次前韻〉'其二'(『귤옥집』·上)에서의

仍投綠橘三間屋　푸른 귤나무 세 칸 집에 몸을 맡겨
還展靑箱數卷詩　도포 속의 몇 권 시나 펼쳐 봐야지.

라든가, 또는 〈화숙함和叔涵〉'其二'(『귤옥집』·上) 안의 아래와 같은 60세 탄식,

浮生六十成何事　헛된 인생 육십에 이뤄 놓은 게 무엇인지
只合將身臥橘邊　다만당 귤나무 가에 이 한 몸 뉘인 것 밖에.

정도로도 이해의 터전이 주어진다 할 것이다. 그의 사후에 후손인 윤정은尹正殷이 『귤옥집』의 간행에 부쳐 쓴 발문(『귤옥집』·下) 가운데 다음과 같은 내용도 그 일을 가리킴에 다름이 아니다.

退居鄕里 詩酒自娛 所居屋 樹之橘 以沒世….
향리에 물러나 살면서 시와 술로써 스스로를 즐기되, 사는 집에 귤나무를 심고 세상을 마쳤으니 ….

이 모든 상황은 결국 그의 아호를 '귤옥橘屋'으로 했었던 사실과 그대로 직결되는 것이다.

짐작가는 대로라면, '귤옥橘屋'의 명칭은 아마도 그가 벼슬에서 물러

나 완전히 전원생활로 들어간 이후에 지어낸 결실로만 여겨지니, 달리 그 이전에 사용하던 칭호는 따로 있었던 것으로 보인다. 이를테면 그의 '소시작少時作'임을 제목 바로 아래 밝혀 있는 〈이수설移樹說〉(『귤옥집』 ·下)의 첫머리인 "五宜子家有二園"(오의자의 집에는 뜨락이 둘 있는데)를 통해 그의 가장 이른 시기의 아호로서의 "五宜" 혹은 "五宜子"가 반갑게 확인되어진다. 일면, 그가 자신의 서재 명칭을 두고 그 구체적 연혁과 동기를 설명한 〈의재기宜齋記〉(『귤옥집』·下) 한 편에는 말미에 이것 창작 간지干支로서의 을미(1595) 정월이 새겨져 있다. 즉 그의 37세 제술製述임이 명기되었거니와, 이 안에 그의 옥호屋號 및 인칭 아호로서의 "五齋"·"宜齋"·"宜翁" 등의 일컬음이 나타나 보임으로 하여 어림가는 바가 없지 않다.

그리하여 편의상 그의 50대를 기준으로 그 이전을 '의재 시절'이라 하고 그 이후를 '귤옥 시절'이라고 하였을 때, 그의 50대 곧 퇴향退鄕 이후의 귤옥기는 더욱 한적하고 울민한 삶으로 영위되던 시기라 할 것이다.

그 중간에 절의 승려들과도 사귀기도 하였던 자취를 여럿 볼 수 있으나, 거의 대부분은 삼간모옥三間茅屋에 의지하여 시주詩酒로 위안 삼으면서 한가로이 지냈던 것으로 보여진다. 그의 유작들 가운데 소위 "閑翁"을 자처하는 시들은 다름 아닌 만년의 소작일 터이니 이를테면 칠언절구 〈사문춘첩자私門春帖字〉(『귤옥집』·上)에

晴時有味是閑翁　개인 날 정취 속에 한가론 이 늙은이
世事如今夢已空　세상사 이즈음엔 꿈만 같이 허망하다.
俗客不來春日永　속객조차 찾지 않는 봄날은 긴데

一階花影鳥聲中　계단마다 꽃 그림자, 새의 지저귐.

이라든지, 〈촌흥村興〉(『귤옥집』·上)이란 7절 가운데

閑翁此外無餘事　한가한 늙은이 이외 다른 일 없고
時有罇前一醉眠　때로 술동이 앞에 한바탕 취해 잔다.

등에서 그같은 분위기가 잘 그려져 있다.

시 안에서 그의 60세 작임을 명백히 보여 주고 있는 7율 3수의 〈화숙함和叔涵〉(『귤옥집』·上)에서는 빨리 지나가 버린 삶에 대한 회한과 허무감 같은 감정에 젖어 있다. '이 삶은 흐르는 물 떠도는 구름의 언저리에서 헛되이 늙었고(此生虛老水雲邊)', '헛된 인생 육십에 이뤄 놓은 게 무엇인지(浮生六十成何事)' 등이 호례이다. 작품 결미에는 거울을 붙잡고서 지난날을 추억하는 다음과 같은 대목이 각별 눈에 새롭다.

因搔白鬈驚今日　흰머리 긁적이다 지금 처지 놀라 흠칫
還把靑銅憶往年　문득 거울 잡고 지나간 세월을 추억한다.
結習多生猶不忘　해묵은 오랜 삶에 그래도 못 잊는 것은
强題詩句綠罇邊　근사한 술 옆에서 한껏 시 짓는 일이지.

이것 바로 뒤의 〈차운次韻〉(『귤옥집』·上) 3수에서 역시 육십 노객이 된 윤광계의 복잡한 심사가 잘 드러나 있다. 여기에서 그는 침적沈寂한 사유와 신세적 갈등을 표출하고 있지만, 시짓는 일에 관한 한 의연하고 의욕적인 태도를 과시해 보이고 있다. 그는 여생을 '전원로田園老'[35)]거

---

35) "餘生欲向田園老 江海何心借一麾"〈次韻〉(『귤옥집』·上) 소재.

나 또는 '토구로菟裘老³⁶⁾로 늙으리라는 자기 결심을 말하기도 했고, 또 '산옹山翁'³⁷⁾과 '귤목옹橘木翁'³⁸⁾을 자처하기도 하였다. 그렇거니와 그가 정말 내심 깊은 곳에서도 자연 속 삶을 원했든지, 아니면 그저 자위의 방편에 따라 한 말이든지 관계 없이, 만년이 한가로웠을 뿐이었다. 그리하여 여생을 살아가는 적적함을 이렇게 토로한 적도 있다.

餘生忽忽終無興³⁹⁾　남은 생애 뜻을 잃어 종내 흥이 없네.
六十餘生容易去⁴⁰⁾　나이 육십에 남은 생은 쉽게도 가는구나.
忽忽吾生終無樂⁴¹⁾　실의한 나의 삶은 종당 즐거움이 없네.

그의 향년에 대하여는 명백히 남아 있지 않다. 그러나 문집 전반으로 볼 때 60대 이전의 것으로 보이는 시가 대부분인 듯싶다. 실제로『귤옥집』·中 안의 가장 마지막 혈頁에 보면 60세 이후의 작이 칠언절구, 칠언율시, 칠언고시 도합하여 33수에 더 지나지 않았던 사실 등으로도 윤광계가 60대 중반을 미처 넘기지는 못한 것 같은 심증을 불러일으킨다. 그의 60세가 1619년(광해군 12년)이니, 그의 몰세歿歲도 아마 1620년 남짓에 머무리라 여겨진다.

　윤광계의 유고 모음인『귤옥집』은 천天·지地·인人의 上·中·下

---

36) "餘生欲向菟裘老　回首林園幾悵情"〈南城早發〉(『귤옥집』·上).
37) "山翁日日飲無何　幾遣詩魔戰酒魔"〈奉和霧江見贈〉(『귤옥집』·中).
38) "才華梁少府　衰病橘林翁"〈贈梁長城〉(『귤옥집』·中).
39)〈病夜獨吟〉(『귤옥집』·中).
40)〈奉和霧江見贈〉(『귤옥집』·中).
41)〈尙古見和走筆又次前韻不必以苦旱爲題二首〉(『귤옥집』·中).

3책 3권으로 되어 있다. 상권과 중권은 각각 오·칠언 절구 및 율시와 오·칠언 배율排律 및 고시古詩를 형식별로 정리한 시집이고, 하권은 일반 산문류를 모아 놓은 문집이다.

〈저군전〉은 다름 아닌 『귤옥집』·下의 잡록雜錄·上 42~44혈頁에 실려 있는데, 선조·광해 연간의 수준 높은 시인이었던 그에게 이같은 사물 의인법에 입각한 가전 형태 한 작품이 있었다는 사실에 각별한 관심과 주목이 끌리는 바 큰 것이다.

하지만 보다 주의 깊게 살펴보면, 그에게 있어 사물 및 의인화에 대한 관심은 전혀 이 경우에 특별하고 우연한 현상만은 아니었으니, 운문·산문 양식을 초월하여 그 역력한 자취가 곳곳에 보인다. 자신을 둘러싸고 있는 생활 주변 사물에 대한 세심한 관조는 예컨대 『귤옥집』·上에서 〈해당화海棠花〉·〈작약芍藥〉을 읊는 일로 나타나기도 하였고, 〈영롱헌사영玲瓏軒四詠〉 및 〈우팔영又八詠〉 같은 표제 하에 줄[菰]·귤·연꽃·매화·버들·오동·백로·작은 새·물고기 등을 소재 삼기도 하였다.

『귤옥집』·中에서도 역시 〈영서효퇴지연구체詠鼠效退之聯句體〉·〈구선求扇〉·〈사선謝扇〉·〈영작약詠芍藥〉·〈하전荷錢〉 같은 창작상의 보람을 가져오기도 하였다.

아울러 의인화에 대한 관심과 시도는 다름 아닌 사물에 대한 관심에

『귤옥집』의 저군전

서부터 출발하는 것이다. 그렇기 때문에 어느 경우 사물에의 관심사가 곧장 의인화적 시도로 연결되어 나타날 수도 있다. 이를테면 위에 든 상권 소재 영물시인 〈작약〉(『귤옥집』·上) 후반의,

> 牡丹若是眞天子　모란이 정녕 천자라고 한다면
> 封爾何慚作列侯　널 어이 제후에 넣겠는가, 부끄럽게.

및, 중권 소재 〈영작약〉(『귤옥집』·上) 후반의,

> 牡丹合與爭天子　모란과 천자 자리 겨룸에 제격은
> 今古猶稱相國花　고금에 불변한 이름 재상꽃이라네.

등에는 어느덧 꽃에 대한 의인적 조사藻思가 마련되어 있는 것이다. 비단 식물류만 아니라, 동물인 게〔蟹〕를 '곽삭郭索'과 같은 의인 명칭으로 돌려 구사하던 용례도 보인다. 〈우제偶題〉(『귤옥집』·中)의 5·6행이다.

> 彫胡椀進流匙滑　고미菰米 담긴 사발 오니 숟가락 둘레 매끄럽고
> 郭索盤來滿箸香　곽삭郭索 얹은 소반 오니 젓가락 가득 향이로다.

그런가 하면, 죽부인竹夫人·당력사鐺力士 같은 좌변座邊의 사물을 마치 사람과 같은 존재인 양 그려 내기도 하였다. 〈차운次韻〉(『귤옥집』·中)의 3·4행이다.

> 閑中伴是夫人竹　한가론 속에 죽부인竹夫人과 짝을 하고
> 醉裏徒爲力士鐺　취한 가운데 당력사鐺力士와 무리 짓네.

그 뿐이 아니라 마음의 근심을 '수성愁城'의 말로 형상화한 다음과 같은 사례 역시 심성心性 의인에의 의지가 나타난 발상이 아닐 수 없다. 오언율시〈차운次韻〉(『귤옥집』·中) 2수 중의 제1수이다.[42]

> 誰謂愁城固　누구라 수성이 견고하다 했는가
> 偏帥昨日攻　어젯날 나의 편장偏將이 쳤거늘.
> 高歌仍奏凱　큰소리로 노래하며 개선을 아뢰고
> 一醉興全濃　한바탕 취해 진탕 흐드러졌도다.

또, 칠언절구〈주후차우인운이수酒後次友人韻二首〉(『귤옥집』·中) 2수 중의 제1수이다.

> 酷憐床上玉瓶雙　상 위의 쌍옥병 몹시도 아끼나니
> 已約愁城一夕降　수성의 항복이야 일석에 정해진 것.
> 麴蘖此生仍是病　나의 삶에 누룩술은 여태도 못고치는 병
> 欲將新酒變爲江　새로운 저 술이 강물만큼 변했으면.

그러나 사실은 이같은 시도는 한시 작품 안에서 국한되지 아니하였다. 그의 산문작 모음인『귤옥집』·下 개권의 첫 장에는 더욱 괄목할 만한 발견이 따르니,〈중수신명사기重修神明舍記〉[43]가 그것이다. 여기선 아예 처음부터 '마음'을 인격화한 천군天君을 주축으로 하여 궁극에

---

42) 참고로, 문집에서는 제2행 처음 어휘가 "偏師"로 되어 있으나, 이는 '偏帥'의 오쇄임이 분명하므로, 이에 바로잡아 썼다. 편수(偏帥)는 일부의 군대를 이끄는 장군인 편장(偏將), 혹은 부장(副將)이다.

43)『귤옥집』下, 잡저·上의 소재. 본 작품은 심성 의인 문학 계통의 새로운 자료 발굴적 측면에서 별도의 지면(『전규태교수회갑기념논문집』, 1993.6)을 통해 해제와 더불어 전문 소개하였다.

인욕人慾 타파가 전체 줄거리 구성의 핵심을
형성하고 있다. 이는 역시 〈수성지愁城誌〉·
〈천군본기天君本紀〉 계열의 또 한 종種 엄연
한 한문 의인소설 작품이었다.

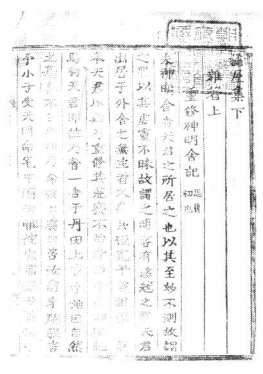

근옥이 술항아리의 퇴락頹落해 가는 과정
을 애석하게 여긴 나머지 그것에 인성을 부
여하여 묘지명墓地銘이란 표제 하에 쓴 의인
전기 〈옹후묘지명甕侯墓誌銘〉[44]이라든가, 단
단한 절구가 깨어지매 그것을 수선하고 난

『귤옥집』의 중수신명사기

겨를에 절구공이에 착안하여 〈저군전〉 한 작품을 끼쳐 놓았던 것은 그
의인적 시도가 사물 쪽으로 향한 본보기적 일례로 볼 만하였다.

『귤옥집』·下의 산문류를 일람할 때 창작의 간지를 적은 경우를 간
간히 목도할 수 있지만, 애석하게도 〈저군전〉의 경우 그것을 기대해
볼 길은 없다.

하지만 그런 중에도 창작의 연대를 가늠해 보는 일이 전혀 막연한
노릇만은 아닐 수 있는 일말의 단서조차 작중에 없는 것은 아니었으니,
곧 다음의 부분이었다.

　　自亂離以後 杵氏一門 流落在外 與石氏離婚 甚至有不免水火者.
　　난리 이후로는 저씨杵氏 일문이 영락하여 외지로 유랑하게 되자 석
씨石氏와 부부 관계를 끊고 갈라서거나, 심지어는 수재와 화재의 화난

---

44) 『귤옥집』·下. 실은 이것도 그 형식과 내용의 구체성에서 보았을 때 한 가지
　　종류의 가전일 따름이었다. 그러나 귤옥이 제목을 정한 바에 일단 '전(傳)'의 이름
　　을 쓰지 않고 '묘지명(墓誌銘)'이란 명호를 빌려 왔던 점을 일차 존중하는 뜻에서,
　　이에선 일단 〈저군전〉과 함께 다루는 일을 유보해 두기로 하였다.

禍難을 면치 못하는 이도 있었다.

여기서 '난리'라고 함은 작품 외연상의 시간 전개 문맥상으로는 대략 당 현종 시절 안록산의 난에 해당될 듯싶다. 그러나 이 부분 저구杵臼가 수난을 당하는 일의 실상에 따른 묘사의 구체성은 작가의 경험 체계와 관련 있어 보인다. 곧 윤광계가 실제로 목격한 데 따른 고스란한 영상과 투영의 안에 있다. 따라서 그것의 궁극적인 내포, 즉 사건의 실질적 지시처는 다름 아니라 임진년(1592) 4월 그 첫 발발 이래 약 7년 간에 걸쳐 계속되었던 왜란을 가리킴에 별반 의심의 여지가 없다. 그러므로 최소한 윤광계가 임진란을 처음 겪기 시작했던 34세 이후의 소작임을 우선 알아내기 어렵지 아니하였다.

그 다음에는 더 이상의 실마리가 나타나 보이지 않아 막연해질 따름이지만, 작품 안의 어느 부분들이 야기시키는 분위기적 정조情調는 아무래도 왜란의 발생 초기와 가까운 시간대에 있어 보이지는 않는다. 위의 인용문에서 절구공이[杵氏]의 유랑 및 절구[石氏]와의 이혼·결별 등과 같은 공간 변화적 상황은 아무래도 사단事端의 발생 이후 일정 만큼한 시간의 흐름을 요구하는 것이겠기 때문이다. 더구나 작자는 본 작품 제목 아래 주기注記에다 절구를 보수하고 든든히 해 놓으면서 짓게 되었다는 말을 하고 있다. 이로 미루어 혼란의 소용돌이가 일단은 가라앉은 단계의 소산만 같아 보인다. 이를테면, 왜란 풍파가 진정 국면에 들어가면서 심리적 평정을 어느 정도 회복한 연후라야 절구를 정상화시키는 등의 의욕적 노동 행위도 가능할 것만 같다. 또 정서적 안정을 어느 만큼 획득한 연후라야 절구공이 등을 형상화하는 일 같은 현학적 창작 행위도 기대할 수 있을 듯싶다. 생각건대 의인 문학의 한 형태로서의 가전이란 것이 대개 대상에 대한 일종의 정관적靜觀的 여유의 바탕 위에서 가능할 수 있는 지적 산물이겠기 때문이다.

이렇듯 칠흑 어둠 속의 야광주와도 같이 작중의 유일한 요어要語인 '난리이후亂離以後'란 말을 보는 눈길이 아무래도 전란 종식 이후 쪽에 자꾸만 쏠리는 것이어니와, 이 관측은 아래와 같은 사실 근거로써 좀 더 활력을 얻을 만하다. 다름 아니라, 이제 『선조실록』을 일별해 보는 과정에서는 참 반갑게도 '경란이후經亂以後'・'난리이후亂離以後' 등 괄목할 만한 언어와 접할 수 있는 것으로 인하여 일약 돌파구를 찾은 듯한 계기가 마련된다.

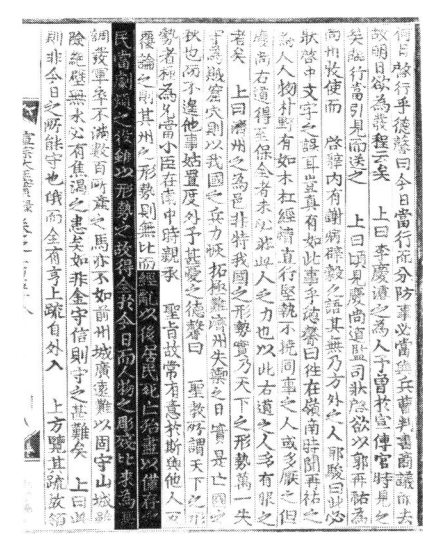

『선조실록』 권158 36년 정월 신미일 기사

> 德馨曰…而經亂以後 居民死亡殆盡 以僅存之民 當劇煩之役 雖以形勢之故 得全於今日 而人物之彫殘 比來爲甚.[45]
>
> 이덕형이 가로되, "… 그리고 난리를 겪은 이후에 백성이 사망하여 거의 없다시피 하며, 겨우 살아남은 백성은 몹시 고되고 바쁜 일에 시달립니다. 비록 형세로 인해 지금에 살아남을 수는 있었으나 인적 자원의 손상이 근자에 심하였나이다."

---

45) 『선조실록』 권158, 36년 계묘 정월 신미일 조.

　　掌令李軫賓來啓曰 畢獻方物 唯服食器用 載在經籍 則三名日進上 在臣子分義 固不可少有所欠闕者也 亂離以後 久廢不行 而頃者半減 之命 實出於恭儉恤民之意.[46]

　　장령掌令 이진빈이 와서 알리기를, "반드시 바쳐야 할 방물로는 의복 과 음식과 그릇 등이라 함이 경서에 실리어 있은즉, 세 명일名日 날에 진상을 해야 함이 신하된 이의 본분에 마땅한 일이오라, 조금도 빠뜨리 는 일이 있어서는 아니 되옵니다. 하오나 난리 이후에는 오래 폐지되어 시행되지 못하였더니, 지난번에 그 내용을 반으로 감하라시던 명은 참으 로 검박함을 높이고 백성을 긍휼히 여기시는 뜻에서 나온 것이었나이다."

　　앞의 것은 1603년 4월 신미일 이덕형이 선조 임금과 나눈 대화 중에 보이는 내용이려니와, 여기의 '경란經亂'이란 말은 그 자체로 벌써 난리 를 겪었다거나 지냈다는 경험經驗·경과經過 의미의 과거 및 완료적 시 제를 처음부터 나타내고 있는 표현이었다. 그리고 이 군신 간의 대화가 과연 전쟁 끝난 뒤 4년 5개월 지난 다음의 일임은 위의 연대기로도 곧 장 확인·입증되는 사항이었다.

　　그러나 특별히 두 번째 인용문의 경우는 〈저군전〉에서와 똑같은 '난 리이후亂離以後'의 표현이 돌출되는 것으로 인하여 가일층 촉각이 곤두 서지 않을 수 없다. 그런데 본래 '난리이후亂離以後'라는 말 자체 뜻만으 로 보면 임란 발발의 해인 1592년 이후가 모두 개연성 있는 시간대에 포함되는 것인 줄은 혹 모르겠으나, 바로 여기서 자연스레 '난리이후亂 離以後'라는 말을 쓰고 있는 시점은 1601년 9월, 곧 전쟁 중간이 아닌 난리가 끝난(1598년 11월) 다음 2년 10개월이 지난 시간적 계제에 놓여 있었다. 이 명백하고 엄연한 사실이 아무래도 〈저군전〉 내의 동일 어

46) 『선조실록』 권141, 34년 신축 9월 임자일 조.

휘를 헤아림 하는 일에 사뭇 고무적인 또 한 가지 작용이 될 수 있으리라는 판단이다. 그리하여 〈저군전〉에서 '난리이후亂離以後'에 연결되어지는 문장은 다름 아닌 전란이 끝난 뒤에 펼쳐진 정황을 저구杵臼의 기준에서 은유적으로 형상화시킨 결과로 보여진다.

절구와 절구공이

이제 난리 이후에 저씨 일문이 영락하여 외지로 유랑하게 되었다는 말은, 전쟁 뒤의 혹심한 기근으로 찧어 먹을 양식이 없으매 절구공이가 소용 밖에 밀려 이리저리 굴러다녔음을 은유하겠다. 석씨와 부부관계가 끊어져 갈라서게 되었다는 말은, 그러면서 절구와도 함께 놓아질 수 없게 된 형편을 비유하는 뜻이다. 심지어 수난水難과 화난火難을 겪기도 했다는 말은 절구공이가 무용지물이 되어 그것을 물 속에 던져 버리거나 땔감으로 태워 없애기도 했던 일을 암시하는 뜻이 분명하니, 이 모두 난리 뒤의 황량한 경상景狀 아님이 없는 것이다.

요컨대 당시에 많이 쓰던 '난리이후亂離以後'란 말은 대개 '난후亂後'란 말의 부연 형태로 봄이 타당할 듯싶다. 다시 말하면, 2음절어 '난후亂後'란 말의 언어 부연적 리듬 효과를 위한 4음절화가 '난리이후亂離以後'로 될 터이고, 4음절어 '난리이후亂離以後'란 말의 언어 축약적 음운 효과를 위한 2음절화가 '난후亂後'로 될 터이다.[47]

---

47) 이를테면 그의 오언절구에 〈난후한식(亂後寒食)〉(『귤옥집』・上) 제목에 대한 풀이는 '난리 이후(亂離以後)에 한식을 맞고서'로 풀어 가당할 것이고, 『선조실록』이나 〈저군전〉에서 쓰여진 "亂離以後"의 말은 조어상의 리듬성만 상관없다면 '亂後'로 해도 전혀 무방할 것이다. 오늘날 6・25 '전쟁 이후(戰爭以後)'에 태어난 세대를 줄여 '전후(戰後)' 세대라 일컫는 것도 같은 관용례이다.

그러면 이제 여기서 짐작하는 〈저군전〉 창작의 연대는 스스로 좁혀진 셈이다. 임진년 난리는 1598년 11월 왜군의 전면 철수와 함께 종식된 것으로 간주하니, 이 이후 그가 1601년 9월 처음으로 대망의 중앙 관계官界에 진출하게 되기 전까지의 사이가 되리라 추정하는 것이다.

윤광계가 본래 일찍부터 가난했던 집안 살림에다 거기에 전란까지 겪어야만 했던 탓인가, 그의 시에는 궁핍한 촌가 생활이거나 생계에 관련되는 일을 소재로 삼은 내용이 적잖이 보인다. 보리를 말리는 아낙네들의 모습을 보고 쓴 오언고시 〈쇄맥曬麥〉(『귤옥집』·中)은 먹을 것이 없어 보리 양식이라

조영석의 그림 村家女行

도 구하기에 급급한 민생고의 비참한 모습을 그리고 있고, 〈주필走筆〉(『귤옥집』·中)에서 또한 자기 집의 극빈한 형용 일단을 묘사하고 있다. 작품 중의 "兵未靜"(전란이 아직 가라앉지 않았는데)이란 말로 왜란 기간 중에 썼음을 알 수 있는 오언배율 〈효기우음曉起偶吟〉 곧, '새벽에 일어나 문득 읊다'(『귤옥집』·中)의 전반부이다.

惻惻金風至	쓸쓸한 갈바람 불어 들고
凄凄玉露斜	냉랭한 이슬 방울 비꼈네.
舂粱鳴曉碓	쌀 찧는 새벽의 방아소리
治苧響霄車	모시를 짜는 베틀채의 소리.

飯滑炊新稻　기름진 밥은 햅쌀로 지은 것이고
菹寒斫老瓜　시원한 김치는 늙은 오이 담근 것.

　혹은 산촌의 굶주린 쥐가 민가에 끼치는 폐해를 열거해 나간 오언고시 〈영서효퇴지연구체詠鼠效退之聯句體〉(『귤옥집』·中) 가운데,

罅突惕宵薪　굴뚝을 뚫어 놓으니 한밤중 땔감이 겁나고
斁箒妨曉杵　빗자루를 썩게 하매 새벽의 절구질 망친다.

라고 한 것 역시 그가 한 사람의 생민으로서 산촌 및 농가에서 겪는 체험과 느낌들을 일상 대하는 생활 주변의 비근한 사물들 안에서 끌어내 표출시킨 사례라 하겠다.
　그러면 지금 이 〈저군전〉처럼 절구공이를 대상 제재로 삼고자 했던 생각의 빌미도, 비록 양반 선비의 신분이었지만 어려운 민가 생활을 치루지 않을 수 없던 개인적 오랜 체험 안에서 생겨날 수 있었을 것이다.

술과 부채에 실은
풍정

    〈환백장군전歡伯將軍傳〉과 〈청풍선생전淸風先生傳〉은 17세기 조선조 시인・문인인 백곡柏谷 김득신金得臣(1604~1684)이 술과 부채를 각각 의인화한 가전 문학 작품이다. 이 두 편은 그간 미발굴인 채로 아직 이 분야에 알려지지 못하였다가, 연민 이가원 선생이 백곡의 9세 손인 김상형金相馨 옹과의 인연으로 김득신의 문집인 『백곡문집栢谷文集』을 편술하는 과정에서 마저 소개되기에 이르렀던 것이다.1)

    김득신의 자는 자공子公, 백곡柏谷은 아호이다. 안동이 본관으로, 부제학副提學을 지낸 치縅의 아들이자, 진주목사晉州牧使를 역임한 시민時敏의 손자이다. 그의 호를 백곡이라 이름 붙인 뜻은 그가 목천木川의 백전栢田에 거했던 일로 연유했다 한다. 그는 선조 37년 출생의 이래 광해, 인조, 효종, 현종을 거쳐 숙종 10년에 생을 마칠 때까지 여섯 왕

---

1) 이가원 편, 『백곡문집(栢谷文集)』, 태학사, 1985.9, p.2.

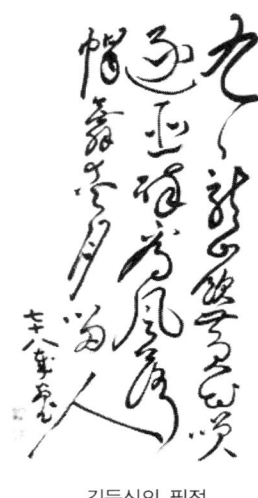

김득신의 필적

에 걸쳐 재세한 81세의 생애를 통해서 다 사다난의 시대를 살다간 인물이다.

그러나 김득신이라 하면 무엇보다 노둔 魯鈍의 시인으로 알려져 있으니, 그가 소시 에 『사략史略』26자를 여러 날 배웠음에도 능히 구두를 달지 못하였다 함2)과, '마상 봉한식馬上逢寒食'이란 당나라 시인의 구를 자신의 창작으로만 오인하였다는 일화3) 등은 유명하다. 또한 그 자신이 〈백이전伯 夷傳〉을 일억 차례 이상 독파하였다고 말 한 것4)이 사대부 진신간搢紳間에 유명한 기화畸話로서 훤전喧傳되었을 만치 그는 문장 수련에 있어 우직스러움 을 나타냈던 문인이기도 하였다.

이 모두를 유의해 보면, 다름 아닌 그의 암송의 능력 내지는 기억력 의 부진과 관계됨을 알기 어렵지 않다.

고음苦吟에 관해서 역시, 백곡 자신이 『종남총지終南叢志』에 시에 대 한 일생의 마음고생[一生心苦]을 자백하였고5), 박세당朴世堂이나 임방 任埅 같은 이도 백곡이 시작詩作에 있어서 정신을 부리고 심비心脾를 괴 롭히던 정상을 일자천련一字千鍊의 말로 비의한 적이 있다.6)

---

2) 이현석(李玄錫)의 〈묘갈명(墓碣銘)〉에, "幼而魯 十歲始就學十九史略 首章僅二 十六字 而三日不能口讀."
3) 이가원, 『한국한문학사』, 보성문화사, 1986, p.291 참조.
4) 〈古文三十六首讀數記〉, 『백곡문집』 권5 참조.
5) 李唐諸子作詩 用盡一生心力 故能名世傳後… 余亦有此癖 欲捨未能 戲吟一 絶曰 爲人性癖最耽詩 詩到吟時下字疑 終至不疑方快意 一生心苦有誰知. (『終 南叢志』

　　그러나 시문 간에 분간해 보면 이는 김득신의 문이 아닌 시에 대한 평가임에 유의하지 않을 수 없다. 또한 '고음'이란 시 창작의 태도 및 과정을 나타내는 표현으로, '노둔'과는 별개의 개념인 것이다. 시작의 과정에 지나친 결벽증을 나타내는 고음의 태도는 당나라 두보에게서도 발견되었던 현상이기도 했다. 아울러 백곡의 시 솜씨는 진작부터 같은 시대 이식이나 정두경 같은 이들의 인정을 받았고, 뒷시대의 평가가 그를 17세기 시단의 중심에 섰던 인물로 인정함이 입증한다. 더구나 백곡의 이같은 고음의 반면에는 시를 재빠르게 지어낸 산물인 〈주음走吟〉의 작품이 적지 않은 것으로 미루어, 시에 있어서만큼 그는 뛰어난 능력을 지녔던 인물임에 틀림없다.

　　그러면 더욱 구체적으로 시인·문인으로서의 백곡의 시詩와 문文의 경계는 어떠하였는가? 여기에 대한 제가諸家의 평을 들어 보면 대략 이러하였다.

　　우선 이서우李瑞雨의 〈백곡집서柏谷集序〉에 보면

　　　　或謂　公文不如詩之工　疑公無得於伯夷傳　余應之曰　公非無得者
　　得之不全　由擧子之業之奪之也　其晚遷於科則亦伯夷傳之爲崇矣.
　　　　어떤 이가, "공의 문은 시의 공교함만 같지 못하니 공이 〈백이전〉에서 얻은 바는 없어" 라고 하매, 내가 이렇게 응대하였다. "공이 얻은 게 없음이 아니라 다 얻지 못한 것일세. 그것 때문에 과거시험 공부 못하게 되었지만, 늦게나마 과거에 된 것은 그 역시 〈백이전〉을 높였던 까닭이지."

---

6) 方其役精神苦心脾　一字千鍊　擧臂指疑　蹇驢款段　蹢躅街途　雖驅導嗔喝　傍人辟易　而將亦不能自覺.（『西溪先生集』 권7 〈柏谷集序〉）
　　金栢谷得臣　平生工詩　謂琢肝腎　一字千鍊　必欲工絶　其賈島之流乎.（『水村漫錄』）

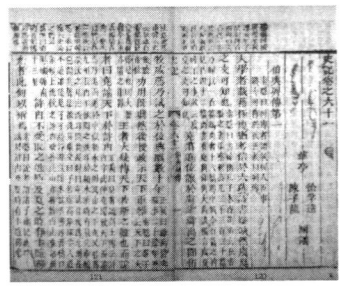

백이열전

라고 논급된 부분이 있거니와, 이 말에서 한 가지 시사되는 바가 있다. 곧 백곡이 일억일만삼천 독을 했다는 〈백이전〉 공부의 효과에 대해선 비록 위의 두 사람 사이에 의견의 차이가 있음에도 불구하고, 백곡의 문장이 시에 못미친다는 생각에 있어선 의견이 서로 일치한다는 사실이다.

백곡의 〈제문祭文〉을 쓴 조현석趙顯錫 같은 이도 백곡 시의 성화盛譁를 칭도한 반면, 문은 '여사餘事' 쯤으로 간주하였다(不特吾東 皆推宗匠 華人採詩 首加稱賞 文雖大鳴 乃公餘事). 이 밖에도 백곡 〈행장行狀〉 안의 표현인 "尤工於詩"(시에서 더욱 공교하였다) 같은 말도 환언하면 산문 쪽의 상대적인 열세를 암시한 뜻으로 보아 별 무리가 없을 듯싶다.

특히 이덕무는, 백곡이 그 엄청난 독서 노력에도 불구하고 산문 쪽엔 족히 볼 만한 것이 없는 만큼 지독히 노둔한 이라고 폄평貶評하였다.

　　平生讀書之多 定爲古今稀見 讀伯夷傳一億一萬三千番 它可類推也 其集中 文只數篇 而不足可觀 才之至鈍者也.[7]

　　평생 책을 읽은 횟수가 많기로는 진실로 고금에 보기 드물어, 〈백이전〉 읽기를 일억일만삼천 번이나 하였다 하니, 그 나머지는 가히 짐작이 간다. 그 문집 가운데서 문은 고작 몇 편에 지나지 않는 데다, 볼 만한 건 없으니 재주치고는 지독하니 둔한 사람이었다.

.

---

7) 이덕무, 『청장관전서(靑莊館全書)』 권5의 『영처잡고(嬰處雜稿)』 소재.

그러나 문이 고작 몇 편에 지나지 않는다는 말은 사실과 다르다. 『백곡집』 권5∼권7까지는 문을 수록한 것인데, 권5의 서序·기記·권6의 발跋·명銘·논論·책策·설說·서書·장狀·전傳·록錄·제題·해解·지誌·권7의 서書·답答·제문祭文·상량문上梁文·서序·계啓·표表·잡록雜錄 등 다양한 문체를 구사하였음을 볼 수 있다. 대개 그의 문집을 전체로서 비준하여 보았을 때 문 부분만 43%를 상회하는 분량인 것이니, 결코 '고작 몇 편只數篇'이 아닌 것이다.

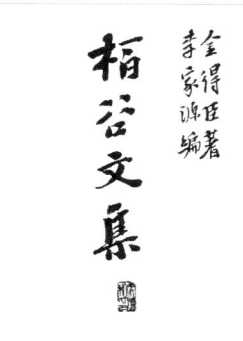

연민 이가원이 題字한
『백곡문집』 표지

최초로 『백곡집』을 펴내면서 이에 대한 서문을 쓴 이가원도 "백곡은 원래 시에 장長이 있다"[8]고 평한 바 있어, 결국은 아무도 백곡의 문이 승勝함을 주장한 이가 없으니, 그의 문이 상대적으로 열세라 함은 적실的實하여 올바름을 얻은 견해로 보아 무방할 것으로 사료된다.

그는 종래의 시론에서 말하는 바, 시란 학문적 노력과는 별개의 천품天稟이요 재주라고 하는 이른바 '시유별재詩有別才' 설을 깊이 신념했던 한 사람이었다.[9] 그렇기 때문에 '시인에게 그러한 재주가 없을 것 같으면 시를 쓸 수가 없다詩人無其才 則弗能爲詩)'[10]고 생각했던 것이다.

겸하여, 자신은 시에 관한 한 어느 정도 이같은 천품을 타고났다고

---

8) 이가원, 〈백곡문집영간서(栢谷文集景刊序)〉, 『백곡문집』, 태학사, 1985, p.2.
9) 김창룡, 「백곡 김득신의 인간과 문학(下)」, 『충격과 조화』, 동방문학비교연구총서 2, 1992, pp.523∼526.
10) 〈送金季珍序〉, 『백곡집』 권5.

믿은 양하지만, 역시 문에 관해서 만큼은 취약을 인식한 듯 여겨진다. 전술한 것처럼 그가 36년 동안 매두몰신埋頭沒身으로 열독하였다는 〈고문삼십육수독수기古文三十六首讀數記〉를 보아도 그 분발의 표적과 대상이 두시杜詩 등으로 대표되는 운문이 아닌, 전적으로 산문 일색이었다는 사실에 각별한 주목을 요하게 된다.

이렇듯 깊이 있고 비상한 독서사승讀書師承이 시가 아닌 문 쪽에서 전적으로 일어났음은 필시 문 방면에 대한 소질 바탕을 끝내 자신할 수 없었던 데에서 연유된 듯하다. 그러기에 사마천·한유 등의 문장을 귀감으로 한 이같은 고신분투가 문의 취약을 극복할 수 있는 최선의 방법이라고 판단했지 않았나 싶다. 백곡 스스로가 진·한·당·송에 걸친 독서 편력의 열정을 과시한 시가 있으니, 〈제고문초책題古文抄冊〉이다.11)

> 杜門端坐萬番讀　문 닫아 걸고 바로 앉아 일만 번을 읽나니
> 漢宋唐秦以上文　한·송·당·진 시대 앞의 글들이다.
> 最嗜伯夷奇怪體　그 중 백이의 기괴한 체를 가장 좋아하나니
> 飄飄逸氣欲凌雲　표표한 호일의 기상은 구름 너머로 넘나는 양.

이처럼 비상하고 각고에 찬 문장 수업에도 불구하고 그가 마침내 문장가로서의 명성은 얻지 못한 셈되었다. 이로써 확실히 '시유별재詩有別才'나 마찬가지로 문 또한 별재가 요구되는 것인지도 모르겠다. 그럼에도 백곡이 생전에 가혹한 독서 훈련을 포기 아니한 채 지속하여 나갔던

---

11) 『백곡집』 권2. 한편, 『종남총지(終南叢志)』에도 이 시가 소개되어 있는 바 제3·4구는 같은 반면, 1·2구가 "搜羅漢宋唐秦文 口沫讀過一萬番"으로 되어 있다.

사실로 미루어, 그는 시와는 달리 문만큼은 천부적 노력으로 극복·성취할 수 있는 것으로 믿었을 가능성 또한 없지는 않다.

백곡은 문장 학습의 가장 큰 귀감을 한대의 것에서 찾았던 반면, 송대의 것을 낮게 쳤으니, 이같은 존한尊漢·비송卑宋의 취의趣意가 권6의 〈죽창집발竹窓集跋〉에 소상하게 나타나 있음이다.

　　무릇 문장하는 도에 있어 한을 본받기는 어렵고 송을 본받기는 쉬운 것이다. 어째서 그런가 하면, 한의 문장은 고아古雅하여 그것을 본받기가 어렵고, 송의 문장은 이속俚俗하여 그것을 본받기가 쉬운 까닭이다. … (중략)… 송의 문장을 보면 손으로 찢어 버리고 타기唾棄해야 하는 대신, 반드시 한의 문장을 취해다가 오로지 해 나가야 할 것이다. … 저 고려시대 이후로 명경名卿이며 현철賢哲의 문장이 비록 웅혼하고 빛나기는 했어도 또한 하나같이 고아스럽지 못함은 왜일까? 대개 이는 한의 글을 버리고 송의 글을 취해서 높인 까닭이다. 그런 까닭에 한을 본받기는 어렵고 송을 본받기는 쉽다고 한 것이 아니겠는가?[12]

그는 이 같은 존한·비송과 관련하여 문장에는 각 시대에 따른 기수氣數라는 것이 있음을 논급하였다.

　　대개 세대가 내려올수록 기수도 쇠해지는 것이니, 따라서 송의 문체가 속스러움은 의당한 것이 아니겠는가?[13]

---

12) 大凡爲文之道 有學漢學宋者 而學漢難 學宋易 何則 漢之文古而其學也難 宋之文俚而其學也易…見宋之文 手搣之 喙唾之 必取漢之文 而專治者…粤自麗代以還 名卿雋哲之文章 雖雄渾彬彬 亦皆不古 何 蓋捨漢文 取宋文而尙之 故學漢則難 學宋則易而然耶. (〈竹窓集跋〉, 『백곡문집』 권6)
13) 蓋世代殺而氣數衰 故宋之文體之俚 不亦宜乎. (위와 같음)

이같은 기수론氣數論에 덧붙여서, '기수가 많이 쇠퇴한 뒷시대에 난 사람이라도 고아한 문체에다 공력을 기울이면 고문체에 도달할 수 있다' 하는 백곡의 사유를 마침내 확인할 수 있게 된다.[14]

그러므로 이제 그의 문관文觀을 시관詩觀과 대조하여 보았을 때, 첫째 시관詩觀이 존당비송이었음에 비하여, 그의 문관文觀은 '존한비송'에 입각해 있는 사실을 새삼 확인해 볼 수 있는 것이요, 둘째 그는 시에는 별종의 재주가 있음詩有別才을 믿었던 반면, 문에서의 별재를 생각지는 않았던 듯싶다.

그리하여 문에 관한한, 열혈의 노력으로써 이를 극복할 수 있다고 생각한 나머지 존한을 위주로 한 독서의 평생 계획을 실천하였던 것 같으니, 앞에 든 〈고문삼십육수독수기〉는 그같은 심중의 여실한 반영으로 보인다.

백곡은 또 문에 있어서의 의意와 법法을 주장하였던 바, 권5의 〈독남당서讀南堂序〉에 그 뜻이 비친다.

다름 아니라 의란 문장의 내용적 의미이고, 법이란 문장의 기법을 지칭하는 뜻이다.

백곡은 여기서 문장의 주된 것은 마땅히 의가 되며 법은 그 다음가는 것이긴 하지만, 의와 법 어느 한 쪽에 편중될 수 없음을 피력하였다.[15] 그리하여 문장이 올바른 의미[意正]를 얻기 위해서는 장자의 『남

---

14) 由是觀之 世代雖降 極博古文 盡其用功 則不患軆古文之難 何論學宋之文哉 然則氣數雖衰 文體之古 在人之用功之如何爾. (위와 같음)
15) 蘇長公曰 吾讀南華然後 知文之法也 爲文而不知法可乎 吾友張遇季 嘗有言曰 爲文之道 意爲主 法爲次也 至哉 知文者之言也 爲文而只以意不以法 則 其文徒意而已 只以法不以意 則其文徒法而已 此乃操觚者之所共知也. (〈讀南堂序〉, 권5)

화경南華經』이 누락될 수 없는 존재임을 강조한 것이다.[16)

그는 『남화경』이 유가 입장에서의 이단 외도異端外道인지라 '의의意'의 차원에서는 결코 받아들여질 수 없고 다만 '법法'을 위해서 절실한 것인데, 만일 문장에 뜻을 두고도 이것을 읽지 않으면 문의 참다운 기법은 이해할 수 없을 것으로 간주하였다.[17)

문에 있어 『장자』서書를 높이 여겼던 발상은 하필 백곡 뿐 아니라, 지봉 이수광도 '문은 오경五經 외에는 『장자』와 사마천의 『사기』가 좋다'[18)는 등의 견해를 표명한 바 있었다.

백곡의 문장론의 하나로서의 이같은 의법론意法論은 흡사 시에 있어서의 이향론理響論과 대칭 및 조화를 이루고 있어 흥미로운 부분이다.

그는 이 밖에 문에 관련하여도 일찍 현달하면 문장에 취약이 있을 것이라는 견해를 피력, 문장과 현顯・불현不顯의 관계에 민감한 반응을 나타냄으로써 다시 한 번 늦게까지 현달치 못한 자신의 신세적 불우에 자기 합리적인 사고의 단면을 보여 주기도 했던 것이다.

『백곡문집』 전체 7권 가운데 문은 5권에서 7권까지 걸쳐 있거니와, 그 가운데 권5의 〈관동별곡서關東別曲序〉, 〈순오지서旬五志序〉, 〈소화시평서小華詩評序〉, 〈취묵당기醉默堂記〉와, 권6의 〈죽창집발竹窓集跋〉,

---

16) 是以李全讀聖經 而以意之正 知爲主於文 讀南華經 而以法之奇 知爲次於文. (위와 같음)
17) 南華經於儒道外道也…夫豈以嗜南華 易其崇儒道之心 而惑於虛誕之外道哉 意者雖至於儒道 其素所業則 大肆力於文章也 不業文則已 如業之則 不讀南華經 而知文之法乎. (위와 같음)
18) 余於五經外 好莊子司馬子長.(『지봉유설』 문장부 2)

〈병가절요서兵家節要序〉, 〈환백장군전歡伯將軍傳〉, 〈청풍선생전淸風先生傳〉, 〈백이전해伯夷傳解〉 등이 나름대로 객관적 의미를 지닐 만한 내용들이다.

이 중에서도 특히 〈환백장군전〉과 〈청풍선생전〉의 두 편은 각기 술과 부채를 허구적 수법으로서 의인화한 모처럼의 가전 휘품들이다.

이처럼 과거부터 백곡의 문학에 대해 언급하던 논자들마다 그가 문보다는 시의 편에서 훨씬 능장能長이 있다 함이 압도적인 정평이기는 하나, 기실은 산문 쪽의 각 분야에서도 두루 다양한 체體를 구사한 것이 적지 않았다.

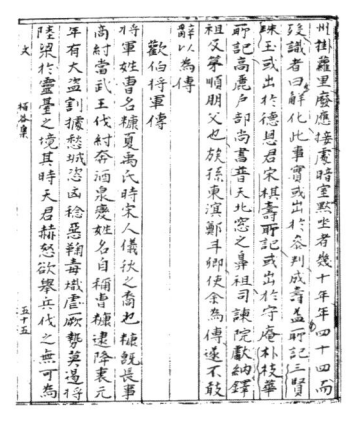

『백곡집』의 환백장군전

허구적 전의 한 양식으로서의 〈환백장군전〉 및 〈청풍선생전〉도 그 가운데 포함될 성격의 것이다.

종래 한국의 술 가전이 〈국순전麴醇傳〉·〈국선생전麴先生傳〉 등 고려의 한 시대에만 한정된 줄로 알았던 종래의 인식을 완전히 불식한 작품은, 16세기 간재艮齋 최연崔演(1503~1549)이 지은 〈국수재전麴秀才傳〉이었다. 그 뒤에 나온 이 〈환백장군전〉은 17세기 인물인 금곡金谷 박상연朴尙淵(1631~1696)의 〈국성전麴聖傳〉, 18세기 인물인 존재存齋 박윤묵朴允默(1771~1849)의 〈국청전麴淸傳〉 등과 함께 이 계통의 가전이 조선조에도 그 면모를 연면히 지속할 수 있었다는 사실을 뒷받침하는 데 일조한 작품이었다.

또한 이것이 주인공 본전부本傳部에 이르러 전체가 영웅·군담적인

내용으로 장식되어 있다는 점도 가전 문학사상 전무후무한 특징이라
아니할 수 없다. 이러한 점은 백호白湖 임제林悌(1549~1587)의 〈수성지愁
城誌〉 가운데 국양장군麴襄將軍이 출현 활약하는 부분을 연상케 하는
바 크다.

　아닌 게 아니라, 이 작품에서도 문제의 수성愁城을 격파함에 있어 결
정적인 공훈을 세우는 주체가 바로 국양麴襄이었다. 살펴 보면, 〈수성
지〉에는 천군天君·모영毛穎·관성자管城子·공방孔方 등, 가전사 흐름
에서 주인공 역할을 담당하였던 여러 기라성 같은 인물들이 등장하고

있다. 하지만 그 사실에도
불구하고 오히려 이 〈수성
지〉의 실제적인 주인공 구
실을 톡톡히 했던 당사자
로 이 국양을 가볍게 보아
넘길 수 없다. 국양이란 인
물은 과연 이 작품의 가장
중대한 계기이자, 동시에

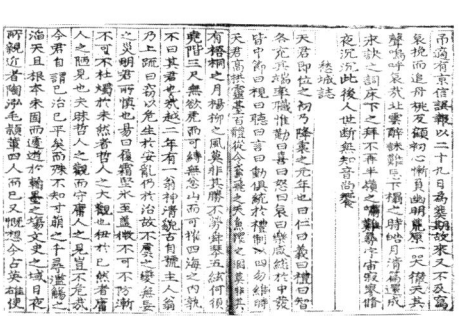

『백호집』의 수성지

아무도 해결하지 못했던 수성 사건의 문제를 가장 명쾌히 해결한 수성
사건의 최고 영웅으로서 아무런 손색이 없었다. 그리하여 이 작품을
희극적 종결로 유도하면서 화려한 대단원을 장식하는 그 당당한 주체
또한 국양이 된다. 여기서 그는 천군으로부터 온갖 포상을 받는 과정에
서 '환백懽伯'의 작위까지 하사 받게 되니, 다름 아닌 환백장군인 것이다.

　그 밖에 천군과 조정 신하들 사이의 정론廷論, 군담부 서술 등 전반적
인 분위기 면에서 아무래도 김득신의 술 가전이 약 반세기 앞인 임제의
그것과 무관하지만은 않으리라 사유된다. 사실, 허구적 산문 안에서는

임제가 처음 구사한 것으로 사료되는 환백장군의 등장이 하필 〈환백장 군전〉에 국한된 것은 아니었다. 김득신과 동시대 인물인 정태제鄭泰齊 (1612~1669)의 작으로 추정된다 하는 〈천군연의天君演義〉 가운데도 부각 되어 나타났다든지, 다시 또 한 세기 뒤의 인물인 지광한池光翰(1695~ 1756)의 〈취향지醉鄉志〉 같은 곳에 재현되었던 사실 등이 따른다. 그리 하여 〈수성지〉의 영향력에 대한 새삼스런 인식과 함께, 〈환백장군전〉 과의 관련성 또한 긍정적으로 고려해 봄직하다.

김득신은 본시 기주嗜酒와 호음豪飲의 시인이었던 만치 『백곡집』 가 운데도 거기 관련된 시구가 무수히 많다. 그런 부분에 있어서의 음주의 이유는 거의 모두가 근심을 씻고[滌愁], 울민함을 잊어 버리는[排悶] 데 있었음을 쉽게 확인할 수 있다.[19] 김득신의 이와 같은 인식의 바탕이 단지 시에서 뿐 아니라 술의 의인적 구상을 허구적 산문 위에 구현시켜 보려던 욕구마저 꿈틀거렸을 터이고, 이것이 본편의 창작적 동인이 되 리라 함은 짐작하기 어렵지 아니하다. 아예 권3의 〈기중구寄仲久〉 시 같은 곳에서는 '수성愁城'의 표현조차 그대로 나타나니,

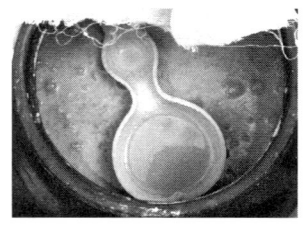
술 항아리

愁城未易降 安得酒盈缸

역시 난공불락難攻不落한 수성 타파의 방 도는 오직 그득한 술 항아리에 달렸음을

---

19) 그중에 몇 가지만 인용하면 이러하다.
"擧酒愁仍破 耽詩病已痊" 〈示張季遇〉(권3)
"排悶惟賖酒 消愁强索詩" 〈次韻〉(권3)
"中酒窮愁破 吟詩逸興豪" 〈淸風道中〉(권3)
"消遣深愁惟有酒 共傾杯杓醉樽前" 〈次韻〉(권4)

애써 보여 주고 있다.

다만 그가 평소에 술을 우수 척결憂愁剔抉의 방편으로 여겼으되, "취한 때 잠깐이야 기분이 난다지만, 세상살이 근심 저버릴 날 있을까(醉裡暫時雖有興 世間何日可無愁)"[20], "술의 위력도 쏟아지는 근심을 막기는 어려워(酒力難排阻雨愁)"[21]와 같이 어느 순간에는 그러한 신뢰조차 잠시 사라지는 때도 없지 않았다.

또한 그는 늘 취향醉鄕 가운데 머물러 사는 사람[22]으로 자처하였으나, 아마도 만년에는 방음放飮을 감당하기 어려웠던 모양이다. 『백곡집』 권4의 〈우음偶吟〉이란 시이다.

> 鏡中衰鬢已垂絲　거울 속 쇤 수염은 늘어진 실만 같아
> 豪氣殊非盛壯時　호기도 암만해야 한창때의 그건 아니지.
> 詩恐瑕疵停筆數　책잡힐 시 될까봐 붓 멈추는 일 잦아지고
> 酒嫌酩酊引盃遲　만취해 버릴세라 술잔 끌어당김도 머뭇머뭇.

그리하여 대개 〈환백장군전〉도 그의 노년기보다는 기운 성한 장년기의 성과로 봄이 훨씬 사리에 가깝다고 할 것이다.

〈청풍선생전〉 역시 앞의 가전이 그가 애호하고 탐닉했던 사물에 대한 자연스러운 결과물이었던 것처럼, 그의 부채에 대한 비상한 취향이 낳은 또 하나의 산물이다.

---

20) 〈次韻寄友人〉(『백곡집』 권4).
21) 〈走筆〉(『백곡집』 권4).
22) "吾身何許者 恒在醉鄕中" 〈次韻〉(『백곡집』 권3)

사실 김득신의 문집에는 사물에 대
한 관심을 시로써 읊은 영물류詠物類
가 적은 편은 아니다. 예컨대, 1권 가
운데의 〈영괴송詠怪松〉·〈영화詠畵〉
·〈영백로詠白鷺〉·〈영화안詠畵鴈〉
·〈영서여詠薯蕷〉, 2권 가운데의
〈영송詠松〉·〈영폭포詠瀑布〉·〈영앵
도詠櫻桃〉, 3권 가운데의 〈영송詠松〉
·〈영폭포詠瀑布〉·〈영다산기필詠茶
山奇筆〉·〈영설詠雪〉·〈영응詠鷹〉·

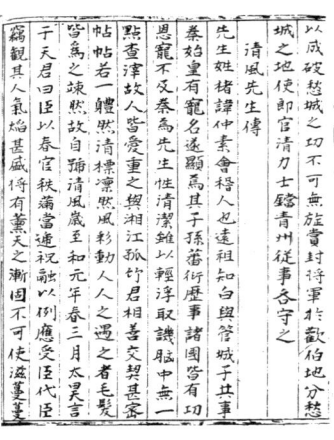

『백곡집』의 청풍선생전

〈영국詠菊〉, 4권 가운데의 〈영송詠松〉·〈영화詠花〉 등이 영물의 성향
을 보여 준다.

그럼에도 불구하고, 직접 부채를 두고 읊은 시는 그 존재를 확인하기
가 쉽지 않다. 다만 권1 가운데 〈사증선謝贈扇〉 한 작품이 있어 부채의
영물적 분위기를 살리는 데 한몫을 차지하였다.

> 誰斫江南竹　누가 강남 산산의 대나무 깎아서
> 裁成寶箑輕　마름하여 보배로운 부채 만들었나.
> 淸風生習習　맑은 바람 솔솔 부쳐질 때
> 知是故人情　이건 바로 오랜 친구의 마음.

공교롭게 여기서도 "淸風"이란 표현이 나타나 〈청풍선생전〉과의 연
계를 기약하고 있는 점이 특이하다. 이렇듯 부채를 두고 읊은, 이를테
면 영선詠扇의 시는 희한하였으되, 부채에다 읊어 쓴 이른바 제선題扇의
시는 만만치 않은 분량을 차지하였다는 사실이 각별한 주목을 끈다.

이제 그것들을 추려 보면, 〈제화매선題畵梅扇〉(권1), 〈제재중선題載仲扇〉(권1), 〈제선題扇〉(권1), 〈제최진사경헌선題崔晉士景獻扇〉(권1), 〈제선題扇〉(권2), 〈제화선題畵扇〉(권2), 〈제선題扇〉(권2) 등이다. 이 가운데 〈제재중선〉을 소개하면 이러하다.

與子曾分手　그대와 이별 나누었던 이래
形容隔一年　일 년이나 서로 보지 못했네.
今朝逢着處　오늘 아침 우리 상봉한 이 곳
把酒菊花前　국화 꽃 마주하며 술잔 잡았네.

이것을 〈증이생민채贈李生敏采〉라 제목 한 본도 있다 하거니와, 이는 흡사 추강秋江 남효온南孝溫(1454~1492)의 『추강냉화秋江冷話』에 실렸으니 백원百源 이총李摠이 남효온과 작별할 무렵 부채에 제題해 주었다는 다음의 시,

相知八年內　서로 안 지 여덟 해에
會少別離多　만남은 적고 이별은 많았지.
臨分千里手　또다시 천 리에 헤어지는 마당
掩泣聞淸歌　맑은 노래 들으면서 눈물 감춘다.

효종

를 연상케 하는 바가 있다.
　『백곡집』 첨부의 『기문록記聞錄』에 소개된 김득신의 부채[扇子] 일화는 가히 진기한 이야깃거리라 하지 않을 수 없다.

鄭判事善興卽玄谷之子也 嘗入侍朝班 頻向袖中卷舒所持便面 上問曰 袖中有何物 對曰 臣得一扇子 卽金得臣以其古木寒烟詩 自書者也 臣實愛好故 常常目之 命上之 覽畢 仍置案上 賜以他扇.

판사判事 정선흥은 다름 아닌 현곡玄谷의 아들이다. 일찍이 조정의 반열에 입시入侍하였는데, 자주 소매 안쪽을 향해 지니고 있는 것을 말았다 폈다 하며 슬쩍 대해 보곤 했다. 그러자 임금께서 "소매 속에 든 게 무엇이오?" 물으심에 대답을 올리되, "소신이 부채 하나를 얻었는데, 다름 아닌 김득신이 자신의 '고목한연古木寒烟' 시를 가지고 손수 쓴 것이옵니다. 신이 실로 아끼고 좋아하는 까닭에 자주 들여다봅니다." 이에 임금께서 올리라고 명하사, 보시고 나서는 서안書案 위에다 놓으시고 판사에게는 다른 부채를 내리셨다.

여기서 임금은 효종孝宗(재위 1649∼1659)이고, '고목한연古木寒烟' 시 운운은 김득신의 시 가운데도 가장 중구衆口에 회자되었던 오언시 〈용호龍湖〉 그 작품을 가리키는 것이다.

그렇거니와, 과연 위의 이야기가 실화라고 하는 전제에서는 김득신에게는 더할 나위 없는 영광이 되었음에 틀림없다. 그의 이같은 광영이 오직 부채의 인연으로 된 것이라고 할

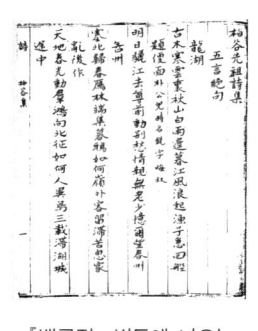

『백곡집』 벽두에 나오는 龍湖 시

때, 이 사물에 대한 관심이 한층 고양되리라 함은 어쩌면 당연한 일이 아닐까?

그러면 시인 김득신이 바라본 부채의 심상心像은 어떠했을까? 부채 역시 여름의 죽부인, 겨울의 탕파자湯婆子와 마찬가지로 인간에 의해 일정한 절기 동안 관심 받고 애호되다가 계절이 지나면 잊혀지고 버려

지는 사물인지라 득실이 뚜렷한 운명체일 수밖에 없다. 그러니 결국은 작품의 전개 방식에서 상통이 어렵지 아니할 것인즉, 특히 〈청풍선생전〉의 경우는 송나라 때 장뢰張耒가 지은 〈죽부인전〉의 희喜 → 비悲 구성과 동궤임을 쉽게 간파할 수 있다. 일찍이 유자운劉子輩이 지은 〈기죽부인棄竹夫人〉, 곧 '버려진 죽부인'이란 시 또한 문학의 형태는 비록 운문과 산문 사이에 달랐어도 그 의취에서는 한가지였다. 그 마지막 소절은 이러하였다.

豈不懷舊恩　어찌타 지난 은정 모르랴만
君心已非初　군자의 마음도 처음과 같진 않아.
當年紈扇謠　그 당시 비단깁 부채에 실은 노래가
抱恨同區區　구구절절 머금은 한 나와 다름 아닐세.

　끝으로 김득신의 가전을 이야기하면서 결코 간과될 수 없는 두드러진 특징이 한 가지 있으니, 그것은 다름 아닌 평결부의 생략이었다.
　평결부의 생략과 같은 형식적 일대 파괴는 한국 가전 문학사 전반에 걸쳐 그 유례가 없는 대서특필할 사건으로 볼 만한 것이다. 가전은 사마천의 『사기』 열전에 고유한 '선계 → 본전 → 후계 → 평결', 혹은 '서두 → 선계 → 사적 → 종말 → 후계 → 평결'의 기본적 형식의 틀을 본받아 이루어진 장르이다.
　그런데 일찍이 바로 그 형식적 원형인 『사기』 열전에서 평결부 이외의 다른 부분이 가다금 생략되는 일을 볼 수 있다. 하지만 그런 가운데서도 정작 평결부 만큼은 철칙처럼 고수해 오던 부분이었다. 한유로 시작되는 중국 가전사 흐름의 시작 단계에서도 평결부 수호는 거의 금과옥조처럼 지켜져 왔던 부분이었다. 그리하여 한국 가전 문학사 전체 안에서 역시 다른 부분의 생략이 보이는 수는 간혹 있었어도, 평결부 생략의 파격이 나타난 예는 찾을 길 없던 것이다. 이를 '파격가전'으로 명명해도 무방하겠거니와,23) 평결부의 생략은 확실히 한국 가전사 안에서는 특별하고도 희한한 사항에 들었다.

동시에 그것은 중국의 경우와 비교해 볼 때 흥미 있는 사항이기도 했다. 일찍이 당나라의 7세기 경부터 왕성한 소설 창작의 기반을 이루었던 중국의 경우, 평결부 생략의 양상이 조만간 송나라 때 소동파의 〈온도군전溫陶君傳〉 이래 별 부담없이 이루어져 왔던 사실이 있다.24) 이와 관련하여, 〈환백장군전〉·〈청풍선생전〉 등이 임병양란 이후 군담소설의 성행과 함께 허구적 한문체 소설이며 패담류가 안정 기반을 확보해 있던 17세기의 산물이라는 연상 안에서 시사되는 바가 있을 법도 하였다.

다른 한편으로는 그의 개인적인 문장 체험이나 산문 인식과의 관련도 생각해볼 수 있다. 이를테면 〈백이전〉의 기괴체와 『장자』의 문장 기법을 그가 높이 여겼던 사실, 또 그의 산문관이 '존한비송尊漢卑宋'이라 했던 이면에는, 한漢·송宋·당唐 이상의 글을 읽었다는 그의 독서 체험이 이에 무관하지는 않았을 것이다. 또한 비록 시 이야기이기는 하나 백곡의 송대 문학 이력을 알리는 다음과 같은 일화도 이에 무관하지만은 않을 것이다.

---

23) 김창룡, 『가전문학의 이론』, 박이정, 2001, p.109.
24) 이미 사마천의 『사기』와는 다르게, 후한 시대 반고의 『한서』와 범엽의 『후한서』 말미에 간혹 볼 수 있는 논찬부(論贊部) 생략의 현상과도 무관하지 않다고 본다. 여기 대해서는 김창룡, 『가전문학의 이론』(박이정, 2001, pp.109~112)에서 유의하여 다루었다.

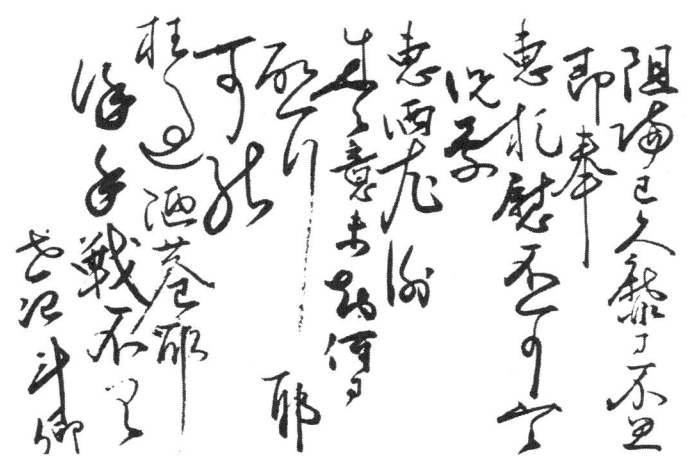

동명 정두경의 글씨 - 槿墨에서

栢谷嘗以己作示東溟 東溟曰 君尙謂學唐 何作宋語也 栢谷曰 何謂
我宋語爲耶 東溟曰 余平生所讀誦 唐以上詩也 唐詩中文字 有曾所未
見者 必是宋也 栢谷笑而服之.25)

　　백곡이 일찍이 자신이 지은 시를 동명에게 보인 일이 있다. 그러자 동
명이 말하기를 "그대는 항시 당을 배운다고 했는데 어이하여 송어宋語로
지었는가?" 하자 백곡이 이에 "무슨 뜻으로 내 시를 송어라 말하는가?"
하였다. 동명이, "내 평생에 읽은 것은 당 이상의 시이거든. 그런데 자네
시 가운데 문자에는 일찍이 그런 것이 드러나지 않으니 필경은 송의 문자
가 아니겠는가" 하자, 백곡이 웃으면서 승복하였다.

　　이에 대해 이가원은,

　　학당을 표방했다 해서 전연 송宋에 흐르지 않을 수는 없는 것이다. 이

───────────────
25) 임경, 『현호쇄담(玄湖瑣談)』 소재.

> 는 막역한 두 시가詩家 사이 해담諧談에 지나지 않는 것인데, 임경任璟이
> 이것으로서 양가의 우열을 판정하려 함은 그릇된 일인 듯싶다.26)

고 평하였던 것처럼 학당學唐이 곧 송을 도외시한다는 뜻은 되기 어려
운 것이다.

사실은 앞의 인용시에서도 나왔듯이 백곡 자신이 스스로 일만 독을
목표로 읽었다는 글들이 한漢 · 송宋 · 당唐 · 진秦이라 하였던 데에 자
연히 그 답이 들어 있는 것이다. 이에 김득신 산문의 겸송兼宋 경향을
함께 수용하는 가운데에 소동파와 같은 평결부 생략에 대한 이해의 터
전도 주어질 수 있을 것으로 본다.

---

26) 이가원, 『조선문학사』 中冊, 1995, p.837.

최효건崔孝騫 / 〈산군전山君傳〉

호랑이로 일깨우는
군주의 길

　가장 수고邃古 때의 이야기인 〈고조선古朝鮮〉 단군신화로부터 벌써 그랬지만, 호랑이에 관계된 문예 사조詞藻는 한국문화사의 주변에서 무엇보다 오래고 친숙하며 또 끊이지 않는 양상을 보여 왔던 부분이다. 그리하여 특별히 호랑이 관계에 별도 주안하여 가능한 자료를 한 군데 휘집彙輯하여 놓는다거나, 또는 설화와 고소설에 나타나는 호랑이를 나름대로 분류 설명하는 등의 시도 등 눈에 띄는 것이 있다.[1]

　'虎' 관계담을 전체적으로 살펴보았을 때, 가장 많은 물량의 차지는 역시 구전 또는 문헌설화 쪽이었고, 소설 문예 면으로는 아주 드문 양상을 나타내고 있음도 사실이었다. 대개 호랑이가 등장하는 우리의 설화는 그 수를 이루 다 헤아리기 어려울 정도이고 제목조차 이루 매거하

---

1) 손도심, 『호랑이』, 서울신문사, 1974.
　　이가원, 『한국호랑이 이야기』, 동서문화사, 1977.
　　허춘, 「설화와 고소설의 호(虎)」, 『연세어문학』 18집, 1985.12.

기 어렵다. 다만 문헌의 갈피에 들어있어 논자들의 관심을 얻어 왔던 것으로서 대개 『삼국유사』 소재의 〈고조선〉에 대한 별칭이랄 수 있는 〈단군신화〉 일명 〈웅호신화熊虎神話〉 및, 같은 책에 실린 〈김현감호金 現感虎〉, 그리고 『보한집補閑集』 소재의 〈호어虎語〉, 『어우야담於于野談』 소재의 〈호정虎穽〉, 『칠양록七羊錄』 소재의 〈호예虎睨〉 등을 우선 들어 볼 만하다.[2]

반면, 소설문학에 나타나는 호랑이의 면모는 꽤 한정돼 있다. 따라서 취사선택해 볼 겨를도 없이 우선 한문소설에서 연암燕巖 박지원朴趾源 의 〈호질虎叱〉, 문무자文無子 이옥李鈺의 〈협효부전峽孝婦傳〉·〈포호처 전捕虎妻傳〉 등이 고작이고, 한글소설로는 〈토끼전〉·〈두껍전〉·〈서 동지전〉·〈장화홍련전〉·〈금령전金鈴傳〉·〈부용사상곡芙蓉相思曲〉 정도가 연상된다.

그런데 여기 또 하나 다른 장르, 곧 가전이란 영역이 있어 호虎 문예 의 새로운 반경을 제시하고 있다. 이 안에서는 호랑이가 지금까지 보여 왔던 조역助役 또는 단역端役 노릇을 벗고, 일약 이야기의 구심적 역할 을 담당한다. 주인공의 자리로 당당히 올라서게 되는 바, 면모 과시의 새로운 계기적 터전으로서 특필할 만하였다. 다름 아니라, 하산何山 최 효건崔孝騫(1608~1671)의 문집인 『하산집何山集』 소재 〈산군전山君傳〉이 그것이었다.

작자인 최효건은 조선 인조 22년(1644)의 별시문과別試文科에서 을과 乙科로 급제한 이후, 처음에 안산현감을 하였고 그 뒤는 부평부사에 머 무는 등 크게 현달은 못하였다. "성품이 강직하고 아부할 줄을 몰라"[3]

그렇다고 했는데, 그가 현종 5년 왕 앞에 상소했던 글4)을 보면 정녕 그런 일면을 엿볼 수 있기는 하다.

이 작품의 주인공 산군山君이란 작중의 등장인물 가운데 "소위素威"를 지칭하는 뜻으로 되겠다. 그리하여 본 가전은 필자가 분류한 바 가전과 열전의 유형5)을 기준해서 서두序頭·선계先系·사적事蹟·평결評結을 갖추고 있는 두 번째 유형에 속한다. 이러한 유형적 사례는 중국 가전에서도 그 양상이 나타나거니와, 우리의 가전 안에서는 〈죽존자전竹尊者傳〉·〈관부인전灌夫人傳〉·〈남령전南靈傳〉(이옥) 등에서 구조의 동일함을 찾아볼 수 있다.

작품에 등장하는 인물은 다채로운 이름을 띤 각양각색의 범[素威, 寅伯, 寅仲, 寅叔, 惟寅, 豹, 貘, 戻虫, 變, 조豹, 建寅, 朱虎, 白額, 霧隱]과 너구리[狸生], 곰[熊公], 여우[令狐生], 추호[貙], 말곰[羆], 돼지[豕], 털 가진 짐승의 일반 명칭인 모공毛公 등 비교적 다양하다. 동물 의인화의 이같은 다양화는 비단 가전 문학에서 뿐 아니라 전체 의인 장르를 통해 보기 드문 일로서 특기할 만하다. 다시 말해, 본 작품 이전에 이 장르 전반에 걸쳐 동물 의인화의 범주에 들어갔던 것으로서 이규보 〈청강사자현부전淸江使者玄夫傳〉의 '거북', 권필 〈곽삭전郭索傳〉의 '게' 정도가 고작이었더니, 이에 이르러는 졸지에 활연豁然한 영역 확보를 이룩한 바 되었다.

돌아보건대, 이규보에 의해 처음 본격화된 동물 의인의 조자調子는 식물 또는 사물 의인화에 비해 발생의 시점도 늦은 편이었다. 또 막상 시작된 뒤에도 기껏 거북·게와 같은 강해 수족江海水族의 경계를 넘어서지 못한 감을 주었더니, 이제 최효건에 의해 동물 의인 대상이 일약

---

4) 『현종개수실록(顯宗改修實錄)』 권12, 5년 갑진 11월 신축일 조 참조.
5) 김창룡, 『한중가전문학의 연구』, 개문사, 1985, p.75.

육지의 세계로 끌어올려졌음이다.

　그와 동시에 대번에 적잖은 수의 모족들을 출현시킴으로 해서 재래의 한산하였던 풍토에 신선한 충격을 일으키고 있음은 물론, 이후 동물 의인화에 있어 대상의 다양화를 위해 흡사 선봉적인 장을 마련해 놓은 것 같은 이미지를 남기었다. 예컨대, 본편의 뒤에는 김삼락金三樂(1610~1666)이 지은 꾀꼬리 가전 〈금의공자전金衣公子傳〉, 조구명趙龜命(1693~1737)이 지은 고양이 가전 〈오원자전烏圓子傳〉, 남유용南有容(1698~1773)이 지은 말[馬]의 가전 〈굴승전屈乘傳〉, 유본학柳本學(1770경~?)이 지은 고양이 가전 〈오원전烏圓傳〉, 최남복崔南復(1759~1814)이 지은 말[馬]의 단편 〈둔마전鈍馬傳〉, 황현黃玹(1855~1910)이 지은 꾀꼬리 가전 〈금의공자전金衣公子傳〉 등을 통해 길짐승 및 날짐승 무리 종종들이 활인화되어 나타났다.

　하지만 정작 〈산군전〉이 뒷시대의 문예적 산물들과의 관련성 논의를 이슈로 다루고자 한다면, 그때에는 다른 무엇보다도 우선하여 연상될 만한 것이 어디엔가 따로 존재해 있을 듯싶다. 다름 아니라, 통칭 〈토끼전〉 계통의 작품을 지적하는 뜻이다. 관측의 방식에 따라 〈별주부전〉으로도 불리는 이 작품은 모처럼 동물 의인화가 수水·륙陸 사이에 가로놓인 경계를 허물어 내는 계기를 마련하기도 했다. 그렇거니와, 지금 〈산군전〉과 관련해서는 무엇보다 대부분의 이본들에서 거의 예외 없이 나타나고 있는 모족毛族 모임6) 장면이 가장 귀취歸趣를 끄는 부분이 아닐 수 없었다. 신재효본의 〈토별가兎鼈歌〉에서 본다.

---

6) 인권환, 「토끼전 이본고」, 『아세아연구』 29호, 1968.3.

　　　낭야손을츳겨가니털죠흔친구더리모도드러모오난디…홍문연탄금죽가
　　　긔웅하산고움…호쇼풍싱학슨군위염호랑이복히씨양희싱의이츔포쥬히싱
　　　문왕덕화즁ᄒᆞ시다…슨간의쥐줍기난긔긔마가못당ᄒᆞ니무호동즁삭진승왕
　　　을네아나냐고묘쳥ᄉ여우…털죠흔너구리기름만흔멧돗멍덕가음오쇼리승
　　　황모쪽제비…

　등장 인물 가운데는 그야말로 '산군 위엄山君威嚴 호랑이'를 비롯해서 곰·여우·삵·너구리·멧돼지·오소리·족제비 등의 모습이 보인다. 그럴 뿐 아니라, 모족 사이에 힘의 역학 관계며 분위기는 〈산군전〉의 그것과 대조하여 놓고 보아도 별다른 이질감을 주지 않는다. 특히 〈산군전〉에는 여우가 산군을 꼬드겨 무단的武斷的인 횡포를 권유하는 것과, 나아가 돼지를 산군 직속의 요리장[膳宰]으로 책정한다는 등의 화두가 있다. 그런데 또한 〈토끼전〉에서 여우가 간사한 계교로써 멧돼지의 큰자식을 산군의 요깃거리로 만들어 버린다[7] 화제가 있다는 데서 어딘가 교호交互의 가능성에 대한 인상을 떨칠 수 없다.

　〈두껍전〉 계통의 이본 중에서도 최고본最古本이랄 수 있고, 〈두껍전〉의 원본 형태가 되리라는 〈노섬상좌기〉·〈녹처사연회〉[8] 같은 소설들 역시 〈산군전〉과 관련하여 연상이 가능한 또 다른 작품이다.

　아무래도 두꺼비가 주인공으로 될 수밖에 없는 〈두껍전〉 안에서는 백호산군白虎山君의 존재가 후대에 갈수록 점차 무력화 되어갔던 것이지만, 〈노섬상좌기〉 등 초창기 본에서는 백호산군이 보여 주는 힘의

---

7) 좌중이분식흔후슨군이ᄒᆞ난마리나난실과못먹의니무슨요긔ᄒᆞ야ᄒᆞ졔여우가쏘나
　셔며슨군임그식양의사쇼흔김싱덜은입담업셔못할테니멧도야지큰ᄌ식이지금즙
　아파ᄌ희도열양갑시문ᄀᆞᄒᆞ니가져오라ᄒᆞ옵쇼셔슨군이죠와라고여우를휠젹츄어
　호션싱이얌젼ᄒᆞ여닉식셩을쏙아난고닉엽페와안지시요.(신재효본, 〈토별가〉)
8) 임성래, 「두껍전 연구」, 연세대석사학위논문, 1981. 7, p.52.

우위가 아직 상존해 있다. 곧, "이제까지 절대적 우
위에 머물렀던 두껍은 백호산군이 등장하자 모래로
자신의 등을 덮고 피신하고 있다가 여우에게 짓밟
히면서 그가 지니고 있던 가면적 삶의 정체를 여지
없이 드러내게 된다."9)

한편, 〈산군전〉에서 잠깐이나마 산군이 여우의
꼬임에 빠졌듯이, 〈노섬상좌기〉에서도 여우가 힘
의 제일 강자인 산군을 오히려 꾀로 주무르는 장면
이 묘사되어 있다.

白虎圖

산군이쳐음은이놈들을다죽여업시ᄒ려ᄒ여더니여호의공슌ᄒᄆᆯ보고노
를긋쳐왈녀의놀나지말나나도잔치의춈녀ᄒ려오니이는쳥치아닌잔치의못
지아니ᄒᄂᆫ말츤미라도로혀춈괴ᄒ거니와여ᄂᆫ본더남을잘호린다ᄒ더니이
제나를마ᄌ호리려ᄒᄂ다여화ᄭᆞ리를흔들며니르되우리피츤산중의은거ᄒ
기는일반이나그러나그더ᄂᆫ님군갓고우리등은신하갓ᄒ여혹만나미군신지
네로디졉ᄒ더니오날날우연이이곳의잔치ᄒ미속히산군을뫼시ᄆᆞ그르지아
니ᄒ오나님군이신하쳥ᄒᄂᆫ일은잇고신해님군쳥ᄒᄂᆫ일은업ᄂ니이졔산군
이만일쳥치아니ᄒᄆᆯ혐의ᄒ실진더엇지네법이잇다ᄒ오며우리등도디졉할
일이업스리니복상산군은깁히싱각ᄒ소셔빅호산군이그말을듯고그러이넉
여호슈를만지며큰지츰ᄒ여왈니과연이리오기는너의무리를아조업세코ᄌ
ᄒ여더니너의말을드르니사리의당연ᄒᆫ지라너나려가져의둘을보고가쟈ᄒ
여더니다시싱각ᄒ미도로혀실체되ᄂ지라그져가거니와 …

각론하고, 이제 〈산군전〉 내용이 수용한 소재의 원천 문제 또한 반

---

9) 임성래, 위에 든 논문, p.69.

드시 언급해 두지 않을 수 없는 가장 종요로운 국면이 된다.

한국 가전 작품의 소재적인 원천이 『사문유취事文類聚』거나 『태평어람太平御覽』 같은 유서에서 가장 많은 혜택을 받아 왔다는 사실은 진작에 논정한 바 있거니와,10) 본 가전의 경우 자료 제공의 구실은 『사문유취』 쪽이 우위에 놓여 있다.

『태평어람』 권891 수부水部 3 '虎·上' 門 및 권892의 수부水部 '虎·下·豹' 門 안의 메시지 전체를 통해 〈산군전〉 내용과 연결될 수 있는 어휘는 산군山君·조아爪牙·오토於菟·표표豹·추貙·탐탐耽·변變·무은霧隱 등, 적은 것은 아니다.

- 說文曰 虎山獸之君也.
- 夫虎之所以能伏狗者爪牙也 使虎釋其爪牙 而使狗用之則虎反服於狗矣.
- 楚人謂乳爲穀 謂虎爲於菟 故命之曰鬪穀於菟.
- 說文曰 豹似虎.
- 漢江之域貙人能化爲虎.
- 頤卦曰 虎視耽耽 其欲逐逐.
- 易 革卦九五象曰 大人虎變 其文炳也 周易 革卦曰 上六君子豹變 小人革面 象曰 君子豹變 其文蔚也 小人革面 順以從君也.
- 謝朓詩曰 雖無玄豹姿 且隱南山霧.

그러하되, 『사문유취』 후집 권36 모충부毛蟲部 '虎' 門 안에서는 위에 나열된 명칭들은 물론이고, 호狐·웅熊·리貍·백액白額·비羆 등의

---

10) 김창룡, 『한중가전문학의 연구』, 개문사, 1985, pp.83～130.
　　김창룡, 「한중가전의 소재적 원천 탐구」, 『한성대학논문집』 10집, 1986.

이름자가 더 열거된다.

- 虎山獸之君也 (說文)
- 虎勇恃其外 爪牙利鉤鋩 (歐陽永叔, 猛虎行)
- 謂虎爲菟 命之曰鬪穀於菟 (因虎命名)
- 豹似虎 (說文)
- 壯哉 非熊亦非貔 (王介甫, 虎圖行)
- 虎視耽耽 其欲逐逐. (頤卦)
- 大人虎變 其文炳也 君子豹變 其文蔚也. (革卦)
- 雖無玄豹姿 且隱南山霧. (謝朓)
- 老狐足姦計 (歐陽永叔, 猛虎行)
- 狐姦固可笑 虎猛誠可傷 (歐陽永叔, 猛虎行)
- 身食黃熊父 子食赤豹麛 擇肉於熊羆 肯視兔與貍 (韓愈, 猛虎行)
- 擇肉於熊 肯視兔與貍 (韓愈, 猛虎行)
- 壯哉南山豹 不畏白額虎 (梅聖兪, 文豹篇)
- 擇肉於熊羆 (韓愈, 猛虎行)

인상여와 염파의 화해 장면

뿐만 아니라, 호虎의 가전 안에 인상여와 염파 장군이 등장되었는지에 대한 궁금증도 여기서 풀린다.

藺相如避廉頗曰　今兩虎俱鬪 勢不俱全.

인상여가 염파를 피하면서 말하기를, "지금 두 호랑이가 같이 싸운다면 둘 다 세력이 온전해 질 수 없다."

이로써 『사문유취』라는 존재가 〈산군전〉과의 관련 맥락이 보다 넓은 폭에 걸쳐져 있음을 보게 된다.

그러나 원천의 진실은 『사문유취』만으로 국한되지 않았다. 이와는 또 다른 방향에서, 본 작품이 구성과 문체의 면에서 대거 취용해 온 대상으로서의 원천적 소종래가 한 가지 더 존재한다는 흥미로운 사실이 있다. 다름 아닌, 『후한서後漢書』 개권의 첫머리 〈광무제기光武帝紀〉(제1 上·下)가 그것이다.

光武帝 劉秀

이제 산군과 광무제와의 관계를 처음 인지할 수 있도록 한 발단은 '건무建武' 연호에 있었다. 본래 '建武'는 후한의 초대 황제인 유수劉秀 곧 광무제의 연호인데, 〈산군전〉의 산군이 즉위하자 개원改元했다는 연호 또한 동일한 "建武"를 취해 온 사실부터 우선 예사롭지 아니하였다. 게다가 여기 호랑이 열전에는 왕망王莽을 타도하는 광무제의 면모가 문면에 직접 나타남으로 해서, 이 작품이 광무제 고사故事와의 관련 가능성에 박차를 가하였음도 사실이었다.

본문, 광무제와의 싸움에서 왕망이 여충(戾虫: 호랑이)의 용맹하단 말을 듣고 그에게 구원을 요청했다는 대목은 다름 아니라 〈광무제기〉의

初王莽徵天下能爲兵法者六十三家數百人…又驅諸猛獸　虎豹犀象

之屬 以助威武 自秦漢出師之盛 未嘗有也.[11]

　　처음에 왕망이 천하의 병법 잘하는 자 63가家 수백 명을 불렀는데, … 또한 모든 맹수와 호랑이 · 표범 · 코뿔소 · 코끼리 등을 몰아서 위세를 더하였으니, 진한 시대의 대규모 출병 이래 없던 일이었다.

안에서 뜻을 얻을 수 있고, 잇달아 여충이 그의 동족 수백 명과 함께 곤양昆陽의 들판에서 싸웠다는 구성은 동일 〈광무제기〉의 바로 다음 문장에서 실마리가 풀린다.

　　光武將數千兵 徼之於陽關 諸將見尋邑兵盛 反走 馳入昆陽 皆惶怖 憂念妻孥 欲散歸諸城.[12]

　　광무는 수천 군사를 거느리고 양관에서 막았는데, 여러 장수들은 왕심과 왕읍의 군대가 강성함을 보고 도리어 달아났다. 그들이 곤양昆陽으로 짓쳐 들어오니, 모두 두려워하는 가운데 처자들을 걱정하면서 흩어져 성으로 돌아가려 하였다.

　　그러나 광무제의 삼천 명 결사대에 의해 왕망 쪽이 패배하게 되는 상황이 사실史實 안에서 전개된다. 그리하여 〈산군전〉의 그 다음 맥락, '마침 날씨는 차가운데 큰 비마저 내리자 왕망의 무리는 얼어죽게 되었다. 한나라 군대는 승세를 타 뒤쫓았고, 이에 여충과 그의 동족 수백은 부들부들 떨며 물속에 뛰어들어 죽었다'는 부분은 〈광무제기〉의 사실 기록인,

　　光武乃與敢死者三千人 從城西水上衝其中堅…莽兵大潰 走者相騰

---

11) 『후한서』, 〈광무제기〉 제1 · 上, 5혈.
12) 『후한서』, 〈광무제기〉 제1 · 上, 5~6혈.

踐 奔殪百餘里間 會大雷風 屋瓦
皆飛 雨下如注 滍川盛溢 虎豹皆
股戰 士卒爭赴 溺死者以萬數 水
爲不流.13)

광무는 이에 결사대 3천 명과
성 저편의 물위를 따라 그 중심부
를 쳤다. … 왕망의 군대는 크게
궤멸되니 서로간 짓밟으며 도망가
는 자들을 일백리까지 쫓아가 죽
여 없애었다. 마침 큰 우뢰와 바
람 속에 지붕의 기왓장이 날고 퍼
붓듯이 비가 내리자 치천滍川이
불어나니 호랑이와 표범들도 모두

광무제기 제1

다리를 떨며 무서워했다. 사졸들이 다투듯 나아가다가 물에 빠져 죽는
자가 일만 명이나 되매 이에 물이 흐르지 못하였다.

의 내용을 작가 나름대로 끊어다가 요리하여 놓은 것임을 알아채기 어
렵지 않다. 이렇게 곤양 싸움에서 광무제 유수가 왕망의 대군을 격퇴한
때가 A.D. 23년의 일이었다.

다시, 〈산군전〉의 주인공 소위素威가 웅공熊公을 정벌하기 위한 출령
을 내리자 모공들이 상의하는 장면이 있다. 이 상황에 대한 묘사, '소위
는 신명神明의 후예인데다 위세와 명망을 갖추었으니, 우리는 명문족에
의지해야 만이 필경 웅을 멸할 수가 있으리다'고 한 이것의 원적지는
여러 장수들이 광무를 천하의 주인으로 추존하고자 논의하는 다음의
대문에서 찾을 수 있을 것이다.

---

13) 『후한서』, 〈광무제기〉 제1·上, 8혈.

於是諸將議上尊號 馬武先進曰 天下無主 如有聖人承弊而起 雖仲尼爲相 孫子爲將 猶恐無能有益 反水不收 後悔無及 大王雖執謙退 奈宗廟社稷何 宜且還薊卽尊位 乃議征伐 今此誰賊而馳鶩擊之乎.[14]

이때 여러 장수들이 존호尊號 올릴 것을 의논했다. 마무馬武가 먼저 말을 내었다. "천하에 주인이 없으니 성인이 피폐한 세상을 떠맡은 것이나 같습니다. 아무리 공자가 재상이 되고 손자가 장수된들 오히려 유익을 무능으로 만들까 두려운 것이오. 엎지른 물은 담을 수 없고 후회한들 막급이오. 대왕께서 비록 겸퇴謙退를 고집하신다지만 이 나라 종묘와 사직은 어찌하겠소! 그러니 의당 계薊로 돌아가는 즉시 높이 오르시게 하고나서 정벌을 논의하십시다. 지금 이 나라에 누가 역적들을 누르며 치달아 적을 격퇴하겠소?"

그리하여 웅과 싸우는데, 북치고 고함치며 나아가니 그의 군사는 누구든 일당백하지 않는 자가 없어 그 외치는 소리가 천지를 진동시켰다는 내용의 원전을 본다.

素威大怒 鼓噪而進 士無不一當百 呼聲動天地.

그런데 이 구문構文은 〈광무제기〉 제1·上에, '모든 장수들 이미 연전연승하여 호기 더욱 커지니 누구도 일당백하지 않는 이가 없으매, … 성중城中에 역시 북치며 고함치는 소리나며 성의 안팎이 합세하니 그 외치는 소리가 천지를 진동시켰다'고 하는 표현인,

諸將旣經累捷 膽氣益壯 無不一當百…城中亦鼓譟而出 中外合勢

---

14) 『후한서』, 〈광무제기〉 제1·上, 20혈.

震呼動天地.[15]

에서 반향反響했던 것임을 의심치 않는다.

비록 〈산군전〉이 반드시 〈광무제기〉가 기술한 서차序次까지를 맞추어 이용한 것은 아니라 할지라도, 결과의 면에서 볼 때 왕망이 여충을 불러들였지만 오히려 광무의 군대에 패한다는 것은, 작중에 왕망이 표범 등을 앞세워 공격하다가 도리어 패퇴됨에 비의한 바 있다. 또, 소위가 웅공을 타파한다는 허구적 사건의 틀은 광무의 군대가

왕망

왕망을 타도한다는 역사적 사건의 틀과 그대로 상부相符할 뿐이다.

그러면 바야흐로 〈산군전〉 중의 등장인물로서의 처음 광무제는 작품의 진행과 더불어 자연스럽게 소위의 모습으로 은연중 탈바꿈되어 나타남을 보게 된다. 곧 〈산군전〉의 작가는 작품의 상당 부분에서 광무제와 소위의 이미지 중첩 효과를 기도企圖하였던 것임을 강조하는 뜻이다.

영호생이 스스로 황제를 참칭했다가 웅공에게 밀려나고, 황제로 자칭한 웅공이 또다시 산군한테 포살捕殺 당하는 등 권력 주체의 잦은 교체도 연상되는 바가 없지 않다. 다름 아닌 전한 말 그 시대에 왕망이 칭제(A.D. 8)했다가 곤양 싸움에서 패전(A.D. 23)한 뒤 그 해 9월 경술일에 삼보호걸三輔豪傑 등에 의해 주살 당하였다. 공손술公孫述이 또 칭제 (A.D. 24)하였지만 지나치게 잗달하여 작은 일까지 따지는 성품[16] 때문

---

15) 『후한서』, 〈광무제기〉 제1・上, 8혈.
16) 述性苛細 察於小事 敢誅殺而不見大體 大司馬吳漢 輔威將軍臧宮攻之 郡邑

에 결국 대사마 오한吳漢 등에게 죽임을 당하는 등, 일련의 황제 자리 득실 및 병권의 교체 양상을 연상케 하는 것이다.

공손술

그리고 영호생과 웅공이 황제로 자칭한 일을 기다려서야 산군이 등극하였던 것처럼, 광무제 유수가 과연 가장 나중(A.D. 25)에야 제위에 올랐음도 틀림없는 사실이었다.

혹은, 반드시 이러한 전한 말기의 역사적 풍운기를 염두하고서 의인화 구성을 꾀하였든지 아닌지에 관계 없이, 상식적으로 여우가 곰에게, 곰이 다시 호랑이에게 밀려날 수밖에 없는 자연계 안에서의 힘의 논리만 가지고도 충분히 조성 가능한 구도라 하겠다.

그러나 역시 〈산군전〉은 광무제 고사에 보이는 사건의 선후 관계만큼 다소의 융통을 발휘하는 가운데, 이미 확인 열거한 것 이상의 내용을 〈광무제기〉 안에서 표절해 온 양상이 독사讀史의 중간중간 나타난다. 일례로, 웅공을 본 '이생(너구리)이 몹시 두려워하며 감당할 수 없다고 판단하곤 손을 뒤로 묶고 나와서 항복하니, 웅공이 풀어주며 죽이지 않았다'는 대목을 본다.

貍生大懼 自度不能支 面縛出降 熊公釋不殺.

이는 당시의 반민叛民 세력이었던 '적미赤眉가 대사마 오한을 보자 겁먹고 항복, 손을 뒤로 묶고 옥쇄를 바치니 죽이지 않았다'는 대목,

---

皆降 述被刺.("公孫述", 『중국인명대사전』, 대만 상무인서관, 1982)

　　赤眉望見震怖 遺使乞降 丙午 赤眉君臣面縛 奉高皇帝璽綬 詔以屬
城門校尉.[17]

와 비교하여 맥락을 끊기가 어려운 것이다.

　또 여러 장수들이 거듭 광무에게 황제 즉위를 수락할 것을 청하였을
때, 그럴 수 없다는 광무의 답변 첫머리에 '미처 오랑캐 평정을 못한지
라 사방에서 적을 받게끔 되어 있다'고 한 표현,

　　寇賊未平 四面受賊.[18]

이 있다. 이는 산군이 즉위한 다음 동족인 무은霧隱을 낙양에 봉하면서
하는 말 가운데 허두, '낙양은 천하의 중심인지라 사방에서 적을 받게
끔 되어 있다.'

　　洛陽天下之中 四面受賊.

라는 수사법과 견주어 서로 무관한 것처럼 보이는 속에 전혀 우연이라
고만 치부해 버릴 수 없는 필연성이 있다.

　산군이 북방北方·산동山東·파촉巴蜀·낙양洛陽 등지로 종실을 파
견한다는 것은－전언한 왕망·공손술·적미 등은 고사해 두고라도－
그 시대에 남북의 흉노匈奴, 교지交趾, 무릉만武陵蠻, 선비鮮卑, 오환烏桓
등의 준동과 관련하여 한 왕조가 결국은 수습하고 다스리지 않을 수

---

17)『후한서』, 〈광무제기〉 제1·上, 33혈.
18)『후한서』, 〈광무제기〉 제1·上, 21혈.

없던 대내외적인 정치적 다난의 형상 및 군사적 난맥상亂脈相을 그대로 반영한 뜻으로 보여진다.

이상의 모든 검토를 통해, 가전 문학이 특별한 경우 역사서와의 불가분한 제휴 및 긴밀한 유대 위에서 가능화될 수 있음을 특징적 사실로서 추출해낼 수 있게 된다.

이렇듯 광무제 고사를 기본적 저본으로 삼고 있는 본 가전이 궁극에 말하고 싶었던 뜻은 무엇이었던가?

그것은 아마도 인의정치仁義政治와 패도정치覇道政治 사이의 정도正道를 새삼 환기시키고자 하던 곳에 작가적 저의가 자리해 있었음은 아니었을까? 그런데 마침 작가 자신도 마침내 아무런 은휘도 우회도 없는 가운데 작품 평결부 가장 말미에다 강조하여 둔 것이 있어 반가움을 준다.

> 然徒事威暴 不尙仁義 使麒麟騶虞 遠跡而不臣 惜哉.
> 그러나 부질없이 사나운 위엄을 차리고 인의를 받들지 않아, 기린이며 추우騶虞들로 하여금 멀어지도록 만들고 신하로 삼지 못하였으니, 애석한 일이었다.

그런데 〈산군전〉이 외형상 줄거리 대강은 비록 먼 시대 중국의 경우를 골격으로 삼고 있고, 또한 주제도 남의 시대, 남의 정치를 들어 평하는 듯 보이기는 하지만, 궁극적인 작가의 관심이 그런 데에 머물러 있는 것인지는 못내 의아스럽다. 정녕 광무제를 중심으로 한 중국 정치의 득실을 논하기로 했다면야 굳이 이같은 의인화 수법까지 동원할 필요까지는 없었을 것이다. 산군의 의인법을 활용한 데는 필경 우유寓喩하고 싶은 다른 저의가 있어서일 테고, 또 나아가 멀리 저 중국의 경우를 원용한 데는 반드시 비유하고 싶은 본의가 별처別處에 따로 있어 그랬을 터이다.

조선조에 점필재 김종직의 〈조의제문弔義帝文〉이 비록 저 중국 항우 시대의 정치적 허실을 논한 것임에도 불구하고 무오사화戊午士禍의 발단으로 되기까지 했던 이유가 무엇이었던가. 초회왕楚懷王을 죽인 항우의 일을 문면 그대로 받아들이지 않고 세조의 왕위 찬탈에 비의 풍자한

사씨남정기

뜻으로 이해했던 데 있다. 또, 〈사씨남정기謝氏南征記〉가 형태상으로는 비록 중국을 배경으로 삼은 처첩간 갈등의 문제를 다룬 것인 양 하였지만 그 내실內實이 또한 다른 곳에 있었다면, 그 원인이야 당연히 소재를 곧바로 주제로 인식하지 않은 데 있다. 마찬가지로, 〈산군전〉의 바깥은 일단 배경의 중국성을 골격으로 한 인의정치, 왕도정치의 주제를 강조한 것이지만, 그 내면엔 작가가 처했던 당시 한국의 현실에 대

한 정치적 사유가 포함되었을 수 있다.

그런데 참으로 공교롭게도 〈산군전〉의 작자 최효건이 현종 5년 11월 왕 앞에 올린 상소문 안에서 그 생생한 단서를 엿볼 수 있게 된다.

안산군수 최효건이 응지應旨 상소한 대략은 이러하였다. "공자께서 애공哀公의 정치 물음에 대해 인仁·지知·용勇 세 가지 덕으로 일러주셨으니, 지자知者는 만물에 두루 통해 닿지 않음이 없지만은 가장 알기 어

려운 것은 사람이나이다. 세상을 경륜할 지혜 없으면 비상한 재주도 얻을 수 없는 것이오니, 필경 진목공秦穆公이 우구牛口를 받아들인 일이라든가 한고조漢高祖가 행오行伍 가운데 선발한 것같이 한 뒤에야 가히 지인知人의 지혜라 하겠나이다. 인자仁者는 박시제중博施濟衆한 바, 가까운 데서 말미암아 먼 데에 미치지만, 가장 어려운 일은 사사로움을 떨어 깨끗이 하는 것입니다. 전하께서 인정仁政을 베푸실 제 반드시 고아며 늙도록 자식없는 이들을 우선해 주심이 곧 인이올진대, 호젓한 가운데 홀로 처하시며 보거나 들으실 수 없는 속에서 추호의 사私도 없으신지요. 전하께서 호령號令을 내리실 제 오히려 민民을 상하실까 두려워함이 인이온대, 사사로운 잔치의 즐거움 속에 계실 때조차 털끝만큼의 치우침이 없으신지요. 용자勇者는 굳건히 강의剛毅를 나타내니 일에 임해 결단이 있으되 의로움을 으뜸으로 합니다. 전하께서 육기六驥를 몰아달리실 때 활기찬 눈매와 호장豪壯한 마음을 띠시면 이 곧 용勇이오나, 또한 지나치게 강대하고 호연독존浩然獨存한 기상이 있으신지요. 전하께서 군사를 잘 통솔하시고 어지럼 없이 다스리신다면 이 곧 용勇이오나, 또한 의義로써 일을 제어하시고 선으로 다잡으시는 도가 있으시온지요."[19]

이는 '위포威暴'와 '인의仁義'의 대조 안에서 왕도 정치를 역설한 〈산군전〉 평결부의 문맥과 서로 다를 바가 없는 것이다.

하지만 여기서 위포한 산군이 반드시 현종을 바로 지칭한다고는 생

---

19) 安山郡守崔孝騫應旨上疏略曰 孔子對哀公問政 以知仁勇三達德爲訓 知者周通萬物 無適不然 而最難知者人也 不有不世之智 則不可得非常之才 必如秦繆之收牛口 漢高之拔行伍然後 可爲知人之智也 仁者博施濟衆 由親及疏 而最難祛者私也 殿下發政施仁 必先孤獨 則是仁也 而幽閑處獨 不覩不聞之中 其無一毫之私乎 殿下發號施令 猶恐傷人 則是仁也 而燕私獨樂之時 亦無一毫之偏耶 勇者發剛强毅 臨事夬斷 而義以爲上者也 殿下馳騁六驥 快目壯心 則是勇也 而又有至大至剛浩然獨存之氣乎 殿下克詰戎兵 治不忘亂 則是勇也 而又有以義制事 擇善固執之道乎. (『현종개수실록』 권12, 5년 갑진 11월 신축일 조).

각되지 않는다. 오히려 이긍익이 편찬한 『연려실기술燃藜室記述』 같은 곳에 보면 그의 예덕睿德을 말하는 여러 종의 문헌 기록이 한 군데 모아져 있고,20) 또는 오히려 "우유부단한 성격으로 과단성 있는 정책이 실시되지 못했다"21)는 평

『현종개수실록』에 최효건이
현종 앞으로 상소를 올린 대목

도 있을 정도이니 애당초 '위포한 산군'과는 멀었다. 그러므로 〈산군전〉의 정치론적 초점은 한 개인으로서의 현종뿐만 아니라, 그 시대에 행해졌던 시정時政 전반의 대국적 정황에 있었다는 편이 타당하리란 생각이다.

현종 조의 시대적 정황이 어떠했던가? 거기 대해 요약한 사전마다의 설명들은 거의가 대동소이하다. 따라서 어떤 것을 인용해도 무방하나, 그 중 하나만 들어 살펴본다.

그의 재위 중에 남인과 서인의 당쟁이 계속되어 국력이 쇠퇴해졌으며 게다가 질병과 기근이 계속되었다. 함경도 산악 지대에 장진별장長津別將을 두어 개척을 시도, 60년(현종 1) 두만강 일대에 출몰하는 여진족을 북쪽으로 몰아내고 북변의 여러 관청을 승격시켰으며, 62년 호남의 산군山郡에도 대동법을 실시, 다음해 경기도에 양전量田을 실시하였

---

20) 권31, 현종조고사본말(顯宗朝故事本末) '현종예덕(顯宗睿德)' 조 참조.
21) "현종", 『한국인명대사전』, 신구문화사, 1980.

다. 68년 김좌명에게 명하여 동철활자銅鐵活字 10만여 자를 주조시켰고, 다음해 송시열의 건의로 동성통혼同姓通婚을 금하는 한편, 병비兵備에 유의하여 어영병제御營兵制에 의한 훈련별대訓練別隊를 창설하였다.22)

그의 시대가 치세治世라고 말하기 어렵다는 것을 알 수 있다. 기아와 질병으로 백성이 시달렸던 시대, 그리하여 재위 당년(1660 : 현종 1년)부터 신속申洬이란 이가 의도적으로 『구황보유방救荒補遺方』을 지어 간행하지 않을 수 없었던 시대이기도 했다.

호랑이[虎] 어휘가 들어가는 공자의 일화 중에, 가혹한 정치로 말미암아 백성에 끼치는 해는 호랑이의 해침보다 무섭다는, 이른바 '가정맹어호苛政猛於虎'의 말이 있다. 『예기禮記』 단궁檀弓 하편의 출전인데,23) 『사문유취』와 『태평어람』의 '虎' 門에도 각각 수록 소개되어 있는 내용

현종과 어필

---

22) "현종", 『동아원색대백과사전』, 동아출판사, 1984.
23) 孔子過太山側 有婦人哭於墓者而哀 夫子式而聽之 使子貢問之曰 子之哭也 一似重有憂者而 曰 然 昔吾舅死於虎 吾夫又死焉 今吾子又死焉 夫子曰 何爲不去 曰 無苛政 子曰 小子識之 苛政猛於虎也.

이다. 그러면 현종 당시의 실상은 비록 그 자체 전혀 본의거나 원인적인 가정苛政은 아니지만, 나타난 현상의 결과론적인 측면에서 보아 아닌 것도 아니라고 했을 적에는 일말 경계의 심리마저 막을 순 없을 것이다.

최효건이 현종에게 상소한 글을 보면 당시 민생 도탄의 처절한 참상과 관리 탐학貪虐의 여실한 정상情狀을 참으로 세밀하고도 극명한 필치로 고발함과 동시에, 이의 바로잡음을 구하는 간절한 탄원이 구구절절 새겨져 있다.24) 그 가운데 특별히 〈산군전〉과 관련하여 주목할 만한 부분이 있다면 과도히 군액軍額을 징수하고 군역軍役을 징집하는 등 군비軍備의 무모한 확대와 무자비한 수탈, 종실 친척 및 세도가의 횡포 등을 들 수 있다. 이는 저 강자의 호랑이가 자기보다 힘 약한 자들 위에 군림하여 폭위를 부리고 먹이를 장악함과 같은, 이른바 약육강식의 논리 바깥에 있지 아니하다.

그리하여 작가 최효건이 자신이 처했던 시대의 절실한 현실 문제에 진정한 관심과 의식이 있고, 또 이를 염두에 넣어 풍유諷喩 속에 반영코자 했을 개연성이 제고된다. 요컨대 최효건 〈산군전〉은 역시 인의 정치와 괴리되는 권력자 층의 위포 정치, 나아가 착취적 행정에 대한 속 깊은 경계警誡 및 징비懲毖의 용심用心 안에서 조상彫像된 한 편의 호랑이 우화인 것이다.

---

24) 又陳五條 一曰宰相 二曰諫官 三曰人才 四曰民困 五曰請託 其論民困曰 嗚呼 今日之民困也 自夫兵革之屢經而民困 自夫倉穀之太多而民困 自夫軍額之漸 廣而民困 自夫官家之橫奪而民困 自夫刑獄之不中而民困 自夫連年凶歉而民 困 大同新設而田租倍蓰 重以不時之役 又多烟戶之苦 倉穀所以救民 而南漢 江都之儲 多至累十萬 逐年長耗 剝膚椎髓 軍額所以衛國 而各設衙門 搜括多 端 隨闕隨塡 良民已盡 纔離母乳 已編卒伍.

조구명趙龜命 / 〈오원자전烏圓子傳〉

고양이가 이룩한
민생의 이로움

〈오원자전烏圓子傳〉은 조선 후기의 문인 겸 학자였던 동계東谿 조구명趙龜命(1693~1737)이 지은 고양이 의인의 의인 열전 작품이다.

일찍이 필자의 가전 문학 역주본인 『한국가전문학선』(1985)에 역시 고양이 소재 의

『동계집』 권5의 오원자전

인 작품으로 유본학柳本學(1770경~?)의 〈오원전烏圓傳〉 한 작품을 실은 것이 있다. 그러나 지금 함께 대조하여 놓고 보매 여기 이 〈오원자전〉이 유씨의 것에 비해 벌써 7, 80년 정도 앞서 이룩되었으니, 정녕 이 방면의 선도적 의장意匠이 아닐 수 없다.

우선, 풍양豊壤 본관에 자를 석여錫汝, 보여寶汝라 했던 조구명 생애

의 간력부터 본다.

> 1711년(숙종37) 생원이 되고, 1722년(경종2) 영희전참봉永禧殿參奉에
> 임명되었으나 사퇴, 그 후 사축서별제司畜署別提, 공조좌랑工曹佐郎, 태
> 인현감泰仁縣監, 개령현감開寧縣監 등에 임명되었으나 모두 사양, 후에
> 세자익위사世子翊衛司에 들어가 시직侍直·익위翊衛를 잠시 지냈다.1)

세자익위사는 왕세자에 배종陪從하여 호위하는 것을 맡는 관청이고,
시직과 익위는 그 곳 근무의 각각 정8품과 정5품에 당하는 무관 벼슬이
다.2) 그가 익위 이전에 정6품 무관직의 익찬翊贊을 거쳤다 싶은 것은
『영조실록英祖實錄』 12년(1736) 정월 병진일 조에 '익찬 조구명翊贊趙龜
命'이라 한 기록3)으로 엿볼 수 있는 바요, 이때는 별세하기 바로 한 해
앞인 것이다.

조구명은 성리학에 밝고 문장이 뛰어났다고 했거니와, 동시에 이름
난 그림 평론가이기도 했다. 그와 같은 시대를 살았던 정치가 송인명宋
寅明(1689~1746)이 그의 문학적 재주와 문명文名, 또한 인품의 청결가용
淸潔可用을 영조 임금 앞에 적극 역변한 것이 보인다.4) 또 그의 사후에
영조 또한 친히 그의 문집에 서문을 써 주면서 욕심 없고 문장으로 알
려졌다는 뜻의 '청정과욕淸淨寡慾·문장명세文章名世'로 평하기도 했
다.5) 『동계집東谿集』 12권의 저서가 있다.

---

1) "조구명(趙龜命)", 『한국인명대사전』, 신구문화사, 1980.
2) 『大典會通』 권4 兵典 正五品衙門 '세자익위사(世子翊衛司)' 조 참조.
3) 丙辰 命輔德趙漢緯 翊贊趙命龜 書進世子宮屛風二抄 寫文王世子等編….
4) 『영조실록』 권40, 11년 을묘 3월 갑진일 및, 권45 13년 정사 9월 을미일 조.
5) 『영조실록』 권120, 49년 계사 6월 임자일 조 참조.

지금 이 〈오원자전〉 역시 다름 아니라 그의 이 문집 권5의 '전傳' 안에 수록되어 있는 산문 형태의 우화 열전 한 가집佳什이다. 작품 줄거리의 대강은 주인공 고양이가 쥐와의 천적 관계에 입각해서 쥐떼를 소탕하는 큰 공로로 하여 임금의 총영을 얻게 된다는 내용으로 되어 있다. '태사공왈太史公曰' 이하 역시 거기 관련한 군담적인 구성에 오로지 충실하여 있다.

이런 점은 비록 같은 고양이 소재의 의인 가전인 〈오원전〉과 대조하여 크게 차이나는 특징이 되기도 한다. 〈오원전〉 안의 묘猫·서鼠 사이의 천적 관계는 고작 주인공이 궁내 숙직을 하다가 어느 서적鼠賊〔쥐〕 하나를 포살捕殺한다는 정도 안에서 진행될 뿐, 군담적 취재取材는 아예 전무하였다.

두 작품이 다 고양이 의인화이니 쥐의 등장이야 당연할 수 있겠지만, 무슨 이유로 조구명은 반드시 자씨子氏〔쥐〕 일족 섬멸의 이야기에 이토록 깊은 관심으로 심력을 다 기울였던 것일까? 작품에서 쥐를 그다지 클로즈업시킨 저의가 어디에 있는지 궁금한 바 크다. 이러한 의문에 당하여 대개 다음과 같은 추론이 가능하다.

油灯猫鼠圖-齊白石

우선 고양이와 쥐의 형상화를 의인 문학에서
흔히 탐색 가능한 인간 풍자와 비평의 각도에서 조감해 보는 방법이다. 곧 그 당시 사회의 특정 부류 인간에 대한 은유적 비판의 개연성을 일컬음이다. 최소한 고양이에 한정시켜 말한다 할 때, 이를테면 성호星湖

이익李瀷(1681~1763)의 『성호사설星湖僿說』에

> 蘇氏曰 不爲無鼠而養不獵之猫 不爲無盜而養不吠之犬 此謂官人
> 須擇功能 不可使無事 而素食也.[6]
> 소씨蘇氏는 "쥐가 없다 해서 사냥 못하는 고양이를 기르거나, 도둑이
> 없다 해서 짖지 못하는 개를 먹여서는 안 된다" 하였다. 이는 사람을 관
> 리로 쓰는데 반드시 재주와 능력을 가려서 써야 하며, 하는 일도 없이
> 녹만 먹지 못하도록 한다는 것을 지적해 한 말이다.

라든가, 이 글에 뒤미처 연결되는 다음의 글 등이 좋은 예가 될 만하다.

> 鄭介夫曰 蓄猫防鼠 不知饞猫 竊食之害愈甚 養犬禦盜 不知惡犬 傷
> 人之害愈急 此謂非徒無益 贓賄虐民 爲國之蠹也.[7]
> 정개부鄭介夫는, "고양이를 기름은 쥐를 막자는 것인데 탐욕한 고양
> 이 줄을 모르고 기르면 음식을 훔쳐가는 해가 더욱 심할 것이며, 개를
> 먹임은 도둑을 못 오게 하는 것인데, 사나운 개인 줄을 모르고 먹이면
> 사람을 해치는 폐단이 더욱 심한 것이다" 하였다. 이는 유익이 없을 뿐
> 만 아니라, 재물을 축내고 백성을 못살게 굴어 국가의 좀이 됨을 비유해
> 말한 것이다.

이익의 이와 같은 해석은 바로 형태상으로는 비록 동물의 이야기로
표방되는 어느 것이 실상은 인간사의 어떤 부정적인 측면을 나타내 보
이기 위한 간접적·우회적인 표현일 수 있는 가능성의 증거가 될 만하
다. 특히 동파 소식의 말이라고 하는 바, "쥐가 없다 해서 사냥 못하는

---

6) 『성호사설』 권2, 만물문(萬物門) '묘견(猫犬)'.
7) 『성호사설』 위와 같음.

一史 具滋武의 모질도

고양이" 운운은 공교롭게도 〈오원자전〉 안에조차 그대로 나와 있어 그러한 방향으로 환기됨도 사실이다.

하지만 여기에는 적어도 짚고 넘어서지 않으면 안 될 일정한 전제가 따른다. 과연 이처럼 동물에 관련한 언급엔 그 어떤 경우에도 동물 자체에 대한 관심과 흥미에서 유발되는 표현 동기는 진정 없는 것일까? 어떤 경우든 하나같이 그 동기가 풍자 같은 내포 구조 속에 따로 감추고 있다고만 간주해야 하는지에 대한 의구심이 그것이다. 예컨대 앞에 인용한 이익의 글 바로 뒤에 이어지는 마무리 부분인

余見有白晝而攫鷄 狂走而反噬者 噫.8)
나도 보니까 대낮에 닭을 물어가는 고양이와, 미친 듯이 달려가서 도리어 사람을 무는 개도 있었으니, 아! 어이없구나.

같은 것이야 민가의 생활 속에서 얼마든 볼 수 있는 풍경일 법한데도 굳이 닭과 고양이, 사람과 개의 표출 이면에 은유적으로 감춘 뜻이 따로 있다고 한다면 오히려 어색할 수 있다.

또한 같은 책 안에 들어 있는 숙종 임금의 금묘金猫 이야기를 본다.

---

8)『성호사설』위와 같음.

我肅宗大王嘗於宮中 育一金猫 及賓
天 猫亦不食 而斃埋之明陵道傍 夫犬馬
戀主 從古有說 猫者性至狼 雖閱年援狎
而一朝違離 則使成野性 如金猫事 比桃
花犬 尤異.9)

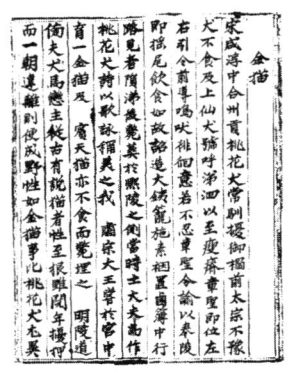

『성호사설』 권4 만물문 금묘

우리 숙종대왕도 일찍이 금묘金猫 한
마리를 길렀었는데, 숙종이 세상을 떠나
자 그 고양이 역시 밥을 먹지 않고 죽으
므로 명릉明陵 곁에 묻어주었다. 대저
'개와 말도 주인을 생각한다'는 말은 옛
적부터 있지만, 고양이란 성질이 매우
사나운 존재이므로 비록 여러 해를 길들여 친하게 만들었다 해도 어느
날 아침 제 비위에 맞지 않으면 야성이 드러나는 것이다. 그런데 이 금
묘와 같은 일은 도화견에 비하면 더욱 이상하다.

고양이 기이담 및 그 소감이니, 분명 문면에 나타나 있는 그대로의
순수 고양이 얘기를 하는데 불외하다. 그럴 뿐으로, 여기에 별도의 다
른 내포적 의미가 숨어있을 리 없음이 자명한 것이다.

그리하여 구체적으로는 이 〈오원자전〉의 경우에 있어 주인공 고양
이는 대관절 어떤 인물 혹은 어떤 부류를 암시하는지, 또한 그것에 의
해 말살되는 도적쥐들은 실제로 어떠한 대상 실체를 지시하여 있는 비
유인지 하는 점에서 일정한 장애를 겪지 않을 수 없다. 더욱이 주인공
오원자의 개성으로 나타난 바 무덤을 파헤치고 여항을 겁략함, 사람들
에게 유순히 길들여짐, 눈동자의 열고 닫음으로 시時를 분간한다든지,
코의 온도로 음양 절기를 증험함, 또 음해할 마음이 들면 눈매가 찢어

___

9) 『성호사설』 권2, 만물문(萬物門) '금묘(金猫)'.

짐 등등의 사항은 이것이 현실의 어떤 구체적 특정 인물에 대한 비유 가탁일 수 없다. 그냥 포유동물 고양이의 특성 그대로를 재미롭게 살려 형용한 표현적 묘미의 생생한 단서들이다. 따라서 본 작품을 일단 인간을 대상으로 삼는 풍자의 시각과는 다른 방향에서 접근해 보는 방법 또한 아울러 요망되고 있다.

그런데 이 작품의 접근에 있어 가장 다행한 일은 '오원자전烏圓子傳'이란 제목 바로 아래 작품 창작의 연대로서 '임자壬子'란 간지干支가 명기되어 있다는 사실이다. 그리고 이것은 작가가 어떤 동기로 이와 같은 작품을 짓게 되었는지를 짐작하는 데 의외의 중요한 정보를 제공할 만한 단서로서 작용할 수 있다.

조구명이란 인물 생평生平의 안에서 임자년은 1732년, 곧 영조 8년에 해당한다. 이때는 그의 나이 40세에 드는 해이기도 하다. 대관절 1732년(영조 8)에 어떠한 일들이 일어났는가?

空名敎旨와 공명첩

『한국학대백과사전』의 "한국사연표"가 뽑은 것을 보면, 2월에 관상감觀象監 관원(이세징을 말함 : 필자주)이 청나라로부터 만세력을 가져 왔고(무술일 조 : 필자주), 『경종실록景宗實錄』이 이룩되었으며(병오일 조 : 필자주), 5월(갑자일 조 : 필자주)에는 동지사가 『명사조선열전明史朝鮮列傳』을 가지고 청국淸國에서 돌아왔다. 7월에 삼남의 양전良田에 담배[南草] 재배를 금하였던 사실(을사일 조 : 필자주)이 있고, 8월에는 천문을 살피는 기구인 선기옥형璿璣玉衡이 이룩되었다(기미

일 조: 필자주) 했다. 11월엔 흉년으로 인해 돈과 곡식을 바치는 사람에게
당사자의 이름을 적어 넣어 명목상의 관직을 주기 위한 백지 임명장인
공명첩空名帖으로 무속보진貿粟補賑, 즉 곡식을 사들여 곤궁한 이들을
보태 도우도록 했으며 (기축일 조: 필자주), 예산의 부족으로 관리의 봉록
을 감하였다고 했다.10) 그 다음 12월 심수현沈壽賢이 영의정이 된 일,
윤증尹拯의『명재유고明齋遺稿』를 편찬했던 일도 첨부되었다.

그러나 실록을 직접 놓고 참계參稽하였을 때 그 어떤 사항보다도 이
해 영조 8년 내내 꾸준히 그리고 가장 심각했던 큰 줄기의 사안이 있었
다. 다름 아닌 흉겸凶歉에 따른 전국적인 식량난의 문제가 그것이었다.
이 해가 시작되는 정월 기미일에 있던 왕의 교시부터가 농사일의 실패
와 굶주려 죽는 사람에 대한 걱정이더니, 그 해의 12월 마지막 날까지
백성들의 기한飢寒과 겸세歉歲에 대한 우려로 막바지를 장식한 사실이
문제의 심각성을 여실히 입증한다.

하기야 바로 전년인 영조 7년에도 상당한 기근을 면치 못하였던 상
황을 짐작할 수 있지만,11) 이 해에 들어서서 더욱 심해지고 극도로 악화
되었던 양상이 열두 달 실록을 통해 명백히 드러나 있다. 이 해의 기사
가운데 굳이 어느 달에 한정시켜 일일이 들어볼 겨를 없이 흉년에 따른
제반 문제의 보고와 거기 따른 대책 강구로 기민飢民에 대한 양곡 배급
인 진민책賑民策에 관해 논의하는 기사가 곳곳에 편재偏在하였다.

부수하여, 거의 전국적 범위의 전염병이 치성熾盛하여 사망자가 속출
하였고, 부분적으로는 농작물과 묘목 뿌리를 잘라 먹는 모충蟊虫 및 메

10) 실제로『영조실록』을 참조하였을 때 이는 11월의 기사가 아니라, 12월 계해일의
기사에, "命減百官祿 時經費大縮" 운운으로 되어 있다.
11)『영조실록』권31, 8년 정월 기미일 조의 교시(敎示) 및 경오일 조에 엄경하(嚴慶
遐)의 상소문 허두, 그리고 11월 계묘일에 박문수(朴文秀)의 주언(奏言) 참조.

뚜기의 폐해가 이에 뒤따랐는가 하면, 설상가상으로 5월에는 구휼미 배급 창고인 진창賑倉에서 실화失火로 수천 석의 곡식이 일시에 타 없어지는 사고마저 발생하는 등 악재가 연속되었다.

한편 거듭되는 한발에 영조 임금은 궁여지책으로 4월 경부터 기우제를 생각해 냈고, 특히 6월에는 친히 기우제에 전적으로 매달리다시피 했던 안타까운 형편을 역력히 읽을 수 있다.

정녕 이때(영조 8년)야말로, 7월에 정언正言 벼슬로 있는 조상행趙尙行도 상소의 첫머리에서 말했듯이, '이 해의 엄청난 가뭄은 진고에 없는(今玆尤旱 振古所無)'[12] 정도였던 모양이다. 그러기에 앞에서도 언급되었던 것처럼 11월에는 공명첩에 의한 무속보

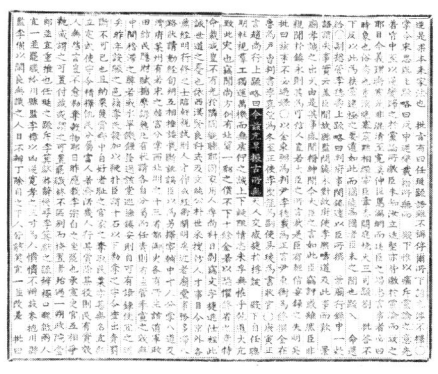

영조 8년 7월 경인일 조의 기사

진貿粟補賑을 각 도에 명하는 상황에 이르렀다. 아울러 12월에는 백관들의 녹을 감하여 경비를 크게 줄여야만 했던 사정이 계해일 조에 나타나 있다. 바로 같은 날의 기사는 전라도 강진현康津縣에서 굶주린 백성이 사람의 시신을 구워 먹은 사건을 밝히고 있다. 또 그달 '갑술일' 조에 보되, 결성結城 땅에서는 아들 집에 가서 몇 말의 곡식을 가져오려다가 아들이 밀친 나머지 아비가 즉사한 사건이 지평持平 벼슬로 있던 유최기兪最基의 상소를 통해 알려지고 있다.

---

12) 『영조실록』 권31, 8년 7월 경인일 조.

이 상소의 앞 부분,

目今饑饉荐酷 人心牿亡 倫彝將至滅絶.

'이즈음의 거듭되는 혹심한 기근으로 인심은 망가지고 윤리도 곧 멸하여 끊어지는데 이르게 되었다'는 말로도 어느 정도인지 짐작코도 남음이 있다.

그러면 조구명이 각별히 쥐떼를 멸하는 이야기를 쓴 것은 이 해의 흉겸지사凶歉之事와 혹 관련이 있지는 않을까? 사람살이에 있어서 쥐가 끼치는 폐해는 백운 이규보의 쥐를 저주하는 글인 〈주서문呪鼠文〉 같은 데에도 잘 나타나 있다. 〈주서문〉은 『동국이상국집』 권20 '잡저雜著'의 안에 들어 있는데, 그 일부를 읽어 보면 이러하다. '구멍을 많이 만들어 이리저리 들락날락하며, 어둠을 틈타 마구 쏘다녀 밤새도록 시끄럽게 하며, 잠이 들면 더욱 방자하고 대낮에도 떳떳이 다니며, 방에서 부엌으로 가고 마루에서 방으로 가며, 부처에게 드리는 음식과 신령을 섬기는 물품을 너희가 맛보니, 이는 신령을 능멸하고 부처를 무시하는 것이다.'

群鼠圖

그렇거니와 이는 모두 옥내에서의 일을 지적한 것이요, 옥외에서 쥐가 일으키는 최대의 해악은 벼싹[禾苗]을 잘라먹는 등 농작물을 해하는데 있다고 하겠다. 예컨대 영조 34년에도 전라도 임피현臨陂縣에서 작은 쥐들이 심어 놓은 벼를 해친 재변이 보고되었다.13) 또한 조구명과 동시대 인물인 성호 이익의 기록에 따르면 북도北道로부터 남하南下한 쥐가 초목을 시들게 하고 사람을 물어 해치는 이변이 있었다14)는 등등 이 다 그것의 역력한 사례로 볼 수 있다. 쥐의 곡물 가해를 비탄한 한 본보기로 일찍이 중국 고대의 『시경詩經』〈석서碩鼠〉편에 "碩鼠碩鼠 無食我黍"(쥐야 쥐야, 우리 기장 먹지 마라) 한 노래도 있었지만 이렇듯 쥐가 농작물에 끼치는 악폐는 흉년일 때 가장 극대화로 나타날 것임은 물론 이다.

그러면 이 해에 염병[瘟病]이 많이 나돌았다는 사실과 관련해서 설상 가상으로 쥐떼의 극성이 이 흉세凶歲를 더욱 황폐하게 만들었던 또 한 가지 이유는 아니었나 추리해 보는 것이다. 그렇게 생각한다면 지은 연대의 간지를 군이 강조하여 '임자壬子'라 기입해 넣은 것조차 한낱 우연의 소치만은 아닐지 모른다.

숙고하여 보면, 본문 가운데 '팔사八蜡에 제사지냈다'는 말 자체 그저 심상한 것이 아니었다. 무릇 '대사大蜡'라고도 하는 이 팔사란 인간에게 유익한 여덟 가지 신에 제사함을 뜻한다. 그것은 각각 ①선색先嗇 ②사색司嗇 ③농農 ④우표철郵表畷 ⑤묘호猫虎 ⑥방坊 ⑦수용水庸 ⑧곤충昆虫이고, 이 가운데 다섯 번째 신神인 '묘호猫虎'는 바로 고양이에 대한 제사를 일컬음이다. 다름 아니라 밭의 쥐를 잡아먹는 공로를 위한 제사라고 했으니, 『예기禮記』 '교특생郊特牲' 편에 이른바 "迎猫爲食田鼠

13) 『영조실록』 권92, 34년 무인 8월 을해일 조에, "全羅道臨陂縣 有小鼠害稼之災."
14) 『성호사설』 권6, 만물문(萬物門) '귀물구수(鬼物驅獸)' 항에, "數年前 北道有鼠異 群鼠渡江而南 草木皆殘 至有噬人者."

也"(고양이를 불러들여 밭의 쥐를 먹게 한다)라 함이 그것이다.

한편 조구명의 몇 편 전傳에는 지은 연대를 알리는 간지가 붙여져 있고,[15] 앞에서 이 작품 창작의 연대 간지는 '임자壬子'라 했다. 실제로 음력 정월의 첫 '子' 자 지지地支가 드는 날에 쥐의 폐해를 막기 위한 행사인 상자일上子日 쥐불놀이란 습속이 있었다. "이날 궁중에서는 자

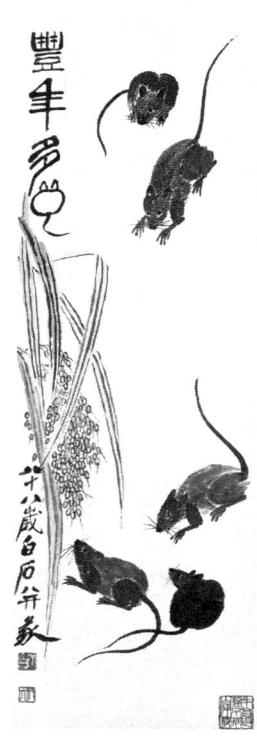

양子襄을 재신宰臣과 근시近侍에게 나누어 주었으며, 농가에서는 이날 방아를 찧으면 그 해 쥐가 없어진다고 하여 밤중에 부녀자들이 빈 방아를 찧거나, 콩을 볶으면서 '쥐주둥이 지진다'고 주문을 외기도[16] 했다니, 이러한 일 등은 다 쥐에 의한 심각한 곡물 피해를 우려한 데서 나온 풍속도였다고 볼 수 있다. 또 지지의 '子'가 닿는 날에 고양이에게 제사 지내면서 증오 대상을 위해危害해 주기를 비는 소위 '묘귀猫鬼'라는 것도 없지 않았다.

그렇다면 지금 이 '임자壬子'가 비록 연年 지지地支 안에서 닿는 '子'이기는 하나, 이것이 혹 일日 지지에서도 민간 신앙처럼 의미 부여된 '子'의 효력을 빌리고자 한 의식의 소치는 아닐까. 이에 가뜩이나 흉작인 곡물을 도적질하는 쥐에 대한 퇴치의 일환이라도 될까 하는 심리적 방편으로, 이 임자년 격심한 흉년을

제백석 그림

---

15) 이를테면 "金流連傳癸丑", "外祖母贈貞敬夫人李氏傳甲寅", "朴將軍傳丙辰" 등.
16) "상자일(上子日)", 『새우리말큰사전』, 신기철·신용철 편저, 삼성출판사, 1985.

당해 묘생猫生 주인공의 군서群鼠 퇴치를 글로 실천했는지 모를 일이다. 제목 아래에 특별히 연대 간지를 애써 표기한 소이도 아마 그런 헤아림과 아주 무관하지만은 않으리란 생각인 것이다.

또한, 〈오원자전〉이 일반 가전과 비교하여 가장 두드러진 특징의 하나를 지적한다면 군담적軍談的인 요소가 단연 압권을 이룬다는 점을 들 것이다.

이는 동일 고양이 소재 가전인 나중의 〈오원전〉과 대조해 놓고 볼 때 더욱 명료해진다. 곧 두 작품이 중심 소재인 고양이를 비롯하여 임금으로 형상된 인간 및, 쥐와 개의 소재 안에서 작품을 구성시키고 있다는 점에서는 같다. 하지만 양자 사이에 기본적으로 다른 점이 있다면 주인공 고양이가 쥐라고 하는 적을 상대하는 데 있어서의 역할 반경 및 사건 규모를 훨씬 크

연민 이가원 선생이 『麗韓傳奇』에 옮긴 유본학의 오원전

게 확보하고 있는 점이라 하겠다. 다시 말해 〈오원전〉이 고양이와 쥐 사이 일상의 소규모적이고 개별적인 관계에 충실한 반면, 〈오원자전〉은 대규모적 군담의 형식으로 이야기를 전개시켜 나가고 있다는 뜻이다. 이 경우 스스로 '태사공왈太史公曰'이라는 평결부를 이미 잘 갖춰 놓았음에도 불구하고, 굳이 '저선생왈楮先生曰'이라는 또 하나의 평결부를 설정시키면서까지 군사 무용담武勇談에 공을 들이고 있음을 본다.

　이렇게 군담에 기울이는 공력이 진지하기 그지없던 데는 그 나름으로 무슨 특별한 이유라도 있었던 것일까? 기근을 덧치는 쥐떼에 대한 감정이 그것의 보상 심리로서 쥐 섬멸 과정을 확실하게 다루는데 이르렀던 것인가? 아니면 조구명에게 남다른 호반[武] 숭상의 기질이 있었던 때문인가. 그리하여 어쩌면 그 상무尙武의 성향과 관련하여, 조구명이 이 작품을 짓기 한 해 앞인 영조 7년(1731) 4월에 무장武將의 승헌乘軒, 즉 수레 타고 다님을 금지시켰던 일과는 전혀 무관한 것으로 보아야만 할 것인가.

　아울러 여러 가지 벼슬을 모두 사양했던 그가 훗날인 영조 12년(1736)에 익찬翊贊과 익위翊衛 봉직을 받아들였던 일과 아무런 연관도 없을 것인가 하는 생각도 아주 떨쳐버릴 수는 없다. 전언한대로 익찬·익위는 조선조 때 왕세자를 따라다니며 호위하는 관청인 세자익위사에 소속되었던 각각 정6품·정5품의 무관 벼슬이다. 대개 〈오원자전〉의 주인공 오원자가 호반 벼슬로서 무공을 떨쳤다는 구상과 이것 지은 당사자인 조구명이 무관 벼슬에 취임했던 사실은 작자 조구명의 문文만을 추구하는 의식에 대한 지양止揚임과 동시에, 무武의 필요성도 함께 강조되어야 마땅하다는 차원으로서의 겸무정신兼武精神을 나타내는 유력한 단서처럼 인식된다.

곽복형郭福衡 / 〈오중개사곽선생전吳中介士郭先生傳〉

게의 인격성을 극대화한
미학적 변모

〈오중개사곽선생전吳中介士郭先生傳〉은 중국 곽복형郭福衡이 '게'를 의인화한 가전이다.

그러나 작자인 곽복형은 중국의 문예사전류나 인명사전류에도 이름이 나타나 있지 않아 지금까지 시대와 연대를 잘 알 수 없는 인물이다. 따라서 이 경우 작가에 대한 생애라든가 사상 등의 세부적인 검토가 막연한 실정이다. 다만 작품론에 치중될 수밖엔 없는데, 그나마 그의 작품으로 본편 이외에는 더 확인이 안 되기 때문에 작품 일반론적 접근도 일단 어렵게 되어 있다. 그러므로 결국 남은 일은 제한된 이 한 편의 분량 속에서 할 수 있는 최대한의 외연적·내포적 의미의 개연성을 추출하는 노력이라고 본다.

어느 가전 작품이든 그 연구의 방법에서 다 마찬가지가 되겠지만, 이 작품이 어디까지나 '게'라는 사물을 놓고서 의인적 형상화를 입힌 것인 이상, 우선은 한 내용이 외연적 의미 안에서 해당 사물의 어떠한

면을 형상화한 것이냐 하는 표면적 진실을 제대로 파악하는 일이다. 그런 연후에 이미 파악된 표면적 형상화를 통한 이면적 인간의 진실, 곧 작품이 갖는 내포적 의미를 추출하는 일이 되리라 생각한다.

다음으로, 가전 장르의 일반이 갖는 내용의 소재는 대개가 외부의 문헌 전거에서부터 취용한 것이고, 그것이 궁극에는 유서類書 종류로 귀착된다는 사실을 시금석의 차원에 두고, 이에 개연성 있는 모든 출전을 상대로 철저히 고증 확인하는 작업이 요구된다.

또 한 가지, 이 작품에는 여느 가전들과 비해 한층 색다른 특징이 괄목되는데, 바로 작품의 주인공에게서 우러나는 골계성 및 숭고성의 두드러짐이다. 따라서 각별히 문예 미학적인 접근이 요청된다고 보아 이에 연계적인 시도를 펴되, 조선조 권필의 〈곽삭전郭索傳〉이 지닌 비장성과의 대조를 통해 그 특색을 더욱 극명히 하고자 한다.

1: 작품 분석

〈오중개사곽선생전〉의 경우, 이전에 이가원의 『한국한문학사韓國漢文學史』 가운데 그 제목이 잠깐 언급된 사실은 있었으나,[1] 그 이상의 상세한 논의는 없었기에 우선 작품의 전체 면모를 소개하지 않을 수 없다. 이에 뇌진雷璡 편저의

『고금골계문선』에 실린
오중개사곽선생전

---

1) 이가원, 『한국한문학사』, 보성문화사, 1981, p.156.

『고금골계문선古今滑稽文選』(대만, 廣文書局)에 실린 것을 내용의 구조상 기·승·결로 구분하여 전재하기로 한다.

〔起〕 先生姓郭氏 名索 別號無腸公子 世居吳中 生負異質 所行不循 故轍 而稜角峭利 人無以窺其內美 所見者外特剛介 羣以介士 誚之 先生故夷然也 先世當金天氏[1]時 爲江湖使 春秋越伐吳 有率其鄉人取稻予越者 積功封含黃伯[2] 子孫多附郭居 遂姓郭

〔承〕 凡散處江湖者十二種 獨先生名噪於時 少時思作水仙[3] 喜浪遊 旣而悔曰 人將以江湖目吾 遂隱居不出 頗韜晦 然其放逸之態 時時見於四體[4] 貧無家 有田數畝 稻熟時 循行隴畔 頑惡之徒 思縶先生賣之 夜持火往 則已逸去 先生無所不窺 多蘊蓄 與唐 叚柯古[5]後叚君 隋魚俱羅[6]後魚君 及先世舊友彭越[7]後彭君 人 目爲四友 几筵鼎俎 不期而並集 先生每愛叚氏之博學 而嗤魚 彭少文 又謂魚彭交須熟 斯得尋味 恃本質頗耐人咀嚼者 獨吾 與叚氏耳 人多然其言 先生以上舍生成明經 後充解額爲孝廉 再遊京師無所遇 或欲以州幕[8]聘先生 先生不可曰 吾不能折腰 媚貴官 旣有吾 必無監州[9]乃可 畢吏部奇先生 招之往 醉則以 足加吏部腹 吏部手持之 復大恚曰 吾不早匿迹草澤間 乃遭大 官侮耶 吏部揖謝曰 吾始未識子文 今乃識子矣 向聞先生不諧 於俗 而性畏拘束 好謔 浪 以今視之 腹有雌黃[10] 而鋒稜露目 固能剛而不能柔者 乃欲招子拍浮酒池中 予過矣 先生益自明曰 彼脂韋[11]者流 人第見外狀之可取 而不知其中之無實 吾嘗以河 洛[12]自占 屬離卦 當以文明顯 乃令如堇父登布[13] 緣止復墜地命 也 言至此 口沫湧出 幾委頓 吏部急扶去之 久之 先生曰 吾老 矣 縱不堪居鼎鼐 特恐後來益不如吾 吾且歸吳中 其才尚足以 橫行一世也 不告而歸 仍居松江[14]故舍 先生旣歸 益嚴冷 友如 彭氏叚氏族且盡 魚氏方盛 皮相者顧謂魚氏文 先生不謂然 但 謂其骨鯁似吾介 不絶之 先生族頗衆多 食麻而肥 獨先生瘠甚

人目爲棄才 而先生之年亦老矣 有談先生少年軼事者 鄰解氏婦 [15]大腹 童姓[16]招之不就 戲縶解手足 抉其臍 適爲先生見 鉗止 之 解婦得免 德先生 走暱先生 先生方臂釜 譙訶曰 速去 毋膏 吾斧 其內行之介又如是 晩歲性益介 離衆獨行 偶於田塍間見 之 形益尫瘠 後春水方生 忽不見 莫知所終 人以爲應少時水仙 之讖云.

[結] 郭公曰 先生予宗人也 負剛不屈 恃才橫行 人多以鼎烹危之 其 得免者 隱見不時 莫測其所至也 不惕貴官 不邇女色 信不愧介 士矣 予嘗與先生同遊沙灘 方覓飮啄 顧先生揮臂成山水狀 先 生兩掌特鉅 人又以大手筆目先生也 迄今遠人之過松江者 輒指 先生舍而言曰 介士介士 蓋其平日之行爲 足取信於人云.

1) 金天氏 : 신화시대의 제왕인 소호씨少昊氏의 별칭. 금덕金德으로 임
   금을 하였다는 데서 유래하였다. 『제왕세기帝王世紀』에, "少昊金天
   氏 名摯 字靑陽 姬姓也 降居江水 邑於窮桑 以登帝位."

2) 含黃伯 : 게[蟹]의 별명 가운데 하나. 속에 누른 빛깔을 띠었다 하
   여 붙여진 이름이다.

3) 水仙 : 수중水中의 선인. 『천은자天隱子』에, "在水曰水仙."

4) 四體 : 신체의 사지. 두 손과 두 발.

5) 叚柯古 : 새우[蝦]. 하고蝦蛄는 새우의 일종인 바, 음동音同을 이용
   한 듯. 새우와 게의 긴밀함을 표현한 '하해蝦蟹'라는 말도 있다.

6) 魚俱羅 : 수隋나라의 장사로, 기운이 절륜하여 음성이 수백 보 떨어
   진 곳까지 울렸다 한다. 훗날 그의 아우가 죄를 입었을 때, 수양제
   隋煬帝는 그에게도 이심異心이 있을까 하여 죽여 버리었다.

7) 彭越 : 한고조漢高祖를 일으킨 명장. 한고조 유방을 따라 초를 멸하
   는데 공이 많았던 한나라 창업 초기의 명장.

8) 州幕 : 주州의 집행부.

9) 監州 : 벼슬 이름으로 통판通判의 별칭. 송태조宋太祖 때 제주통판

諸州通判을 이렇게 불렀다. 소식蘇軾의 시 중에도 "但憂無蟹有監
州"라 한 것이 있다.

10) 雌黃 : 인체의 독기를 없애주는 약석藥石의 일종. 게의 내부가 황색
    을 띠고 있음을 표현한 것.

11) 脂韋 : 본 뜻은 기름으로 잘 다루어진 가죽을 일컫는 말이지만, 비
    유하여 시속에 부합하여 부침浮沈하는 자를 의미하기도 한다.

12) 河洛 : 하도낙서河圖洛書의 약어. 하도는 복희씨伏羲氏 때 황하黃河
    에서 나왔다고 하는 용마龍馬의 등에 나타난 도형. 낙서는 하夏의
    우왕禹王 때 낙수洛水에서 나온 신귀神龜의 등에 쓰여 있었다는 글
    씨. 각각 역괘易卦의 원리와 홍범洪範의 원본이 되었다 함.

13) 董父登布 : 미상.

14) 松江 : 지금의 강소성江蘇省 화정현華亭縣에 있는 오송강吳松江. 태
    호太湖의 한 지류임.

15) 解氏婦 : 해씨성解氏姓의 부인이란 말이니, 여기서 성씨를 '解'라고
    함도 '蟹'에서 응용을 가한 것인 듯.

16) 童姓 : 아이[童]를 지칭한 표현.

내용의 그 대략적인 경개는 이러하였다.

　　오중吳中 출신인 곽삭郭索은 사람들이 그 내면의 진가를 알아주지
못했으나 자못 의연한 바 있었다. 그 선조로서 멀리 금천씨金天氏 때
강호사江湖使를 한 이, 춘추시대 월나라에 공로를 세워 함황백含黃伯에
봉해진 이도 있으니, 곽삭은 그 후예이다. 그는 세인의 눈을 꺼려 강호
江湖를 피하였고, 하군叚君・어군魚君・팽군彭君과도 벗을 하였는데, 그
중에도 하씨叚氏와 가장 기미氣味가 통하였다. 그는 강개剛介한 성품으
로 세간의 영리에 급급하는 무리에 대한 강개慷慨의 념念이 컸다. 노년
에 송강松江으로 돌아올 때 쯤엔 이미 한파의 무렵이었는데, 소싯적 의
기에 비해 늙어 고절孤節은 더욱 높았으나 몸의 수척은 면치 못하였다.

뒷날 춘수春水를 따라 홀연히 사라지니 아마도 수중선水中仙이 된 양하였다. 선생은 강쾌과 재才를 겸하여 한 몸을 보전했다. 권세 앞에 당당했고, 여색에도 흔들림 없었으며, 그 밖에 어느 모로든 떳떳한 풍도를 갖추었으니, 초일超逸의 참된 개사介士라 이를 것이다.

이상을 내용 분석의 차원에서 놓고 본다면 서두－선계－본전－종말－평결과 같은 형식적 과정이 내재하여 있음을 파악할 수 있다.

그러나 간단히 가전의 외형 구조의 면에서 볼 때는 선계·본전·평결의 형식, 곧 기·승·결의 체계에 놓여 있다. 후계, 곧 전轉의 부분은 빠져 있어 가전 본래의 정통 격식에서는 일단 벗어나 있다.

우선 본 작품의 기起부. 본래 이 부분에서는 주인공에 대한 간략한 소개(序頭) 및 주인공 이전 시대의 사적事蹟인 선계를 소개하는 것이 일반적 상례인데, 본편의 경우 여타의 가전들에 비해 서두가 훨씬 장황해진 현상을 주목해 볼 수 있다. 또한 서두의 이러한 특징이 중국 가전의 전반적 양상 안에서는 전기 당·송의 때엔 아직 보기 드문 현상이고, 후기 명·청대의 가전에서나 오히려 목접 가능한 것이니, 일단은 그 개연성에서 후기 가전일 수 있는 확률이 더 높다고 보겠다. 하지만 그것만으론 아직 증거가 불충분하다.

지금 〈오중개사곽선생전〉이 제작된 시대를 명확히 알 수 없는 상황이지만, 그래도 이 작품이 가전사의 전기에 드는지 후기에 드는지 정도는 유추해낼 수 있는 방법이 아주 없다고 보진 않는다. 우선적으로는 이 가전이 내용적으로 이용하였을 문헌적 소재, 곧 문헌 전거를 탐색해내는 일이 방법상의 첩경이 될 듯싶다.

맨 먼저, 이 가전의 표제가 되는 '오중개사곽선생전' 명칭의 소종래를 알아볼 수 있는 계기가 양정수楊廷秀의 〈후해부後蟹賦〉에 마련되어 있음을 포착할 수 있다. 곧, 시작 부분에서 얼마 멀지 않은 자리에 "視集趾二四而有踦 意以爲吳中介士郭先生也"라 한 곳이 있는 바, 본 가전 생성의 진원지로 보여지는 국면이 있다.

양정수는 송대의 문인인 성재誠齋 양만리楊萬里(1124～1206)를 말함이니, 정수는 자이다. 그는 『성재집誠齋集』과 『성재역전誠齋易傳』 등을 남겼거니와, 특히 높은 격조의 회해詼諧로도 이름이 났다고 한다. 그러한 여유 때문이었던지 '게'에 관한 약간의 부賦와 시詩도 남긴 것이 있어, 결과적으로는 뒷시대 게 가전을 위해 유력한 추진자의 역할마저 한 셈이 되었다. 무엇보다도 〈조해부糟蟹賦〉・〈후해부後蟹賦〉 두 편 부賦가 〈오중개사곽선생전〉과 〈곽삭전〉 두 작품 전傳에 끼친 영향의 정도가 자못 만만치 않았던 것이다.

작자 자신이 작품의 앞머리에 창작 동기의 소회를 주기注記[2]한 데 따르면 〈조해부〉는 양만리가 강서江西 땅의 조생趙生이란 이로부터 조해糟蟹라고 하는 게 요리를 받고 그 풍미에 반한 나머지 그에게 감사한다는 뜻으로 지었다고 한다. 〈후해부〉는 그 뒤에 또 다시 강서에 사는 채생蔡生이란 이가 산 게[生蟹]를 보낸 바, 그 풍미가 이전의 것과 비할 바 아니므로 새삼 또 지었다고 한다. 양만리에겐 이러한 작품들 외에도 〈조해糟蟹〉라는 표제 아래 게를 두고 읊조린 시도마저 없지 않았다.[3] 이상은 모두 『사문유취』 후집 권35 개충부介蟲部 '蟹' 門의 안에서 포착

---

2) 昔趙子眞漕江西餉予糟蟹 因爲賦之 江西蔡帥定夫復餉生蟹 風味十倍漕丕 再爲賦之.

3) 橫行湖海浪生花 糟粕招邀到酒家 酥片滿蟹疑作玉 金穰鎔腹未成沙.

가능한 내용들이었다.

주인공 이름의 '곽삭郭索'과 별호의 '무장공자無腸公子' 역시 마찬가지로 '蟹' 門 '군서요어群書要語'의 란에 명시돼 있는 터이다. 그의 선대 조상 중 금천씨金天氏의 때에 강호사江湖使를 했다는 말은, 원래 금천씨가 강수江水 가운데 강림해 살았다는 메시지와 연관시킨 응용의 조자調子로 보여 진다.

또 글 가운데 다음과 같은 내용이 있다.

> 春秋越伐吳 有率其鄕人取稻子越者 積功封含黃伯.
> 춘추시대에 월나라가 오나라를 칠 적에는 향리 사람들을 이끌고서 벼를 취해다가 월나라에 준 이가 있었으니, 그 이룩한 공로로 인해 함황백含黃伯에 봉해졌다.

이것의 이해를 뒷받침해 주는 터전이 다음의 글에서 가능해 보인다.

> 越王句踐召范蠡曰 吾與子謀吳 子曰未可也 今其稻蟹不遺種 其可乎對曰 天應至矣 人事未盡也 吾姑待之.
> 월왕 구천이 범려 불러 말하기를, "내가 그대하고 같이 오나라를 도모하고자 함에 그대는 아직 때가 아니라고 했거니와, 지금은 벼를 집어 먹는 게가 볍씨를 남기지 않고 다 먹어치웠으니 가능하다 하겠는가?" "하늘의 응하심은 왔지만 사람의 일이 아직 부족하나이다." "그러면 내 잠시 기다려야겠군!"

구천과 범려

　오중吳中에 있는 게가 벼를 먹게 되면 오나라의 군량에 손상이 되고, 이는 곧 월나라에게 이익을 끼치는 셈이다. 이는 『사문유취』 '해蟹' 門 '고금사실古今事實' 란의 〈모국복해謀國卜蟹〉에서 찾아볼 수 있는 부분이다. 그 공로로 함황백에 봉해졌다는 표현도 유취 안에서 흔적이 엿보인다.4)

　'승承' 부는 곽선생의 본래 전기, 곧 본전本傳이다. 이 부분 첫머리, 강호 간에 흩어져 사는 그의 겨레가 12종이 되었단 말도 게의 종류를 그렇게 나누어 본 뜻이지만, 그 자세한 영문도 『사문유취』 아니면 풀어 볼 길이 막연하다.

　예컨대 같은 송대 육전陸佃이 편한 『비아埤雅』에도 게의 종류에 관해 언급한 것이 있기는 하나, 이에선 10여 종이라 하여5) 본문의 내용과

---

　4) 『사문유취』 '蟹' 門의 '詩句' 란에, "半殼含黃宜點酒 兩螯斫雪勸加餐."

정확히 부합하진 않는다. 『석전釋典』에도 "十二星官有巨蟹焉"이라 한 것이 있지만6) 미처 표현의 정곡을 얻지 못하다가, 다만 『사문유취』 '해 蟹' 문門의 '고금문집古今文集' 중 〈해유십이종蟹有十二種〉에,

文登呂亢多識草木虫魚 守官臺州臨海 命工作蟹圖 凡有十二種.

이라 하고 뒤미처 일일이 열거하여 자세한 설명을 가하고 있다. 원래 게의 종류를 12종으로 본 것은 송대의 인물로 간주되는 여항呂亢의 〈십 이종변十二種辨〉이 처음일 것으로 추정되지만,7) 지금 『사문유취』에서 그 당사자인 여항의 이름과 함께 이 뜻을 놓치는 일 없이 엄연하게 명 시해 주고 있다.

그 다음의 내용 가운데 이런 것이 있다.

稻熟時 循行隴畔 頑惡之徒 思爇先生賣之 夜持火往 則已逸去.
벼가 익을 무렵에 논밭 이랑의 주변을 돌곤 했는데, 완악한 무리가 선 생을 잡아다가 팔 생각으로 밤에 횃불을 들고 접근하면 어느새 달아나 버렸다.

이 역시 다 일정한 근거 하에 쓰여진 것이니, 그 출원이 부굉傳肱이 찬한 『해보蟹譜』 중의 다음과 같은 전거에 있었다.

---

5) 『비아(埤雅)』 권2 석어부(釋魚部) '蟹' 門에, "蟹類甚多 若蝤蛑擁劍彭蜎彭蜞之 類 凡十數種."
6) 『광박물지(廣博物志)』 권50, '蟹' 門에서 발견이 가능하다.
7) 이익, 『성호사설(星湖僿說)』, 만물문(萬物門) '蟹' 條.

今之採捕者 夜則燃火以照 屬附明而至焉.

오늘날 게를 잡으려는 사람은 밤 되면 불을 지펴 비추고 그 밝은 빛에 의지해서 찾아간다.

그리고 이 정보는 곧장 『사문유취』 '蟹' 門의 '군서요어群書要語' 란 에서 편람便覽된다.

곽선생이 하군叚君과 가장 친한 벗이었다는 말은 같은 갑각류로서 똑같이 고급스런 맛을 내는 게와 새우[蝦]의 유사한 속성을 의미한 표현이다. 이 둘을 한꺼번에 부를 때의 '하해蝦蟹'란 말도 있거니와, "亥日饒蝦蟹" 라는 백거이白居易 의 싯구 한 자락을 『사문유취』가 또한 담고 있는 바이다.

제백석의 蝦圖

주인공 곽선생의 말로, '내 일찍이 하도낙서를 가지고 점을 쳤더니 이괘離卦에 들었으매 의당 문명文明이 드러날 것이라'고 한 구절,

吾嘗以河洛自占 屬離卦 當以文明顯.

이것은 『주역周易』 설괘전說卦傳의 설명[8]을 해당 유취서가 끊어다 쓴

---

8) 『주역』 설괘전(說卦傳)에, "離爲火 爲日 爲電 爲中女 爲甲冑 爲兵戈 其於人也 爲大腹 爲乾卦 爲鼈 爲蟹 爲蠃 爲蚌 爲龜 其於本也 爲科上科"라 하였다. 한편, 송나라 육전(陸佃)의 『비아(埤雅)』에는, "易日…離爲蟹 言卦體外剛內柔 而性又火燥"라 한 것이 있다.

다음과 같은 대목,

> 易之離象曰 爲鼈 爲蟹 爲蠃 爲蚌 爲龜 孔穎達注 取其剛在外也.
> 주역의 이상離象에는 자라, 게, 고둥, 조개, 거북이 해당한다. 공영달의
> 주석에는 껍데기가 단단함을 취한 것이라고 하였다.

에서 넌지시 활용한 것임이 확인된다.

또 〈오중개사곽선생전〉 안에는 주인공 곽선생이 여색을 경계하고
삼가는 높은 절행이 강조된 흥미로운 부분이 있다.

> 鄰解氏婦大腹 童姓招之不就 戲縶解手足 抉其臍 適爲先生見 鉗止
> 之 解婦得免.
> 어떤 사람이 선생의 소싯적 세상에 알려지지 않은 일을 얘기한 바 있
> 다. 이웃에 해씨解氏의 성을 가진 한 여인이 배가 불룩하였다. 동성童姓
> 이 그녀를 불렀지만 가지 않았더니 장난삼아 해解의 수족을 붙들어 매고
> 그 배꼽을 들춰냈다. 이 광경이 때마침 선생의 눈에 띄었고, 그것을 제지
> 한 덕에 해解 여인은 거기서 벗어날 수 있었다.

이것의 원 개념은 아이들이 게의 배딱지를 들추는 등 장난을 했다는
뜻이 되겠거니와, 그 내용의 유래가 없지는 않을 것이다. 이를테면, 암
컷의 배딱지는 동그랗고 수컷의 그것은 뾰족하게 생겼다고 한『비아
埤雅』중의 말9) 또한, 어김없이『사문유취』'蟹'門 '고금문집古今文集'
란 안에 끼어 있음이다.

---

9)『비아(埤雅)』권2, 석어부(釋魚部) '蟹' 門에, "蟹八跪而二敖 水蟲殼堅而脆團 團
臍者牝 尖者牡也."

이상에서 문헌적인 근거가 『사문유취』와 밀접한 관계 위에 놓여 있음을 확인하였다. 요컨대, 『사문유취』가 가전에 끼치는 영향의 정도는 다른 전거 류가 넘겨보지 못할 만큼의 큰 비중을 차지하였다는 뜻으로 통한다. 그렇거니와, 조선시대 권필의 〈곽삭전〉이 본 유서와의 관계에 비한다면 아무래도 그 긴밀성에서 한 걸음 양보하지 않을 수 없음도 덧붙여 둔다.

다시, 이 작품이 창작된 시대를 좁혀 갈 필요가 있다. 마침 본문 중에 주인공과 친한 벗인 하군叚君과 어군魚君, 그리고 팽군彭君을 소개하는 부분으로, 어군이 수나라 때 사람 어구라魚俱羅의 후예이고, 하군은 당나라 때 하가고叚柯古의 후예이며, 그리고 팽군이 한나라 팽월彭越의 후예라 한 대목이 있다. 그런데 하가고의 경우 인명사전에 이름이 없기는 하지만, 팽월이 한나라 때의 장군이요, 어구라가 수나라 때의 장사란 점을 감안해 본다면, 하가고도 실재 인물일 것으로 보아 무방하니 결과적으로 당대 이후가 된다.

그 위에, 앞서 본 가전이 『사문유취』와의 관계가 중시된다. 곧 작자가 남송南宋 시대 축목의 이 편술을 참조하였던 사실 안에서, 이것이 최소한 축목의 시대인 남송대의 이후에 이루어진 산물임을 일단 입증한 셈이 되었다.

그런가 하면 이번엔 다른 측면에서 가전의 형식을 통한 추정을 시도해 본다. 다름 아닌 평결부 첫머리, 논자의 자칭에서 희미하게나마 단서를 잡아볼 수 있지 않을까 싶다. 무릇 당나라 한유 및 사공도 가전의 평결부 칭호는 모두 "太史公曰" 일색이었고, 이러한 현상은 송대의 소식이나 진관에게서도 변함없이 나타난다.

그러다가 명대에 들어서면 양상이 일변一變되는 사실을 또한 놓칠 수 없다. 곧 이 시대의 가전 작품 가운데 초횡焦竑의 〈적도후전翟道侯傳〉과 사조제謝肇淛의 〈빙호선생전氷壺先生傳〉 두 편은 여전히 앞 시대의 "太史公曰"을 유지하고 있으나, 장왕빈張王賓의 〈매가경전梅嘉慶傳〉, 소소蕭韶의 〈상기생전桑奇生傳〉에는 "君子曰"로, 손승은孫承恩의 〈동군전桐君傳〉에서는 "論曰"로 각각 변모를 보인다.

그래도 이만한 정도면 아직 공식적 명칭에 가까이 머물러 있다. 민문진閔文振의 〈저대제전楮待制傳〉에는 모처럼 "蘭莊子曰"로 훨씬 사적인 칭호가 등장하기까지 하며, 그 나머지 오관吳寬이나 왕오王鏊 같은 작가들의 가전에선 아예 평결부의 생략마저 보인다. 이로써, 명대에는 '太史公曰' 같은 칭호의 상용이 주춤해졌음을 인지할 수 있다.

가전의 이러한 양상은 같은 명대의 인물인 장학성章學誠의 다음과 같은 증언과 크게 무관하지 않을 듯싶다.

· 今必以爲不居史職 不宜爲傳.[10]
　오늘날엔 반드시 사관史官의 자리에 있지 않고선 전傳을 써서는 안되는 것으로 여긴다.
· 稍顯卽不當爲之傳 爲之行狀.[11]
　작은 벼슬로서 전傳을 써서는 부당하니, 행장行狀으로 해야 한다.

그리하여 바로 다음 청대로 넘어가면 '史臣曰'·'論曰'과 같은 공식적인 명칭보다 한 단계 더 사적인 칭호가 두드러져 나타남을 강하게

---

10) 장학성, 『문사통의(文史通義)』 권3, '전기(傳記)', 대만 상무인서관, 1979.
11) 요내(姚鼐), 『고문사유찬(古文辭類纂)』 서목(序目). 또 고염무(顧炎武)의 『일지록(日知錄)』 권19, 〈古人不爲人立傳〉에도, "列傳之名 始於太史公 蓋史體也 不當作史之職 無有爲人立傳者 故有碑有誌有狀而無傳"이라 했다.

실감할 수 있다.

청대에도 '太史公曰'이 아주 사라진 것은 아니어서, 모선서毛先舒의 〈육출공전六出公傳〉과 우동尤侗의 〈무음후전舞陰侯傳〉 등에서 확인된다. 왕탁王晫의 〈창염수전蒼髥叟傳〉에는 "論曰"로 되어 있다.

그러나 신함광의 가전인 〈모영후전毛穎後傳〉에서는 "史氏曰"이라 하여 전대의 '史臣曰'에 비해 조금 더 부담 없이 다루고 있고, 후방역侯方域의 〈건천리전蹇千里傳〉에서는 그대로 "侯方域曰"의 사호私號를, 진옥기陳玉璂의 〈하동군전河東君傳〉에서는 "野史氏曰" 등을 쓰고 있다. 바야흐로 이때 쯤 가전 초창기의 엄숙한 언어들이 자취를 뜸히 하고, 개인 성향의 사전적私傳的인 표출이 한층 활발해졌음을 파악할 수 있다.

그렇다면, 이밖에도 평결부가 "舊史氏", "諧史氏", "腐史氏" 등으로 된, 시대를 알 수 없는 가전도 다 이 무렵에 이루어진 것일 수 있는 개연성이 일단은 제고된다. 다름 아니라, 이 〈오중개사곽선생전〉의 명칭도 "郭氏曰"과 같은 사적인 칭호로 구사된 점으로 볼 때, 아마 개인 명의에 입각한 가전 서술 방식이 꽤 만연되어 있던 청대의 소산일 가능성 쪽으로 은근히 기대어 보는 것이다.

한편, 본편을 지은 곽복형의 인물을 추정하여 볼 때, 그는 아마도 당대의 현실에 낙척 불우했던 인물로 보인다. 그리고 글의 분위기상 적어도 그가 형상화시켜 놓은 곽선생의 일생 행적이 농문弄文이나 희필戲筆의 기분으로 적은 글은 아님을 알 수 있다. 곽복형이 이 작품을 빌어 힘써 부각하고자 한 것은 자신과 종인宗人이라고 표현한 곽선생의 개사介士다운 면모이다. 제목에서도 개사임을 명백화했거니와, 작자가 곽선생에게 부여한 개사의 이미지는 작품 전체를 일관하여 달라지는 일이 없다.

일언이폐지하면 작품의 주인공인 개사 곽선생은 바로 작자 곽복형의 모습으로 보인다. 작자가 자신의 낙척에 대한 울분 및, 그래도 끝내 벼슬 만은 멀리하겠다는 개사로서의 금도襟度며 의지를 '곽선생'이란 가공의 주인공 안에서 짐짓 형상화시킨 가탁假託의 전기이다.

대개 가전을 짓는 동기와 목적은 대개 상대방에 대한 개선 촉구의 의지에서 유발되는 교훈 및 풍자의 주제, 그리고 순수한 유희적 충동에 따라 수행되는 희필, 나아가 자기적 신세 정황에 대한 합리화와 위안을 얻기 위한 자기 가탁적인 주제 표출 등으로 간추려진다.12) 이때〈오중 개사곽선생전〉의 경우가 맨 나중 단위의 한 부분을 이룬다고 볼 수 있다.

가전이 생겨나기 이전에 이미 탁전은 나타났다 했거니와, 잘 알려진 한대 동방삭東方朔의 〈비유선생전非有 先生傳〉, 진晉 도연명陶淵明의 〈오류선 생전五柳先生傳〉 등이 대표적인 사례 가 되어 왔다. 고려조 이규보의 〈백운 거사전白雲居士傳〉, 조선조 성현成俔의 〈부휴자전浮休子傳〉 등도 탁전의 좋은 본보기로 자주 언거되고 있다.

이렇듯 자신의 소회거나 포부를 제3 자의 얘기인 양 짐짓 맡겨버리는 것이 탁전인데, 자기의 뜻을 가공의 존재에 다 부치는 일은 하필 사람 주인공에만 의존하지는 않았던 진실이 있다. 서사

『동문선』에서는 '화왕계' 대신 '풍왕서諷王書'로 명명하였다.

---

12) 김창룡, 『가전문학의 이론』, 박이정, 2001, pp.39~45.

증徐師曾이 세운 전傳의 네 가지 전개 가운데 마지막에 나타난 가전假傳13)의 비인간적 존재에다가도 다시금 기대어 빗댈 줄 알았던 것이다. 『삼국사기』 설총 열전의 〈화왕계〉도 알고 보면 탁전적인 성격을 띤 우화였으니, 모란＝신문왕神文王, 백두옹白頭翁＝설총薛聰의 은유적 관계가 그를 잘 입증해 준다. 따라서 우의의 목적이 아무리 궁극엔 풍자와 세교에 있다고 하더라도 그 과정상에 탁전적 형태를 빌리지 않을 수 없는 일이 나타나게 마련이다. 『삼국사기』 김유신 열전에 나오는 〈구토지설龜兎之說〉 역시 마찬가지이다. 김춘추＝토끼, 보장왕＝용왕의 등식은 이야기의 탁전다운 성격을 대변해 준다. 이제, 의인 가전의 탁전성도 이러한 의인 설화의 탁전성과 한 궤도에 있는 것이다.

그러나 가전이 모두 탁전적인 요인을 띠고 있다는 말은 아니다. 가장 비근한 예를 임춘의 〈국순전麴醇傳〉이나 〈공방전孔方傳〉에서 들 수 있다. 임춘이 대상 사물에 대한 부정 인식으로써 신랄한 비판을 가하는 주인공 국순이나 공방이 곧 작자 자신에 대한 형상화적 이입移入이 아님은 물론이다. 조선 후기 유본학의 고양이 가전인 〈오원전烏圓傳〉에서 역시 작자가 자신을 고양이 오원에다 비의했다고 보기 어렵다. 중국의 〈죽부인전竹夫人傳〉, 〈건천리전蹇千里傳〉, 〈설의녀전雪衣女傳〉과, 우리의 〈금의공자전金衣公子傳〉, 〈화왕전花王傳〉 등 가전은 모두 주인공의 자기 가탁적인 성격에서 먼 것들이다.

그에 반해, 바로 이 〈오중개사곽선생전〉이라든가 조선시대 권필의 역시 게를 의인화한 〈곽삭전〉 등은 자기 가탁적인 가전의 두드러진

---

13) 안병설, 「중국가전문학연구」, 『중국학보』 15, 한국중국학회, 1974, p.49.

표본이 되기에 조금도 손색이 없다. 이 두 작품 안에는 풍자와 교훈 주제가 일정만큼 유지되는 가운데, 강렬한 자기 신세 정황의 표현이 담겨져 있다.

앞에서 권필과 곽삭과의 관계를 다양한 관점에서 다룬 바 있거니와, 곽복형과 곽선생의 관계 역시도 작품에서 결코 예사롭게 나타나지 않았다. 이를테면,

> 再遊京師無所遇 或欲以州幕聘先生 先生不可曰 吾不能折腰媚貴官 旣有吾 必無監州乃可.
> 또다시 경사京師에서 놀 무렵 알아주는 일 없었는데, 누가 선생을 한 주州의 막장幕長으로 모시려 하자 선생은 이렇게 거절하여 말했다. "나는 허리를 굽혀 지체 높은 관리들에게 곱게 보이질 못하니, 기왕에 나와 있는다면 벼슬 따위 애기일랑 없어야 할테요."

라고 쓴 내용이라든지, 또는

> 吾不早匿迹草澤間 乃遭大官侮耶.
> 내 일찍이 풀더미 늪 사이에 자취를 감추지 않았다가 마침내 높은 관리의 수모를 당하는구나!

등에서 그같은 기미가 느껴진다. 글의 일차적인 뜻은 게가 인간을 피해 달아나는 형용이 되겠지만, 동시에 지은이 곽복형이 지닌 처세관의 은근한 투영 같은 원 관념이 밑바닥에 자리해 있다고 보인다.

거듭하여 곽선생의 구기口氣로 토설하는 다음의 내용,

彼脂韋者流　人第見外狀之可取　而不知其中之無實.

　　저 세속에 빌붙어 사는 자들을 사람들은 다만 외형의 그럴 듯한 면
만을 볼 뿐이고, 그 속에 아무런 실實이 없음을 알지 못하는 것이오.

같은 데서 시폐時弊를 바라보고 통분해 하는 작자의 초상을 넉넉히 그
려 볼 수 있다.

　대개 조선시대 권필의 〈곽삭전〉에 투사된 주인공 곽삭의 모습은 〈오
중개사곽선생전〉의 동명 주인공인 곽삭과 똑같이 비분강개한 성격의
개사다운 면모라는 점에서 일치한다.

　하지만, 그런 중에서도 〈곽삭전〉의 주인공이 어딘가 다정다한의 감
성적 성품임을 강하게 느끼게 하는 반면, 〈오중개사곽선생전〉의 주인
공 곽삭은 전혀 강직 일변의 이지적 냉정한 성품으로 부각되어 나타난
다. 앞서 이 두 작품의 탁전성을 언급했거니와, 이 둘이 똑같이 작자
자신의 자기 투영적 형상이란 관점에서 각각 곽복형과 권필, 두 인물
사이 서로 같지 않은 인간형의 대조가 어느만큼 규찰된다.

　이왕에 〈곽삭전〉이 다시 언급된 마당이니 양편이 갖는 특징을 비교
하여 살펴 볼 필요가 있다.

　그런데 실상 수
사와 문체의 면 만
을 놓고 볼 때는 양
자 사이의 영향 수
수의 흔적이 잘 나
타나지 않는 것이
사실이다. 하지만,

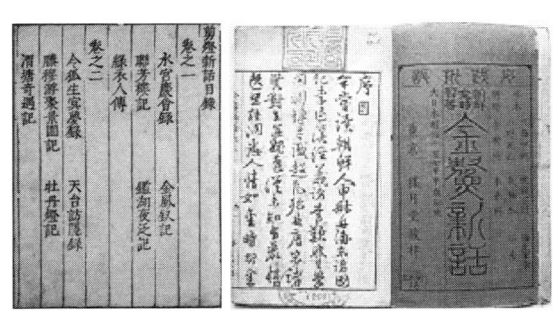

전등신화(左)와 금오신화

그러한 수사적인 유사와 상통의 국면이 잘 보이지 않는다 해서 영향 관계가 없다고 간단히 단정해 버릴 수 있는 문제도 아니다. 조선 초기의 『금오신화金鰲新話』는 분명 명대『전등신화剪燈新話』의 영향권 안에 있었음에도 불구하고, 『금오신화』가 의식적으로 모방의 태를 탈피하고자 애쓰던 그 주체 의식을 오늘날 높이 평가하고 있다. 마찬가지로 설령 곽복형의 것이 선행했을 경우라도 권필에게서 역시 그러한 의지가 작용하지 않았다고 단정할 근거가 없는 것이다.

그런 중에도『전등신화』와 『금오신화』의 표제가 '신화新話'라는 데서 공통했던 것처럼, 표제의 '곽선생'과 '곽삭'이 서로 근사하고, 주인공 이름도 똑같이 '곽삭'이다. 관향貫鄕을 '오吳'라고 한 것도 같다. 이러한 관계는 일차적으로는 두 작자가 모두『사문유취』를 참고했던 결과에서 나온 것이니, 이렇게 두 작품이 다 그 수사를 같은 종의 유서에서 크게 도움 받았다고 하는 점에서 동일하였다.

이렇듯 양편 사이에 소재의 동일성이란 공통점이 있는 반면에, 구체적인 주인공의 인물과 행적 면에서는 다소의 차이를 보이고 있다는 사실 또한 간과할 수 없다.

우선, 작품 제작의 통일적 원리라고 하는 주제의 면에서 놓고 볼 때, 〈오중개사곽선생전〉이 특히 선비 사회의 도덕과 의리 면을 직접 강조한 데 비해, 〈곽삭전〉은 특히 정치 사회의 부조리한 면을 암시의 형태로 풍자하고 있다.

두 작품 속의 주인공들은 자신의 깊숙이에 간직해 두었다는 흉금을 비분강개한 어조로 일정한 대상 앞에 피력한다. 다만, 그 대상에 있어 전자는 '이부吏部'로 되어 있는데 비해, 후자는 '군왕君王'으로 하였던 것에서도 미묘하나마 차이가 없지 않다.

전자에서는 선비의 욕됨이 없는 떳떳한 처세 같은 초일한 정신 세계에 시종 주력하였던 반면, 후자에선 주인공의 이러한 고답과 아울러서 호반武다운 면모를 함께 강조하고 있다.

전자가 현실과 조금은 동떨어진 듯한 이상주의의 느낌마저 있는데 비해, 후자는 보다 현실에 밀착해 있다. 후자에서 무武를 마저 중시했음은 작자의 보다 높은 현실적 관심의 바탕에서 나온 것이다. 이렇듯 양편 사이에 달리 맞추어진 초점의 상이는 주인공의 최후를 처리하는 부분에서도 일정 만큼의 분위기적 차별성이 새삼 각성된다.

> 後春水方生 忽不見 莫知所終. 〈오중개사곽선생전〉
> 뒷날 춘수春水가 일려고 하던 때 홀연 보이지를 않으니 그 끝마친 바를 알 수가 없다.

> 卒死於草澤 悲夫. 〈곽삭전〉
> 마침내 초택草澤 사이에서 죽으니 슬프고녀!

그런가 하면 〈오중개사곽선생전〉이 신비주의적 요소가 가미되었음에 비해, 〈곽삭전〉은 시종일관 현실주의적으로 처리되어 있음이 완연하다.

한편, 전자의 기본적 정조情調는 비교적 명랑한 편인데 반해, 후자는 전반적으로 비측悲惻하다고 볼 수 있다. 미학적 차원에서 굳이 구분해 본다면 전자는 숭고미가 더 강하게 반영되어 있고, 후자는 비장미가 보다 우세한 점도 놓칠 수 있다.

그러면서 이 두 작품 속에는 숭고와 비장이 일정한 정도로 혼융되어 있음이 사실이고, 의인문학이라는 그 자체로서 갖게 되는 골계의 특성 역시 없지 않다. 골계적 감정은 본래 가소로운 것(the ludicrous)이나 비소한 것(des überraschend kleine)에서부터 유발되는 기본 바탕이 있다고 한다.14) 어디까지나 인간 이하의 존재인 동물, 식물, 사물 등에 대한 활인화 과정 중에 활유活喩 대상에 대해 내리보고 웃을 수 있는 격하감과 가소로운 감정이 체감될 것이기 때문이다. 가전의 글쓰기도 어디까지나 의인 문학 창작의 한 행위인 까닭에 마침내 이것을 면하기는 어렵다.

  지금 〈오중개사곽선생전〉과 〈곽삭전〉의 주인공도 예외는 아니다. 설령 이 두 주인공이 초일・비상한 정신 세계와 고매한 도덕적 품성의 소유자로서 구현되었다고 하자. 암만 그렇다 하더라도, 인간의 입장에서는 궁극적으로 주제 대상인 '게'에 대해 인간 이하의 미물이란 인식이 아주 몰각되는 것은 아니다. 따라서 그러한 속성이 새롭게 환기되는 순간에 문득 내리보고 웃음짓는 정서가 유발된다. 예컨대 〈오중개사곽선생전〉에서 '완악한 무리가 선생을 잡아다가 팔 생각으로 밤에 횃불을 들고 그가 있는 쪽으로 찾아 나서면 그는 이미 어디론가 사라져 버리는 것이다'라고 한 것이나, '하군叚君・어군魚君・팽군彭君과 벗을 했는데 잔칫자리나 음식을 조리하는 자리에서 서로 기약하지 않고도 한 자리에 모인다' 한 것, 또 〈곽삭전〉에서 '사람들이 술상을 크게 차려놓고 초대하였지만 그가 기꺼워하는 바는 아니었다'라든가, '삭素이 양손을 이마에다 대고 사죄드리기를…' 같은 대목을 접하면서는 어느새 '게'에 대해 한 번 놀려 보고 웃기 같은 조희調戲의 정서가 우러나지 않을 수 없다는 의미이다.

  그렇다 해서 골계를 이 두 작품의 모범적인 특징으로 삼을 수 없다

---

14) 백기수, 『미학』, 서울대학교출판부, 1982, pp.94~96.

함은, 전언하였듯이 골계란 그 자체로 의인 활유를 바탕한 대부분의 의인문학에 공통되는 사안이기 때문이다. 대신에, 이 양편에는 의인문학, 특히 가전문학에는 잘 나타나 있지 않은 숭고나 비장같은 미학적 특성이 각별히 구비되어 있음으로써 단연 그 빛을 발한다.

작자는 앞서와 같이 순 객관적 거리에서 '게'에 대한 골계적 표현 처리를 가했을지언정, 자신들의 신세 정황과 닮은 게의 모습 안에서 동정과 연민을 발견하는 순간에조차 계속 객관적 골계의 대상으로 다루지는 못하였다. 그 순간부터는 더 이상 유희(spiel)가 될 수 없고 차라리 숙연하기조차 했을 것이다.15)

작자들은 두 곽삭이 정치적으로나 도덕적으로 높은 정신 세계를 지닌 주인공으로 한껏 표상화시키는 일에 진지함을 나타내고 있다. 이를테면 두 곽삭이 조정으로부터의 높은 관직마저도 사양했다고 한 것이나, 〈오충개사곽선생전〉의 평결부에 이르러 – 작자 곽복형도 직접 노정하였다시피 – 지체 높은 벼슬아치도 두려워 아니하고 여색조차 단호히 뿌리쳤다는 그러한 비범 안에서, "범속한 우리 자신의 능력의 한계를 초월한 초인간적인 위대한 정신력을 보게 되며, 경탄과 존숭의 관념을 갖게되"16)는 일이 가능할 수 있다. 나아가, "정신적 위대성을 자아내는 감동과 함께 숭고미의 본질적인 특성"17)을 엿보게 되는 여지가 마련되기도 한다.

백기수 著의 『미학』

---

15) 백기수, 위에 든 책, p.80.
16) 백기수, 위에 든 책, p.91.
17) 백기수, 위에 든 책, p.84. p.90.

　그 속에서도 〈곽삭전〉보다는 〈오중개사곽선생전〉이 주인공의 이러한 정신적 위대성의 면을 부각시키는 일에 보다 집중하였으니, 주인공 생애의 마지막 순간까지도 '수중선水中仙' 운운의 처리를 통해 평범함에서 벗어난 초일적인 면모를 한껏 부조浮彫시키고 있다.

　이러한 〈오중개사곽선생전〉에도 비장성의 요인이 없는 것은 아니지만,18) 〈곽삭전〉의 경우에서 비장의 정서가 더 끈끈함을 강조하지 않을 수 없다. 작자인 권필이 평결부에 이르러 주인공의 최후를 서술하는 중에 그만 자신도 모르게 "悲夫"(슬프고녀!)라고 탄식했던 데에는 궁극 그럴 수밖에 없는 이유가 있었다. 곽복형이 평결부에서 주인공의 도덕성과 개사적인 면모를 계속 강조하려는 태도와는 참으로 대조적으로 작자 내밀한 비창悲愴의 정서마저 개입되고 있음을 권필의 그것에선 볼 수가 있다.

玄堂 金漢永의 蟹圖

　〈곽삭전〉의 주인공은 왕이 후설喉舌의 높은 벼슬을 내리고자 했을 때 차라리 도랑 가운데에 노닐면서 즐거울망정 환로에

18) 곽선생이 이부 앞에 시속의 개탄과 천명의 탄식 등 비분강개한 흉도를 피력하는 과정에서, 입에선 거품이 솟아나오고 거의 쓰러질 뻔한 것을 이부가 재빨리 부축한다는 부분에서 가장 극명하였다. 이것은 〈곽삭전〉의 곽삭이 임금 앞에 벼슬 사양의 뜻을 말하면서 거품같은 눈물을 흘렸다는 대목에 비견할 만하다.

얽매이지 않기를 바란다 했고, 실제로도 그 말처럼 자신의 뜻대로 살다 간 셈이다. 그런데도 무슨 일로 그러한 주인공의 일생을 작자는 슬프다고 했는가?

작품에서 곽삭은 물외의 높은 경지에 다다른 고사高士이며, 별자리에 나타난 이인異人이며, 또 주역을 아는 철인哲人이었다. 한마디로 그는 숭고한 인물이었다. 그럼에도 한 번도 자신의 경륜을 펴보지 못하고 쓸쓸히 초택草澤 사이에서 한 세상을 마칠 수밖에 없었다.

권필이 드디어는 "悲夫"(슬프고녀!)를 숨길 수 없었던 그 비장감의 이유가 여기, 이 숭고한 자의 몰락과 좌절 속에 비밀이 있던 것이다. 비장미의 특질을 요약한 다음의 내용은 그것을 충분히 뒷받침해 준다.

> 비장미는 적극적 가치가 있는 것, 즉 비극적 내용을 이루는 것으로서 고귀한 인간의 행위와 의지로 성립되는 그러한 인간적 위대성이 침해되고 멸망되는 비통한 과정 내지 결과인데, 여기에서 야기되는 비극적 고뇌의 부정적 계기에 의해서 도리어 가치 감정이 강화 고양되는 가운데 비극미가 성립된다. 따라서 숭고미의 몰락으로서의 비장미는 숭고미의 일종 내지 파생적 형태라고 할 수 있다.[19]

이렇듯 숭고와 비장은 여타의 가전에서는 여간하여 발견이 어려운, 이 두 편 가전의 가장 두드러진 특징이라 볼 수 있는 것이다.

이상, 곽복형의 가전 〈오중개사곽선생전〉을 몇 가지 측면에서 대략 추정과 분석을 시도하여 보았다. 다만 이 작품의 경우 그 시대가 불명

---

19) 백기수, 앞에 든 책, p.91.

인 채로 남아있지만, 가전의 일반적 이론들 가운데 소재론 및 형식론의 적용을 통한 접근 방법이 어느 정도 가능한 것임을 나름대로 제시한 셈이다. 그리하여 이 작품이 적어도 당·송대 이후의 산물이란 점이 확실하고, 다만 명·청의 두 시대 사이에선 아무래도 청대에 이루어졌을 개연성이 높은 점도 형식론의 차원에서 시사해 보였다.

작가가 대관절 누구인지도 남은 이름 석 자만 가지고서 접근이 난감한 것이지만, 작품 전반을 통한 내용적 특성을 감안했을 때, 작가는 당시대 정치적 현실에 대한 부정적 인식과 가치관의 저어齟齬로 인하여 신세身世 모순을 겪은 방외인적方外人的 면모를 지닌 인물임을 엿볼 수 있었다.

또 이 작품 역시 여느 의인化된 형태의 대부분 문학 작품이 그렇듯, 골계에 입각한 풍자·교훈 및 표현적 기지의 정신이 내포돼 있지만, 동시에 지은이와 작중 주인공 사이에 감정 이입의 정서가 각별히 우세했음을 감지할 수 있었다. 그리하여 조선시대 권필의 〈곽삭전〉과 함께 가전 주제가 갖는 자기 가탁적인 특질을 마저 입증하는 계기가 마련되었다.

따라서 풍자나 교훈 안에서만 가전의 통일적 원리를 찾으려던 과거의 상투적이고 고식적인 틀에서 벗어나 그 시야를 더 넓혀야 할 필요가 이 마당에 강조된다.

동시에, 작자의 이러한 작중 개입의 부분이 〈오중개사곽선생전〉의 경우에는 비범과 초일의 개념에 입각한 숭고미 쪽에 역점을 두었다는 사실을 마저 시사하였다.

이러한 사실을 조선시대 권필 〈곽삭전〉의 경우와 대조해 본 결과, 비록 양자가 서로 비슷한 처지의 시대적 아웃사이더였고, 같은 '게' 소재의 가전을 썼으며, 나아가 탁전성이 우세하였다는 면에서 다를 바 없었지만, 그 숭고와 비장 사이에 비중의 지침이 달리 나타나고 있는 점을 통하여, 곽·권 두 사람의 개성이 마침내 각각의 판도 안에서 따로 논위될 수밖에 없는 차이를 보았다.

김 창 룡

서울 출생. 號 : 景游, 夢碧散士
연세대학교 문과대학 국어국문학과 졸업(1976)
연세대학교 대학원 국어국문학과 문학석사 (1979)
연세대학교 대학원 국어국문학과 문학박사 (1985)
한성대학교 인문대학장, 민족문화연구소장 역임
한성대학교 한국어문학부 교수 (현재)

저 서

『한중가전문학의 연구』(개문사, 1985)　　『한국가전문학선』(정음사, 1985)
『우리 옛 문학론』(새문사, 1991)　　　　『한국의 가전문학・상』(태학사, 1997)
『한국의 가전문학・하』(태학사, 1999)　　『중국 가전 30선』(태학사, 2000)
『가전문학의 이론』(박이정, 2001)　　　　『고구려 문학을 찾아서』(박이정, 2002)
『한국 옛 문학론』(새문사, 2003)　　　　『가전산책』(한성대학교출판부, 2004)
『인문학산책』(한성대학교출판부, 2006)　『가전을 읽는 방식』(제이앤씨, 2006)
『가전문학론』(박이정, 2007)　　　　　　『교양한문100』(한성대학교출판부, 2008)
『인문학 옛길을 따라』(제이앤씨, 2009)　『고전명작 비교읽기』(한성대학교출판부, 2009)

우화의 뒷풍경 – 假傳讀法

초판1쇄인쇄 2010년 2월 23일
초판1쇄발행 2010년 2월 27일

저자 김창룡

발 행 처 도서출판 박문사
책임편집 조성희
등록번호 제2009-11호

우편주소 서울시 도봉구 창동 624-1 현대홈시티 102-1206
대표전화 (02) 992 / 3253
팩시밀리 (02) 991 / 1285
전자우편 bakmunsa@hanmail.net

ISBN 978-89-94024-23-3 93810　　　　정가 35,000원